Kim Vogel Sawyer

Zu Hause wartet die Hoffnung

Über die Autorin

Kim Vogel Sawyer hat viele Rollen und Leidenschaften: Sie ist Ehefrau, Mutter von drei Kindern, Künstlerin und leidenschaftliche Jesusnachfolgerin, die sich in ihrer Gemeinde im Bibelunterricht für Erwachsene und im Kirchenchor engagiert. Ihre größte Leidenschaft ist es jedoch, facettenreiche Geschichten zu erzählen, durch die etwas von Gottes unglaublicher Liebe und der großen Hoffnung für uns durchscheint. In über zwölf Romanen ist dies der Autorin aus Kansas bereits gelungen. Einige davon sind auch schon auf Deutsch erschienen.

Kim Vogel Sawyer

Zu Hause wartet die *Hoffnung*

Aus dem amerikanischen Englisch übersetzt von Antje Balters

GerthMedien

Für meine Töchter – *Kristian, Kaitlyn und Kamryn.*
Ich weiß, dass ich nicht alles richtig gemacht habe.
Aber ich hoffe, ihr wisst,
dass ich euch immer geliebt habe.

Hoffnung, die sich verzögert, ängstet das Herz;
wenn aber kommt, was man begehrt,
das ist ein Baum des Lebens.

Sprüche 13,12 (Lutherbibel)

Kapitel 1

Mitte Juli 1943
Cumpton, Arkansas

Hazel Mae Blackwell

Hazel stellte die Puppentasse mit Unterteller auf die umgedrehte Apfelkiste vor ihre kleine Schwester.

„Möchten Sie Sahne oder Zucker in Ihren Tee, Madam?“

Maggie nickte so eifrig, dass ihre Korkenzieherlocken wippten. Ihr Haar – Papa nannte es immer flachsblond – schimmerte in der Mittagssonne fast so gelb wie die Rosen auf den kleinen Porzellantassen.

Eifersucht flackerte in Hazel auf. Wieso hatte bloß Maggie und nicht sie Mamas sonnengelbes Haar und die himmelblauen Augen geerbt? Ihr Haar war schmutzig braun wie das von Papa und ihre Augen hatten ungefähr die gleiche Farbe.

„Wie sagt man?“, fragte Hazel jetzt in genau dem gleichen scharfen Ton wie Mama, wenn sie diese Frage stellte.

„Ja, bitte zön.“

„Ja, bitte *schön*“, verbesserte Hazel.

„Bitte *ssssön*“, wiederholte die kleine Schwester.

Hazel seufzte. Maggie war gerade drei geworden, woran Papa sie immer wieder gerne erinnerte, wenn sie ungeduldig mit ihrer kleinen

Schwester wurde. Manchmal wünschte Hazel, Mama hätte mit dem zweiten Baby nicht so lange gewartet. Wie schön wäre es gewesen, wenn der Altersunterschied weniger als die sieben Jahre betragen hätte! Mama und Papa sagten ihr ständig, was für ein Glück sie doch hätte, eine kleine Schwester zu haben, und natürlich liebte Hazel Maggie auch. Aber manchmal …

„Bitte zön, Hazel Mae?"

Hazel nahm den Deckel von der Zuckerdose des Puppengeschirrs und tat erst so, als löffelte sie Zucker daraus in den Tee und gösse dann noch Sahne hinein. So sehr Hazel Mama auch anbettelte, sie hatte noch nie die Erlaubnis bekommen, bei ihren Teepartys echten Zucker und echte Sahne zu verschwenden. Deshalb nahm sie auch jetzt den kleinen Löffel und rührte die Luft in Maggies Tasse um. „So, bitte sehr."

Als Maggie lächelte, bildeten sich Grübchen in ihren Apfelbäckchen. „Danke zön", sagte sie, nahm die Tasse und führte sie an ihre rosigen Lippen.

„Ich hoffe, er ist nicht zu heiß."

Maggie machte laute Trinkgeräusche und ihre blauen Augen wurden ganz groß. Mit gespitzten Lippen sagte sie: „Aua, heiß! Ich hab mir die Ssunge verbrannt."

Hazel musste sich das Lachen verkneifen. Wenn sie nur mit ihrer Puppe Teeparty spielte, war es nicht halb so lustig. Vielleicht hätte sie Maggie schon längst mit ihrem Puppengeschirr mitspielen lassen sollen, doch sie hatte damit lieber gewartet, bis ihre Schwester drei war. So alt war sie nämlich auch gewesen, als sie das Geschirr von Oma und Opa Blackwell bekommen hatte. Aber sie hatte Maggies pummeligen Babyfingerchen noch nicht so recht getraut und Angst gehabt, dass sie eine der kleinen empfindlichen Tassen oder Teller zerbrechen könnte.

Sie nahm jetzt ihre eigene Tasse in die Hand und hielt sie nah an den Mund. „Du musst pusten", sagte sie, zeigte der kleinen Schwester, wie man in die Tasse blies, und musste lächeln, als sie sah, wie Maggie es nachmachte.

Die Sonne schien und wärmte ihre Köpfe, sie nippten an den Teetassen, lächelten einander an und halfen ihren Puppen, von einem Teller, der in der Mitte der Apfelkiste stand, Fantasiekekse zu essen. Hazel konnte den staubigen Hof in ihrer Vorstellung mühelos in ein schickes Restaurant in der Stadt verwandeln, wie sie es einmal in einer Zeitschrift gesehen hatte. Aus der Apfelkiste, über die sie ein großes Taschentuch gebreitet hatte, wurden Tische mit weißen Leinentischdecken, an denen feine Damen in Seidenkleidern saßen statt eines kleinen Mädchens in selbstgenähten Sachen. Sie stellte sich sogar vor, wie ihr das Haar in blonden Korkenzieherlocken über den Rücken fiel und nicht in windzerzausten braunen Strähnen, die auf Schulterlänge gestutzt waren.

Sie nahm jetzt den Teller von der Kiste und hielt ihn Maggie hin. „Möchtest du den letzten Keks?"

Maggie griff gerade mit ihrer kleinen pummeligen Hand zu, als quietschend die Fliegengittertür aufging und Mama auf der Veranda erschien. „Hazel Mae? Maggie?"

Maggie drehte sich daraufhin etwas zur Seite, um aufzustehen, stieß dabei aber gegen die Apfelkiste, sodass das Teegeschirr darauf gefährlich ins Schwanken geriet. Erschrocken schnappte Hazel nach Luft und stellte den Teller ab, um den Tisch festzuhalten, doch dabei stieß der Teller gegen die Zuckerdose, und sowohl der Deckel der Zuckerdose als auch der Teller zerbrachen in zwei Teile, sodass der schöne Tagtraum jäh zerplatzte.

„Jetzt guck mal, was du gemacht hast, Maggie!", sagte Hazel vorwurfsvoll, sammelte die beiden Hälften des ehemals schönen Tellers mit den Kränzen aus gelben Rosen und grünen Blättern darauf ein und drückte sie fest an sich. Ihr Herz fühlte sich genauso zerbrochen an wie der Puppenteller. „Kannst du denn nicht aufpassen? Ich hätte dir nie erlauben sollen, dass du die Sachen anfasst."

Maggies Augen füllten sich sofort mit Tränen, und ihre Unterlippe bebte, woraufhin Mama so schnell über den Hof geeilt kam, dass ihre bloßen Füße Staub aufwirbelten. Als sie bei ihnen ankam, verbarg Maggie ihr Gesicht in Mamas Kittelschürze.

„Du solltest dich schämen, deine Schwester so anzufahren. Sie hat es doch nicht mit Absicht getan!“, sagte Mama mit einem finsteren Blick auf Hazel.

Aber die starrte nur auf Mamas Hand, die Maggie liebevoll und beruhigend über den Kopf streichelte. Wieso streichelte und beruhigte Mama nicht sie? Schließlich hatte doch sie den Verlust erlitten. „Aber sie hat den Teller und den Deckel von der Zuckerdose kaputt gemacht.“

„Den Teller hast aber du selbst fallen lassen, Hazel, und dadurch die beiden Teile selbst zerbrochen.“

Dabei hätte sie den Teller bestimmt nicht fallen lassen, wenn sie nicht versucht hätte, die Apfelkiste vor dem Umkippen zu bewahren, und das sagte sie Mama auch. Papa hätte jetzt wahrscheinlich gesagt, sie solle aufhören, ihrer Mutter Widerworte zu geben, und Mamas Miene war auch tatsächlich noch finsterer geworden, als sie sagte: „Dadurch, dass du Widerworte gibst, werden die Sachen auch nicht wieder heil.“ Doch dann war in ihrem Blick auch ein Hauch von Mitgefühl zu erkennen. Sie schob Maggie ein bisschen zur Seite und streckte die Hände aus. „Zeig mal die Teile. Das ist ja ein glatter Bruch. Ich glaube, das kann ich kleben.“

Hazel schluckte die Worte herunter, die ihr auf der Zunge lagen – *aber dann ist es trotzdem nicht mehr wie vorher* –, und gab erst die beiden Tellerhälften zögerlich in die Obhut ihrer Mutter und danach auch die beiden Hälften des Zuckerdosendeckels.

Mama steckte alles in ihre Schürzentasche und sagte: „So, und jetzt räumt eure Spielsachen ein und kommt in die Küche. Ich habe etwas zu tun für euch.“ Und mit diesen Worten ging sie zurück ins Haus.

Als Hazel das zerbrechliche Puppengeschirr in das verdorrte Gras stellte, biss sie die Zähne so fest zusammen, dass es wehtat. Dann drehte sie die Apfelkiste um, setzte ihre Stoffpuppe hinein und stellte die Teekanne, Tassen, Untertassen und Teller um die Puppe herum. Als Maggie sich bückte und auch eine Tasse einräumen wollte, schob Hazel sie weg und sagte. „Lass das."

„Aba ich will helfen."

„Nein. Lass mich das machen."

„'kay", gab Maggie sich geschlagen, nahm ihre Puppe, die Papa ihr zu ihrem letzten Geburtstag aus dem Spielwarenkatalog bestellt hatte, und umschlang sie mit beiden Armen. Dann wiegte sie sich hin und her, sodass ihr rosa Musselinkleidchen mitschwang, und fragte: „Spieln wir morgn wieda susammn, Hazel May?"

Auf keinen Fall mit dem Puppengeschirr. Nie wieder mit dem Puppengeschirr! Aber sie sagte: „Mal sehen."

Dann nahm sie die Apfelkiste vom Boden auf und trug sie ins Haus, Maggie ihr immer auf den Fersen. Im Haus angekommen, schickte Hazel ihre Schwester schon in die Küche, während sie selbst die Treppe hinaufging und die Kiste ganz hinten in einer dunklen Ecke ihres Schrankes verstaute, wo Maggie sich nicht hintraute. Als das Teeservice in Sicherheit gebracht war, stieg Hazel die Treppe wieder hinunter und ging in die Küche.

Dort wartete Mama schon mit dem Eierkörbchen, lächelte, als sie es Hazel gab, und sagte: „Geh doch bitte zu dem Brombeergebüsch im Wald und pflücke mir einen Korb voll Brombeeren, ja? Und trödele nicht, denn ich möchte zum Abendessen überbackene Brombeeren machen."

Schon bei dem Gedanken daran lief Hazel das Wasser im Mund zusammen, weil dieser Nachtisch so schön süß war, eine echte Leckerei. Und vor allem, wenn als Früchte Brombeeren darin waren – denn normalerweise machte Mama aus Brombeeren immer nur Marmelade. „Bekommen wir Besuch?", fragte sie und hoffte, dass es nicht so war, denn wenn sie den Brombeerauflauf noch mit Gästen teilen mussten, würde jeder nur eine ganz kleine Portion bekommen.

Mama zog eine Augenbraue hoch und sagte: „Hast du vergessen, dass Papa heute Geburtstag hat?"

Sie zog den Kopf ein, denn sie hatte es tatsächlich vergessen. Jetzt musste sie sich aber wirklich sputen, damit sie Papa später noch eine Karte basteln konnte, um sie ihm vor dem Abendessen zu überreichen. Sie hängte sich also den Korb über den Arm und ging zur Tür.

„Nimm deine Schwester mit", hörte sie Mama hinter sich sagen.

Mit einem Ruck drehte sich Hazel um. „Bitte nicht, Mama. Dann dauert es ewig."

Doch Mama presste streng die Lippen zusammen und entgegnete: „Ich habe noch viel zu tun und hier ist sie mir nur im Weg. Du nimmst sie bitte mit. Und beeil dich." Mit diesen Worten schob sie die beiden Mädchen zur Hintertür hinaus.

Wie sollte sie sich denn beeilen, wenn sie Maggie dabeihatte? Die kurzen Beinchen ihrer Schwester würden schon auf halbem Weg zu der Brombeerstelle müde werden. Doch weiter zu widersprechen, war reine Zeitverschwendung, und außerdem lief ihr beim Gedanken an den Brombeernachtisch schon jetzt das Wasser im Mund zusammen. Also befahl sie Maggie, sich ihre allgegenwärtige Puppe unter den einen Arm zu klemmen, nahm die andere Hand ihrer kleinen Schwester und machte sich auf den Weg. Dabei zog sie ab und zu ruckartig an Maggies Hand, damit sie nicht stehenblieb.

Als sie die Straße entlanggingen, kam von Westen ein Pferdefuhrwerk und von Osten eine glänzende Limousine, sodass die beiden Mädchen die steinige, steil ansteigende Böschung am Straßenrand ein Stück hinaufkraxeln mussten, damit die beiden Fahrzeuge aneinander vorbeikamen. Hazel hatte ihren Arm um Maggie gelegt und tippte ungeduldig mit der Schuhspitze, weil ihr diese weitere Verzögerung gar nicht gefiel. Das Fuhrwerk fuhr an ihnen vorbei und dann weiter, aber das Auto bremste ab und hielt an. Mrs Burton, die Leiterin des Waisenhauses im Westen der Stadt, steckte den Kopf zum Fenster hinaus.

„Guten Morgen, Mädels.“ Dabei bedachte sie Maggie mit einem besonders freundlichen Lächeln. Die Kleine wurde von fast allen Leuten besonders freundlich angelächelt, denn sie war so klein und hübsch wie ein Porzellanpüppchen, und außerdem war sie ein ganz besonders liebenswertes Kind. Hazel wusste in diesem Moment selbst nicht so genau, ob sie darauf eher stolz oder eifersüchtig war.

„’n Morgen“, sagte Hazel.

„Morgen“, wiederholte Maggie wie Hazels Echo.

„Na, wohin seid ihr zwei denn mit dem Korb unterwegs?“

Hazel wünschte, sie hätte einfach schnell weitergehen können, denn sie hatte es eilig und wollte möglichst schnell zu der Brombeerstelle. „Wir sollen Brombeeren pflücken, Mama will einen Brombeerauflauf machen.“

„Tut mir leid, dann kann ich euch nicht mitnehmen“, sagte die Frau seufzend. „Die Brombeerstelle liegt nicht in meiner Richtung. Aber ich wünsche euch viel Spaß, ihr beiden. Und passt auf, dass ihr euch nicht an den Dornen pikst, hört ihr?“ Dann winkte sie noch kurz und das Auto brummte davon.

Hazel führte Maggie wieder in die Mitte der Straße, wo durch die Räder der vielen Fahrzeuge richtige Furchen entstanden waren. Mit leicht zusammengekniffenen Augen schaute sie nach vorn und überlegte. Ungefähr einen halben Kilometer weiter führte ein kleiner Pfad, den das Wild getrampelt hatte, direkt zu dem Brombeergebüsch, aber es gab noch einen kürzeren Weg. Er war zwar unebener und schwieriger zu gehen, aber je schneller sie die Brombeeren pflückte, desto schneller konnte sie wieder zu Hause sein und die Karte für Papa basteln. Sie wollte sich dafür richtig viel Zeit nehmen, damit sie besonders schön wurde und er nicht merkte, dass sie seinen Geburtstag vergessen hatte.

„Los, Maggie, jetzt komm schon. Hier geht's lang."

Mit verschwitztem Gesicht und strähnig herunterhängenden Locken strahlte ihre kleine Schwester sie von unten an und sah so niedlich aus, dass Hazel sich dabei ertappte, wie sie zurücklächelte.

Sie hatten jetzt die Schotterstraße verlassen und stiegen eine kleine Anhöhe hinauf. Immer wieder mussten sie sich tief ducken, um unter herunterhängenden Zweigen hindurchzukommen, oder Zweige wegdrücken, die ihnen den Weg versperrten. Maggie war inzwischen völlig außer Atem, und ihr kleines Gesicht war gerötet, doch sie beklagte sich nicht einmal, wenn die Zweige ihr Gesicht oder ihren Kopf streiften, sodass die Haarschleife schon ganz schief saß.

„Wir sind gleich da", sagte Hazel, hob ein Gewirr von Ästen an und bedeutete Maggie mit einer Geste hindurchzugehen. Ihre Puppe fest an sich gedrückt quetschte sich die kleine Schwester an Hazel vorbei. Die folgte ihr und ließ die Zweige dann zurückschnellen. Plötzlich blieb Maggie so abrupt stehen, dass Hazel zur Seite ausweichen musste, um nicht über ihre kleine Schwester zu fallen. „Hey, was machst du denn?"

Maggie zeigte mit fragend gerunzelter Stirn auf eine aufgewühlte Stelle im Waldboden.

Obwohl sie es eilig hatten, konnte Hazel nicht widerstehen, sich hinzuhocken und die Grassode anzuheben, die von Wurzelwerk zusammengehalten wurde. Darunter lag in einer weichen Höhle ein Knäuel von vier kleinen Kaninchen. Sie senkte die Stimme und flüsterte: „Guck mal, Maggie – Babyhäschen."

Da strahlte Maggie, und Hazel spürte, dass gleich ein begeistertes Quietschen folgen würde. Deshalb legte sie den Zeigefinger auf den Mund und schüttelte den Kopf. „Pst. Sonst erschrecken sie. Lass sie lieber schlafen."

Mit staunender Miene kniete Maggie sich neben Hazel. „Tann ich die streicheln?"

„Nein."

„Will sie abba streicheln, Hazel Mae."

Daraufhin erklärte Hazel ihrer kleinen Schwester, weshalb man die kleinen Tiere nicht anfassen durfte, genauso wie man es ihr erklärt hatte, als sie zum ersten Mal einen Kaninchenbau entdeckt hatte. „Wenn du sie anfasst, kommt ihre Mama nicht wieder zurück zu ihnen, und ohne ihre Mama sterben sie. Und du willst doch nicht, dass die Häschen sterben, oder?"

Maggie schüttelte so heftig den Kopf, dass die verschwitzten Locken wippten.

„Dann lassen wir sie jetzt lieber in Ruhe." Sie deckte die Grassode wieder über die Kuhle mit den kleinen Kaninchen und stand auf. „Komm jetzt", sagte sie, griff nach Maggies Hand und zog sie mit.

Maggie trottete wieder neben ihr her, stolperte aber ab und zu, weil sie sich immer wieder zu der Stelle umdrehte, wo die kleinen Häschen schliefen.

Beim Brombeergebüsch angekommen sorgte Hazel dafür, dass sich Maggie mit ihrer Puppe an einem schattigen Plätzchen niederließ. Dann drohte sie mit dem Zeigefinger und sagte: „Nicht weglaufen!" Während die kleine Schwester mit der Puppe spielte und dabei zufrieden vor sich hin brabbelte, pflückte Hazel Brombeeren, so schnell sie konnte. Ihre Fingerspitzen verfärbten sich lila und mehr als einmal blieb sie an Dornen hängen. Doch sie ignorierte das Piksen und pflückte weiter. Hin und wieder warf sie einen Blick in das Körbchen, um zu schauen, wie viel sie schon geschafft hatte.

Als es etwa halb voll war, wurde aus Maggies fröhlichem Geplapper plötzlich lautes Geschrei. Hazel bekam einen solchen Schreck, dass das Körbchen an ihrem Arm heftig hin und her schwang, und sie holte schon Luft, um loszuschimpfen, aber die Worte blieben ihr im Hals stecken, als sie eine wohl anderthalb Meter lange schwarze Schlange erblickte, die sich nur ein paar Meter von der Stelle entfernt, wo Maggie saß, durchs Gras schlängelte.

Hazel ließ den Korb fallen und sprang vor ihre Schwester, woraufhin die Schlange zwar ihre Richtung änderte, jetzt aber direkt auf den Kaninchenbau zukroch. Sie konnte doch nicht zulassen, dass die grässliche Schlange die Häschen fraß! Sie drängte also Maggie noch weiter ins Gebüsch, wo die Brombeeren aus dem Körbchen überall im Gras verstreut lagen. „Sammle die Brombeeren wieder in den Korb, ich bin gleich wieder da", sagte sie zu ihrer Schwester, griff gleichzeitig nach einem dicken abgestorbenen Ast, rannte hinter der Schlange her und schlug dabei immer wieder mit dem Ast vor sich auf den Boden. Die Schlange wand sich im Zickzack vor ihr her, aber immer noch in Richtung des Kaninchenbaus. Hazel machte ein paar große Schritte um das Tier herum und fuchtelte mit dem Ast, sodass die Schlange kurz innehielt, den Kopf hob und zischelte. Dabei schienen die hellen Augen sie direkt anzustarren. Doch Hazel schlug ein paar Mal heftig mit dem Ast auf den Boden und schrie: „Los, hau ab! Weg hier, du blöde Schlange! Geh weg!"

Die Schlange senkte daraufhin wieder den Kopf und ergriff die Flucht, aber Hazel verfolgte sie und schrie und schlug so lange weiter mit dem Ast auf den Boden, bis sie ganz sicher war, dass sie das Tier endgültig vertrieben hatte. Dann wischte sie sich über die Stirn und stieß einen erleichterten Seufzer aus. Die Häschen waren in Sicherheit. Sie warf also den Ast weg und hastete zurück zu den Brombeeren. Triumphierend trat sie aus dem Gebüsch und rief: „Ich hab's geschafft, Maggie! Ich hab sie verscheucht!"

Doch dann blieb sie stehen und stutzte. In der der Nähe des umgekippten Brombeerkörbchens lag die Puppe im Gras, aber ihre Schwester war nirgends zu sehen. Mit gerunzelter Stirn schaute sie erst nach links und dann nach rechts. „Maggie?"

Ganz langsam ging Hazel weiter und suchte die Umgebung ab. Auf dem Boden waren überall zerquetschte Brombeeren verstreut, ein Beweis, dass ihre Schwester darauf herumgetrampelt war. Ob Maggie vielleicht beschlossen hatte, Verstecken zu spielen? In einem spielerischen Singsang rief Hazel immer wieder: „Ma-a-aggie, wo bi-i-ist du?“, und lauschte dann auf ein verräterisches Kichern, aber die einzige Antwort war das Wispern des Windes in den Bäumen. Doch sie hatte jetzt wirklich keine Zeit zum Spielen. Deshalb stemmte sie die geballten Fäuste in die Hüften und rief: „Margaret Rose Blackwell, ich spiele nicht mit. Wenn du keinen Ärger willst, dann komm jetzt lieber raus!“

Ein paar Hüttensänger kamen aus einer knarrenden Eiche herausgeflattert, aber Maggie kam nicht aus dem Gebüsch hervor. Ein kalter Schauer lief Hazel über den Rücken, obwohl sie wegen der drückenden Hitze völlig verschwitzt war. „Jetzt komm schon, Maggie, das ist nicht lustig.“ Ganz langsam drehte sie sich noch einmal um die eigene Achse und rief dabei immer wieder den Namen ihrer Schwester, aber Maggie antwortete immer noch nicht. Die Stille machte Hazel nervös. Da war kein Keckern von Eichhörnchen, kein Vogelgezwitscher, und da war nicht einmal ein Kaninchen, das an den zarten Grasspitzen unter den Bäumen knabberte.

Mit einem sorgenvollen Stein im Magen suchte sie erst das Gebüsch ab und dann die nähere Umgebung. Ihr Herz schlug schneller, als sie Maggies Haarband entdeckte, das in Schulterhöhe an einem Ast baumelte. Sie zerrte es los und starrte es dann an. Maggie musste sich also mindestens dreißig Meter von dem Brombeergebüsch entfernt haben. Wie hatte sie das in so kurzer Zeit schaffen können?

Hazel steckte das Haarband in ihre Tasche und legte sich die Hände wie einen Trichter an den Mund. „Maggie, wo auch immer du bist, hör jetzt auf damit und komm raus, sonst kriegst du mächtig Ärger!“ Sie wartete ein paar Sekunden und lauschte, aber es war nichts als Stille zu hören.

Sie schlang sich die Arme um die Schultern und kämpfte mit den Tränen. Warum antwortete Maggie bloß nicht? Vielleicht hatte sie sich ja wie ein kleines Kaninchen irgendwo zusammengerollt und war eingeschlafen. Wieder begann sie zu suchen, bewegte sich langsam vorwärts, spähte in Büsche und unter tief hängende Zweige.

Die Minuten verstrichen ohne ein Lebenszeichen von ihrer Schwester. Hazel bekam jetzt solche Angst, dass sich ein bitterer Geschmack in ihrem Mund ausbreitete. Sie begann zu rennen, zog im Zickzack einen großen Kreis um das Brombeergebüsch und rief dabei immer wieder Maggies Namen, manchmal flehend – manchmal musste sie beim Rufen sogar ein Schluchzen unterdrücken –, und dann wieder klang das Rufen wie ein zorniges Knurren. Sie suchte und rief, bis ihre Kehle so trocken war, dass kein Laut mehr herauskam und ihre Muskeln zitterten.

Sie blieb stehen, beugte sich vor und stützte sich mit den Händen auf die Knie. Ihre Brust schmerzte, Schweiß lief ihr übers Gesicht und vermischte sich mit ihren Tränen. Mama und Papa würden so enttäuscht von ihr sein, dass sie Maggie im Wald verloren hatte, aber sie würde es ihnen sagen müssen, denn sie brauchte Hilfe. Sie holte einmal tief Luft, versuchte, sich zu orientieren, und machte sich dann auf den Heimweg.

Kapitel 2

Siebzig Jahre später
Las Vegas, Nevada

Meghan

„Ich hole es Ihnen heraus, Miss."

Meghan schob sich ein paar Zentimeter vorwärts und erlaubte dem Cowboy, dessen Knie sich während des Fluges von Little Rock nach Las Vegas unentwegt in die Rückenlehne ihres Sitzes gebohrt hatten, ihr Handgepäck aus dem Gepäckfach zu holen. Der Anblick, wie sich sein kariertes Hemd über der Brust spannte, als er sich nach ihrer Tasche ausstreckte, gefiel ihr ausnehmend gut. Ein positiver Aspekt des Umstandes, dass sie die blöden Krücken brauchte, war die Erkenntnis, dass es immer noch Gentlemen gab. Und manche von ihnen, so wie beispielsweise dieser hier, putzten sich sogar mit Westernklamotten heraus – vom Cowboyhut bis zu den Stiefeln –, sodass sie auch noch eine richtige Augenweide waren.

„Und wie wollen Sie die Tasche jetzt tragen?" Er beäugte sie unter der geschwungenen Krempe seines cremefarbenen Hutes hervor. Er war ganz eindeutig einer von den Guten.

„Wenn Sie kurz meine Krücke halten, dann nehme ich die Tasche auf den Rücken."

„Aha", meinte er nur und schwang sich dann die Tasche selbst über die Schulter.

„Aber ich …"

„Ich trage sie Ihnen", sagte er, und als er sie dabei angrinste, entstanden auf seinen gebräunten Wangen zwei hinreißende Grübchen. „Dann halten wir die Leute hinter uns nicht unnötig auf."

Ein Blick hinter ihn bestätigte, dass dort eine ganze Reihe von Leuten schon ungeduldig wurden. Und er war auch noch so nett, *wir* statt *Sie* zu sagen.

„Danke, das ist wirklich nett von Ihnen."

Sie humpelte den Mittelgang des Fliegers entlang, und zwar ziemlich langsam, zum einen wegen ihres Gipsbeins und der Krücken, aber in erster Linie, weil der Gang so eng war. Vielleicht hätte sie sitzen bleiben sollen, bis alle anderen Passagiere den Flieger verlassen hatten.

In den Gesprächen an Bord war es in erster Linie um Einarmige Banditen, Blackjack und Poker gegangen. Die Leute wollten unbedingt ihr Geld in den Kasinos loswerden, und jetzt war sie schuld daran, dass sich alles verzögerte. Aber auch sie hatte ein dringendes Anliegen in der Stadt. Sie hatte seit drei Jahren ihre Großmutter nicht gesehen.

So sehr sie den Unfall auch verwünschte, der ihr eine sechswöchige Zwangspause eingebracht hatte, darüber, diese Zeit bei Großmama zu verbringen, war sie absolut nicht unglücklich. Weder Großmama noch Mama wurden jünger, auch wenn Mama ziemlich unwirsch reagieren konnte, wenn Meghan ihr Alter erwähnte. Sean Eagle, ihr Arbeitspartner in der Abteilung der Kriminalpolizei, bei der sie arbeitete, bezeichnete ihren überraschenden Urlaub als Geschenk Gottes. Manche der Kollegen aus dem Office fanden Seans religiöse Anspielungen penetrant, aber sie würde nicht abstreiten, dass diese Reise ein versteckter Segen war.

Als sie von Bord des Fliegers gingen, kam eine Mitarbeiterin der Fluggesellschaft zu Meghan geeilt. „Hier herüber, Ma'am."

Meghan schaute sich um. „Meinen Sie mich?"

„Ja, Ma'am."

Meghan runzelte die Stirn. Seit wann waren denn unverheiratete Endzwanzigerinnen „Ma'ams"?

„Ich habe einen Rollstuhl für Sie."

„Aber ich habe gar keinen Rollstuhl bestellt."

Die junge Frau schaute verwirrt auf Meghans Krücken. „Aber …"

Darüber musste Meghan lächeln und erklärte: „Es macht mir wirklich nichts aus zu laufen." Wenn sie sechs Wochen im Rollstuhl verbrächte, würde sie hinterher nicht mehr in die Hosenanzüge passen, die sie bei der Arbeit trug. Sie trat ein bisschen zur Seite, sodass die anderen Passagiere an ihr vorbeikonnten, und wandte sich dann lächelnd wieder dem Cowboy zu. „So, jetzt nehme ich meine Tasche aber selbst. Vielen Dank für Ihre Hilfe."

Er runzelte die Stirn und schaute die Fluggastbrücke hinauf, die ins Flughafengebäude führte. „Sind Sie ganz sicher, dass ich Ihre Tasche nicht lieber bis zur Gepäckabholung tragen soll? Es macht mir wirklich nichts aus."

Sie konnte es gar nicht erwarten, ihrer Mutter zu erzählen, dass es immer noch richtige Kavaliere gab. In der Abteilung für ungeklärte Fälle, in der sie arbeitete, nahmen ihre männlichen Kollegen jedenfalls keine Rücksicht auf sie oder machten Zugeständnisse, weil sie eine Frau war. Irgendwie war ihr die Aufmerksamkeit des Cowboys deshalb auch ein bisschen peinlich, aber in erster Linie gefiel sie ihr. Sie merkte, dass sie gerne wie eine Dame behandelt wurde.

Mama würde natürlich behaupten, die rücksichtsvolle Behandlung hätte nur mit ihren Krücken zu tun. Immer so zynisch, die Gute …

Sie lachte also kurz auf und sagte: „Nein, das schaffe ich jetzt wirklich allein. Ich muss mir die Tasche nur auf den Rücken hieven."

Daraufhin zuckte er mit den Achseln und gab die Tasche der uniformierten Angestellten der Fluggesellschaft, die in der Nähe stand.

„Also gut. Dann wünsche ich Ihnen eine schöne Zeit in Las Vegas." Er tippte sich kurz an den Hut, ging weiter, reihte sich in den Strom von Menschen ein und war schon bald verschwunden.

Die freundliche Mitarbeiterin der Fluggesellschaft half ihr dann, die Henkel der Reisetasche über ihre Arme zu schieben, sodass sie die Tasche auf dem Rücken tragen konnte. Die dicken Henkel schnitten ihr zwar ins Fleisch, aber das war nicht weiter der Rede wert. Nachdem sie eine Karambolage von drei Autos überlebt hatte, bei der zwei andere Beteiligte ums Leben gekommen waren, würde sie sich nie mehr über Kleinigkeiten wie einschneidende Taschenhenkel beklagen.

Wieso nur hatte sie ein solches Glück gehabt und die anderen nicht?

Meghan schob das leise, aber hartnäckige Schuldgefühl beiseite, bedankte sich bei der Angestellten und ging zum Ende der Menschenschlange, die sich über die Fluggastbrücke ins Flughafengebäude bewegte. Dabei hallte das dumpfe Geräusch der Krücken laut auf dem Metallboden. Sie trat von der stickigen Fluggastbrücke hinaus in einen Luftstoß aus der Klimaanlage. Und in eine dichte Menschenmenge. In der Mitte der breiten Gänge waren überall Einarmige Banditen aufgestellt, die fast alle von Spielern besetzt waren. Kleine Menschentrauben standen um die Spielautomaten herum und sie hätte sich beim Lärm der Automaten und dem Stimmengewirr am liebsten die Ohren zugestöpselt.

Sie folgte den Schildern zur Gepäckabholung, verzichtete dabei auf die Laufbänder und hielt sich auf dem Gang so weit wie möglich rechts, um nicht von denen, die zwei gesunde Beine hatten, umgerannt zu werden. Zweimal hielt ein Elektrokart neben ihr an, und sie bekam vom Fahrer das Angebot, sie mitzunehmen, aber beide Male lehnte sie dankend ab. Nach dem langen Sitzen im Flieger fühlte es sich gut an, wieder in Bewegung zu sein, auch wenn Mama wahrscheinlich darüber geschimpft hätte, dass sie so hartnäckig Hilfe ausschlug. *„Manchmal bist du einfach zu selbstständig, als dass es noch gut für dich wäre,*

Meghan D'Ann" – aber mit Mama war über so etwas auch nicht gut zu reden. Manchmal fragte sich Meghan, ob ihre Mutter Vorsitzende einer ganzen Generation von Feministinnen gewesen war. Sogar die Klempnerarbeiten im Haus erledigte sie selbst.

In der Nähe der Gepäckabholung warteten bereits eine ganze Reihe von ernst dreinblickenden Chauffeuren, die Schilder mit Namen darauf hochhielten. Neugierig warf sie einen Blick auf die Schilder. Vielleicht war ja ein Star einer der vielen Shows in der Touristenmetropole eingeflogen worden. Sie hätte nichts dagegen gehabt, einen Blick auf Bette Midler oder einen der Osmond Brothers zu erhaschen.

Terrence Blake, Huston Family, Dexter Inc., Meghan DeFord ... Abrupt blieb sie stehen. Meghan DeFord? Damit konnte doch unmöglich sie gemeint sein. Es gab bestimmt noch eine andere Meghan DeFord. Aber andererseits hätte es ihrer Großmutter auch ähnlich gesehen, sie so zu überraschen. Mama beklagte sich oft über Großmamas Hang zu extravaganten Geschenken, aber Meghan hatte noch nie verstanden, wieso ihre Mutter diesen Charakterzug als so störend empfand. Es gab allerdings vieles an der Beziehung zwischen ihrer Mutter und ihrer Großmutter, was sie nicht verstand und was sie zum Teil sogar irritierte. Vielleicht würde Meghan ja während des langen Aufenthalts bei ihrer Großmutter etwas mehr darüber in Erfahrung bringen.

Sie verlagerte noch einmal das Gewicht der Tasche auf ihrem Rücken, indem sie die Schultern bewegte, und ging dann auf den Fahrer zu, der das Schild mit ihrem Namen hochhielt. „Entschuldigen Sie, ich bin Meghan DeFord aus Little Rock, Arkansas. Sie ..." Sie lachte leise, schaute sich verlegen um und fuhr dann fort: „Sie sind aber nicht meinetwegen hier, oder?" Wenn er jetzt nein sagte, würde sie vor Scham im Boden versinken.

Aber er warf das Schild in den nächsten Mülleimer, streckte ihr die behandschuhte Hand hin und sagte: „Doch Ma'am. Ich hole Sie im Auftrag von Mrs Hazel Blackwell-DeFord ab."

Also doch wie sie vermutet hatte. Sie lächelte und wurde von einer Woge von Erinnerungen überrollt. „Na, da werde ich aber verwöhnt!"

Er nahm ihr die Tasche vom Rücken, und sie ließ zu, dass ihr ein erleichterter Seufzer herausrutschte. Der Chauffeur behielt ihre Tasche in der Hand und fragte: „Haben Sie noch mehr Gepäck?"

Sie musste sich beherrschen, nicht loszuprusten. Als ob sie jemals nur mit Handgepäck reisen würde! Als Sean sie morgens früh am Flughafen abgesetzt hatte, hatte er sie scherzhaft gefragt, ob sie vorhabe, mit Sack und Pack nach Nevada umzuziehen.

„Ja, hab ich", antwortete sie jetzt auf die Frage des Chauffeurs.

„Dann wollen wir es mal holen."

Mit der Tasche in der Hand begleitete er sie zum Gepäckkarussell. Es dauerte eine Weile, bis sie sich durch die Menschenmassen so weit durchgekämpft hatten, dass sie die Gepäckstücke auf dem schwarzen Band sehen konnten, und nach dem langen Reisetag hatte es beinah hypnotische Wirkung auf Meghan, die Koffer und Taschen vorbeigleiten zu sehen. Doch als sie dann endlich ihre eigenen Koffer erblickte, schüttelte sie ihre Müdigkeit ab und sagte: „Da, die beiden roten Koffer gehören mir."

Wenn die beiden abgenutzten Gepäckstücke, die sicher schon bessere Tage erlebt hatten, seine Geringschätzung hervorriefen, dann gelang es ihm besser, das zu verbergen als den beiden Teenagern, die in der Nähe standen. Sie zeigten lachend auf die beiden Koffer und machten vielsagende Gesichter.

Meghan verdrehte die Augen. Es brauchte ihr wirklich niemand zu sagen, dass ihre Koffer furchtbar aussahen. Mama regte sich ständig darüber auf, dass sie sie immer noch benutzte. *„Himmel, du verdienst doch gut, also kauf dir endlich mal anständige Koffer."* Aber sie hatte die Koffer vor neun Jahren von Großmama zum Schulabschluss geschenkt bekommen, und selbst wenn sie auseinanderfielen, würde Meghan sich nicht davon trennen.

Der Chauffeur hob die beiden zerschrammten, mit Klebeband reparierten Rollkoffer von dem Gepäckkarussell, packte die Tasche auf den größeren der beiden und nickte ihr dann zu. „Hier entlang, bitte", sagte er und ging los. Mit jeder Hand rollte er einen Koffer neben sich her, und sie setzte die Krücken so schnell sie konnte, um mit ihm Schritt zu halten. Sie nahm ihm das Tempo nicht übel, denn weil sie einmal einen Taxifahrer gedatet hatte, wusste sie, dass er umso mehr verdiente, je mehr Fahrten er machte. Der Chauffeur wollte sie wahrscheinlich so schnell wie möglich abliefern und dann den nächsten Fahrgast abholen.

Der Mann führte sie zu einer gepflegten silbernen Limousine und hielt ihr die Tür auf. Sie überlegte kurz, ob sie ihn bitten sollte, noch rasch ein Foto von ihr neben dem schicken Wagen zu machen, bevor sie losfuhren, aber das hätte die Abfahrt nur noch weiter verzögert. Und wem hätte sie es auch zeigen sollen? Ihrer Mutter? Den Kollegen im Büro? Sie konnte sich die Reaktionen gut vorstellen. Und außerdem strahlte die Hitze so stark vom Gehweg ab, dass ihre Fußsohlen schon durch die Sneakers heiß wurden, obwohl der Gehsteig im Schatten von Markisen lag. Es hieß, die Hitze in Nevada sei trocken, aber auch bei null Prozent Luftfeuchtigkeit waren 43 Grad nun mal brüllend heiß.

Sie gab dem Fahrer ihre Krücken und stieg unbeholfen hinten in den Wagen. Kühle Luft blies ihr ins Gesicht und erfasste die Haarsträhnen, die sich aus ihrem Pferdeschwanz gelöst hatten und im Luftstrom einen wilden Tanz aufführten. Mit einem Seufzer ließ sie sich in der Mitte der weich gepolsterten Lederrückbank fallen. Zweimal federte der Wagen nach, als ihre Koffer im Kofferraum verstaut wurden, bevor mit einem leisen dumpfen Geräusch der Kofferraumdeckel zugeschlagen wurde und der Fahrer einstieg.

Er schaute kurz durch den Rückspiegel zu ihr nach hinten. „Alles klar?"

„Ja."

Dann schloss er die Scheibe zwischen Fahrer und Fahrgastraum, fuhr los und fädelte die Limousine in den fließenden Verkehr ein, was natürlich nicht ohne Hupkonzert vonstattenging.

Während der Fahrt vom Flughafen zu Großmamas Haus in Kendrickson schaute Meghan nicht durch die getönten Autoscheiben nach draußen, denn sie kannte Vegas, und offen gestanden war die Stadt nicht ihr Fall. Ihr waren Kleinstädte wesentlich lieber. Aber sie genoss den gepolsterten Sitz, die kühle Luft mit Blütenduft aus der Klimaanlage, die ihr das Haar zerzauste, und die Cola aus dem eingebauten Eiskühler. Sogar eine Packung Pfefferminzkonfekt lag auf dem Deckel des holzvertäfelten Eisbehälters bereit. Es stand zwar nicht ihr Name darauf, aber ihr war klar, dass sie für sie gedacht war. Großmama und sie hatten sich früher immer eine Packung davon geteilt, wenn sie Familienfilme geschaut hatten.

Großmama ... Schon komisch, wie viele Erinnerungen hochkamen, wenn sie nur an das Wort dachte. Die vier Wochen im Sommer, die sie bei ihrer Großmutter verbrachte, waren in ihrer Kindheit ihre liebste Zeit gewesen. Mama hatte zwar jedes Mal aufs Neue versucht, ihr den Besuch bei Großmama auszureden – hatte sie gelockt mit Schwimm- oder Tennisstunden, Fahrten in Freizeitparks oder einem jungen Hund –, aber keine noch so spektakuläre Ferienaktivität konnte mit diesen Wochen bei Großmama mithalten.

Meghan liebte ihre Mutter, und sie wusste, dass Mama sie auch liebte, aber Großmama hatte eine Art, sie mit Zuneigung, Zuhören und einer so intensiven Aufmerksamkeit zu überschütten, dass sie das Gefühl hatte, alles andere auf der Welt wäre unwichtig. Für Meghan war ihre Großmama der Inbegriff selbstloser Liebe, und die Zeit zwischen den Besuchen bei ihr kam ihr immer viel zu lang vor.

Sean hatte recht. Der Unfall hatte auf jeden Fall etwas von einem Geschenk des Himmels.

Als die Limousine langsam von der Hauptstraße abbog, richtete Meghan sich ein wenig auf, um hinauszuschauen. Vor lauter Vorfreude ging ihr ein leiser Schauer über den Rücken, denn sie hatten jetzt die Sackgasse erreicht, in der Großmama wohnte. Meghan warf die leere Flasche in den Müllbehälter und steckte die noch halb volle Packung Pfefferminzschokolade in die Tasche. Den Rest würde sie sich mit Großmama teilen.

Ganz zappelig vor Aufregung wartete sie im klimatisierten Wageninneren, während der Fahrer ihr Gepäck aus dem Kofferraum auslud und es ans Ende der Auffahrt stellte. Dann öffnete er ihr die Tür und half ihr aus dem Wagen, woraufhin ihr auf der Stelle am gesamten Körper der Schweiß ausbrach. Sie hoffte, dass Großmamas Klimaanlage auf Hochtouren lief.

Der Fahrer überreichte ihr noch ihre Krücken und verabschiedete sich dann mit den Worten: „So, und jetzt wünsche ich Ihnen einen angenehmen Aufenthalt."

Meghan zog den Reißverschluss ihrer Handtasche auf. „Moment noch …"

„Vielen Dank, aber für das Trinkgeld wurde schon gesorgt", sagte er und eilte davon.

Sie schüttelte den Kopf und schmunzelte vor sich hin. Großmama hatte wirklich an alles gedacht.

Durch den lichten Schatten von drei Zwergpalmen ging sie die geschwungene Auffahrt zum Eingang hinauf und wie ein Begrüßungsständchen waren Hundegebell und gedämpftes Jaulen hinter dicken Mauern zu hören. Der Lärm war so aufdringlich, dass sie eine Gänsehaut bekam. Die Nachbarn hatten anscheinend eine ganze Hundemeute. Wie Großmama damit wohl fertigwurde? Sie hatte nie Haustiere gehabt, nicht mal einen Goldfisch. Mama dagegen beherbergte einen ganzen Zoo – Hunde, Katzen, ein Salzwasseraquarium und ein halbes Dutzend Meerschweinchen. Wenn Mama Großmama nicht so ähnlich sähe, hätte man meinen können, sie wären gar nicht miteinander verwandt, denn sie waren in jeder Hinsicht grundverschieden.

Meghan überquerte jetzt die gepflasterte Fläche vor dem Haus, die auch als Terrasse diente, und blieb vor der breiten Eingangstür stehen. Irritiert runzelte sie die Stirn, denn das Hundegebell wurde lauter und noch aufdringlicher. Kam das etwa aus Großmamas Haus? Es war doch nicht möglich, dass …Vielleicht war Großmama ja auch umgezogen und irgendwie hatte Meghan nichts davon erfahren. Sie hätte Mama durchaus zugetraut, ihr so eine Information zu verschweigen. Doch Großmama hatte keine neue Adresse erwähnt, als Meghan sie angerufen hatte, um zu fragen, ob sie sie besuchen kommen könne.

Trotzdem beschlich sie eine seltsame Vorahnung, als sie jetzt auf den Klingelknopf drückte.

Das Gebell wurde noch einmal lauter und durchdringender und jemand rief lachend: „Ist ja gut, ist ja schon gut. Sitz!“, die Tür ging auf, und Meghan blieb vor Überraschung der Mund offen stehen.

„Mama! Was machst du denn hier?“

Kapitel 3

Mitte Juli 1943
Cumpton, Arkansas

Hazel Mae

„Hazel Mae Blackwell, was rennst du denn die Straße entlang, als wäre der Teufel hinter dir her? Du kriegst noch einen Hitzschlag."

Hazel bekam gerade noch die hintere Kante von Miss Minnie Achards Pferdefuhrwerk zu fassen. Sie war so außer Atem, dass sie kaum ein Wort herausbrachte. „Ich muss … schnell… nach Hause."

„Was ist denn los?"

„Meine kleine Schwester … sie ist verschwunden."

„Wo denn?"

„Bei… den …Brombeeren."

Die wässrigen Augen der alten Dame weiteten sich. „So tief im Wald? Oh oh, Mädchen …" Sie rutschte zur Seite. „Komm, steig auf. Mein Maultier und ich bringen dich zu deinem Papa."

Miss Minnie meinte es nur gut, aber das alte Maultier war langsamer als eine Schildkröte. „Nein, danke Ma'am, ich laufe lieber. Wenn Sie unterwegs jemanden treffen, könnten Sie dann bitte sagen, dass wir … dass wir Hilfe brauchen bei der Suche?", sagte Hazel.

Miss Minnie nickte so heftig mit dem Kopf, dass die Krempe ihres schlappen Strohhutes wippte. „Klar mache ich das, aber du läufst jetzt besser ein bisschen langsamer, sonst …"

Aber Hazel war schon wieder auf und davon. Ihre Füße wirbelten den Staub von der Straße auf und ihre Lunge schrie nach einer Pause, aber sie biss die Zähne so fest zusammen, dass es wehtat, und zwang sich den Hügel hinauf, obwohl ihre Beine zitterten, es in ihren Armen pochte und ihr der Schweiß in den Augen brannte, aber Schuldgefühle und Sorge trieben sie weiter. Innerlich betete sie ununterbrochen: *Bitte lass ihr nichts passiert sein. Lass sie uns finden. Ich werde nie wieder etwas aus den Augen lassen, wenn du sie uns finden lässt. Bitte, Gott, bitte.*

Sie nahm die letzte Wegbiegung und stolperte quer durch den Garten zum Haus. Ihre Beine fühlten sich an wie Gummi und gaben unter ihr nach, als sie die erste Stufe der Verandatreppe nahm, aber sie zwang sich wieder auf und stürzte durch die Fliegengittertür in die Küche. „Mama!"

Ihre Mutter stand am Arbeitstisch, drehte sich um und runzelte fragend die Stirn. „Wo bleibst du denn? Der Teig für den Auflauf ist schon längst …"

Hazel taumelte weiter vorwärts und keuchte nur „Mama … Mama …" Mehr kam nicht heraus.

Mamas Zornfalten verwandelten sich jetzt in Sorgenfalten. Sie packte Hazel bei den Schultern und schüttelte sie. „Rede mit mir, Mädel. Was ist denn los?" Sie schaute hinaus in den Garten und plötzlich hatte sie Panik im Blick. Ihre Finger gruben sich in Hazels Schultern. „Wo ist Maggie?" Sie beugte sich hinunter, schaute Hazel wild ins Gesicht und fragte noch einmal: „Wo ist deine Schwester?"

Da löste sich ein Schluchzer aus ihrer Kehle und sie antwortete: „Ich… ich habe sie verloren."

Gegenwart
Kendrickson, Nevada

Margaret Diane DeFord

„Jedenfalls bin ich nicht verloren gegangen, falls du das gedacht hast." Diane schob mit dem Fuß das Quartett bellender Dackel von der Tür weg. „Wollt ihr wohl ruhig sein! Ihr kennt Meghan doch." Sie lachte, als die Hunde noch wilder sprangen und noch lauter bellten, und sagte dann lächelnd zu ihrer Tochter: „Sie freuen sich, dich zu sehen."

Meghan rührte sich nicht. „Wieso bist du hier? Ist etwas mit Großmama?"

Die Sorge im Blick ihrer Tochter löste einen Sturm leidenschaftlichen Beschützerinstinktes und gleichzeitig eine Welle von Neid bei ihr aus. Wie konnte Meghan einen Menschen so innig liebhaben, der sie selbst mehr aufregte als irgendjemand sonst auf der Welt?

„Es geht ihr gut. Ich …"

„Margaret Diane, jetzt lass sie doch bitte erst mal herein und mach die Tür wieder zu. Du lässt ja die ganze stickige Hitze rein", rief Dianes Mutter von ihrem Ohrensessel aus, der in einer Ecke des Wohnzimmers stand. „Und krieg um Himmels willen deine kläffenden Bestien in den Griff. Die wecken ja Tote auf."

Diane verdrehte nur entnervt die Augen, warf ihrer Mutter einen finsteren Blick zu und entgegnete: „Sie geht an Krücken, sie ist also nicht gerade flink."

Ihre Mutter stand daraufhin aus ihrem Sessel auf, trat in die Mitte des Raumes und widersprach: „Es sind nicht die Krücken, die sie behindern, sondern die Hunde." Dann klatschte sie in Richtung der Tiere in die Hände und rief energisch: „Los jetzt, weg da! Bewegt euch. Weg!"

Ginger, der älteste der vier Dackel, zog den Schwanz ein und flitzte

Richtung Küche. Duchess, Miney und Molly jagten – immer noch jaulend – hinterher.

„So, und jetzt lass endlich Meghan herein."

Diane trat zur Seite und machte eine ausladende Geste mit der Hand. „Die Queen hat gesprochen. Komm rein."

Meghan trat ins Haus. Mit einem strahlenden Lächeln humpelte sie an ihren Krücken direkt auf ihre Großmutter zu. „Großmama!" Die beiden umarmten sich, und Großmama Hazel beugte sich ein ganz klein wenig hinunter, um sich Meghans kleiner, zierlicher Gestalt anzupassen. Ihr schneeweißes Haar, das sie zu einem Bob geschnitten trug, bildete einen krassen Kontrast zu Meghans vollem braunen Pferdeschwanz, der ihr bis über die Schulterblätter reichte. Sie lösten sich kurz aus der Umarmung, lächelten einander an und umarmten sich dann lachend noch einmal. Wenn Diane sich nicht täuschte, schimmerten Tränen in den braunen Augen ihrer Mutter und ihrer Tochter, und sie musste die Zähne zusammenbeißen, um den Anflug von Eifersucht niederzuzwingen.

Meghan verlagerte ein wenig das Gewicht und stützte sich wieder auf ihre Krücken. „Danke für die Fahrt mit der Limousine. Das war ja eine Überraschung! Ich habe mich wie ein Promi gefühlt, und ganz besonders habe ich mich über die Schachtel Pfefferminzkonfekt gefreut. Ein paar habe ich noch für uns übrig gelassen. Die können wir uns ja heute Abend bei einem guten Film im Fernsehen teilen."

Hazel lachte leise. „Aufs Fernsehprogramm sind wir zum Glück nicht mehr angewiesen. Da läuft inzwischen doch nur noch Müll. Ich habe so einen DVD-Player und einen ganzen Stoß DVDs gekauft. Du darfst eine aussuchen."

„Super!" Meghan schaute über ihre Schulter nach hinten zu Diane und sagte: „Hey Mama, könntest du vielleicht mein Gepäck hereinholen? Im Moment ist ja leider kein gut aussehender Cowboy zur Hand, der das übernehmen könnte." Sie kicherte und wandte sich dann sofort wieder deren Großmutter zu. „Du hättest den Kerl sehen sollen, der im Flugzeug hinter mir saß, Großmama – wie direkt aus einem Western. Mindestens ein Meter neunzig groß und …"

Diane räusperte sich. „Kann bitte jemand die Tür im Auge behalten und mir wieder aufmachen, wenn ich mit den Koffern zurückkomme?"

Ihre Mutter runzelte die Stirn. „Ich habe dir doch beigebracht, Leute nicht zu unterbrechen, wenn sie sich unterhalten, Margaret Diane. Das ist unhöflich."

Mutter hatte ihr vieles beigebracht, unter anderem auch das, aber mittlerweile war sie 47 und damit eindeutig aus dem Alter heraus, gemaßregelt zu werden, ganz besonders, wenn es auch noch in Anwesenheit ihres eigenen erwachsenen Kindes geschah. Mit fest zusammengepressten Lippen ging sie zur Tür und verkniff sich eine Erwiderung, die zweifellos als Respektlosigkeit ausgelegt werden würde. Und Respektlosigkeit fiel nach Mutters Maßstab ebenfalls unter die Rubrik schlechtes Benehmen.

Draußen flimmerte die Hitze auf dem Asphalt, und weil sie Sandalen mit dünnen Ledersohlen trug, brannten ihr sofort die Füße. Sie ging rasch zu den Koffern und packte den Griff des größeren Gepäckstücks. Heiß! Sie schluckte eine Verwünschung hinunter und riss ihre Hand zurück. Wieso hatte sie nicht daran gedacht, Topflappen mitzunehmen? In Nevada zu leben war, als wohnte man in einem Backofen. Sie wickelte einen Zipfel ihrer fuchsiafarbenen Tunika um den Koffergriff und versuchte es noch einmal. Immer noch nicht perfekt, aber schon besser.

Sie stellte den Koffer erst einmal auf der Terrasse ab und hastete leise grummelnd zurück, um die anderen Gepäckstücke zu holen. Drei Koffer? Meghan musste ihre gesamte Garderobe mitgebracht haben. Hatte sie vergessen, dass es Waschmaschinen gab? Und wieso benutzte sie eigentlich immer noch diese schäbigen, abgenutzten alten Dinger?

Die Nachbarn hatten wahrscheinlich gedacht, Mutter hätte sie für den Sperrmüll rausgestellt.

Ihre Mutter hielt jetzt die Eingangstür auf und Diane brachte alles ins Haus. Sie strich sich den dichten Pony aus der Stirn und zog eine Grimasse, als ihre Hand hinterher schweißnass war. „Also ehrlich, hast du noch nie etwas von Reisen mit leichtem Gepäck gehört?“, fragte sie ihre Tochter und deutete dabei mit beiden Händen auf den Gepäckberg. „Das hier ist ja geradezu lächerlich. Ich bin prima mit einem Koffer ausgekommen.“

Ihre Mutter schüttelte darüber nur den Kopf, hakte sich demonstrativ bei Meghan ein und bildete so zusammen mit ihr eine vereinigte Front. Dabei legte sie ihre Schläfe an Meghans Scheitel und sagte: „Ignoriere sie einfach. Seit sie heute Vormittag angekommen ist, macht sie nichts als Theater. Und außerdem hat sie gerade geflunkert. Wenn man die Hundeboxen mitrechnet, hatte sie nämlich fünf Gepäckstücke dabei.“ Sie spitzte die Lippen und fuhr fort: „Sie weiß genau, was ich von Haustieren halte, und trotzdem hat sie ihre gesamte Hundemeute mitgebracht.“

„Ach, wer macht denn hier Theater?“, fragte Diane, ging zum Sofa hinüber und ließ sich auf das mittlere Polster sinken. Sie klatschte sich mit der einen Hand leicht aufs Knie, woraufhin die Dackel alle schwanzwedelnd und mit hängenden Zungen angerannt kamen, aufs Sofa sprangen und sich bei ihr niederließen. Einer auf jeder Seite und zwei auf ihrem Schoß.

Ihre Mutter schloss kurz die Augen, atmete hörbar durch und trat von Meghan weg, wobei die weiten Beine ihrer etwas über knielangen Hose um ihre gebräunten Waden schwangen. „Setz dich doch, Liebes. Ich habe einen Krug mit Eistee im Kühlschrank. Ich hole uns rasch Gläser.“

„Das mache ich schon“, widersprach Meghan.

„Nein, nein, bleib du mal sitzen. Ich habe doch seit Ewigkeiten nicht die Gelegenheit gehabt, dich ein bisschen zu verwöhnen“, sagte ihr Großmama und gab Meghan einen kleinen Stups in Richtung des Sofas. „Ich bin gleich wieder zurück mit dem Eistee und einer Kleinigkeit zu knabbern. Ich hoffe, du magst immer noch Haferflockenkekse.“

„Mit Karamellstückchen statt Rosinen?“

„Ja, natürlich!“

Meghan lachte. „Dann nehme ich ein halbes Dutzend.“

Hazel lächelte und ging in die Küche. Sobald sie verschwunden war, beugte sich Meghan zu Diane vor und fragte flüsternd: „Wieso hast du mir nicht gesagt, dass du auch kommen würdest? Und wieso hast du die Hunde mitgebracht? Normalerweise bringst du sie doch in der Hundepension unter, wenn du verreist.“

Diane streichelte Gingers seidige Ohren. „Du schlägst dich gleich wieder auf ihre Seite, was?“ Dabei offenbarte ihr Tonfall mehr Ärger, als sie eigentlich hatte preisgeben wollen.

Meghan seufzte. „Wieso redest du gleich wieder von Seiten? Sie ist deine Mutter. Kannst du nicht einfach mit ihr auskommen?“

Diane richtete den Blick jetzt auf den breiten Durchgang, der in die Küche mit Essplatz führte. Das Geräusch von Eis, das in Gläser gefüllt wurde, und das Öffnen und Schließen von Schubladen war bis ins Wohnzimmer zu hören. Eigentlich heitere Geräusche, Willkommen-zu-Hause-Geräusche, aber die hatten erst eingesetzt, als Meghan angekommen war.

„Dazu gehören immer zwei“, sagte Diane zu Meghans Bemerkung nur.

„Aber einer muss den Anfang machen“, entgegnete Meghan, hob die eine Krücke ein wenig an und berührte damit Dianes Knie. „Wenn du es wirklich wolltest, könntest du so mit ihr umgehen, dass es nicht immer wieder Streit gäbe.“

Einer der Dackel beschnupperte die Gummikappe der Krücke, aber Diane zog den Hund noch näher an sich heran. „Nimm das Ding lieber herunter, wenn du nicht willst, dass er es zerkaut. Und gib nicht mir die Schuld daran, dass meine Mutter so exzentrisch ist. Sie war schon immer …“

In dem Moment kam ihre Mutter mit einem Tablett in den Händen um die Ecke. „So, jetzt kann es losgehen. Eistee für Meghan und mich, ungesüßter Tee für Margaret Diane und genügend Kekse, dass wir alle – sogar die Hunde – ein paar davon bekommen können. Ich habe allerdings nicht die Absicht, mit den Kötern zu teilen, und ich rechne auch nicht damit, dass meine Tochter davon essen wird.“ Sie zog ihre immer noch dunklen Augenbrauen in Meghans Richtung hoch und bemerkte: „Sie macht sich viel zu viele Sorgen um ihre Figur, um auch nur eine leere Kalorie zu sich zu nehmen.“

Diane warf Meghan einen Blick zu, von dem sie hoffte, dass er vermittelte: *Siehst du? Sie hackt auch auf mir herum.*

Meghan lächelte, wenn auch ein wenig angestrengt, und entgegnete: „Aber du musst auch zugeben, dass Mama fantastisch aussieht, Großmama – viel besser als viele Frauen, die nur halb so alt sind wie sie. Du kannst dir gar nicht vorstellen, wie oft wir schon gefragt worden sind, ob wir Schwestern sind.“ Diane hätte am liebsten vor Freude in die Luft geboxt, denn Meghan hatte sie verteidigt – doch das tat sie nicht, weil sie ihre kleinen Gefährten nicht erschrecken wollte, und so lächelte sie nur selbstzufrieden.

Ihre Mutter stellte das Tablett auf den Couchtisch und nahm sich ein Glas Eistee. „Ja, meine Margaret Diane war immer eine Schönheit. Schon als Kind.“ Sie stellte das Glas hin und schaute Diane mit ihren braunen Augen intensiv an. „Ein schönes Kind ist ein Segen“, sagte sie. Doch dann verzerrte ein schmerzlicher Ausdruck ihr Gesicht und sie fuhr fort: „Und eine Last.“

Mitte Juli 1943
Cumpton, Arkansas

Hazel Mae

Hazel saß mit Maggies Puppe im Arm in der Nähe des Brombeergebüschs im Gras. Durch den Wald schallten Dutzende von Stimmen, die Maggies Namen riefen.

„Ich wette, die Zigeuner haben sie mitgenommen. Das ist doch schon vorgekommen – sogar zweimal hier im County –, erinnert ihr euch nicht? Der kleine Junge, noch ein Baby, damals vor drei Jahren drüben bei Beaty, und ein kleines Mädchen im selben Alter wie Maggie Blackwell ist in Gravette verschwunden. Sie holen immer die Hübschen." Die unheilvolle Bemerkung wurde von der anderen Seite des Brombeergebüschs zu ihr herübergetragen, wo eine Gruppe von Frauen zusammenstand, die Mama ihre Hilfe anbieten wollten. Hazel fröstelte, obwohl die Luft auch jetzt am Abend noch heiß und feucht war.

„Sag doch sowas nicht, Nora. Oder willst du, dass die Mama der Kleinen es hört?", fragte ihre Nachbarin Mrs Crudgington die Waisenhausdirektorin in scharfem Ton.

Doch Mrs Burton schnaubte nur leise und erklärte: „Sie ist beim Pfarrer und seiner Frau bei deren Wagen an der Straße. Sie können uns also ganz sicher nicht hören."

„Trotzdem … es gab keine Beweise dafür, dass die Zigeuner etwas mit dem Verschwinden der beiden Kinder zu tun hatten." Und eine andere Frau sagte: „In diesen Wäldern hier können schlimme Sachen passieren."

Hazel kamen die Tränen, aber sie blinzelte sie weg. So viele schlimme Sachen konnten passieren … zum Beispiel, dass eine Schlange, die hinter Babykaninchen her war, eine große Schwester dazu brachte, ihre kleine Schwester aus den Augen zu lassen.

„Aber hat Simon Krunk nicht erzählt, dass er erst vor zwei Tagen eine ganze Wagenladung von Zigeunern aus der Stadt verscheucht hat? Wer sagt denn, dass sie nicht irgendwo im Wald ihr Lager aufgeschlagen haben?", bemerkte Mrs Burton in besserwisserischem Ton. „Es kann doch sein, dass sie die Mädchen gesehen haben, als sie die Straße entlangkamen, und dann haben sie auf eine Gelegenheit gewartet, um sich die Kleine zu schnappen. Es weiß doch jeder, wie schlau und gerissen diese Leute sind. Die Ältere hätte bestimmt gar nicht gemerkt, wenn sich jemand im Gebüsch versteckt hätte."

„Aber wenn es Zigeuner waren, hätten sie doch beide Mädchen mitgenommen", erklärte Mrs Crudginton daraufhin, klang aber nicht besonders überzeugt.

„Hazel Mae haben sie bestimmt nicht gewollt, weil sie schon so groß ist, aber die kleine Maggie …"

Mehr wollte Hazel nicht hören. Sie sprang auf und entfernte sich von dem Gebüsch, nur weg von dem Gerede der Frauen. Sie wollte zu Mama, aber auf halbem Weg zur Straße blieb sie stehen. Sie sah, dass der Pfarrer Mama beiseitegenommen hatte, um zu beten, und dabei wollte sie nicht stören. Also ging sie dort im Gras auf die Knie und senkte den Kopf.

Sie sagte Gott, wie leid es ihr täte, dass sie Maggie allein gelassen hatte, und bat ihn, den Männern doch zu helfen, sie zu finden. Die Suchtrupps hatten inzwischen einen von Maggies Schuhen am Ufer des Purcell's Creek gefunden und Hazel hatte immer noch das Haarband in ihrer Tasche. Sie zuckte richtig zusammen, als ihr wieder einfiel, dass sie das Haarband in Schulterhöhe an dem Ast gefunden hatte. Wenn Maggie dort einfach nur entlanggegangen war, dann hätte das Band nicht so hoch hängen können. Jemand musste sie getragen haben.

Mrs Burton hatte bestimmt recht. Ihre niedliche blonde, blauäugige kleine Schwester war von Zigeunern mitgenommen worden. Sie würde Maggie nie wiedersehen. Hazel verbarg ihr Gesicht in den lockigen

Haaren der Puppe und drückte die Puppe so fest an sich, wie sie jetzt gern ihre kleine Schwester an sich gedrückt hätte.

Gegenwart
Kendrickson, Nevada

Diane

Diane nahm ihrer Mutter das mit einer Zitronenscheibe dekorierte Glas aus der Hand und musste richtig fest zupacken, weil es beschlagen und deshalb rutschig war. „Wie kann denn ein hübsches Kind eine Last sein?“, fragte sie.

Ihre Mutter wandte sich ab und gab Meghan ein Glas Eistee. „Du würdest dich wundern“, sagte sie.

„Ich nehme an, du denkst dabei an diese Geschichte, als du mich damals aus dem Fußballstadium der Junior Highschool gezerrt hast, nur weil ein Junge aus der Oberstufe stehen geblieben war, um mit mir zu flirten.“ Damals wäre Diane vor Scham am liebsten im Boden versunken, und auch jetzt noch, nach all den Jahren, brannte die Scham dieser Demütigung. „Auf dem gesamten Heimweg hat sie mir dann einen Vortrag darüber gehalten, wie gefährlich es ist, mit Fremden zu sprechen“, erklärte sie Meghan und trank einen Schluck von ihrem kalten Tee, um ihren Ärger etwas abzukühlen. „Mutter hatte schon immer einen Hang zu Überreaktionen.“

Meghan nahm einen Keks vom Teller und biss hinein.

Ihre Großmutter saß in ihrem Sessel und balancierte ihr Eisteeglas auf einem Knie. „Ich finde nicht, dass es eine Überreaktion ist, wenn man sein Kind vor einer potenziell gefährlichen Situation schützen will.“

„Potenziell gefährlich? Das ist nicht dein Ernst, oder?“ Diane lachte, weil sie einfach nicht anders konnte. Du liebe Güte, sie war damals ein Mädchen von dreizehn Jahren gewesen, das die Aufmerksamkeit eines gut aussehenden Jungen genossen hatte. Und es war nicht mehr passiert, als dass sie am Rande der Tribüne und in aller Öffentlichkeit ein paar Worte miteinander gewechselt hatten.

Sie schob Ginger und Miney von ihrem Schoß und stellte ihr Glas zurück auf das Tablett. „Als Meghan dreizehn war, habe ich sie allein zu Fuß zur Schule gehen lassen und ihr erlaubt, mit ihren Freundinnen ins Kino zu gehen … ohne Begleitung Erwachsener. Hast du jemals das Gefühl gehabt, in Gefahr zu sein, Meghan?“

Die biss noch einmal von dem Keks ab, und ihr Blick ging zwischen Diane und ihrer Großmutter hin und her.

Diane schüttelte den Kopf. „Gut, dann sag eben nichts. Aber eines sage ich dir, Mutter: Ich habe sie zu einem unabhängigen, selbstständigen Kind erzogen, aus dem eine ausgeglichene, verantwortungsbewusste Erwachsene geworden ist. Und das habe ich geschafft, ohne ständig über ihr zu kreisen wie ein … Helikopter.“ Ein seltsames Lächeln umspielte jetzt den einen Mundwinkel ihrer Mutter.

Diane runzelte die Stirn. „Was soll denn das jetzt wieder bedeuten?“

„Was?“

„Dieses Lächeln.“

„Ich lächle nicht.“

Diane schnaubte nur leise und widersprach. „Doch, tust du wohl.“

Ihre Mutter trank einen Schluck Tee und sagte dann: „Also gut, ich lächle. Ich will dich ja gar nicht provozieren, Margaret Diane, aber ich finde deine letzte Bemerkung ziemlich amüsant.“

„Amüsant?“ Sie spürte, wie Zorn in ihr aufstieg, und das merkten anscheinend sogar die Hunde, denn sie begannen zu wühlen und stupsten sie mit ihren langen Nasen an. Sie tätschelte die Tiere beruhigend und schaute dabei ihre Mutter finster an. „Und warum?“

Ihre Mutter stellte das Teeglas wieder ab und legte ihre Hände auf die Sessellehnen wie eine Königin auf ihrem Thron. „Im Moment bist du diejenige, die wie ein Helikopter über uns kreist, um einen Keil zwischen Meghan und mich zu treiben", sagte sie mit trauriger Miene. Dann fuhr sie fort: „Ich vermute, dass genau das deine Absicht war, als du unangekündigt und unerwartet zur selben Zeit wie Meghan gekommen bist. Habe ich recht?"

Kapitel 4

Hazel

Als sie an dem Morgen die Tür geöffnet hatte und ihre Tochter auf der Terrasse stand, hatte Hazels Herz vor Freude einen Satz gemacht. Sie hatte die Arme ausgebreitet, um Margaret Diane an sich zu drücken, aber die war einfach an ihr vorbei ins Haus gerauscht und hatte eine Hundetransportbox auf dem Teppich abgestellt. Hinter dem Drahtgitter konnte Hazel Knopfaugen und eine lange, spitze Schnauze ausmachen und sie schauderte. Statt ihre Tochter freundlich zu begrüßen, fragte sie barsch: „Du hast einen Hund mitgebracht?“

„Nein, ich habe mehrere Hunde mitgebracht“, korrigierte Diane sie.

Und das hatte sie in der Tat, vier Stück insgesamt, obwohl sie wusste, dass Hazel Tiere nicht ausstehen konnte, und zwar weder im Haus noch im Garten. Aber Diane war schon immer eine Rebellin gewesen – trotz aller Bemühungen von Hazel, sie zu zähmen. Noch ein Punkt, an dem sie versagt hatte. Hazels Blick fiel auf die versteinerte Miene ihrer Tochter, und sie sagte sanft und freundlich, aber auch sehr müde: „Mal ehrlich. Bist du gekommen, um zu verhindern, dass ich ein bisschen ungestörte Zeit mit Meghan habe?“

„Ich bin doch schon immer eher ein Störfaktor in deinem Leben gewesen, Mutter, nicht wahr?“

Die scharfen Worte ihrer Tochter versetzten Hazel einen Stich, zum Teil, weil sie so gallig klangen, aber auch, weil sie einen Funken Wahrheit enthielten. Hazel seufzte. „Egal, was du glaubst, ich habe dich immer geliebt."

Margaret Diane schnaubte nur – kein sehr damenhaftes Geräusch.

„Und du hast meine Frage nicht beantwortet", sagte Hazel.

„Tut mir leid", sagte Diane abwesend, während sie den beerenfarbenen Nagellack auf ihren mandelförmigen Nägeln inspizierte. „Was war noch mal gleich die Frage?"

Diese Frechheit bewirkte, dass Hazel endgültig der Geduldsfaden riss. Sie schlug auf die Armlehne des Sessels, und zwar so heftig, dass sie die Erschütterung bis hinauf zum Ellbogen spürte. „Margaret Diane, es gibt Momente, da ..."

Doch da ließ Meghan den letzten Bissen ihres Kekses zurück auf den Teller fallen und wedelte mit den Armen wie ein Schiedsrichter. „Jetzt hört schon auf! Ich bin noch keine halbe Stunde hier und fühle mich schon jetzt wie ein Strick zwischen zwei Pferden, die in entgegengesetzte Richtung laufen."

Hazel ließ den Kopf hängen. Wie hatte sie sich nur zu einem so kindischen Wortwechsel hinreißen lassen können? Dadurch erreichte sie gar nichts, nur dass die Kluft zwischen ihr und ihrem einzigen Kind noch tiefer wurde. *Herr, vergib mir.*

Vielleicht sollte sie auch Margaret Diane um Vergebung bitten, aber Stolz – und Angst vor Zurückweisung – sorgten dafür, dass sie es doch nicht tat.

Sie strich Meghan übers Knie und sagte: „Tut mir leid, Liebes. Du hast ja recht. Dieses Gezänk muss wirklich aufhören."

„Ich würde es nicht als Gezänk bezeichnen", sagte Meghan und warf erst ihrer Großmutter und dann ihrer Mutter einen finsteren Blick zu, „sondern eher als Krieg. Einen Krieg, bei dem es nur Verlierer gibt. Unter anderem auch mich."

Zum ersten Mal war im Blick von Margaret Dianes braunen Augen Bedauern zu erkennen, als sie sich abwandte und mit langsamen gleichmäßigen Bewegungen die Hunde streichelte.

Meghan ließ sich nach hinten in die Sofapolster fallen, so als wäre sie zu müde, weiter aufrecht zu sitzen. „Ich meine … also wirklich, Mama, hättest du Großmama denn nicht sagen können, weshalb du hier bist? Ich habe jedenfalls nicht mit dir gerechnet. Als ich dich vorgestern angerufen habe, um dir die Flugdaten durchzugeben, da hast du zwar gesagt, du seist unterwegs, aber du hast mit keinem Wort erwähnt, dass du nach Nevada wolltest. Warum hast du mir denn nichts davon gesagt?"

Da schaute Margaret Diane sie wieder an und antwortete: „Ist es denn so schwer zu verstehen, dass ich gerne mit dir zusammen sein möchte, wenn du schon mal längere Zeit nicht arbeiten musst? Ich sehe dich ja kaum noch, seit du in dieser Sonderkommission arbeitest und Fälle lösen sollst, die noch keiner gelöst hat."

Hazel runzelte die Stirn. Ihre Tochter hatte ihr zwar nicht dreist ins Gesicht gelogen, aber irgendetwas passte da nicht zusammen. Meghan und Margaret Diane lebten beide in Little Rock. Meghan arbeitete zwar viel, aber in den wöchentlichen E-Mails, die ihre Enkelin ihr schrieb, erwähnte sie immer wieder, dass sie mit ihrer Mutter Shoppen oder Essen gewesen sei. Obwohl Hazel Meghan häufig einlud, sie an Feiertagen oder in ihrem Urlaub zu besuchen, waren die Feiertage und Urlaube in den vergangenen drei Jahren immer Margaret Diane vorbehalten gewesen.

„Aber warum sagst du denn das nicht einfach?", fragte Meghan, und ihr Tonfall klang fast ein wenig ungläubig. „Wieso tauchst du hier auf und sabotierst – wie Großmama gesagt hat – unsere gemeinsame Zeit?"

„Ich habe nie das Wort sabotieren benutzt", zischte Hazel.

Meghan grinste. „Okay, das habe ich hinzugefügt, aber nur, weil es sich für mich genauso anfühlt." Sie warf einen müden Blick in Richtung ihrer Mutter. „Überraschungen sind ja eigentlich etwas Nettes, Mama, aber dieser Besuch fühlt sich nicht wie eine nette Überraschung an, sondern eher wie ein Lauschangriff."

Hazel biss die Zähne fest zusammen und widerstand der Versuchung, Meghans Aussage noch etwas hinzuzufügen. Ihre Enkelin war nie schüchtern gewesen, aber immer respektvoll und sensibel im Umgang mit den Gefühlen anderer. Hazel hatte noch nie erlebt, dass sie etwas wirklich Unfreundliches über irgendjemanden gesagt hatte. Deshalb überraschte es sie jetzt umso mehr, dass Meghan den Mut hatte, so mit ihrer Mutter zu reden. Sie hätte das in Meghans Alter nie gewagt, und sie war bis heute nicht besonders direkt, aber man konnte ja auch wirklich nicht behaupten, dass sie noch jung war.

Meghan deutete auf die Koffer, die immer noch neben der Eingangstür standen, und sagte: „Du hast gefragt, wieso ich so viel Gepäck dabeihabe. In einem der Koffer ist keine Kleidung, sondern nur … Andenken und Erinnerungsstücke." Margaret Diane schaute immer noch finster drein, sagte aber nichts.

Das gelang Hazel nicht. „Was soll das heißen?", fragte sie.

Meghans dunkle Augen strahlten. „Erinnerst du dich noch daran, wie ich in dem ersten Sommer gekommen bin, als du nach Nevada umgezogen warst? Damals hast du in Carson City gewohnt."

Die Erinnerungen an das bezaubernde Kind mit den fehlenden Schneidezähnen, schief sitzenden Zöpfen und aufgeschrammten Knien überfluteten Hazel wie eine Welle. „Ja, ich erinnere mich noch."

„Du hast mir damals eine alte Kamera geschenkt – so eine, aus der gleich das Bild herauskommt und sich dann langsam entwickelt, bis man es richtig erkennen kann."

Hazel lachte. „Oh ja. Du hattest so viel Spaß mit der Polaroidkamera. Du hast gesagt, dieser Fotoapparat würde jedes Mal die Zunge herausstrecken, wenn ein Foto herauskäme. Ich glaube, ich habe sogar ein Foto von dir gemacht, auf dem du die Kamera nachahmst. Wir haben damals bestimmt zehn Filme verknipst.“

„Dreizehn“, korrigierte Meghan sie kichernd. „Ich habe jedes einzelne Foto in einem Schuhkarton aufbewahrt. Genau wie die Fotos aus den anderen Sommerferien, die ich hier verbracht habe, und die habe ich alle mitgebracht.“ Sie legte ihr Gipsbein auf den Rand des Couchtisches, beugte sich dann vor und stützte sich die Ellenbogen auf die Knie. „Außerdem habe ich noch leere Alben, Sticker und Eintrittskarten vom Kino und von Museen und T-Shirts aus Disneyland und …“

Hazel winkte ab und sagte lachend: „Du liebe Zeit, Meghan. Was hast du denn vor mit all dem Zeugs?“

Meghans Grinsen wurde spitzbübisch, als sie in Gedanken noch einmal in die Kinderzeit vor den Teenagerjahren zurückkehrte. „Na, in Erinnerungen schwelgen und die Seiten der Alben füllen. Unsere gemeinsame Zeit in Bildern nachzeichnen.“ In ihren Augen schimmerten Tränen und ihr strahlendes Lächeln verschwand. „Ich kann gar nicht richtig fassen, dass du nächsten Monat schon deinen achtzigsten Geburtstag feierst, Großmama. Ich habe mir den Kopf zerbrochen, was ich tun kann, damit es ein ganz besonderer Tag für dich wird, und als sich dann herausgestellt hat, dass ich zu dem großen Ereignis hier sein würde, da habe ich mir gedacht, dass ich dir doch ein Erinnerungsalbum gestalten könnte.“

Sie richtete sich etwas weiter auf und ihre Vorfreude vertrieb die Tränen. „Ich habe Andenken aus all den Jahren mitgebracht, in denen ich die Sommerferien bei dir verbracht habe. Das Erinnerungsalbum muss ja nicht auf dich und mich beschränkt bleiben. Jetzt, wo Mama da ist, kann sie doch auch mitmachen und Seiten über ihre gemeinsamen Jahre mit dir gestalten. Ich weiß, dass du Fotos aus ihrer Kindheit hast, und es gibt doch sicher auch welche aus der Zeit, als du selbst noch ein kleines Mädchen warst und mit deinen Eltern auf der Farm in Arkansas gelebt hast. Die können wir doch auch mit verwenden.

Dann ergibt das Ganze vielleicht am Ende eine Art Chronik deines ganzen Lebens."

Ihres ganzen Lebens? Das würde ja bedeuten … kalte Schauer liefen Hazel über den Rücken. Sie stand auf und ihre Gelenke knackten bei der Bewegung. Sie ging hinüber zum Garderobenschrank neben der Eingangstür, holte eine leichte Strickjacke heraus, legte sie sich um die Schultern und blieb dann mit dem Rücken zu ihrer Tochter und ihrer Enkelin stehen. Sie starrte einfach nur in den dämmrigen Raum und versuchte, ihre heftigen Emotionen in den Griff zu bekommen.

Eine Chronik deines ganzen Lebens. Unmöglich. Das konnte sie nicht. Nicht ohne Dinge preiszugeben, über die sie seit siebzig Jahren geschwiegen hatte. Aber wie sollte sie Meghan erklären, dass sie so eine Chronik nicht wollte?

Sie drehte sich wieder um und fixierte Margaret Diane, ihre rebellische Tochter, die jetzt möglicherweise zu ihrer Retterin wurde: „Was hältst denn du von der Idee? Natürlich vorausgesetzt, du bleibst genauso lange wie Meghan. Aber vielleicht hast du das ja auch gar nicht vor?"

Die Privatschule, an der Margaret Diane Geschichte und Politikwissenschaft unterrichtete, begann erst Anfang September wieder. Es gab also keinen Grund, weshalb sie früher wieder nach Little Rock hätte zurückkehren müssen. Seit Diane zu Hause ausgezogen war, hatten sie und ihre Mutter sich nie wieder länger unter einem Dach aufgehalten. Wie viel wohl zwischen ihnen geklärt und dadurch heil werden konnte – mit Meghan als Vermittlerin –, wenn sie ganze sechs Wochen miteinander verbrachten? Aber wenn Margaret Diane blieb und wenn Meghan sie zu dem Erinnerungsalbum überreden konnte, dann würde genau das ans Licht kommen, wofür sie sich am allermeisten schämte, und zwar ausgerechnet vor den Menschen, die Hazel am allerwenigsten enttäuschen wollte.

Ihr Herz flehte abwechselnd *bleib, bleib* und *geh, geh* …

„Wenn ich nur kurz bleiben wollte, hätte ich doch die Hunde nicht mitgebracht, Mutter. Über einen Monat lang konnte ich sie nicht in die Hundepension geben."

Meghan zog eine Augenbraue hoch. „Soll das heißen, du bleibst die ganze Zeit?"

„Ja, das hatte ich eigentlich vor."

Hazel nickte, hin- und hergerissen zwischen Erleichterung und Bedauern.

„Es sei denn …" Margaret Diane warf ihr durch den Raum einen so durchdringenden Blick zu, dass er ihr wie der Pfeil einer Armbrust vorkam. „… du willst mich hier nicht haben."

Hazel schüttelte ganz langsam den Kopf und sagte: „Du bist meine Tochter, Margaret Diane. Glaubst du wirklich, ich würde dich auffordern zu gehen?"

„Das hast du doch schon mal getan."

Damit hatte Margaret recht, doch sie verschwieg geflissentlich, was dieser Aufforderung vorausgegangen war. Und Hazel hatte jetzt absolut nicht das Bedürfnis, die Sache wieder aufzuwärmen. Jedenfalls nicht vor Meghan, die von Kopf bis Fuß voller Blutergüsse war und ein Gipsbein hatte. Sie mussten ihre Differenzen beilegen und dafür sorgen, dass die junge Frau, die sie beide so sehr liebten, wieder ganz gesund werden konnte.

Hazel ging also wieder zurück zu ihrem Sessel und trank sehr langsam einen großen Schluck von ihrem Eistee. Das Eis war beinah völlig geschmolzen und verwässerte das intensive Aroma, das sie so mochte, aber sie trank den Tee trotzdem. Als das Glas fast leer war, stellte sie es wieder ab und lächelte Meghan an. „Dann sind wir also zu dritt."

Einer der Hunde – der mit dem langen welligen Fell auf den Ohren, am Hintern und am Schwanz – richtete sich auf und jaulte einmal kurz.

Hazel zuckte zusammen und bemerkte: „Genau genommen zu siebt. Ich bezweifle zwar, dass die Hunde eine große Hilfe dabei sein werden, ein Erinnerungsalbum zu gestalten, aber ich bin sicher, dass wir drei Menschen das schaffen können." Sie seufzte, lehnte sich zurück und ließ ihren Blick zur gewölbten Decke schweifen, an der sich langsam ein Ventilator drehte.

„Ihr wisst ja, was man über eine dreifache Schnur sagt. Sie zerreißt nicht so leicht."

Meghan

Wieso hatte sie das Gefühl, dass Großmama über etwas ganz anderes sprach als über das Erinnerungsalbum? Die plötzliche Melancholie in ihrer Stimme weckte bei Meghan Mitgefühl, aber auch Sorge. Sie schaute zu Mama hinüber, konnte aber nicht erkennen, ob die besorgt oder einfach nur irritiert war.

Meghan räusperte sich und sagte: „Also, wenn du kein Erinnerungsalbum willst, Großmama, dann müssen wir das nicht machen."

Großmama zuckte zusammen, als wäre sie aus einem schlechten Traum erwacht. Der in die Ferne gerichtete Blick wich langsam der vertrauten liebevollen Wärme in ihren Augen. „Jetzt hast du schon extra alles dafür mitgebracht, natürlich machen wir das. Aber erst mal …" Langsamer als zuvor stand sie aus dem Sessel auf, so als erinnerte sie sich plötzlich wieder an ihr Alter, „… schaffen wir jetzt deine Koffer ins Gästezimmer und du richtest dich ein. Margaret Dianes Sachen sind schon dort, aber wenn wir sie dazu überreden können, die Transportboxen der Hunde im Abstellraum unterzubringen oder in den Innenhof …"

„Ich werde die Hunde bei dieser Hitze auf keinen Fall in den Hof stellen, Mutter!"

„… dann ist dort reichlich Platz für euch beide."

Wie sollte Meghan es nur fünf Wochen lang als Puffer zwischen ihrer Mutter und ihrer Großmutter aushalten? Plötzlich traf sie die Müdigkeit wie ein Schlag. Sie hob das Gipsbein von der Couchtischkante, nahm ihre Krücken und sagte: „Das Schlafzimmer in meiner Wohnung ist halb so groß wie dein Gästezimmer, Großmama, also selbst mit Mama und den Hunden werde ich mich dort sicher nicht eingeengt fühlen.“ Dann wandte sie sich an ihre Mutter: „Könntest du bitte den größeren Koffer und meine Reisetasche ins Gästezimmer bringen, Mama? Den anderen Koffer können wir hier stehen lassen, weil wir die Sachen ja wahrscheinlich sowieso alle auf dem Boden ausbreiten, um sie zu sortieren.“

Ohne ein Wort schob Mama daraufhin die Hunde beiseite und stand auf. Sie nahm die beiden Gepäckstücke, die Meghan ihr genannt hatte, und schob sie um die Ecke, während die vier Dackel mit fliegenden Ohren und wedelnden Schwänzen um sie herumsprangen. Als Mama außer Sichtweite war, seufzte Meghan und zog eine entschuldigende Grimasse in Richtung ihrer Großmutter.

„Ich werde versuchen, sie zu überreden, die Hunde im Schlafzimmer zu lassen. Ich weiß doch, dass du es nicht leiden kannst, wenn sie im ganzen Haus herumrennen.“

Großmama schüttelte den Kopf. „Nein, mein Schatz, das lass mal lieber. Es ist wirklich nicht nötig, noch einen Konflikt heraufzubeschwören. Ich bin ja schon froh, dass sie nicht auch noch die Fische, Katzen und Frettchen mitgebracht hat.“

„Die Frettchen hat sie doch gar nicht mehr.“

„Nein?“

„Die hat sie gegen sechs Meerschweinchen eingetauscht.“

„Ach, du liebe Güte …“

Sie mussten beide lachen und zu Meghans großer Erleichterung ließ dadurch die Anspannung etwas nach.

„Weißt du was, Großmama?“, sagte sie dann. „Ich freue mich schon riesig darauf, mit dem Erinnerungsalbum anzufangen. Als ich die Bilder und die anderen Sachen eingepackt habe, ist mir nämlich klargeworden, dass ich gar nicht viel über dich weiß – außer der Tatsache, dass du meine Großmutter bist natürlich." Meghan runzelte die Stirn und dachte zurück. „Gerade weil ich nie Kontakt zur Familie meines Vaters hatte, möchte ich so viel wie möglich über die meiner Mutter erfahren. Ich glaube, dass das einem Menschen ein Gefühl von Sicherheit geben kann … und Stabilität … ich meine, wenn man weiß, woher man kommt, was für Leute im Genpool waren, verstehst du?"

Großmama lachte leise, aber es klang ein wenig gezwungen und heiser. „Es könnte dich aber vielleicht auch erschrecken. Hast du daran schon mal gedacht?"

Eine Welle von Zuneigung erfasste Meghan. Sie blieb stehen und ließ die eine Krücke los, um Großmama mit einem Arm zu umarmen. „Wenn deine Eltern nur halb so wundervoll waren wie du, dann kommst du aus einer sehr guten Familie, da mache ich mir gar keine Gedanken."

Die gefurchte Stirn von Großmama verriet ihre Sorge, aber ein weiteres leises, etwas heiseres Lachen glättete die tiefen Falten ein wenig. „Na dann, mein Kind, wir werden sehen, an wie viel mein altes Hirn sich noch erinnert. Manchmal gewährt uns unser guter Gott ja die Gnade, dass sich Dinge so weit in unsere Erinnerung zurückziehen, dass wir sie nicht mehr zu fassen bekommen. Wenn das der Fall ist, dann hoffe ich" – jetzt schimmerten Tränen in ihren Augen –, „dass du mir das verzeihst."

Kapitel 5

Ende Juli 1943
Cumpton, Arkansas

Hazel Mae

Hazel setzte sich im Bett auf und lauschte auf die Geräusche, die von der anderen Seite der verputzten Wand zwischen ihrem und Mamas und Papas Zimmer kamen. Zehn Nächte hatte Mama jetzt schon durchgeweint. Untröstliches Klagen war das, Geräusche, die Hazel einen solchen Druck auf der Brust machten, dass sie kaum Luft bekam. Auch Papas Stimme hatte sie durch die Wand gehört, leise und tief und so beruhigend, wie sie auch immer war, wenn Hazel und Maggie schlecht geträumt oder sich wehgetan hatten. Aber heute Nacht …

Mamas Schluchzer klangen genauso wie in den Nächten davor, aber Papa reagierte jetzt nicht mehr sanft und beruhigend, sondern zornige Worte platzten aus ihm heraus – schroffer als sie ihn jemals mit jemandem hatte reden hören. Nicht einmal als Hazel gebeichtet hatte, dass sie Maggie verloren hatte, war er so wütend und laut geworden.

„Nu begreif's doch, Mae. Sie ist weg und kein Weitersuchen bringt sie uns zurück. Wenn du dich nicht in den Griff kriegst, dann wirst du nur noch krank, und du treibst mich wieder zur Flasche!"

Dann folgte wieder Gemurmel von Mama, aber so sehr sich Hazel bemühte, sie konnte nichts verstehen. Papa dagegen sprach so laut, dass es der Nachbar noch hören konnte, der etliche Kilometer entfernt lebte.

„Ich bleib keinen Moment länger mehr in dem Bett hier, wenn du nicht mit dem Heulen aufhörst. Das ist mein Ernst, Mae. Hör auf oder ich bin weg."

Es folgte Stille. Hazel hielt die Luft an und ihr Herz hämmerte wie die Basstrommel in der Blaskapelle. Sie legte den Kopf wieder aufs Kissen, atmete einmal langsam und lange aus, schloss die Augen und wünschte, sie könnte endlich einschlafen.

Dann war ein Schluchzer zu hören – nur einer, aber einer, bei dem Hazel dachte, jemand würde gewürgt. Es folgte ein langes heulendes Klagen, so laut und durchdringend wie noch nie, und Hazel zog sich die Decke über den Kopf. Dann wurde eine Tür so heftig zugeschlagen, dass die Wände wackelten, Schritte polterten an ihrer Zimmertür vorbei und die Treppe hinunter, und die ganze Zeit murmelte Papa vor sich hin und stieß Flüche aus. Sie lag zusammengekauert unter der Decke, zerrissen von Schmerz über Mama und Sorge um Papa. Was sollte sie tun? Konnte sie überhaupt irgendetwas tun? Gab es irgendetwas, das hier half?

Still lag sie da, starrte mit weit offenen Augen ins nächtliche Dunkel, bis Mamas Klagen leiser wurden, in einen Schluckauf mündeten, und irgendwann war es dann still. Sie wartete, dass das Geräusch von Papas schweren Schritten wieder auf dem Gang zu hören war, aber da war nichts als das Rufen der Eule im Baum vor dem Haus und das Flüstern des Windes. Vielleicht war Papa hinaus in die Scheune gegangen. Wenn er dort war, oben auf dem Heuboden oder in die Ecke eines Tierpferchs gekauert, wie er es auch oft getan hatte, bevor Maggie da war, dann konnte er ja gar nicht wissen, dass Mama nicht mehr weinte. Jemand musste es ihm sagen, damit er wieder ins Haus kommen konnte.

Also schlüpfte Hazel aus dem Bett und schlich auf Zehenspitzen zur Tür, die beim Öffnen in den Angeln quietschte, und Hazel zuckte zusammen, weil das Geräusch richtig unheimlich war. Ob Mama davon aufgewacht war? Wie angewurzelt blieb sie stehen und lauschte, aber aus Mamas Zimmer war kein Mucks zu hören. Sie atmete einmal heftig durch und hastete dann auf Zehenspitzen weiter zur Treppe, die Stufen hinunter und zur Hintertür hinaus.

Mondlicht fiel zwischen den Ästen der Bäume hindurch, sodass der Trampelpfad zur Scheune aussah, als hätte er dunkle Flecken. Sie spürte den Boden kühl an ihren bloßen Füßen – ein beruhigendes Gefühl. Am Ende des Trampelpfades sah sie das weit geöffnete Scheunentor, das in der Dunkelheit aussah, als stünde es mit ausgebreiteten Armen da und lüde sie ein, hineinzugehen. Sie huschte also hinüber zur Scheune. Ihr Baumwollnachthemd bauschte sich in der leichten Brise, und ihre Schritte tappten in einem gleichmäßigen Rhythmus auf den Boden. Dann betrat sie den dunklen Raum, in dem es nach Heu, Tieren und altem Holz roch. Wenn Papa vom Melken kam, roch er immer genau so, und sie liebte diesen Geruch schon seit jeher.

Sie atmete noch einmal tief ein, um den Geruch der Scheune aufzunehmen, aber da war plötzlich noch ein anderer, ein ekelhaft süßlicher Geruch, der ihr ganz und gar nicht gefiel. Sie rieb sich heftig die Nase, um ihn zu vertreiben, und ging einen Schritt weiter ins Innere der Scheune hinein. Vor Angst setzte ihr Herz einen Schlag aus. Sie konnte ihren Vater nicht sehen, aber sie wusste, dass er da war, denn dieser Geruch von Blumen, die in Zucker eingeweicht sind, verriet ihn.

„Papa?"

Als aus dem Pferch ganz hinten links Geraschel zu hören war, raffte sie allen Mut zusammen und schlich dorthin. Durch ein quadratisches Fenster über dem Pferch fiel genügend Mondlicht herein, dass sie sehen konnte, wie ihr Papa an die Wand gelehnt dasaß, eine geöffnete Flasche neben sich. Sie schlang die Arme um den Pfosten des

Pferchs. Woher hatte er bloß die Flasche? Soweit sie wusste, hatte er keinen Tropfen mehr angerührt, seit Mamas Bauch mit Maggie immer dicker geworden war.

„Was machst du denn hier draußen, Mädel?“

An Papas schleppender Sprache merkte sie, dass er mehr als nur ein paar Schluck Whiskey getrunken hatte.

„Ich hab dich gesucht“, antwortete sie, ließ den Pfosten los und kroch näher an ihn heran. So nah, dass sie sehen konnte, wie sein Kinn bebte. Sie schluckte und sagte: „Mama hat jetzt aufgehört zu weinen, Papa.“ Da verzog sich sein Gesicht zu einer furchtbar finsteren Miene. „Weint und weint und weint. Ich halt das einfach nicht mehr aus. Ich kann's nicht mehr hören.“

„Sie ist jetzt fertig“, sagte Hazel ganz leise, denn sie erinnerte sich, dass er keinen Lärm vertragen konnte, wenn er getrunken hatte. „Jetzt ist alles ruhig. Du kannst wieder ins Haus kommen.“

Er ließ den Kopf hängen, sodass Büschel seines dichten dunklen Haars ihm in die Stirn fielen, legte eine Hand über die Augen und sagte: „Nee, kann ich nicht.“

Sie rückte noch ein paar Zentimeter näher an ihn heran, so nah, dass sie sein aufgestelltes Knie berühren konnte. „Soll … soll ich dir beim Aufstehen helfen?“ Es war zwar lange her, aber sie konnte sich noch an die Tage erinnern, wenn sich Papa manchmal nicht mehr auf den Beinen halten konnte und Mama ihn stützen musste. „Ich kann dir helfen. Ich bin schon groß.“

„Das isses nich.“ Sein Kopf sackte so weit nach vorn, dass die Stirn in der Armbeuge lag.

Er legte ihr die Hand auf den Kopf, und sie spürte, dass sein ganzer Körper bebte, und dann gab er komische Laute von sich – Piepser, kurze Huster und Schluckauf –, und es dauerte einen Moment, bis sie begriff, was los war. Vor Überraschung blieb ihr der Mund offen stehen.

Das war Weinen … Ihr Vater weinte.

Sie hatte nicht gewusst, dass große starke Papas weinen. Ihre Brust fühlte sich an, als würde sie von innen nach außen gekrempelt, und sie rang die Hände, so erschrocken, verängstigt und hilflos war sie. Ihre Beine fühlten sich an wie aus Gummi – so weich und wackelig wie Papas Beine früher immer gewesen waren, wenn er getrunken hatte.

Sie ging neben ihm auf die Knie und berührte ihn nur eben mit den Fingerspitzen an den Schultern, weil die Angst, ihn zu berühren, genauso groß war wie die, es nicht zu tun. „Es tut mir leid, Papa, es tut mir so leid."

Da streckte er die Arme nach ihr aus, zog sie fest an sich und presste sein Gesicht in ihre Halsbeuge. Dabei gingen die schrecklichen Laute die ganze Zeit weiter. Sie drückte sich ganz nah an ihn, obwohl ihr von dem Alkoholgeruch so schlecht wurde, dass sie sich beinah übergeben hätte. Sie hielt ihn so fest, wie es ihre kümmerlichen Kräfte erlaubten, und biss sich auf die Unterlippe, um nicht auch loszuweinen. Sie hatte etwas so Furchtbares getan, dass es kein Wunder war, wenn Papa sein Gesicht vor ihr versteckte und sie nicht ansah. Ob er und ihre Mama sie wohl jemals wieder anschauen konnten, ohne daran denken zu müssen, dass sie schuld war, dass Maggie verschwunden war?

Der Pfarrer in der Kirche sagte immer, dass man um Vergebung bitten sollte, wenn man Unrecht getan hatte, aber sie wusste nicht, ob schon jemals irgendjemand etwas so Schlimmes getan hatte wie sie. Ob Mama und ihr Papa ihr wohl verzeihen konnten, wenn sie sie um Verzeihung bat? Sie schluckte schwer und betete um den Mut, es zu tun.

„Papa … Papa, kannst …? Kannst …?"

„Bitte, verzeih mir, Hazel Mae. Bitte verzeih mir."

Hazel erstarrte wie ein Kaninchen vor der Schlange. „W … was?"

Papa bekam ihre Schultern zu fassen, schob sie etwas von sich weg und hielt sie dann eine Armeslänge von sich fern, ohne ihre Schultern loszulassen. Er hatte Tränen in seinen geröteten Augen und sah sie unverwandt an, während seine Finger so fest ihre Schultern drückten, dass dort bestimmt blaue Flecken zurückbleiben würden. „Ihr seid doch nur meinetwegen Brombeeren pflücken gegangen. Wenn ich eurer Mutter nicht gesagt hätte, dass ich mir 'n Brombeerauflauf zum Geburtstag wünsche, dann wärt ihr ja gar nicht erst in den Wald gegangen, und Maggie wär nicht weggelaufen. Bitte verzeih mir."

Heiße, salzige Tränen liefen Hazel jetzt die Wangen hinunter und über den Mund, wo sie brannten, weil sie sich offenbar so fest auf die Lippen gebissen hatte. „Ich … ich …"

Papa schüttelte sie, aber es war kein Schütteln, das wehtat, sondern ein verzweifeltes, bedürftiges Schütteln. „Verzeih mir, Hazel. Kannst du mir verzeihen?"

Da nickte Hazel heftig und antwortete: „Ja, ich verzeihe dir, Papa."

Daraufhin verzog sich sein Gesicht, er drückte sie wieder fest an sich und vergrub sein tränenüberströmtes Gesicht in ihrem Haar. „Danke, mein Mädel. Danke."

Sie schlang die Arme um Papas Hals und schloss die Augen. Wenn die Wirkung des Whiskys nachließ, würde er sich wahrscheinlich nicht mehr daran erinnern, dass er sie um Verzeihung gebeten hatte und auch nicht an ihre Antwort. Vielleicht würde er sich sogar noch einmal entschuldigen, und dann würde sie ihm noch einmal dasselbe sagen, damit er sich besser fühlte. Sie würde ihm sogar verzeihen, dass er diese Flasche geöffnet und sich betrunken hatte, nachdem er doch eigentlich versprochen hatte, nie wieder einen Tropfen Alkohol anzurühren.

Aber sich selbst, sich selbst würde sie niemals verzeihen, dass sie an dem schuld war, was ihn wieder in den Alkohol getrieben hatte.

Gegenwart
Kendrickson, Nevada

Diane

Diane saß auf der Bettkante und cremte Hals und Dekolleté mit Nachtcreme ein. Im angrenzenden Bad lag Meghan in der Wanne, das Gipsbein auf dem Badewannenrand gelagert. Diane wollte sich nur noch unter der Decke verkriechen, denn sie war völlig geschafft von den beiden langen Tagen unterwegs auf dem Highway mit den vier Hunden im Wagen, von denen jeder zu anderen Zeiten Gassi gehen musste. Ganz zu schweigen von der angespannten Atmosphäre im Haus ihrer Mutter.

Aber heute Nacht würde sie schlafen. Das rezeptfreie Schlafmittel, das sie eine Stunde nach dem Abendessen eingenommen hatte, begann langsam zu wirken, und sie merkte, wie ihr Hirn zunehmend benommen war. Doch sie wollte sich nicht hinlegen, bevor ihre Tochter im Bad fertig war, für den Fall, dass sie Hilfe brauchte. Mutter konnte Meghan auf keinen Fall aus der rutschigen Badewanne helfen, auch wenn Diane zugeben musste, dass ihre Mutter für ihre beinah achtzig Jahre noch ziemlich fit war und sehr gut aussah. Die modische Frisur, der Hauch Rouge auf den Wangen und der blassrosa Lippenstift, den sie fast immer trug, gaben ihr etwas Jugendliches, und außerdem war sie immer noch rank und schlank und stets perfekt gekleidet. Dank Papas Abfindung von der Bahn – er war von einem Personenzug überfahren worden, der eigentlich auf diesem Gleis nicht hätte fahren dürfen, und hatte so viel Geld bekommen, wie manche Leute auch in mehreren Leben nicht hätten verdienen können – hatte sie nie knausern müssen. Sie trug nur Markenkleidung und Diane war in ihrer Teenagerzeit von ihren Freundinnen immer um ihre modebewusste Mutter beneidet worden. Darum, wie sie von ihrer Mutter überwacht und kontrolliert wurde – darum beneidete sie allerdings niemand.

„Mama? Ich bin fertig", kam es jetzt aus dem Bad.

Diane schrak auf. Sie stand vom Bett auf und machte den Hunden, die alle am Fußende lagen und jetzt in Habachtstellung gingen, ein Handzeichen. „Bleibt!", sagte sie, wartete, bis sich alle wieder niedergelassen hatten, und ging dann ins Bad.

Meghan, in ein Handtuch gewickelt, stand mit einem Bein in der Badewanne und dem anderen davor. Diane musste über den Anblick lachen und sagte: „Du erinnerst mich an die Mädchen in der Mittelstufe, die nach dem Sportunterricht immer Angst hatten, jemand könnte ihren nackten Po sehen."

Meghan kicherte. „Ich habe mich nur eingewickelt, weil die kalte Luft aus der Klimaanlage nach dem warmen Bad zu kühl war." Sie streckte einen Arm aus. „Vielleicht kann ich mich einfach bei dir aufstützen, damit ich den gebrochenen Knöchel nicht so stark zu belasten brauche. Versuch bitte nicht, mich zu heben."

Diane stellte sich auf den rechteckigen Badvorleger und legte ihren Arm um die schlanke Taille ihrer Tochter, während Meghan das Bein aus der Wanne schwang. „Ich habe keine Ahnung, wieso Mutter unbedingt eine Wanne wollte, als das Haus gebaut wurde. Eine Dusche mit einem Hocker ist doch viel sicherer, weil man nicht mühsam rein- und wieder rausklettern muss. In Seniorenwohnheimen gibt es gar nichts anderes", bemerkte sie. Jedenfalls traf das auf die Einrichtungen zu, über die sie sich online informiert hatte.

„Aber in einer Dusche kann man kein Schaumbad nehmen", wandte Meghan ein, lehnte sich gegen das Waschbecken, griff nach einem zweiten Handtuch und begann, ihr langes Haar trocken zu rubbeln. „Ich muss Großmama unbedingt fragen, ob sie immer noch Schaumbad im Haus hat wie damals, als ich klein war."

Diane gähnte und reckte sich. „Ich kenne sie, sie hat bestimmt Schaumbad da. Sie hat schon immer alles getan, um dich zu verwöhnen und dich auf ihre Seite zu ziehen."

Meghan runzelte die Stirn. „Mama …"

„Gib's doch zu. Sie hat dich schon immer nach Strich und Faden verwöhnt."

Das war wahrscheinlich auch der Grund, weshalb Meghan jeden Sommer wieder darum gebettelt hatte, wochenlang bei ihrer Großmutter zu sein, obwohl Diane den ganzen Sommer unterrichtsfrei hatte und somit genügend Zeit für ihre Tochter gehabt hätte. „Wieso willst du denn sonst die gesamte Zeit deiner Krankschreibung bei ihr verbringen, statt in deiner eigenen gemütlichen Wohnung, wo ich in der Nähe gewesen wäre, um dir zu helfen?"

Meghan warf ihr einen irritierten Blick zu. „Vielleicht, weil ich Großmama seit Ewigkeiten nicht mehr gesehen habe."

„Ja, ich weiß. Jedenfalls hast du das gesagt, als du mich angerufen hast, um mir mitzuteilen, dass du einen Flug gebucht hättest. Und wenn ich mich recht erinnere, hast du außerdem gesagt" – sie biss die Zähne zusammen, um ein weiteres Gähnen zu unterdrücken –, „du hofftest, dass das der Beginn einer neuen guten Tradition würde, deine Urlaube immer bei deiner Großmutter in Nevada zu verbringen." Wenn Diane an diesen Moment dachte, lag ihr die Eifersucht immer noch wie ein Stein im Magen. Es war der Moment gewesen, in dem sie beschlossen hatte, ebenfalls nach Kendrickson zu fahren. Sie hatte nicht die Absicht, ihre Tochter kampflos ihrer Mutter zu überlassen.

„Du musst doch zugeben, dass Vegas kein schlechter Ort ist, um Urlaub zu machen", sagte Meghan, warf das Handtuch auf den Handtuchhalter und griff nach der Haarbürste. „Und wer weiß, wie lange Großmama noch bei uns ist? Solange sie noch da ist, möchte ich so viel Zeit wie möglich mit ihr verbringen."

Ein Grund mehr, ihre Mutter in einem Seniorenheim unterzubringen, denn wenn sie kein Haus mehr hatte, würde Meghan sie wahrscheinlich nicht jedes Jahr für längere Zeit besuchen. Diane fummelte am ausgefransten Rand der Klopapierrolle herum und sagte: „Mich wundert sowieso, dass sie in ihrem Alter immer noch ganz allein mit der Verantwortung für das Haus fertigwird."

Meghan war inzwischen dabei, das gewaschene Haar durchzubürsten und warf Diane im Spiegel einen Blick zu. „Ja, aber sie ist doch noch ziemlich rüstig. Komisch, ich glaube, sie hat sich kein bisschen verändert, seit ich sie das letzte Mal gesehen habe. Immer noch genauso schön und würdevoll. Da können wir eine Vorstellung davon bekommen, wie wir mit achtzig einmal aussehen werden. Immer noch heiße Bräute." Sie grinste und hob vielsagend die Augenbrauen.

„Also wirklich ..." Wieder musste Diane gähnen, und dieses Mal machte sie sich nicht mehr die Mühe, es zu verbergen. „Ich möchte gar nicht daran denken, einmal achtzig zu sein."

„Aber es ist immer noch besser als die Alternative."

Diane schüttelte den Kopf. „Welche Alternative denn?"

„Na, jung zu sterben." Meghan packte eine dicke Haarsträhne mit einer Hand und mühte sich mit einer völlig verfilzten Stelle ab. „Großmama hat es ja geschafft, obwohl die Wahrscheinlichkeit eher dagegensprach. Ihre Eltern sind doch beide gestorben, als sie um die sechzig waren, oder?"

Diane zuckte mit den Achseln. „Ich weiß gar nicht genau, wie alt sie waren. Ich weiß nur, dass ihr Vater schon tot war, als ich geboren wurde. Er hat sich zu Tode getrunken. Und ihre Mutter ist gestorben, als ich zwei oder drei war."

Meghan machte ein mitfühlendes Gesicht. „Das ist ja traurig. Dann können sie ja noch nicht sehr alt gewesen sein. Und dein Vater ist doch auch schon mit siebenundvierzig gestorben."

Immer noch empfand Diane einen innigen Schmerz, obwohl der Verlust jetzt schon über dreißig Jahre zurücklag. „Er kam durch einen Unfall ums Leben. Das zählt ja eigentlich nicht. Vielleicht wäre er über achtzig geworden, wenn er sich nicht den Buckel krumm gearbeitet hätte, damit Mutter zu Hause bleiben und mir mit ihrer Überwachung die Luft zum Atmen nehmen konnte."

Meghan trat einen Schritt zurück und hielt im Bürsten inne. „Wow. Woher kam denn das jetzt?"

Diane breitete die Arme aus. „Aus tiefstem Herzen." Die Schlaftablette machte sie ein bisschen benommen, und deshalb war es besser, wenn sie jetzt ins Bett ging. Sie stand auf.

Ihre Tochter sah sie fassungslos an. „Du gibst aber nicht wirklich Großmama die Schuld am Tod deines Vaters, oder? Es war doch nicht sie, die den Zug aufs falsche Gleis rangiert hat."

„Nein, natürlich nicht. Sie hat doch nie etwas falsch gemacht." Diane drückte ihre Handballen auf die Augen und hinter den geschlossenen Lidern explodierten Farben wie ein privates Feuerwerk. Wieso nur brachen all diese Gefühle immer wieder auf, sobald sie in der Nähe ihrer Mutter war? Sie hatte gedacht, alles wäre gut und sie könnte die Vergangenheit endlich ruhen lassen – und dann sah sie ihrer Mutter ins Gesicht, und all die Feindseligkeit und der Ärger und die Bitterkeit waren wieder da und brachen beinah ungefiltert aus ihr heraus. Wenn es keiner Beobachtung bedurfte, um zu beweisen, dass ihre Mutter in einem Alter war, in dem sie nicht mehr sicher allein leben konnte, würde sie gleich morgen früh wieder zurück nach Arkansas fahren.

Sie ließ die Hände sinken, ging wieder zurück ins Schlafzimmer und sagte: „Tut mir leid. Ich bin einfach sehr, sehr müde."

Doch Meghan hielt sie am Arm fest. „Mama, hilf mir bitte, etwas zu verstehen, das mir schon zu schaffen macht, seit ich denken kann. Es ist ja ziemlich offensichtlich, dass du nicht gern mit Großmama zusammen bist. Du hast schon immer alle möglichen Ausreden und Entschuldigungen gehabt, Feste und Feiertage nicht mit ihr zusammen zu verbringen, und bist nur mitgekommen, wenn ich dich angebettelt oder geweint habe. Was hat sie Schlimmes getan? Hat sie dich geschlagen?"

Diane schüttelte den Kopf.

„Hat sie dich seelisch misshandelt?"

„Nein."

„Dich vernachlässigt?"

„Nein!"

„Was dann? Wieso hast du eine solche Abneigung gegen sie?"

Es gab Dinge, die sie hätte sagen können. Dinge, die sie auch gern gesagt hätte. Aber durch die Schlaftablette konnte sie nicht mehr klar denken und bekam keine zusammenhängenden Sätze mehr hin. „Ich muss jetzt ins Bett", sagte sie deshalb und entwand ihrer Tochter ihren Arm.

Doch Meghan ließ nicht los. „Nein. Sag es mir. Was hat sie getan?"

Da riss sich Diane mit solcher Wucht los, dass sie das Gleichgewicht verlor, zur Seite taumelte und sich den Ellenbogen an der Türklinke stieß, als sie versuchte, sich mit beiden Händen am Türrahmen festzuhalten. Die Hunde sprangen vom Bett und wuselten um ihre Beine herum, aber sie schob sie mit einem Fuß weg und scheuchte sie zurück ins Schlafzimmer.

„Mama? Ich habe dich etwas gefragt."

Diane schnaubte. „Sie hat meine Kindheit ruiniert, reicht das? Ich habe ihretwegen absolut keine normale Kindheit gehabt … weil sie … mich bevormundet und kontrolliert und überwacht hat und so überbehütend war, dass es an Paranoia grenzte. Sie hat mir mit ihrer ständigen Überwachung die Luft zum Atmen genommen."

Meghan starrte sie an, als hätte sie den Verstand verloren.

Diane verzog das Gesicht und fuhr sich mit der Hand durchs Haar. „Du verstehst das nicht. Aber wenn ich in ihrer Nähe bin, muss ich wieder an das ständige „Bleib hier", „Lass das" und „Sei vorsichtig" denken und daran, dass ich keine Luft bekommen habe. Dann ist die Erinnerung an das alles wieder da und es macht etwas mit mir." Sie stieß ein hartes, freudloses Lachen aus. „Wahrscheinlich kommt man über die Verletzungen aus der Kindheit nie richtig hinweg."

„Manche Leute schon. Und andere nicht“, sagte Meghan nachdenklich und sah weiser aus, als es ihrem Alter entsprach. „Wahrscheinlich ist das eine Entscheidung, die jeder für sich selbst trifft.“

In Dianes Kopf begann es jetzt zu pochen. „Brauchst du jetzt noch Hilfe?“

„Nein, ich komme zurecht. Danke.“

„Also gut. Dann gute Nacht.“ Sie drehte sich um, ging irgendwie steif ins Schlafzimmer hinüber, fiel ins Bett und zog sich die Decke bis unters Kinn.

Kapitel 6

Meghan

Als Meghan endlich alle Knoten aus ihrem Haar herausgebürstet und sich dann in ihren Schlafanzug gekämpft hatte, schnarchte ihre Mutter schon, alle vier Hunde in einer Reihe zu ihren Füßen. Alle vier schauten Meghan mit großen Augen an, sprangen aber nicht auf, als sie leise im Zimmer umherging. Nun, jedenfalls so leise wie sie sich mit den Krücken eben fortbewegen konnte – und das war alles andere als geräuschlos. Doch Mama war offenbar zu erledigt, um es zu merken.

Meghan schlüpfte auf der anderen Seite in das Doppelbett, hielt dann aber inne und musste ein Aufstöhnen unterdrücken. Sie hatte doch versprochen, Sean anzurufen, wenn sie angekommen war, damit er wusste, dass alles gutgegangen war. Obwohl er ihr Partner war – und in der Abteilung wurde großen Wert darauf gelegt, dass die Beziehungen zwischen den Kollegen nicht zu eng wurden –, hatte sich zwischen Sean und ihr eine feste Freundschaft entwickelt. Sie fragte sich, wie es denn anders hätte sein können, weil sie Tag für Tag zusammenarbeiteten und sich absolut aufeinander verlassen können mussten.

Nie würde sie seine fassungslose Miene vergessen, als die Rettungssanitäter sie aus dem völlig zerquetschten Toyota herausgezogen und auf eine fahrbare Trage gelegt hatten, und wie er nach ihrer

Hand gegriffen hatte. Als sie nach der Operation aus der Narkose aufgewacht war, war er da gewesen, hatte zusammen mit Mama gewartet. Sie merkte jetzt, dass sie einen Kloß im Hals hatte. Ihm lag etwas an ihr – mehr als jemals einem anderen Mann in ihrem Leben –, und deshalb musste sie jetzt dafür sorgen, dass er beruhigt war.

Sie nahm also ihr Handy vom Ladegerät auf der Kommode und humpelte ins anliegende Wohnzimmer, damit sie Mama, die Hunde und Großmama nicht störte. Als sie sich in die geblümten Polster sinken ließ, fühlte es sich an wie eine willkommene Umarmung. Sie legte das Gipsbein auf den Polsterhocker, schaltete die Spracherkennung ein und sagte: „Sean."

Das Handy wählte seine Nummer und keine dreißig Sekunden später meldete er sich.

„Hey Meghan, ich hatte dich schon auf der Verlustliste." Sein typisches tiefes Glucksen war zu hören und sie musste lächeln.

Sean gehörte zu den von Natur aus fröhlichsten Menschen, die sie kannte. „Wie war der Flug?"

„Super. Keine Komplikationen, alles glatt gelaufen. Die Leute waren wirklich hilfsbereit, genau, wie du gesagt hast."

„Hab ich mir gedacht." Dabei hatte sein Tonfall absolut nichts Selbstgefälliges, sondern drückte nur ganz sachlich seine feste Überzeugung aus, etwas, das sie besonders liebenswert an ihm fand. „Für Männer ist es richtig schwer, einer Frau in Not nicht zu helfen."

Sie lachte. „Also, dass ich in Not bin, kann man ja wohl nicht sagen." Ein gebrochener Knöchel war doch im Vergleich zu dem, was den anderen Unfallbeteiligten zugestoßen war, nicht der Rede wert. Aber es stimmte auch, dass ihr der Tod dieser Menschen immer noch heftig zusetzte. Zum ersten Mal in ihrem Leben war sie auf Beerdigungen von Menschen gewesen, die sie gar nicht gekannt hatte. Das hatte sie als Abschluss gebraucht. Aber viel geholfen hatte es letztlich nicht.

„Großmama hat eine Limousine mit Chauffeur zum Flughafen geschickt und sogar dafür gesorgt, dass darin eiskalte Cola und Pfefferminzschokolade für mich bereitstanden. Das große Verwöhnen hat also begonnen."

„Wie nett von ihr. Das hast du aber auch wirklich verdient nach allem, was du durchgemacht hast. Bedank dich doch bitte auch in meinem Namen bei ihr, ja?"

„Das mache ich." Eigentlich hätte sie jetzt Schluss machen und ins Bett gehen sollen, aber irgendwie war es so schön, einfach in dem friedvollen dämmrigen Zimmer zu sitzen, nur in Gesellschaft des leisen *Ticktacks* der Großvateruhr und Seans voller Stimme am Telefon. „Wie klappt es denn mit dem Kollegen, der mich vertritt? Kommt ihr gut miteinander zurecht?"

Ein leises Lachen kam durch die Leitung. „Wir kommen gut miteinander zurecht, solange ich nicht zu viel erwarte. Er ist nun mal ein blutiger Anfänger und nervös wie ein Eichhörnchen, das versucht, bei Sturm auf einem steilen Dach Nüsse zu horten."

Sie stellte sich bildlich vor, was Sean da gerade beschrieben hatte und musste sich beherrschen, nicht loszuprusten. „Wie kannst du so was sagen!"

„Du kennst ihn noch nicht, also urteile nicht vorschnell."

„Okay. Ich glaube dir ja. Aber mal ehrlich, wenn er wirklich noch ein solcher Grünschnabel ist, dann ist er doch bei dir in den besten Händen. Du hast jedenfalls eher die nötige Geduld mit ihm als die anderen Kollegen." Der Anfänger hatte wahrscheinlich keine Ahnung, was für ein Glück er gehabt hatte.

„Also ich kann mich noch gut daran erinnern, wie es ist, der Neue im Team zu sein. Aber jetzt genug von mir. Wie geht es denn deiner Großmutter? Ich weiß ja, dass es eine ganze Weile her ist, seit du sie das letzte Mal gesehen hast, und dass du dir schon Gedanken gemacht hast, ob alles in Ordnung ist."

Meghan berichtete daraufhin, dass Großmama ihren Lieblingseistee vorbereitet und ihre Lieblingskekse dagehabt hatte, wie hübsch sie aussah und wie anmutig sie sich immer noch bewegte, obwohl an den dicken Fingerknöcheln und den gekrümmten Fingern deutlich zu erkennen war, dass sie unter Arthritis litt. Als sie jetzt von der alten Dame erzählte, merkte sie selbst, wie sehr sie Großmama bewunderte, und kämpfte mit den Tränen. „Ich hätte schon viel früher herkommen sollen. Wer weiß denn, wie lange ich sie noch habe? Es hätte zwar einen schöneren Grund geben können, mich endlich auf den Weg zu ihr zu machen, aber ich bin auf jeden Fall froh, dass ich hergekommen bin."

„Ich bete dafür, dass die Zeit, die du bei ihr verbringst, euch beiden guttut."

Meghan lächelte gerührt über seine Ernsthaftigkeit. „Danke. Aber wenn du wirklich für etwas beten willst …" Sie zuckte innerlich richtig zusammen über das, was sie da gesagt hatte. Seit wann bat sie denn andere Leute, für sie zu beten?

„Dann was?"

Sie hätte lieber den Mund halten sollen. Was er wohl über das Zerwürfnis zwischen ihrer Mutter und ihrer Großmama denken würde? Männer waren ja normalerweise längst nicht so emotional wie Frauen. „Äh … also …"

„Komm schon, Meghan, raus damit."

Großmama hatte ihr immer gesagt, dass Gott sich für sie und ihre Sorgen interessiere, und Sean glaubte das auch. Ob es Gott tatsächlich gab und er sich interessierte, wusste sie immer noch nicht so genau, aber dass Sean sich interessierte, daran bestand kein Zweifel. „Es klingt vielleicht nicht weiter wichtig, aber meine Mutter ist aus heiterem Himmel hier aufgetaucht."

„Du meinst, unangekündigt, einfach so?"

„Ja, und sie hat vor, die ganze Zeit hierzubleiben, die ich da bin."

„Wirklich? Na, das ist ja mal 'ne Ansage …"

Sie nickte und stieß ein leises Schnauben aus. „Das kann man wohl sagen. Ich kann mir immer noch nicht erklären, wieso sie sich diese Mühe macht, außer, um zu verhindern, dass meine Großmutter und ich uns in den nächsten Wochen wieder näherkommen. Großmama ist nicht gerade Mamas Lieblingsmensch." Seltsam, wie weh es tat, das auszusprechen. Vielleicht steckte ja immer noch das verletzte und verwirrte kleine Mädchen in Meghan.

„Wie schade", sagte Sean.

Sie schluckte und presste das Handy ans Ohr. „Sie haben sich auch schon mehrfach gekabbelt. Meistens hat meine Mutter angefangen – ihre Einstellung ist wirklich unterirdisch. Und das setzt Großmama ziemlich zu. Sie wird demnächst achtzig, und ich habe mir so gewünscht, dass wir eine ganz besonders schöne gemeinsame Zeit haben, aber jetzt, wo Mama da ist …" Wie kindisch sich das alles anhörte. Als ob Sean – oder Gott – sich für solche Nebensächlichkeiten interessierte. Sie fuhr mit einer Hand durch die Luft, als ob sie eine Tafel abwischte, und wünschte, sie könnte löschen, was sie da gerade gesagt hatte. „Ach, egal. Vergiss es einfach."

„Nein, ganz sicher nicht, denn offenbar beschäftigt dich die Sache doch ziemlich. Du liebst sie schließlich beide. Wenn sie zerstritten sind und ihr es jetzt etliche Wochen miteinander unter einem Dach aushalten müsst, dann ist es doch klar, dass dich das nicht kalt lässt. Es ist nichts falsch daran, sich Frieden zu wünschen."

Wie gut er sie verstand. Zu ihrer eigenen Überraschung musste sie ein paar Tränen wegblinzeln. „Genau das wünsche ich mir – Frieden zwischen Mama und Großmama. Ich liebe sie beide, und es ist, als ob ich dadurch schon mein Leben lang zwischen zwei Stühlen sitze. Meine Großmutter wird nicht mehr ewig da sein. Die Zeit, die sie noch miteinander haben, ist begrenzt, und ich wünsche mir wirklich, dass die beiden bekommen, was du gerade gesagt hast – Frieden."

„Dann lass uns doch dafür beten."

Sie nahm den Hörer vom Ohr und starrte auf das Display. Ihr Puls hämmerte, und sie kämpfte mit sich, wahrscheinlich so ähnlich wie das Eichhörnchen kämpfte, damit seine Wintervorräte nicht vom Dach abrutschten. Dann nahm sie den Hörer wieder ans Ohr und fragte: „Du meinst jetzt sofort?"

„Ja klar." Er klang genauso sicher wie sie zögerlich war. „Gott schläft nicht. Er hört immer zu. Also lass uns mit ihm reden."

Wenn Meghan als Kind in den Sommerwochen bei ihrer Großmutter gewesen war, hatten sie vor dem Einschlafen und auch vor den Mahlzeiten immer Gebete gesprochen, die ihr die Großmutter beigebracht hatte, aber sie hatte noch nie frei gebetet. Deshalb hatte sie keine Ahnung, was sie jetzt sagen sollte.

„Lieber himmlischer Vater ...", begann Sean.

Sie schloss die Augen und senkte den Kopf, so wie ihre Großmama es ihr beigebracht hatte.

„Dein Sohn hat den Menschen, die ihm nachfolgten, gesagt: ‚Meinen Frieden gebe ich euch. Ich gebe nicht, wie die Welt gibt. Lasst euer Herz nicht bekümmert sein.' Frieden ist ein Geschenk, das direkt von dir kommt, und Meghan braucht es jetzt."

Meghan merkte, dass sie einen Kloß im Hals hatte, und versuchte, dagegen anzuschlucken, aber er wollte einfach nicht hinunterrutschen. Sie umklammerte das Handy jetzt mit beiden Händen und hielt es ganz fest.

„Sei bei ihr, ihrer Mutter und ihrer Großmutter. Sei du mit deinem Frieden mitten unter ihnen. Verbinde sie in Liebe und Fürsorge miteinander und sorge dafür, dass sie nicht in Versuchung geraten, Konflikte heraufzubeschwören. Lass sie in dieser gemeinsamen Zeit zu der Familie zusammenwachsen, nach der sich Meghan immer gesehnt hat."

Plötzlich gingen ihre Augen ruckartig auf. Sie hatte doch gar nicht viel erzählt. Woher wusste Sean also, wie sehr sie sich Harmonie zwischen Mama und Großmama wünschte, ja, wie sehr sie diese Harmonie und Einigkeit brauchte?

„Und bitte erinnere Meghan daran, dass du ihr Vater bist, Gott. Gib, dass sie sich auf dich – nicht auf ihre Mutter und auch nicht auf ihre geliebte Großmutter – verlässt und dir vertraut, und sei du die Quelle ihres Friedens."

Langsam wurde er ihr richtig unheimlich. Natürlich wusste er, dass sie ohne Vater aufgewachsen war – das wusste jeder in ihrer Abteilung –, aber sie hatte nie jemandem etwas davon gesagt, wie sehr sie sich immer nach dem Einfluss eines Vaters in ihrem Leben gesehnt hatte. Wieso sonst hatte sie sich an den Präventionsbeauftragten für Drogenkonsum gehängt, der in der fünften Klasse ein Jahr lang einmal pro Woche in den Unterricht gekommen war? Officer Allan war damals schließlich auch der Grund gewesen, dass sie sich entschlossen hatte, zur Polizei zu gehen.

Sie merkte jetzt, dass sie am gesamten Körper zitterte, wusste aber nicht, ob diese heftige Reaktion von Angst oder Sehnsucht herrührte.

„Wenn etwas heil wird, dann gebührt aller Dank dir. Ich danke dir für dein Wirken an Meghans, Dianes und … und …"

„Hazel", half Meghan ihm aus.

„… und an Hazels …" An seiner Stimme konnte sie erkennen, dass er lächelte, und musste einfach mitlächeln – „… Beziehung."

„Amen." Sie wusste nicht wieso, aber es fühlte sich jetzt ganz natürlich, gut und warm und beruhigend an, das Wort auszusprechen. Sie ließ sich in den Sessel zurückfallen und fühlte sich so müde und erschöpft, als hätte sie gerade einen Marathon hinter sich, gleichzeitig aber auch seltsam frisch belebt. „Danke, Sean", sagte sie.

„Gern geschehen. Ich bete jetzt jeden Tag für dich, okay?"

„Danke. Dafür bin ich dir wirklich dankbar." Die Worte kamen ein bisschen gepresst heraus, wahrscheinlich, weil sie immer noch diesen Kloß im Hals hatte.

„Gerne doch. Und weißt du was? Ich glaube, es ist gar nicht so schlecht, dass deine Mutter bei euch aufgetaucht ist. Auch wenn es am Anfang vielleicht ein bisschen schwierig ist, glaube ich, dass sie da sein soll. Ruf mich doch hin und wieder an und erzähl mir, wie es so läuft, damit ich so konkret wie möglich beten kann, ja?"

„Das mache ich."

„Gut. Aber können wir jetzt erst mal Schluss machen? Die Zeitverschiebung ... es ist schon weit nach Mitternacht und ..."

Erschrocken schnappte sie nach Luft. Sie hätte ihn viel früher anrufen müssen. „Tut mir leid, Sean, daran habe ich gar nicht mehr gedacht."

„Ist schon gut. Ich bin froh, dass wir Gelegenheit hatten zu reden." Sein Tonfall änderte sich jetzt und er klang nicht mehr ganz so selbstsicher wie sonst. Dafür schwang etwas anderes mit, etwas beinah Schüchternes. „Ich freue mich, dass du mich gefragt hast, für dich zu beten, Meghan. Das bedeutet mir wirklich viel."

Sie wusste nicht so genau, wieso ihm das so wichtig war, aber jetzt war nicht der richtige Moment, ihn danach zu fragen. Er musste schlafen. „Ich melde mich Samstag oder Sonntag noch mal okay? Schlaf du jetzt erst mal. Und noch mal danke, Sean."

Sie ließ das Handy in ihren Schoß fallen, schaute in den dunklen Raum und dachte noch einmal an Seans Gebet. Er schien so sicher, dass jemand zuhörte und auch antworten würde. In ihrem Inneren breitete sich jetzt ein schmerzhaftes Einsamkeitsgefühl aus. Mama hatte Glauben immer als Quatsch bezeichnet, als Krücke für Schwächlinge und Schwachköpfe, und Christen waren für sie ein Verein von Heuchlern. Aber all diese Bezeichnungen passten so gar nicht zu Sean und seinem Leben.

„... und bitte erinnere Meghan daran, dass du ihr Vater bist. Gib, dass sie sich auf dich – nicht auf ihre Mutter und auch nicht auf ihre Großmutter – verlässt und dir vertraut, und sei du die Quelle ihres Friedens."

Sie schaute jetzt hinauf zur Decke und stellte sich den schwarzen sternenübersäten Himmel darüber vor. „Wenn du da bist, Gott, würdest du dann das tun, worum Sean gebeten hat? Würdest du uns … mir … mehr Frieden schenken?"

Ende August 1943
Cumpton, Arkansas

Hazel Mae

Hazel Mae schlich sich durch die Hintertür aus dem Haus, streifte durch den Garten und trat beim Gehen gegen Erdklumpen und Grassoden. Sie ging zum Hühnerstall und schloss sich ein, aber es half nichts, Mamas und Papas wütende Stimmen drangen auch bis dorthin.

Als sie sich im Schneidersitz auf den mit Stroh eingestreuten Boden setzte, kam eine der Legehennen näher und pickte nach ihren nackten Füßen, aber sie gab ihr einen kleinen Stups, sodass sie gackernd davonflitzte. Mit hängendem Kopf spielte sie mit einem Strohhalm. Wenigstens sprachen ihre Eltern jetzt wieder. Das war ihr lieber, als wenn sie am Tisch saßen und sich anschwiegen. Drei Tage war das so gegangen. Während dieser langen Zeit, die sich wie versteinert anfühlte, hatte Hazel kaum einen Bissen heruntergebracht, und ihr Nacken war völlig verspannt, weil sie immer die Zähne zusammenbeißen musste, damit sie nicht schrie.

Aber mussten sie jetzt unbedingt so laut streiten? Sie hasste es, wenn die beiden sich anschrien, und es wäre ihr lieber gewesen, sie hätten stattdessen sie angeschrien. Sie wusste nicht, wieso das leichter für sie gewesen wäre, aber es war so.

Sie stützte ihr Kinn auf die Hände und musste Tränen wegblinzeln.

Schweiß rann ihr von der Stirn, obwohl die schmutzigen Fenster des Stalls die Sonne weitgehend aussperrten. Der modrige Geruch im Hühnerstall – es war dort schon seit einer ganzen Weile nicht ausgemistet und saubergemacht worden – bewirkte, dass ihre Nase juckte. Die Hühner hätten es ihr sicher gedankt, wenn sie eine Harke geholt, das schmutzige Stroh ausgeharkt und frisches eingestreut hätte, und vielleicht würde ihr Vater sie ja sogar dafür loben.

Aber sie rührte sich nicht. Es war ihr egal, ob die Hühner in dem mit Mist verschmutzten Stroh herumpickten, und es war ihr sogar egal, dass ihr Kleid schmutzig wurde, weil sie in dem verdreckten Stroh saß. Der grün gestreifte Stoff war sowieso schon angeschmuddelt, weil sie das Kleid seit drei Tagen anhatte. Aber Mama hatte es nicht einmal bemerkt. Und selbst, wenn sie nie wieder ein frisches, sauberes Kleid hätte anziehen können, wäre ihr das egal gewesen. Das alles interessierte sie nicht mehr.

Wieso hatte sie gar nicht gemerkt, dass durch Maggie wieder Freude ins Haus gekommen war? Darauf hätte sie doch viel früher kommen müssen. Schließlich hatte Papa freiwillig mit dem Trinken aufgehört, als Mama Maggie erwartet hatte, und als Maggie dann da war, hatte Papa jeden Abend beim Abendessen mit am Tisch gesessen, hatte erzählt und gelächelt und manchmal sogar gelacht. Und Mama hatte bei der Arbeit gesummt und manchmal mit Hazel geredet, als wären sie nicht Mutter und Tochter, sondern Freundinnen. Nicht immer, aber manchmal.

Jetzt blieb Papa wieder bis spätabends in der Scheune und Mama summte gar nicht mehr. Wenn sie mit Hazel sprach, dann schnauzte sie sie entweder an oder redete so zuckersüß mit ihr, dass es gar nicht echt klang. Niemand brachte sie abends ins Bett und sagte ihr Gute Nacht und niemand betete vor dem Einschlafen mit ihr. Es betete überhaupt niemand mehr. Außer ihr selbst. Sie betete immer noch. Und sie betete jeden Abend das Gleiche.

Auch jetzt wieder, als sie dort in dem dämmrigen, einsamen Hühnerstall saß: „Bitte, Gott, lass uns Maggie wiederfinden. Bitte bring sie wieder nach Hause."

Der Pfarrer hatte der Familie gesagt, dass Maggie höchstwahrscheinlich heimgegangen und jetzt bei Gott sei. Ihr Schuh am Ufer des Baches – die Strömung im Bach war stark, und das Wasser im Bach stand hoch, weil es in letzter Zeit so viel geregnet hatte – bedeutete, dass sie wahrscheinlich hineingefallen und mitgerissen worden war. Er fand sogar, dass sie eine Beerdigung abhalten sollten, aber das wollte Mama nicht, und Hazel war froh darüber. Wie konnte man eine Beerdigung abhalten, wenn es gar keinen Leichnam gab, den man hätte begraben können?

Sie war so mutig gewesen, dem Pfarrer zu sagen, was Mrs Burton glaubte, und hoffte, dass er den Sheriff hinter den Zigeunerwagen herschicken würde, aber der Pfarrer glaubte nicht, dass die Zigeuner sie mitgenommen hatten. Er sagte, diese Geschichten, dass Zigeuner kleine Kinder stehlen würden, seien nur abergläubischer Unsinn. Und zu Hazel meinte er: *„Ich weiß, es ist schwer, meine Kleine, aber du musst akzeptieren, dass deine kleine Schwester nicht mehr wiederkommt."*

Der Pfarrer war ein kluger Mann und wusste viel, aber Hazel wünschte sich, dass er sich wenigstens in Bezug auf die Zigeuner irrte. Wenn nämlich die Zigeuner Maggie hatten, dann bedeutete das ja, dass sie noch lebte. Und vielleicht würde sie ja dann zurückkommen.

Sie musste einfach zurückkommen.

Hazel kniete sich jetzt hin. Das Stroh pikste ihr zwar in die Knie, aber das war ihr egal. Der Pfarrer hatte gesagt, dass Menschen beim Gebet aus Ehrfurcht vor Gott und auch aus Demut knien sollten, aber als sie das letzte Mal gebetet hatte, hatte sie daran nicht gedacht, und das Gebet war ihr einfach so herausgerutscht, als sie auf dem Po gesessen hatte. Wenn sie jetzt kniete, würde er sicher besser zuhören.

Sie faltete jetzt also die Hände unterm Kinn und schloss ganz fest die Augen. „Lieber Gott, bitte lass Maggie wieder nach Hause kommen. Bitte! Wir – Mama, Papa und ich –, wir haben keinen Frieden, bis sie wieder da ist.“

Kapitel 7

Gegenwart
Kendrickson, Nevada

Hazel drehte sich auf die Seite und schaltete den Alarm des Weckers aus. Das Summen hörte sofort auf, aber das Geräusch klang noch ein paar Sekunden in ihren Ohren nach. Sie schaltete die Nachttischlampe ein und lag gekrümmt wie ein Fragezeichen da und blinzelte, während ihre Augen sich an die Helligkeit gewöhnten. Es war halb sieben, und wahrscheinlich war der Morgenhimmel schon nicht mehr rosa, sondern wurde langsam gelblich, aber die dichten Jalousien und die Verdunklungsvorhänge hielten auch den kleinsten Lichtstrahl fern. Ohne das Licht der Lampe war es in ihrem Zimmer dunkel wie in einer Höhle, und genau so hatte sie es gern, wenn sie schlief. Doch jetzt war es Zeit aufzustehen.

Sie schlug die leichte Decke zurück und schwang ihre Beine über die Bettkante. Einen Moment lang saß sie da, die Hände auf den Knien gefaltet, und schaute ihre alten, runzeligen, knochigen Füße an, die aus der Schlafanzughose hervorschauten. Obwohl die Fußnägel perlmuttrosa lackiert waren, sahen die Füße nicht besonders schön aus. Doch sie waren ja schließlich auch nicht dazu da, schön auszusehen, sondern damit sie aufrecht stehen und gehen konnte, und diesen Zweck erfüllten sie trotz jahrzehntelanger Beanspruchung immer noch ganz gut.

Mit einem leisen selbstironischen Schmunzeln stand sie auf und bewegte sich mit kleinen, staksigen Schritten in das angrenzende Bad. Als ihre Morgentoilette beendet war, hatten sich ihre alten Knochen so weit gelockert, dass sie etwas größere Schritte machen konnte. Sie betrat ihren begehbaren Kleiderschrank und fuhr mit der einen Hand an den ordentlich aufgehängten Outfits entlang, wobei sie erst die Sachen in Gelbtönen, dann blaue, dann grüne und schließlich rote anschaute. Sie entschied sich schließlich für ein rotes ärmelloses Oberteil, das vorn mit einem weißen Paisley-Muster bestickt war, und eine blaue Culotte sowie eine leichte weiße Jacke, die in unregelmäßigen Abständen von noppigen Fäden in rot, gelb und blau durchzogen war.

Sie zog sich direkt in dem begehbaren Schrank an und betrachtete sich dann in dem körpergroßen Spiegel, der dort hing, um sicher zu sein, dass die Jacke gerade saß und nirgends ein Faden hervorschaute oder sonst eine Unregelmäßigkeit zu entdecken war. Sie hatte dieses Ensemble vor knapp zwei Wochen getragen, am 4. Juli bei der Party zum Unabhängigkeitstag, die von der Gemeinde veranstaltet worden war. Sie hatte von mehreren Leuten Komplimente bekommen, weil dieses Outfit die amerikanischen Nationalfarben aufnahm und weil in das Paisley-Muster auch Pailletten eingearbeitet waren, die wie ein Feuerwerk glitzerten.

Heute war zwar kein Unabhängigkeitstag, aber sie fand das Outfit trotzdem passend für den Tag, denn wahrscheinlich würde sie heute mit ihrer unabhängigen, eigensinnigen Tochter zu kämpfen haben, die wild entschlossen war, sich jeder Autorität zu widersetzen. Natürlich hatte Hazel keine Autorität mehr über Margaret Diane – du liebe Zeit, das Mädel war ja inzwischen eher fünfzig als vierzig –, und außerdem hatte Hazel schon vor über dreißig Jahren ihre gesamte Autorität über sie verloren. Das war auch der Grund, wieso Margaret Diane schließlich ohne Mann, aber mit einer Tochter dagestanden hatte.

Hazel zog ihrem Spiegelbild eine Grimasse. Ach, wie wenig sie doch ihrer Aufgabe der Erziehung von Margaret Diane gerecht geworden war. Ob der Stich, den ihr der Gedanke an dieses Versagen jedes Mal versetzte, jemals ganz weggehen würde? Es war ja keineswegs so, dass sie ihre Enkelin nicht liebte. Im Gegenteil, das Kind war ein Geschenk. Wie konnte sie Meghans Existenz bedauern?

Doch für Hazels Generation war Voraussetzung für körperliche Intimität nun einmal die Heiratsurkunde. In ihrer Generation bekamen verheiratete Paare Kinder, und unehelich geborene Kinder wurden von Ehepaaren adoptiert. Das Waisenhaus in Cumpton hatte nicht einmal in der Zeit der schweren Wirtschaftskrise Adoptivkinder an unverheiratete Paare vermittelt, und Frauen, die bewusst als Singles Kinder bekamen, gab es gar nicht.

Und wie Margaret Diane gekämpft hatte, sowohl finanziell als auch emotional, um ihrer kleinen Tochter von Anfang an Mutter und Vater zu sein. Hazel wollte ja gar nicht den ersten Stein werfen – Gott wusste, dass sie selbst eine Sünderin war, die aus lauter Gnade gerettet war –, aber es tat ihr in der Seele weh, dass ihr Kind einen so schweren Weg gegangen war.

Sie zeigte jetzt mit dem Finger auf ihr Spiegelbild und sagte: „Und wenn sie schnippisch wird und du in Versuchung gerätst, sie zu maßregeln, dann denk daran, dass sie kein leichtes Leben gehabt hat – erst der Tod ihres Vaters und dann allein für ihre Tochter verantwortlich zu sein. Sei nachsichtig mit ihr." Dann warf sie ihrem Spiegelbild noch einen finsteren Blick zu, bekam einen finsteren Blick zurück, schüttelte den Kopf und sagte schmunzelnd: „Und jetzt stehst du da und redest mit dir selbst wie eine alte Närrin. Geh, mach Frühstück und sieh, ob vielleicht Blaubeerpfannkuchen deiner Tochter ein Lächeln entlocken können."

Blaubeerpfannkuchen waren in Margaret Dianes gesamter Kindheit und Jugend ihre Sonntagmorgen-Tradition gewesen. Heute war zwar erst Samstag, aber vielleicht würde ja der Duft – und damit verbundene Assoziationen wie Rüschenkleider, Hand in Hand den Gehsteig entlangzugehen oder mit der aufgeschlagenen Bibel auf dem Schoß dazusitzen – schöne Erinnerungen bei ihrer Tochter wecken und ihre Streitlust ein wenig dämpfen, sodass sie einen guten Start in den Tag hatten.

Bitte, Herr, ja?

Ein halbes Dutzend goldbraune, blaubeergesprenkelte Pfannkuchen standen im warmen Ofen bereit, und weitere vier brutzelten in der Pfanne, als dumpfe Schritte im Flur zu hören waren. Hazel lächelte und drehte sich um, um ihrer Tochter Guten Morgen zu sagen, aber es war gar nicht Margaret Diane, die in die Küche kam, sondern Meghan. Sie trug noch ihren Schlafanzug, bestehend aus einem engen Hemdchen mit Spaghettiträgern und einer Schlabberhose aus T-Shirt-Stoff, ihr Haar war zerzaust, und sie sah dadurch mindestens zehn Jahre jünger aus als 28. Sie schnupperte wie ein Suchhund und grinste. „Hmmmm, hier riecht es ja toll." Dann hielt sie die Nase über die Kaffeemaschine. „Ist der Kaffee aromatisiert?"

„Ja, mit Haselnussaroma, meiner ewigen Lieblingssorte. Besonders, wenn noch Sahne dazukommt. Diese fettarme Milch ist nichts für mich."

Meghan grinste. „Igitt! Nein, für mich auch nicht." Sie humpelte zum Herd. „Was machst du denn da?"

„Blaubeerpfannkuchen. Das ist die letzte Ladung." Die Fettbläschen am Rand der Pfannkuchen glänzten nicht mehr, also Zeit, sie zu wenden. Hazel schob einen Pfannenwender unter einen der Pfannkuchen, drehte ihn um und seufzte zufrieden, als sie sah, dass er genau richtig aufgegangen war, einen knusprigen Rand und eine goldbraune Mitte hatte. Perfekt. „Sobald die hier fertig sind, richte ich dir einen Teller voll an. Hast du schon großen Hunger?"

„Hunger habe ich eigentlich gar nicht, aber Appetit, weil es so gut riecht. Du brauchst dich also wirklich nicht zu beeilen, Großmama."

Meghan lehnte sich an den Küchentresen und schaute zu, wie ihre Großmutter die restlichen Pfannkuchen ebenfalls wendete. „Wenn wir die aufessen, sind wir pappsatt", sagte sie.

Hazel gab ihrer Enkelin einen scherzhaften Stups mit dem Ellenbogen. „Zehn Pfannkuchen für drei Personen sind doch gar nicht so viel."

„Zwei."

„Zwei was?"

„Na, zwei Personen."

Hazel runzelte die Stirn. „Wo ist denn Margaret Diane?"

Hatte sie etwa bei Nacht und Nebel ihre Sachen gepackt und war einfach ohne ein Wort wieder verschwunden, so wie sie es im Alter zwischen sechzehn und achtzehn bestimmt ein halbes Dutzend Mal gemacht hatte?

„Die liegt noch im Bett."

„Von dem Duft wird sie bestimmt wach." Hazel gab die Hoffnung nicht auf.

„Wahrscheinlich. Bei mir war es jedenfalls so. Aber sie wird die Pfannkuchen sowieso nicht essen. Sie lebt vegan."

Plötzlich roch es leicht angebrannt, und Hazel beförderte rasch die fertigen Pfannkuchen aus der Pfanne auf einen Teller. Ein dunkler Kreis auf jedem der Pfannkuchen trübte den ansonsten perfekten Anblick. Wieso konnte sie eigentlich nie etwas richtig machen? Sie musste ein paarmal blinzeln, um die Tränen zurückzudrängen, und drehte sich dann zu Meghan um. „Was um Himmels willen soll denn das heißen? Vegan … was bedeutet denn das?" Hatte sich ihre Tochter jetzt etwa einer Sekte angeschlossen? So sehr es sie schmerzte, es zuzugeben, aber es hätte sie nicht gewundert.

Meghan zuckte mit den Achseln. Dann brach sie von einem der Pfannkuchen ein kleines Stückchen ab und steckte es sich in den Mund. Mit geschlossenen Augen stieß sie ein genussvolles Stöhnen aus. „Genau wie ich es mir vorgestellt habe. Selbstgemacht aus frischer Milch und frischen Eiern, oder?"

Wie sollte man denn sonst Pfannkuchen machen? „Ja, natürlich."

„Mama ernährt sich seit ungefähr anderthalb Jahren vegan. Das bedeutet, dass sie nur pflanzliche Lebensmittel zu sich nimmt, und weil in dem Pfannkuchenteig Milch und Eier sind – also tierische Produkte –, wird sie die Pfannkuchen nicht essen."

Hazel staunte nicht schlecht. „Hat sie deshalb gestern zum Abendessen auch nur den gedünsteten Brokkoli und den Blumenkohl gegessen?" Sie hatte angenommen, dass ihrer Tochter die Schweinekoteletts zu trocken und der Vollkornreis zu fad gewesen waren, und sich selbst gescholten, dass sie so schlecht gekocht hatte.

Meghan nickte. „Du hast das Gemüse mit Salz und Pfeffer gewürzt – das ist in Ordnung, aber am Reis war Butter – also etwas Tierisches –, und Schweinekoteletts sind ja ebenfalls tierisch, also …"

„Aber sie hat kein Wort gesagt."

Meghan zuckte wieder mit den Achseln und verzog das Gesicht zu einer stummen Entschuldigung.

„So etwas Verrücktes …" Hazel biss sich auf die Zunge. Hatte sie nicht gerade darum gebetet, dass der Tag gut anfangen würde? *Ich will ja nicht respektlos sein, Gott, aber hörst du mir überhaupt zu?*

Sie holte einmal tief Luft und atmete langsam wieder aus. Dann deutete sie mit einer Hand auf all die Pfannkuchenzutaten auf dem Tresen und fragte: „Und was davon isst sie?"

„Die Blaubeeren und das Mehl", sagte Meghan und tippte sich ans Kinn. „Aber es gibt auch vegane Pfannkuchen, die aus Soja- oder Mandelmilch gemacht werden."

Hazel rümpfte die Nase.

„Da bin ich ganz deiner Meinung, aber sie hat sich richtig gut informiert und schwört, dass es ihr ohne tierische Lebensmittel viel besser geht", sagte Meghan lachend.

Hazel hatte eine Faust in die Hüfte gestemmt und blickte gespielt finster drein. „Also ich habe als Kind jeden Tag Eier und Schinken und Speck und frische Butter gegessen, und wie du siehst, bin ich achtzig Jahre später immer noch da. Was sagt dir das?“

In dem Moment kam Margaret Diane in Begleitung ihrer Hundeeskorte in die Küche geschlurft. Die Zornesfalten auf ihrer Stirn waren ein sicheres Zeichen, dass sie jedes Wort von Hazels und Meghans Gespräch gehört hatte. „Es sagt uns, dass du eine gute Konstitution hast, Mutter. Herzlichen Glückwunsch. Aber mein Cholesterinwert ist um beinah hundert Punkte gesunken, seit ich angefangen habe, Yoga zu machen und mich vegan zu ernähren. Und meine Muskelmasse hat deutlich zugenommen. Also vielen Dank, für mich bitte keinen Schinken, keine Eier und keine Butter“, sagte sie, öffnete die Schiebetür zum Garten und scheuchte die Hunde nach draußen.

Hazel wollte ihre Tochter gerade daran erinnern, bitte mitzugehen und die Hinterlassenschaften der Hunde einzusammeln, wenn sie ihr Geschäft erledigt hatten – die Haufen von gestern lagen nämlich immer noch in einer Ecke beim Gartenteich –, aber sie konnte sich gerade noch rechtzeitig bremsen und schluckte die Bemerkung hinunter. Vielleicht hatte Gott ihre Bitte heute Morgen ja doch gehört. „Also gut, dann können wir ja später noch zum Supermarkt fahren und Sachen kaufen, die bei deiner Diät erlaubt sind.“

„Das ist keine Diät, Mutter, sondern eine Lebensweise.“

Hazel verkniff sich eine scharfe Entgegnung. *Danke, Herr.* „Aber vorher brauchst du ja etwas zu essen …“

Sie schnipste mit den Fingern und sagte: „Als ich letztes Mal im Supermarkt war, habe ich eine Packung Knuspermüsli gekauft. Ich streue mir immer gern ein bisschen über meinen Joghurt, aber als ich wieder zu Hause war und es wegräumen wollte, habe ich festgestellt, dass es glutenfrei ist. Vielleicht kannst du ja ein bisschen davon mit Joghurt und Blaubeeren essen.“ Hoffnungsvoll sah sie Margaret Diane an.

„Joghurt wird aus Milch gemacht, und Milch kommt von Kühen, Mutter. Das Zeug rühre ich nicht an“, sagte ihre Tochter und zuckte patzig mit einer Schulter. „Aber ich kann mir ja mal anschauen, was in dem Müsli alles drin ist. Manchmal sind sogar dann tierische Stoffe darin enthalten, wenn es glutenfrei ist.“

Das wusste Hazel nicht und sie war peinlich berührt. Sie öffnete einen Hochschrank, nahm eine Müslipackung heraus und stellte sie auf den Tresen. „Wenn du das nicht essen kannst, wirf es einfach weg. Ich mag die Konsistenz nicht.“ Dann deutete sie auf einen kleinen runden Tisch vor dem Erkerfenster und sagte: „Setz dich doch, Meghan. Ich bringe dir jetzt erst mal deine Pfannkuchen, bevor sie kalt und trocken werden. Möchtest du Butter und Ahornsirup?“

„Das klingt großartig, Großmama.“

Wenigstens Meghan war leicht zufriedenzustellen.

Hazel hatte den Tisch schon für drei gedeckt und musste nur noch den Orangensaft und die Butter aus dem Kühlschrank holen. Während sie die Kühlschranktür öffnete, ließ Margaret Diane die Hunde wieder herein, und die kleine Truppe kam sofort zu Hazel gelaufen und wuselte um ihre Füße herum.

Die Panik setzte so schnell ein, dass sie kurz keine Luft bekam. Sie wedelte mit der einen Hand und sagte: „Schluss jetzt! Weg mit euch!“

Mit gerunzelter Stirn kam Diane zu ihr geeilt und schimpfte: „Du brauchst sie ja nicht gleich anzuschreien. Sie sind es gewohnt, jeden Morgen ein Leckerchen zu bekommen.“ Und damit griff sie an Hazel vorbei, nahm eine Packung Käsewürfel aus dem Kühlschrank und sagte: „So, meine kleinen Schätze, jetzt gibt euch Mami erst mal euer Leckerchen.“

Wie war es möglich, dass sie so lieb mit den Hunden redete und gleichzeitig Hazel so wütend anstarrte? Margaret Diane ließ sich auf einem der Küchenstühle nieder und öffnete die Käsepackung, während die Hunde an ihr hochsprangen und jaulten, und ihr schrilles

Kläffen fühlte sich für Hazel an, als würden ihr Nägel in die Schläfen geschlagen.

Sie presste sich eine Hand auf die Stirn und bat: „Würdest du die Hunde bitte nicht am Esstisch füttern? Mir ist es lieber, wenn sie wissen, dass der Essplatz für die Menschen nicht auch ihr Futterplatz ist."

Daraufhin sprang Margaret Diane auf und stapfte wortlos zur Küche hinaus, gefolgt von den Hunden, die in ihrem Eifer übereinander purzelten. Als sie schließlich alle weg waren, bekam Hazel ganz weiche Knie. Sie stützte sich auf den Rand des Küchentresens und ließ den Kopf hängen. Ihr Herz hämmerte immer noch so heftig, dass sie ihren Puls in den Schläfen spürte, und sie zitterte am ganzen Körper. Sie atmete mehrmals tief durch und versuchte mit reiner Willenskraft, ihren Puls zu beruhigen und zu erreichen, dass dieses flattrige Gefühl unter der Haut wegging.

Als sie jetzt eine Hand auf ihrer Schulter spürte, machte sie vor Schreck einen Satz.

„Tut mir leid, ich wollte dich nicht erschrecken", sagte Meghan, die neben sie getreten war, die Hand immer noch beruhigend auf Hazels Schulter. „Ich rede mit Mama über die Hunde. Es kann ja nicht angehen, dass du im eigenen Haus Angst haben musst."

Meghan hatte also ihre Schwäche bemerkt. Hazel presste die Augen fest zu und sah hinter den geschlossenen Lidern Bilder von Babyhäschen und einer schwarzen Schlange. Schnell machte sie deshalb die Augen wieder auf und konzentrierte sich auf das Gesicht ihrer Enkelin. Die Sorge, die sie darin entdeckte, setzte ihr mehr zu als ihre Erinnerungen.

„Nein, Liebes, es ist alles in Ordnung." Als sie sich jetzt aufrichtete, fielen ihr ein paar Haarsträhnen in die Stirn. Sie strich sie sich aus dem Gesicht, dorthin, wo sie hingehörten, und versuchte zu lächeln, doch ihre Lippen bebten so sehr, dass es ihr nicht gelang. Sie schluckte. „Ich liebe Margaret Diane, und sie liebt ihre Hunde, und deshalb werde ich meiner Tochter zuliebe lernen, mein Haus mit ihnen zu teilen."

Meghan streichelte ihrer Großmutter über den Arm, wie Mütter es bei weinenden Babys tun. „Mama hat mir erzählt, dass sie als Kind keine Haustiere haben durfte, weil du Tiere nicht leiden konntest, aber ich glaube, dass es eher Angst als Abneigung ist, oder? Bist du als Kind mal von einem Hund angesprungen oder gebissen worden?"

„Nein, mir hat nie ein Hund etwas getan."

„Aber warum ..."

Hazel trat einen Schritt zurück und entzog sich Meghan und ihrer sanften Berührung: „Die Pfannkuchen sind gleich so hart und ungenießbar wie Eishockeypucks. Geh und setz dich jetzt. Ich hole noch Saft und Sirup, und dann" – sie atmete noch einmal bebend ein und hob das Kinn –, „dann essen wir."

Kapitel 8

Meghan

Ich fahre, und du sagst, wo es langgeht, Mutter", sagte Diane. Meghan musste ein Schmunzeln unterdrücken. Mama hatte vermutlich gar nicht bemerkt, wie komisch das war, es gar nicht komisch gemeint, doch wenn Großmama weniger ladylike wäre, als sie war, würde sie vielleicht wirklich tun, was Mama vorschlug.

Großmutter, die eine leuchtend rote Handtasche und dazu passende paillettenbestickte Ballerinas trug, blieb in der Tür noch einmal stehen und fragte: „Bist du ganz sicher, dass du nicht auch mitkommen willst, Meghan?"

Einen kurzen Moment lang überlegte Meghan tatsächlich, ob sie hinter den beiden her die Supermarktgänge entlanghumpeln sollte, aber die Vorstellung, einmal ein paar Stunden für sich zu haben und nicht die Rolle der Friedensstifterin übernehmen zu müssen, gefiel ihr ausnehmend gut. Und vielleicht würden die beiden auf der Fahrt zum Supermarkt und zurück ja auch ein paar Dinge klären können. Sie schüttelte also den Kopf und sagte: „Danke, aber ich fange lieber schon mal an, die Fotos zu sortieren und auszusuchen, welche mit in das Album sollen. Fahrt ihr nur."

Großmama nickte. „Na gut. Wenn du noch mehr Material brauchst, die Alben mit Fotos aus der Kindheit deiner Mutter stehen im Wohnzimmer im Regal, und dann gibt es noch eine Schachtel mit losen Fotos in der untersten Schublade von der Kommode in meinem begehbaren Kleiderschrank. Bedien dich."

„Der Vormittag ist schon wieder halb herum, Mutter. Jetzt lass uns starten, bevor es draußen noch heißer wird." Mama öffnete die Haustür und bedeutete ihrer Mutter mit einer Geste, dass sie jetzt kommen sollte. „Ich weiß wirklich nicht, wie du es aushalten kannst …"

Die Tür schlug zu, sodass Meghan nicht mehr mitbekam, worüber sich ihre Mutter beschwerte, und Meghan blieb in der Stille zurück, die nur von den beruhigenden Schlägen der antiken Uhr und einem gelegentlichen Winseln aus dem Gästezimmer unterbrochen wurde, wo Mama auf Meghans Bitte hin die Hunde in ihren Transportboxen eingesperrt hatte. Ein paar Sekunden lang stand sie einfach so mit geschlossenen Augen mitten im Wohnzimmer und genoss die Atempause. Wie friedvoll es war …

Doch dann gab sie sich einen Ruck und schaute auf die Uhr. Es war Viertel vor zehn, also Viertel vor zwölf in Arkansas. Was Sean wohl jetzt machte? Er begann den Tag immer mit einer Zeit der Stille, in der er in der Bibel las und betete – eine Gewohnheit, die von den meisten Kollegen für unmännlich gehalten wurde. Wieso die Männer deshalb wohl immer so auf Sean herumhacken mussten? Schließlich schadete er damit doch niemandem. Manchmal waren Menschen wirklich beschränkt. Obwohl Samstag war und die meisten Leute an diesem Tag ausschliefen, hoffte Meghan, dass er früh aufgestanden war und für sie betete. Sie brauchten hier nämlich ganz dringend den Frieden, um den zu beten er versprochen hatte.

Der Koffer mit den Fotos wartete auf dem gefliesten Quadrat, das den Eingangsbereich markierte, und Meghan ließ eine der beiden Krücken an den Polsterhocker gelehnt stehen und bewegte sich halb gehend, halb hinkend die paar Meter zu dem Koffer hin. Sie bekam den Teleskopgriff zu fassen, zog ihn zum Polsterhocker hin, und mit ein paar Grunzlauten und einigen der nicht ganz so schlimmen Schimpfwörter, die sie von den Kollegen im Büro kannte, schaffte sie den Koffer dorthin, wo sie ihn haben wollte. Sie ließ sich auf Großmamas Sessel plumpsen und öffnete den Koffer.

Fast eine halbe Stunde lang war sie damit beschäftigt, Fotos anzuschauen und in den Erinnerungen zu schwelgen, die ihr dabei kamen. Seltsam, was für klare Bilder die teilweise sehr unscharfen Fotos in ihr hervorriefen. Sie hatte in Verbindung mit Großmama keine einzige negative Erinnerung. Bei Mama dagegen war es ja offenbar genau umgekehrt. Sie hatte keine einzige positive Erinnerung. Woran das wohl lag? Diese Frage setzte ihr unglaublich zu, denn sie konnte die Großmama, die sie so liebte, nicht mit der Frau in Verbindung bringen, als die Mama sie wahrnahm.

Vielleicht waren ja Großmamas Fotos eine Hilfe dabei, es zu verstehen.

Die Fotoalben aus dem Regal im Wohnzimmer kannte sie alle schon, denn die hatte sie sich jeden Sommer, wenn sie zu Besuch da gewesen war, mit Großmama zusammen angeschaut. Deshalb nahm sie jetzt ihre Krücken, stand auf und ging um die Ecke, wo sich die Suite ihrer Großmutter befand. Schon in der Tür blieb sie stehen und lächelte. Als kleines Mädchen hatte sie es geliebt, sich morgens in Großmamas Zimmer zu schleichen und zu ihr unter die Decke zu kriechen. Mama hatte immer geknurrt und gejammert, wenn Meghan sie im Schlaf gestört hatte, aber Großmama murmelte nur etwas, schlug die Decke ein wenig zurück und zog Meghan dann ganz dicht an sich heran.

Sie spürte die Wärme und fühlte sich so geborgen, als sie jetzt den Blick durch den sauberen, ordentlichen Raum schweifen ließ. Ein Quilt, den sie noch nicht kannte, war über das Bett gebreitet, aber ansonsten hatte sich dort im Laufe der Jahre kaum etwas verändert. Die Möbelstücke des rustikalen Schlafzimmers aus Ahornholz, die

Großmama und Großpapa zu ihrer Hochzeit 1963 angeschafft hatten, standen immer noch genauso wie immer. Dasselbe Set, bestehend aus einer silbernen Bürste, einem silbernen Kamm und einem silbernen Handspiegel – ein Geschenk von Großmamas Eltern zu ihrem Schulabschluss –, lag auf einem Spitzendeckchen in der Mitte der Kommode. An der Wand darüber hing eine Sammlung von Familienfotos. Auf dem ersten war sie selbst als Baby abgebildet, auf dem letzten als Schülerin in der letzten Grundschulklasse. Und ein Foto von Meghan als zahnlose Schulanfängerin mit Zöpfen hing direkt über dem Nachttisch, so als würde sie Großmamas Bibel bewachen.

Wie üblich war nirgends ein Stäubchen zu entdecken und die dunkelblauen Vorhänge waren zugezogen. Meghan konnte sich nicht erinnern, dass es in ihrem eigenen Kindheitszuhause jemals so sauber und ordentlich gewesen wäre – nicht einmal wenn Mama Besuch erwartete. Noch ein Punkt, an dem Großmama und Mama so ganz und gar unterschiedlich waren.

Sie betrat jetzt den begehbaren Kleiderschrank und ging an den Kleiderstangen vorbei zu der eingebauten Kommode in der Mitte der Rückwand. Sie lehnte die Krücken an das Schuhregal, ging in die Knie und achtete darauf, das Gewicht auf den gesunden Fuß zu legen, damit sie sich später wieder hochdrücken konnte. Dann zog sie die unterste Schublade auf und fand dort eine rechteckige Schachtel aus dicker grauer Pappe, deren Deckel an den Ecken von gelbem Klebeband zusammengehalten wurde, genau wie Großmama gesagt hatte. So ähnliche Schachteln hatte sie auch schon im Fernsehen gesehen, wenn sie mit Großmama die Wiederholung alter Folgen von „I Love Lucy" geschaut hatte. Darin waren dann immer Pullover aus dem Versandhaus gewesen. Noch eine lieb gewordene Erinnerung.

In der oberen rechten Ecke des Deckels stand etwas Handgeschriebenes, allerdings so klein, dass sie die Augen zusammenkneifen musste, um es lesen zu können.

Mama und Papa, das hier ist mein Geheimschatz. Bitte nicht reingucken.

In Liebe, Hazel Mae.

Meghan runzelte die Stirn und fuhr mit dem Finger über die Unterschrift ihrer Großmutter. Wenn diese Schachtel Schätze enthielt, warum waren sie dann nicht in der Vitrine ausgestellt, in der sich Glasgegenstände aus der Zeit der großen Wirtschaftskrise, Porzellanfiguren und Großmutters Sammlung von kleinen, mit Blumen und Schmetterlingen bemalten Porzellandosen befanden? Vielleicht hatte sie die Schachtel für etwas anderes benutzt, als sie noch klein war, und die kindlichen Schätze gab es längst nicht mehr. Sie würde Großmama fragen, wenn sie zurück war. Doch dann war ihre Neugier so stark, dass sie die Schachtel aus der Schublade nahm, und zwar so vorsichtig, als wäre es ein zarter Porzellanteller.

Sie stellte sie auf ihre gebeugten Knie, nahm den Deckel ab und zuckte unwillkürlich zusammen, als sie das Durcheinander von Schwarzweißfotos darinnen sah. Die konnten doch unmöglich Großmama gehören. In dem Moment rutschte ihr die Schachtel von den Knien, landete auf dem Teppichboden, und die Fotos waren überall verstreut. Sie stöhnte verärgert auf und ließ sich dann ganz auf dem Boden nieder, um die vom Alter spröde gewordenen Fotos wieder einzusammeln und auch gleich richtig herum aufeinanderzulegen.

Dabei fiel ihr Blick auf ein Foto und sie erstarrte. Ein kleines Mädchen von vielleicht sechs oder sieben Jahren mit dunklem Haar, das mit einer schief sitzenden Schleife aus der Stirn gebunden war, saß auf der untersten Stufe der Veranda eines Farmhauses. Einen Arm hatte es um den Hals eines Collie-Mischlings geschlungen, mit dem anderen hielt sie eine unglücklich dreinblickende Katze auf ihrem Schoß fest. Obwohl es sich um ein sehr altes Schwarzweißfoto handelte, war sie sicher, dass sie in dem Lächeln dieses Kindes ihre Großmama wiedererkannte.

Als sie das Foto umdrehte, bestätigte eine handschriftliche Notiz ihre Vermutung: *Hazel Mae mit Boots und Farley im September 1940,* stand da. Das kleine Mädchen war tatsächlich ihre Großmutter. Lächelnd saß sie da und umarmte ohne eine Spur von Angst die Haustiere der Familie. Es hatte also einmal eine Zeit gegeben, in der Großmama keine Angst vor Tieren gehabt hatte. Wann sich das wohl geändert hatte? Im Allgemeinen war es ja so, dass Kinder, die Tiere liebten, auch als Erwachsene tierlieb blieben – so wie Mama, die mehr Haustiere hatte als alle ihre Nachbarn zusammen und die zweimal im Monat ehrenamtlich im Tierheim arbeitete.

Jetzt sprang ihr Ermittlerinstinkt an. Fragen zu der Beziehung zwischen Mama und Großmama, eine tränenreiche Bemerkung von Großmama, wieso Gott zuließ, dass Erinnerungen immer mehr verblassten und irgendwann ganz weg waren, als sie über das Erinnerungsalbum gesprochen hatten, und ihr offensichtliches Unbehagen, wenn Mamas Hunde in der Nähe waren, obwohl sie ja früher offenbar keine Angst vor Hunden gehabt hatte, und sogar das hingekritzelte Wort *Geheimschatz* auf der Schachtel lösten einen Sturm von Wissbegier in ihr aus.

Es musste in Großmamas Vergangenheit etwas passiert sein, das sie verändert hatte. Ob es etwas Schlimmes war? Etwas Grauenhaftes? Etwas zutiefst Schmerzliches? Meghan wusste es nicht, aber ein Teil von ihr wollte wissen, was es war. Und ein anderer Teil hatte Angst, es zu erfahren.

Diane zwirbelte die verdrehten Henkel des Einkaufsbeutels an ihrem Handgelenk auseinander und stellte den Beutel auf den Küchentresen. „Lass das stehen. Ich räume es ein, wenn ich die Hunde rausgelassen habe."

„Du hast schon alles reingetragen", antwortete ihre Mutter und begann, die Einkäufe aus dem Beutel zu nehmen. „Jetzt lass mich wenigstens die Sachen einräumen."

Diane verdrehte entnervt die Augen. Ihre Mutter konnte ja so stur sein. Aber immerhin hatte sie den Streit darüber gewonnen, wer die Lebensmittel bezahlte. Eigentlich wollte sie jetzt auch noch in dieser Angelegenheit die Oberhand behalten, aber die Hunde jaulten und verlangten ihre Aufmerksamkeit. Außerdem wusste Mutter besser, wo die eingekauften Sachen hingehörten. „Also gut, wie du willst", sagte sie deshalb, verließ die Küche, ging durch den Flur und warf einen Blick ins Wohnzimmer, als sie an der offenen Tür vorbeiging. Meghans hässlicher roter Koffer lag geöffnet auf dem Polsterhocker, und auf den Lehnen des Ohrensessels waren Fotos ausgebreitet, aber Meghan war nicht da. Sie blieb stehen. „Meghan? Wo bist du denn?"

„Hier hinten – in Großmamas begehbarem Kleiderschrank."

Das Gejaule aus dem Gästezimmer wurde lauter, aber Diane steuerte das Zimmer ihrer Mutter an. Die Schranktür stand offen und die Schrankbeleuchtung zeichnete einen Weg auf den Teppichboden. Die letzten paar Schritte rannte Diane fast, weil sie damit rechnete, ihre Tochter hilflos auf dem Boden vorzufinden, aber Meghan saß auf dem Boden, das eine Bein gebeugt, das andere lang ausgestreckt. Lächelnd blickte sie auf und sagte. „Ach, ihr seid zurück. Habt ihr etwas gefunden, was du essen kannst?"

Diane atmete – halb erleichtert, halb verärgert – einmal mit Nachdruck aus. Sie schaute sich im Inneren des begehbaren Schrankes um und spitzte die Lippen. Die Kleidung war nach Farben sortiert, Pullis lagen exakt Kante auf Kante. Kein einzelner Socken lag auf dem Boden. Wieso musste ihre Mutter nur in jeder Hinsicht so ordentlich sein, sogar hinter geschlossenen Türen?

Sie schüttelte den Kopf und sah Meghan an. „Als du gesagt hast, du seist im Schrank, dachte ich schon, du wärest gestürzt und kämst nicht wieder hoch."

Meghan lachte. „Ich bin nicht gestürzt, sondern sitze freiwillig hier. Aber du hast recht. Ich komme nicht wieder hoch. Hilf mir mal!" Sie streckte die Hände aus, Diane griff danach und zog sie auf die Füße: „Was machst du eigentlich hier drinnen?"

Meghan nahm ihre Krücken, klemmte sie sich unter die Achseln und deutete dann mit dem Kinn auf den Boden. „Ich schaue mir Großmamas Fotos an. Könntest du sie vielleicht wieder in die Schachtel räumen? Ich habe angefangen, sie nach dem Datum auf der Rückseite zu sortieren, aber weil nicht auf allen ein Datum steht, muss Großmama mir helfen."

Diane zog eine Augenbraue hoch. „Waren sie denn nicht schon sortiert?"

Meghan schüttelte den Kopf. „Nein, sie waren völlig durcheinander, ein einziges Chaos."

Dann gab es also doch eine Stelle, bis zu der die Perfektion ihrer Mutter nicht reichte. Diane hockte sich also hin und räumte die Fotos wieder in die Schachtel. Dann stand sie mit der Schachtel in der Hand auf und schaute mit gerunzelter Stirn auf die Fotos. „Die sind ja richtig alt und ich habe sie noch nie gesehen."

„Noch nie?" Meghan manövrierte sich so gut sie konnte aus dem begehbaren Schrank heraus und knipste im Hinausgehen das Licht aus.

Diane kam hinterher und machte die Tür zu. „Nein. Unser Familienalbum fängt mit den Fotos von mir als Baby an. Ich glaube, außer einem Hochzeitsfoto gibt es kein Bild, auf dem nur meine Eltern abgebildet sind."

Als kleines Kind hatte sie gedacht, das Leben ihrer Mutter und ihres Vaters als Erwachsene hätte erst begonnen, als sie auf der Bildfläche erschienen war. Auch später, als sie älter und klüger wurde, hatte Diane immer noch das Gefühl gehabt, dass das Leben ihrer Mutter erst mit ihrer Geburt richtig begonnen hatte. Hazels geradezu zwanghaftes Bemuttern hatte alles andere überlagert. Und deshalb bewirkten diese Fotos in der Schachtel ihrer Mutter, dass sie sich unwohl und zerrissen fühlte.

Sie legte die Schachtel zu den anderen Sachen in Meghans Koffer und eilte dann ins Gästezimmer, um endlich die Hunde aus ihren Boxen zu befreien. Sie kniete sich vor die nebeneinander aufgereihten Boxen, entriegelte sie und redete dabei den Hunden zu. „Ist ja gut, Ginger, nicht so wild."

„Du tust dir nur weh, Miney."

„Duchess, es reicht jetzt – ich bin doch da."

„Ja, ja Molly, ich habe dich nicht vergessen. So, ganz ruhig. Ja, jetzt könnt ihr kommen."

Nachdem die Dackel endlich befreit waren, gab es kein Halten mehr, und die Hunde sprangen um sie herum, jaulten, leckten, rümpften die Nasen und bleckten die Zähne zu ihrem einzigartigen Hundegrinsen, sodass Diane nur noch lachen konnte. Sie musste die Hunde jetzt sofort nach draußen jagen – ihre Mutter würde einen Anfall bekommen, wenn einer von ihnen aus Versehen auf den Teppichboden pieselte –, aber sie nahm sich trotzdem die Zeit, sie am Hals zu zausen, ihre seidigen Ohren zu streicheln und ihnen die Bäuche zu kraulen, wenn sie sich auf den Rücken drehten.

Irgendwann hörte sie ein leises Lachen, und als sie sich umdrehte, stand Meghan in der Tür. Sie war plötzlich unglaublich verlegen, sprang auf und drehte sich mit einem Ruck zu ihrer Tochter um. „Was denn?“ Das kam heftig heraus und klang, als hätte sie das Gefühl, sich verteidigen zu müssen.

Doch Meghans Lächeln verschwand nicht. „Du bist so lieb mit deinen Promenadenmischungen, Mama. Hast du mit mir auch so geredet, als ich noch ein Baby war?“

In Dianes Innerem baute sich Druck auf. Sie hatte ihre Tochter immer geliebt und sie nie vernachlässigt, aber sie hatte sie auch nicht verhätschelt. Sie hatte ihr vermitteln wollten, dass sie jederzeit in der Lage war, sich selbst zu helfen. Als Baby sollte sie sich selbst beruhigen können, als Kleinkind sollte sie sich selbst beschäftigen können, und als Kind sollte sie in der Lage sein, für alle Grundbedürfnisse selbst zu sorgen. Diane fand, dass sie alles richtig gemacht hatte, denn aus Meghan war eine starke, selbstbewusste und selbstständige junge Frau geworden. Aber die Miene ihrer Tochter – diese hoffnungsvolle Erwartung, dass Diane sie auch einmal mit Zuwendung überschüttet hatte so wie jetzt die vier Hunde – weckte Zweifel, ob sie nicht vielleicht einen großen Fehler gemacht hatte. Und sie hatte keine Antwort auf diese Frage.

Meghan zuckte mit den Achseln. „Ist auch egal. Blöde Frage. Natürlich hast du nicht mit mir geredet wie mit einem dummen Hund.“

„Die Hunde sind nicht …“

„Dumm. Ich weiß. Das war nur so dahergesagt.“ Meghan verlagerte das Gewicht und verzog das Gesicht wie jemand, dessen eingeschlafene Gliedmaßen wieder wach werden. „Großmama möchte wissen, ob das Bio-Salatdressing in den Kühlschrank muss.“

„Erst wenn es geöffnet worden ist.“

Meghan nickte und wandte sich zum Gehen.

„Meghan …“

Sie drehte sich noch einmal halb um und sah Diane von der Seite an.

„Ich habe dich nie wie ein Kleinkind behandelt. Nicht so wie die …“

Diane wies auf die Hunde, die immer noch begeistert um ihre Füße herumwuselten. „Denn sie sind absolut abhängig von mir. Du nicht. Verstehst du?“

Meghan sah sie lange mit zusammengezogenen Augenbrauen an, den Mund zu einem geraden Strich zusammengepresst, ohne den Hauch eines Lächelns. Dann nickte sie einmal schnell und sagte: „Klar, verstehe. Du wolltest, dass ich selbstständig werde und auf eigenen Füßen stehe.“ Sie schaute auf ihren Gips, der mit einer pinkfarbenen Binde umwickelt war und auf dem mit schwarzem Edding mindestens zwölf Unterschriften prangten. „Aber natürlich hoffe ich, dass ich mich jetzt mit nur einem guten Fuß ein bisschen bei dir anlehnen kann.“

„Also, wenn du magst, kannst du dich richtig fest anlehnen“, brachte Diane heraus, obwohl ihr ein dicker Kloß im Hals steckte.

Ein flüchtiges, schiefes Lächeln huschte über Meghans Gesicht. „Danke, Mama.“ Damit drehte sie sich um und ging.

Kapitel 9

Hazel

Hazel räumte die letzten Dosen mit Linsen und schwarzen Bohnen in das Speisekammerregal. Sie richtete eine der Dosen mit schwarzen Bohnen noch so aus, dass das Etikett genau in der Mitte war, knipste dann das Licht aus und ging wieder in die Küche. Die Einkaufsbeutel hatte sie bereits ordentlich zusammengefaltet und übereinander auf den Küchentresen gelegt, nachdem sie sie ausgepackt hatte. Jetzt räumte sie den Stapel in die unterste Schublade neben dem Kühlschrank, richtete sich wieder auf und ließ ihren Blick noch einmal prüfend durch die Küche schweifen. Alles war an seinem Platz. Mit einem zufriedenen Nicken kam sie ins Wohnzimmer.

Alle vier Dackel hatten sich auf dem Sofa breitgemacht, sodass es zu zwei Dritteln belegt war. Den Rest beanspruchte Meghan. Margaret Diane saß auf dem Boden zu Meghans Füßen und die beiden schauten sich Schwarzweißfotos an. Es war ein so schönes Bild, dass ein Lächeln Hazels Mund umspielte.

Als Meghan aufblickte und merkte, dass Hazel sie beobachtete, hellte sich ihre Miene auf. „Da bist du ja, Großmama. Bitte komm doch mal her und hilf mir – auf manchen von diesen Fotos steht nichts auf der Rückseite."

Hazel machte zwei Schritte nach vorne, schaute kurz das Foto an, und plötzlich wurde ihr am ganzen Körper kalt, als hätte ihr jemand einen Eimer Wasser über den Kopf geschüttet. Sie legte eine Hand auf ihren Brustkorb und fragte fast keuchend: „Woher hast du die?"

„Aus der untersten Schublade von deiner Kommode."

Hazels Puls hämmerte in unregelmäßigen Doppelschlägen. „Was hast du in meinem Kleiderschrank zu suchen?"

Die Miene ihrer Enkelin drückte jetzt Verwirrung aus. „Also ich, äh …"

Diane zeigte auf die Schwarzweißfotos und bemerkte: „Aber du hast doch selbst gesagt, dass sie gern ältere Fotos aus deiner Kommode holen kann. Erinnerst du dich nicht?"

„Jetzt fahr mich doch nicht gleich so an, Margaret Diane. Natürlich erinnere ich mich. Ich bin zwar alt, aber nicht senil." Dann packte sie mit einer Hand den Stoff ihres Oberteils direkt über ihrem Herzen, sodass die Pailletten ihr in die Finger stachen wie die Erinnerungen ihr in die Seele stachen. „Ich habe gesagt, dass du in der Schachtel in der obersten Schublade nachschauen kannst."

Meghan verzog voller Bedauern ihr Gesicht. „Tut mir leid, Großmama. Ich dachte, du hättest gesagt, in der untersten."

„Das hat sie auch gesagt", mischte sich Margaret Diane jetzt ein, die Arme vor dem Körper verschränkt. „Ich habe genau gehört, dass sie ‚unterste Schublade' gesagt hat."

Vielleicht wurde sie ja wirklich senil. Wie sonst hätte ihr ein so dummer Fehler passieren können? Hazels Beine wollten ihr nicht gehorchen, aber sie zwang sie, sie dorthin zu tragen, wo die Fotos lagen. Sie bückte sich und sammelte sie mit ruckhaften, fast unkontrolliert wirkenden Bewegungen ein. Ihre Muskeln waren plötzlich steif und ihre Finger ungeschickt, und in ihrer linken Schläfe hörte sie ihren eigenen Puls wie eine Trommel pochen. „Hast du denn nicht gesehen, was auf dem Deckel der Schachtel steht? Das sind persönliche Fotos und nur für mich gedacht." Ihr kamen die Tränen und ihre Stimme bebte.

Meghan schob die Fotos zu einem Stapel zusammen. „Es tut mir wirklich leid, Großmama. Ich habe gedacht, die Aufschrift auf dem Deckel wäre nur für deine Eltern gewesen, als du noch klein warst. Wenn ich gewusst hätte …"

„Nein, nein …" Das aufrichtige Bedauern ihrer Enkelin ging Hazel durch und durch. Sie ließ den Packen Fotos in die Schachtel fallen, richtete sich wieder auf und drückte die Schachtel fest an sich. Dann schaute sie Meghan mit einem entschuldigenden Lächeln an und sagte: „Das war mein Fehler, Liebes. Wie meine Tochter ja ganz richtig bemerkt hat, werde ich alt und bringe manchmal Dinge durcheinander. Jetzt räume ich die hier erst mal wieder weg und hole die richtige Schachtel."

Meghan wand sich innerlich und gestand dann: „Also … äh … ein paar davon habe ich schon verwendet, Großmama."

Plötzlich prickelte es Hazel am ganzen Körper, so als würden große Regentropfen auf sie herunterprasseln. „Was soll das heißen: ‚verwendet'?"

Meghan wies auf ein quadratisches Stück Karton, das Ähnlichkeit mit einer altmodischen Tapete hatte und auf das zwei Fotos treppenartig aufgeklebt waren. „Weil das Album ja ein Geburtstagsgeschenk sein soll, habe ich die Fotos herausgesucht, die wie Geburtstagsbilder aussahen."

Mit offenem Mund starrte Hazel das Foto an. „Das … das ist kein …"

Margaret Diane zog eine Augenbraue hoch. „Aber das muss ein Geburtstagsfoto sein. Ein Weihnachtsbild kann es erstens nicht sein, weil kein Schnee liegt, und zweitens, weil du ein Sommerkleid anhast. Außerdem hast du eine Puppe im Arm, die anscheinend neu ist." Sie tippte auf das Foto und fuhr fort: „Ich kann sogar das Etikett erkennen, das noch am Handgelenk der Puppe baumelt." Sie stupste Meghan an. „Schade, dass wir den Preis darauf nicht erkennen können. Ich wette, die war längst nicht so teuer wie die Puppen, die du von mir zum Geburtstag bekommen hast."

Meghan strahlte ihre Mutter an und fragte dann Hazel: „Aber wenn es kein Geburtstagsfoto ist, wann wurde es denn dann aufgenommen?"

Hazels Mund war so trocken, dass sie die Antwort nicht herausbekam. Ihr Herz schlug ihr bis zum Hals, und ihr Kopf fühlte sich wattig, aber gleichzeitig auch schwer und voll an. Vor ihren Augen tanzten Sterne, alle Kraft war aus ihren Muskeln gewichen, und die Schachtel fiel ihr aus den Händen. Kraftlos versuchte sie noch, danach zu greifen, und im Taumeln hörte sie Meghan noch aufschreien – dann versank Hazels Welt im Dunkel.

Meghan

„Großmama? Großmama?" Meghan streichelte die blasse weiche Wange ihrer Großmutter. Sie war so unvermittelt gestürzt, dass keinerlei Chance bestanden hatte, sie noch rechtzeitig aufzufangen.

Großmama murmelte etwas, aber ihre Augen blieben geschlossen.

Mama kniete mit beinah genauso weißem Gesicht wie Großmamas auf der anderen Seite neben ihrer Mutter. „Was sagt sie?"

Meghan runzelte die Stirn. „Ich weiß es nicht so genau, aber ich glaube, sie hat gesagt: ‚Ich werde es nicht vergessen.'" Sie hatte vor Sorge ein ganz hohles Gefühl im Bauch und griff nach ihrem Handy, das neben dem Hocker auf dem Boden lag. „Ich rufe jetzt den Notarzt."

Da flatterten Großmamas Lider und sie hob ihre eine Hand ein wenig. „Nein …"

Meghan und Diane beugten sich beide vor. Diane berührte Großmama an der Schulter. „Mutter?"

Großmamas verschleierter Blick war auf Mamas Gesicht gerichtet. „Nein, kein Notarzt. Helft mir auf."

Diane schaute Meghan an, und die Unsicherheit, die Meghan in ihrem Blick bemerkte, gab ihr das Gefühl, die Mutter zu sein und Mama das Kind. Sie lächelte Mama beruhigend an und legte ihre Hand auf Großmamas schneeweißes Haar. „Bleib noch ein bisschen liegen, Großmama, ja? Nur bis wir sicher sind, dass dir nicht wieder schwindelig wird."

Großmama schnaubte leise. „Mir war noch nie schwindelig."

Meghan und Diane grinsten sich an und Meghan tätschelte Großmamas Arm. „Dann bleib trotzdem liegen, bis *mir* nicht mehr schwindelig ist." Sie musste Tränen hinunterschlucken. „Du hast mir Angst gemacht."

Großmama schloss wieder die Augen. Ihr Gesicht war ganz verzerrt. „Es tut mir leid … ich weiß auch nicht, was mit mir los ist. Das muss die Hitze sein. Es stimmt ja, was Margaret Diane im Supermarkt gesagt hat. Man könnte auf dem Gehweg Spiegeleier braten."

Aber wieso war sie dann nicht auf dem Parkplatz, sondern in ihrem eigenen klimatisierten Wohnzimmer zusammengeklappt? Es war ihr gut gegangen, bis sie die Fotos gesehen hatte. Doch Meghan würde ihr jetzt auf keinen Fall widersprechen. Vor allem, weil sie so erleichtert darüber war, dass Großmama sich an etwas so Konkretes erinnern konnte, was über eine Stunde zurücklag. Wenn die Ohnmacht eine ernste Ursache hätte – wie beispielsweise einen Schlaganfall –, dann hätte sie sich wahrscheinlich nicht an Einzelheiten vom Vormittag erinnern können.

Meghan stupste ihre Mutter an der Hand an. „Hole doch bitte ein nasses Tuch und lege es ihr auf die Stirn, damit sie etwas abkühlt." Auf diese Weise bekam sie ihre Mutter zumindest so lange aus dem

Zimmer, dass sie Großmama eine Frage stellen konnte, die Diane nicht unbedingt zu hören brauchte.

Diane ging also in die Küche und alle vier Dackel hinterher. Da flüsterte Meghan ihrer Großmutter ins Ohr: „Großmama, du hast immer wieder gesagt: ‚Ich werde es nicht vergessen, ich werde es nicht vergessen.' An was hast du dich da erinnert?"

Hazels Wangen wurden langsam wieder rosig, sodass sie wieder lebendiger aussah, aber ihre Augen waren immer noch geschlossen. Ihre Lippen bebten und ihr Kinn zitterte. „Warum hast du nur diese Schachtel hervorgeholt?"

Meghan empfand ein solches Bedauern, dass es ihr fast die Luft abschnürte. Ja, wieso hatte sie sich nicht mit den Fotos aus den Alben im Wohnzimmer begnügen können? Wenn sie gewusst hätte, wie viel Leid die Fotos aus der Schachtel hervorrufen würden, dann hätte sie doch niemals Großmamas begehbaren Kleiderschrank betreten. „Es tut mir wirklich leid, Großmama. Ich dachte, das wären die Fotos, die ich verwenden darf."

„Es war nicht …" Großmama warf den Kopf hin und her, als hätte sie starke Schmerzen. „Ich habe versucht …"

Meghan streichelte ihr ganz langsam und sanft übers Haar, um sie zu beruhigen. „Ist schon gut, Großmama. Wenn du nicht darüber reden möchtest, dann lass es einfach."

Hazel schlug die Augen auf. Die Pupillen waren so groß, dass sie beinah die gesamte braune Iris verdrängten. Sie griff nach Meghans Hand und ihre Lippen bewegten sich.

In dem Moment kam Diane wieder ins Zimmer geeilt. „Tut mir leid, dass es so lange gedauert hat. Ich habe nur noch die Hunde wieder in ihre Boxen gesperrt für den Fall, dass wir doch noch den Rettungswagen rufen müssen. Sie wären dann nur im Weg. Hier." Sie reichte Meghan einen kühlen feuchten Lappen und hockte sich wieder auf Knien neben ihre Mutter. „Kommt sie wieder zu sich?"

Meghan legte ihrer Großmutter das Tuch auf die Stirn. „Ja, sie …"

Doch Großmama riss den Lappen wieder von ihrer Stirn und drückte ihn Meghan in die Hand. „Wie ich euch jetzt bereits mehrmals versichert habe, bin ich im Vollbesitz meiner körperlichen und geistigen Kräfte. Also redet nicht über mich, als wäre ich nicht da."

Mama grinste. „Also, ich würde sagen, sie kommt wieder zu sich."

„Ja, ich komme wieder zu mir." Hazel streckte beide Arme aus. „So, und jetzt helft mir bitte auf. Meine Hüften tun mir weh. Ich möchte mich hinsetzen."

Mama wich ein bisschen zurück und fragte: „Bist du sicher? Du bist ziemlich heftig auf den Boden aufgeschlagen."

„Auf dem weicher Teppichboden liegt. Qualitätsware mit einer guten Unterlage darunter. Mir tut nichts weh außer meinen Hüften, und das ist immer so, wenn ich platt auf dem Rücken liege. Könnt ihr mir jetzt bitte endlich aufhelfen?"

Meghan schob ihren Arm unter die Schultern ihrer Großmutter und Mama hakte sie unter. „So, Großmama, aber wenn dir wieder schwindelig wird, sag Bescheid", ermahnte Meghan sie und drückte sie dann hoch. Mama zog gleichzeitig und gemeinsam brachten sie Großmama auf diese Weise in eine sitzende Position.

Großmama presste die Fingerspitzen gegen ihre Schläfen und schloss wieder die Augen, während Meghan sie immer noch mit dem Arm an den Schultern abstützte. „Alles in Ordnung? Oder möchtest du dich lieber wieder hinlegen? Vielleicht sollten wir dir das feuchte Tuch lieber in den Nacken legen. Mama, kannst du …"

„Jetzt hört endlich auf, meinetwegen einen solchen Aufstand zu machen. Mir geht es gut. Ich muss mich nur … kurz orientieren."

Meghan war sicher, dass ihre Großmutter eigentlich noch etwas mehr hatte sagen wollen.

Großmama atmete nur langsam tief ein und dann langsam und sehr lange wieder aus. Nachdem sie das dreimal wiederholt hatte, öffnete sie die Augen wieder und nahm ihre Hände von den Schläfen. „Also, der Herr und ich haben gerade einen kleinen Plausch gehalten …“

Mama warf Meghan über Großmama hinweg einen erschrockenen Blick zu.

„… und ich bin dabei zu dem Schluss gekommen, dass es wohl eher Fügung und kein Zufall war, dir zu sagen, dass du in der untersten Schublade nach Fotos schauen sollst, statt in der obersten. Schon Ralph Waldo Emerson hat gesagt: ‚Oberflächliche Menschen glauben an Glück oder die Umstände, starke Menschen an Ursache und Wirkung.‘“ Dann sah Großmama Meghan an, und in ihren Augen schimmerten Tränen.

„Ich bin fast achtzig. So viele Jahre bleiben mir ja nicht mehr.“

Meghan durchzuckte ein Schmerz wie ein Messerstich. Sie hatte den gleichen Gedanken gehabt, aber die Worte nun von dem Menschen ausgesprochen zu hören, den zu verlieren ihr am meisten Angst machte, war noch schlimmer, als wenn sie sie selbst gesagt hätte. Sie nahm Großmamas Hand und sagte: „Du hast bestimmt noch viele Jahre, Großmama.“

Doch Großmutter schüttelte den Kopf und runzelte die Stirn. „Dafür gibt es keine Garantie. Es ist ja noch nicht einmal sicher, dass wir beide den morgigen Tag noch erleben.“

„Jetzt wirst du aber sentimental“, sagte Mama daraufhin nur und stand auf.

Großmama seufzte. „Das ist nicht sentimental, sondern nur realistisch, und deshalb muss ich jetzt reden. Ich muss euch erzählen von …“ Sie suchte den Fußboden um sich herum ab und berührte flüchtig die Fotos, die immer noch um sie herum verstreut lagen. Sie stieß einen kleinen Freudenschrei aus und griff sich die Seite des Erinnerungsalbums, die Meghan begonnen hatte. „Von ihr.“

Kapitel 10

Diane

Diane schaute die Albumseite an, die ihre Mutter in der Hand hielt, und musste sich auf die Zunge beißen. Jetzt redete ihre Mutter schon von sich selbst in der dritten Person. Sie fragte sich schon länger, wann Mutter wohl anfangen würde, geistig abzubauen, und offenbar war dieser Zeitpunkt jetzt gekommen. Doch weil sie offenbar ohne Mühe sprechen konnte und ihr Gesicht langsam wieder Farbe bekam, war es sicher besser, wenn sie jetzt vom Fußboden aufstand.

„Es ist schön, Mutter, dass du über *sie* sprechen willst“, sagte sie und warf Meghan einen vielsagenden Blick zu. „Aber willst du dich nicht lieber erst mal in deinen Sessel setzen? Da hast du es bequemer.“

Mutter streckte Diane ihre Hand hin. „Wenn du mir aufhilfst, kann ich mich schon selbst in den Sessel setzen. Es ist nett von dir, dass du dich um mich sorgst, aber diesen süßlichen Ton, den du hast, als müsstest du dich einschmeicheln, den kannst du dir wirklich sparen.“

Diane verkniff sich ein verächtliches Schnauben, hakte ihre Mutter unter, zog sie behutsam hoch, und die alte Dame stand wieder auf den Füßen. Einen Moment lang schwankte sie ein wenig, aber dann fand sie offenbar ihr Gleichgewicht, befreite sich aus Dianes Griff und ging ohne Hilfe die wenigen Schritte zu ihrem Ohrensessel.

„Jetzt hilf aber auch bitte Meghan vom Boden auf. Es wäre doch schön, wenn wir es alle bequem haben, oder?“

Diane half also auch Meghan auf, die sich neben ihren Koffer auf die Kante des Hockers quetschte. Diane ließ sich aufs Sofa fallen, und zwar auf das Ende, das dem Sessel ihrer Mutter am nächsten war, und sagte: „Also gut, wir hören.“

Mutter hielt die Albumseite mit dem Foto zwischen beiden Händen vor sich und betrachtete das Foto darauf mit einer solchen Intensität, dass Diane das Gefühl hatte, sie wäre an irgendeinen unbekannten, entlegenen Ort im hintersten Winkel ihres Kopfes abgedriftet. Wieder schaute sie zu Meghan hinüber und stellte fest, dass ihre Tochter ihre Großmutter genauso intensiv betrachtete wie die das Foto.

Diane räusperte sich. „Mutter?“

Mutter zuckte zusammen und sah auf. „Tut mir leid. Ich habe … nachgedacht, mich erinnert. Nach all den Jahren, in denen ich die Erinnerungen immer weggedrückt habe, ist es gleichzeitig schön und sehr schmerzlich, jetzt die Schleusen zu öffnen.“ Sie wandte sich an Meghan und atmete einmal zittrig ein. „Maggie …“

Meghan legte ihrer Großmutter die Hand aufs Knie. „Ich bin Meghan, Großmama.“ Ihr Tonfall drückte Verwirrung und große Sorge aus, Gefühle, die Diane absolut nachvollziehen konnte. Irgendetwas schien mit ihrer Mutter ganz und gar nicht zu stimmen. Vielleicht sollten sie doch lieber den Krankenwagen rufen. Teppichboden hin oder her – vielleicht war sie ja doch härter mit dem Kopf auf den Boden geprallt, als sie gedacht hatten. Und einen offiziellen medizinischen Befund zu haben, würde Diane außerdem sicher auch nützen, wenn sie bei Gericht den Antrag stellte, ihre Mutter unter Betreuung zu stellen.
Mutter seufzte. „Ich meine nicht dich, sondern sie“, sagte sie, drehte die Seite des Erinnerungsalbums um und tippte mit dem Finger auf das Foto von dem kleinen Mädchen mit der Puppe. „Das hier … ist … Maggie.“

Diane beugte sich vor über das Foto, angezogen von der Mischung aus Schmerz und Erleichterung in der Miene ihrer Mutter. „Wer ist denn Maggie?“

Mutter schloss wieder die Augen, ihre Mundwinkel zitterten – und sie versuchte zu lächeln. Oder war es nur der Versuch, nicht zu weinen? „Meine kleine Schwester.“

„Du hattest eine Schwester?“, fragten Diane und Meghan wie aus einem Munde.

Diane hob eine Hand als Zeichen für ihre Tochter, ruhig zu sein. „Ich dachte, du hättest keine Geschwister?“

Ganz langsam schüttelte Mutter den Kopf. Eine einzelne Träne kam unter dem geschlossenen Lid hervor, lief ihr über die Wange und hinterließ eine Spur in ihrem Rouge. „Nein, ich hatte eine Schwester.“ Sie öffnete die Augen wieder und sah Diane an. Es kamen mehr Tränen, die ihr das gesamte Rouge von den Wangen wuschen, und dann folgte ein schiefes Lächeln. „Sie hieß Margaret Rose. Mich haben meine Eltern immer bei meinem vollständigen Namen gerufen – Hazel Mae –, aber sie wurde nur Maggie genannt. Immer zärtlich und einfach Maggie.“

Meghan starrte auf das Foto, das ihre Großmutter immer noch hochhielt wie ein Kind, das ein perfektes Diktat vorzeigt. „Was ist aus ihr geworden?“

Mutter stieß einen tiefen Seufzer aus und Diane spürte die Qual dahinter. „Sie ist kurz nach ihrem dritten Geburtstag im Wald verschwunden. Wir haben nur ihre Puppe, einen ihrer Schuhe und ihr Haarband gefunden. Sie zeigte auf ein zerknittertes, eingerissenes, verblichenes rosa Band in der Schachtel mit den Fotos. „Aber sie selbst ist nicht wieder aufgetaucht.“

„Ach, Großmama …“ Meghan ließ sich von der Kante des Hockers gleiten. Sie kniete jetzt vor ihrer Großmutter und legte ihr die Hände auf die Knie. „Wie furchtbar.“

„Ja, das war es. Als wir Maggie verloren, da haben wir …“ Mutter hielt inne und ihre Kehle bewegte sich heftig. „… alles verloren.“

Diane nahm ihrer Mutter die Albumseite aus den Händen und betrachtete das Foto genauer. Obwohl es schwarzweiß und im Laufe der Jahre verblasst war, konnte sie bei näherem Hinsehen erkennen, dass das Mädchen auf dem Bild helleres Haar hatte als Mutter. Ihr Gesicht war rundlicher, und ihre Augen lagen nicht so tief, aber ihr Mund und ihre Nase ähnelten denen ihrer Mutter. Margaret Rose … sie war nach diesem Kind benannt, ohne zu wissen, dass es existiert hatte.

Jetzt überkam sie wieder das gleiche beunruhigende Gefühl, das sie auch gehabt hatte, als Meghan ihr die Schachtel mit Fotos gezeigt hatte. „Wieso hast du nie etwas von Maggie erzählt?“

„Meine Mutter hat es verboten“, erklärte sie.

Diane schüttelte den Kopf. „Aber deine Mutter ist doch schon seit Jahrzehnten tot. Sie ist gestorben, als ich *wie* alt war – zwei oder drei? Du hättest doch längst etwas sagen können.“ Erfand Mutter vielleicht gerade eine Geschichte, um Meghans Mitgefühl zu wecken? Wenn es so war, dann funktionierte es tatsächlich. In Meghans Miene stand Kummer und sie hatte Tränen in den Augen. „Aber es ergibt doch irgendwie keinen Sinn, dass du nicht über sie reden wolltest, wenn sie dir doch so wichtig war, dass du dein einziges Kind nach ihr benannt hast.“

Mutter senkte den Kopf. „Da hast du recht. Ich hätte dir von deiner Namensgeberin erzählen sollen. Aber wenn ich das getan hätte, dann hätte ich auch erzählen müssen, was ich getan habe.“ Sie rieb sich fest an der Nasenwurzel und ihre Schultern bebten. „Ich wollte nicht, dass du weißt … wie leichtsinnig und töricht und verantwortungslos ich gewesen bin. Wenn du das gewusst hättest, dann hättest du dich nie wirklich sicher bei mir gefühlt. Du hättest in ständiger Angst gelebt.“

Unsicher und voller Angst wäre bestimmt nicht schlimmer gewesen als voller Zorn und Ablehnung. Diane tat so, als machte sie ihr Ohr frei. „Tut mir leid, aber irgendwie verstehe ich dich nicht. Was genau hast du denn getan?“ Und dabei entwich ihr ein Geräusch, das sich halb wie Lachen und halb wie Husten anhörte. „Du hast sie ja wohl nicht im Wald verloren, oder?“

Mit einem Ruck drehte Mutter das Gesicht zur Wand.

Ein eisiger Schauer lief Diane den Rücken hinunter. „Mutter, hast du etwa …?“

Jetzt begann ihre Mutter, am ganzen Körper zu zittern.

Diane schaute zu, wie ihre immer kontrollierte, immer damenhafte, immer perfekte Mutter vor ihren Augen zerfiel. Wie sehr hatte sie sich als Teenager gewünscht, nur ein einziges Mal zu erleben, dass ihre Mutter von ihrem Sockel der Vollkommenheit herabstürzte. Sie hätte so gern bewiesen, dass ihre Mutter auch nur ein Mensch war wie jeder andere. War sie nicht extra mit dem Auto den ganzen Weg von Arkansas nach Nevada gefahren, in der Hoffnung, ihre Mutter in einem Zustand anzutreffen, in dem sie sich nicht mehr selbst versorgen konnte? Damit sie endlich das große Haus verkaufen, ihre Mutter in einem Altersheim unterbringen und so dafür sorgen konnte, dass Mutter Meghan nicht dazu bringen würde zu versprechen, sie würde sich immer um sie kümmern?

Doch als sie jetzt hier neben ihrer Mutter saß, die ihr Gesicht in den Händen verbarg und unter stummen Schluchzern bebte, durchströmte sie völlig unerwartet so etwas wie Mitgefühl. Statt die Gebrechlichkeit ihrer Mutter so richtig auszukosten, hatte sie den Wunsch, sie zu trösten. Allerdings hatte sie keine Ahnung, wie sie das anstellen sollte. Also saß sie einfach da, die Hände so fest zu Fäusten geballt, dass ihr die Fingernägel in die Handballen schnitten, und beobachtete.

Meghan warf Diane einen panischen Blick zu und wandte sich dann wieder ihrer Großmutter zu. „Es ist alles gut, Großmama. Was auch immer passiert ist, es ist in Ordnung. Du kannst es uns erzählen.“

Diane hatte mit einem Anflug von Eifersucht zu kämpfen.

Schließlich war sie die Tochter. Sie hätte eigentlich etwas sagen sollen. Sie platzte heraus: „Ja, Mutter. Erzähl es uns ruhig, dann geht es dir hinterher bestimmt besser."

Ihre Mutter zuckte zusammen, richtete sich kerzengerade auf und schob das Kinn vor. Dann fuhr sie sich einmal mit der Hand übers Gesicht und wandte sich ihnen wieder zu. Sie richtete ihren Blick fest auf Diane, immer noch mit feuchten dunklen Augen, aber absolut fest entschlossen. „Diese Tränen galten nicht mir. Sie galten dir." Ihr Kinn bebte noch einmal kurz, aber dann presste sie die Lippen zu einem geraden Strich zusammen, und das Beben hörte auf. „Du hast deine Großeltern nicht gekannt, weil sie jung gestorben sind, und du bist ohne Cousins und Cousinen aufgewachsen. Du bist so vieler Dinge beraubt worden." Ein schwaches, trauriges Lächeln umspielte jetzt ihre Mundwinkel. „Der Verlust von Maggie … er hat so viel gekostet …"

Meghan sah Diane an, als erwartete sie von ihr, dass sie etwas sagte, aber Diane hatte keine Ahnung, was. Nein, sie hatte nie Großeltern oder Cousins und Cousinen gehabt, also wie hätte sie sie vermissen sollen? Ihre Mutter sprach in Rätseln.

„Was ist mit Maggie passiert, Großmama?", fragte Meghan.

Mutter lehnte sich in ihrem Sessel zurück und ihr Blick schweifte zur Decke. „Ich wünschte, ich wüsste es. Der Pfarrer hat damals meine Mama und meinen Papa davon überzeugt, dass sie im Bach ertrunken sein muss und ihr Leichnam von der Strömung mitgerissen wurde. Eine Frau aus der Stadt war davon überzeugt, dass Zigeuner sie mitgenommen hätten. Andere glaubten, ein Bär hätte sie erwischt, und wieder andere waren der Meinung, dass sie einfach immer weiter in den Wald gelaufen und irgendwo in eine Schlucht gefallen sei. Meine Eltern sind in dieser Ungewissheit gestorben, und wahrscheinlich wird es auch bei mir nicht anders sein."

Sie richtete sich jetzt im Sessel auf, und warf Meghan einen wilden Blick zu – oder war es Verzweiflung? „Aber wenn ich euch von ihr erzähle, dann weiß wenigstens jemand, dass es sie einmal gegeben hat, und sie ist nicht mehr einfach vergessen. Jemand wie Maggie, ein Mensch, der seiner Familie so viel Freude gebracht hat, sollte niemals ganz vergessen sein. Du wirst dich an sie erinnern, nicht wahr, Meghan?"

Meghan

Meghan wollte ihre Großmutter beruhigen, aber bevor sie etwas sagen konnte, klingelte ihr Handy. Der Klingelton war die Titelmelodie von *Rocky.* Sie zuckte zusammen. „Tut mir leid, das ist mein Kollege Sean. Wenn ich nicht drangehe, macht er sich Sorgen."

Großmama winkte auffordernd. „Dann geh schon dran. Ich habe jetzt 70 Jahre lang damit gewartet, über Maggie zu sprechen, da spielen ein paar Minuten mehr auch keine Rolle."

Meghan nahm also das Gespräch an. „Einen Moment bitte, Sean." Dann steckte sie das Handy in die Tasche, nahm ihre Krücken und ging, so schnell es ihr Zustand erlaubte, hinaus auf den Flur. Doch das Winseln und Gejaule der Hunde bewirkte, dass sie die Richtung änderte und ins Gästebad ging, das am Flur lag. Mit dem Ellenbogen zog sie die Tür hinter sich zu, setzte sich auf den Toilettendeckel und ließ die Krücken zu Boden fallen, bevor sie das Handy wieder aus der Tasche holte.

„Tut mir leid. Ich musste erst einen ungestörten Ort zum Telefonieren suchen."

„Aha, so schlimm also?"

„Nein, nicht so, wie du denkst." Sie brachte ihn schnell auf den neuesten Stand, erzählte ihm von der Schachtel mit den alten Fotos, Großmamas Reaktion darauf, und wiederholte dann noch einmal das Geständnis ihrer Großmutter im Zusammenhang mit der kleinen Schwester, von deren Existenz weder Meghan noch ihre Mutter etwas gewusst hatten. „Ich habe noch nie erlebt, dass jemand so sehr von seinen Gefühlen überwältigt wird, dass er das Bewusstsein verliert. Was für eine grausige Last Großmama da all die Jahre mit sich herumgeschleppt hat. Sie glaubt wirklich, dass sie Schuld hat am Verschwinden ihrer kleinen Schwester."

„Und wieso sollte es ihre Schuld sein?"

„Anscheinend sind Maggie und sie zusammen in den Wald gegangen, und dort ist Maggie dann verschwunden. Großmama sagt, dass die Familie dadurch alles verloren hat." Plötzlich wurde Meghan etwas bewusst, und sie schnappte leise nach Luft. „Meine Mutter hat mir vor Jahren einmal erzählt, dass ihr Großvater Alkoholiker war und an einer Lebererkrankung gestorben ist. Deshalb hat meine Mutter nie Alkohol angerührt und mir auch verboten zu trinken, für den Fall, dass Alkoholismus vielleicht doch erblich ist. Ich frage mich, ob er wohl angefangen hat zu trinken, als Maggie verschwunden ist."

„Das ist ja unglaublich", sagte er, und sie stellte sich vor, wie Sean fassungslos den Kopf schüttelte. „Es hat ihr sicher gutgetan, dieses Geheimnis endlich loszuwerden."

„Bis es sich für sie wirklich gut anfühlt, dauert es wahrscheinlich noch eine Weile. Im Moment ist alles noch zu schmerzhaft, auch wenn sie sicher erleichtert ist, dass es endlich heraus ist. Sie möchte uns von Maggie erzählen, damit es jemanden gibt, der weiß, dass es sie gegeben hat, damit sie in Erinnerung bleibt. Ich werde sie reden lassen, so lange sie möchte, und ich sorge auch dafür, dass sie alles aufschreibt, damit es nicht in Vergessenheit gerät."

„Du bist wirklich eine gute Enkelin."

Sie lächelte. „Und du bist ein guter Zuhörer. Danke, dass du angerufen hast, um dich zu erkundigen, wie es mir geht."

„Gern geschehen." Ein seltsames Knarzen war jetzt in der Leitung zu hören. Wahrscheinlich ließ Sean sich gerade in seinem Lederlehnstuhl vor dem großen Flachbildfernseher nieder. „Wie läuft es denn zwischen deiner Mutter und deiner Großmutter? Alles friedlich? Ich habe heute Morgen für sie gebetet."

Eine Welle von Zuneigung für ihn durchströmte sie. Was hatte sie doch für ein Glück, Sean als Kollegen und Teampartner zu haben! Sie konnte sich nicht vorstellen, dass irgendein anderer von ihren Kollegen sich so für ihr Privatleben interessiert hätte wie er. „Dafür bin ich dir wirklich dankbar. Und weißt du was? Bis jetzt hat es heute wirklich noch keinen Streit gegeben, und es ist schon fast Mittag! Als Erstes waren die beiden einkaufen, und meine Mutter hat ein Riesentheater wegen der Hitze gemacht, aber über Großmama hat sie sich heute noch kein einziges Mal aufgeregt. Allerdings waren Gespräche natürlich deshalb auch so gut wie unmöglich, weil meine Großmutter zusammengeklappt ist."

Meghan hielt inne und dachte noch einmal an Mamas Gesicht, als Großmama in Ohnmacht gefallen war. „Weißt du, es ist seltsam. Normalerweise hat meine Mutter immer so einen bestimmten Blick, wenn sie in Großmamas Nähe ist. Sie guckt dann wie ein dauerschmollender, aufsässiger Teenager. Aber in dem Moment, als meine Großmutter die Augen verdreht hat und zusammengebrochen ist, war da nur noch Sorge. Und bis jetzt hat sie den alten Blick auch noch nicht wieder aufgesetzt, obwohl Großmama etwas gebeichtet hat, was Mama sehr schockiert haben muss. Das ist wirklich …" Sollte sie das Wort benutzen? Es klang so fromm – und das war sie wirklich nicht –, aber es passte genau. „… ein Segen."

„Ja, Meghan, Gottes Wege sind unergründlich. Dass deine Großmutter ohnmächtig geworden ist, war vielleicht seine Art, dafür zu sorgen, dass deine Mutter ihr gegenüber ein bisschen milder wird."

Ob Gott sich wirklich so sehr für sie alle interessierte, dass er sich in solche Alltagsdetails einmischte? Sie spürte, wie sich von der Mitte ihres Brustkorbs ein seltsamer Schmerz ausbreitete. Sie musste bei Gelegenheit diesem Gedanken einmal genauer nachgehen. „Vielleicht ..."

„Musst du wieder zurück zu deiner Großmutter? Ich spüre, wie beunruhigt du um sie bist."

Sie lachte. Wenn er ihre Gefühle auf eine Entfernung von über 2000 Kilometern erkennen konnte, dann war er wirklich ein guter Ermittler. „Wenn es dir nichts ausmacht, würde ich wirklich gern wieder zu ihr gehen. Ich höre meine Mutter und sie reden, und ich möchte nichts Wichtiges verpassen."

„Also gut, dann geh mal. Ich bete weiter um den Frieden, den du dir wünschst. Und weil ich jetzt weiß, dass deine Großmutter die ganze Zeit dieses Geheimnis mit sich herumgeschleppt hat, werde ich ganz besonders dafür beten, dass sie sich selbst vergeben kann."

Um nichts anderes hätte sie ihn gebeten. „Danke, Sean. Tschüss." Sie steckte ihr Handy wieder in die Hosentasche, nahm ihre Krücken und ging rasch zurück ins Wohnzimmer. „Das war Sean. Er wollte nur kurz hören, wie es mir geht."

Großmama nickte. Sie lächelte nicht, aber sie hatte auch nicht mehr diesen angespannten Ausdruck wie vorhin, als Meghan aus dem Zimmer gegangen war. Worüber Großmama und Mama auch immer gesprochen haben mochten, während sie mit Sean telefoniert hatte, es konnte nichts Schlimmes gewesen sein. „Das klingt ja so, als wäre er ein guter Mann."

„Ja, er ist ein guter Freund."

Mama warf ihr einen vielsagenden Blick zu, den sie aber geflissentlich ignorierte, während sie sich wieder auf den Hocker setzte.

„Kann ich dir eine Frage stellen, Großmama?"

„Aber natürlich, Liebes."

Als sie Großmamas vertrauten, freundlichen und offenen Ton hörte, musste Meghan schon wieder Tränen wegblinzeln. „Du hast gesagt, deine Mutter hätte dir verboten, über Maggie zu sprechen."

„Ja, das stimmt. Es hat Mama so wehgetan, über sie zu sprechen, dass Papa irgendwann gesagt hat, wir müssten sie loslassen." Schmerz blitzte in Großmamas dunklen Augen auf, ein Beweis dafür, wie sie das alles immer noch traf, aber in ihrer Stimme klang nur die Freundlichkeit durch, an die sich Meghan seit ihrer Kindheit erinnerte.

Sie legte Großmama eine Hand aufs Knie. „Aber warum hat deine Mama dir dann erlaubt, Fotos von ihr zu behalten?"

Kapitel 11

Mitte September 1943
Cumpton Arkansas

Hazel Mae

Als Hazel Sonntagfrüh Geräusche aus Maggies Zimmer hörte, huschte sie aus dem Bett wie eine Eidechse, die in den Schatten flitzt. In all den Wochen seit Maggies Verschwinden war niemand mehr in ihrem Zimmer gewesen. Hatte Gott ihre Gebete erhört und Maggie wieder zurück nach Hause gebracht? Die Hoffnung hämmerte wie eine Basstrommel in ihrer Brust.

Mit wehendem Nachthemd rannte sie über den Flur und stürmte in Maggies Zimmer, aber die Hoffnung erstarb in dem Moment, als sie dort nur Mama antraf. Und dann schlug die Angst zu, als ihr klar wurde, was Mama da in der Hand hielt. „Was machst du … damit?" Hazel achtete darauf, nicht *mit Maggies Puppe* zu sagen, denn immer, wenn jemand den Namen ihrer jüngsten Tochter aussprach, bekam Mama entweder einen Wutanfall oder brach in Tränen aus.

„Ich tue sie weg", sagte Mama mit tonloser Stimme und legte die Puppe mit den Korkenzieherlocken und dem Spitzenkleidchen ganz unten in eine Holzkiste. Dann nahm sie einen Stapel Kleidung von Maggie aus der Kommodenschublade und ließ sie auf die Puppe fallen.

Mit offenem Mund schaute Hazel zu. Wie konnte Mama nur Maggies Sachen wegtun? Wenn Maggie wieder nach Hause käme, würde sie doch damit rechnen, dass alle ihre Kleider und die Geburtstagspuppe auf sie warteten. Sie würde sicher traurig sein, wenn alles weg wäre. Dachte Mama denn gar nicht nach?

Hazel platzte heraus: „Lass das!"

Mama sah sie scharf an. „Was hast du da gerade gesagt, junge Dame?"

Hazel nagte an ihrer Unterlippe und rang die Hände. „Ich … ich habe gesagt ‚Lass das.'" Sie musste schlucken und fügte hinzu: „Bitte!"

Die strengen Linien auf Mamas Stirn blieben unverändert. „Geh wieder auf dein Zimmer, Hazel Mae, und lass mich in Ruhe."

„Aber Mama …"

„Geh!"

Hazel floh in Mamas und Papas Schlafzimmer, wo Papa sich gerade die Hosenträger über die Schultern schob. Als Hazel ins Zimmer gerannt kam, runzelte er die Stirn.

„Wieso bist du denn schon auf, Mädel? 's hat ja noch nich' mal der Hahn gekräht."

„Daddy, Mama ist in Maggies Zimmer und räumt ihre Anziehsachen und Spielsachen zusammen. Du musst …"

„Geh mal zur Seite, Mädel."

Sehr langsam machte sie Papa Platz.

Er schob sich an ihr vorbei zur Kommode. Dort verrieb er etwas Öl zwischen seinen Händen und fuhr sich dann mit den Fingern durch sein dunkles dickes Haar, das in glänzenden Wellen von seiner hohen Stirn bis in den Nacken fiel.

Hazel drückte sich so nah heran, dass ihr vom würzigen Geruch des Haaröls die Nase kribbelte. „Hast du mich nicht gehört, Papa? Mama …"

„Muss dich gar nich' kümmern. 's wird Zeit."

„Zeit … wozu?“

„Das Zimmer dichtzumachen. Für deine Mama isses einfach zu schwer, jeden Tag reinzugucken und ihre Sachen zu seh'n.“ Er sagte es so hart, dass sie eine Gänsehaut bekam. „Wir müssen's dichtmachen. Müssen sie loslassen.“

Hazel schreckte zurück, als hätte er sie geohrfeigt. „Aber wenn sie wiederkommt …“

Da packte Papa sie bei den Schultern und beugte sich zu ihr herunter, sodass sein Gesicht nur ein paar Zentimeter von ihrem entfernt war. „Sie kommt nicht zurück, Hazel Mae. Und jetzt hilf deiner Mama mal lieber beim Aufräumen und mach keinen Ärger. Bring alles, was weg soll, zur Feuerstelle. Ich kümmer' mich dann drum, wenn ich heute Abend vom Feld komme.“

Ihr kamen die Tränen und vor ihren Augen verschwamm alles. „A … aber, Papa …“

Doch er gab ihr nur einen kleinen Stups und schickte sie fort. „Geh jetzt und hilf und halt nich' die Leute auf.“ Dann wandte er sich ab.

Hazel schniefte, wischte sich mit dem Handrücken die Augen und schlich zur Tür hinaus. Sie wollte Papa ja gehorchen, aber wie sollte sie tun, worum er sie bat?

Sie ging wieder in Maggies Zimmer und blieb kurz hinter der Tür stehen. Die Holzkiste stand immer noch auf dem Boden neben der Kommode und war inzwischen so voll, dass Maggies Kleider, Schürzen und Haarschleifen schon oben herausquollen.

Mama saß mit einem aufgeschlagenen Fotoalbum auf der Bettkante, nahm Bilder heraus und ließ sie in einen Schuhkarton fallen.

„Mama?“

Mama hielt kurz inne, blickte aber nicht auf.

„Papa sagt, ich …“ Ihr Kinn bebte so heftig, dass sie kaum sprechen konnte. Sie schluckte. „Ich soll dir helfen.“

„Dann komm her.“

Es war, als hätte sie Zementblöcke an den Füßen, so schwer fiel es ihr, durch das Zimmer zu gehen.

Mama stand auf und legte das Album aufs Bett. „Nimm alle Fotos von … heraus.“ Sie biss einen Moment fest die Zähne zusammen und schloss die Augen. „Alle Bilder von Juni 1940 bis Juli 1943.“

Das war Maggies ganzes kurzes Leben. Hazel verspürte einen heftigen Schmerz in der Brust.

„Tu sie in die Schachtel, und dann stell das Album wieder zurück ins Regal im Wohnzimmer.“

Hazel starrte ihre Mutter an; sie flehte mit Blicken statt mit Worten.

Aber Mama schaute gar nicht hin. „Ich muss deinem Vater jetzt Frühstück machen“, sagte sie nur und ging aus dem Zimmer.

Hazel hockte auf der Bettkante und schaute die Seite des Albums an, von der Mama die Bilder schon entfernt hatte. Die Fotoecken, in denen die Fotos gesteckt hatten, waren noch da, und die Seite sah so traurig und einsam aus ohne die Bilder. Sie zog den Schuhkarton näher an sich heran und warf einen Blick hinein. Der Schmerz in ihrer Brust machte ihr das Atmen schwer, und sie begann zu keuchen, als hätte sie bei einem Wettrennen mitgemacht, während sie die Bilder durchsah, die Mama aus dem Album herausgenommen hatte. Und dann musste sie richtig nach Luft schnappen und nahm ein Foto wieder aus dem Schuhkarton heraus. Wieso wollte Mama das nicht behalten? Es war doch gar kein Foto von Maggie. Mit dem Foto in der Hand ging Hazel die Treppe hinunter und in die Küche, wo Mama am Herd stand und mit einer Gabel Speckstreifen in der Pfanne wendete. „Bist du schon fertig?“, fragte sie.

„Nein, aber du hast einen Fehler gemacht, Mama.“ Hazel hielt das Foto hoch, damit Mama es sehen konnte. „Das bin doch ich, Mama. Ich mit dem Hund von den Nachbarn und der alten Katze Boots.“

Mit kaltem, abweisenden Blick sagte Mama nur: „Wirf es weg.“

Hazel starrte das Bild an. Der Hund Farley war vor etwa einem Jahr gestorben. Er war immer ein paarmal in der Woche gekommen, um sie zu besuchen. So ein lieber Hund. Nie hatte er die Hühner gejagt oder nach ihr geschnappt.

„Aber warum denn?"

Da kam Mama auf sie zugestürzt, die Fäuste geballt wie ein Boxer, sodass Hazel instinktiv einen Schritt zurückwich und die Arme hob, als wollte sie Schläge abwehren. Dabei hatte Mama ihr noch nie ins Gesicht geschlagen, sondern nur auf den Po, und das auch nur, wenn sie etwas richtig Schlimmes angestellt hatte.

„Ich habe gesagt, wirf es weg!"

Fassungslos starrte Hazel ihre Mutter an und hatte fast genauso viel Angst wie in dem Moment, als sie Maggie nicht hatte wiederfinden können. Wollte Mama etwa auch die Fotos nicht mehr haben, auf denen sie war, und so tun, als hätte sie auch nie eine Tochter namens Hazel Mae gehabt? „Aber … aber …"

„Glaubst du, ich möchte dauernd ein Bild anschauen müssen, auf dem du die Tiere im Arm hältst, als ob sie etwas ganz Besonderes wären? Glaubst du, ich möchte immer wieder daran erinnert werden, dass es für dich wichtiger war, einen Bau voller Kaninchen zu retten – und dazu auch noch wilde Kaninchen – als auf deine Schwester aufzupassen?" Sie nahm ihr das Foto aus der Hand und wedelte damit herum. „Ich möchte, dass es verschwindet, Hazel. Hast du verstanden?"

Da nickte Hazel nur, weil sie zu große Angst hatte, noch etwas zu sagen.

Dann drückte ihre Mutter ihr das Foto wieder in die Hand und stapfte zurück zum Herd. „Und jetzt tu, was ich dir gesagt habe. Wenn du fertig bist, dann wird keiner von uns – weder ich noch du noch Papa – sie jemals wieder erwähnen." Mama schlug eine Hand vors Gesicht und stöhnte laut auf. „Ich hätte sie zu Hause behalten sollen. Ich hätte mich nicht darauf verlassen sollen …" Sie ließ die Hand wieder sinken und bemerkte erst jetzt, dass Hazel immer noch dort stand. Ihr Gesicht verzog sich, als sie sagte: „Geh!“

Hazel rannte wieder nach oben und stürmte in Maggies Zimmer. Keuchend lehnte sie sich an die Tür und lauschte, um ganz sicher zu sein, dass Mama nicht hinterhergekommen war. Mama hatte so wild ausgesehen, richtig unheimlich. Wenn Mama ihr gefolgt war – immer noch mit diesem Gesicht –, dann würde Hazel aus Maggies Fenster springen und in den Wald rennen. Bei den Luchsen und Bären dort war sie im Moment wahrscheinlich sicherer als bei Mama.

Aber es kam niemand, und sie kroch wieder zurück zum Bett, wo das Fotoalbum lag. Schniefend und immer wieder ihre Tränen wegblinzelnd entfernte sie sorgfältig jedes Foto von Maggie, jedes Foto von Hazel mit Maggie, jedes Foto von Mama mit Maggie, von Papa mit Maggie und von der ganzen Familie. Und schließlich kam sie zu dem letzten Bild, das an Maggies drittem Geburtstag aufgenommen worden war. Maggie mit ihrer Geburtstagspuppe auf dem Arm.

Ihre Hände zitterten, als sie das Bild aus den Fotoecken herauszog. Es war darauf genau die Puppe zu sehen, die jetzt ganz unten in der Holzkiste lag und die sie auf Papas Anweisung zum Verbrennen auf den Müllplatz bringen sollte. Ihre Nase brannte, weil sie sich die ganze Zeit so anstrengen musste, nicht loszuweinen. Sie brachte es einfach nicht fertig, das zu tun, was Papa gesagt hatte, aber wenn sie es nicht tat, würde Papa es merken. Er würde sehen, dass die Kiste nicht bei den Sachen auf dem Feuerplatz war, und wütend werden auf sie. Genauso wütend wie Mama. Und sie konnte nicht zulassen, dass beide so wütend wurden, dass es richtig unheimlich war.

Papa hatte von den Fotos gar nichts gesagt. Mama wollte, dass sie sie aus dem Album herausnahm, aber sie hatte auch nicht gesagt, dass sie mit verbrannt werden sollten. Deshalb war es ja eigentlich gar nicht ungehorsam, wenn Hazel sie stattdessen einfach versteckte.

Sie hastete zurück in ihr Zimmer und riss dort den Schrank auf, in dem sie ganz oben auf einem Brett unter einem Stapel ihrer liebsten Bilderbücher ihre Schatzkiste aufbewahrte. Sie hatte die Bücher so hoch gestellt, damit Maggie keine Seiten zerriss. Sie zog jetzt die Schatzkiste unter den Büchern hervor und ging damit aus dem Zimmer, schaute aber zuvor kurz nach links und rechts um die Ecke, um sich zu vergewissern, dass weder Mama noch Papa in der Nähe waren. Dann huschte sie zurück in Maggies Zimmer und machte die Tür hinter sich zu.

Mit Herzklopfen ließ sie sich neben dem Bett auf die Knie sinken und öffnete ihre Schatzkiste. Sie nahm die hübschen Blätter heraus, die sie gesammelt hatte, ein paar Zettel aus der Schule mit Lob von ihrer Lehrerin, ein Taschentuch, das ihre beste Freundin für sie bestickt hatte, und eine hübsche Münze, die Papa gefunden hatte, als er den Brunnen gegraben hatte. Als ihre Schatzkiste leer war, legte sie die Fotos von Maggie hinein und schloss den Deckel wieder.

Leise und verstohlen wie eine Katze auf Mäusejagd brachte sie die Pappschachtel wieder in ihr Zimmer und stellte sie zurück an ihren Platz im Schrank. Dann huschte sie zurück in Maggies Zimmer und legte ihre eigenen Schätze in den Schuhkarton von Mama. Eine ganze Weile saß sie da und starrte die Sachen an, an denen eigentlich ihr Herz hing, aber die Fotos waren noch wichtiger. Sie musste sie retten. Also legte sie den Deckel auf den Schuhkarton und packte ihn, zusammen mit den Bilderbüchern, die sie ihre Schwester nie hatte anschauen lassen, ganz oben auf die Holzkiste und brachte dann alles nach unten.

Mama blickte auf, als Hazel kurz in der Tür zwischen Küche und Esszimmer stehen blieb, und warf einen kurzen Blick auf die Kiste, die Hazel trug. „Hast du alle Fotos aus dem Album herausgenommen?“, fragte sie.

Hazel nickte und betete still, dass Mama nicht in den Schuhkarton hineinschaute.

„Dann bring jetzt alles nach draußen.“

Hazel huschte, so schnell das mit der ziemlich schweren Last ging, durch die Küche und zur Hintertür hinaus. Es war immer noch so früh, dass die Sonne noch nicht hinter den Bäumen hervorgekommen war und Nebelschwaden über dem Boden waberten wie eine Geisterversammlung. Der Garten war grau verhangen und sah genauso trostlos aus, wie Hazel sich fühlte. Sie unterdrückte ein Schluchzen und lief weiter. Weil sie barfuß durch das taunasse Gras ging, bekam sie kalte Füße und wünschte, sie hätte Schuhe angezogen, doch sie wollte jetzt nicht noch einmal umkehren. Also ging sie den verschlungenen Pfad weiter zu der Feuerstelle, wo Papa einmal in der Woche den Müll verbrannte. Alte Zeitungen, ein paar Blechdosen und ein Paar abgetragene Gartenhandschuhe warteten dort schon in dem kleinen mit Maschendraht eingezäunten Bereich. Der Zaun sollte verhindern, dass der Müll wegflog, bevor Papa kam und ihn anzündete.

Mit wild klopfendem Herzen stand sie jetzt vor der Umzäunung und dachte an die Sachen in der Holzkiste und dem Schuhkarton. Sie wollte sie nicht hergeben, wollte nicht, dass sie zu Asche verbrannten, aber Papa würde nachschauen, ob die Kiste und der Schuhkarton auch wirklich da waren, wenn er am Abend herkam. Also atmete sie einmal ganz tief die Morgenluft ein, um Kraft zu sammeln, und wappnete sich für den nächsten Schritt, die Kiste und den Karton über den Zaun zu werfen. Doch die Sorge, dass sich dabei der Deckel des Schuhkartons öffnen könnte – und ihre Täuschung aufflöge –, ließ sie zögern.

Sie presste die Kiste fest an sich und drückte mit einem Fuß den Draht hinunter. Das tat weh am Fuß, und sie verzog das Gesicht vor Schmerz, aber sie stieg tapfer über den Draht und betrat die Feuerstelle. Als der Draht wieder zurückschnellte, erfasste er den Saum ihres Nachthemds und kratzte an ihrer Wade entlang, sodass kleine Blutströpfchen aus der Wunde quollen und am Bein herunterliefen. Sie ignorierte das warme Rinnsal und stellte die Holzkiste und den Karton so andächtig in die Mitte des Platzes, wie ein Pfarrer in der Kirche die Bibel auf die Kanzel legt.

Sie brauchte noch eine ganze Weile, um genügend Mut zu sammeln, wieder zu gehen und die Sachen dort zurückzulassen, aber schließlich drückte sie den Drahtzaun wieder herunter und verließ die Feuerstelle. Dünne Blutrinnsale liefen ihr über den Knöchel und am Fuß entlang und hinterließen kleine rote Punkte auf dem harten Boden. Sie hob ihr Nachthemd hoch und untersuchte die Kratzer, aber sie waren nicht tief und würden heilen, ohne dass eine Narbe zurückblieb. Doch das, wozu sie gezwungen worden war, würde für immer eine Narbe in ihrem Herzen hinterlassen.

Als sie mit schleppendem Schritt wieder zum Haus zurückging, sprach sie dann für sich die Worte aus, die sie ihrer Mutter niemals ins Gesicht gesagt hätte: „Du kannst mich vielleicht zwingen, ihre Sachen wegzuwerfen, und du erlaubst vielleicht nicht, dass ich jemals wieder ihren Namen ausspreche, aber du kannst mich nicht zwingen, sie zu vergessen. Ich werde sie nie vergessen."

Gegenwart
Kendrickson, Nevada

Hazel

„An dem Abend zündete Papa alles an, was auf dem großen Haufen auf dem Feuerplatz lag. Maggies Kleider, ihre Puppe, alles ging in Flammen auf, und Mama und Papa haben nie erfahren, dass ich die Fotos behalten habe." Hazel strich Meghan eine Haarsträhne aus dem Gesicht, die sich aus ihrem Pferdeschwanz gelöst hatte. „Und nicht ein einziges Mal habe ich in all den Jahren bis heute die Schachtel geöffnet und mir die Fotos angeschaut."

„Nie?" Margaret Diane starrte Hazel an, und ihre Miene drückte deutlich aus, dass sie das kaum glauben konnte.

„Nein." Hazel erwiderte den Blick ihrer Tochter. „Ich hatte Angst, dass ich vielleicht aus Versehen über Maggie reden würde, wenn ich mir die Fotos von ihr ansah. Dadurch würde sie ja in meinen Gedanken frisch und lebendig bleiben. Und das Thema Maggie wollte ich auf keinen Fall ansprechen, das war ich meiner Mutter schuldig. Verstehst du das?"

Der zweifelnde Blick ihrer Tochter verschwand nicht, und Hazel konnte es ihr nicht einmal verübeln. Wie lächerlich das alles klang, wenn sie es jetzt aussprach. Doch als Zehnjährige war ihr das alles absolut logisch erschienen, und so hatte sich die Gewohnheit, lieber den Deckel auf der Kiste zu lassen, den Rest ihrer Kindheit und sogar bis ins Erwachsenenalter gehalten.

Dann wandte sich Hazel Meghan zu, die sie mit einer Mischung aus Bedauern und Zuneigung ansah. „Wenn du die Schachtel nicht versehentlich hervorgeholt und geöffnet hättest, dann würde Maggie immer noch zuunterst in meiner untersten Kommodenschublade wohnen und wäre weiterhin in irgendeinem Winkel meiner Erinnerungen verschüttet." Sie nahm Meghans Gesicht in beide Hände – dieses liebe, aufmerksame Gesicht, das plötzlich hinter einem Tränenschleier verborgen war. „Danke, Liebes, dass du sie da herausgelassen hast. Du kannst dir nicht vorstellen, wie sehr ich sie vermisst habe!"

Kapitel 12

Diane

Die antike Großvateruhr in der Ecke schlug zwölf Mal. Zwölf blecherne, dröhnende, störende Schläge, bei denen Diane die ganze Zeit die Zähne zusammenbeißen musste. Schon als Kind hatte sie das Ding gehasst. Jede einzelne Stunde war sie nachts davon aufgewacht, und deshalb hatte sie auch als Erstes nach ihrer Ankunft den Schlag der Uhr ausgestellt.

Sie ging jetzt hinüber zu der Uhr mit dem Walnussgehäuse und spähte hinter die rechteckige Glasscheibe. Tatsächlich, die Gewichte hingen wieder am Schlag. Mutter musste sie also wieder eingehängt haben, als Diane kurz nicht hingeschaut hatte. Sie öffnete die seitliche Tür der Uhr und griff hinein.

„Was machst du denn da, Mama?", fragte Meghan erstaunt.

Diane warf ihrer Tochter einen kurzen, unwilligen Blick zu. „Ich stelle dieses Ding ab. Schon wieder."

„Ach, dann warst du das also?" Der ungläubige Ton ihrer Tochter ließ Diane innehalten. „Ich dachte, sie wäre kaputt, als sie heute Nacht nicht geschlagen hat wie sonst, also habe ich heute Morgen nachgeschaut und gesehen, dass die Gewichte nicht eingehängt waren. Ich dachte, sie wären irgendwie abgegangen, und deshalb habe ich sie wieder eingehängt." Sie lächelte und seufzte. „Ich höre den Schlag so gern, weil ich es beruhigend finde, wie die Uhr die Viertelstunden zählt. Es erinnert mich daran, wie kostbar jede Minute ist."

Hazel schmunzelte. „Genauso ging es mir auch immer mit der alten Uhr. Als ich geheiratet habe, wollte deine Urgroßmutter sie mir für mein neues Zuhause schenken, aber dein Großvater wusste nicht so genau, ob er für etwas so Altmodisches Platz in unserem winzigen Wohnzimmer hergeben wollte. Mit der Zeit hat er sie dann aber richtig lieb gewonnen, und ganz besonders gefiel es ihm, jeden Sonntagmorgen, bevor wir zur Kirche gingen, die Gewichte wieder hochzuziehen. Es war fast eine Art Ritual, und er sagte, das sei genau die richtige Art, eine neue Woche zu beginnen."

Diane starrte die beiden nur ungläubig an. Sie hatte schon öfter erlebt, dass Frauen die merkwürdige Tendenz hatten, sich zu zweit zusammenzutun und dadurch einer dritten das Gefühl gaben, das fünfte Rad am Wagen zu sein. In ihrem Lehrerkollegium gehörte sie in der Regel eher zu der Zweiergruppe, aber bei ihrer Mutter und ihrer Tochter war das anders. Bei ihrer Mutter und ihrer Tochter gehörte sie nie dazu. Hier war sie immer das fünfte Rad am Wagen.

Jetzt wies sie auf die Uhr: „Hält sie euch nicht wach und treibt euch in den Wahnsinn? Du lieber Himmel, die ist doch uralt und klingt wie ein Coyote mit Zahnschmerzen."

Meghan und ihre Mutter prusteten los. Wenn sie sich über sie lustig machen wollten, dann war sie bei den Hunden wirklich besser aufgehoben, dachte Diane, ging ins Gästezimmer und schloss mit Nachdruck die Tür hinter sich.

„Jetzt komm doch zurück, Mama. Wir wollten dich wirklich nicht verletzen."

„Ja", flötete ihre Mutter, ein Zeichen, dass sie immer noch gegen ein Lachen ankämpfen musste. „Wir lachen doch gar nicht dich aus, sondern wir amüsieren uns über deine bildhafte Ausdrucksweise."

Diane verdrehte die Augen – sie lachten sie nicht aus ... ja klar – und ging einfach weiter. Sie öffnete die Hundeboxen und zeigte zur Eingangstür. „Kommt, wir gehen raus." Als sie am Wohnzimmer vorbeikam, sah sie, dass ihre Mutter und Meghan sich wieder den Fotos zugewandt hatten und sie gar nicht zu bemerken schienen. Sie öffnete den Hunden die Schiebetür zum Garten und begann dann, Gemüse für einen Salat zu schnippeln. Der nervtötenden Uhr zufolge war es zwölf Uhr mittags, Zeit also, etwas zu essen.

Als die Hunde kurz darauf an der Scheibe kratzten, ließ sie sie wieder herein. „Geht mir aus dem Weg – habt ihr gehört? Sitz." Sie setzten sich in eine Reihe und grinsten zu ihr hoch. Mit erhobenem Zeigefinger befahl sie: „Bleibt, dann gebe ich euch allen ein Stück Käse, wenn ich den Salat fertig habe."

Sie wedelten mit den Schwänzen, Molly winselte, aber sie blieben tatsächlich alle in Reih und Glied sitzen, während sie Gemüse schnippelte und ihren Lieblings-Ersatzkäse aus Cashewmilch rieb.

Mitten in den Essensvorbereitungen linste Meghan um die Ecke und blinzelte spitzbübisch. „Ich wollte nur mal nach dir schauen. Machst du Essen für alle oder bist du zu sauer, um Großmama und mich mit durchzufüttern?"

„Ich bin nicht sauer."

„Aber wieso ziehst du dann so ein Gesicht?"

Diane hielt lange genug inne, um ihrer Tochter einen wütenden Blick zuzuwerfen. „Ich ziehe kein Gesicht."

Meghans Lippen zuckten. „Bist du sicher?"

Also dieses Mädchen hatte wirklich einen Sturkopf. Der musste von der väterlichen Seite kommen. Diane schob Gedanken an Meghans Vater sofort einen Riegel vor und rieb langsam weiter ihren Käse. „Ich bin siebenundvierzig Jahre alt, Meghan. Ich schmolle nicht."

„Okay." Das frotzelnde Augenblinzeln verschwand und Meghan kam näher gehumpelt. Die Gummikappen an den Krücken quietschten auf dem Linoleum, was die geduldig wartenden Dackel dazu veranlasste, leise zu winseln. „Wir haben schon gesagt, dass es uns leidtut. Aber wenn du dein Gesicht hättest sehen können, als du von dem Coyoten mit Zahnschmerzen gesprochen hast, dann hättest du auch gelacht."

Meghan zog nachdenklich die Augenbrauen zusammen und sagte: „Weißt du, ich wünschte, du wärest im Wohnzimmer geblieben, denn Großmama hat ein paar Geschichten erzählt – Geschichten, die bis heute wahrscheinlich noch nie jemand von ihr zu hören bekommen hat."

Wieder wurde Diane von einer unerwarteten Welle von Eifersucht erfasst. „Ach ja?"

„Ja. Sie hat so ausführlich und voller Gefühl erzählt, als hätte sie das alles erst gestern und nicht schon vor Jahrzehnten erlebt. Es ist fast so, als hätten die Erinnerungen seit Jahren nur darauf gewartet, dass sie endlich freigelassen werden, und jetzt sind die Schleusen endlich geöffnet worden."

Diane nahm den Käse vom Schneidebrett und streute ihn über den Salat. „Bist du sicher, dass sie ihre Geschichten nicht erfindet, um die Fotos zu erklären?"

Meghan schnaubte, und das tat sie nur, wenn sie sehr verärgert war. „Wieso bist du eigentlich immer so zynisch?"

„Vielleicht, weil ich sie besser kenne als du." Diane trug die Salatschüssel zum Tisch und ging dann noch einmal in die Küche, um Teller und Besteck zu holen. Im Gehen redete sie weiter. „Du hast immer nur ein paar Wochen im Sommer und manchmal Feiertage bei ihr verbracht. Das waren Zeiten, in denen sie sich von ihrer besten Seite gezeigt hat. Aber ich habe jahrelang mit ihr unter einem Dach gelebt, und ich kann dir versichern, dass ich sie auch von ihrer übelsten Seite kenne."

„Aber wenn du ihr Gesicht gesehen und ihre Stimme gehört hättest, dann würdest du nicht daran zweifeln, dass ihre Erinnerungen echt sind, Mama." Meghans Tonfall war jetzt traurig, und sie packte Diane am Arm. „Ich weiß, Mama, du hast es auch nicht leicht gehabt, als dein Vater starb, als du noch ein Kind warst."

Diane erstarrte mit dem Stapel Teller in der Hand, die sie gerade aus dem Schrank nehmen wollte. Mit der Erwähnung ihres Vaters war sofort wieder dieser tiefe Schmerz der Einsamkeit da. „Ja, das war nicht leicht."

„Ich will deinen Verlust gar nicht kleinreden, aber wenn ich an all das denke, was Großmama verloren hat, dann könnte ich heulen. Nach Maggies Tod ist die ganze Familie auseinandergebrochen und ihr Vater hat wieder angefangen zu trinken. Sie sagt, er habe sich selbst die Schuld daran gegeben, dass die Mädchen im Wald gewesen seien, weil sie Brombeeren für seinen Geburtstagsauflauf pflücken sollten.

Diane warf Meghan einen scharfen Blick zu. „Brombeeren?"

August 1972
Little Rock, Arkansas

„Jetzt trödele nicht, Margaret Diane, sondern komm her zu mir."

Diane sauste zu ihrer Mutter und hielt sich an der Kante des quietschenden Einkaufswagens fest. Sie lächelte zu ihrer Mutter hinauf und hoffte, ein Lob für ihren Gehorsam zu bekommen. Aber Mami lächelte nicht zurück.

„Ich habe dir immer und immer und immer wieder gesagt, dass du nicht weglaufen, sondern bei mir bleiben sollst, und deshalb bleibt deine Hand jetzt am Einkaufswagen."

„Ja, Mama", seufzte Diane. Sie ging neben dem Wagen her und ließ ihren Blick über die bunten Konservendosen und Packungen auf den Regalen wandern. Sie liebte es, einkaufen zu gehen. Wenn sie alles erledigt hatten, bekam sie immer eine kleine Schachtel mit Keksen in Tierform. Die Schachtel hatte einen Henkel, sodass man sie wie eine Handtasche tragen konnte, und eigentlich gefiel ihr die Schachtel besser als die Kekse darin. Außerdem liebte sie es, Etiketten zu lesen, wenn sie Einkaufen waren.

Die Worte sprangen sie förmlich an. *Goldmais. Erbsen. Grüne Bohnen küchenfertig.* Sie kam erst in zwei Wochen zur Schule, aber lesen konnte sie schon. Mama und Papa sagten ihr, wie schlau sie sei und wie stolz sie auf sie wären. Wieso ging Mami dann nicht ein bisschen langsamer und ließ sie all die Wörter lesen, bevor sie um die nächste Ecke bogen? Hätte Diane allein gehen dürfen und sich nicht die ganze Zeit am Einkaufswagen festhalten müssen, dann hätte sie nach Herzenslust lesen können.

Sie ließ sich jetzt also mitziehen, die Absätze ihrer Riemchenschuhe klackerten beim Gehen auf dem Fliesenboden, während Mami Sachen in den Einkaufswagen legte – eine Packung Cornflakes, eine Packung Haferflocken, Zucker, Schokochips, ein paar Dosen von Papas Lieblingsbohneneintopf … Der Wagen wurde immer voller, und Dianes Finger wurden langsam taub. Aber sie ließ den Einkaufswagen nicht los, denn wenn sie das tat, würde Mami richtig böse werden.

Sie kamen in die Gemüseabteilung, wo die Waren durch feuchte kalte Luft frisch gehalten wurden. Diane las die kleinen Schilder an den Gemüsekisten laut vor. „Ka-ro-tten, Kar- to-ff-eln, To-ma-ten."

„Gut gemacht, Margaret Diane."

Diane strahlte.

Mama legte das Gemüse, das sie brauchte, in den Wagen, und dann gingen sie weiter zum Obst. „Gut, lass uns ein paar Äpfel für Papas Brotdose kaufen und ein paar Bananen fürs Frühstücksmüsli."

Diane kannte schon viele der Wörter für die Obstsorten, wie zum Beispiel Äpfel, Bananen, Trauben und Orangen. Aber da war ein neues Wort, das ihre Aufmerksamkeit weckte. Es war ein langes Wort. So lang wie Erdbeeren, aber es fing anders an. Dunkellila, fast schwarze kleine Packen, die aus winzig kleinen Beerenkügelchen bestanden, lagen in grünen Plastikkörbchen. Sie schaute sich erst die Früchte an und kniff dann die Augen zusammen, als sie den Namen auf dem kleinen Pappschild zu entziffern versuchte. Das war gar nicht so einfach, aber dann jauchzte sie vor Freude.

Sie ließ den Einkaufswagen los und zeigte auf die Körbchen. „Schau mal, Mami! Brombeeren! Kann ich welche für mein Müsli haben?"

Da wurde Mamis Gesicht plötzlich kreideweiß, sie griff nach Dianes Hand und drückte sie mit solcher Wucht wieder auf den Rand des Einkaufswagens, dass es brannte und Diane anfing zu weinen. Mama drohte direkt vor Dianes Gesicht mit dem Zeigefinger. „Nein, du kannst keine Brombeeren haben, und deine Schachtel mit Tierkeksen bekommst du heute auch nicht."

Erschrocken sah Diane ihre Mama an. „Aber ich habe doch ein neues Wort ..."

„Ich habe dir gesagt, du sollst den Einkaufswagen nicht loslassen."

Es interessierte Mami kein bisschen, dass Diane ganz allein ein nagelneues ellenlanges Wort gelernt hatte. Diane heulte lauter.

„Hör auf zu weinen."

Diane holte ein paarmal zittrig Luft und gab keinen Mucks mehr von sich, aber sie konnte nicht verhindern, dass ihr Tränen die Wangen hinunterliefen, während Mama den Inhalt des Einkaufswagens auf das Band vor der Kasse lud. Diane lehnte sich an das kalte Metallgeflecht des Einkaufswagens und schaute sich die Wörter auf den leuchtend bunten Schachteln in dem Regal in der Nähe an.

Tierkekse ... Tierkekse ...

Immer wieder las sie die Worte, so lange, dass sie das Wort *Brombeeren* wieder vergaß.

Gegenwart
Kendrickson, Nevada

Diane stellte die Salatteller auf den Küchentresen. „Interessant." Mutter hatte die daumengroßen Brombeeren in der Bioabteilung des Supermarktes am Morgen beim Einkaufen auch nicht gewollt, mit der Begründung, sie könne die kleinen Kerne darin nicht leiden. Stattdessen hatte sie sich für Blaubeeren entschieden. Vielleicht waren es ja gar nicht nur die Kerne, die sie nicht leiden konnte.

Diane trug Teller zum Esstisch. „Der Salat, den ich gemacht habe, reicht für uns alle drei, aber Mutter und du werden wahrscheinlich noch ein gekochtes Ei dazu tun, etwas Bacon oder ein paar Stückchen von dem gebratenen Hühnchen, das wir heute Morgen aus dem Feinkostladen mitgebracht haben. Willst du sie zu Tisch rufen oder soll ich es machen?"

„Mach nur. Ich hole das Hühnchen – es ist im Kühlschrank, oder?"

„Ja. Und gib bitte den Hunden die Käsewürfel aus der Tüte in der Fleischschublade, ja?"

Diane trat in den breiten Durchgang zwischen Frühstücksecke und Wohnzimmer und rief: „Das Essen ist fertig, Mutter."

Der Kopf ihrer Mutter war tief über ein Foto gebeugt, und auch nachdem Diane ein paar Sekunden gewartet hatte, rührte sie sich nicht. Ob sie eingeschlafen war?

Diane räusperte sich und sagte ein bisschen lauter. „Mutter?"

Hazel sah kurz auf und schaute verwirrt drein. „Was ist denn?"

Diane trat noch einen Schritt weiter ins Wohnzimmer. „Mittagessen – es ist fertig."

„Ach …" Aber Mutter stand nicht auf, sondern winkte Diane mit einer Geste zu sich. „Komm mal bitte her und schau dir das hier an."

Dianes Magen knurrte. „Können wir das nicht nach dem Essen machen?"

Aber ihre Mutter hielt ein Foto hoch, als hätte Diane gar nichts gesagt. „Siehst du das? Das ist ein Porträt, das von der ganzen Familie gemacht wurde. Ich erinnere mich noch, dass Papa mit uns nach Beaty in ein kleines Fotostudio in der Main Street gefahren ist. Mama wollte, dass wir alle unsere Sonntagssachen anziehen. Mein Kleid war aus schlichtem weißen Musselin mit einer Lage Spitze darüber, die Mama aus alten Gardinen gemacht hatte. Außerdem hatte Mama mir eine neue Schleife ins Haar gebunden, in Gelb. Butterblumengelb." Sie berührte die kesse Haarschleife auf dem Foto und schmunzelte. „Obwohl es ja eigentlich egal war, weil es Schwarzweißfotos waren. Trotzdem wollte Mama, dass wir alle so hübsch wie möglich aussahen."

Sie hielt das Foto ein bisschen schräg zum Fenster hin und runzelte die Stirn, als könne sie es nicht richtig sehen. „Maggie war noch ein Baby – etwas über vier Monate alt –, und sie hatte noch nicht genug Haar für eine Schleife. Aber Mama hat ihr ein Band um den Kragen des Kleides gebunden und eine Schleife hineingemacht, siehst du? Und dann musste sie während der ganzen Fotositzung aufpassen, dass Maggie das Band nicht ständig in den Mund steckte."

Trotz ihrer anfänglichen Ungeduld war Diane jetzt doch gefesselt. Es war, als verblassten die Jahre, und unter der faltigen Haut ihrer Mutter kam langsam das kleine Mädchen wieder zum Vorschein, das sie einmal gewesen war. „Sieht Papa nicht elegant aus in seinem Anzug? Als Kind habe ich mich darüber geärgert, dass ich sein dunkles Haar und die dunklen Augen geerbt habe. Bis ich beides dann an dir gesehen habe." Dianes Herz machte einen kleinen Hüpfer.

„Und meine Mama … Wir hatten nie viel Geld, aber sie war so eine tüchtige Schneiderin, dass sie sogar aus Mehlsäcken die schönsten Kreationen schaffen konnte. Ihre Alltagskleider hielt sie immer ziemlich schlicht, aber die Sonntagskleider waren schöner, als sie irgendein Kaufhaus im Angebot hatte. Ich wünschte, ich hätte noch eins von ihren Kleidern. Am liebsten das von dem Foto hier."

Diane beugte sich vor und schaute sich das Kleid genauer an. Es saß ziemlich eng und war aus Blümchenstoff. Um den Ausschnitt und die Manschetten herum hatte es eine schmale Rüsche aus demselben Stoff. Das Kleid sah wirklich nicht selbstgenäht aus. Sie nickte. „Ja, das ist richtig hübsch."

Mutter strahlte, als hätte Diane ihr gerade die Kronjuwelen geschenkt. „An der Art, wie sie die Schultern hält und wie sie den Kopf neigt, erkennt man, dass sie eine stolze Frau war. Immer vornehm und würdevoll, bis …" Ihr heiterer Ausdruck verschwand plötzlich, und ihre Schultern sackten nach vorn. „Ach, Kummer kann einem Menschen schon vieles rauben."

Doch dann straffte sie sich wieder. „Aber eines kann ich dir sagen: Meine Mama war immer eine Lady. Das sagt jeder in Cumpton – Mae Blackwell war eine Lady." Sie sah Diane jetzt provozierend an, fast als wollte sie sie herausfordern, ihr zu widersprechen. Nach ein paar Sekunden gab sie sich dann einen Ruck und sagte: „Aber du bist gekommen, um mir zu sagen, dass das Mittagessen fertig ist. Ihr müsst hungrig sein, also lasst uns essen." Sie legte das Foto behutsam wieder in die Schachtel und stand auf.

Diane rückte den Polsterhocker beiseite, damit ihre Mutter besser vorbeikam, und im Vorbeigehen schaute Hazel noch einmal hinunter in die Schachtel und blieb stehen. „Meinst du, wir könnten dieses Foto irgendwo vergrößern lassen, Margaret Diane? Vielleicht könnte man es ja sogar kolorieren lassen, so wie man es auch mit alten Filmen macht. Ich hätte es gerne hübsch eingerahmt."

Diane zuckte mit den Achseln. „Solange kein Stempel des Fotostudios drauf ist, geht das. Auf das Copyright wird meistens ziemlich streng geachtet."

Ihre Mutter sah sie erstaunt an. „Sogar bei so alten Fotos? Ich bin sicher, dass es das Studio in Beaty gar nicht mehr gibt, und der Fotograf lebt auch nicht mehr."

„Auch dann."

Mutter schnaubte leise. Das hatte Diane noch nie bei ihr erlebt. Dann schüttelte ihre Mutter den Kopf und ein betrübtes Lächeln umspielte ihren Mund. „Wahrscheinlich sollte ich mich darüber nicht aufregen, denn es geht ja um geltendes Recht. Aber wenn es dir nichts ausmacht, würde ich das nächste Woche gern klären."

„Klar. Wir können einfach in einen Fotoshop gehen und uns erkundigen."

Jetzt lächelte Mutter wieder. „Danke, Margaret Diane", zog dann aber gleich wieder eine Augenbraue hoch und sagte: „Und jetzt zu deinem Lunch. Ist es eines deiner veganen Machwerke oder etwas, das ich auch essen möchte?"

Diane verdrehte die Augen, musste aber ein Schmunzeln unterdrücken, als sie ihrer Mutter in die Küche folgte.

Kapitel 13

Hazel

Am Sonntagmorgen war Hazel schon früh in der Küche, um Frühstück zu machen. Meghan hatte mithilfe ihres Smartphones ein Rezept für vegane Pfannkuchen gefunden, das Hazel jetzt ausprobieren wollte, um Margaret Diane erst aus dem Bett und dann mit in die Kirche zu locken.

Am Küchentresen blieb sie stehen, um Bananen aus der Schale zu nehmen, die dort stand. Ob ihr dieses planvolle Vorgehen wohl als manipulativ ausgelegt werden würde? Als ihre Tochter in der Highschool einen Soziologiekurs belegt hatte, war ihr von Diane ständig passiv-aggressive Manipulation vorgeworfen worden. Margaret Diane hatte ihrer Mutter in der turbulenten Teenagerzeit alles Mögliche vorgeworfen, aber dies war der einzige Vorwurf, von dem Hazel fürchtete, dass er zumindest teilweise zutreffen könnte. Doch ob ihre Motive nun egoistisch oder selbstlos waren, sie würde auf jeden Fall Pfannkuchen machen und hoffen, dass sowohl ihre Tochter als auch ihre Enkelin mit in den Frühgottesdienst kommen würden. Sie waren nicht mehr zusammen dort gewesen, seit Meghan gerade aus der Babybetreuung heraus war, und sie konnte sich nichts Schöneres vorstellen, als zwischen den beiden wichtigsten Menschen ihres Lebens zu sitzen und einer Auslegung des Wortes Gottes zu lauschen.

Nachdem sie zwei Bananen in einer Schüssel zerdrückt hatte, holte sie ihre Küchenmaschine aus dem untersten Regal der Speisekammer, maß zwei Becher Biohaferflocken ab und zerkleinerte sie in der Küchenmaschine zu Mehl. Dann gab sie Mehl und Sojamilch zusammen und rümpfte die Nase wegen des penetranten Geruchs. Danach fügte sie die zerdrückten Bananen, Backpulver und einen Teelöffel Bio-Honig hinzu. Hazel schüttelte den Kopf und schmunzelte vor sich hin. Wo um Himmels willen kam wohl Bio-Honig her? Von Bio-Bienen? Sie schmunzelte noch eine ganze Weile weiter, während sie die Zutaten so lange verrührte, bis sie eine homogene Masse ergaben.

Laut Rezept sollten die Pfannkuchen bei mittlerer, nicht starker Hitze gebacken werden, und außerdem mit Deckel, also fettete sie nicht wie üblich ihre Grillpfanne, sondern eine normale Bratpfanne mit Kokosöl ein – natürlich bio – und stellte sie auf die Gasflamme. Als sie gerade den ersten Teig in die Pfanne gab, kamen die vier Dackel und Margaret Diane um die Ecke.

Hazel legte den Deckel auf die Pfanne und lächelte ihre Tochter an. „Die Pfannkuchen sind gleich fertig. Alles vegan, versprochen. Meghan hat ein Rezept gefunden."

Margaret Diane antwortete nicht, sondern schob die Tür zum Garten auf und scheuchte die Dackel nach draußen. „Die Hunde haben dich hier rumoren gehört und mich geweckt. Dabei hätte ich wirklich gerne noch ein bisschen weitergeschlafen."

Hazel hob den Pfannendeckel ein wenig an und begutachtete die Pfannkuchen. Im Rezept stand, dass sie gewendet werden mussten, wenn sich auf der Oberfläche kleine Bläschen bildeten. Wenn man zu lange wartete, würden sie verbrennen, und sie wollte nicht schon wieder zu dunkle Pfannkuchen anbieten. Es zeigten sich aber erst ein paar wenige Bläschen auf den Pfannkuchen, sodass sie den Deckel noch einmal schloss und ihre Tochter ansah.

„Ich bin so früh aufgestanden, weil ich normalerweise in den

Frühgottesdienst gehe. Das ist der eher traditionelle. Aber ich habe auch nichts dagegen, in den moderneren am Vormittag zu gehen, wenn Meghan und du das so gewohnt seid."

Margaret Diane zog ein Gesicht. Sie öffnete die Tür zum Garten wieder, und die Hunde kamen wieder herein. „Ehrlich gesagt gehe ich kaum noch zur Kirche, Mutter, und ich glaube, Meghan auch nicht."

Hazel war enttäuscht. „Aber wir sind doch immer zur Kirche gegangen. Sogar nachdem Meghan schon geboren war, bis du doch mit mir in den Gottesdienst gekommen. Wann hast du denn damit aufgehört?"

Margaret Diane nahm den Deckel von dem Plastikeimer mit Hundefutter und schaufelte die kleinen braunen Brocken in die vier Hundenäpfe an der Hintertür. „Wahrscheinlich kurz nachdem du nach Nevada gezogen bist. Du warst nicht mehr da, um uns zu drängen, also ..."

Hazel nahm den Deckel von der Pfanne, legte ihn zur Seite und wendete vorsichtig die Pfannkuchen, aber ihre Freude über den perfekten Bräunungsgrad war ihr durch die Bemerkung ihrer Tochter vergangen. „Mir war nicht bewusst, dass ich dich gedrängt habe. Ich bin immer davon ausgegangen, dass du mitgegangen bist, weil du es wolltest."

Margaret Dianes hochgezogene Augenbrauen sprachen Bände.

Hazel wandte ihre Aufmerksamkeit jetzt wieder den Pfannkuchen zu. Wenn sie nicht wollte, dass sie so hart wurden wie das Hundefutter, auf dem die Hunde mit offensichtlichem Vergnügen herumkauten, dann musste sie aufpassen. Bittere Worte lagen ihr auf der Zunge. Auch wenn ihre Eltern immer seltener zur Kirche gegangen waren, je älter Hazel wurde – sie war weiterhin treu jeden Sonntag entweder zu Fuß zum Gottesdienst gegangen oder mit den Nachbarn mitgefahren. Nie hatte sie die eindringliche Aussage des Pfarrers vergessen, dass nur eine Generation von Menschen nötig sei, die Gott vernachlässigte, damit aus einer gläubigen Familie eine ungläubige wurde. Und sie hatte sehr früh beschlossen, dass sie nicht diese Generation sein wollte. Trotzdem wollte ihre Tochter nichts mehr mit dem Glauben zu tun haben.

Reichte es nicht, dass damals im ganzen Ort darüber getratscht worden war, dass ihr geliebter Papa ein Abtrünniger sei? Sie hatte es sich selbst nie ganz verziehen, dass ihr Vater wieder in den Alkoholismus abgerutscht war, obwohl sie sich solche Mühe gegeben hatte, immer besonders brav zu sein und alles perfekt zu machen, um den Fehler wiedergutzumachen, der die ganze Familie so teuer zu stehen gekommen war. Aber irgendwie reichte es nie. Und jetzt lehnte Margaret Diane, ihr einziges Kind, den Glauben ebenso ab, wie ihr Vater es getan hatte. Auch hier hatte sie versagt.

Sie nahm jetzt die fertigen Pfannkuchen aus der Pfanne und stapelte sie auf einem Teller, sodass sie einen beinah perfekten Zylinder ergaben. Beinah. „Da du jetzt schon mal auf bist, iss doch die Pfannkuchen, solange sie noch heiß sind. Ich habe Blaubeeren, gehackte Walnüsse und den Ahornsirup dazugestellt, den du eingekauft hast. Du kannst dich bedienen."

Margaret Diane nahm den Teller und ging hinüber zum Küchentresen. Sie seufzte, während sie eine Handvoll Walnüsse über die Pfannkuchen streute und sagte: „Ich enttäusche dich schon wieder, oder? Alles, was ich tue, enttäuscht dich."

Anfang September 1951
Cumpton, Arkansas

Hazel Mae

„Tut mir leid, dass du enttäuscht von mir bist, Mama."

„Ich bin nicht enttäuscht." Aber Mamas gespitzte Lippen sagten etwas anderes. Sie strich sich eine Strähne ihres silbrig durchzogenen Haars aus dem Gesicht und schüttelte den Kopf. „Ich weiß einfach nicht, wie ich ganz allein mit deinem Vater fertigwerden soll. Er wird mit jedem Tag streitsüchtiger."

Da konnte Hazel nicht widersprechen. Damals, bevor sich ihr Leben vollkommen verändert hatte, war Papa durchs Trinken nur langsam und träge geworden. Jetzt, da er älter war, wurde er immer garstiger, je mehr er trank. Sie hatte um die Chance gebetet, irgendwo weit weg aufs College gehen zu können, damit sie seine Gehässigkeit nicht ständig aus nächster Nähe miterleben musste, und Gott hatte ihr Gebet erhört. Er hatte ihr ein Stipendium für das Little Rock Junior College geschenkt. Das Geld, das sie sich durch ihre Arbeit als Aushilfe im Gemischtwarenladen von Cumpton verdient und gespart hatte, reichte für die Busfahrkarte und die erste Zeit, bis sie einen Teilzeitjob in der Stadt gefunden hatte. Alles lief bestens, und sie hatte sogar das Gefühl, dass sie sich durch die Schuldgefühle durchgekämpft hatte, die immer wieder aufgebrochen waren, weil sie ihre Mama mit ihm allein ließ. Aber nach dieser Bemerkung ihrer Mutter waren die jetzt sofort wieder da, und zwar schlimmer als je zuvor.

Sie kniete sich neben Mamas Schaukelstuhl und nahm ihre faltigen Hände in ihre. „Dann komm doch mit nach Little Rock, Mama. Papa macht seit Jahren nichts mehr auf der Farm, und in der Scheune sitzen und Schnaps trinken kann er auch ohne dich. Wenn er nicht mit dem Trinken aufhört, dann solltest du ihn vielleicht …"

„Deinen Vater verlassen?“ Mama riss sich von ihr los, stand auf und starrte Hazel so schockiert an, als hätte sie den Vorschlag gemacht, Papa mit einer Axt zu zerstückeln. „Bei unserer Hochzeit habe ich versprochen, bei ihm zu bleiben, bis der Tod uns scheidet, in guten wie in schlechten Zeiten, in Reichtum und Armut, in Gesundheit und Krankheit …“ Sie presste sich die Hand auf den Mund, um ein Stöhnen zu verbergen.

Hazel stand auf und legte ihre Hände unter Mamas Ellbogen. Inzwischen war sie so groß, dass sie auf Mama hinunterschauen konnte. Maggie hatte Mamas helles Haar gehabt. Ob sie wohl auch so klein und zierlich gewesen wäre wie Mama? Hazel schüttelte den Kopf. Wieso dachte sie jetzt an Maggie? Sie musste sich auf Mama konzentrieren.

„Hör mal“, sagte sie sanft und leise, so wie sie auch mit Papa sprach, wenn er volltrunken war. „Er hat auch etwas versprochen, nämlich, dich zu lieben und zu ehren, Mama. Das Versprechen hat er ja auch schon lange nicht mehr gehalten.“ Sie spürte einen stechenden Schmerz in ihrem Innern, als würde sie von einem Pfeil durchbohrt. Sie liebte ihren Papa so sehr, und sie konnte verstehen, weshalb er sich jeden Tag bis zur Besinnungslosigkeit betrank. Manchmal verlangte es ihr den letzten Rest von Selbstbeherrschung ab und zusätzlich Dutzende von Gebeten, sich nicht eine seiner Flaschen zu nehmen, um herauszufinden, wie es sich anfühlte, zu trinken, bis sie vergaß, was sie getan hatte. „Wenn du mit mir kämest, dann würde er vielleicht merken, wie sehr sein Trinken dich verletzt. Vielleicht würde er dann den Mut und die Kraft aufbringen, damit aufzuhören. Vielleicht …“

Wieder riss sich Mama von ihr los und drehte sich weg. „Ich kann ihn nicht verlassen, Hazel Mae. Er würde sich zu Tode trinken, wenn wir ihn beide verlassen.“

Hazel ließ den Kopf hängen. Vielleicht würde er ja auch aufhören zu trinken, wenn sie aufs College ging. Vielleicht war der eigentliche Grund für sein Trinken ja, dass er jedes Mal, wenn er sie sah, daran denken musste, dass sie ihm seinen kleinen Sonnenschein genommen hatte.

„Was willst du denn eigentlich am College studieren?“

Komisch, dass Mama das bisher noch gar nicht gefragt hatte. Sie wusste seit drei Monaten von dem Stipendium und dass Hazel es annehmen würde. Die Frage kam also spät, aber sie hatte sich die Antwort schon bereitgelegt.

„Literatur, Mama. Ich werde Bücher studieren – und mich damit beschäftigen, wie sie geschrieben sind, was der Autor damit ausdrücken wollte und was er mit der Geschichte sagen will. Wenn ich fertig bin, möchte ich in einer Bibliothek arbeiten.“

Mama stand so lange schweigend da, dass Hazel schon glaubte, sie wäre im Stehen eingeschlafen, aber dann war da ein leises Geräusch, das halb nach Schnauben, halb nach Lachen klang. „Du und deine Bücher. Du konntest dich schon immer in Geschichten völlig verlieren.“

Hazel biss sich auf die Unterlippe. Papa trank, Mama verkroch sich im Haus, so weit wie möglich weg von anderen Menschen. Und auch Hazel hatte ihre Methode, zu flüchten.

Mama drehte sich jetzt ganz langsam wieder um und sah Hazel interessiert an. „Hast du eigentlich immer noch die Bilderbücher in deiner Schatzkiste? Die Bücher, die du immer wieder gelesen hast, bis du sie auswendig konntest?“

Hazel schüttelte den Kopf.

Mama runzelte die Stirn. „Nein?“ Sie schaute nach draußen, immer noch mit gerunzelter Stirn. „Ich frage mich, was mit ihnen passiert ist. Komisch, wie Dinge einfach … verschwinden können.“

Hazel war klar, dass Mama damit nicht die Bücher meinte. Der Wunsch, den Namen ihrer Schwester auszusprechen, wurde wieder so stark, dass ihre Kehle schmerzte. Ihr Atem wurde schnell und flach, und sie keuchte: „Mama, ich …“

Aber Mama war schon auf dem Weg in die Küche, schnellen

Schrittes und mit schwingenden Armen. „Tu, was du tun musst, Hazel Mae“, sagte sie. „Geh nur. Ich komme schon zurecht. Ich komme zurecht.“

Gegenwart
Kendrickson, Nevada

Hazel

„Das stimmt doch gar nicht.“ Hazel wand sich innerlich bei dieser Lüge. Margaret Diane enttäuschte sie wirklich häufiger, als dass sie es nicht tat. Genauso wie sie selbst ihre Mutter ständig enttäuscht hatte. Vielleicht waren ihre Tochter und sie sich ja ähnlicher, als sie es beide gern zugegeben hätten.

Sie gab wieder ein, zwei Esslöffel Kokosöl in die Pfanne und füllte dann Teig für drei weitere Pfannkuchen hinein. Mit einem kurzen Blick über die Schulter stellte sie fest, dass Margaret Diane ihren ersten Bissen Pfannkuchen gegessen hatte.

„Schmecken sie denn?“

Margaret Diane kaute den Bissen zu Ende, schnitt dann noch ein Stück ab, schluckte und hob die Gabel, sodass Sirup von dem Bissen tropfte. „Ja, sie sind sogar sehr gut. Bist du ganz sicher, dass nichts Tierisches darin ist?“

Hazel musste ein Auflachen unterdrücken. „Ja, ganz sicher.“ Dann zählte sie die Zutaten auf. „Ich bin selbst überrascht, wie schön sie aufgehen. Normalerweise braucht man dazu Ei, aber ich nehme an, dass Backpulver eine ähnliche Wirkung hat.

„Wahrscheinlich.“ Diane aß noch einen Bissen. „Das Rezept muss ich unbedingt haben. Diese Pfannkuchen sind besser als die, die ich sonst immer mache. In meine kommen keine Bananen, und bei meiner Ernährung ist es immer gut, so viele Ballaststoffe und so viel Kalium wie möglich zu bekommen."

Bei diesem Lob plusterte sich Hazel noch mehr auf als die Pfannkuchen. Ein Lob von Margaret Diane war etwas Seltenes und sie wollte es richtig auskosten. „Nach der Kirche schreibe ich es dir auf."

Doch da erstarrte Margaret Diane mitten in der Bewegung, ließ die Gabel fallen und drehte sich ganz langsam zu Hazel um. „Du kannst es einfach nicht lassen, oder?"

Hazel blinzelte und versuchte, sich noch einmal zu erinnern, was sie gesagt hatte. „Was denn?"

„Kirche. Ich habe dir doch gerade gesagt, dass ich nicht gehen möchte, und jetzt fängst du schon wieder davon an."

„Aber ich ..."

Margaret Diane stand auf, ging mit dem Teller zum Mülleimer, schob die kaum angerührten Pfannkuchen hinein und stellte ihren Teller und das Besteck mit Nachdruck in die Spüle. „Ich frage Meghan, was sie vorhat, aber wenn sie sich entscheidet, auszuschlafen oder etwas anderes zu machen, dann möchte ich nicht, dass du ihr ein schlechtes Gewissen einredest."

Hazel setzte an, ihrer Tochter zu erklären, dass sie wegen des Gottesdienstes keinen Streit vom Zaun brechen wollte, aber stattdessen starrte sie vor sich in die Pfanne. Die Pfannkuchen waren übersät mit kleinen Bläschen und mussten gewendet werden, also nahm sie den Deckel ab und griff nach dem Wender.

„Und spar dir die Mühe, mir das Rezept aufzuschreiben. Ich suche es mir selbst online heraus, wenn ich wieder zu Hause bin." Margaret Diane ging und mit ihr die Dackelbande.

Hazel wendete die Pfannkuchen, legte den Deckel wieder auf die Pfanne und ließ sich auf den Stuhl sinken, von dem ihre Tochter gerade aufgestanden war. Wie war es nur dazu gekommen, dass aus einem einfachen Gespräch wieder ein Krieg geworden war? War sie vielleicht dazu verurteilt, ewig von ihrer Tochter geächtet zu werden? Hazel seufzte und legte ihre Stirn auf ihre Hände. Vielleicht sollte sie heute auch einfach nicht zur Kirche gehen und zu Hause bleiben. Sie fühlte sich plötzlich sehr müde und sehr alt.

Kapitel 14

Las Vegas, Nevada

Meghan

Meghan lächelte und gab einem weiteren Mitglied aus Großmamas Gemeinde die Hand. Wenn die Begrüßungen nicht bald aufhörten, dann wären sie wahrscheinlich noch bis zum nächsten Gottesdienst da. Aber das hätte ihr nichts ausgemacht. Die Freundlichkeit der Menschen hier erinnerte sie an Sean und wirkte kein bisschen gespielt, wie Mama das von Christen oft behauptete. Natürlich war der Maßstab für Mamas Urteil Großmama, und deshalb war es auch nicht unvoreingenommen.

Die Musikberieselung aus den Lautsprechern in allen vier Ecken des theaterartigen Kirchenraums hörte auf und Großmutter erschrak. „Ach du liebe Güte, das ist das Zeichen für die Putzkolonne. Wir sind bestimmt im Weg, also lass uns jetzt lieber gehen."

Das ältere Ehepaar, das gegen Ende des Songs zu ihnen herübergekommen war, lachte. Die blauen Augen des Mannes blitzten humorvoll. „Die Leute von der Putzkolonne sind so tüchtig, dass sie uns mitsamt der liegen gebliebenen Flyer oder Kaugummipapierchen einfach wegfegen", sagte er und deutete auf die Tür am Ende des Mittelganges. „Ladies first."

Meghan ging mit Großmama durch den Mittelgang zum Ausgang und musste gut aufpassen, nicht mit den Gummikappen ihrer Krücken in dem Plüschteppich hängen zu bleiben. Das Ehepaar folgte ihnen in das große Foyer, wo Meghan gegen das Sonnenlicht anblinzeln musste, das durch die deckenhohen Fenster hereinströmte.

Auch Großmama blinzelte und tupfte sich die Augen mit einem Papiertuch ab. „Pete, Rachel, ich möchte euch meine Enkelin Meg…"

„Ach, das ist also Meghan", sagte Rachel, trat einen Schritt von ihrem Mann weg, fasste Meghans Ellenbogen und musterte sie von oben bis unten. „Das hätte ich eigentlich wissen müssen, als ich den Gips und die Krücken gesehen habe. Ihre Großmutter hat in der Gebetsgruppe von Ihrem Unfall erzählt, und wir haben gebetet, dass Sie sich körperlich und seelisch rasch erholen und wieder ganz gesund werden." Die Miene der Frau drückte echtes Mitgefühl aus. „Wir sind alle sehr dankbar, dass Sie mit dem Leben davongekommen sind, aber der Schmerz darüber, dass die anderen nicht so viel Glück hatten, macht Ihnen sicher noch zu schaffen, oder?"

Meghan zuckte ein wenig zusammen. Bevor sie nach Nevada abgereist war, hatte sie immer wieder an den Unfall gedacht und mehrmals am Tag mit heftigen Schuldgefühlen zu kämpfen gehabt. Seit sie hier angekommen war, waren ihre Gedanken nur noch ein, zwei Mal bei dem Unfall gewesen. Ob wohl die Gebete dieser freundlichen Menschen erhört worden waren?

„Sie sind genauso hübsch, wie Ihre Großmutter gesagt hat", fuhr die Frau fort.

Meghan merkte, wie sie rot wurde, und unterdrückte ein verlegenes Lachen. „Also Großmama ist immer ein bisschen voreingenommen, wenn es um mich geht, und wenn ich gut aussehe, dann nur, weil ich aussehe wie meine Mutter und die wiederum wie Großmama."

Pete sagte: „Wir kennen Hazel jetzt seit drei Jahren, aber dass sie eine Enkelin hat, wussten wir schon nach drei Minuten."

„Die bei der Polizei ist“, ergänzte Rachel, drückte noch einmal Meghans Ellenbogen, ließ sie dann los und ging zurück zu Pete.

„Ja, aber ich bin ja nur im Innendienst bei der Kripo.“ Meghan hatte noch nie das Gefühl gehabt, dass ihre Arbeit lebensgefährlich war. „Die Schutzpolizisten haben es da viel schwerer als ich. Ich sitze überwiegend am Schreibtisch, recherchiere oder befrage Leute – das ist nicht allzu strapaziös.“

Pete und Rachel lächelten sich an, und dann sagte Pete: „Also ich kann Ihnen jedenfalls sagen, dass Hazel ununterbrochen über ihre Enkelin spricht. Sie liebt Sie sehr.“

Rachel trat jetzt ein Stückchen näher an Großmutter heran und fragte: „Bist du am Dienstag im Leseclub?“ Sie hatte sich wieder bei ihrem Mann eingehakt, und er schaute mit einem so liebevollen Lächeln zu ihr hinunter, als sie jetzt sprach, dass Meghan ein ganz kleines bisschen neidisch wurde auf die Zuneigung und Hingabe, die so offensichtlich zwischen den Ehepartnern bestand. Wie es wohl sein mochte, in so einer Beziehung zu leben, die ja offenbar schon seit Jahrzehnten hielt?

Großmama tupfte sich noch einmal die Augen und steckte dann das Taschentuch wieder in ihre Handtasche. „Ich weiß es noch nicht genau. Ich habe das neue Buch natürlich gelesen, und es hat mir auch gefallen, aber weil Margaret Diane und Meghan da sind, komme ich wahrscheinlich nicht.“

„Wenn du nicht dabei sein kannst, mach dir keine Gedanken. Ich kann dir das Buch für den nächsten Monat gern mitbringen. Ich gebe es dir dann nächsten Sonntag nach dem Gottesdienst.“ Dann wandte sich Rachel lächelnd noch einmal an Meghan. „Es hat mich sehr gefreut, Sie kennenzulernen, Meghan. Vielen Dank, dass Sie nach Nevada gekommen sind, um sich hier zu erholen. Ich weiß, dass es für Hazel ein echtes Geschenk ist, Sie so lange hier zu haben.“

Die beiden verabschiedeten sich, und Meghan schlenderte mit

Großmama durch das Foyer, vorbei an Gruppen und Familien, die zum nächsten Gottesdienst eintrafen, und dann hinaus auf den Vorplatz. Als sie aus der klimatisierten Luft in dem großen Gebäude aus Backstein und Glas in die mittägliche Hitze hinaustraten, fühlte es sich an, als würde eine dicke Wolldecke über sie gebreitet.

Meghan atmete pustend aus, sodass ihre Ponyfransen flogen. „Puh, ist das heiß hier." Sie ging schneller, was in ihrem Zustand bedeutete, dass sie sich mithilfe der Krücken so weit wie möglich vorwärts schwang.

Großmama schnaufte lachend neben ihr her. „Deinetwegen bekomme ich noch einen Hitzschlag, Meghan. Ich kann mich nicht wie ein Affe im Urwald fortbewegen, so wie du."

Meghan grinste und kehrte zu ihrem ursprünglichen Tempo zurück. „Tut mir leid, Großmama. Und es tut mir übrigens auch leid, wenn Mama und ich dich in deinem ganz normalen Alltagsrhythmus unterbrechen. Es ist doch völlig okay, wenn du zu deinem Buchclub und in die Gebetsgruppe und was sonst noch alles gehst, solange wir hier sind."

„An ‚Lit und Latte' habe ich wirklich Spaß …"

Fragend schaute Meghan ihre Großmutter jetzt an.

Großmama lachte. „So nennen wir unsere Lesegruppe, weil wir uns in einem Café treffen, um die neuesten Neuerscheinungen zu diskutieren – und natürlich treffe ich mich auch gerne mit den anderen zum Beten. Aber solange du und Margaret Diane hier seid, möchte ich mich ganz auf euch beide konzentrieren. Die anderen Dinge laufen mir ja nicht weg."

Großmama schloss den Wagen auf, und Meghan legte die Krücken auf die Rückbank, bevor sie auf der Beifahrerseite einstieg. Der cremefarbene Ledersitz hatte sich während des Gottesdienstes dermaßen aufgeheizt, dass ihre Haut brannte und sie so heftig zu schwitzen begann, dass sie einen zischenden Laut zwischen den Zähnen ausstieß.

Sie beugte sich vor und hatte die Klimaanlage schon auf volle Kraft gestellt, bevor Großmama den Wagen gestartet hatte.

Großmama sagte erst wieder etwas, als sie den belebten Parkplatz verlassen hatten. „Wie hat dir denn der Gottesdienst gefallen? War er zu lahm für dich?“, fragte sie. Sie hatte beide Hände am Lenkrad, saß sehr aufrecht und war aufmerksam und vorsichtig.

Meghan musste lachen. „Lahm?“

„Es gibt doch viele Gemeinden, in denen nicht mehr die alten Choräle, sondern moderne Songs gesungen werden, und wo die Pastoren keinen Anzug tragen, sondern in Jeans und T-Shirt auftauchen.“ In Großmutters Beschreibung schwang nicht ein Hauch von Kritik mit. „Ich mag den frühen Gottesdienst in der interkonfessionellen Gemeinde, weil der ein bisschen traditioneller ist. Aber du hast ja wahrscheinlich auch gemerkt, dass die Gottesdienstteilnehmer mehrheitlich der Fraktion der Weißhaarigen angehören. Die Jüngeren kommen eher in den späteren Gottesdienst oder in den Gottesdienst am Samstagabend. Da gibt es eine Band statt des Chores und vielleicht würde dir das ja auch besser gefallen. Wenn es dir lieber ist, können wir nächste Woche auch gern in einen von diesen modernen Gottesdiensten gehen.“

Meghan dachte über Großmamas Vorschlag nach. Die meisten ihrer Freunde hätten den Gottesdienst von gerade eben wahrscheinlich etwas trocken und langweilig gefunden, aber das machte ihr nichts aus. Die friedvolle Atmosphäre mit der gedämpften Beleuchtung, Orgelmusik oder Chorgesang von mindestens fünfzig Chorsängern und dem Geraschel von Bibelseiten hatte sie angesprochen, und sie hatte sich seit Ewigkeiten nicht mehr so entspannt gefühlt. Der Pfarrer hatte zwar Anzug und Krawatte getragen, was andere vielleicht für altmodisch und verstaubt gehalten hätten, aber sein offenes Gesicht und seine leidenschaftlichen Worte hatten ihm etwas Nahbares und Herzliches gegeben.

Sie schüttelte den Kopf. „Nein, dein Gottesdienst ist gut, Großmama. Lass uns einfach dabei bleiben."

Großmama strahlte. „Dann kommst du also nächste Woche wieder mit?"

„Klar."

Da drückte Großmama ihr kurz den Arm, legte die Hand aber gleich wieder ans Lenkrad. „Danke. Als du noch ganz klein warst, sind deine Mutter, du und ich jeden Sonntag zusammen zur Kirche gegangen. Das war für mich die mir liebste Zeit in der Woche, weil sie allein für Gott und meine beiden Mädels reserviert war."

Meghan wand sich innerlich. „Ich kann mich ehrlich überhaupt nicht erinnern, dass ich zur Kirche gegangen bin, außer im Sommer, wenn ich bei dir zu Besuch war. Nein, das nehme ich zurück. Als ich noch kleiner war, so im Grundschulalter, da sind Mama und ich immer zu Weihnachten in die Kirche gegangen und manchmal auch zu Ostern."

Zu Weihnachten hatte sie dann immer eine braune Tüte mit Süßigkeiten und Obst bekommen, und zu Ostern ein Schokoladenei. Darüber hinaus konnte sie sich an nicht viel erinnern und aus irgendeinem Grund machte sie das traurig.

Ein halbherziges Lachen umspielte Großmamas Mund. „Ich bin froh, dass sie wenigstens zu den Feiertagen mit dir hingegangen ist."

„Wahrscheinlich, weil du zu den Feiertagen immer ein neues Kleid für mich geschickt hast. Ich hatte ja damals als Kind sonst keine Gelegenheit, das Kleid zu tragen." An diesem Morgen trug sie allerdings kein Kleid. Sie besaß auch nur ein einziges – ein knielanges, eng sitzendes, ganz und gar mit Pailletten besticktes, das sie jedes Jahr zur Silvesterfeier der Abteilung aus dem Schrank holte, also nicht unbedingt ein Kleid für die Kirche.

Großmamas Lächeln schwand, als sie in die Sackgasse einbog, in der sie wohnte, und auf ihre Auffahrt fuhr. „Steig doch schon mal aus.

Es ist einfacher für dich, wenn du durch den Vordereingang ins Haus gehst und nicht durch die Garage. Da ist es nämlich ziemlich eng, weil auch das Auto deiner Mutter darin steht."

„Gut." Meghan stieg aus und ging erst über die Auffahrt zur Eingangstür, nachdem Großmama in die Garage gefahren war. Als sie die Veranda betrat, ging die Tür von innen auf.

„Da bist du ja." Mama stand in der Tür, immer noch in Schlafshorts und Unterhemd, das Haar zu einem unordentlichen Dutt auf dem Kopf zusammengezwirbelt. Mit einer Geste forderte sie Meghan zum Eintreten auf. „Ich dachte, der erste Gottesdienst ginge bis Viertel nach zehn. Mutter hat gesagt, die Kirche wäre keine zehn Minuten mit dem Auto entfernt. Ich habe schon vor einer halben Stunde mit euch gerechnet."

Meghan wischte sich den Schweiß von der Stirn und schaute auf die Großvateruhr. Das runde Zifferblatt zeigte fünf nach elf. „Wir haben uns nach dem Gottesdienst noch ein bisschen mit ein paar Freunden von Großmama unterhalten. Es sind ziemlich viele Leute zu uns gekommen, die mich kennenlernen wollten, alle sehr nett. Ich meine richtig und echt nett." Sie hoffte, dass Mama den Wink verstand.

Großmama kam jetzt aus der Küche, beide Hände im Nacken. „Könntest du mir bitte mal mit dem Verschluss helfen, Margaret Diane? Der klemmt."

Seufzend schlurfte Mama zu Großmama, stellte sich hinter sie, und zum ersten Mal fiel Meghan auf, dass Großmama nicht mehr so groß war wie Mama. Durch das Alter musste sie mindestens drei Zentimeter geschrumpft sein. Mama schaute finster drein und schüttelte den Kopf. „Trägst du immer noch die Perlenkette zur Kirche? Du liebe Güte, man könnte ja meinen, es wäre ein Weltuntergang, wenn du mal einen Sonntag ohne gingest."

Großmama legte das Kinn auf die Brust und hielt ihr Haar hoch, damit es nicht im Weg war. „Wahrscheinlich ist das eine alberne Angewohnheit, aber die Perlenkette habe ich von deinem Vater zum fünften

Hochzeitstag bekommen. Er fand es immer schön, wie sie zu meinem Kirchenoutfit aussah, und ich habe sie so oft am Sonntag getragen, dass es irgendwie zur Gewohnheit geworden ist. Inzwischen habe ich das Gefühl, dass ich sonntags erst fertig angezogen bin, wenn ich meine Perlenkette umhabe."

Mama öffnete den Verschluss der Kette und ließ sie in ihre Hand fallen. „Bevor du sie wieder trägst, solltest du vielleicht beim Juwelier den Verschluss kontrollieren lassen. Der sieht irgendwie verbogen aus. Wahrscheinlich hast du ihn deshalb auch nicht aufbekommen."

Großmama nahm die Kette aus cremefarbenen, etwa erbsengroßen Perlen und ließ sie durch die Finger gleiten.

„Das ist eine gute Idee. Es würde mir das Herz brechen, wenn der Verschluss aufginge und ich sie verlöre. Die soll nämlich Meghan einmal bekommen." Sie lächelte Meghan kurz an und wandte sich dann wieder an Mama. „Vielleicht können wir ja den Besuch beim Juwelier mit dem Nachdrucken des Fotos verbinden und veranstalten sozusagen einen Reparaturtag."

„Sicher", sagte Mama, schlenderte durch den Raum und ließ sich dann aufs Sofa fallen, mitten zwischen das Dackelquartett. Großmama ging in ihr Schlafzimmer und Mama starrte wütend hinter ihr her. „Na, ist das nicht schön?"

„Was?", fragte Meghan mit gerunzelter Stirn.

„Na, das mit der Perlenkette. Eines Tages wird sie dir gehören." Mama schlug die Beine übereinander, wippte hektisch und irgendwie ruckhaft mit der Fußspitze. „Wahrscheinlich hat sie vergessen, dass sie eine Tochter hat."

Meghan ließ sich auf den Polsterhocker sinken. All die tröstlichen, beruhigenden und guten Gefühle, die sich im Laufe des Vormittags eingestellt hatten, verblassten angesichts dieser harschen Kritik ihrer Mutter. „Möchtest du sie denn wirklich haben? Du bist doch eigentlich gar kein Perlentyp, Mama."

Mama ließ einen spöttischen Blick über Meghans weiße Caprihose, das gelbe ärmellose Shirt und den passenden weißen Spitzencardigan schweifen. „Aber zu deinem Outfit würden sie passen?“

Meghan schaute zur Seite und biss sich auf die Zunge. Mama hatte recht. Wann zog Meghan sich schon mal schick an? Zur Arbeit trug sie Businesskleidung und am Wochenende entweder Shorts und T-Shirt oder Sweatpants. Selbst zu ihrem Paillettenkleid würden Perlen lächerlich aussehen und keineswegs so perfekt wie zu Großmamas hellrosa Leinenhosenanzug und der weißen Bluse. Doch selbst, wenn sie die Perlen nicht trüge – sie würde sie in Ehren halten, weil sie ein Geschenk ihrer Großmutter waren. Mama dagegen würde sie wahrscheinlich verkaufen.

„Und, wie war es in der Kirche ... außer, dass du von Mutters Freunden umschwärmt worden bist?“

Wenn Mama bereit war, das Thema Perlen ruhen zu lassen, dann konnte Meghan das auch. Sie setzte ein Lächeln auf. „Es war gut. Ruhig und unaufgeregt. Friedvolle Musik. Ein bisschen so wie in den Weihnachtsgottesdiensten, in die wir früher gegangen sind, nur ohne Kerzen. Ich habe Großmama gesagt, dass ich nächste Woche wieder mitkomme.“ Sie zuckte mit den Augenbrauen und hoffte, ihre Mutter würde nicht beleidigt sein über das, was sie als Nächstes sagen wollte. „Du könntest doch mitkommen.“

Aber Mama schüttelte energisch den Kopf und machte eine abwehrende Geste.

Meghan stützte sich die Ellbogen auf die Knie. „Ach, komm schon, Mama. Es ist nur eine Stunde und es würde Großmama so viel bedeuten. Sie hat mir erzählt, dass diese Zeit mit uns beiden am Sonntagmorgen immer ihre liebste Zeit in der ganzen Woche war, als ich noch klein war. Was wäre denn dabei, wenn sie diese Erinnerungen noch einmal wiederaufleben lassen könnte?“

Als Mama jetzt aufstand, waren ihre Augen schmal, und ihr Mund verzog sich zu einer Grimasse, die halb Hohn und halb Schmerz ausdrückte. „Vielleicht liegt mir aber absolut nichts daran, meine eigenen Erinnerungen wiederaufleben zu lassen."

Kapitel 15

Ende September 1986
Little Rock, Arkansas

Diane

Willst du das Baby nicht in die Kinderbetreuung geben?" Mutter hob die Decke, in die Meghan gewickelt war, ein wenig hoch und warf ganz kurz einen Blick auf das kleine Gesichtchen des schlafenden Babys.

Diane schüttelte den Kopf. „Ich behalte sie lieber bei mir. Sie ist noch so klein." Ihre Tochter war noch nicht einmal zwei Wochen alt. Wer hätte gedacht, dass eine Liebe sich so schnell entwickeln konnte? Besonders wenn man bedachte, wie sie gegenüber dem Mann empfand, der sie in diese Situation gebracht hatte. Eine Woge von Zärtlichkeit überrollte sie und nahm ihr beinah den Atem. Sie blinzelte ein paar Tränen weg, deckte Meghan wieder zu und drückte sie noch ein bisschen fester an sich.

In dem schmalen Eingangsbereich wimmelte es von Menschen. Es wurden Flyer verteilt, Schulkinder ermahnt, und Menschen standen in Gruppen und Grüppchen zusammen und unterhielten sich. Mutter hakte sich bei Diane unter und zog sie durch die Menschenmenge zum Eingang des Gottesdienstraumes.

„Entschuldigung“, sagte Mutter immer wieder, und jedes Mal schauten die Menschen zu ihnen hin, lächelten und bemerkten das kleine Bündel in Dianes Armen. Dann verwandelte sich das Lächeln in missbilligende Mienen oder eine steife Haltung, die Unbehagen ausdrückte.

Diane wollte nur weg und versuchte, sich aus Mutters Griff zu befreien, aber das ging nicht, ohne dass das Baby durchgeschüttelt wurde. Deshalb ging sie weiter, das unschuldig schlafende Baby im Arm und gefühlt hundert verurteilende Blicke im Rücken.

Schon die gesamte Schwangerschaft hindurch hatte sie unter verurteilenden Blicken, gemurmelten oder geflüsterten Bemerkungen oder kalter Abweisung gelitten. Die Reaktionen hatten sie geärgert oder amüsiert – je nach Tagesform –, aber sie hatten sie nie, niemals vernichtend getroffen. Bis heute. Und das war so, weil die Leute jetzt nicht sie verurteilten, sondern ihr Baby. Ihr wunderbares, unschuldiges Baby. Und das war einfach nicht richtig.

Mutter führte sie in die hinterste Sitzreihe, wo sie sich setzten. Die Leute strömten an ihnen vorbei in den Raum, aber niemand wollte einen Blick auf das Baby werfen. Niemand fragte Diane, wie es ihr ginge. Es blieb überhaupt niemand stehen. Kein Mensch. Diane und Meghan hätten genauso gut unsichtbar sein können. Und die ganze Zeit saß ihre Mutter mit einem selbstzufriedenen Lächeln da und hatte, offenbar, ohne es zu merken, eine Hand auf Meghans Decke gelegt.

Diane war lange genug in der Gemeinde, um zu wissen, wie dort normalerweise die Geburt eines Kindes gefeiert wurde. Sie hatte schon so oft miterlebt, wie sich die Leute eifrig um eine Mutter scharten, die zum ersten Mal ihr Neugeborenes mit in die Kirche brachte – wie ihr gratuliert wurde, man ihr gute Wünsche mit auf den Weg gab und allgemein fröhliches Gelächter herrschte. Und weil sie das alles wusste, empfand sie die schroffe Abweisung und Ausgrenzung besonders schlimm. Aber ihr war auch klar, weshalb das so war: weil neben ihr kein Ehemann saß, sondern nur ihre Mutter.

Sicher, sie hatte einen Fehler gemacht, hatte etwas verschenkt, das sie nicht zurücknehmen konnte, in der Erwartung, dass es ihm genauso viel bedeutete wie ihr, nur um dann feststellen zu müssen, dass es ihm leider gar nichts bedeutete. Aber hatte ihre Mutter sie nicht sogar gelobt, dass sie sich dafür entschieden hatte, ihr Baby zur Welt zu bringen, statt das kleine Leben auszulöschen, wie es ihr Freundinnen geraten hatten? Wieso merkten diese superfrommen Gemeindeleute nicht, was für ein Opfer sie brachte?

Die letzten Orgeltöne verklangen und der Pfarrer betrat die Kanzel. Meghan gab unter der Decke leise Laute von sich, ein Zeichen, dass sie langsam wach wurde. Dianes Brüste wurden ganz hart, und sie wusste, was passieren würde, wenn sie jetzt nicht schleunigst etwas unternahm. Sie stand also auf, nahm die Wickeltasche und hastete aus dem Gottesdienstraum Richtung Babyzimmer, wo die ganz Kleinen betreut wurden. Unterwegs wurde aus Meghans leisem Quengeln lautes Geschrei, und im Babyraum angekommen eilte sie an den beiden Mitarbeiterinnen vorbei, die sie anstarrten, als hätten sie noch nie zuvor eine Mutter mit Baby gesehen, und setzte sich in einen Schaukelstuhl, der durch einen Paravent vor Blicken geschützt war.

„Schschsch, schschsch“, versuchte sie das Baby zu beruhigen, während sie sich die Bluse aufknöpfte und Meghan anlegte. Das Schreien des Babys brach ab, und es war nur noch ein leises Grunzen und Schmatzen zu hören, als sie anfing zu saugen. Erleichterung durchströmte Diane. Erleichterung, dass der pochende Druck in ihrer Brust langsam nachließ, Erleichterung, dass sie es noch rechtzeitig geschafft hatten, bevor ihre Bluse nass wurde, und Erleichterung, dass sie hinter dem Paravent sicher war vor vorwurfsvollen Blicken.

Auf der anderen Seite des Paravents spielte der Kassettenrekorder ein klimperndes Schlaflied, das Diane mitsummte und dabei Meghan beim Stillen ein ganz klein wenig wiegte. Das laute Glucksen beim Schlucken ließ langsam nach, bis nur noch schwache Sauggeräusche zu hören waren, und schließlich sackte Meghan schlaff gegen Dianes Arm, das niedliche Mündchen völlig entspannt, die bläulich geäderten Lider geschlossen. Diane legte sich das Baby auf den Schoß, knöpfte ihre Bluse wieder zu, nahm ihre schlafende Tochter auf den Arm und kam aus ihrem Versteck hervor.

Die beiden Mitarbeiterinnen saßen an den Seiten einer auf dem Boden ausgebreiteten Decke, auf der zwei Babys lagen. Das eine lag auf dem Rücken und kaute auf einer Rassel herum, das andere auf dem Bauch und schlug mit einer Hand immer wieder auf einen durchsichtigen Plexiglasball mit einer kleinen gelben Ente darin. Diane konnte nicht widerstehen, kurz stehen zu bleiben, die beiden Babys anzuschauen und sich auszumalen, wie Meghan schon in ein paar Monaten aussehen und spielen würde. Als sie wieder aufblickte, merkte sie, dass die beiden Mitarbeiterinnen sie anstarrten.

Ohne Vorwarnung wurde sie von heftiger Abwehr gepackt und schnauzte: „Was?"

Die Frauen bekamen ganz große Augen. „Möchten Sie es hierlassen?", fragte die eine und deutete auf das Bündel in der Decke. „Ihr Baby?"

Diane wiegte das Baby im Stehen weiter – auch eine neue Gewohnheit, mit der sie nicht gerechnet hatte. „Nein, sie schläft jetzt. Ich behalte sie bei mir."

Die Frauen nickten beide, und dann beugte sich die Ältere der beiden ein bisschen zu ihr hin und sagte: „Dann haben Sie sich also entschieden, sie zu behalten?"

Einen Moment lang kniff Diane irritiert die Augen zu. Hatte sie nicht gerade gesagt, dass sie Meghan bei sich behalten würde? Aber dann dämmerte ihr, was die Frau gemeint hatte, und sie wurde tiefrot. „Natürlich habe ich das. Sie gehört doch zu mir."

„Es gibt so viele Ehepaare, die keine Kinder bekommen können und gerne eins adoptieren würden", sagte die Frau daraufhin, und ihre

Augen funkelten dabei so empört, dass Diane instinktiv zurückwich. „Ich finde, das Selbstloseste wäre es, wenn Sie Ihr Baby so einer Familie geben würden."

Diane schaute auf Meghans süßes kleines Gesichtchen hinunter, und die inzwischen schon vertraute Welle von Beschützerinstinkt und einer so innigen Liebe, wie sie sie noch nie erlebt hatte, erfasste sie. Wie hätte sie jemals ihr Baby weggeben können?

„Wie wollen Sie denn eigentlich für Sie sorgen?", fragte die Frau jetzt.

„Georgia … jetzt hör aber auf", mischte sich jetzt die jüngere der beiden Frauen in leicht tadelndem Ton ein.

Doch die Ältere machte nur eine wegwerfende Handbewegung, als wäre die Bemerkung der anderen nicht der Rede wert. „Du brauchst mich gar nicht zu beschwichtigen, Lynda. Ich sage nur, was alle hier in der Gemeinde denken. Sie ist doch selbst fast noch ein Kind. Das Baby hätte wirklich etwas Besseres verdient."

Diane zitterte jetzt am ganzen Körper, und weil ihr die Tränen kamen, sah sie alles nur noch verschwommen. Sie musste ein Aufschluchzen unterdrücken, aber dann schob sie das Kinn vor und entgegnete: „Ja, sie hat wirklich etwas Besseres verdient, als Ihren Vorurteilen ausgesetzt zu sein, so viel steht fest. In diese Kinderbetreuung werde ich sie jedenfalls nie geben." Und damit ging sie zur Tür und dann hinaus auf den Gang, um von dort aus auf schnellstem Weg zum Ausgang zu gelangen. Sie hatte schon die Hand auf der Klinke, aber dann hielt sie noch einmal inne. Sie war wütender über sich selbst als über die unangenehme Frau namens Georgia.

Sollte sie wirklich gehen? Sie war mit ihrer Mutter hergefahren, würde also zu Fuß nach Hause gehen müssen. Das waren zwar nur anderthalb Kilometer, aber doch eine ziemliche Strecke, wenn man ein Baby und eine gut gefüllte Wickeltasche zu tragen hatte. Noch wichtiger war aber der Gedanke, dass sie dieser Frau und jeder anderen, die sich missbilligend abgewandt hatten, nicht die Genugtuung gönnte, davongelaufen zu sein.

Deshalb machte sie schließlich kehrt und ging zurück ins Foyer, vorbei an den Übertragungsbildschirmen zum Eingang des Gottesdienstraumes. Als sie den Raum betrat, drehten sich ein paar Leute kurz um, richteten ihre Aufmerksamkeit dann aber sofort wieder nach vorn. Sie setzte sich wieder neben Mutter, die sich zu ihr hin beugte und fragte: „Geht es ihr gut?"

Diane nickte. Dem Baby ging es ja wirklich gut. Dem Baby ging es sogar hervorragend. Meghan D'Ann DeFord war ein unschuldiges, kostbares Leben, und diese scheinheiligen Wichtigtuerinnen würden sich daran gewöhnen müssen, dass sie sich in ihrer selbstgerechten Gegenwart aufhielt. Diane würde sich nämlich auf keinen Fall von ihnen vergraulen lassen.

Gegenwart
Kendrickson, Nevada

Diane wies mit dem Finger auf ihre Tochter. „Aber glaube ja nicht, dass ich nicht in die Kirche gehe, weil ich Angst habe oder mich schäme oder sonst etwas. Ich will nur nicht meine Zeit mit einem Haufen Heuchler verschwenden."

Meghan hob die Hände, als würde sie sich ergeben, und lachte kurz auf. „Okay, okay, ist ja schon gut. Tut mir leid, dass ich gefragt habe."

In dem Moment kam Mutter um die Ecke. Sie hatte sich umgezogen und trug jetzt nicht mehr den rosa Hosenanzug, sondern grasgrüne Siebenachtelhosen, eine gelb, grün und weiß karierte Bluse und gelbe Ballerinas – immer noch ziemlich schick, aber schon sehr viel legerer als der elegante Hosenanzug. Sie blieb stehen und musterte Diane von oben bis unten, was bei dieser wieder eine Welle unangenehmer Erinnerungen hervorrief.

„Wie lange brauchst du, um dich anzuziehen?"

Diane breitete ihre Arme aus. „Ich bin angezogen, und zwar ziemlich bequem, wie ich hinzufügen möchte."

„Ich meinte Kleidung, mit der man sich in der Öffentlichkeit sehen lassen kann."

Daraufhin sah Diane sie mit leicht zusammengekniffenen Augen misstrauisch an und fragte: „Wozu denn?"

„Weil ich Meghan und dich zu einem Brunch einladen möchte." Sie hob die Schultern und schien plötzlich verlegen. „Na ja, jedenfalls ist es als Brunch angekündigt. Allerdings geht es von neun Uhr morgens bis zwei Uhr nachmittags. Für mich klingt das eher nach einem Lunch."

Meghan grinste kopfschüttelnd. „Und wo soll dieser Brunch-Lunch stattfinden?"

„In einem der älteren Casinos am Stadtrand von Vegas in der Nähe der Autobahn."

Diane blieb der Mund offen stehen. „Du willst mit uns in ein Casino gehen?"

Mutter warf einen missbilligenden Blick in Dianes Richtung. „Habe ich gesagt, dass ich euch zum Glücksspiel einlade? Natürlich nicht. Aber ihr wisst doch auch, dass manche der besten Restaurants der Stadt sich in Casinos befinden. Ich bin schon ein paarmal dort zum Brunch gewesen. Und mir ist eingefallen, dass sie auch vegane Speisen auf der Karte haben, sodass auch etwas für dich dabei wäre." Sie stemmte die Hände in die Hüften. „Also möchtest du nun mitkommen oder nicht?"

Meghans Schultern bebten, und sie biss sich auf die Unterlippe, um nicht laut loszuprusten. Diane wusste genau warum. Auch sie konnte sich einfach nicht vorstellen, wie ihre konservative, fromme, perfekte

Mutter ein Casino betrat. Was die feinen Leute aus der Gemeinde dazu wohl sagen würden? Sie musste sich räuspern, um nicht laut loszulachen. „Doch, ich glaube, das sollten wir uns mal anschauen." Dann grinste sie. „Hast du deshalb so ein legeres Outfit an – damit niemand auf die Idee kommt, du könntest heute Vormittag vielleicht in der Kirche gewesen sein?"

Ihre Mutter schürzte die Lippen. „Als ob ich solche Heimlichtuerei nötig hätte. Also ehrlich, Kind …" Sie legte den Kopf ein wenig schräg und zog die Augenbrauen hoch. „Kommst du jetzt mit oder nicht?"

„Habe ich noch Zeit zum Duschen?"

„Ich denke, schon. Das Büfett ist wie gesagt bis vierzehn Uhr geöffnet, aber ich würde gern so bald wie möglich essen. Also lass dir bitte nicht allzu viel Zeit."

Diane schlug scherzhaft die Hacken zusammen, salutierte und marschierte ins Gästezimmer. Alle vier Dackel jagten hinterher, sodass sie sie lieber in ihre Boxen sperrte. Ginger, Duchess und Miney ließen sich nieder und schliefen, aber Molly winselte und kratzte an der Drahttür. „Hör auf damit", sagte Diane, aber Molly beschwerte sich die ganze Zeit, während Diane duschte und sich anzog, lautstark weiter.

Mittlerweile saß Diane am Fußende des Bettes und drehte ihr feuchtes Haar zu einem Dutt. Finster schaute sie zu ihrer Dackelhündin hinüber. „Was ist dein Problem, Molly? Es tut dir kein bisschen weh, in der Box zu sein. Wieso kannst du nicht so pflegeleicht sein wie die anderen?"

In dem Moment, als ihr bewusst wurde, was sie da gesagt hatte, hielt sie abrupt in ihrer Bewegung inne. Ob Mutter … und Meghan … ihr gegenüber auch so empfanden? Sie schüttelte ein wenig den Kopf und fixierte den Dutt mit einem Haargummi. Ihre Situation war doch eine völlig andere als die des verrückten Hundes. Sie hatte nämlich tatsächlich gute Gründe für ihren Groll.

Sie stand auf und klopfte noch einmal leicht auf die Transportbox.

„Benimm dich. Ich bin ja bald wieder da und dann darfst du wieder heraus.“ Noch einmal packte sie ein nagendes Unbehagen, aber sie schob das Gefühl beiseite, schlenderte ins Wohnzimmer und verkündete: „Ich bin so weit.“

Mutter stand aus ihrem Sessel auf und reichte Meghan, die auf dem Polsterhocker saß, die Hand. Seit ihrer Ankunft war der Hocker eine Art gepolsterter Thron für sie. Meghan sortierte ihre Krücken, grinste Diane einmal breit an und sagte: „Solange Großmama mit uns im Wagen eingesperrt ist, müssen wir sie bearbeiten, Mama.“

Diane schwang sich ihre Handtasche über die Schulter: „In Bezug auf was?“

Mutter schnalzte nur wegwerfend mit der Zunge und ging in die Küche: „Meghan hat da so eine Idee, dass ich zu meinem achtzigsten Geburtstag eine Party veranstalten soll, und ich habe ihr gesagt, dass ich für Partys zu alt bin.“

Diane folgte Meghan und ihrer Mutter nach draußen. Die Vorstellung, eine Party organisieren zu müssen, behagte ihr zwar gar nicht, aber sie wollte sich trotzdem auf Meghans Seite schlagen – schon aus Prinzip. „Für Partys ist man nie zu alt, Mutter. Kannst du dir nicht vorstellen, dass Meghan sich schlecht fühlt, wenn du es ihr abschlägst?“

Meghan nickte. „Ja, genau. Du willst doch nicht, dass ich mich schlecht fühle, oder? Und jetzt, wo ich ein paar von deinen Freunden aus der Gemeinde kennengelernt habe, bin ich sicher, dass viele Leute kommen würden. Wir könnten doch deine Gebetsgruppe einladen und den Buchclub und vielleicht sogar …“

Mutter drehte sich um und hob beide Hände. „Lass mal gut sein. Ich habe keine Geburtstagsparty mehr gefeiert, seit ich neun Jahre alt war, und ich sehe keinen Sinn darin, jetzt wieder damit anzufangen.“ Sie legte einen Arm um Meghans Taille und reichte Diane die andere Hand. „Dass ihr beide zu meinem Geburtstag da seid und mir ein Erinnerungsalbum gestaltet, ist Party genug.“ Eine Spur von irgendetwas, das Diane nicht genau deuten konnte – war es Panik oder Angst? –, blitzte in Mutters Blick auf. „Lassen wir es dabei, ja?“

Kapitel 16

Hazel

Meghan warf ihrer Mutter einen fragenden Blick zu und seufzte. „Also gut, Großmama.“ Dann zog etwas Spitzbübisches über ihr Gesicht und sie fuhr fort: „Fürs Erste.“

Hazel zwang sich zu einem Lachen und musste ihre ganze Willenskraft aufbieten, um die Welle von Traurigkeit zu verscheuchen, die sie zu überwältigen drohte. „Nein, endgültig, junge Dame. Das ist mein Ernst. Keine Party.“ Ihre Worte kamen barscher heraus, als sie beabsichtigt hatte, und deshalb setzte sie jetzt ein Lächeln auf, in der Hoffnung, dass es den Kommandoton etwas abschwächte, und griff nach dem Türknauf. „Lasst uns jetzt erst mal den Brunch genießen, ja?“

Meghan stieg hinten ein und Margaret Diane setzte sich für die Fahrt zum River Edge Casino auf den Beifahrersitz.

Hazel entschied sich für eine längere Strecke, damit sie nicht auf den vielspurigen Highway geriet und dann von dort wieder abfahren musste. Obwohl sie jetzt schon so viele Jahre in Las Vegas lebte, ging ihr Blutdruck immer noch rasant in die Höhe, wenn sie auf einem lebhaft befahrenen Highway unterwegs war. Die Leute fuhren, als wären sie nicht recht bei Trost, und häufiger, als sie gern zugab, wurde sie angehupt oder mit unangemessenen Gesten bedacht, weil sie sich an die Geschwindigkeitsbegrenzung hielt.

Margaret Diane und Meghan zeigten immer wieder nach draußen und kommentierten die Veränderungen seit ihrem letzten Besuch, die sie entdeckten. In den vergangenen Jahren waren Wohngebiete und Geschäfte wie Pilze aus dem Boden geschossen, ein Beweis, dass die Stadt die gravierende Wirtschaftsrezession des letzten Jahrzehnts überwunden hatte. Die Stadt breitete sich wieder in die Wüste hinein aus und trotzdem war sie übervölkert. Die Anzeichen von Wohlstand und Fortschritt standen im krassen Gegensatz zu den vielen Obdachlosen, die an praktisch jeder Kreuzung kampierten. Ein bärtiger Kerl in einer verdreckten Arbeitslatzhose hielt ein Schild in der Hand, mit dem er um ein Almosen bat.

Hazel hielt an einer roten Ampel und kurbelte das Fenster herunter. Zwei verwahrloste Gestalten kamen zum Wagen geschlendert, und sie gab ihnen jeweils eines der Pakete, die in ihrer Gebetsgruppe gepackt wurden. Die beiden bedankten sich und sie sagte: „Gott segne Sie", woraufhin ihr einer der beiden dasselbe wünschte. Dann sprang die Ampel auf Grün, sie kurbelte das Fenster wieder hoch und fuhr los.

Meghan tippte Hazel auf die Schulter. „Was hast du denen denn da gerade gegeben, Großmama?"

„Ach, nichts Besonderes – nur das, was man so braucht, wie Seife, Zahnpasta und Deo, Gutscheine für Fastfood-Restaurants, ein Paket Nüsse, Cracker, Rosinen, ein Paar Socken, einen Kamm …" Hazel wechselte die Spur – sie hatte schon öfter die Ausfahrt zum Casino verpasst. „Sachen, die in einen großen Gefrierbeutel passen und die jemand, der kein Zuhause hat, gut gebrauchen kann. Außerdem ist noch ein Bibeltraktat darin und eine Broschüre mit Adressen von Organisationen, an die man sich wenden kann, wenn man Hilfe braucht, um wieder zu einem sesshaften Leben zurückzukehren."

„Das ist wirklich nett von euch", bemerkte Meghan.

„Nett?" Margaret Diane schaute erst Meghan und dann Hazel finster an. „Machst du das oft?"

„Nur wenn ich anhalten muss." Hazel seufzte. „Ein Einzelner kann die Armut sicher nicht beheben, aber ich hoffe, die Pakete geben ihnen das Gefühl, dass sich jemand für sie interessiert und an sie denkt."

Margaret Diane schlug sich mit der flachen Hand gegen die Stirn. „Um Himmels willen, Mutter! Eines Tages hält dir einer von denen eine Waffe vor die Nase und verlangt deinen Wagen. Was machst du denn dann?"

„Wahrscheinlich ihm den Wagen überlassen."

„Bist du verrückt?"

Hazel runzelte die Stirn. „Natürlich nicht. Ein Auto ist es doch nicht wert, dafür sein Leben aufs Spiel zu setzen."

„Aber …"

„Jetzt lass Großmama doch in Ruhe, Mama. Sie tut doch nur etwas Gutes."

Daraufhin verschränkte Margaret Diane die Arme vor der Brust und starrte wütend nach vorn auf die Straße.

Hazel setzte jetzt den Blinker und bog in die Zufahrtsstraße zum Casino ab. „Wenn es dich beruhigt, ich verteile jetzt schon seit über vier Jahren solche Pakete …"

Ihre Tochter bekam den Mund nicht wieder zu. „Seit vier Jahren?"

„… und bisher ist noch nichts Schlimmeres passiert, als dass sie mir das Päckchen zurückgegeben haben, weil kein Geld drin war. Ich habe mich jedenfalls noch nie bedroht gefühlt."

Margaret Diane starrte sie nur an. „Das ist doch nicht dein Ernst, oder? Du machst das Autofenster auf und verschenkst eine Tüte mit Toilettenartikeln und Knabbereien an einen völlig fremden Menschen, und ich durfte früher, wenn Halloween war, nicht mal in der unmittelbaren Nachbarschaft bei „Süßes, sonst gibt's Saures" mitmachen, weil mir vielleicht irgendwas hätte passieren können. Kannst du mir das erklären?"

Hazel fuhr gerade ins Parkhaus und der Wechsel vom grellen

Sonnenlicht zum Dämmerlicht im Parkhaus erschwerte ihr die Sicht. Sie bremste deshalb noch weiter ab, sodass der Wagen kaum noch Schritttempo fuhr. Gleichzeitig suchte sie nach einem freien Parkplatz auf der untersten Ebene, damit Meghan mit ihren Krücken nicht so weit zu gehen brauchte.

„Ich habe dich etwas gefragt, Mutter."

Hazel seufzte. Du liebe Güte, wie konnte ihre Tochter doch schnippisch sein. „Das habe ich gehört, aber ich muss mich jetzt aufs Fahren konzentrieren. In Parkhäusern kann ich meist nicht so gut sehen, sie sind so düster."

Margaret Diane schnaubte nur leise und verschränkte wieder die Arme. Mit düsterer Miene hielt sie nach beiden Seiten Ausschau nach einem freien Parkplatz. Dann wies sie nach draußen und sagte. „Da links ist einer."

Hazel fuhr in die Lücke und machte den Motor aus. Sie musste blinzeln, um die Nummer des Parkplatzes zu erkennen und den Buchstaben, mit dem die Ebene gekennzeichnet war. „Ebene A, Platz 124. Können wir uns das merken oder soll ich es lieber notieren?"

„Sich A zu merken, ist doch ganz einfach. Was die 124 betrifft: Großmama ist die *eine* Person, die in der Nähe von Vegas lebt, Mama und ich sind die *zwei*, die zu Besuch sind, und die *vier* Hunde sind die zusätzlichen Gäste, die Großmama nicht erwartet hat – eins, zwei, vier. Das merk ich mir", sagte Meghan schmunzelnd.

Hazel lachte über Meghans Einfallsreichtum, aber Margaret Dianes säuerliche Miene änderte sich nicht. Hazel legte eine Hand auf den Arm ihrer Tochter. „Wenn es dich so beunruhigt, dann verteile ich ab jetzt eben nur noch dann Pakete, wenn ich nicht allein im Wagen bin."

„Und wie oft kommt das vor?"

„Ich nehme häufig Freunde mit zur Bibelstunde, zu ‚Lit und Latte' oder in den Supermarkt zum Einkaufen. Ich würde sagen, bei etwa jeder zweiten Fahrt sitze ich nicht allein im Wagen, sondern habe ein bis zwei Mitfahrer dabei", antwortete sie und drückte Margaret Dianes Arm. „Aber ich weiß es zu schätzen, dass du um mich besorgt bist."

Ganz kurz hatte Diane einen seltsamen Gesichtsausdruck, aber dann schnaubte sie auch schon wieder. „Also mal ehrlich, wenn deine Mitfahrer alle Senioren sind wie du, dann machen einer oder zwei mehr von euch einem Dieb auch nichts aus. Drei zierliche alte Damen sind kaum bedrohlicher als eine allein."

„Dann zieh bitte Folgendes mit in Betracht", sagte Hazel jetzt, öffnete ihre Handtasche, die auf der Mittelkonsole lag, und zeigte auf ihre Glock-9mm-Handfeuerwaffe.

Margaret Diane schreckte zurück, als hätte Hazel die Waffe auf sie gerichtet. „Was … du …"

Meghan brach in schallendes Lachen aus. „Whoa, Großmama, du hast tatsächlich eine Waffe dabei?"

Hazel sah die beiden finster an. „Du bist unnötig ängstlich, Margaret Diane. Die Waffe geht schließlich erst los, wenn ich abdrücke. Und Meghan, eine Waffe zu besitzen, ist eine ernsthafte Angelegenheit, also spar dir bitte deine Erheiterung."

Dann wartete sie ab, bis Meghan ihr albernes Grinsen abgestellt und Margaret Diane den Mund wieder zugemacht hatte. „Ich habe zusammen mit einigen ebenfalls alleinstehenden Freundinnen einen Kurs absolviert und die Berechtigung erworben, eine verdeckte Waffe zu tragen. Und ich habe sie immer dabei – für alle Fälle."

Meghan streckte die Hand aus: „Kann ich mal sehen?"

„Ich gehe mal davon aus, du kennst dich so gut mit Waffen aus, dass ich keine Angst zu haben brauche." Vorsichtig nahm Hazel die Waffe aus ihrer Handtasche und legte sie Meghan mit dem Griff zuerst in die Hand. Dann wandte sie ihre Aufmerksamkeit wieder ihrer Tochter zu. „Ich bin mit Waffen groß geworden. Als ich acht war, hat mir mein Vater beigebracht, mit einem Gewehr zu schießen, und bevor du geboren wurdest, waren dein Vater und ich oft auf einem Schießplatz. Er war streng dagegen, eine Waffe im Haus zu haben, solange du klein warst, und ich habe das respektiert. Aber nach seinem Tod habe ich mir dann eine Handfeuerwaffe gekauft – ganz legal, das versichere ich dir – zu unserem Schutz. Du kannst also aufhören, dir Sorgen zu machen, dass ich eine tattrige alte Närrin bin, die leicht in Panik gerät."

Meghan ließ den Lauf der Waffe nach unten baumeln und gab sie Hazel zurück. „Ich habe dich noch nie für eine tattrige alte Närrin gehalten, Großmama. Wenn man in einer Großstadt wie dieser lebt, kann ich gut verstehen, dass man bewaffnet ist, nur für alle Fälle."

Margaret Diane schüttelte den Kopf. „Also ich versteh's nicht. Du bist ein einziger riesiger Widerspruch."

„Was soll das denn heißen?", fragte Hazel stirnrunzelnd.

Diane stieß ein zynisches Lachen aus. „Einerseits hast du immer lautstark gepredigt, ‚Gott beschützt uns', aber andererseits hast du mich früher nie, auch nicht einen Moment, aus den Augen gelassen. Und jetzt … das." Sie deutete mit beiden Händen auf die Pistole, die auf der Konsole zwischen den Vordersitzen lag. „Wie passt das zusammen?"

Hazel wusste nicht so genau, was sie darauf antworten sollte. Vertraute sie Gott … oder etwa doch nicht? Maggie war verschwunden. Ihr Vater hatte sich durch Alkohol zugrunde gerichtet. Ihr Mann war bei einem Unfall ums Leben gekommen. Hatte Gott bei all diesen Gelegenheiten gerade mal weggeschaut oder hatte er all diese Ereignisse zugelassen? Sie empfand jetzt wieder dieselbe Verwirrung, die sie schon als kleines Kind gequält hatte, und dann wieder, als sie als trauernde Witwe allein ein Kind großziehen musste.

Sie schüttelte ganz langsam den Kopf. „Ich … weiß es nicht. Ich weiß nur, dass ich mich ein bisschen sicherer fühle, wenn ich sie zur Hand habe. Nur für alle Fälle."

Meghans warme Hand legte sich von hinten auf ihre Schulter. „Du tust ja nichts Illegales, Großmama, und wenn du dich mit einer Waffe sicherer fühlst, dann solltest du sie auch behalten. Du weißt ja offenbar, wie man verantwortungsvoll damit umgeht. Also lass dich nicht von Mamas Sorge irritieren."

Margaret Diane warf ihrer Tochter einen finsteren Blick zu. „Es ist weniger Sorge als Ärger, Meghan. Diese Frau scheint sich nicht entscheiden zu können, was sie glaubt. Und dann fragt sie sich, wieso ich so verkorkst bin."

Vor Hazels Augen verschwamm jetzt alles. *Lieber Gott, sie hat recht, oder? Habe ich sie auf den falschen Weg gebracht?*

Februar 1982
Little Rock, Arkansas

„Warum kann ich denn nicht allein gehen? Die Mütter von meinen Freundinnen kommen auch nicht mit. Das ist so peinlich!"

Hazel bauschte die Rüsche am Ausschnitt von Margaret Dianes stahlgrauem Kleid auf, trat dann einen Schritt zurück und ließ ihren Blick von den Puffärmeln bis zu dem dreißig Zentimeter breiten Volant am Saum wandern. Das eng anliegende Oberteil des Kleides betonte die schlanke Figur ihrer Tochter, und das auffällige Blau ließ ihr Haar noch mehr glänzen. Sie war im vergangenen Jahr groß und gertenschlank geworden und konnte ihrer Mutter in die Augen sehen. Was für ein schönes Mädchen!

Hazel schluckte einen Kloß im Hals weg, der teils von Stolz, teils von Angst rührte. „Die Schule will vier erwachsene Aufsichtspersonen dabei haben. Und vielleicht hatten sich ja schon genügend andere gemeldet, bevor die Mütter deiner Freundinnen sich melden konnten."

Margaret Diane stolzierte zum anderen Ende des Raumes, sodass sie sich außerhalb von Hazels Reichweite befand. „Die Mütter meiner Freundinnen bieten sich für so was erst gar nicht an, weil sie verstehen, dass Jugendliche ab und zu auch mal ein bisschen Freiraum brauchen – ohne die neugierigen Blicke ihrer Eltern. Es ist schon schlimm genug, dass mein Begleiter mich nicht zu Hause abholen darf. Außer mir trifft sich niemand erst bei der Veranstaltung mit seinem Partner. Alle werden zu Hause abgeholt, nur ich nicht. Ich muss mit meiner Mutter dort auflaufen. Da kann ich auch gleich zu Hause bleiben."

Hazel wurde zornig. „Jetzt werde aber mal nicht albern. Natürlich gehst du hin." Nachdem sie ihrer Tochter ein Kleid gekauft hatte und mit ihr beim Friseur gewesen war, um ihr das Haar zu einer geflochtenen Krone frisieren und mit Schleierkraut dekorieren zu lassen, und nachdem sie ihr sogar ihre erste Maniküre erlaubt hatte, würde Margaret Diane auf jeden Fall zu dieser Tanzveranstaltung gehen, und wenn Hazel sie persönlich dort hinzerren musste.

Margaret Diane verdrehte die Augen. „Wenn ich nicht gehe, dann denkt Bobby bestimmt, dass ich ihn versetzt habe, und das kann ich unmöglich machen, aber ich wünschte, du würdest zu Hause bleiben. Könntest du mich nicht ein einziges Mal allein irgendwo hingehen lassen? Ich bin doch kein Baby mehr. Ich bin sechzehn! Ich brauche dich nicht ständig in meiner Nähe."

Die Worte trafen Hazel wie Messerstiche. Natürlich brauchte Margaret Diane ihre Mutter in der Nähe. Wenn sie dabei war, konnte sie ihre Tochter auf jeden Fall vor unerwünschten und unpassenden Annäherungsversuchen des jungen Mannes beschützen, der sie begleitete, und dafür sorgen, dass sie auch von sonst niemandem behelligt wurde – einem Lehrer, einem anderen Schüler oder gar von Vätern von Mitschülern. Sie waren längst nicht alle vertrauenswürdig. In der Zeitung standen doch immer wieder Geschichten von Kindern, die verletzt, entführt und getötet worden waren – manche von Menschen aus ihrem unmittelbaren Umfeld, denen sie vertraut hatten. Sie konnte es auf keinen Fall riskieren, dass ihrer geliebten Margaret Diane so etwas zustieß.

„Wenn ich dabei bin, dann bist du …“

„Dann bin ich sicher, ich weiß, Mutter. Du sagst mir ständig, dass du für meine Sicherheit sorgst, aber wenn du selbst für meine Sicherheit sorgen musst, wieso schleppst du mich dann ständig mit zur Kirche?“

Irritiert zuckte Hazel zurück, und Margaret Diane nickte mit einem selbstgefälligen Grinsen, als hätte sie gerade einen wichtigen Streit für sich entschieden. „Du zwingst mich jeden Sonntag, dort zu sitzen und mir Predigten darüber anzuhören, dass Gott Liebe ist und dass Gott mein Vater ist und dass Gott für seine Kinder sorgt. Du behauptest, dass du das alles glaubst, aber wenn das wirklich so wäre, dann würdest du mich einfach mit Bobby zu dem Tanz gehen lassen und darauf vertrauen, dass Gott mich beschützt, statt zu glauben, dass du das selbst tun musst. Damit zeigst du doch im Grunde, dass du ihm eben nicht vertraust. Kein bisschen.“

Hazel schloss kurz die Augen und sortierte ihre wirren Gedanken. „Natürlich vertraue ich Gott … wirklich! Aber den Menschen traue ich nicht.“

„Auch mir nicht?“

Hazel stürzte durch den Raum und packte ihre Tochter am Arm. „Doch, natürlich traue ich dir.“

„Dann lass mich allein gehen. Beweise, dass du mir vertraust.“

Wie von selbst wurde Hazels Griff noch fester.

Margaret Diane entwand sich ihr und rückte wieder von ihr ab, durchbohrte ihre Mutter aber aus der Ferne mit finsteren Blicken. „Du lügst, Mutter. Du traust mir kein bisschen. Und du kannst sagen, was du willst, aber Gott vertraust du auch nicht.“

Gegenwart
Las Vegas, Nevada

„Du hast recht." Hazel senkte den Kopf. „Es fällt mir wirklich nicht leicht zu vertrauen. Wahrscheinlich ist mir das Vertrauen an dem Tag abhandengekommen, als ich meine kleine Schwester im Wald verloren habe." Und in dem Moment dämmerte ihr etwas, auch wenn es sich ihr wie eine schwere Last auf die Brust legte. Sie holte einmal zittrig Luft und stieß sie heftig wieder aus. „Wo sie wohl all diese Jahre gewesen ist? Ist sie vom Fluss mitgerissen worden, wie der Pfarrer immer gesagt hat? Ist sie in einen stillgelegten Brunnen gefallen? Ist sie im Himmel? Oder haben sie doch die Zigeuner mitgenommen? Und wenn ja, ist sie dann noch am Leben? Ist sie in Sicherheit und es geht ihr gut? Wenn ich es nur wüsste, dann könnte ich vielleicht …"

Mit einem Ruck hob sie wieder den Kopf und sah, dass sowohl Meghan als auch Margaret Diane sie anstarrten. Sie gab ein verlegenes Geräusch von sich, das halb Schluchzer, halb Lachen war. „Und jetzt sitze ich hier und schwätze wie eben die tattrige alte Närrin, die zu sein ich vehement bestreite." Sie zwang sich zu einem unsicheren Lächeln und öffnete die Fahrertür. „Aber jetzt kommt erst mal unser Brunch-Lunch, ja?"

Meghan rutschte ein Stückchen vor und legte ihrer Großmutter beide Hände auf die Schultern, damit sie noch sitzen blieb. „Warte noch mal, Großmama. Ich möchte dich etwas fragen."

Hazel versteifte sich, ihre Kopfhaut kribbelte vor misstrauischer Anspannung. „Was denn?"

„Du hast gesagt, dass du keine Party möchtest, dass das Erinnerungsalbum als Geschenk zu deinem achtzigsten Geburtstag genügt. Aber ich frage mich, ob es da nicht vielleicht noch etwas … vielleicht könnte ich …" Meghan zog die Stirn in Falten. „Ich kann nur nicht versprechen, dass es wirklich passiert."

Margaret Diane schnaubte wieder. „Jetzt hör endlich auf, um den heißen Brei herumzureden und spuck's aus."

Meghan stieß den Atem aus, der an Hazels Ohr vorbeizischte und einen Hauch von Kaugummiduft mit sich trug. „Was, wenn ich versuchen würde, herauszufinden, was mit Maggie passiert ist?"

Kapitel 17

Meghan

Großmama drehte sich so abrupt um, dass die Knochen in ihrem Hals – oder vielleicht war es auch der Rücken – knackten. Sie starrte Meghan mit offenem Mund ungläubig an. „Das könntest du tun?"

Meghan wand sich innerlich. Jetzt hatte sie Großmama Hoffnungen gemacht. „Ich könnte es jedenfalls versuchen. Schließlich bin ich Ermittlerin für ungelöste Fälle. Und da ich jetzt ein paar Wochen lang nicht zu arbeiten brauche, könnte ich mich ja mit diesem ungelösten Fall befassen. Ich sage dir allerdings auch gleich, dass die Aussicht auf Erfolg gering ist." Dabei massierte sie Großmamas Schultern und hoffte, dass das angesichts ihrer brutalen Ehrlichkeit beruhigend wirkte. „Sie ist seit siebzig Jahren verschwunden, und viele Menschen, die damals gelebt und sie gekannt haben, sind wahrscheinlich inzwischen gestorben. Und die, die noch am Leben sind, erinnern sich vielleicht an nichts Brauchbares mehr. Aber wenn du willst, versuche ich es."

War dieses Angebot zu voreilig? Der Verlust ihrer Schwester schmerzte Großmama offensichtlich immer noch sehr, und die Frage war, ob sie mit der Enttäuschung fertigwerden würde, wenn Meghans Suche erfolglos blieb.

Mama drehte sich zu Meghan um und fixierte sie mit einem

düsteren Blick. „Wie viele siebzig Jahre alte Fälle hast du denn bisher schon gelöst?"

Meghan wünschte, Mama hätte diese Frage nicht in Anwesenheit von Großmama gestellt. Sie hasste es, antworten zu müssen, aber Großmama hatte auch ein Recht darauf, die Wahrheit zu erfahren. „Ich persönlich? Keinen. Aber die Forensik macht jeden Tag Fortschritte, und die Leute aus meiner Abteilung haben schon dreißig, vierzig und fünfzig Jahre alte Fälle gelöst."

„Wahrscheinlich solche, bei denen die Forensik die größte Rolle gespielt hat, nehme ich an."

Meghan hätte ihrer Mutter am liebsten den Mund zugehalten. Konnte sie nicht wenigstens für einen Tag zulassen, dass Großmama wieder Hoffnung schöpfte? „Ja", presste sie durch die zusammengebissenen Zähne.

Mama wandte sich wieder nach vorn um.

Meghan konzentrierte sich ganz auf Großmamas faltiges Gesicht und ihre feuchten Augen. „Wie gesagt, ich kann nichts versprechen, denn es liegt ja wirklich sehr lange zurück, aber wenn du willst, dass ich es versuche, dann werde ich ermitteln." Vielleicht konnte sie bei den Ermittlungen ja Sean mit einbeziehen. Er liebte Herausforderungen, und wenn ihr die Sache wichtig war, dann würde er sich bestimmt beteiligen. Bei diesem Gedanken wurde ihr innerlich ganz warm.

„Was meinst du, Großmama? Soll ich mal meine Fühler ausstrecken und versuchen herauszufinden, was damals 1943 mit Maggie passiert ist?"

Schweigend schaute Hazel ihre Enkelin eine ganze Weile an, und während Meghan gespannt die Luft anhielt, traf sie eine Entscheidung. Sie würde tun, was immer Großmama wollte, auch wenn ihre Antwort lautete, die ganze Sache lieber auf sich beruhen zu lassen. Deshalb zitterte sie jetzt beinah vor Spannung. Sie wollte selbst wissen, was vor all den Jahren mit Maggie passiert war, und wünschte sich Klarheit für Großmama, aber auch für Mama und sich selbst. Wenn Maggie noch am Leben war, dann hatte sie ja vielleicht Kinder und Enkel – das wären dann Großmamas Nichten und Neffen und Mamas und ihre Cousins und Cousinen. Sie wären dann wieder so etwas wie eine vollständige Familie. Bei diesem Gedanken wurde ihr fast schwindelig vor Hoffnung.

Langsam schmerzte Meghan der Brustkorb, weil sie schon eine ganze Weile die Luft anhielt. Sie atmete also mit Nachdruck aus und streckte die Hände aus. „Und? Was meinst du?"

Großmutter sackte ein wenig in sich zusammen, als ob sich ihre Wirbelsäule in ein Seil verwandelt hatte. „Ich finde, wir sollten jetzt erst mal unseren Brunch genießen, und wenn wir damit fertig sind, fahren wir nach Hause und schreiben alles auf, woran ich mich von dem Tag an, seit Maggie verschwunden ist, erinnern kann."

Kendrickson, Nevada

Meghan tippte mit der Radiergummiseite des Bleistifts auf jeden einzelnen der insgesamt acht Namen, die Großmama auf einen Notizblock geschrieben hatte. So wenige also nur. Sie schaute Großmama über den runden Tisch in der Frühstücksecke hinweg an. „Ist das alles?"

„Ich bin in einer sehr kleinen Stadt aufgewachsen, Liebes. Im Vergleich zu Cumpton ist Little Rock eine Metropole", antwortete Großmama schmunzelnd.

Und jetzt lebte sie in einem Vorort von Las Vegas, wo wahrscheinlich allein ihre Kirchengemeinde mehr Mitglieder hatte als Cumpton damals Einwohner. „Ich vergesse es immer wieder, Großmama, aber warum bist du nochmal nach Nevada gezogen?"

„Weil sie Panik bekommen hat, als ihr der Arzt sagte, dass sie Arthritis hätte", rief Mama aus dem Wohnzimmer.

Großmama schüttelte den Kopf und zwinkerte Meghan zu. „Das ist nur die halbe Wahrheit. 1990 habe ich vom Arzt die Diagnose ‚rheumatische Arthritis' bekommen. Er hat gesagt, das Fortschreiten der Krankheit ließe sich hinauszögern, wenn ich in ein trockenes, warmes Klima zöge, wo das ganze Jahr die Sonne scheint. Er hat ein paar Möglichkeiten aufgezählt, und ich habe mich für Nevada entschieden, weil ich da keine Angst vor Hurrikans zu haben brauchte und weil es hier so viele Möglichkeiten gibt, etwas zu unternehmen, wenn man Besuch bekommt."

„Hast du denn schon oft Besuch bekommen, seit du hier wohnst?"

Großmama lächelte, aber es war ein trauriges Lächeln. „Nein, nicht sehr oft. Aber seine Empfehlung hat sich als richtig erwiesen. Ich habe immer noch Gelenkschmerzen, und meine Fingerknöchel sind nicht mehr so zart wie früher, aber insgesamt geht es mir wirklich gut. Ich kann jedenfalls nicht klagen." Über den Tisch hinweg tippte sie auf den ersten Namen auf der Liste. „Die kannst du eigentlich von der Liste streichen. Ich habe sie aufgeschrieben, weil ich mich so gut an sie erinnere, aber Minnie Achards ist wahrscheinlich längst tot. Sie war schon damals alt."

Zögernd strich Meghan den Namen durch. Blieben also nur noch sieben. „Was meinst du, wen sollten wir zuerst ausfindig machen?"

„Vielleicht Bethie, die Tochter von den Spanns. Sie war in der Schule eine Klasse über mir und schon damals eine echte Macherin. Sie hat in den Pausen immer die gemeinsamen Spiele organisiert. Eigentlich wundert es mich, dass sie nie für das Präsidentenamt kandidiert hat. Wenn sie noch lebt, könnte es sein, dass sie sich an etwas Brauchbares erinnert."

Meghan umkringelte den Namen der Spanns. „Wer sonst noch?"

„Auf jeden Fall Nora Burtons Tochter Elaine. Die könnte noch leben und müsste jetzt …" Großmama legte die Stirn in Falten und rieb sich das Kinn. „Ach du liebe Güte, sie müsste jetzt auch schon dreiundachtzig oder vierundachtzig sein. Ihre Mutter war es jedenfalls, die damals ein, zwei Tage vor Maggies Verschwinden den Zigeunerwagen gesehen hat. Ich bin eigentlich sicher, dass Maggie nicht allein und von sich aus weggelaufen ist, denn ich habe ihr Haarband in meiner Schulterhöhe an einem Ast gefunden, und Maggie wäre zu klein gewesen, als dass ihr der Ast das Band hätte aus dem Haar reißen können."

Jetzt schlenderte Margaret Diane in den Raum. „Vielleicht hat es ja der Wind dorthin geweht."

Mit gerunzelter Stirn schaute Großmama sie an. „Ja, das könnte sein, aber …"

Dann wandte sie sich wieder Meghan zu, und die Unsicherheit wich dem Ernst. „Sie war ja noch so klein, und ich war gar nicht lange weg. Entweder ist sie in ein verstecktes Loch gefallen oder sie hat ein Versteck gefunden, das von all den Männern, die nach ihr gesucht haben, übersehen wurde. Oder jemand, der größer war und schneller laufen konnte, hat sie weggetragen. Nora Burton hat damals hartnäckig behauptet, dass sie bestimmt von Zigeunern mitgenommen worden sei, weil schon zweimal in unserer Gegend ein Kind verschwunden sei, nachdem dort kurz zuvor Zigeuner gesehen wurden."

„Zwei weitere Kinder?" fragte Meghan und ihr Puls ging plötzlich schneller. „Bist du sicher?"

„Also ich weiß es nicht mit absoluter Sicherheit, aber so habe ich es von ihr gehört. Vielleicht würde es sich ja lohnen, auch in diese Richtung zu erneuern."

Mama warf Großmama einen verwunderten Blick zu. „Meinst du, ‚zu ermitteln'?"

Großmama blinzelte zweimal. „Ja. Ja, vielleicht würde es sich lohnen, in die Richtung zu recherchieren. Findest du nicht auch, Meghan?"

„Auf jeden Fall", bestätigte Meghan und griff in ihre Tasche, um das Handy herauszuholen. „Ich würde gern meinen Kollegen anrufen, weil er Zugriff auf die Computer im Büro hat und ich zurzeit nicht. Es gibt Datenbanken mit den Namen von Tausenden von vermissten Personen, und er könnte nach den Namen der Kinder suchen, die in den 40er-Jahren in Benton County als vermisst gemeldet wurden. Vielleicht erinnern sich ja die Familien dieser Kinder an noch mehr, das uns weiterhelfen könnte. Hast du etwas dagegen, wenn ich Sean miteinbeziehe?"

Großmama zuckte mit den Achseln. „Wenn er helfen kann, habe ich nichts dagegen."

Mama öffnete den Kühlschrank, als Meghan Seans Nummer anklickte. „Bist du sicher, dass man ihn an einem Sonntag stören sollte? Du hast mal erwähnt, dass er gläubig ist, vielleicht ist er ja gerade in der Kirche."

Meghan zog eine Augenbraue hoch. „Um drei Uhr nachmittags?"

Mama zog eine Grimasse. „Ist der Sonntag nicht Ruhetag?"

Meghan zögerte, den Finger immer noch über der Tastatur. Sean war bestimmt längst aus der Kirche wieder zu Hause. In keiner Gemeinde, die sie kannte, ging der Gottesdienst bis drei Uhr nachmittags – und sie würde ihn ja auch gar nicht bitten, heute zu arbeiten. Er hatte sowieso erst morgen im Büro wieder Zugang zu einem Polizeicomputer. Trotzdem war sie unsicher geworden.

Sie sah Großmama an. „Du bist doch auch gläubig. Würde es dir etwas ausmachen, an einem Sonntag einen Anruf zu bekommen, der etwas mit deiner Arbeit zu tun hätte?"

Großmama schmunzelte. „Mich würde es nicht stören, aber du kennst diesen Sean besser als wir."

Aus einem Grund, den sie selbst nicht verstand, stieg Meghan plötzlich die Hitze ins Gesicht. Rasch senkte sie den Kopf ein wenig und tat so, als würde sie die Lautstärke des Handys verstellen.

„Wenn du glaubst, dass er lieber nicht gestört werden möchte, dann hat das doch sicher auch bis morgen Zeit."

Meghan kaute auf ihrer Lippe. Wenn sie bis morgen warteten, würde sie erst abends anrufen können, und sie hätten einen ganzen Tag verloren. Einen ganzen Tag, an dem sie auch weiter nach Informationen suchen könnte. Sie schüttelte den Kopf. „Ich rufe ihn jetzt an. Wenn er nicht gestört werden will, dann hat er sicher seine Mailbox eingeschaltet, und dann kann er die Nachricht ja abhören, wann er will."

Großmama lächelte und ihre Augen strahlten Wärme aus. „Du vertraust diesem Mann, nicht wahr?"

Meghan errötete noch tiefer. „Ja, das tue ich wirklich."

Mama kam mit einer Schale voller Erdbeeren und Blaubeeren an den Tisch und setzte sich. „Ich bin froh, dass Sean und du so eine gute Beziehung habt …"

„Aber eine reine Arbeitsbeziehung", platzte es aus Meghan heraus.

Um Mamas Mund zuckte es. „Eine Arbeitsbeziehung also, aber ist es dann fair, ihn mit dieser Geschichte zu belästigen? Er kennt Mutter doch gar nicht. Wieso sollte er seine Zeit dafür opfern, Informationen über ein Kind zu beschaffen, das höchstwahrscheinlich seit Jahrzehnten tot ist?" Dann schaute sie zu Großmama hinüber und fügte hinzu: „Nimm's nicht persönlich, Mutter."

Großmama wurde blass und wischte nicht vorhandene Krümel von der glänzenden Tischplatte. „Wahrscheinlich hast du recht, Margaret Diane, aber …" Sie stützte sich mit den Ellenbogen auf die Tischkante – „… was ist, wenn sie noch lebt? Was ist, wenn sie ihr ganzes Leben lang nicht erfahren hat, wer sie ist? Was ist, wenn sie Erinnerungen an ihre Familie hat und sich fragt, wieso wir nicht gekommen sind, um sie zu holen?"

Meghan zuckte zusammen, denn Großmama beschrieb gerade Gefühle, die sie selbst als Kind oft gehabt hatte. Sie hatte sich so oft gefragt, wer ihr Vater war, wieso er sie verlassen hatte und ob er wohl eines Tages vor ihrer Tür stehen würde. Solche verwirrenden Gefühle und diese Sehnsucht, die sich nie erfüllte, wünschte sie wirklich niemandem.

Mama nahm sich ein Schälchen voll Obst, kaute und schluckte. Dann zuckte sie mit den Achseln. Es war kein schnippisches Achselzucken, sondern ein „keine Ahnung"-Achselzucken. „Das sind ziemlich viele ‚Was, wenn', oder?"

Großmama nickte. „Ja, ich weiß, und glaub mir, ich weiß auch, dass die Wahrscheinlichkeit, sie zu finden, äußerst gering ist. Aber wenn es stimmen sollte, dass sie noch lebt, bin ich es ihr dann nicht schuldig, diese Fragen zu klären und das Ganze zu einem Abschluss zu bringen? Schließlich ist sie durch meinen Leichtsinn überhaupt erst verschwunden." Jetzt standen ihr Tränen in den Augen.

Meghan fuhr sich mit den Fingern durchs Haar und atmete einmal heftig aus. „Erstens, Großmama, warst du doch selbst noch ein kleines Mädchen. Du warst nicht leichtsinnig, sondern du warst einfach ein Kind. Ich habe im Zusammenhang mit meiner Arbeit schon viel echten Leichtsinn erlebt, und ich kenne den Unterschied. Und Mama ...", dabei sah sie ihre Mutter so streng an, wie sie es sich bisher noch nie getraut hatte. „Du bist ein echter Miesmacher, und damit muss jetzt Schluss sein."

Mama legte sich die Hand auf die Brust, als sei sie schockiert. „Wer? Ich?"

„Ja, du. All deine Einwände und dein negatives Gerede ... kannst du nicht *ein* Mal etwas Positives von dir geben?"

Mama sah gekränkt aus. „Ich versuche nur, realistisch zu bleiben, Meghan. Und irgendjemand muss das ja sein, weil ihr beide euch sonst in euren Fantasien verliert und darauf setzt, dass etwas extrem Unwahrscheinliches passiert. Was ihr offenbar vergesst, ist, dass ich meine ganze Kindheit unter einer Wolke aus Angst verbracht habe, weil ihr" – Mama wies mit dem Finger auf Großmama – „ein Kind verloren gegangen ist, auf das sie aufpassen sollte, und sie nicht mit der Schuld leben wollte, noch eines zu verlieren. Glaubt ihr wirklich, das kommt einfach alles in Ordnung, wenn Maggie gefunden wird?"

Würde es all die Verunsicherung beheben, die sie während ihrer gesamten Kindheit empfunden hatte, wenn sie wüsste, wer ihr Vater war?

Großmama stand steif und mit ruckhaften Bewegungen wie ein verrosteter Roboter auf. „Ich bin müde", sagte sie. „Ich glaube, ich lege mich ein bisschen hin." Mit schlurfenden Schritten verließ sie den Raum.

Meghan stieß einen Seufzer aus und starrte ihre Mutter böse an. „Und … bist du jetzt zufrieden?"

Mama starrte mit düsterer Miene in ihr Obstschälchen.

„Ich verstehe dich einfach nicht. Ich weiß ja, dass du und Großmama eure Probleme habt, aber ich habe noch nie erlebt, dass sie absichtlich unfreundlich zu jemandem war. Selbst wenn jemand es verdient gehabt hätte."

Mama zuckte leicht zusammen, ein Indiz, dass Meghans bewusst spitze Bemerkung ein Treffer gewesen war.

„Kannst du nicht *ein* einziges Mal über deinen Schatten springen und versuchen zu sehen, was Großmama alles verloren hat? Den Grund, weshalb sie so überbehütend geworden ist? Wer könnte es ihr denn verübeln? Wenigstens versinkt sie nicht in ewigem Selbstmitleid oder Groll." Das war noch eine Spitze gegen Mama, und zwar eine richtig heftige, von der sie hoffte, dass sie ihre Mutter mitten ins Herz treffen würde. „Vielleicht lag dieses Überbehüten ja auch daran, dass Großmama Angst hatte, dich auch zu verlieren. Wenn sie dich nicht geliebt hätte, dann wäre es ihr doch egal gewesen, ob sie dich verliert. Wieso siehst du das Ganze nicht mal so, Mama?"

Als Mama darauf immer noch nicht reagierte, hievte sich Meghan von dem Sessel hoch, nahm ihre Krücken, verließ so schnell sie konnte die Küche, durchquerte den Flur und verkroch sich im Gästebad, ihrem persönlichen Refugium. Sie ließ sich auf den Toilettendeckel sinken und vergrub das Gesicht in den Händen. Noch nie war sie ihrer Mutter gegenüber so respektlos geworden und jetzt nagten Schuldgefühle an ihr. Aber sie hatte sich auch für Großmama einsetzen müssen. Schließlich hatte Großmama sich auch immer für sie eingesetzt.

Kendrickson, Nevada
Juni 1993

Meghan streifte die rotweiß gestreiften, fest aufgeblasenen Schwimmflügel über, zog sie hoch bis zum Oberarm und tänzelte dabei auf dem Betonboden auf der Stelle, weil es so heiß war an den Füßen. Das glitzernde Wasser würde sie gleich abkühlen. Sie flitzte zum einen Ende des Beckens im Schwimmbad und stellte sich an den Beckenrand, um hineinzuspringen, aber vorher schaute sie noch über die Schulter nach hinten und rief: „Großmama, Großmama, guck mal!"

Großmama winkte von ihrer Sonnenliege am Beckenrand aus und strahlte genauso wie die Sonne über ihr. „Ich guck ja, Schätzchen." Wie immer.

Meghan grinste, beugte leicht die Knie und sprang. Als sie auf das kalte Wasser traf, musste sie nach Luft schnappen, und sie lachte laut, als sie Wasser ins Gesicht bekam. Sie paddelte mit Händen und Füßen und rief: „Hast du gesehen, Großmama? Ich bin ganz allein gesprungen!"

„Ja, das hast du wirklich toll gemacht!" In den Gläsern von Großmamas Sonnenbrille spiegelte sich das Gewimmel am Pool. Sogar sich selbst sah Meghan darin, und sie konnte nicht widerstehen, den beiden kleinen Meghans mit ihren Zöpfen zuzuwinken.

Zwei Jungen mit hautfarbenen Nasenklammern schwammen von

beiden Seiten an sie heran. „Hey Mädel, wieso versuchst du's nicht mal ohne Schwimmflügel?"

„Ja", sagte der andere und grinste den anderen Jungen an. „Schwimmflügel sind doch was für Babys."

Meghans Magen schlug einen Salto und ihr wurde eng um die Brust. „Ich bin kein Baby."

„Das musst du erst mal beweisen", sagte der grinsende Junge.

Bevor Meghan antworten konnte, fiel ein Schatten auf sie. Als sie aufblickte, stand Großmama da.

„Hey Jungs, ihr seid zu groß für diese Seite des Schwimmbeckens. Diese Seite hier ist für kleinere Kinder. Geht auf eure Seite und lasst die Kleinen in Ruhe."

Die Jungen kicherten, stießen sich dann aber vom Beckenrand ab und schwammen davon.

Meghan musste ein paar Tränen wegblinzeln. Sie hatte solchen Spaß gehabt, aber den hatten ihr die Jungen gründlich verdorben. „Darf ich die Schwimmflügel ausziehen, Großmama?"

„Nein, das darfst du nicht."

„Warum denn nicht?"

„Weil du noch nicht schwimmen kannst. Die Schwimmflügel sorgen dafür, dass du im Wasser sicher bist."

„Aber ich will sie nicht anhaben." Sie schob die Unterlippe vor. „Die haben gesagt, dass ich ein Baby bin."

Jetzt hockte sich Großmama hin und strich Meghan eine nasse Ponyfranse aus der Stirn. „Nur weil sie es gesagt haben, muss es ja nicht stimmen."

„Aber Großmama …"

„Wer kennt dich besser, Meghan … diese Jungen oder du selbst?"

Meghan verzog das Gesicht. Sie wusste noch nicht einmal, wie die beiden hießen. Und das galt auch umgekehrt. Sie hatten sie einfach *Mädel* genannt. „Ich kenne mich besser."

„Und bist du ein Baby?“

Meghan schüttelte den Kopf. „Nein.“

„Da hast du absolut recht. Du bist kein Baby. Du bist ein kleines Mädchen, das noch nicht schwimmen gelernt hat, und wenn du die Schwimmflügel abnimmst, könnte das gefährlich werden für dich. Deshalb musst du sie anbehalten, egal, was andere sagen.“

Meghan schaute jetzt finster drein. „Ich mag es nicht, wenn Jungs mich auslachen oder beschimpfen.“

„Das mag keiner. Aber wenn du doch sowieso schon weißt, dass das, was sie sagen, nicht stimmt, dann brauchst du sie doch gar nicht zu beachten.“ Großmama schob ihre Sonnenbrille hoch auf den Kopf und sah Meghan direkt in die Augen. „Es wird noch oft vorkommen, dass Leute dich beschimpfen oder dir etwas über dich weismachen wollen, was gar nicht wahr ist, Liebes. Du musst stark genug sein, sie einfach nicht zu beachten und dir selbst treu zu bleiben. Das nennt man Selbstachtung und es ist etwas sehr Wichtiges. Menschen, die Selbstachtung haben, treffen kluge Entscheidungen.“

„Zum Beispiel, die Schwimmflügel anzulassen?“

Großmama lächelte. „Wie zum Beispiel, deine Schwimmflügel anzulassen. Zumindest, bis du schwimmen gelernt hast.“

Meghan kaute auf der Innenseite ihrer Wange und blinzelte Großmama mit leicht zusammengekniffenen Augen an. Schließlich seufzte sie. „Na gut, dann behalte ich sie an.“

„Das ist sehr vernünftig.“

„Aber kann ich dann wenigstens schwimmen lernen, Großmama? Bitte.“

„Ich schau mal, ob ich dich zum Schwimmunterricht anmelden kann.“

„Danke!“

„Bis dahin sorgen die Schwimmflügel dafür, dass du im Wasser sicher bist, und außerdem bin ich hier am Beckenrand ganz in deiner

Nähe. Wenn also die Jungen wiederkommen, dann schicke ich sie weg, damit sie dich nicht ärgern, okay?"

„Die kann ich auch selbst wegschicken", sagte Meghan und spannte die kaum sichtbaren Muskeln in ihren Armen an. „Ich bin stark."

Großmama lächelte. „Ja, das bist du. Du bist die stärkste Meghan, die ich kenne."

Kapitel 18

Gegenwart
Kendrickson, Nevada
Diane

Diane stellte die Obstschale wieder in den Kühlschrank; sie war nicht mehr hungrig. Sie schlug sich leicht mit der Hand aufs Bein und sofort kamen die Dackel aus dem Wohnzimmer angesaust und drängten sich um sie. Sie saß mitten auf dem sauberen Fliesenboden in der Küche ihrer Mutter und ließ sich von den samtigen Zungen der Hunde Finger, Arme und Kinn abschlecken, in der Hoffnung, dass diese herzliche Zuneigung den Frust und ihren Zorn über Meghans Worte vertreiben würde. Minuten vergingen, aber ihr Ärger verflog nicht.

Wenn sie jetzt zu Hause gewesen wäre, hätte sie die Hunde ins Auto verfrachtet und eine lange Fahrt unternommen. Das half ihr immer, einen klaren Kopf zu bekommen. Aber sie war nicht zu Hause, und in Las Vergas kannte sie sich nicht gut genug aus, um einfach in der Gegend herumzufahren, auch mit Navi nicht. Das Navi zeigte ihr außerdem auch nicht an, welche Gegenden der Stadt sicher waren und um welche sie lieber einen großen Bogen machen sollte.

Mutter kannte sich aus in der Gegend und hätte sie dirigieren können, aber sie würde ihre Mutter nicht darum bitten. Nicht weil Mutter dazu nicht bereit gewesen wäre, das wäre sie sicher. Aber sie würde die ganze Zeit diese verletzte Miene aufsetzen, mit der sie die Küche verlassen hatte – ihr Versuch, Diane ein schlechtes Gewissen zu machen. So lange Diane lebte, hatte ihre Mutter sie mit diesem beleidigten Schweigen manipuliert. Meghan hatte ja keine Ahnung, was Diane durchgemacht hatte, und es stand ihr absolut nicht zu, sich darüber ein Urteil zu erlauben.

Diane stand auf und ging ins Wohnzimmer zu Mutters Sessel, neben dem immer noch die Schachtel mit Fotos aus dem Kleiderschrank und ein Stoß Fotoalben lagen. Sie ließ sich in dem Sessel nieder und nahm die Schachtel auf den Schoß. Die bereits fertig gestaltete Seite des Erinnerungsalbums mit dem Foto von Maggie mit ihrer Puppe lag ganz oben auf den ordentlich gestapelten anderen Fotos. Diane legte die Albumseite aus der Hand und nahm einen der Fotostapel aus der Schachtel. Sie ging sie einzeln durch und schaute sich die Gesichter darauf ganz genau an. Besonders das Mädchengesicht ihrer Mutter. Während sie die Mienen auf den Schwarzweißfotos genau studierte, begannen die Bilder eine Geschichte zu erzählen. Eine Geschichte, die sie innerlich in Aufruhr versetzte.

Das typische dumpfe Geräusch von Meghans Krücken auf dem Boden unterbrach sie in ihrer Betrachtung, und sie blickte auf. Ihre Tochter kam langsam näher, und der Blick ihrer braunen Augen drückte Bedauern aus. Doch Diane schüttelte den Kopf, bevor Meghan sich entschuldigen konnte.

„Sag's nicht. Es ist nun mal gesagt und kann nicht zurückgenommen werden, und es ist doch das Beste, nach vorn zu schauen, oder?"

Einen Moment lang ließ Meghan den Kopf hängen, dann nickte sie. „Also gut."

Ganz langsam trat sie näher. „Was machst du denn da?"

„Ich schaue mir die Fotos an. Komm, setz dich doch mit her." Diane schwang ihre Beine vom Polsterhocker und wartete, bis Meghan sich gesetzt hatte. „Schau mal, das hier ist wirklich interessant.“ Sie legte sechs Fotos nebeneinander auf die Armlehne des Sessels. „Das hier ist Mutter mit ihren Eltern. Da sieht sie aus, als wäre sie ungefähr fünf oder sechs, meinst du nicht auch?“

Meghan beugte sich vor und ließ ihren Blick auf dem Foto ruhen. Sie nickte.

„Achte mal darauf, dass ihr Lachen gar nicht echt ist. Und das ihrer Mutter auch nicht. Und ihr Vater sieht auch nicht gerade begeistert aus. Wir würden dem Foto jedenfalls nicht die Überschrift ‚Ein glücklicher Tag‘ geben, oder?“

Wieder nickte Meghan.

„So, und jetzt schau dir mal das nächste Bild an – meine Mutter mit ihrer Mutter. Ihre Mutter ist eindeutig schwanger. Sie versucht, den Babybauch durch eine Schürze zu kaschieren, aber so wie meine Mutter ihre Arme um die Taille ihrer Mutter geschlungen hat, ist er gar nicht zu übersehen. Schau dir doch mal den Gesichtsausdruck der beiden an. Ganz anders als auf dem ersten Bild, findest du nicht?“

Mit gerunzelter Stirn betrachtete Meghan jetzt die Fotos und schaute abwechselnd das eine und dann das andere an. „Ja, stimmt. Und?“

Diane spitzte die Lippen. „Pass auf.“ Sie tippte auf das dritte Foto – das, welches ihre Mutter vergrößern und rahmen lassen wollte. „Siehst du, hier? Da ist das Baby schon da. Zugegeben, es ist ein Foto, das in einem Fotostudio gemacht worden ist, das heißt, sie mussten es bezahlen und haben wahrscheinlich deshalb ihr Sonntagsgesicht aufgesetzt. Aber jeder Depp erkennt doch, dass ihr Lächeln hier echt und nicht aufgesetzt ist. Hier hast du dein Motiv ‚Ein glücklicher Tag‘.“

Jetzt umspielte ein Lächeln Meghans Mund. „Sie sehen wirklich alle glücklich aus, oder?“

„Ja. Genau wie auf den nächsten beiden Bildern, obwohl darauf nicht die ganze Familie zusammen ist.“ Diane hielt ein Foto nach dem anderen hoch und dachte dabei laut nach. „Das hier muss an Maggies Geburtstag aufgenommen worden sein, weil sie dasselbe Kleid anhat wie auf dem mit der Puppe, und Mutter hat gesagt, die Puppe hätte sie zum Geburtstag bekommen. Siehst du hier? Maggie mit meiner Mutter und meiner Großmutter, und alle lächeln glücklich. Und hier ist sie mit Mutter und meinem Großvater, auch lächelnd und glücklich. Aber jetzt schau dir das hier an."

Sie hielt Meghan das letzte Foto der Serie hin, die sie herausgesucht hatte. „Das ist Mutter im Alter von ungefähr zwölf Jahren zusammen mit ihren Eltern. Und schau dir ihre Gesichter an. Guck, wie dünn der Vater ist und wie angespannt die Mutter. Und achte mal darauf, wie traurig die kleine Hazel wirkt." Diane legte das Foto wieder zurück und deutete mit einer Geste einmal die gesamte Bildserie entlang. „Was wir hier sehen, ist eine Art Chronik des Alkoholismus meines Großvaters. Hier trinkt er – dann ist er eine Weile trocken – und dann trinkt er wieder. Darauf würde ich meine Hunde verwetten."

Meghan schaute Diane mit großen Augen an. „Du meinst, dass die einzige Zeit, in der er nicht getrunken hat, die Zeit von Maggies Geburt bis zu ihrem Verschwinden war?"

„Also für mich sieht es jedenfalls ganz so aus."

„Oh, wie furchtbar, Mama."

Diane konnte die Traurigkeit, mit der ihre Tochter das sagte, gut verstehen. Wenn Maggie für Burl Blackwell der Grund gewesen war, mit dem Trinken aufzuhören, und wenn Mutter sich dafür verantwortlich fühlte, dass Maggie weg war, dann machte sie sich wahrscheinlich auch dafür verantwortlich, dass ihr Vater danach wieder angefangen hatte zu trinken. Meghan sammelte die Fotos zusammen und hielt sie wie ein Kartenblatt aufgefächert in einer Hand. Sie seufzte. „Arme Großmama. Es ist eine Sache, von ihr zu hören, welche Folgen es für sie gehabt hat, dass Maggie verschwunden ist. Aber es ist etwas ganz anderes, die Beweise dafür vor sich zu haben."

Diane konnte ein leises Schnauben nicht unterdrücken. „Die Beweise dafür erleben wir doch schon seit Jahren – darin, wie sie sich verhält, nämlich kontrollierend, übervorsichtig und paranoid. Wir wussten bis jetzt nur nicht, wodurch sie so geworden ist. Der Grund ist sie." Und dabei nahm sie wieder das Foto von Maggie mit ihrer Geburtstagspuppe in die Hand. „Mutter hat zugelassen, dass ein einziges Ereignis ihr ganzes Leben beherrscht und bestimmt hat."

Meghan sah ihre Mutter ein paar Sekunden schweigend an und fing dann an, schallend zu lachen.

Diane runzelte die Stirn. „Was ist denn daran so lustig?"

Da fuhr sich Meghan einmal fest mit der Hand übers Gesicht, um das Grinsen zu löschen, aber es verschwand nicht völlig. „Tut mir leid, aber du klingst so empört, dass es mich erheitert, das ist alles."

„Natürlich bin ich empört. Schließlich muss ich schon mein Leben lang mit den Folgen der Tragödie leben, dass ihre Schwester spurlos verschwunden ist."

„Das muss ich auch."

Diane schnaubte nur abfällig. „Nein, das musst du nicht."

Daraufhin legte Meghan die Fotos wieder zurück in die Schachtel, stützte die Ellenbogen auf die Knie, und alle Erheiterung war aus ihrer Miene verschwunden. „Doch, musste ich. Du hast bei einer überbehütenden Mutter gelebt, die so geworden ist, weil sie Angst hatte, jemanden zu verlieren, den sie liebt. Und du hast mir dann als Kind … ich weiß nicht, wie ich es formulieren soll … ‚alles erlaubt' trifft es nicht richtig und ‚gleichgültig' scheint mir zu hart. Vielleicht sollte ich sagen, du warst eher ‚unterbehütend'."

Hatte Meghan sie jetzt gerade beleidigt? Diane runzelte nämlich schon wieder die Stirn.

„Ich will dich wirklich nicht verletzen, Mama, aber manchmal habe ich mich gefragt, ob ich dir im Weg bin, dich irgendwie störe. Ich habe in der Zeit, in der ich im Sommer bei Großmama war, mehr

Umarmungen und Küsschen bekommen als den Rest des Jahres von dir."

„Das ist nicht fair! Ich …"

Meghan hob eine Hand. „Ich weiß, dass du mich liebst, Mama. Jetzt weiß ich es, aber es hat Zeiten gegeben, da war ich mir nicht so sicher, weil du so … na ja, so distanziert warst. Emotional, meine ich. Als Kind hätte ich das natürlich nicht so ausdrücken können, aber so würde ich es heute beschreiben."

Diane stand auf und ging ans andere Ende des Raumes. Die vier Dackel trotteten hinterher, setzten sich im Kreis um sie herum und blickten erwartungsvoll zu ihr auf. Sie verschränkte die Arme vor der Brust und warf ihrer Tochter einen finsteren Blick zu. „Ich bin nicht bereit, mich die nächsten fünf Wochen lang nur ständig kritisieren zu lassen. Ich habe getan, was ich konnte, und alles, was ich getan habe, habe ich aus Liebe getan." Meghan sah sie jetzt direkt an, und ganz langsam zog ein Lächeln über ihr Gesicht. „Genau. Du hast in meiner Erziehung aus Liebe dein Bestes gegeben und Großmama hat auch aus Liebe ihr Bestes gegeben. Du hast vieles anders gemacht, aber die Motivation war die gleiche." Das Lächeln verschwand, und sie fuhr fort: „Ich nehme dir nichts mehr übel, Mama. Ich weiß, dass du dein Bestes getan hast, mich gut zu erziehen und für mich zu sorgen. Aber ich wünschte, du würdest erkennen, dass Großmama das für dich genauso getan hat, und deinen Groll gegen sie aufgeben."

Doch Diane zog die Arme noch fester um ihre Schultern. Ginger spürte immer am besten, was Frauchen gerade empfand, und begann jetzt zu winseln. Diane beugte sich zu ihr hinunter und kraulte der Hündin abwesend die seidigen Ohren. Mit gesenktem Kopf murmelte sie: „Sie hätte später als Erwachsene nicht so ein Riesending aus dem zu machen brauchen, was ihr als Kind passiert ist." Dann zuckte sie innerlich zusammen. Verurteilte sie eigentlich gerade ihre Mutter oder redete sie über sich selbst?

Meghan

Meghan und ihre Mutter redeten nicht mehr viel und schauten sich einen Film an, bis Großmama ihr Nickerchen beendet hatte. In dem Moment, als ihre Großmutter das Wohnzimmer wieder betrat, holte Meghan ihr Handy heraus und lächelte.

„Da bist du ja. Bis du bereit, mit einem Ermittler für ungelöste Kriminalfälle aus Little Rock, Arkansas, zu sprechen?"

Großmama grinste noch ein bisschen verschlafen. „Tue ich das nicht schon, wenn ich mit dir rede?"

„Keineswegs. Ich bin nur deine kleine Enkeltochter. Und Sean ist genau der Richtige für diese Sache." Ihr Kollege hatte drei Jahre mehr Erfahrung als Meghan, und sie glaubte, dass er auch bessere Ideen hatte, wie man Maggies Spur wieder aufnehmen konnte. „Ich habe ihm sofort eine SMS geschrieben, nachdem du dich hingelegt hattest, um sicherzugehen, dass es ihm nichts ausmacht, an einem Sonntag einen dienstlichen Anruf zu bekommen" – Mama verdrehte die Augen –, „... und er hat gesagt, bis dreiundzwanzig Uhr können wir immer anrufen." Sie warf einen Blick auf die Großvateruhr. „Jetzt ist es kurz nach sechs, also noch im grünen Bereich."

„Es sei denn, er isst gerade zu Abend", wandte Diane ein.

Meghan seufzte. „Mama ..."

Die hob daraufhin in gespielter Kapitulation die Hand. „Ich weise nur auf etwas hin, was auf der Hand liegt."

Meghan zog ein Gesicht in ihre Richtung und wandte sich dann an Großmama. „Es liegt bei dir. Wir können es auch auf morgen Abend verschieben, wenn dir das lieber ist."

Großmama stand einen Moment mit gerunzelter Stirn und eingezogener Unterlippe da, und die Unsicherheit in ihrem Ausdruck tat Meghan richtig weh. *Wenn du sie liebst, Gott, dann hilf ihr, das zu tun, was für sie am besten ist.* Sie erschrak. Hatte sie etwa gerade gebetet?

Großmama kam zum Sofa und setzte sich neben Meghan. „Lass uns ihn am besten jetzt gleich anrufen. Kurz bevor ich eingeschlafen bin, ist mir nämlich etwas eingefallen, und wenn ich es ihm nicht gleich erzähle, vergesse ich es vielleicht wieder."

Mama schaltete mit der Fernbedienung den Fernseher aus, und Meghan gab Seans Nummer in ihr Handy ein. Dann schaltete sie es auf laut und hielt es zwischen sich und Großmama.

Nach nur einem Klingeln meldete sich Seans tiefe, vertraute Stimme. „Hallo, Meghan! Dann willst du mich also jetzt mit deiner Großmutter bekanntmachen, was?"

Meghan kicherte. „Ich habe mein Handy auf laut, du hast dich also gerade schon selbst vorgestellt."

Sein herzhaftes Lachen kam aus dem Lautsprecher und er sagte: „Wenn ich das gewusst hätte, wäre ich etwas förmlicher gewesen. Es freut mich, Sie kennenzulernen, Mrs DeFord."

Großmama lächelte so herzlich, dass man hätte meinen können, die beiden säßen sich am Tisch gegenüber.

„Hallo, Detective Eagle. Ich bin Ihnen wirklich dankbar, dass Sie bereit sind, mir beim Lösen meines Rätsels zu helfen."

„Für Meghans Großmutter tue ich doch alles."

In Großmamas Augen schimmerten Tränen. „Ich danke Ihnen."

„Gerne. Meghan hat Ihnen ja sicher schon gesagt, dass es vielleicht nicht gelingt, etwas in Erfahrung zu bringen, denn Ihre kleine Schwester ist ja schon sehr lange verschwunden. Aber wir werden tun, was wir können."

Großmama beugte sich vor, als spräche sie in ein Mikrofon. „Das verstehe ich, und wenn es nicht klappt, werde ich ganz sicher nicht böse auf Sie sein."

Meghan hielt sich das Handy jetzt etwas näher an den Mund. „Also, Sean, ich fasse mal kurz zusammen, was wir wissen. Großmama und Maggie waren etwa anderthalb Kilometer von zu Hause entfernt im

Wald an einer Stelle, wo es Brombeeren gab. Großmama hat Maggie ein paar Minuten lang aus den Augen gelassen, und als sie wiederkam, war ihre Schwester weg. Sie hat ungefähr eine Stunde lang nach ihr gesucht, bevor sie schließlich Hilfe geholt hat. Sie hat einen von Maggies Schuhen am Flussufer gefunden, was die Behörden zu dem Schluss veranlasst hat, sie müsste in den Fluss gefallen und von der Strömung mitgerissen worden sein."

Großmama ergriff jetzt Meghans Handgelenk und zog das Handy näher zu sich heran. „Aber das glaube ich nicht."

„Dann sagen Sie mir doch bitte, warum nicht, Mrs DeFord."

Großmama packte Meghans Hand fester. „Aus drei Gründen. Erstens war Maggie noch so klein, dass sie so schnell gar nicht so weit hätte kommen können. Zweitens habe ich Maggies Haarschleife am Ast eines Baumes gefunden, und zwar so hoch, dass sie selbst gar nicht herangereicht hätte. Dazu hätte jemand sie tragen müssen. Und ..." – Sie sah Meghan jetzt direkt an, und der Blick ihrer braunen Augen hatte etwas Triumphierendes – „... sie hat ihre Puppe zurückgelassen. Dieser dritte Grund ist meiner Meinung nach der wichtigste. Wenn sie von sich aus losgelaufen wäre, dann hätte sie sie mitgenommen. Sie hatte die Puppe gerade erst zum Geburtstag bekommen und sie von dem Augenblick an, als Papa sie ihr überreicht hat, keinen Moment mehr losgelassen."

Das war es also, woran Großmama sich wieder erinnert hatte. Meghan nickte aufgeregt. „Das ist eine großartige Schlussfolgerung und ein echter Hinweis."

Großmama lächelte, ließ Meghans Handgelenk los und legte ihre Hände im Schoß zusammen. Miney sprang an ihr hoch und legte ihr Kinn dann auf Großmamas Knie.

„Wenn der Fluss sie mitgerissen hätte" – das war Seans nachdenkliche Stimme aus dem Handy –, „dann hätte wahrscheinlich jemand sie, also ich meine ihre sterblichen Überreste, gefunden. Ich kann ja einmal recherchieren, ob es solche Funde gibt, die nicht identifiziert werden konnten. Es wäre doch gut, wenn man diese Möglichkeit schon mal ausschließen könnte."

Großmama legte dem Dackel die Hand auf den Kopf. Am anderen Ende des Raumes bekam Mama ganz große Augen. Meghan schüttelte in Richtung ihrer Mutter beinah unmerklich den Kopf und sprach weiter in ihr Handy. „Großmama hat erzählt, dass eine Frau aus der Stadt damals den Verdacht geäußert hat, Zigeuner hätten Kinder mitgenommen, Sean."

„Jemand hat Zigeuner beschuldigt?"

Großmama nickte. Sie sah jetzt grimmig aus. „Ja, die Witwe, die damals das Benton County Waisenhaus geleitet hat. Sie hat gesagt, etwa ein, zwei Tage vor Maggies Verschwinden hätte ein Zigeunerwagen Cumpton verlassen, und ich kann mich genau erinnern, dass sie erwähnt hat, dass mindestens noch zwei Kinder aus benachbarten Orten verschwunden sind, nachdem Zigeuner in der Gegend gesehen worden waren. Soweit ich weiß, sind auch diese Kinder nie wieder aufgetaucht."

„Wissen Sie die Namen der Kinder?"

„Du meine Güte, nein." Großmama fuhr mit den Fingern durch Mineys dichtes Fell und warf Meghan einen besorgten Blick zu. „Aber ich glaube, sie hat gesagt, eines der Kinder sei ein Mädchen in Maggies Alter gewesen, das andere noch ein kleines Baby. Ein Junge."

„Erinnern Sie sich vielleicht noch, aus welchen Orten diese Kinder kamen?"

Großmama verzog das Gesicht, beugte sich näher zum Handy und antwortete: „Nein, leider auch nicht. Es ist einfach zu lange her."

Die Sorgenfalten auf Großmamas Stirn gingen Meghan richtig nah, deshalb sagte sie schnell: „Suche doch vielleicht mal nach vermissten Kindern aus Benton County, Arkansas, aus dem ersten Halbjahr 1940, Sean. Das wäre doch ein guter Ausgangspunkt."

„Wird gemacht."

Meghan legte die Hand auf Großmamas Knie. „Fällt dir sonst noch irgendetwas ein, das Sean weiterhelfen könnte?“

„Nein, aber ...“ Sie nahm Meghan das Handy aus der Hand und hielt es ganz nah an ihren Mund. „Darf ich Ihnen eine Frage stellen, junger Mann?“

„Ja, sicher.“

„Meine Enkelin hat gesagt, dass Sie Christ sind. Stimmt das?“

„Ja, das stimmt. Ich glaube an Christus. Und ich glaube an die Gnade Gottes, die sein Kreuz uns verbürgt.“

Die Gewissheit in seiner Stimme löste in Meghans Seele eine Welle von Sehnsucht aus, und zugleich verspürte sie so etwas wie Neid auf ihren Kollegen. Völlig unerwartet kamen ihr die Tränen, und sie musste ein paarmal ganz schnell blinzeln, um sie zurückzuhalten.

„Dann kann ich davon ausgehen, dass Sie diese Suche nach Maggie auch im Gebet begleiten werden?“

„Ich bete für jeden Fall, der auf meinen Tisch kommt, Mrs DeFord. Ich bitte Gott, die Ermittlungen zu lenken und zu leiten und für eine in seinem Sinn perfekte Lösung zu sorgen. Und ich bete um inneren Frieden für alle Betroffenen. Und da dieser Fall auch eine Person betrifft, an der mir besonders viel liegt ...“

Meghans Herz schlug plötzlich schneller.

„... können Sie ganz besonders sicher sein, dass ich dafür bete.“ Einen Moment lang war es still. „Möchten Sie, dass ich für etwas ganz Konkretes bete?“

Großmama schloss die Augen und senkte den Kopf, sodass ihre Stirn das Handy berührte. „Ja, auf jeden Fall dafür, dass das geschieht, was Gott will. Und außerdem darum, dass er Maggie innerlich vorbereitet. Ich sehne mich so sehr danach, sie zu finden, sie in die Arme zu schließen und ihr zu sagen, wie leid es mir tut.“ Jetzt lief Großmama eine Träne über die Wange und tropfte auf Mineys Kopf. „Würden Sie bitte dafür beten, dass sie bereit ist, mir zu begegnen?“

„Mrs DeFord …“ Seine Stimme war jetzt ein bisschen rau – für Meghan ein Zeichen, wie sehr ihn Großmamas Bitte gerührt hatte –, und sie war zutiefst dankbar, dass er von Natur aus rücksichtsvoll und behutsam war. „Warum beten wir nicht jetzt sofort gemeinsam dafür?“

Kapitel 19

Hazel

Hazel deutete auf Meghans Handy, nickte und sagte: „Also das ist ja mal ein netter junger Mann."

„Ja, das ist er wirklich." Meghan richtete sich etwas auf und ihre Augen funkelten. Auf der Dienststelle machen sie sich oft lustig über ihn, weil er keine derben Witze erzählt oder mit den anderen Jungs nach Dienstschluss noch ein Bier trinken geht. Aber deshalb verhält er sich kein bisschen anders, und er zahlt es ihnen auch nie heim. Ich bewundere Sean wirklich sehr dafür, dass er für sich selbst klar definiert hat, was richtig und was falsch ist. Er gehört zu den Menschen, die nicht nur reden, sondern auch entsprechend leben. Versteht ihr, was ich meine?"

Hazel nickte. „Ich verstehe, was du meinst. Ich muss dabei daran denken, wie Atticus Finch in dem Roman *Wer die Nachtigall stört* zu seiner kleinen Tochter sagt: ‚Bevor ich mit anderen Menschen zusammenleben kann, muss ich mit mir selbst leben können. Das Einzige, was nicht nach dem Mehrheitsprinzip funktioniert, ist das Gewissen eines Menschen.' Das klingt ja ganz so, als wäre dein Sean ein sehr integrer Mensch."

„Das siehst du genau richtig", bestätigte Meghan mit gerunzelter Stirn und nahm abwesend das Handy in die andere Hand. „Bevor er bei der Arbeit mein Partner wurde, hatte ich immer damit zu kämpfen, dass ich mich nach der Meinung anderer gerichtet habe, statt zu meiner eigenen zu stehen – um mich nicht unbeliebt zu machen, weißt du? Aber er ist mir wirklich ein Vorbild darin, zu dem zu stehen, was ich denke und glaube. Er ist ein guter Mentor für mich, und ich habe wirklich Glück gehabt, dass sie gerade uns beide zu einem Team gemacht haben."

Hazel tätschelte Meghans Knie. „Vielleicht war das ja mehr als Glück, nämlich ein Segen."

Meghan grinste. „Ja, vielleicht."

Etwas Warmes, Feuchtes streifte in dem Moment Hazels Hand. Sie zuckte zusammen und wich erschrocken zurück. „Also wirklich, du kleiner Frechdachs. Was machst du denn hier oben auf dem Sofa?" Die Dackelhündin blinzelte sie an, ihre samtigen Ohren gespitzt. Sie legte eine Pfote auf Hazels Bein, ganz offensichtlich, um ihre Aufmerksamkeit zu gewinnen. Aber Hazel schüttelte den Kopf. „Du belästigst die Falsche, Doggy. Ich streichle dich nicht."

Da prustete Margaret Diane los. „Sie sitzt schon über fünf Minuten so bei dir, Mutter, und du hast sie beim Telefonieren die ganze Zeit gekrault."

Hazel schaute finster und entgegnete: „Das habe ich ganz bestimmt nicht getan."

„Doch, hast du, Großmama." Meghan schien eher besorgt als erheitert. „Erinnerst du dich gar nicht?"

„Nein." Verärgert starrte Hazel die Hündin an, die sie aus braunen Augen treuherzig und mit einer Art Hundelächeln ansah. Ganz früher hatte ihr alter Schäferhund-Gefährte Farley auch diesen Blick gehabt. Eine Welle von Traurigkeit überkam sie. „Welcher von den vieren ist es denn überhaupt?"

„Das ist Miney", antwortete Margaret Diane kichernd. „Aus dem Wurf, den ich scherzhaft Eenie, Meenie, Miney und Mo genannt habe, weißt du noch? Als ich dann irgendwann beschlossen habe, sie zu behalten, ist der Name Miney irgendwie an ihr hängen geblieben." Der Hund spitzte die Ohren noch mehr, rührte sich aber nicht.

Die Versuchung, dem Tier über den Kopf zu streicheln – diesmal ganz bewusst –, zerrte an ihr. *„Glaubst du, ich möchte dauernd ein Bild anschauen müssen, auf dem du die Tiere im Arm hältst, als ob sie etwas ganz Besonderes wären?"* Die barsche, verurteilende Stimme ihrer Mutter dröhnte in ihrer Erinnerung. Hazel schob vorsichtig beide Hände unter Mineys Bauch und drängte sie behutsam vom Sofa. „Geh zu deinem Frauchen. Ich will dich nicht." Doch sie merkte selbst, wie wenig überzeugend das klang.

Bevor entweder Meghan oder Margaret Diane ihr eine Frage stellen konnten, richtete sie einen scharfen Blick in Richtung ihrer Enkelin. „Bitte erzähl mir doch noch etwas mehr über deinen Partner. Hast du ein Foto von ihm? Ich hätte gern ein Gesicht zu der Stimme."

„Vielleicht können wir ja beim nächsten Mal über FaceTime telefonieren. Dann kannst du ihn auch sehen."

„Und er mich auch?"

Meghan nickte.

Hazel zog die Nase kraus. „Ich würde ihn bestimmt zu Tode erschrecken. Nein, bitte erzähl mir, wie er aussieht." Sie wollte Sean mit Meghans Augen sehen.

„Also …" Ein leichtes Rosa stahl sich auf Meghans Wangen, sie lehnte sich zurück in die Polster und heftete den Blick an die Decke. „Er hat es zwar noch nie gesagt, aber ich glaube, er könnte indianisches Blut haben. Zum einen, weil er mit Nachnamen Eagle heißt – das klingt ja ziemlich indianisch –, und außerdem, weil seine Haut etwas dunkler ist als die aller anderen. Er hat dickes, dunkelbraunes Haar, das er immer kurz geschnitten trägt – fast militärisch kurz." Sie schaute Hazel von der Seite an und zwinkerte. „Und er hat auch die Statur eines Kämpfers. Ausgesprochen ansehnlich."

Hazel biss sich auf die Lippen, um nicht zu lächeln. „Meghan …“

„Hey, ich habe doch Augen im Kopf. Es ist ziemlich schwierig, einen gut aussehenden Mann nicht anzuschauen, wenn man ihm Tag für Tag im Büro direkt gegenübersitzt.“

Hazel kicherte. „Also, wenn ich es nicht besser wüsste, würde ich sagen, dass er dich ziemlich betört hat.“

Margaret Diane richtete sich etwas auf und kommentierte: „*Betört* ist so ein altmodisches Wort, Mutter. In meiner Generation sagt man, sie steht auf ihn.“

„Und keine eurer beiden Generationen braucht das hier noch irgendwie zu vertiefen“, sagte Meghan dazu und warf den beiden einen strengen Blick zu. „Sean ist mein Kollege und Freund. Ich weiß, dass ich mich auf ihn verlassen kann, aber er hat nie auch nur eine Andeutung gemacht, dass da mehr sein könnte.“

„Vielleicht solltest du dann mal eine Andeutung machen.“

Damit hatte Margaret Diane genau das gesagt, was Hazel dachte. Das Wenige, was sie während des kurzen Telefonates über Sean Eagle erfahren hatte, machte sie neugierig, und sie war beeindruckt von Meghans Beschreibung, besonders was seinen Charakter betraf. Er schien ganz genau der Mann zu sein, um den sie für Meghan gebetet hatte.

Um das Gleiche betete sie auch für Margaret Diane. Sie war immer noch eine junge Frau, und es war durchaus noch nicht zu spät dafür, um sich in einen vertrauenswürdigen, fürsorglichen Mann zu verlieben und noch viele glückliche Jahre zu erleben. Doch dazu würde es nur kommen, wenn sie ihre eiserne Entschlossenheit aufgab, um jeden Preis unabhängig zu bleiben.

„Du kannst mich ja gern für altmodisch und spießig halten, aber …“ Meghan verschränkte die Arme vor der Brust und schob das Kinn ein wenig vor. „… ich finde, dass der Mann den ersten Schritt machen sollte, und das hat Sean noch nicht getan. Außerdem sind wir

Kollegen. Ich werde auf keinen Fall unsere gute Zusammenarbeit aufs Spiel setzen, indem ich anfange, mit ihm zu flirten."

Margaret Dianes Mund zuckte verdächtig. „Aber reizen würde es dich schon, stimmt's?"

Meghan schnaubte. „Sogar Großmama würde es reizen. Er ist wirklich ein toller Mann, aber …" Ihre angespannte Haltung lockerte sich ein wenig. „Er braucht eine Freundin, die Christin ist, gläubig wie er und zu einer Gemeinde gehört."

Die Veränderung in der Stimmung ihrer Enkelin – vom Scherzhaft-Lustigen zum eher Melancholischen – versetzte Hazel einen Stich. Sie strich Meghan übers Knie. „Tut mir leid, wenn wir dich verlegen machen, Liebes. Wir werden nicht mehr über Sean reden."

„Jedenfalls heute nicht", fügte Margaret Diane mit einem Grinsen hinzu.

Hazel hob missbilligend die Augenbrauen. „So lange, bis Meghan sagt, dass sie über ihn reden möchte. Sollen wir jetzt erst mal noch eine Seite von dem Erinnerungsalbum gestalten? Oder bekommt ihr schon langsam Hunger? Ich habe gedacht, wir holen den kleinen Gasgrill heraus und grillen uns Spargel, Zucchini und Maiskolben zum Abendessen."

„Das klingt fantastisch, Mutter", sagte Margaret Diane, presste die Handflächen an die Taille und riss die Augen auf. „Du entwickelst dich ja zu einer richtigen veganen Köchin!"

Ihre Margaret Diane hatte ihr tatsächlich ein Kompliment gemacht. Ein echtes, aufrichtiges Kompliment. Hazel wurde vor Glück beinah schwindelig. „Also, dann hol ich mal den Grill."

Diane ließ sich auf ihre Seite des Doppelbettes plumpsen, stützte sich dann mit dem Ellbogen auf und stupste Meghan an der Schulter an. „Okay, jetzt mal unter uns – du stehst auf Sean Eagle, oder?“

Meghan verdrehte die Augen. „Mensch, Mama, wir sind doch nicht mehr in der Pubertät!“

Diane lachte. „Nein, nicht annähernd, aber ich glaube, ich habe dich seit dieser Zeit nicht mehr rot werden sehen, weil der Name eines Jungen gefallen ist.“

Jetzt wurde Meghan richtig rot und griff nach dem Schalter der Nachttischlampe.

„Nein, mach das Licht noch nicht aus“, bat Diane.

„Aber ich bin müde“, sagte Meghan und gähnte demonstrativ lange. „Und wir haben morgen viel vor.“

„Ich weiß, ich weiß.“ Diane zählte an den Fingern auf: „Mutters Fotovergrößerung besorgen, eine Halskette zur Reparatur bringen, vielleicht jemanden aus Mutters ‚Lit und Cappu‘ …“

„‚Lit und Latte‘.“

„Also gut, jemanden aus Mutters ‚Lit und Latte‘-Gruppe kennenlernen.“

Diane schnaubte. „Lesegruppe, Lunch und einmal über den Flohmarkt schauen.“ Sie runzelte die Stirn. „Wir haben doch sechs Wochen Zeit. Ich habe keine Ahnung, wieso sie das alles an einem Tag erledigen will.“

Meghan schloss die Augen und faltete die Hände auf dem Bauch. „Wahrscheinlich möchte sie beschäftigt sein, damit sie nicht ins Grübeln kommt. Ich nehme an, dass ihre Gedanken im Moment sehr um Maggie kreisen. Und selbst Sean hat ja gesagt, dass es schwer werden wird, sie zu finden.“

„Das habe ich gar nicht mitbekommen.“

„Das hat er zu mir gesagt, als er nach dem Abendessen angerufen hat."

„Aha." Wieder stupste Diane Meghan mit der Schulter an und grinste, als ihre Tochter die Augen öffnete und eine düstere Miene aufsetzte. „Wieso hat er denn noch einmal angerufen? Er kann doch noch gar nichts über den Fall in Erfahrung gebracht haben, also muss es etwas Persönliches gewesen sein."

Meghan stöhnte auf. „Wir wollten doch nicht über Sean reden."

„Aber du hast doch selbst wieder von ihm angefangen. Wieso hat er denn angerufen?"

„Er hat mich gebeten, Großmama daran zu erinnern, dass er zwar tun wird, was er kann, dass es aber letztlich bei Gott liegt, ob wir herausfinden, was mit Maggie passiert ist. Denn dass wir sie finden, ist eher unwahrscheinlich."

„Mmm-hmmm." Diane drehte sich auf den Rücken und schaute hinauf zu dem rotierenden Deckenventilator. „Schade, dass er so religiös ist. Ich könnte mir vorstellen, dass er ein ziemlich guter Fang für dich wäre, wenn er von diesem Gottestrip runterkommen könnte."

Mit einem Ruck drehte Meghan sich um und stützte sich auf einen Ellenbogen. „Mama! Was du da sagst, ist wirklich furchtbar."

Diane wandte Meghan ihr Gesicht zu. „Nein, es ist nur ehrlich. Es ist ja gar nichts falsch daran, an Gott zu glauben, wenn man das möchte, aber wenn er in jedem Gespräch vorkommt … also dann ist es einfach übertrieben. Ich bin Lehrerin, aber ich rede doch auch nicht mit jedem, dem ich begegne, darüber, oder? Natürlich nicht. Ich würde doch nur allen auf die Nerven gehen. Aber gläubige Leute scheinen das irgendwie nicht zu kapieren. Sie glauben offenbar, dass in jedem Gespräch, egal um welches Thema es geht, Gott vorkommen muss. Wahrscheinlich ist das der Grund, warum die anderen Kollegen Sean nicht mögen."

Das Licht der Nachttischlampe hinter Meghan malte eine Art

Heiligenschein um ihr dunkles Haar. Ihr Gesicht lag überwiegend im Schatten, der aber ihre düstere Miene nicht verbarg. „Ich habe nie gesagt, dass die Kollegen in der Abteilung ihn nicht mögen. Eigentlich ist sogar das Gegenteil der Fall. Sie spotten zwar über ihn, nennen ihn Pastor und versuchen, ihn zu überreden, mit ihnen durch die Kneipen zu ziehen, aber ich glaube, wenn er nachgeben würde, dann wären sie ehrlich enttäuscht und hätten nicht mehr diesen Respekt vor ihm." Sie legte sich wieder hin und schien intensiv die Zimmerdecke zu betrachten. „Wenn sie in einem Fall nicht weiterkommen und jemanden mit einem klaren Kopf brauchen, der sie wieder in die Spur bringt, dann gehen alle zu Sean. Er ist nicht der Leiter der Abteilung, aber er ist unser … Stabilisator." Mit gerunzelter Stirn nagte sie einen Moment lang an ihrer Unterlippe. „Er hat etwas, das der Rest von uns nicht hat, und ich glaube, das hängt mit seinem Glauben zusammen."

Diane wurde ganz zappelig, konnte sich aber gar nicht erklären, warum. „Ich dachte, du wolltest nicht über Sean reden."

Schweigend lagen sie eine Weile da. Die Hunde regten sich in ihren Boxen, und einer – wahrscheinlich Molly – winselte und kratzte an der Box, bis Diane sagte: „Jetzt leg dich hin." Das Geräusch hörte auf, und Diane schloss die Augen, um in den Schlaf zu driften.

„Wo wir gerade über Männer reden, Mama …"

Etwas am Tonfall ihrer Tochter kündigte Ärger an. Diane machte mit einem Ruck die Augen wieder auf und feuchtete ihre trockenen Lippen an. „Ich dachte, du wolltest schlafen."

„Gleich." Die Matratze federte, als Meghan sich auf die Seite drehte und ihren Kopf auf den angewinkelten Arm legte. „Wenn Sean betet, dann nennt er Gott seinen Vater."

Diane nickte ganz langsam, aber ihr Herz raste. „Ich weiß, das habe ich ja bei dem Telefongespräch gehört. Und …?"

„Großmama hatte ihren Vater. Du hattest deinen. Aber ich habe nie …"

Die Kälteschauer verwandelten sich in Hitze – in einen heftigen, versengenden, schmerzhaften Hitzeanflug aus brennender Scham.

1. März 1985
Little Rock, Arkansas

Als Diane aufwachte, lag ihre Wange auf Kevins Bizeps. Er roch nach Schweiß, abgestandenem Popcorn und Bier. Wie ein Saufbruder. Sie verzog die Nase und drehte sich von ihm weg.

Er brummte und wurde langsam wach. „Willst du schon zurück in dein Wohnheim?"

„Noch nicht."

Er streckte die Arme nach ihr aus und zog sie fest an sich. „Gut." Er fuhr ihr mit den Lippen über die Schläfen, sodass sie eine Wolke von seinem Atem abbekam.

„Geh bitte und putz dir die Zähne, ja, Kevin? Ich muss dir etwas Wichtiges sagen."

In der Vormittagssonne, die durch die vorhanglosen Fenster ins Zimmer fiel, wurde sein Grinsen anzüglich. „Mir ist eigentlich gar nicht nach Reden, sondern viel mehr nach …"

Sie stemmte sich mit beiden Händen gegen seinen Oberkörper. „Nein."

So wie ihr Magen sich anfühlte, würde sie sich übergeben müssen, wenn er sie jetzt küsste. „Bitte geh und putz dir die Zähne, ja?"

Er murmelte etwas, stand aber auf und tapste ins Bad. Sie lag mit klopfendem Herzen in dem zerwühlten Bett, und ihr drehte sich der Magen um. Sie musste ihm etwas Unglaubliches erzählen, etwas, das ihr schreckliche Angst machte, und sie musste seine Begeisterung erleben, die ihre Angst verjagen würde.

Er kam wieder angeschlurft und ließ sich bäuchlings ins Bett fallen.

„Kevin, rate mal, was passiert ist?“

„Ich kann jetzt nicht raten.“ Er legte seine Hände um ihren Hinterkopf und versuchte, ihr Gesicht an seines heranzuziehen.

„Ich bin schwanger.“

Er erstarrte. „Was?“

Sie lachte nervös und wiederholte: „Ich bin schwanger. Ist das nicht wunderbar? Wir bekommen ein Baby.“

„Wie kommst du denn darauf, dass es von mir ist?“

Die Frage traf sie wie ein Messerstich mit voller Wucht mitten ins Herz. Als sie mit Kevin zusammengekommen war, hatten ihre Freundinnen sie gewarnt, dass er ein Aufreißertyp sei, aber sie war ganz sicher, dass er sich ihretwegen geändert hatte. Genauso wie sie sich für ihn geändert hatte.

Sie setzte sich im Bett auf und verschränkte die Arme vor der Brust. „Ich bin mit sonst niemandem zusammen gewesen.“ Sie schluckte. „Nie.“

Er drehte sich um, stand auf und fuhr sich mit beiden Händen durch sein dickes honigblondes Haar. Immer noch den Kopf in den Händen murmelte er etwas, das sie nicht verstand, aber sie brauchte die Worte auch gar nicht zu hören, um den Tonfall zu verstehen, der nicht glücklich war.

Sie hatte ihn überrascht. Deshalb war er verärgert. Kevin mochte keine Überraschungen – das hatte er ihr gleich beim ersten Date gesagt. Sie hätte es besser planen sollen, wie sie ihm die Neuigkeit von dem Baby mitteilte, und sich geschickter anstellen sollen, aber sie konnte nicht länger warten. Sie brauchte seine Unterstützung. Wie sollte sie allein mit dieser Situation fertigwerden?

Sie rückte vorsichtig näher und legte ihre Hände auf seine muskulösen Schultern. „Ich weiß, dass es ein Schock ist. Mich hat es ja auch überrascht.“

Kevin zuckte mit den Schultern, um ihre Hände abzuschütteln. „Wie konnte denn das passieren? Bist du zu blöd, um zu verhüten? Mensch, überleg doch mal …“

Sein vorwurfsvoller Ton machte sie wütend. „Ich bin nicht die Einzige, die hätte verhüten können. Du …“

„Wag es bloß nicht, mir das anzuhängen.“ Er stand auf und drehte sich mit einem Ruck zu ihr um. Die Wut in seiner Miene bewirkte, dass sie sich ans andere Ende des Bettes verkroch. „Das hast du mit Absicht gemacht, oder? Hast wohl gedacht, ich würde dich dann heiraten. Meine Familie hat Geld – ist es das, worauf du aus bist?“

„Nein! Ich brauche dein Geld nicht. Ich dachte … ich dachte …“ Sie glaubte, dass sie ihn liebte. Hatte gedacht, er liebe sie auch. Was für eine dumme Vorstellung. Ihr kamen die Tränen und sie streckte eine Hand zu ihm aus. „Kevin, bitte, wir werden Eltern sein. Ich brauche dich …“

Doch er trat ein paar Schritte zurück und schüttelte den Kopf. „Ich werde auf keinen Fall Vater. Auf gar keinen Fall. Nicht jetzt. Und nicht mit dir.“

Sein kalter Blick und die harten Worte machten sie sprachlos. Sie presste sich eine Faust gegen den Mund und erstickte das Schluchzen.

Er stand mit gesenktem Kopf da, die Muskeln um sein kantiges Kinn zuckten, und die Adern an seiner Stirn traten erst hervor und verschwanden dann wieder. Diane wartete auf den Ausbruch, der jetzt sicher kommen würde, aber dann sah er sie an, und sein Ausdruck war plötzlich wieder zärtlich. Sie schluckte und klammerte sich an die Hoffnung, als er ums Bett herumkam und sich neben sie setzte.

„Di, Schatz …“ Er strich ihr über die Wange. „Liebst du mich?“

Sie nickte und wieder kamen ihr die Tränen.

„Dann würdest du doch alles für mich tun, oder?“

Hatte sie das nicht schon bewiesen, indem sie mit ihm geschlafen hatte? „Ja, alles.“ Sie würde ihn sogar morgen auf dem Standesamt heiraten und in einer rattenverseuchten Kellerwohnung leben, falls beide Eltern sie enterbten.

„Ich will, dass du es wegmachen lässt."

Das Blut in Dianes Adern gefror. „W… was?"

„Lass es wegmachen." Er streichelte ihr Haar, murmelte etwas Liebevolles und war genauso zärtlich zu ihr wie immer. „Wir sind doch noch gar nicht bereit, ein Kind zu haben. Und so lange kannst du doch noch gar nicht schwanger sein, oder?" Er strich ihr mit der Hand über den flachen Bauch. „Es ist es doch nicht wert, uns das ganze Leben zu ruinieren, oder?"

Seit ihre Periode zum zweiten Mal ausgeblieben war, hatte sie solche Angst. Sie hatte Angst, es ihrer Mutter zu sagen, es Kevin zu sagen, einfach einzugestehen, dass es passiert war. Hundertmal hatte sie sich gewünscht, es wäre gar nicht wahr, dass da gar kein Baby in ihr wüchse, aber in diesem Moment wollte sie nur eines: Das kleine Leben in sich beschützen.

Sie wich von ihm zurück und schüttelte den Kopf. „Nein. Das kann ich nicht. Ich kann es nicht umbringen."

Seine Augen wurden ganz schmal. „Aber das passiert doch andauernd. Viele Leute machen das. Deshalb ist doch Abtreibung legal – damit man kein Baby kriegen muss, das man nicht will."

Sie legte die Hände auf ihren Bauch, an die Stelle, wo in der Sicherheit ihres Schoßes das Herz des Babys schlug. „Aber … ich will es haben." Sie schluckte und flüsterte: „Mit dir."

Er stand auf, stapfte an ihr vorbei zum Kleiderschrank, nahm Sachen heraus und zog sich an, als wäre sie gar nicht da. Als er sich seine Sneakers zugebunden hatte, warf er schließlich einen verächtlichen Blick in ihre Richtung. „Wenn du dich für eine Abtreibung entscheidest, bezahle ich sie. Dann können wir auch zusammenbleiben. Aber wenn du es kriegst, bist du auf dich allein gestellt. Erwarte absolut nichts von mir."

Ihre Kehle zog sich zusammen im Bemühen, sich nicht zu übergeben. „Ich … ich …“

„Entscheide dich, Diane. Willst du ein Kind oder willst du mich?“

Gegenwart
Kendrickson, Nevada

Diane schlug die Decke zurück und setzte sich auf die Bettkante. „Das Thema ist durch, Meghan.“

„Aber …“

„Nein!“

Sie holte ganz langsam Luft und stieß sie in kurzen Stößen wieder aus, um ihre angegriffenen Nerven unter Kontrolle zu behalten. Ihr Blick lag auf ihrer Tochter. „Meine Mutter wühlt zwar in ihrer Vergangenheit herum, aber ich habe absolut nicht das Bedürfnis, ihr da nachzueifern. Und glaub mir, dein sogenannter Vater ist es wirklich nicht wert, ans Licht gebracht zu werden.“ Damit steuerte sie auf das Bad zu. Vielleicht würde es ja den bitteren Geschmack aus ihrem Mund vertreiben, wenn sie sich noch einmal die Zähne putzte.

Kapitel 20

Las Vegas, Nevada

Hazel

Hazel zeigte auf eine freie Parklücke bei der alten Ladenzeile. „Die wäre doch gut – ziemlich zentral, sodass man alle Läden gut erreichen kann."

Margaret Diane parkte ein und stieß einen mächtigen Seufzer aus. „Ich bin froh, dass das jetzt unsere letzte Station für heute ist. Ich bin wirklich mit den Nerven am Ende. Nicht zu fassen, was für ein Verkehr in dieser Stadt herrscht! Und das an einem Montag. Ich hätte nicht gedacht, dass hier an einem ganz normalen Werktag um die Mittagszeit so viel los ist." Sie zog den Sonnenschutz aus der Ablage neben dem Fahrersitz und brachte ihn an der Windschutzscheibe an.

Hazel hängte sich den Riemen ihrer Handtasche über die Schulter. „Es ist eben Sommer, da kommen viele Touristen. Und ein großer Teil der Menschen, die in Vergas leben, arbeitet nachts; sie können also tagsüber ihre Besorgungen machen."

Da meldete sich Meghan vom Rücksitz aus zu Wort. „Vegas heißt schließlich nicht ohne Grund auch ‚Die Stadt, die nie schläft'. Vielleicht solltest du auf dem Heimweg Großmama fahren lassen, Mom – damit du eine Pause bekommst."

Margaret Diane schoss ihr einen finsteren Blick über die Schulter zu. „Das schaffe ich schon noch. Vielen Dank auch!"

Meghan zuckte nur mit den Achseln und öffnete die Tür. „War ja nur ein Vorschlag."

Hazel schmunzelte. „Muss ich euch beide nach Hause bringen und zum Mittagschlaf hinlegen? Hört sich ganz so an, als werdet ihr quengelig." Bei dieser Aussage musste sie an früher denken, als ihre Tochter noch ein Kleinkind war, und auch an die Sommer, in denen Meghan sie besucht hatte. Wie schnell doch die Jahre vergangen waren. Melancholie versuchte sich einzuschleichen, aber sie schob dieses traurige Gefühl bewusst beiseite. „Vielleicht versüßt euch ja eine Portion Eis den Tag ein bisschen. Außerdem ist es schon eine Stunde her, dass wir zu Mittag gegessen haben." Wenn sich seit dem letzten Mal, als sie die Ladenzeile mit Trödel- und Antiquitätenläden und Spezialitätenshops besucht hatte, nichts geändert hatte, dann gab es eine nette Eisdiele am Ende der Zeile. „Wie wäre es mit einem kleinen Snack? Ich lade euch ein."

Margaret Diane verdrehte die Augen.

Erst jetzt – und damit zu spät – erinnerte sich Hazel wieder daran, dass ihre Tochter ja keine Milchprodukte aß. „Oder vielleicht auf ein Glas Eistee oder eine Limonade?", versuchte sie es noch einmal. „Ich meine mich zu erinnern, dass es in der Eisdiele auch Limonade mit Früchten darin gab. Limonade ist doch vegan, oder?"

„Limonade klingt gut für mich", sagte Meghan.

Margaret Diane öffnete jetzt die Fahrertür und griff nach dem kleinen Stoffbeutel, den sie als Handtasche benutzte. „Wie wäre es denn, wenn wir uns etwas zu trinken für den Heimweg besorgen würden? In die meisten Geschäfte darf man doch sowieso keine Getränke und kein Eis mitnehmen, und ich würde lieber erst unsere Einkäufe erledigen." Sie brach ab und sah Hazel fragend an. „Was genau wollen wir hier eigentlich? Wonach suchen wir?"

Hazel sah irritiert aus. Sie blinzelte ein paarmal. „Ja, was eigentlich?"

Margaret Diane spitzte die Lippen. „Hier sind lauter Antiquitätenläden, Mutter. Als wir zu Hause losgefahren sind, wollten wir vier Dinge erledigen. Wir haben dein Foto vergrößern lassen, wir haben deine Perlenkette in die Reparatur gegeben, wir haben zusammen mit deinen Bücherfreunden ein Sandwich gegessen, und jetzt sind wir bei einem Antiquitätenladen. Was wollen wir hier?"

Es musste einen Grund gegeben haben, weshalb sie ausgerechnet zu dieser Ladenzeile mit dem Flohmarkt und dem Spezialitätenladen hatte kommen wollen, aber sie konnte sich nicht erinnern. „Ich …" Ihr Mund war zu trocken, um ein Wort herauszubringen. Sie brauchte etwas zu trinken.

Meghan legte ihr die Hand auf die Schulter. „Großmama bummelt einfach gern durch Antiquitätenläden, Mama. Wir sind gekommen, um ein bisschen zu stöbern, oder, Großmama?"

Sie hatte also doch keinen Punkt von ihrer Liste vergessen. Erleichtert atmete Hazel auf. Sie nickte und stieß mit einem kleinen Seufzer die Luft aus. „Ja, wir wollten ein bisschen stöbern."

Margaret Diane stieg jetzt aus, schlug wortlos die Fahrertür zu und ließ Hazel und Meghan im Wagen zurück. Meghan massierte ihrer Großmutter ganz leicht die Schulter. „Wollen wir jetzt gehen?"

Der Nebel der Verwirrung lichtete sich, und Hazel zwang sich zu einem Lachen. „Ja, ich denke schon, vorausgesetzt, ich schaffe es, meine morschen Knochen in Bewegung zu setzen. Du liebe Güte, ist es heiß! Ich habe das Gefühl, mein Hirn wird gebraten."

Auch Meghan lachte, aber im Blick ihrer braunen Augen lag eine Spur von Sorge.

Hazel tätschelte ihrer Enkelin einmal kurz die Hand und öffnete dann die Beifahrertür. „Komm schon. Deine Mutter wartet, und sie kann die Hitze noch weniger vertragen als ich, also beeilen wir uns jetzt mal lieber ein bisschen."

Mindestens vier der Geschäfte in der Ladenzeile waren Antiquitätenläden, und Margaret Diane steuerte den an, der am nächsten beim Auto lag. Als sie die Tür öffneten, bimmelte eine Kuhglocke, ein Geräusch, das bei Hazel Erinnerungen an die Zeit weckte, als sie im Gemischtwarenladen in Cumpton gearbeitet hatte. Ein muffiger Geruch von Dingen, die lange nicht benutzt worden sind, hing in der Luft, und aus Gründen, die sie nicht erklären konnte, löste er irgendwo tief in ihrer Seele Traurigkeit aus.

Margaret Diane entdeckte einen Schaukelstuhl in der Nähe des Schaufensters und ließ sich darin nieder. Sie winkte Hazel und Meghan zu. „Erkundet ihr nur alles nach Herzenslust. Ich bleibe hier sitzen und verschnaufe ein bisschen." Sie schniefte. „Antiquitäten sind wirklich nicht mein Ding."

Hazel winkte Meghan, ihr durch den engen Gang voranzugehen, an dem an beiden Seiten hohe Regale mit Glassachen, Tellern und Nippes standen. Im Schlendern ließen sie ihre Blicke umherwandern und blieben hier und da stehen, um einen Gegenstand genauer zu betrachten. Viele sogenannte Antiquitätenläden waren mittlerweile im Grunde nur überteuerte Trödelläden, aber in den Regalen dieses Ladens fand Hazel kaum etwas, was sie als Schrott bezeichnet hätte.

„Oh, schau mal, Großmama. Hast du in deiner Vitrine zu Hause nicht auch so eine Schüssel?" Meghan strich über den Rand der hellrosa Glasschale, die außen mit einem erhabenen Rosenmuster verziert war.

Hazel nahm die Schüssel mit beiden Händen vom Regal. Sie lächelte. „Ja, stimmt. Sie gehört zu Mamas ‚Rose of Sharon'-Service." Sie stellte die Schüssel wieder zurück, aber ihr Blick hing noch an der durchsichtigen Schale, als wäre sie mit lauter Erinnerungen gefüllt. „In Cumpton hatten damals fast alle Familien das gleiche Geschirr. Die beste Freundin meiner Mutter hatte es in Grün und die Frau unseres Pfarrers in Weiß. Mir gefiel es in Rosa am besten und Mama auch, obwohl sie immer sagte, es sei hochmütig, so etwas laut zu sagen."

Meghan grinste. „Ich wette, deine Mutter mochte Rosa, weil sie Töchter hatte."

Hazel lächelte. Töchter … Wie gut es sich anfühlte, bestätigt zu bekommen, dass ihre Mutter nicht nur eine Tochter gehabt hatte. Aber dann stutzte sie. Papa hatte doch schon lange, bevor Maggie da gewesen war, angefangen, das Geschirr für Mama zu kaufen. Hatte er es etwa wegen Hazel Mae in Rosa gewählt? Sie musste schlucken, so bewegt war sie. Mit dem Finger fuhr sie über eine Rose auf der Schüssel. „Vater hat das ganze Geschirr immer ein Teil nach dem anderen mitgebracht. Man konnte es in dem Laden in der Tankstelle kaufen." Sie schaute Meghan lächelnd an. „Kannst du dir vorstellen, heutzutage noch Geschirr im Tankstellenshop zu kaufen?"

„Nie im Leben", antwortete Meghan kichernd.

„Es hat sich so vieles geändert seit damals."

Meghan drehte das kleine Preisschild um, das an der Schüssel hing, und stieß einen leisen Pfiff aus. „Hui, das ist teuer. Hast du das komplette Service? Es wäre jedenfalls ein kleines Vermögen wert."

Hazel wand sich innerlich vor Bedauern. „Nein, das Geschirr ist schon vor Jahren verkauft worden, nachdem Mama gestorben war und das Farmhaus mit allem, was darin war, versteigert wurde. Ich habe die Schüssel nur mitgenommen, weil sie am Rand etwas angeschlagen war und der Auktionator nur unbeschädigte Ware verkaufen wollte. Ich konnte den Gedanken nicht ertragen, dass er die Schüssel nur wegen der kleinen Macke wegwerfen würde." Sie schüttelte den Kopf. „Wenn Gott uns wegen all unserer kleinen Macken gleich ausrangieren würde, dann würde es kein Mensch in den Himmel schaffen."

Meghan schmunzelte.

Hazel zog eine Augenbraue hoch. „Was ist denn daran lustig?"

„Du hast mich an etwas erinnert, das Sean einmal gesagt hat – dass

Gott Gefäße mit Rissen benutzt. Daraufhin hat ein anderer Kollege gesagt, Sean würde behaupten, wir hätten alle einen Sprung in der Schüssel."

Hazel lachte leise. „Also so sollten wir besser nicht über uns reden. Aber eigentlich hat Sean recht. Es gibt niemanden, der zu kaputt ist, als dass Gottes Gnade ihn nicht retten könnte. Ich finde, das gehört mit zum Besten an Gott. Für ihn gibt es keine hoffnungslosen Fälle." Hazel, die so kläglich damit gescheitert war, ihre Tochter gut zu erziehen, war keiner, und auch Margaret Diane nicht, die versuchte, ihren inneren Frieden in Gemüse und mit ihrem Intellekt zu finden. Gott konnte sie immer noch erreichen, und Hazel würde niemals aufhören, dafür zu beten.

Ein sanftes Lächeln brachte Meghans Augen zum Leuchten. „Ich höre dich gern über Gott reden. Dann fühle ich mich ganz ... warm und geborgen." Sie legte ihre Hand auf Hazels. „Hör bitte nicht auf damit, ja?"

Hazel verstand die versteckte Botschaft – *Lass dich nicht durch Mamas Einstellung zu Gott und dem Glauben zum Schweigen bringen.* „Okay."

Sie gingen weiter den Gang entlang, an dessen Ende sich eine offene Tür befand. Über der Tür verkündete ein kleines Metallschild: „Nur für Mitarbeiter", aber auf Augenhöhe hatte jemand ein handgeschriebenes Schild mit der Aufschrift: „Bitte treten Sie ein" angepinnt. Meghan sah sich über die Schulter um und fragte: „Möchtest du hineingehen, Großmama?"

Hazel zuckte mit den Achseln. „Wenn wir schon mal hier sind, können wir uns doch auch alles anschauen."

Meghan grinste und schwang ihre Krücken. Kaum war sie über die Schwelle getreten, schnappte sie hörbar nach Luft. Hazel hastete hinterher, blieb dann stehen und starrte in den Raum, der offenbar einmal ein Lagerraum gewesen war, denn drei der vier Wände waren vom Boden bis zur Decke mit Regalen versehen, auf denen unzählige Puppen saßen. Große Puppen, kleine Puppen, Puppen in Rüschenkleidchen und andere, die gar nichts anhatten. Die Puppen mit Stoffkörpern hingen schlaff auf den Regalen und die mit Plastikkörpern thronten stolz über ihnen. Überall, wo noch ein klein wenig Platz war, klemmten Barbiepuppen zwischen den größeren, und ein Haufen von vielleicht fünfundzwanzig Puppen lag zu einer schiefen Pyramide gestapelt auf einem der unteren Regale.

Meghan musste laut lachen. „Du liebe Güte, das wäre mein Traumzimmer gewesen, als ich sechs war! Schau sie dir nur an." Mit vor Staunen großen Augen und offenem Mund drehte sie sich einmal um die eigene Achse. „Was glaubst du, wie viele mögen das sein?"

„Mindestens dreihundert ohne die Barbies", schätzte Hazel. Langsam ging sie in dem Raum umher und ließ ihren Blick über die Gesichter mit den rosa Bäckchen, Rosenknospenmündern und Glasaugen schweifen. Die meisten der Puppen schienen aus der Zeit von Margaret Diane zu sein. Sie konnte die typischen Vertreter der Zeit wie Raggedy Ann, Chatty Cathy und Baby Tender Love ausmachen, und Erinnerungen an die Weihnachtsfeste von früher überfielen sie.

Sie legte den Kopf in den Nacken, um auch die auf den oberen Regalen zu betrachten, und plötzlich begann sie zu zittern. Ihre Handtasche rutschte ihr von der Schulter und fiel zu Boden, und dann schlug sie die Hand vor den Mund und flüsterte: „Oh mein …"

16. Juni 1943
Cumpton, Arkansas

„Ach, Burl, was hast du dir denn dabei nur gedacht?“ Mama schüttelte den Kopf über Papa. „Für so eine Puppe ist sie doch noch viel zu klein. Die hättest du lieber für Hazel Maes Geburtstag aufheben sollen.“

Hazel starrte die wunderschöne Puppe an, die Maggie mit ihren pummeligen Ärmchen fest an sich drückte. Hazels Puppe hatte zwar auch einen modellierten Kopf, aber nur einen Stoffkörper. Sie hatte sich eine mit langem Haar gewünscht, das man kämmen und frisieren konnte, eine mit Gelenken an Armen und Beinen, damit sie bei den Teepartys aufrecht sitzen konnte, aber genau so eine Puppe hatte jetzt Maggie von Papa geschenkt bekommen.

Der bekam das Strahlen gar nicht wieder aus dem Gesicht. Er wies auf Maggies Puppe: „Das Püppchen is’ doch unsrer Maggie wie aus dem Gesicht geschnitten. Diese blonden Locken und die blauen Augen! Als ich die im Katalog gesehen hab, da hab ich sofort gewusst: Das is’ ihre.“

Er tätschelte Hazels Schulter. „Du hast doch schon ’ne Puppe, Hazel Mae. Du brauchst doch nich’ noch eine, was?“

Hazel senkte den Kopf, damit Papa nicht merkte, wie neidisch sie war. Neidisch sein war nämlich eine Sünde.

Maggie hielt die Puppe hoch und verkündete: „Minnie.“

Hazel schnappte sich die Schachtel, in der die Puppe verpackt gewesen war. „Hier steht, dass sie Cynthia heißt.“ Cynthia … so ein schöner Name. Hazel verknotete sich innerlich förmlich zu einer Brezel vor lauter Sehnsucht, selbst diese Puppe zu besitzen.

Doch Maggie schüttelte so heftig den Kopf, dass ihre blonden Locken wippten, und widersprach. „Das is’ Minnie, nich’ Sssün-ti-a.“

Hazel tippte noch einmal heftig mit dem Finger auf die Schachtel. „Aber …“

Da nahm Mama Hazels Hand und sagte: „Es ist Maggies Puppe, Hazel Mae, und sie kann sie nennen, wie sie möchte.“

Hazel wich zurück und presste die Lippen fest zusammen. Wie konnte man nur den schlichten Namen Minnie besser finden als einen so außergewöhnlichen wie Cynthia? Wenn sie jemals eine so schöne Puppe bekäme, würde sie sie ganz bestimmt Cynthia nennen.

Gegenwart
Las Vegas, Nevada

Meghan eilte zu Großmama, wobei die Gummikappen der Krücken auf dem Fliesenboden quietschten, und fragte erschrocken: „Was ist denn los?“

Hazel hob den Arm und zeigte auf eine Puppe, die halb versteckt hinter zwei weichen Babypuppen im Regal lag. „Das ist sie.“

„Wer?“ Meghan stand so nah bei ihrer Großmutter, dass die den Atem ihrer Enkelin am Kinn spürte. „Minnie …“ Der Name kam keuchend heraus, und Großmamas Beine zitterten so heftig, dass sie Angst hatte, jeden Moment zusammenzubrechen. Sie legte beide Hände auf ihr wild pochendes Herz. „Ich muss mich erst mal setzen.“

Meghan stürmte zur Tür, so schnell das mit den Krücken ging. „Mama, schnell, einen Stuhl für Großmama!“ Ihre Stimme hallte von der gefliesten Decke des Raumes wider, und schon im nächsten Moment kamen Margaret Diane und eine andere Frau mit rot gesträhntem braunen Haar – wohl eine Angestellte des Ladens – in den kleinen Nebenraum gerannt. Die Angestellte schob einen Hocker hinter Hazel, der so aussah wie der Melkschemel, den Papa früher immer benutzt hatte, und Hazel ließ sich auf die runde Sitzfläche sinken und saß mit hängendem Kopf da.

Margaret Diane hockte sich neben sie und fragte: „Was ist denn los, Mutter? Fühlst du dich nicht wohl?“

„Ach, es geht schon wieder. Mir ist nur ein bisschen schwindelig.“ Hazel atmete ein paarmal langsam und tief durch, und Margaret Diane studierte ihr Gesicht. Langsam beruhigte sich Hazels Puls wieder, und das benommene Gefühl ließ nach. Sie tätschelte die Hand ihrer Tochter. „Du brauchst nicht die ganze Zeit neben mir zu hocken. Es geht schon wieder.“

Margaret Diane richtete sich daraufhin zwar wieder auf, blieb aber mit tiefen Sorgen- und Bestürzungsfalten auf der Stirn neben dem Hocker stehen. Hazel wusste nie so genau, wie sie die Mimik ihrer Tochter deuten sollte.

Sie richtete den Blick jetzt auf die Angestellte des Ladens, die in der Nähe stand, die Hände rang und auf der Unterlippe kaute. „Könnten Sie mir bitte eine Puppe von dem obersten Regal herunterholen? Die da.“ Dabei zeigte sie auf die Puppe mit den Korkenzieherlocken und den blauen Glasaugen, die ein dichter Wimpernkranz umgab.

„Da muss ich erst eine Trittleiter holen. Ich bin sofort wieder da.“ Die Frau eilte davon, und man konnte noch eine ganze Weile ihre Flipflops gegen ihre nackten Fersen klatschten hören.

Meghan trat jetzt an Hazels andere Seite, den Blick auf das obere Regal gerichtet. „Das ist eine ziemlich alte Puppe. Hattest du früher so eine?“ Doch Hazel ließ sich vom betont gleichmütigen Tonfall ihrer Enkelin nicht täuschen. Das Mädel war besorgt.

Hazel nahm ihre Hand und erklärte: „Tut mir leid, ich wollte dich nicht erschrecken, aber ich habe Minnie so lange nicht gesehen. Der Anblick und die Erinnerungen …“ Sie lachte leise und ein wenig reuevoll. „Das hat mich einfach überwältigt.“

Die Angestellte kam jetzt mit der zusammengeklappten Trittleiter wieder, stellte sie auf und stieg hinauf. „Die hier?“

Hazel nickte.

Sie reichte Margaret Diane die Puppe, und Hazel streckte die Arme danach aus.

Margaret Diane zögerte. „Die ist anscheinend aus Porzellan, Mutter. Und …" Sie warf einen Blick auf das Preisschild und runzelte die Stirn. „Wenn du sie kaputt machst, musst du sie kaufen."

„Ich habe sowieso vor, sie zu kaufen. Also, bitte gib sie mir."

Kapitel 21

Diane

Die Angestellte war wieder von der Leiter heruntergestiegen und stehen geblieben, und jetzt schaute sie zu, wie Diane ihrer Mutter die Puppe in die Hände legte.

„Das ist eine Vogue-Puppe", sagte die Frau. „Sie ist nicht aus Porzellan, sondern aus einer Modelliermasse – einer Art Pappmaschee, aber trotzdem zerbrechlich."

„Das heißt, wir müssen vorsichtig mit ihr umgehen." Diane hielt also lieber die Hand unter den Kopf der Puppe, denn so zittrig wie Mutter gerade schien, hatte sie vielleicht gar nicht genug Kraft, die Puppe zu halten.

Die Frau verschränkte ihre Finger und ihr knallblauer Nagellack glänzte in dem fluoreszierenden Licht. „Die Schachtel ist durch einen Wasserrohrbruch im Lager ruiniert worden, aber es ist eine Cynthia-Puppe aus dem Jahr 1940. Der Name ist auch in die Schuhsohle eingeprägt."

Mutter drehte die Puppe um und warf einen Blick auf die Sohlen der kleinen Lederschuhe. Sie nickte und lächelte. „Ja, Cynthia."

„Sie hat eine Mohair-Perücke und trägt noch das Originalkleid, Originalsocken und auch die Originalschuhe. An Armen und Beinen hat das Material nur ein paar ganz zarte Risse, aber es ist nichts abgeplatzt oder gesprungen. Die ‚Cynthia' wurde einzeln verkauft, aber auch in einem Dreierset ‚Meine Schwestern und ich', zu dem noch eine ‚Linda' und eine ‚Toddles' gehörte. ‚Linda' ist etwa fünfzig Zentimeter groß und ‚Toddles' – manchmal auch ‚Toodles' genannt – war mit etwa zwanzig Zentimetern kleiner; ‚Cynthia' lag in der Größe dazwischen."

Meghan warf einen erstaunten Blick auf die Angestellte. „Sie wissen aber ziemlich gut Bescheid über die Ware hier."

Die Frau lachte leise. „Hätten Sie sich etwas aus irgendeiner anderen Abteilung hier ausgesucht, wäre ich wahrscheinlich ziemlich hilflos gewesen, aber die Sachen hier in dem Raum stammen alle von meiner Mutter. Sie hat ihr Leben lang Puppen gesammelt, und ich habe alles darüber gelernt, ob ich es wollte oder nicht."

In das „ob ich wollte oder nicht" konnte sich Diane gut hineinversetzen.

Die Frau zeigte auf das obere Regal. „Als sie sich bereiterklärte, sie alle zu verkaufen, hat sie darauf bestanden, dass die wertvollsten Puppen ganz oben ausgestellt werden, damit Kinder sie nicht anfassen können. Sie hat mich nie mit den Puppen spielen lassen und wollte auf keinen Fall, dass fremde Kinder sie in die Finger kriegen."

Diane hätte um ein Haar losgeprustet. Ihre Mutter und diese Angestellte hatten anscheinend einiges gemeinsam. Ob Mutter wohl immer noch das kleine Puppenteeservice mit den Blümchen besaß, das sie selbst früher nicht einmal hatte berühren dürfen? Sie schaute kurz zu ihr hin, um zu sehen, ob ihre Mutter zuhörte, aber die strich mit verträumtem Blick die Spitze an dem verblichenen gelben Kleid der Puppe glatt. Wahrscheinlich hatte sie kein Wort mitbekommen. Diane wandte sich an die Angestellte. „Wieso hat sich denn Ihre Mutter von ihrer Sammlung getrennt?"

Die Frau seufzte. „Sie ist in eine Einrichtung für betreutes Wohnen gezogen, nachdem sie gestürzt ist und sich die Hüfte gebrochen hatte.

Die Einrichtung ist sehr viel teurer als wir gedacht hatten, sodass sie zusätzlich Geld brauchte. Deshalb habe ich die Puppen hier in Kommission gegeben, um sie zu verkaufen."

Diane verstand den Wink. Die Preise waren also nicht verhandelbar. Sie hoffte aber, dass ihre Mutter nicht so töricht sein würde, den geforderten Preis zu zahlen. Irgendwann würde sie ebenfalls in einem Altersheim leben, und wenn sie jetzt ihr Geld zum Fenster hinauswarf, wäre das sicher nicht hilfreich. Sie streckte also ihre Hände nach der Puppe aus und sagte: „Komm, wir legen sie zurück, Mutter."

Doch ihre Mutter hatte die Puppe inzwischen an die Schulter gelegt, so wie Diane Meghan immer gehalten hatte, wenn sie ihr Bäuerchen machen sollte. „Nein, ich lege sie nicht zurück. Ich musste Minnie damals verbrennen, obwohl ich es nicht wollte. Jetzt will ich sie wiederhaben – und kann sie Maggie geben."

Die Angestellte starrte Mutter an, als hätte die den Verstand verloren, was ja auch bei dieser seltsam kryptischen Äußerung nicht weiter verwunderlich war. Selbst für Diane war es schwierig, ihrer Mutter zu folgen, und sie wusste immerhin von Maggies verlorener Geburtstagspuppe.

Sie beugte sich also vor und sagte ihrer Mutter ins Ohr: „Die Puppe soll über einhundertfünfzig Dollar kosten, Mutter, und du weißt doch noch gar nicht, ob wir Maggie überhaupt finden. Es wäre einfach unvernünftig, so viel Geld dafür auszugeben."

Mutters dunkle Augen wurden ganz schmal und funkelten. „Ich kaufe Maggies Minnie", sagte sie energisch und erhob sich dann mühsam, die Puppe immer noch an ihrer Schulter. Meghan hakte sie unter und half ihr auf, und einen Moment lang war Mutter noch etwas wackelig auf den Beinen, aber dann hatte sie ihr Gleichgewicht gefunden. Mit hocherhobenem Kopf hielt sie der Angestellten die Puppe hin. „Bitte packen Sie sie ein."

Diane verdrehte die Augen. „Mutter …"

„Und die da auch", fuhr Hazel fort und zeigte auf eine sommersprossige Puppe mit glattem braunem Haar, das zu Zöpfen geflochten war. Dann sah sie Diane etwas bedröppelt an. „Dein Vater und ich haben dir, als du vier warst, zu Weihnachten eine Sprechpuppe gekauft. Obwohl wir dir gesagt hatten, dass du damit vorsichtig umgehen musst, hast du immer so fest an der Schnur für den Sprechmechanismus gezogen, dass er schon nach einer Woche nicht mehr funktionierte. Dein Vater hat dich dafür bestraft, indem er die Puppe weggeworfen hat. Ich fand das furchtbar, denn du warst noch so klein, und du hättest ja auch noch mit ihr spielen können, wenn sie nicht mehr sprechen konnte." Ihre Lippen bebten und sie wagte ein schüchternes Lächeln. „Jetzt hast du also noch mal eine."

Diane war tief gerührt über das Bedauern ihrer Mutter, obwohl sie sich nicht daran erinnern konnte, einmal eine Puppe wie die auf dem Regal gehabt zu haben. Sie holte Luft, um sich zu bedanken, aber dann kamen plötzlich ganz andere Worte heraus. „Und indem du mir jetzt auch eine Puppe kaufst, willst du dich für den Kauf der anderen rechtfertigen."

Mutters Miene erstarrte.

Meghan schnappte hörbar nach Luft. „Mama! Wie kannst du etwas so Furchtbares sagen!"

Ja, das war wirklich furchtbar. Wieso hatte sie es gesagt? Vielleicht hatte das Thema der Kosten für Altersheime und Mutters leichtsinnige und überflüssige Ausgabe den Kommentar provoziert. Sie sollte sich entschuldigen.

„Ich packe Ihnen die beiden mal ein", sagte die Angestellte, nahm die beiden Puppen und ging ganz langsam zur Tür. „Sie liegen dann an der Kasse für Sie bereit."

Meghan legte Mutter die Hand auf die Schulter. „Möchtest du dich noch weiter umschauen, Großmama? Vielleicht gibt es hier noch mehr zu entdecken."

Aber Hazel schüttelte den Kopf. „Nein, ich habe mein Taschengeld jetzt ausgegeben. Lasst uns nach Hause fahren."

„Aber erst gibt's noch eine Limonade, ja?" Meghan, die ewige Friedensstifterin, ließ ihren Blick hoffnungsvoll zwischen Mutter und Diane hin- und herwandern. „Mit Erdbeeren?"

Diane antwortete, bevor Mutter etwas sagen konnte. „Ja, und ich lade euch ein." Das war eine kleine Geste, aber vielleicht erkannte ihre Mutter ja darin die Entschuldigung, die sie einfach nicht über die Lippen brachte.

Kendrickson, Nevada

Meghan

Mittwoch früh ertönte aus Meghans Handy das *Manamana*-Lied aus der *Sesamstraße* – das war ihr Signal für eingegangene SMS. Die Hunde jaulten und rumorten in ihren Boxen, und sie reagierte darauf instinktiv mit einem *Schschsch*. Es gab wirklich keinen Grund, ihre Mutter zu wecken, die auf ihrer Seite des Bettes immer noch tief und fest schlief.

Meghan drehte sich um und tastete auf dem Nachtschrank nach dem Handy, dann sah sie gähnend und blinzelnd auf das Display. Es war fünf vor sechs und sie stöhnte leise auf. Wer schrieb ihr denn zu einer so unmöglichen Zeit eine SMS? Sie schaute erst nach dem Absender und dann auf die Nachricht. Plötzlich schlug ihr das Herz bis zum Hals und mit einem Mal hellwach setzte sie sich mit einem Ruck auf.

Die Matratzenfedern knarrten, sodass Mama wach wurde und verschlafen murmelte: „Du liebe Güte, Meghan, jetzt lieg doch endlich still.“ Sie drehte sich um, brachte die Matratze noch schlimmer in Bewegung als kurz zuvor Meghan und vergrub den Kopf im Kissen.

Meghan zog ein Gesicht. „Tut mir leid“, flüsterte sie. Da das Zimmer völlig abgedunkelt war, konnte sie nicht gleich ihre Krücken ertasten, die sie irgendwo an den Nachttisch gelehnt hatte, doch schließlich fand sie sie und ging ums Bett herum zur Tür. Großmama ließ im Wohnzimmer immer eine Lampe brennen, und sie folgte dem gelblichen Lichtschein bis zu Großmamas Ohrensessel.

Dort ließ sie sich in die weichen Polster sinken, legte die Krücken quer auf den Polsterhocker und las die Nachricht noch einmal.

Ich wollte euch nur mitteilen, dass es keinen Bericht über den Fund nicht identifizierter menschlicher Überreste gibt, aber ich habe die Namen von zwei vermissten Kindern aus Benton County recherchiert. Zwischen 1937 und 1946 sind dort insgesamt acht Kinder als vermisst gemeldet worden und nicht wieder aufgetaucht. Außerdem habe ich einen Bericht gefunden über einjährige Zwillinge, die ebenfalls in diesem Zeitraum aus dem Delaware County in Oklahoma verschwunden sind. Das ist verdächtig. Und es gibt noch ein Detail, das mir Sorgen macht. Würde gern mit dir und Mrs DeFord darüber reden. Bitte ruf mich doch heute Abend an.

Meghan schüttelte den Kopf. Acht auf unerklärliche Weise verschwundene Kinder in einem Jahrzehnt. Oder sogar zehn, wenn man die zwei von außerhalb des Bundesstaates dazurechnete. Schon als Großmama zwei weitere verschwundene Kinder außer ihrer Schwester erwähnt hatte, war sie erstaunt gewesen über die Menge. Aber zehn? Verdächtig war da schon eher untertrieben. Das war eine unglaublich hohe Zahl. Aber was Sean daran wohl sonst noch Sorgen bereitete? Es juckte sie in den Fingern, ihn sofort anzurufen, aber er war sicher schon im Büro, und während der Arbeitszeit konnte sie ihn nicht stören.

Trotzdem schickte sie ihm per SMS eine kurze Antwort.

Ich sage Großmama, was du herausgefunden hast. Rufe dich später an. Danke.

Gedankenverloren ließ sie das Handy in ihren Schoß fallen und schaute in den schummrig beleuchteten Raum. Im Haus war es still bis auf das beruhigende Ticken der Großvateruhr. Am besten hätte sie wieder ins Bett gehen sollen, aber sie bezweifelte, dass sie noch einmal würde einschlafen können. Es gab Fragen, die eine Antwort verlangten, und sie wollte die Antworten sofort haben. Die drängendste Frage ging ihr nicht mehr aus dem Kopf: Wie konnten – einmal abgesehen von den Zwillingen aus Oklahoma – so viele Kinder aus einer ländlichen Gegend in Arkansas einfach verschwinden?

Wenn es noch nicht so lange her wäre, hätte sie einen Ring von Pädophilen vermutet. Menschenhandel war ja mittlerweile ein häufiges Verbrechen. Nicht, dass es damals nicht auch Pädophile gegeben hätte – aber die Menschen damals schreckten noch eher davor zurück, derartige Triebe auszuleben, weil sie mögliche gesellschaftliche Folgen fürchteten, falls es herauskam. Ein Pädophiler hätte mit großer Wahrscheinlichkeit eine Beziehung – wenn auch eine kranke – zu einem einzelnen Kind aufgebaut und diese im Laufe der Zeit intensiviert. Selbst wenn ein Pädophiler diese Kinder mitgenommen und getötet hatte, hätte man doch irgendwann sterbliche Überreste gefunden.

Großmama war überzeugt, dass Zigeuner Maggie mitgenommen hatten, aber so eine Gruppe mit ihren Planwagen fiel doch auf. Hätten sie es wirklich unter diesen Umständen gewagt, so häufig in dieselbe Gegend zu kommen? War es ein Einzelner oder eine Personengruppe gewesen, die diese Kinder mitgenommen hatte? Und wenn ja, zu welchem Zweck? Und wieso waren sie nicht wieder aufgetaucht oder gefunden worden? Ein Schauer durchfuhr sie. In welcher Gestalt hatte das Böse den idyllischen Ort in den Ozark Mountains damals bloß heimgesucht?

Gegen halb sieben kam Großmama ins Wohnzimmer. Sie hatte einen mintfarbenen Schlafanzug und einen passenden Morgenmantel an und erschrak, als sie Maggie schon dort sitzen sah. „Was machst du denn hier schon so früh?"

Meghan hielt ihr Handy hoch und wollte Großmama schon die SMS zeigen, aber eine innere Stimme riet ihr, noch zu warten. Sie zuckte also mit den Achseln und sagte: „Ich bin aufgewacht und wollte Mama nicht stören, deshalb bin ich ins Wohnzimmer gegangen. Soll ich dir beim Frühstückmachen helfen?"

„Du kannst mir Gesellschaft leisten, während ich … während ich …", sie runzelte die Stirn.

Meghan legte den Kopf schräg und sagte: „Kaffee?"

Großmama seufzte. „Ja, während ich Kaffee mache. Vielleicht brauche ich erst einen, bevor ich mit jemandem reden kann. Dann macht das alles mehr Hemd." Sie schüttelte den Kopf. „Sinn!"

Meghan kicherte, stand auf, nahm die Krücken und folgte Großmama in die Küche. Dort lehnte sie sich an den Küchentresen und schaute zu, wie Großmama in dem ordentlich aufgeräumten Raum umherging, Schränke öffnete, stirnrunzelnd hineinschaute, sie wieder schloss … Unbehagen beschlich Meghan. „Alles in Ordnung, Großmama?"

Mit leicht geöffnetem Mund sah Großmama sie an. „Was? Ach." Sie lachte. „Ja, alles in Ordnung. Bin nur noch etwas wackelig. An manchen Tagen brauche ich morgens ein bisschen länger. Möchtest du Sahne und Zucker?"

Meghan hatte seit ihrer Ankunft vor fünf Tagen jeden Morgen Sahne und Zucker in den Kaffee genommen. Sie überlegte kurz, es ihrer Großmutter zu sagen, entschied sich dann aber dagegen und nickte nur kurz. „Ja, bitte."

Großmama schloss die Schranktür wieder, ohne die Kaffeedose herauszunehmen, und ging an Meghan vorbei zum Kühlschrank. Darin kramte sie eine Weile herum und förderte schließlich eine kleine Packung Sahne zutage. Dann sah sie noch einmal mit gefurchter Stirn in den Kühlschrank und murmelte: „Wo habe ich denn bloß den Zucker gelassen?"

„Großmama …" Meghan deutete auf die Zuckerdose aus Porzellan mit dem Silberlöffel darin. „Hier steht er doch."

Großmama drehte sich um und starrte die Dose an, als hätte sie sie noch nie gesehen.

Meghan ergriff den Arm ihrer Großmutter und drückte ihn sanft. „Hast du nicht gut geschlafen heute Nacht, Großmama? Es ist völlig in Ordnung, wenn du noch mal ins Bett gehst. Es gibt kein Gesetz, das vorschreibt, jeden Morgen spätestens um viertel vor sechs auf den Beinen zu sein."

Da kamen Großmama die Tränen und ihr Kinn bebte. „Ich …" Sie fuhr sich mit der Zunge über die Lippen und eine einzelne Träne lief ihr die runzelige Wange hinunter.

Meghan spürte, wie ihr vor Sorge ganz eng um die Brust wurde. „Was ist denn los, Großmama?"

Ihre Großmutter atmete einmal zittrig ein. „Ich bin so durcheinander."

Aus Sorge wurde von einem Moment zum anderen Angst, aber Meghan zwang sich zu einem Lächeln, weil sie hoffte, das würde ihre Großmutter ein wenig beruhigen.

„Du bist sicher nur müde. Mama und ich halten dich ja ziemlich auf Trab, seit wir hier sind, und du bist es eben nicht mehr gewohnt, ständig Leute um dich zu haben. Was hältst du denn davon, wenn ich den Kaffee mache und du dich noch eine Weile hinlegst?"

Großmama schniefte und ließ den Kopf hängen. „Ich bin wirklich keine gute Gasflasche."

Meghans Stirn kräuselte sich. „Du meinst, Gastgeberin."

Großmama nickte.

Meghan legte Großmama den Arm um die Schultern. „Wir gehören doch zur Familie. Für uns brauchst du wirklich nicht die Gastgeberin zu spielen. Komm schon, Großmama. Mama schläft bestimmt auch noch mindestens eine Stunde. Wenn du wieder wach wirst, geht es dir sicher schon viel besser."

Großmama schniefte weiter, und ihre Haltung war so niedergeschlagen, dass Meghan am liebsten in Tränen ausgebrochen wäre. Schließlich seufzte Großmama und sagte: „Also gut. Wenn du sicher bist, dass es dir nichts ausmacht, dann lege ich mich noch mal hin. Ich bin wirklich … müde."

Meghan drückte ihrer Großmutter einen Kuss auf die weiche Wange. „Dann ist es doch das Beste für dich, wenn du dich ausruhst." Ich mache den Kaffee und nachher auch das Frühstück. Bis jetzt hast du Mama und mich verwöhnt, und jetzt verwöhnen wir zur Abwechslung mal dich."

Großmama nickte. Sie bog mit steifen, schlurfenden Schritten um die Ecke, sodass Meghan die Luft anhielt und ein paar Schritte hinterherging, aber heimlich, damit Großmama es nicht merkte. Erst als Großmama ihre Schlafzimmertür hinter sich schloss, blies Meghan die Backen auf und stieß die Luft aus. Zum Glück hatte sie Seans SMS nicht erwähnt. Großmama hätte bestimmt nicht mehr schlafen können, wenn sie erfahren hätte, was er herausgefunden hatte.

Meghan ging zurück in die Küche, und als sie die Kaffeedose aus dem Schrank nahm, packte sie eine Sorge. Was, wenn die Verwirrung ihrer Großmutter durch Ruhe und ein Nickerchen nicht behoben war? Sie hatte sich so seltsam benommen. Ob vielleicht doch etwas Ernstes dahintersteckte? Und wenn es so war, würde sie dann noch in der Lage sein, Sean bei der Fortsetzung seiner Ermittlungen zu helfen?

Kapitel 22

Little Rock, Arkansas

Sean Eagle

Sean legte wieder auf, lehnte sich auf seinem Stuhl zurück, reckte sich und schickte ein stummes „Danke“ zur Zimmerdecke. Mrs Baldwins Dankesworte klangen ihm immer noch im Ohr. Die Familie Baldwin würde in dieser Nacht wahrscheinlich endlich wieder ruhiger schlafen können, weil die Fragen im Zusammenhang mit dem Tod ihrer Tochter im Jahr 1982 jetzt endlich beantwortet waren und der Mann, der dafür verantwortlich war, bereits hinter Gittern saß. Sean hatte schon befürchtet, dass Mr Baldwin, der an einem Lungenemphysem litt und schon sehr gebrechlich war, die Beantwortung all der offenen Fragen vielleicht gar nicht mehr erleben würde. Aber Gott hatte die Ermittler in die richtige Richtung geführt, und durch einen DNA-Abgleich – eine Methode, die damals, 1982, noch nicht zur Verfügung gestanden hatte – war ihre Theorie bestätigt worden. Er empfand große Dankbarkeit und betete gleichzeitig: *Bitte, Vater, hilf mir doch, Antworten auf die Fragen von Meghans Großmutter zu finden.*

Sean kannte die Frau zwar gar nicht, aber seit er am Samstagabend ihre Stimme gehört hatte, musste er die ganze Zeit an sie denken. Sie hatte so freundlich geklungen, so voller Vertrauen und auch Hoffnung. Dass sie die Hoffnung nach so vielen Jahren immer noch aufrechterhielt, war ein starkes Zeugnis ihres Glaubens. Er wollte, dass sie erlebte, wie ihr Glaube belohnt wurde, und zwar noch zu ihren irdischen Lebzeiten.

Keiner der anderen Ermittler aus der Abteilung glaubte, dass er den Fall würde lösen können. Zwei Kollegen hatten ihn sogar regelrecht ausgelacht dafür, dass er es überhaupt versuchen wollte, besonders, weil er in diesem Fall in seiner Freizeit ermittelte. Aber er musste es einfach versuchen. Für Mrs DeFord wollte er es versuchen und auch für Meghan. Aber am allermeisten wollte er natürlich, dass Gottes Wille für die beiden geschah. Wenn die Suche nach der vermissten Schwester Meghans Mutter und ihre Großmutter wieder zusammenbringen konnte, dann genügte das ja vielleicht schon – musste dann wohl genügen. Niemand aus der Abteilung hatte bisher einen Fall lösen können, der so weit zurücklag. Aber es gab immer ein erstes Mal, und ganz tief in seinem Innern hatte er das Gefühl, dass er etwas Größerem auf der Spur war als einem kleinen Mädchen, das bei einem Brombeergebüsch im Wald verschwunden war.

Er las sich die Liste der Namen noch einmal durch, die er aus der Datei vermisster Personen herausgefiltert hatte.

Amelia Arnold, Alter 2 Jahre 4 Monate; Seba, Arkansas; 3. Februar 1937
Henry Leonard, Alter 2 Jahre 3 Monate; Pactolus, Arkansas; 21. August 1938
Delia Holt, Alter 2 Jahre 7 Monate; Mason Valley, Arkansas; 4. März 1940
Eugene Hastings Jr., Alter 9 Monate; Beaty, Arkansas; 12. April, 1942
Matilda Beckett, Alter 3 Jahre 2 Monate; Gravette, Arkansas; 16. Oktober 1942
Margaret Blackwell, Alter 3 Jahre 1 Monat; Cumpton, Arkansas; 14. Juli, 1943
Francis Killian, Alter 1 Jahr 11 Monate; Pea Ridge, Arkansas; 15. Juni 1944
Bertha Fair, Alter 1 Jahr 8 Monate; Lime Kiln, Arkansas; 1. Januar 1946
James und Robert Phillips, Alter 1 Jahr 1 Monat; Colcord, Oklahoma; 6. Mai 1946

Es war der Zeitpunkt vermerkt, an dem das jeweilige Kind zuletzt gesehen worden war, gefolgt von einer kurzen Personenbeschreibung, und obwohl Sean die Ähnlichkeiten beim Lesen dieser Beschreibungen schon aufgefallen waren, lief es ihm eiskalt den Rücken hinunter. Alle Kinder, von dem Krabbelkind, das in Seba verschwunden war, bis hin zu den beiden Kindern aus Oklahoma, hatten blondes Haar und blaue Augen. Das hatte etwas zu bedeuten, und er hoffte, dass Meghan und er mithilfe von Mrs DeFord herausfinden würden, was.

„Hey, Beagle." Sein Kollege Tom Farber verballhornte Seans ungewöhnlichen Namen ständig, wahrscheinlich in der Hoffnung, ihn damit irgendwann aus der Fassung zu bringen. Aber bis jetzt hatte Sean es mit Gottes Hilfe immer geschafft, den Mann zu enttäuschen.

Sean drehte sich mit seinem Stuhl zu Farber und seinem Kollegen Greg Dane um, der neben der Tür zum Aufzug stand. „Ja?"

„Dane und ich wollen uns im Rosie's ein Sandwich holen. Möchtest du auch was?"

Im Rosie's, einem kleinen Bistro in der River Market Gegend, also ganz in der Nähe des Gebäudes, in dem die Sonderermittlungskommission ihr Büro hatte, gab es die besten Reuben-Sandwiches und Pommes der Stadt. Sean lief schon beim Gedanken daran, in ein Sandwich aus getoastetem Roggenbrot mit mehreren Lagen Corned Beef und Sauerkraut hineinzubeißen, das Wasser im Mund zusammen, aber er schüttelte den Kopf. Er hatte sich eine Mikrowellensuppe von zu Hause mitgebracht, damit er in der Mittagspause an Mrs DeFords Fall weiterarbeiten konnte.

„Nein, aber danke."

Als Nächstes fragte Farber Seans Kollegen, der Meghan vertrat: „Und was ist mit dir, Sanderson? Kommst du mit?"

Wie gewöhnlich schaute der junge Kollege Miles Sanderson Sean erst fragend an, um von ihm eine Ansage zu bekommen. Sean winkte zustimmend. „Geh ruhig. Ich empfehle das Reuben-Sandwich."

„Klingt gut." Mit breitem Grinsen stand Sanderson auf und ging zur Tür, wo Farber und Dane auf ihn warteten.

Sean konnte gut verstehen, dass sich der junge Mann freute, dass er gefragt wurde, ob er mitkommen wolle, denn bisher war er von den anderen Kollegen weder auf ein Feierabendbier noch zu einem kurzen Lunch in der Mittagspause eingeladen worden. Und jetzt dachte der „Neue" zweifellos, dass er es endlich ins Team geschafft hatte. Sean hoffte nur, dass Sanderson sich von den anderen raubeinigen Kollegen nicht negativ beeinflussen ließ, denn Miles war ein feiner Kerl. Doch er wollte es allen recht machen. Ganz ähnlich wie Meghan, als sie gerade frisch zum Team gestoßen war.

„Hey, Miles", sagte Sean deshalb jetzt.

Der junge Kollege blieb stehen, drehte sich noch einmal um und sah ihn fragend an.

„Es gibt hier heute Nachmittag noch ziemlich viel zu tun. Also lass dich von den beiden Hooligans nicht bequatschen, die Mittagspause ein bisschen auszudehnen."

Farber und Dane grinsten sich an, aber Sanderson nickte ganz ernsthaft. „Nein, Sir, mach ich nicht."

Dane salutierte scherzhaft. „Tschüss, Pastor. Genieß die Ruhe." Und dann waren die drei auch schon zur Tür hinaus. Weil die anderen beiden Detectives, Tyler Roach und Anthony Johnson, kurz zuvor auch schon in die Mittagspause gegangen waren, hatte Sean das Büro jetzt für sich.

Er nahm die Suppendose aus seiner Schreibtischschublade und stellte sie auf die Ecke des Schreibtisches, statt in den Pausenraum zu gehen, wo die Mikrowelle stand. *Blaue Augen, blondes Haar.* Diese einfachen Stichworte bei jedem der vermissten Kinder verfolgten ihn. Was hatte das zu bedeuten?

Kendrickson, Nevada

Diane

Diane sah zu, wie ihre Mutter das Geschirr vom Mittagessen in den Geschirrspüler räumte. Die Gläser in den oberen Auszug, Teller und Töpfe nach unten, Besteck sortiert. Meghans Sorge wegen Mutters Verwirrtheit vorhin hatte bei Diane Fragen aufgeworfen, aber in diesem Moment konnte sie im Verhalten ihrer Mutter keinen Hinweis mehr auf Verwirrtheit oder sonst etwas Auffälliges feststellen. Außer …

„Hast du das Geschirr auch vorgespült, Mutter?" Früher hatte Hazel immer akribisch darauf geachtet, dass Diane nur vorgespültes Geschirr in den Geschirrspüler stellte. Wie gut sie sich an die peniblen Anweisungen erinnerte. Und auch an ihr eigenes Gegenargument – wieso man sich den Luxus eines Geschirrspülers leistet, wenn man das Geschirr spült, bevor man es hineinstellt.

Mutter lächelte Diane zu – heiter und kontrolliert, mit anderen Worten: ganz so wie immer. „Dieser Geschirrspüler hat einen eingebauten Abfallzerkleinerer. Darin wird jeder kleine Rest, der auf dem Teller zurückgeblieben ist, zerkleinert und weggespült. Ist das nicht praktisch?"

Ja, Mutter war in diesem Moment in bester geistiger Verfassung. Diane warf Meghan einen Blick zu, von dem sie hoffte, dass er ihre Zweifel an einer ernsthaften Verwirrung am Morgen vermittelte.

Meghan ließ sich nicht anmerken, ob sie den Blick registriert hatte, sondern spielte mit der Stoffserviette herum, die zerknüllt auf dem Tisch lag. „Der Juwelier hat gesagt, dass deine Kette heute Nachmittag fertig ist, Großmama. Was hältst du davon, wenn Mama und ich sie abholen und du dich so lange hinlegst und ein bisschen ausruhst?"

Unmut zeichnete sich in Mutters Gesicht ab, und ausnahmsweise galt der einmal nicht Diane, sondern Meghan.

„Könntest du vielleicht damit aufhören, mich ständig ins Bett zu schicken? Zugegeben, ich bin kein Küken mehr, aber ich bin auch noch nicht so weit, mich völlig in den Ruhestand schicken zu lassen."

Meghan schob die Serviette beiseite und stand auf. Sie nahm ihre Krücken und ging mit großen Schritten zu ihrer Großmutter hinüber. „Ich will dich gar nicht in den Ruhestand versetzen, Großmama. Normalerweise legst du dich doch nach dem Mittagessen immer ein Stündchen hin. Wir haben gegessen, also ist es jetzt Zeit für den Mittagschlaf."

Ihre Großmutter schüttelte den Kopf und ihr Blick dabei hatte etwas Halsstarriges.

„Im Kindergarten vielleicht. Aber sehe ich nach Kindergarten aus?"

Meghan lächelte sie kleinlaut an. „Also …"

Diane stand jetzt auf. „Ich glaube, Meghan möchte dir nur indirekt sagen, dass heute Abend noch ein wichtiges Telefonat mit Detective Eagle ansteht, und sie wünscht sich, dass du dann fit und aufmerksam bist, damit du seine Fragen beantworten kannst."

Meghan runzelte warnend die Stirn in Dianes Richtung und legte eine Hand auf den Arm ihrer Großmutter. „Sean wird dir wahrscheinlich viele Fragen stellen, was an dem Tag damals alles passiert ist, als Maggie verschwunden ist. Wäre es da nicht wirklich klug, wenn du dich ein bisschen hinlegen würdest, damit dein Gedächtnis heute Abend frisch ist?"

Einige Sekunden lang sah Hazel Meghan an, dann lehnte sie sich an den Tresen und verschränkte die Arme. „Ich weiß, was dich heute Morgen so beunruhigt hat, und das tut mir wirklich leid. Aber du brauchst dir keine Sorgen zu machen. Ich bin achtzig. Da kommt es schon mal vor, dass man ein wenig Mühe hat, seine Gedanken zu ordnen. Das ist doch wirklich nichts Ungewöhnliches."

„Ist es nicht?", fragte Meghan und warf Diane einen Blick zu. „Du meinst, das passiert dir öfter?"

Mutter schmunzelte. Es war nicht ihr gewohntes unbeschwertes Schmunzeln, aber beinah. „Ich würde nicht sagen oft, aber häufig genug, dass ich weiß, es geht wieder vorüber."

„Aber du warst so … durcheinander und aufgewühlt." Meghan biss sich auf die Unterlippe. „Das sieht dir so gar nicht ähnlich."

Mutter schloss kurz die Augen und seufzte. Dann heftete sie den Blick auf Meghan: „Ich bin sicher, ich habe deswegen so heftig reagiert, weil mir die Sache peinlich war. Normalerweise bin ich ja allein, wenn mir das passiert. Mit Publikum ist es schon ziemlich demütigend."

Ja klar, Mutter konnte es ja nicht leiden, nicht perfekt zu sein.

Meghans Miene drückte Mitgefühl aus.

Und Diane erinnerte sich an noch etwas. „Wie sieht es denn mit Ohnmacht aus? Bist du auch schon öfter ohnmächtig geworden?"

Mutters finstere Miene wich nicht. „Nein, natürlich nicht."

„Und ist dir manchmal schwindelig? So wie am Montag in dem Antiquitätenladen?"

Jetzt stemmte Mutter ihre geballten Fäuste in die Hüften und sagte energisch: „Also, wenn ihr beide vorhabt, euch gegen mich zu verbünden, dann muss ich vielleicht doch eine von euch nach Hause schicken."

Diane wusste genau, wen von ihnen beiden es dann treffen würde. Sie ahmte Mutters Haltung nach, denn auch sie konnte stur sein. Sie hatte schließlich von der Besten gelernt. „Wie oft ist dir schwindelig, Mutter? Und bevor du antwortest, denk bitte daran, dass Meghan und ich erst seit fünf Tagen hier sind und bereits in den ersten drei Tagen sowohl Schwindel als auch eine Ohnmacht bei dir miterlebt haben."

Wenn Mutters Blick noch grimmiger hätte werden können, dann wären ihre Augenbrauen wahrscheinlich in einer ihrer tiefen Stirnfalten verschwunden. „An den Tagen war es auch besonders heiß", erklärte sie.

Diane verdrehte die Augen. „In Nevada ist es immer heiß, Mutter."

Meghan räusperte sich, offenbar ein Zeichen für Diane, es jetzt gut sein zu lassen. „War dir heute Morgen heiß, als dir das Wort *Kaffee* nicht eingefallen ist und du die Zuckerdose nicht finden konntest?"

„Nein – ich war bloß etwas wackelig, weil ich noch nicht richtig wach war." Die Worte kamen patzig heraus und klangen, wie wenn ein Beil auf ein Holzscheit niedersaust. „Ihr macht viel zu viel Aufhebens um ein paar Alterswehwehchen, und ich will jetzt nichts mehr davon hören. Wenn es euch dann besser geht, lege ich mich eben eine Stunde hin, aber ich möchte, dass ihr beide wisst, ich mache das nur unter Zwang." Dann zeigte sie auf Meghan. „Und wehe, ihr beiden wagt es, meine Kette beim Juwelier abzuholen! Ich möchte mir selbst anschauen, ob sie richtig repariert worden ist, bevor ich sie wieder mit nach Hause nehme. Ich lasse mich nämlich nicht beschwindeln."

Meghan hob beschwichtigend beide Hände. „Ist ja schon gut. Das machen wir nicht. Versprochen."

Sofort wurde Mutters strenge Miene weicher und sie zog Meghan an sich. „Ich weiß ja, dass du dir nur Sorgen um mich machst, Liebes, und dafür bin ich dir auch wirklich dankbar, aber deine Sorgen sind wirklich unnötig. Mir geht es gut. Dafür, dass ich achtzig bin, geht es mir richtig gut." Sie löste sich wieder von Meghan und verließ die Küche in Richtung Schlafzimmer. „Der Geschirrspüler kann angestellt werden. Könntet ihr das bitte erledigen?" Und damit verschwand sie um die Ecke.

Meghan beugte sich vor, um den Geschirrspüler zu öffnen, aber Diane stellte sich ihr in den Weg. „Lass das mal lieber mich machen, bevor du mit deinen Krücken noch stürzt." Sie wollte die Klappe des Geschirrspülers gerade wieder schließen, als ihr etwas auffiel. Sie hielt inne und sah nachdenklich auf das Fach für das Geschirrspültab. Es war leer. Hatte sich Mutter nicht richtig konzentriert, weil sie nebenher das Gespräch geführt hatten, und war deshalb aus der Spur des normalen Ablaufs geraten, oder war es ein weiteres Indiz dafür, dass sie vergesslich wurde?

Diane nahm ein Tab aus der Packung unter der Spüle und legte es in das dafür vorgesehene Fach. Als sie den Deckel schloss und die Klappe des Geschirrspülers ebenfalls, nahm sie sich ganz fest vor, ihre Mutter von jetzt an genauer zu beobachten. Sie würde die Beweise sammeln, die sie brauchte – mit Meghan als Zeugin –, dass Mutter ein Alter erreicht hatte, in dem es nicht mehr ratsam war, allein zu leben. Dann würde es sicher nicht mehr schwer sein, sowohl ihre Tochter als auch ihre Mutter davon zu überzeugen, dass es das Verantwortungsvollste, Klügste und Barmherzigste war, einen Platz in einer Einrichtung für betreutes Wohnen für sie zu suchen. Nicht einmal Meghan würde dann etwas dagegen einwenden können.

Während Mutter ein Nickerchen machte und Meghan eine weitere Seite des Erinnerungsalbums gestaltete, würde Diane im Internet nach solchen Einrichtungen hier in der Nähe suchen.

Little Rock, Arkansas

Sean

Sean kaufte sich bei einem Drive-in-Fastfood-Restaurant etwas zum Abendessen und machte sich auf den Heimweg. Der Duft von gebratenem Rindfleisch und Zwiebeln stieg aus der Tüte auf dem Beifahrersitz auf und lud ein, sich sofort darüber herzumachen, aber obwohl das Essen sicher kalt sein würde, wenn er zu Hause ankam, würde er warten. Er hatte sich schon so oft über abgelenkte Autofahrer geärgert, dass er jetzt nicht selbst ebenfalls ein solcher sein wollte. Und der Burger mit

Käse, Bacon und gegrillten Zwiebeln würde ihn ganz sicher ablenken, wenn er ihn in der Hand hätte. Bei dem dichten Feierabendverkehr benötigte er seine ganze Konzentration zum Fahren.

Im Zentrum von Little Rock herrschte den ganzen Tag über reger Betrieb. Das Rumpeln und Scheppern der Straßenbahnen wetteiferte mit dem Lärmen der Touristen und Einheimischen in den Läden und Restaurants des River Market, aber um fünf war in vielen Büros Feierabend, und dann verdoppelte sich die Anzahl der Autos auf den Straßen praktisch noch einmal. Als in der Stadt vor sechs Jahren in der vierten Etage eines historischen Gebäudes im Zentrum des River Market mitten in der Stadt die Sonderermittlungskommission für ungelöste Kriminalfälle des Bundesstaates Arkansas eingerichtet wurde, hatte er sich gefragt, ob das eine gute Entscheidung des Polizeichefs war. Mitten in der Stadt und so weit entfernt vom Polizeipräsidium in der 12th Street. Aber mit der Zeit hatte Sean den neuen Standort richtig liebgewonnen.

Das dunkle, beengte Quartier in einem Kellerraum, in dem die früheren Soko-Mitarbeiter – das war eine Handvoll ehrenamtlich tätiger pensionierter Beamter, die die ungeklärten Vergewaltigungen und Morde in der Stadt bearbeiteten – gearbeitet hatten, hätte ihm jedenfalls nicht behagt, auch wenn es sich im Polizeipräsidium befand. Die oberste Etage eines alten Wohngebäudes im Herzen des River Market leistete dem Team jetzt gute Dienste. In der Nähe des Aufzugs hatte der Leiter der Abteilung, Captain Ratzlaff, ein Einzelbüro, und das Großraumbüro daneben ließ allen sechs Ermittlern der Abteilung die nötige Ellbogenfreiheit. Durch die vielen Fenster war der Raum lichtdurchflutet, und man hatte einen Blick sowohl über die Stadt als auch über den Arkansas River und die Partnerstadt North Little Rock. Diesen Ausblick wusste Sean besonders dann zu schätzen, wenn er sich wieder beruhigen musste, nachdem er besonders schlimme Fakten über die letzten Minuten im Leben eines Menschen in Erfahrung gebracht hatte.

Er bog jetzt auf den Highway 30 Richtung Süden ein und fuhr etwas schneller, um den Verkehrsfluss nicht aufzuhalten. Es herrschte dichter Verkehr, und alle waren in Eile. Er schaute zu anderen Fahrern hinüber, Mütter mit Kindern auf Kindersitzen, Männer mit vor Konzentration finsteren Mienen – zweifellos alle auf dem Heimweg, um sich dort der Hausarbeit und den Abendaktivitäten zu widmen oder das Abendessen auf den Tisch zu bringen. Familienangelegenheiten eben.

Er verspürte einen Schmerz in der Brust. Er hatte kein Familienleben mehr erlebt, seit seine Familie damals in seinem ersten Collegejahr den Unfall gehabt hatte. Damals hätte er sicher nicht damit gerechnet, dass er vierzehn Jahre später immer noch allein sein würde, aber es gab niemanden – keine Frau, kein Kind, nicht einmal einen Hund –, der ihn am Ziel dieser Autofahrt erwartete. Meistens war er wegen der Menge der Fälle, die er zu bearbeiten hatte, viel zu beschäftigt, um daran zu denken, was ihm fehlte, aber seit Meghan in der Abteilung war, erlebte er häufiger solche Momente wie jetzt – besonders wenn er allein war –, in denen er sich nach einer Familie sehnte. Und immer, wenn er diese Sehnsucht verspürte, stahl sich Meghans hübsches Gesicht in seine Überlegungen.

Aber das war Unsinn. Sie waren Kollegen. Sie standen sich nah, weil das in einem Team zwangsläufig so war.

Nicht ein einziges Mal hatte sie auch nur angedeutet, dass sie mehr in ihm sah als ihren Mentor und Kollegen. Und wahrscheinlich war das auch besser so, schließlich war sie nicht gläubig. Er kannte ja die Bibelstelle, die besagte, dass man nicht mit Ungläubigen an einem Joch ziehen soll, und er hatte nie vergessen, was ihm seine Mutter dazu einmal gesagt hatte … „*Verliebe dich nicht in ein Mädchen, das den Herrn nicht lieb hat, Sean.*" Also hatte er seine Gefühle im Zaum gehalten. Zumindest glaubte er das.

An dem Tag, als er hinter Meghans völlig zerbeultem Toyota gestanden und zugeschaut hatte, wie die Helfer mit der Rettungsschere das

Dach von ihrem Wagen abgetrennt hatten, voller Angst, was im Inneren zum Vorschein kommen würde, war ihm klar geworden, wie viel sie ihm bedeutete. Für ihn war sie mehr als eine Kollegin. Sogar mehr als eine Freundin. Aber er würde seine Gefühle lieber für sich behalten. Es gab schon zu viele halbe Ehepaare, die kummervoll im Gottesdienst saßen und sich unvollständig fühlten, weil die andere Hälfte nichts mit Gott zu tun haben wollte. Wenn es wirklich Gottes Plan für ihn war, irgendwann eine Familie zu haben, dann würde Gott dafür sorgen, dass er eine gläubige Frau kennenlernte.

Bis dahin würde er Meghans Freund sein und weiter darum beten, dass sie Jesus kennenlernte, genauso wie er das auch für seine Kollegen Dane, Farber, Roach und Johnson tat.

Während er jetzt auf den Heimweg war und der Duft des Hamburgers auf dem Beifahrersitz seine Sinne betörte, ging Sean noch einmal die Fragen durch, die er Mrs DeFord am Abend stellen wollte. Vielleicht würde sie nicht alle sofort beantworten können, vielleicht ja auch gar keine, aber er hoffte, dass sie sich wenigstens an etwas erinnerte, was ihn in die richtige Richtung lenkte. Während er weiterfuhr, mündeten seine Gedanken in ein Gebet, so wie fast immer, wenn ihn etwas belastete, und als er bei seinem schlichten Einfamilienhaus aus den 60er-Jahren ankam, hatte der Frieden, mit dem er inzwischen immer rechnete, seine Gedanken tatsächlich zur Ruhe gebracht.

Er schaute auf die Uhr. Zwanzig vor sechs in Arkansas bedeutete, dass es in Nevada erst zwanzig vor vier war. Wahrscheinlich würde es noch ein paar Stunden dauern – etwa drei –, bevor er Meghan anrufen konnte. Er stellte den Motor ab, nahm die Tüte mit seinem Abendessen und seinen Aktenkoffer, in dem die Ausdrucke seiner Rechercheergebnisse lagen, und stieg aus dem Wagen. Die Hamburgertüte zwischen den Zähnen ging er über den Rasen zum Haus, den Aktenkoffer in der einen, den Haustürschlüssel in der anderen Hand. In dem Moment, als er den Schlüssel ins Schloss schob, ertönte aus seinem

Handy die „Unchained Melody“ – Meghans Klingelton. Sein unbelehrbares Herz schlug sofort einen Salto in seiner Brust.

Er lehnte den Aktenkoffer an die Hauswand, nahm die Burgertüte aus dem Mund und angelte nach dem Handy. Die Melodie schien mit jeder Sekunde lauter zu werden, und er war sicher, dass sie auflegen würde, bevor er es geschafft hatte, den Anruf anzunehmen. Als er das Handy endlich mit den Fingerspitzen zu fassen bekam, zerrte er es heraus und drückte auf *Annehmen*. Sein „Hallo“ klang ganz heiser.

„Hallo, Sean. Passt es dir jetzt, dass wir reden, oder … bist du gerade beschäftigt?“

Sie hatte also gemerkt, dass er außer Atem war. Er klemmte sich das Handy zwischen Schulter und Ohr und rang sich ein Lachen ab. „Doch, doch, es passt gut.“ Dann drehte er den Schlüssel im Schloss und die Tür sprang auf. Die Tüte mit seinem Hamburger warf er auf das Tischchen neben der Tür, trat in den Flur und gab der Tür einen Stups mit dem Ellenbogen. „Also … was gibt’s?“

Kapitel 23

Kendrickson, Nevada

Hazel

Meghan stupste Hazel mit dem Ellbogen an und zog eine Grimasse. Sie deutete auf ihr Handy, das sie ans Ohr gedrückt hatte, und flüsterte: „Ich habe ihn bei irgendetwas gestört. Vielleicht müssen wir noch einen Moment warten."

Hazel nickte, aber sie wollte – musste – dieses Gespräch unbedingt hinter sich bringen. Seit der Mittagszeit, als Meghan ihr gesagt hatte, wie viele Kinder Mr Eagle in der Datei mit vermissten Personen gefunden hatte, hatte sie ein seltsam kribbeliges Gefühl von Dringlichkeit. So viele andere Familien also, in denen es nur noch einen Schatten gab, wo eigentlich ein Kind hätte sein sollen. Sie wollte, dass sie alle eine Antwort auf ihre offenen Fragen bekamen.

Meghan räusperte sich und sprach wieder ins Handy. „Ich hoffe, dass ich dich nicht zu früh störe, aber Großmama und ich gehen vor Spannung schon die Wände hoch. Großmama wollte das Gespräch gerne vor dem Abendessen hinter sich bringen, weil sie heute Abend noch zur Bibelstunde geht. Ich dachte, ich versuche es jetzt einfach, aber wenn es gerade nicht passt …"

Es war Gemurmel einer tiefen Stimme aus dem Handy zu hören,

aber Hazel konnte nicht verstehen, was sie sagte. Meghan nickte, ein Lächeln im Gesicht.

„Gut!" Sie zwinkerte Hazel zu. „Ich stelle jetzt laut, damit Großmama mithören kann, ja?" Sie senkte das Handy und drückte ein Symbol auf dem Display. „So, Sean, jetzt hören wir dich beide."

„Guten Tag, Mrs DeFord."

Hazel gefiel der Klang der fließenden und respektvollen Stimme des Mannes. Wer auch immer ihn erzogen hatte, hatte seine Sache gut gemacht. „Hallo, Mr Eagle. Entschuldigen Sie bitte, wenn wir Sie in Ihrem gewohnten Ablauf stören. Wahrscheinlich waren wir ein bisschen zu ungeduldig, oder?"

„Das kann ich absolut verstehen." Jetzt war ein Rascheln aus dem Handy zu hören und dann eindeutig Kaugeräusche. „Ich konnte es auch kaum erwarten, mit Ihnen zu reden." Seine Stimme klang jetzt gedämpft, ein Zeichen, dass er etwas im Mund hatte.

Margaret Diane saß derweil im Ohrensessel und streichelte ihre Hunde, die in einer Reihe auf dem Sofa lagen. „Ihr habt ihn beim Abendessen unterbrochen. Lasst ihn doch lieber zurückrufen."

„Nein, das ist schon in Ordnung so." Der Detective musste Margaret Diane gehört haben, obwohl sie ganz am anderen Ende des Raumes saß. „Wenn es Ihnen nichts ausmacht, dass ich während des Gespräches esse … Also, ich kann auch beim Reden essen."

Hazel wechselte einen unsicheren Blick mit Meghan. „Sind Sie sicher? Wenn Sie lieber erst in Ruhe essen wollen, dann können wir auch so lange warten." Aber konnten sie das wirklich? Die nagende Unruhe nahm zu. Hazel knetete mit einer Hand den Stoff ihrer Bluse. Wieso schlug ihr Herz nur so heftig? Sie konnte ihren galoppierenden Puls in der linken Schläfe spüren.

„Sie können mir wirklich glauben, dass ich mittlerweile gelernt habe, gleichzeitig zu arbeiten und zu essen." Dann war ein kehliges Glucksen zu hören und Hazels Unbehagen nahm ein wenig ab. „Wenn es Ihnen nichts ausmachen, dass Sie mir auch beim Verzehren eines Hamburgers mit Zwiebeln und Käse und einer Portion Pommes zuhören, dann esse ich weiter und wir reden."

Wenn es ihm nichts ausmachte, dann war es für sie natürlich in Ordnung. „Also gut, Detective."

„Bitte nennen Sie mich doch Sean, Ma'am."

„Also gut … Sean." Es gefiel ihr, den Namen auszusprechen.

Margaret Diane beugte sich jetzt mit aufmerksamer Miene in ihrem Ohrensessel vor, um alles mitzubekommen. Meghan lehnte sich weiter zu Hazel hin, und Hazel legte ihre Hand automatisch unter Meghans, die das Handy hielt. Im Raum knisterte es förmlich vor Spannung.

„Sie haben gesagt, eine Frau aus dem Ort war damals der Meinung, dass Zigeuner Kinder stehlen würden", begann er.

Hazel nickte. „Ja, das stimmt. Das war Mrs Nora Burton."

„Ich habe mal ein wenig ausführlicher über Kindesentführungen und Zigeuner recherchiert. Aber es handelt sich dabei scheinbar um reine Folklore, die auf Vorurteilen basiert. Es gibt keinerlei Beweise dafür, dass so etwas jemals wirklich vorgekommen ist."

„Ach." Seine sachliche, nüchterne Aussage brachte den winzigen Funken Hoffnung, den Hazel all die Jahre aufrechterhalten hatte, mit einem Schlag zum Erlöschen. Sie blinzelte ein paarmal angestrengt, fest entschlossen, nicht in Tränen auszubrechen. „Ich verstehe."

„Es gibt noch etwas, das ich herausgefunden habe, was meiner Meinung nach gegen die Theorie mit den Zigeunern spricht. Alle verschwundenen Kinder haben zwei Merkmale gemeinsam, und zwar blondes Haar und blaue Augen." Eine kurze Pause, begleitet von einem Schluckgeräusch, unterbrach seinen Redefluss. „In der Volksgruppe der Roma, die damals meist als Zigeuner bezeichnet wurde, haben die Menschen vorwiegend schwarzes Haar und dunkle Augen. Wenn sie Kinder mit einem so andersartigen Aussehen mitgenommen hätten, wäre das sehr auffällig gewesen. Und weil sie ohnehin oft mit

Argwohn beäugt wurden, waren sie bemüht, sich möglichst von der übrigen Gesellschaft fernzuhalten. Ich kann mir deshalb nicht vorstellen, dass sie ein Interesse daran gehabt haben sollen, auf diese Weise die Aufmerksamkeit auf sich zu ziehen. Deshalb können wir meiner Ansicht nach den Gedanken, Ihre Schwester könnte von Zigeunern entführt worden sein, ausschließen."

Hazel schnappte nach Luft und zwang sich, mit fester Stimme zu sprechen. „Dann glauben Sie also, dass Maggie tot ist?"

„Nein, davon bin ich auch nicht überzeugt."

Hazel sank zurück in das Polster des Sofas, ihre Hand fiel ihr in den Schoß. Ein sehr hoher Pfeifton dröhnte ihr in beiden Ohren, und sie hatte Mühe, Seans Stimme durch das störende Geräusch hindurch überhaupt noch zu verstehen.

„Es gibt keinen einzigen Bericht davon, dass auch nur von einem dieser Kinder sterbliche Überreste gefunden worden wären. Und das bedeutet meiner Meinung nach, dass sie sich nicht einfach verlaufen haben und gestorben sind. Auch die Annahme, dass jemand im Benton County so viele Kinder umgebracht haben soll und bisher noch kein einziger dieser Leichname aufgefunden wurde, finde ich eher abwegig. Natürlich muss ich noch untersuchen, ob jemand, der nicht im County gelebt hat, aber häufig dort auf der Durchreise war, die Kinder vielleicht mitgenommen haben könnte. So ungern wir über so etwas auch sprechen, es gibt üble Zeitgenossen, die es auf einen bestimmten Kindertyp abgesehen haben, und die Gemeinsamkeiten im Aussehen zwingen dazu, auch diese Möglichkeit in Betracht zu ziehen."

Hazel schlang die Arme um die Brust und bat Gott, die Bilder zu löschen, die Seans Worte in ihrem Kopf ausgelöst hatten.

„Mir ist klar, dass es wahrscheinlich schwierig ist, aber können Sie sich erinnern, ob es jemanden gab – aus dem Ort oder auch ein Durchreisender –, der besonderes Interesse an Maggie gezeigt hat?"

Hazel schloss die Augen und Bilder fluteten ihren Kopf. Ein Lächeln spielte um ihren Mund. „Maggie war so ein süßes kleines Mädchen. Papa hat sie von Anfang an seinen Sonnenschein genannt und sein Püppchen, und das war sie auch wirklich. Sie wurde eigentlich immer von den Leuten beachtet, und es gab ständig Bemerkungen über ihr lockiges blondes Haar und die strahlend blauen Augen." Die Eifersuchtsanfälle, unter denen sie als Kind so gelitten hatte, kamen ihr jetzt unendlich kleinlich vor. Sie öffnete die Augen wieder und fügte mit fester Stimme hinzu: „Maggie fiel jedem auf. Sie war so ein Wonneproppen."

„Können Sie sich vielleicht jetzt rückblickend erinnern, ob es jemanden gab, der ihr unangemessen viel Aufmerksamkeit entgegenbrachte?"

Ein Schauer durchfuhr sie. „N… nein. Nicht, dass ich wüsste."

Meghan rückte näher an Großmama heran, legte ihr den Arm um die Schultern und sagte ins Handy: „Du machst Großmama Angst, Sean."

„Das tut mir wirklich leid. Ich weiß, das ist kein schönes Thema. Aber wir müssen die Situation aus jedem nur erdenklichen Blickwinkel betrachten und so viele Variablen wie möglich ausschließen, damit wir dann in die richtige Richtung ermitteln können. Wenn Sie sich Einzelheiten lieber ersparen möchten, dann kann ich auch erst einmal allein weiterrecherchieren und berichte Ihnen dann von den Ergebnissen, wenn ich fertig bin."

„Nein!" Das hatte Hazel gar nicht so laut ausrufen wollen, aber es war einfach so aus ihr herausgeplatzt.

Der älteste der vier Dackel erhob sich und winselte, und wie eine Reihe von fallenden Dominosteinen standen die anderen Dackel einer nach dem anderen ebenfalls winselnd auf. Margaret Diane machte ein finsteres Gesicht und brachte die Hunde in die Küche.

Hazel riss Meghan das Handy aus der Hand und hielt es sich fest ans Ohr. „Bitte entschuldigen Sie, dass ich laut geworden bin, aber ich möchte unbedingt an der Suche beteiligt sein. Ich frage mich … ich habe … jetzt so lange gewartet, da möchte ich an jedem Schritt des Weges teilhaben, auch wenn das bedeutet, dass ich mir dabei die Knie aufschürfe, wenn es öfter mal in die falsche Richtung geht."

Meghan tätschelte Hazels Schulter und nahm das Handy wieder an sich. „Halte uns bitte auf dem Laufenden, Sean, ja? Ich glaube, für Großmama ist das leichter, als sich ständig zu fragen, was du gerade herausfindest."

„Also gut. Dann zu eurer Information: Als Nächstes möchte ich meine Suche ausweiten auf nicht identifizierte sterbliche Überreste von Kindern, auf die die Altersangaben passen. Ich werde mit den Bundesstaaten beginnen, die an Arkansas angrenzen und, wenn nötig die gesamten Vereinigten Staaten absuchen. Es könnte eine Weile dauern, bis eine vollständige Aufstellung fertig ist, deshalb bitte ich um etwas Geduld, aber ich würde gern die Möglichkeit, dass eines oder mehrere dieser Kinder noch am Leben sind, entweder ausschließen oder bestätigen."

„*… eines dieser Kinder noch am Leben ist.*" An diese Worte klammerte sich Hazel. Maggie musste irgendwo noch am Leben sein. Sie musste einfach. Wenn Hazel ihre kleine Schwester nur noch ein einziges Mal in die Arme schließen konnte, wenn sie sie um Verzeihung bitten konnte dafür, dass sie sie alleingelassen hatte, um die Schlange zu verscheuchen, dann – und nur dann – konnte sie in Frieden sterben.

Meghan

„Wir sind dir sehr dankbar für alles, was du für uns tust, Sean." An Meghan nagten Schuldgefühle. Weil sie krankgeschrieben war, musste er sowieso schon mehr arbeiten als sonst. Neben den Fällen, die sie normalerweise gemeinsam bearbeiteten, war da ja auch noch der neue

Kollege, der eingearbeitet werden musste, und deshalb hätte eigentlich sie es sein müssen, die im Fall ihrer Großmutter ermittelte, statt alles Sean aufzubürden. „Bitte setz nicht deine gesamte Freizeit für den Fall ein, ja? Es ist ja niemandem geholfen, wenn du dich damit übernimmst.“ Aber sie kannte ihn ja. Sein Eifer und seine Gewissenhaftigkeit würden ihn nicht ruhen lassen, bis er Antworten gefunden hatte.

„Eine Sache gibt es noch, die ich dir und deiner Großmutter sagen wollte“, sagte er jetzt. „Hört deine Großmutter noch mit?“

Großmama richtete sich auf, den Blick auf das Handy geheftet. „Wir sind beide hier, junger Mann.“

„Gut. Als ich diese Liste mit all den vermissten Kindern aus dem Benton County fertig hatte, fand ich, dass diese Fälle Priorität bekommen müssen. Schließlich sind es neun Familien, die innerhalb von nur zehn Jahren unter sehr verdächtigen Umständen ein Kind verloren haben. Also habe ich alles, was ich bisher an Material zusammengetragen hatte, mit meinem Chef besprochen, und er hat zugestimmt, dass ich den Fall nicht mehr in meiner Freizeit bearbeite, sondern dass er Priorität vor allem anderen bekommen soll, was ich zurzeit auf dem Tisch habe.“

Wieder meldeten sich ihre Schuldgefühle. Jetzt noch heftiger als zuvor. Es war eine verwirrende Mischung aus Schuldgefühlen darüber, dass der Fall ihrer Großmutter jetzt vor allen anderen bearbeitet wurde, und dann sogar Schuldgefühlen darüber, dass es ihr Schuldgefühle machte, welche Wichtigkeit ihm beigemessen wurde. Mehr denn je hatte sie den Wunsch, aktiv an den Ermittlungen beteiligt zu sein. Wütend starrte sie auf ihren Gipsverband und verfluchte ihn innerlich.

Großmama blieb bei dieser Neuigkeit vor Überraschung der Mund offen stehen, und sie streckte ihre Hand wieder nach dem Handy aus. „Dann werden Sie jetzt also den ganzen Tag nach Maggie suchen, nicht nur in den Pausen? Sie ist jetzt ein offizieller Fall?“

Wieder kam ein Glucksen aus dem Handy, und Meghan stellte sich vor, wie er lächelte und nickte. „Stimmt genau, Mrs DeFord. Maggie und die neun anderen vermissten Kinder sind jetzt mein offizieller neuer Fall. Ich muss dazu noch sehr viel recherchieren, aber ich habe sogar die Genehmigung bekommen, wenn nötig nach Benton County zu fahren, um dort vor Ort zu ermitteln. Ich hoffe, das zeigt, wie stark das Interesse ist, herauszufinden, was mit Maggie passiert ist."

Großmama kamen die Tränen, ihr Kinn bebte, und sie sagte mit erstickter Stimme: „Jetzt ist sie nicht mehr vergessen. Ich bin so dankbar. Ich bin sehr, sehr dankbar."

Als Meghan merkte, wie sehr Großmama sich freute, waren ihre Schuldgefühle wie weggeblasen. Sie beugte sich vor zu dem Handy, das Großmama mittlerweile mit beiden Händen festhielt. „Lass uns bitte wissen, wie wir helfen können, Sean. Es tut mir leid, dass ich nicht vor Ort bin, aber du kannst mich jederzeit anrufen. Also, melde dich, ja?"

„Das mache ich, Meghan. Ich muss jetzt erst mal Schluss machen, aber ich rufe dich an, wenn ich Fragen habe oder irgendwelche neuen Erkenntnisse. Ich wünsche Ihnen eine gute Bibelstunde, Mrs DeFord. Tschüss."

Dann wurde das Display schwarz und Meghan steckte das Handy wieder in die Tasche. Sie lächelte Großmama an. „Na, das geht doch ganz gut voran, was?"

In dem Moment kam Mama mit ihrem Zoo um die Ecke gefegt, setzte sich auf den Polsterhocker, und die Hunde ließen sich zu ihren Füßen nieder. „Und, was habe ich verpasst? Irgendwas Wichtiges?"

„Unser Chef hat Sean grünes Licht gegeben, offiziell im Fall von Maggie und den anderen verschwundenen Kindern zu ermitteln." Meghan schaute Großmama an, die ein zufriedenes Lächeln auf den Lippen hatte. „Vielleicht ermittelt Sean sogar direkt vor Ort in Benton County."

Mama zog eine Augenbraue hoch. „Und was ist mit den anderen Fällen, an denen er gerade arbeitet? Werden die alle so lange auf Eis gelegt?"

Großmamas Miene wurde besorgt. „Vor lauter Freude über die Vorstellung, Maggie wieder nach Hause zu holen, habe ich gar nicht mehr daran gedacht, dass da ja auch noch andere Menschen sind, die seine Hilfe brauchen, um Antworten auf ihre Fragen zu bekommen. Vielleicht sollten wir ihm sagen …"

Meghan schüttelte den Kopf. „Der Chef hat das so entschieden, Großmama, und ich finde, er hat recht. Es ist der älteste Fall, mit dem sich die Abteilung jemals befasst hat. Die vermissten Kinder sind inzwischen alle mindestens Ende sechzig, eher in den Siebzigern."

„Wenn sie überhaupt noch leben", fügte Mama hinzu.

Musste sie eigentlich immer alles aussprechen, was ihr durch den Kopf schoss? Manches blieb einfach besser ungesagt. Meghan warf ihr einen finsteren Blick zu. „Sean hat bisher keine eindeutigen Beweise dafür gefunden, dass sie nicht mehr am Leben sind. Sie gelten als vermisst, das heißt, wir müssen versuchen, sie zu finden. Angesichts der langen Zeit, die sie schon verschwunden sind, haben wir allerdings nicht mehr ewig Zeit, mit der Suche zu warten, und unser Chef war so klug, Sean sofort auf diesen Fall anzusetzen."

Mama hatte jetzt ein seltsames Grinsen im Gesicht, und Meghan sah sie mit leicht zusammengekniffenen Augen an: „Was denn?"

„Und du würdest in diesem Fall gern an seiner Seite arbeiten." Das war eine Feststellung, keine Frage.

Meghan wurde rot und wandte den Blick ab.

Mama lachte. „Vielleicht solltest du das tatsächlich."

Mit einem Ruck sah Meghan wieder zu ihrer Mutter hinüber. „Vielleicht sollte ich … was?"

„Na, mitermitteln."

„Das tue ich doch schon."

Mama schnaubte leise. „Damit meine ich mehr als nur sporadischen Telefonkontakt. Wenn er nach Benton County fährt, dann solltest du das vielleicht auch tun."

Meghan deutete stumm auf ihr Gipsbein, woraufhin Mama nur leicht entnervt die Augen verdrehte und erklärte: „Du bist mit dem Ding doch auch den ganzen Weg nach Nevada gereist. Was spricht also dagegen, damit auch in die entgegengesetzte Richtung zu reisen? Wir könnten einen Rollstuhl mieten und dich darin herumschieben." Sie drehte sich zu Großmama um, die während des Wortwechsels still, mit nachdenklich gespitzten Lippen dagesessen hatte. „Was würdest du davon halten, Mutter? Würdest du gern noch einmal nach Benton County reisen?"

Großmama stützte sich vom Sofa ab und erhob sich. „Erst einmal muss ich uns jetzt was zum Abendessen machen und dann zur Bibelstunde gehen. Ihr seid herzlich eingeladen mitzukommen. Es ist eine kleine Gruppe – nur ungefähr fünfunddreißig Personen – und wir freuen uns immer über Gäste."

Mama schaute angestrengt auf ihre Fingernägel, während Meghan nach der Hand ihrer Großmutter griff und sie sanft hin und her schwang. „Ich komme mit. Ich würde gerne die Leute aus deiner Gebetsgruppe kennenlernen und mich dafür bedanken, dass sie nach dem Unfall für mich gebetet haben." Sie merkte plötzlich, dass sie einen Kloß im Hals hatte. Die Freundlichkeit dieser Leute, ihr Mitgefühl mit einem Menschen, den sie nicht einmal kannten, berührte sie zutiefst.

„Das hört sich gut an." Großmama ging etwas steif in die Küche. „Ich mache ein paar Folienkartoffeln, und jeder kann sie dann füllen, womit er möchte. Ist das in Ordnung?"

„Ja, das klingt großartig, Großmama."

„Ja, das ist gut, Mutter."

Als Großmama aus dem Zimmer war, rutschte Meghan auf dem Sofa ganz auf die eine Seite und beugte sich dann zu Diane hinüber. „Kein Wort mehr über die Möglichkeit, dass Maggie vielleicht tot ist, hörst du?"

Mama wich zurück, als wollte Meghan sie aufspießen. „Was habe ich denn getan?“

„Wenn sie überhaupt noch am Leben sind“, ahmte Meghan den abfälligen Tonfall ihrer Mutter nach und schüttelte den Kopf. „Alles, was Großmama im Moment hat, ist ihre Hoffnung. Nimm ihr die nicht.“ Und damit stand sie auf, nahm ihre Krücken und humpelte an ihrer Mutter vorbei aus dem Raum. Sie weigerte sich, das verärgerte Funkeln in den Augen ihrer Mutter zur Kenntnis zu nehmen.

Kapitel 24

Las Vegas, Nevada

Hazel

Während der Bibelstunde schweiften Hazels Gedanken immer wieder von dem Bibeltext ab, über den an diesem Abend gesprochen wurde. Die beiläufige Frage ihrer Tochter: „Würdest du gern noch einmal nach Benton County reisen?“, ging ihr die ganze Zeit nach. Es war so lange her, dass sie ihrem Geburtsort einen Besuch abgestattet hatte. So lange her, dass sie die Farm besucht hatte, wo sie die Hühner gefüttert, Fahrradfahren gelernt und mit ihrer Puppe und dem Puppengeschirr im Garten gespielt hatte. Eine heftige Sehnsucht, noch einmal an diesen Ort und in ihre Kindheit zurückzukehren, zerrte an ihr, sodass ihr die Tränen kamen.

„Großmama?“ Meghan beugte sich zu ihr hin und flüsterte: „Ist alles in Ordnung, Großmama? Geht es dir gut?“

Jetzt machte sie ihrer Enkelin schon wieder Sorgen. Sie musste unbedingt ihre Gefühle in den Griff bekommen. Also schniefte sie einmal kurz und heftig und zwang sich zu einem Lächeln. „Mir geht es gut, Liebes.“ Dann richtete sie ihren Blick wieder auf den Mann, der mit der aufgeschlagenen Bibel in der Hand vorn stand, und versuchte, sich zu konzentrieren.

„Wir sprechen heute über ganz wunderschöne Worte, die im fünften Buch Mose einunddreißig stehen, und beginnen mit Vers 7." Er schob sich die Brille auf die Nase und begann zu lesen.

„Dann rief Mose Josua zu sich und sagte vor allen Israeliten zu ihm: ‚Sei mutig und stark! Denn du wirst dieses Volk in das Land bringen, das der Herr euch gibt, wie er es euren Vorfahren versprochen hat. Du wirst dieses Land unter den Israeliten aufteilen. Der Herr selbst geht vor dir her. Er steht dir bei und verlässt dich nicht. Immer hält er zu dir. Hab keine Angst und lass dich von niemandem einschüchtern!'"

Die Worte – „wunderschöne Worte", wie der Leiter sie treffend bezeichnet hatte – riefen eine Flut von Erinnerungen in ihr wach.

Weihnachten 1965
Cumpton, Arkansas

Hazel wartete auf den türkis-weißen Vinylsitzen ihres nagelneuen Chevy Bel Air darauf, dass Albert ihr die Beifahrertür öffnete. Er regte sich nur unnötig auf, wenn sie versuchte, es selbst zu tun, besonders jetzt in ihrem Zustand.

Als er die Tür von außen öffnete, blies ein böiger Windstoß in den Wagen hinein, sodass Hazel ihren Schal noch etwas fester zog, bevor sie ausstieg. Sofort schob Albert seinen Arm in ihre Kniekehle und hob sie hoch, sodass sie kreischte und ihre Arme um seinen Hals schlang. „Was machst du denn?"

Er lachte, und sein warmer Atem bildete eine Wolke, die ihr Gesicht liebkoste. „Ich möchte nicht, dass du ausrutschst und hinfällst. Wir können es doch nicht riskieren, unsere kostbare Fracht zu verletzen."

Sie schüttelte den Kopf. Ganz der Trucker. Musste denn sogar das anstehende große Ereignis als Fracht bezeichnet werden? „Du schaffst es niemals die ausgetretenen, schiefen Verandastufen hinauf, wenn du deine Füße nicht sehen kannst. Es ist besser, wenn ich das Gehen übernehme."

Die Vorhänge am Fenster, das nach vorn hinausging, wurden zurückgezogen, und ein blasses Gesicht schaute hinaus, ohne zu lächeln. Hazel zappelte auf Alberts Arm. „Lass mich runter, Albert. Mama guckt."

Er lachte noch einmal und hielt sie noch fester. „Lass sie doch gucken! Schließlich sind wir verheiratet. Was ist denn falsch daran, wenn ich zeige, wie sehr ich meine Frau liebe?"

„Ach, Albert." Sie schmiegte ihren Kopf in seine Halsbeuge, und ihr war warm in den Armen, die sie umschlangen, und von den Worten der Zuneigung. Ja, sie liebte ihn auch, mehr als sie es je für möglich gehalten hätte. Er war in ihr Leben getreten, als sie aus dem Alter des Wimpernklimperns und der seltsamen Tagträume von der Liebe schon längst heraus gewesen war, und er hatte sie davon überzeugt, dass es eine freudige und keine erschreckende Aussicht war, ein Baby zu bekommen. Er war besser als jeder Märchenprinz.

Sie blickte zu ihm auf und seufzte. „Aber ich möchte nicht, dass du dich verletzt, wenn du mich die Stufen hochträgst. Also lass mich selbst gehen, ja?"

„Okay, also gut", knurrte er scherzhaft und stellte sie wieder auf ihre eigenen Füße, griff aber sofort nach ihrer Hand, die in einem dicken Fausthandschuh steckte. „Aber deine Hand halte ich trotzdem."

Sie drückte seine Hand, dankbar für den Körperkontakt. Seit Papas Tod vor vier Jahren war sie zu Weihnachten nicht mehr zu Hause gewesen, und sie fühlte sich dort wie eine Fremde. Ein Schauer durchfuhr sie.

„Es wird schon alles gut gehen", sagte er. Wie sollte er auch wissen, dass sie nicht vor Kälte zitterte, sondern vor Sorge? Er zog sie ganz nah an sich und berührte ihre Stirn mit seiner kalten Nasenspitze. „Erinnerst du dich noch, was wir heute Morgen zusammen gelesen haben? Dass wir stark und mutig sein sollen, weil der Herr vor uns hergeht. Nichts hier in diesem Farmhaus kann dir schaden."

Er hatte natürlich unrecht, denn es gab in diesem Haus Erinnerungen, die seelisch auf sie einprügeln und blaue Flecken in ihrem Gemüt hinterlassen konnten. Doch für Albert und für das Kleine, das in ihr heranwuchs, würde sie mutig sein. Sie lächelte und blinzelte brennende Tränen weg. „Ich bin bereit. Komm, gehen wir hinein."

Las Vegas, Nevada

„Sind wir bereit, zu vertrauen und Schritte nach vorn zu tun, in der Kraft von Gottes starker Hand?"

Hazel nickte dazu genau wie alle anderen und sah plötzlich alles verschwommen. Sie musste heftig schniefen und wischte sich mit einem Finger unter den Augen entlang. Meghan warf ihr einen besorgten Blick zu, aber Hazel lächelte nur beruhigend zurück. Die Miene ihrer Enkelin entspannte sich wieder, und sie schauten beide wieder nach vorn zum Leiter.

Hazel schrieb jedes genannte Gebetsanliegen in ein kleines Notizheft, das sie immer in der Handtasche bei sich trug. Ihre Handschrift war im Laufe des letzten Jahres zittrig geworden, und sie hoffte, dass sie ihre Notizen später noch würde lesen können. Aber wenn nicht, würde Gott schon wissen, was sie aufgeschrieben hatte, und sie würde sich einfach darauf verlassen, dass er verstehen würde, was dort stand. Genauso wie er in letzter Zeit manchmal aus ihren verworrenen Gedanken schlau werden musste.

Die Teilnehmer teilten sich jetzt zum Gebet in Kleingruppen auf, aber Hazel lehnte sich zu Meghan hin und flüsterte: „Lass uns lieber gehen. Ich bin erschöpft und möchte nach Hause fahren, solange ich noch wach und aufmerksam genug bin."

Meghan nickte und sie schlichen sich hinaus auf den Parkplatz. Hazel hatte den Wagen ganz in der Nähe des Gebäudes geparkt, und weil die Sonne gerade unterging, warf ihr Auto einen riesigen Schatten. Was Albert wohl von ihrem Buick aus den späten Neunzigern halten würde? Er hatte ihre Autos nie länger als hunderttausend Kilometer gefahren und dann ein neues, sportlicheres Modell angeschafft. In Anbetracht des hohen Kilometerstandes, den der Tacho jetzt anzeigte, war es wahrscheinlich, dass er den Buick schon vor Jahren verkauft hätte. Aus irgendeinem Grund machte sie dieser Gedanke traurig.

Sie entriegelte per Fernbedienung die Türen und ging zur Beifahrerseite, um Meghan beim Einsteigen zu helfen, aber das störrische Mädel schüttelte den Kopf. „Das schaffe ich schon allein, Großmama."

Das hatte sie zu Albert nur ein einziges Mal gesagt, und zwar bei ihrem allerersten Date. Sie hatte immer noch seine feste Stimme im Ohr, mit der er gesagt hatte: „Du bist eine Dame, Hazel Blackwell, und ich bin ein Gentleman. Also benehmen wir uns doch auch so, ja?" Als Gentleman geschaffen und von Beruf Fernfahrer – das war ihr Albert.

Sie öffnete die Beifahrertür jetzt also mit den Worten: „Ich weiß, dass du es kannst, aber es ist mir ein Vergnügen, dir zu helfen. Also widersprich mir nicht."

Kopfschüttelnd grinste Meghan und sagte: „Jetzt weiß ich, woher Mama und ich unseren Dickkopf haben."

Hazel lachte. Sie nahm Meghans Krücken, legte sie auf die Rückbank und ging dann um den Wagen herum auf die Fahrerseite. Als sie den Wagen startete, schmunzelte sie wieder. „Der Dickkopf, wie du es nennst, kommt von den Blackwells. Mein Vater war unglaublich stur, und er hat immer gesagt, das hätte er von seinem Vater. Dein Großvater DeFord dagegen war zwar ein sehr entschlossener, aber auch nüchterner und verstandesbetonter Typ. Ich würde ihn auf keinen Fall als *stur* beschreiben." Sie fuhr aus der Parklücke und fädelte sich in den fließenden Verkehr ein.

Meghan seufzte. „Mama spricht nicht viel über ihren Vater. Ich glaube, das hängt zum Teil damit zusammen, dass ich keinen Vater habe und sie Angst hat, es könnte meinen Wunsch, etwas über ihn zu erfahren, noch verstärken, wenn wir darüber reden. Aber zum Teil liegt es bestimmt auch daran, dass er ihr immer noch so fehlt. War sie eigentlich ein Papakind?"

Die Sehnsucht in Meghans Tonfall tat Hazel richtig weh. Ein Vater war so wichtig. Und beide – Meghan und Margaret Diane – waren ihres Vaters beraubt worden. Hazel hatte plötzlich einen Kloß im Hals und musste schlucken, bevor sie antworten konnte. „Albert hat Margaret Diane über alles geliebt und das beruhte auf Gegenseitigkeit. Ich habe damals meinen Job in der Bibliothek gekündigt, als ich erfahren habe, dass ich schwanger war, und danach bin ich zu Hause geblieben, bis sie aus dem Haus gegangen ist. Ich glaube, in gewisser Weise hat es diese besondere Bindung zu ihrem Vater noch verstärkt, dass ich immer da war. Durch seinen Job war er viel unterwegs und oft tagelang nicht zu Hause, sodass die Wiedersehensfreude immer riesig war, wenn er wiederkam."

Der Feierabendverkehr wurde jetzt dichter, die Fahrer ungeduldiger, aber Hazel stellte ihren Tachomat auf die erlaubte Geschwindigkeit ein, als sie auf den Highway auffuhr, und ignorierte das Hupen anderer Autofahrer, die an ihnen vorbeisausten.

Meghan rutschte ein wenig in ihrem Sitz herum, damit sie Hazel besser ansehen konnte. „Warum hast du eigentlich nicht noch mehr Kinder bekommen, Großmama? Liegt es daran, dass du das erste Kind erst so spät bekommen hast?"

Hazel konnte sich ein leises Lachen nicht verkneifen. „Zweiunddreißig war wahrscheinlich wirklich spät, wenn man bedenkt, wie viele

Frauen in unserer Gemeinde mit Mitte dreißig schon Schulkinder haben. Nein, es war eine bewusste Entscheidung, nur ein Kind zu haben."

Ihr eigenes Bedauern darüber versetzte ihr jetzt einen Stich. Sie konnte ihrer geliebten Enkelin gegenüber aber nicht zugeben, dass es Angst war, die sie davon abgehalten hatte, noch mehr Kinder zu bekommen. Wie hätte sie es schaffen sollen, mehr als ein Kind zu behüten? Schon bei dem einen war das ja eine gewaltige Herausforderung gewesen, besonders in Margaret Dianes rebellischer Teenagerzeit.

Sie setzte jetzt den Blinker und fuhr vom Highway ab. „Als Albert damals bei dem Unfall ums Leben kam, bin ich zu dem Schluss gelangt, dass es für mich tatsächlich das Beste war, nur ein Kind zu haben. Es wäre viel schwerer für mich gewesen weiterzumachen, wenn ich mich um mehrere Kinder hätte kümmern müssen."

„Ja, das stimmt wahrscheinlich." Meghan saß einen Moment lang still da. Dann fasste sie Hazel leicht am Ellenbogen. „Danke, dass du mir ein wenig von deiner Familie erzählst. Ich erfahre gerne etwas über meine Vorfahren. Das hilft mir zu verstehen, wer ich heute bin. Besonders weil …" Sie biss sich auf die Unterlippe. „Großmama, hat Mama dir jemals erzählt, wer mein Vater ist?"

Ach, dieser furchtbare Tag. Ob sie wohl je den verletzten Ausdruck ihrer Tochter vergessen würde, die Tränen und all den Kummer? Und Dianes unerschütterliche Weigerung, einen Namen zu nennen, sooft Hazel sie auch gefragt hatte? Nicht einmal auf der Geburtsurkunde hatte sie den Namen des Vaters eintragen lassen, trotz der abfälligen Miene der hochnäsigen Schwester auf der Geburtsstation. Aber vielleicht war es auch besser, dass Margaret Diane den Namen nicht preisgegeben hatte. Wahrscheinlich hätte Hazel sonst Gebrauch von ihrer Pistole gemacht und wäre im Gefängnis gelandet. „Nein, Liebes, das hat sie nie. Wahrscheinlich hat es ihr einfach zu sehr wehgetan, darüber zu reden."

Meghan nickte ganz langsam, die Stirn in Falten. „Du glaubst also nicht, dass sie nichts sagt, weil … weil sie es nicht weiß?“

Diese Möglichkeit war Hazel keinen Moment auch nur in den Sinn gekommen, und schon allein bei dem Gedanken wand sie sich innerlich und hielt das Lenkrad so fest, dass ihre Fingerknöchel wehtaten. „Deine Mutter war sicher in vielerlei Hinsicht eine Rebellin, Meghan, aber ich weigere mich einfach zu glauben, dass sie wechselnde Partner hatte. Sie ist in einer christlichen Gemeinde groß geworden, und sie wusste ganz genau, was richtig und was falsch ist. Sie hat mir damals erzählt, sie hätte den Jungen geliebt und sei überzeugt gewesen, dass er sie heiraten wolle.“

„Dann weiß sie also, wer es ist.“

Hazel nickte. Sie lockerte den Griff ums Lenkrad gerade so lange, dass sie Meghan kurz über den Arm streicheln konnte, und sagte: „Ich kann gut verstehen, dass du es wissen willst. Das würde ich an deiner Stelle auch wollen. Aber du kannst es nicht erzwingen, und wenn deine Mutter nicht über ihn sprechen will, dann tut sie es auch nicht.“ Dann kam ihr eine Idee. „Wenn du es unbedingt wissen musst, könnten Sean und du ja vielleicht auch in der Angelegenheit ein bisschen ermitteln und seinen Namen herausfinden, wenn du wieder in Arkansas bist.“

„Ja, vielleicht.“ Meghan drückte sich tief in die Ecke des Beifahrersitzes und seufzte. „Ich habe Durst. Können wir vielleicht bei einem Convenience-Store halten?“

„Con… Convenience-Store?“

„Ja. Ich möchte mir gern einen großen Becher Dr. Pepper zapfen.“

Was um Himmels willen meinte Meghan damit? Hazel brach der kalte Schweiß aus. Ihre Hände begannen zu zittern. „Ich …“

„Wenn du lieber nicht anhalten möchtest, ist das völlig in Ordnung, Großmama. Ich kann auch zu Hause Saft oder Wasser trinken.“

Hazel wollte ihrer Enkelin diese einfache Bitte nicht abschlagen, besonders auch, weil sie ihr bei ihrem so viel wichtigeren Anliegen nicht hatte weiterhelfen können. Aber sie hatte nicht die leiseste Ahnung, wovon Meghan da gerade gesprochen hatte. „Vielleicht kannst du ja später noch mit deiner Mutter etwas trinken gehen", sagte sie deshalb. Ja, das war ein guter Kompromiss. Dann hätten die beiden auch ein bisschen Zeit für sich. Zeit, in der Meghan vielleicht mit ihrer Mutter über ihren Vater sprechen konnte. Zeit für Hazel, wieder richtig zu sich zu kommen.

„Ja, das ist eine gute Idee, Großmama. Lass uns direkt nach Hause fahren."

„*Nach Hause fahren …*" Bei diesen Worten wurde Hazel von einer so heftigen Sehnsucht gepackt, dass sie hätte schreien können. Sie bog in die Sackgasse ein, in der sie wohnte, und dann auf die Auffahrt vor dem Haus, aber sie machte den Motor nicht aus, sondern wandte sich Meghan zu und sagte mit tränenerstickter Stimme:

„Ich möchte genau das tun, was du gesagt hast. Ich möchte … nach Hause. Nach Hause fahren."

„Was?" Meghan runzelte die Stirn.

„Margaret Diane hat doch vorhin gefragt, ob ich noch einmal nach Arkansas möchte, und jetzt sagst du, ich soll nach Hause fahren. Und genau das möchte ich. Ich möchte nach Cumpton. Lass uns dorthin fahren, du, Margaret Diane und ich. Ich nehme euch mit auf die Farm, auf der ich groß geworden bin. Wir können in den Gemischtwarenladen gehen, in dem ich während meiner gesamten Highschoolzeit nach der Schule und sonntags gearbeitet habe. Ich werde sogar versuchen, das Brombeergebüsch wiederzufinden, wo ich meine kleine Schwester das letzte Mal gesehen habe." Mit jedem konkreten Ort, den sie nannte, vertiefte sich ihr Wunsch, ihn aufzusuchen. Sie griff nach Meghans Hand. „Lass uns alle zusammen nach Benton County fahren, Meghan. Bring mich nach Hause."

Meghan biss sich auf die Unterlippe, immer noch mit gerunzelter Stirn. „Meinst du, mit dem Auto nach Arkansas fahren? Oder fliegen?"

„Was auch immer für dich einfacher ist mit deinem Gips.“

„Für mich ist Fliegen am einfachsten, aber Mama hat ja ihren Wagen hier, und die Hunde …“

Meghan zog ein Gesicht. „Ich weiß nicht, wie das gehen soll, Großmama.“

Die Tränen, die Hazel bisher unterdrückt hatte, ließen sich nicht mehr zurückhalten. Ein Schluchzer entwich ihrer Kehle. „Bitte lass uns eine Möglichkeit finden. Ich … ich möchte nach Hause.“

Kapitel 25

Kendrickson, Nevada

Diane

Diane legte ihre Haarbürste weg und betrachtete Meghans Spiegelbild in dem großen eckigen Spiegel über der Frisierkommode. „Das hat sie wirklich gesagt? Sie möchte nach Cumpton?"

Meghan saß auf der Bettkante, die Finger in das zerknüllte Bettzeug gekrallt. „Ja. Und sie war in Tränen aufgelöst. Wie sie es gesagt hat – so traurig, fast verzweifelt –, das hat mich erschüttert. Ich weiß nicht, ob es klug wäre, sie eine so weite Reise machen zu lassen, aber wenn es irgendeine Möglichkeit gibt, es hinzubekommen, dann sollten wir es versuchen, glaube ich."

Diane drehte sich um und lehnte sich an die Kommode, die Arme vor der Brust verschränkt. „Hat dein Kollege nicht gesagt, dass er nach Benton County fahren will, um dort vor Ort zu ermitteln?"

„Ja, falls es nötig ist."

„Vielleicht wäre es ja gut, wenn sie zur selben Zeit vor Ort wäre wie er, um mögliche Fragen zu beantworten. Und möglicherweise hilft es ihr, sich an das Eine oder Andere zu erinnern, um das Rätsel zu lösen, wenn sie in ihrer alten Umgebung ist." Nicht, dass Diane glaubte, dass sie jemals herausfinden würden, was mit den verschwundenen Kindern passiert war. Sie würde nicht abstreiten, dass das zweifellos sehr traurig war, aber wie sollten sie denn nach so vielen Jahren noch irgendetwas Verwertbares finden?

„Selbst wenn Sean am Ende doch nicht nach Cumpton fährt – ich glaube, wir sollten trotzdem mit ihr dorthin fahren." Meghan schob energisch das Kinn vor. „Ich finde, wenn es ihr so viel bedeutet, uns zu zeigen, wo sie aufgewachsen ist, dann sollten wir ihr diesen Wunsch erfüllen."

Diane schaute mittlerweile wieder in den Spiegel und bürstete ihr Haar. Die immer noch dicken und nur von ganz wenigen silbernen Strähnen durchzogenen Locken knisterten unter den Borsten. Gott sei Dank hatte Meghan das dunkle Haar der Blackwells geerbt. Wenn sie dem Mann ähnlich sähe, der Diane so herzlos abserviert hatte, dann wäre sie nicht in der Lage gewesen, sie Tag für Tag anzuschauen.

„Bist du schon mal in Cumpton gewesen?", fragte Meghan sie jetzt.

Diane sah ihre Tochter im Spiegel an. Etwas Abwesendes kam in ihren Blick, als die Bilder in ihrer Vorstellung ahnungsweise wieder wach wurden. „Ja. Meine Eltern und ich waren ein paarmal zu Weihnachten da, und auch zur Beerdigung meiner Großmutter, aber ich habe keine Erinnerung mehr daran, weil ich noch zu klein war."

„Du kannst dich an gar nichts erinnern?"

Diane legte die Haarbürste auf die Kommode und ging langsam zum Bett. „Nein, an gar nichts." Sie schlüpfte unter die Decke und griff nach dem Schalter der Nachttischlampe.

„Bist du denn gar nicht neugierig?"

Aber Diane schaute Meghan nur mürrisch an und fragte: „Willst du die ganze Nacht da sitzen bleiben oder hast du noch vor zu schlafen?"

Meghan stieß einen Seufzer aus und ließ sich nach hinten fallen, während Diane das Licht ausschaltete und sich auf die Seite drehte, sodass sie ihre Tochter ansah. Der sanfte Schein der Lampe, die im

Wohnzimmer noch brannte, fiel durch die offene Tür ins Gästezimmer, sodass Meghans nachdenkliches Gesicht zu sehen war. Keine von ihnen beiden würde so bald einschlafen, das war klar. Diane seufzte. „Was hast du vor?"

Meghan verschränkte die Hände hinter dem Kopf, sodass die Ellenbogen zur Decke zeigten. „Ich möchte es irgendwie hinbekommen. Nach Arkansas zu fahren, meine ich." Sie linste aus dem Augenwinkel zu Diane hinüber. „Glaubst du, dass wir das schaffen könnten?"

Diane schüttelte den Kopf. „Ist das nicht irgendwie widersinnig, wenn man bedenkt, dass du die lange Reise hierher gemacht hast, um dich zu erholen?"

„Wahrscheinlich schon", bestätigte Meghan, blies die Backen auf und stieß dann die Luft aus. „Aber es bedeutet Großmama so viel. Sie möchte uns unbedingt ihr Elternhaus zeigen. Ich wäre jedenfalls dabei. Und du … was ist mit dir?"

„Ach, Meghan …"

Meghan nahm die Arme wieder herunter und drehte sich auf die Seite. „Ein Flug für uns alle drei wäre ziemlich teuer und dann müssten wir dort noch einen Wagen mieten. Und dein Jeep ist nicht groß genug für uns, das Gepäck und die Hunde. Aber ich glaube, wenn wir einen SUV mieten würden, und zwar einen etwas größeren, dann würde alles hineinpassen."

Sie hatte also eindeutig schon überlegt, wie sie es machen wollte. „Du willst, dass wir zu dritt mit meinen Hunden in einem Mietwagen von Nevada nach Arkansas fahren?"

„Oder vielleicht in einem gemieteten Wohnmobil – dann bräuchten wir nicht mal in Hotels zu übernachten." Meghan presste die verschränkten Hände unters Kinn und bettelte mit den Augen. „Warum denn nicht? Es wäre ein richtiger ‚Mädels-Roadtrip'."

Wie sonst hätte man so eine Tour bezeichnen sollen angesichts der Tatsache, dass sie alle drei Singles waren?

„Und unterwegs könnten wir uns dann noch Sehenswürdigkeiten anschauen. Ich wollte schon immer mal den Grand Canyon sehen."

Diane war im Sommer, bevor ihr Vater starb, mit ihren Eltern im Grand Canyon National Park gewesen.

„Und in New Mexico war ich auch noch nie. Das ist bestimmt auch eine Reise wert", fuhr Meghan fort.

In New Mexico gab es die Carlsbad Caverns. Mama und Papa hatten ihr versprochen, nach dem Ende der achten Klasse mit ihr dorthin zu fahren, aber dann war Daddy tödlich verunglückt, und sie hatte nicht mehr daran gedacht – bis jetzt.

„Wir könnten über den Oklahoma Panhandle quer durch den Bundesstaat bis Benton County fahren. Wenn wir dafür etwa eine Woche einplanen, können wir häufig genug Pausen machen, um die Hunde laufen zu lassen und uns alles anzuschauen, was wir möchten."

Diane schüttelte halb ärgerlich, halb amüsiert den Kopf. „Wieso kennst du dich eigentlich so gut in der Geografie zwischen Nevada und Arkansas aus?"

Meghan grinste. „Ich habe die Karte auf meinem Handy. Natürlich nur, um mich zu informieren. Komm schon, Mama. Denk doch mal daran, was für tolle Erinnerungen wir dadurch schaffen könnten. Wann bekommen wir denn noch mal die Chance, alle drei so spontan etwas miteinander zu unternehmen, was so viel Spaß machen könnte?" Ihr Blick war jetzt flehend. „Ich möchte das unbedingt. So wie echte Familien."

Die Verteidigungshaltung, die von Diane Besitz ergriff, lag ihr wie ein Stein auf der Brust. „War unsere Familie denn so schlimm?"

Meghan seufzte und schloss kurz die Augen, und als sie sie wieder öffnete, war ihr Blick zerknirscht. „Es war nicht schlimm, Mama, nicht annähernd – wirklich –, aber wir haben nie etwas zusammen unternommen. Ich meine, wir alle. Zusammen."

„Aber so eine lange Fahrt, Meghan …" Ob sie es überleben würde, eine Woche lang mit ihrer Mutter in einem Auto eingepfercht zu sein? Zwei Wochen sogar, wenn man die Rückfahrt dazurechnete. Hier im Haus konnte sie sich wenigstens ins Gästezimmer verziehen, wenn sie sich über etwas ärgerte, was ihre Mutter sagte oder tat. In einem SUV oder einem Wohnmobil auf dem Highway gab es keinerlei Rückzugsmöglichkeiten.

„Das würde ziemlich viel Geld kosten", wandte sie ein.

„Meine Versicherung deckt alle meine Unkosten, solange ich krankgeschrieben bin, also brauche ich mir über meine Kosten keine Gedanken zu machen. Außerdem habe ich noch etwas Geld gespart und ich könnte mir zur Not auch meinen Urlaub ausbezahlen lassen. Das würde schon einen Großteil der Kosten abdecken. Ich wette, Großmama würde anbieten, die gesamte Reise zu bezahlen, aber ich fände es besser, wenn wir alle etwas beitragen."

Eher würde Diane einen Kredit aufnehmen, als sich von ihrer Mutter den Urlaub bezahlen zu lassen. Sie musste fast lachen bei diesem wild entschlossenen Gedanken. Als Diane auf dem College war, hatte sie gegen ihre Mutter gewettert, weil die von ihr verlangt hatte, sich einen Teilzeitjob zu suchen, um etwas zu den Kosten ihrer eigenen Ausbildung beizutragen. Wie sich die Dinge doch geändert hatten. „Ich könnte eins von meinen kleineren Sparkonten plündern", bot sie als Lösung an.

Meghans Miene hellte sich auf. „Dann bist du also dabei? Du machst mit?"

Diane würde zwar nicht so weit gehen zu behaupten, dass es ihr Wunsch war, aber sie war bereit, die beiden anderen zu begleiten. „Hast du denn genug Zeit, das Album zu ihrem Geburtstag fertig zu bekommen, wenn wir so lange unterwegs sind?"

Meghan machte eine wegwerfende Geste. „Das schaffe ich problemlos, und wenn wir uns dafür entscheiden, ein Wohnmobil zu mieten, dann kann ich ja sogar unterwegs daran arbeiten, und die Fotos von unserer Reise könnten der krönende Abschluss des Albums werden." Sie holte mit beiden Armen aus und umschloss Diane mit einer unbeholfenen Umarmung, die sich eher wie ein Angriff anfühlte. „Danke, Mama!"

Diane befreite sich umständlich von dem Gewicht ihrer Tochter. „Bevor du dich bei mir bedankst, denk bitte daran, dass du das alles auch noch mit deiner Großmutter klären musst."

„Ach, die ist bestimmt dabei", versicherte Meghan und legte – immer noch grinsend – den Kopf wieder auf ihr Kissen.

„Und wahrscheinlich wäre es das Beste, wenn sie sich noch das Okay von ihrem Arzt einholt, bevor wir sie in ein Wohnmobil verfrachten und quer durch die Vereinigten Staaten kutschieren."

Diese Aussage sorgte bei Meghan sofort für Ernüchterung. „Glaubst du denn, dass mit Großmama mehr nicht stimmt, als dass sie einfach älter wird?"

Diane lag schon der beißende Kommentar auf der Zunge, dass mit ihrer Mutter schon seit jeher etwas nicht stimmte, aber den behielt sie dann doch lieber für sich. „Was denn zum Beispiel?"

„Ich weiß nicht. So was wie Alzheimer oder Demenz. Ich weiß, es ist schon eine Weile her, seit ich sie besucht habe, aber wir telefonieren ja viel, und diese Vergesslichkeit und dass sie so nah am Wasser gebaut hat, das sieht ihr eigentlich gar nicht ähnlich."

Nein, Mutter war nie eine gewesen, die sich von ihren Gefühlen überwältigen ließ. Und etwas vergessen? Niemals. Nicht ohne Grund war sie sechs Jahre hintereinander Vorsitzende des Schulelternbeirats gewesen. „Das ist schwer zu sagen, aber ein Arzt wird das sicher feststellen können. Bevor wir also beschließen, diese Reise wirklich anzutreten, müssen wir darauf bestehen, dass sie sich gründlich untersuchen lässt. Und jetzt …" – Diane zog eine Augenbraue hoch –, „könnten wir jetzt vielleicht ein bisschen schlafen?"

Meghan kicherte. „Na gut. Gute Nacht, Mama." Sie boxte ein paarmal in ihr Kopfkissen, vergrub ihren Kopf darin und machte die Augen zu.

Eine ganze Zeit lang lag Diane still und schaute zu, wie ihre Tochter einschlief. Das hatte sie in all den Jahren, die Meghan zu Hause gelebt hatte, nie getan. Weil sie so wild entschlossen gewesen war, nicht wie ihre eigene Mutter zu werden. Während sie Meghan jetzt betrachtete, konnte sie sich noch ganz genau an den intensiven Blick erinnern, mit dem ihre Mutter sie vom Fußende ihres Bettes aus angeschaut hatte.

Heiligabend 1977
Little Rock, Arkansas

Diane wachte aus dem Tiefschlaf auf, als die Matratzenfedern knarzten, weil sich jemand auf ihre Bettkante gesetzt hatte. Sie schlug die Augen auf, blinzelte ins dämmrige Zimmer, erschrak aber nicht, als sie verschwommen ihre Mutter wahrnahm. „Du hast mich geweckt, Mutter!" Ihre Stimme klang knurrig, so ähnlich, wie Papa immer geklungen hatte, wenn er seine Zigarre auf der Veranda vor dem Haus fertig geraucht hatte.

„Tut mir leid." Ihre Mutter sprach leise, beruhigend, fast flüsternd. Sie kam näher und strich Diane übers Haar. „Mach die Augen wieder zu und schlaf weiter."

Diane zog sich die Decke über die Schulter. „Wieso bist du hier? Habe ich schlecht geträumt?" Sie konnte sich nicht an einen schlechten Traum erinnern, ja nicht einmal, dass sie überhaupt geträumt hatte.

„Nein, Liebes, ich wollte mich nur vergewissern, dass alles in Ordnung ist."

„Ach so." Diane gähnte, tastete unter der Decke nach ihrem

Teddybären, der immer bei ihr schlief, und zog ihn hoch an ihre Wange. „Mir geht's gut." Dann machte sie die Augen wieder zu. Doch die Matratze bewegte sich nicht, und das hieß, dass ihre Mutter nicht wegging. Also machte sie die Augen wieder auf. „Es ist alles in Ordnung, Mutter. Du kannst wieder gehen." Doch dann fiel ihr plötzlich ein, welcher Tag heute war.

Mit einem Ruck setzte sie sich im Bett auf. „Passt du auf, dass ich mich nicht hinausschleiche und unter dem Weihnachtsbaum nachschaue, was ich bekomme?" Sie legte den Kopf schief, um zu lauschen, konnte aber kein Rascheln oder Knistern aus dem Wohnzimmer hören. Vielleicht hatte Papa ja die Geschenke schon unter den geschmückten Baum gelegt und war wieder ins Bett gegangen. Sie hoffte, dass dort ein Fahrrad – das lilafarbene mit Glitzer und dem goldenen Bananensattel – auf sie wartete.

„Ich weiß doch, dass du nicht schnüffelst, Schätzchen. Das würde doch die ganze Überraschung verderben."

Diane musste ein Kichern unterdrücken, denn ihre Mutter kannte sie offenbar nicht besonders gut. Etliche ihrer Geschenke hatte sie schon im obersten Regal des Einbauschrankes in der Diele entdeckt, aber ihre Eltern glaubten immer noch, sie käme an das oberste Regal nicht heran. Sie konnte es kaum erwarten, den Kassettenrekorder in Betrieb zu nehmen und die Schlaghose aus Cord anzuziehen.

„Leg dich wieder hin", sagte Mutter.

Diane legte sich wieder aufs Kissen und drückte den schon ganz fadenscheinigen Teddy an sich, den Papa schon vor ihrer Geburt für sie gekauft hatte.

„Mach die Augen zu."

Diane linste zwischen den zugekniffenen Lidern zu ihrer Mutter hoch. „Mach ich. Gehst du dann wieder?"

„Gleich."

„Wann denn?"

„Wenn ich genug habe."

„Genug von was?

„Davon, dich anzuschauen."

Manchmal war Mutter so seltsam. Und wie sollte Diane denn schlafen, wenn jemand direkt neben ihr saß und sie anstarrte? „Mutteeeeer …", stöhnte sie laut auf.

„Mach die Augen zu."

Mit einem tiefen Seufzer schloss Diane die Augen.

Und dann fing Mutter an zu singen. Ein Schlaflied. Diane presste die Zähne zusammen. Sie war schließlich schon elf und kein Baby mehr. Wieso konnte Mutter nicht einfach weggehen? Sie vergrub sich noch tiefer unter der Decke und gab sich selbst ein Versprechen. Wenn sie irgendwann einmal selbst ein Kind hätte, würde sie es niemals mit blöden Liedern quälen und mit so seltsamen Dingen, wie es im Schlaf zu beobachten. Sie würde keine Verrückte sein, sondern eine total coole Mutter.

Kendrickson, Nevada

Jetzt endlich verstand Diane, wieso Mutter an ihrem Bett gesessen und ihr beim Schlafen zugeschaut hatte. Meghan sah so friedlich aus, so jung, so bezaubernd. Liebe wallte in Diane auf – ein Schub heftigen, glühenden Gefühls, das den intensiven Wunsch in ihr weckte, die Zeit zurückdrehen zu können und stundenlang das Babygesicht, das Kleinkindgesicht und sogar das pickelige Teenagergesicht ihrer Tochter zu betrachten.

Ganz langsam reichte sie mit der Hand über die Kluft zwischen ihnen und strich Meghan eine Haarsträhne aus dem Gesicht hinters Ohr. Ihre Tochter regte sich daraufhin und öffnete ein Auge.

„Was machst du denn da?“ Ihre schlaftrunkene Stimme entlockte Diane ein Lächeln.

„Nichts. Nur … genug bekommen.“

Meghan schnaubte leise und rieb sich die Nase. „Du bist so seltsam, Mama.“

Wieso fühlte sich das bloß so an, als hätte sie gerade das größte Kompliment überhaupt bekommen? „Schschsch, schlaf ein“, sagte sie leiste und wünschte, sie hätte ein Schlaflied gekannt. Dann hätte sie unter Beweis stellen können, wie seltsam sie war, indem sie es immer wieder sänge, um all die Male wiedergutzumachen, die sie ihre Tochter nicht in den Schlaf gesungen hatte.

Kapitel 26

Hazel

Ein Roadtrip mit euch beiden?“ Hazel trank noch einen Schluck Kaffee – heiß und mit Haselnussaroma und Sahne verfeinert –; das war einfach die beste Art, den Tag zu beginnen. Aber längst nicht so großartig, wie einen Urlaub mit ihrer Tochter und ihrer Enkelin zu planen. Nicht im Traum hätte sie gedacht, dass Margaret Diane einem solchen Projekt jemals zustimmen würde, und schon bei der Vorstellung wurde ihr ganz schwummerig.

„Die Reise wird wahrscheinlich einen ziemlichen Batzen kosten“, sagte Meghan und verzog das Gesicht kurz zu einer zerknirschten Grimasse, die allerdings schnell wieder verschwand. „Aber ich glaube, es wird sich lohnen. Ich wollte schon immer mal nach Cumpton und sehen, wo du aufgewachsen bist. Und die Vorstellung, dich sogar als Reiseleiterin dabeizuhaben, begeistert mich geradezu.“

„Die Hunde kommen auch mit“, sagte Margaret Diane und löffelte sich Zucker in ihren Kräutertee, den sie anstelle von Kaffee trank. Das Zeug roch wie verbranntes Gras und sah aus wie algenverseuchtes Wasser. „Ist das ein Problem für dich?“

Hazel würde einfach nicht zulassen, dass es ein Problem war. Nicht auf dieser Reise. Eine Gelegenheit, wie es sie nur einmal im Leben gab. „Ich bin sicher, dass wir im Auto genauso gut miteinander auskommen wie im Haus", antwortete sie und betrachtete die aufgereihte Dackelschar, die geräuschvoll an ihren Futternäpfen fraß. „Du lässt sie doch aber in ihren Boxen?"

„Wenn wir mit dem Auto fahren, sind sie darin besser aufgehoben, aber wenn wir ein Wohnmobil mieten – dafür wäre Meghan –, würde ich sie darin frei laufen lassen." Margaret Diane pustete in ihre Tasse.

Bei dem Geruch, der dabei aufstieg, hätte Hazel würgen können. Wie um Himmels willen konnte das Mädel etwas in den Mund nehmen, das so furchtbar roch? Sie hielt sich ihre eigene Tasse unters Kinn und atmete tief ein, um den Teegeruch aus der Nase zu bekommen. „Gut."

„Aber, bevor wir losfahren …" – Meghan tauschte mit ihrer Mutter einen Blick, der Hazel alarmierte –, „möchten Mama und ich, dass du zum Arzt gehst und dir von ihm bescheinigen lässt, dass du in der Verfassung bist, eine so weite Reise zu unternehmen."

In ihr stieg so rasch und heftig Zorn auf, dass es sie wie ein Nadelstich in die Schläfe stach. Sie knallte ihre Kaffeetasse auf den Tisch. „Ich brauche keine Erlaubnis, eine Reise zu machen."

Meghan nahm Hazels Hand. „Natürlich brauchst du die nicht. Du bist eine erwachsene Frau und kannst deine Entscheidungen selbst treffen. Es ist auch keine Erlaubnis, die du brauchst, sondern der Arzt soll dir nur bescheinigen, dass du unbesorgt eine längere Reise antreten kannst."

Margaret Diane stützte sich mit den Ellenbogen auf die Tischplatte, die Tasse in beiden Händen. „Das soll in erster Linie zu unserer Beruhigung dienen …"

Hazel warf ihrer Tochter einen scharfen Blick zu. Dass Meghan besorgt war, hatte sie ja erwartet, aber dass das auch auf Margaret Diane zutreffen sollte …

„… weil du diese Schwindelanfälle hattest. Es ist doch nur gut, wenn wir uns vor unserer Abfahrt vergewissern, dass dein Schwindel keine ernsthafte Ursache hat."

Hazel schaute sich ganz genau die Mienen ihrer Tochter und ihrer Enkelin an und erkannte in den braunen Augen der beiden echte Sorge. Ihr Ärger verrauchte. „Wahrscheinlich sollte ich dankbar sein, dass ihr euch vergewissern wollt, ob ich für die Reise noch gesund genug bin, aber ich kann euch versichern, dass eure Sorge völlig überflüssig ist. Ich bin mein Leben lang kaum einen Tag krank gewesen. Auch meine Mutter hatte schon eine sehr robuste Konstitution und die habe ich von ihr geerbt. Ich bin sicher, diese Symptome haben einfach damit zu tun, dass ich älter werde. Da funktioniert nicht mehr alles so reibungslos wie früher."

„Und sobald der Arzt deine Einschätzung bestätigt hat, packen wir die Koffer und fahren los", sagte Margaret Diane und begann endlich, ihren Tee zu trinken. Dabei verzog sie noch nicht mal das Gesicht. Tapferes Mädel.

Meghan schob ein Blatt Papier über den Tisch. „Ich habe schon alles geplant, Großmama. Unser erster Halt wird der Grand Canyon sein."

Der Grand Canyon. Vor Jahren war sie einmal mit Albert und Margaret Diane dort gewesen, und jetzt würde sie dieses Naturschauspiel auch noch einmal gemeinsam mit Meghan erleben. Sie nickte. „Die Idee gefällt mir."

Margaret Diane verdrehte die Augen. „Oh ja, wirklich eine ganz tolle Idee. Eine von euch an Krücken und die andere mit Schwindelattacken, beide am Rand eines knapp zweitausend Meter tiefen Canyons. Davon bekomme dann wahrscheinlich *ich* Herzstolpern." Aber das Funkeln der Begeisterung in ihren Augen strafte ihren Sarkasmus Lügen.

Hazel zwinkerte ihr zu, woraufhin Margaret Diane grinste und noch einen Schluck von ihrem Tee trank.

„Danach", fuhr Meghan fort, als hätte ihre Mutter sie nicht unterbrochen, „... werde ich ein paar Sehenswürdigkeiten in New Mexico und vielleicht sogar in Oklahoma heraussuchen, die wir noch besichtigen können. Ich bin noch nicht ganz sicher, welche, aber eine Suche im Internet wird schon etwas Lohnendes ergeben. Ach ja, apropos Internet, ich muss eine seriöse Wohnmobilvermietung finden. Mir gefällt die Vorstellung, etwas zu haben, worin wir uns auch ein bisschen ausbreiten können und das auf unserem Trip so etwas wie ein Zuhause auf Rädern für uns ist. Hättest du da vielleicht einen Vorschlag, Großmama?"

Mit einem selbstzufriedenen Lächeln antwortete Hazel darauf. „Ja, den habe ich in der Tat. Aber dazu brauchst du das Internet nicht zu bemühen. Ein Mann aus unserer Gemeinde – er ist auch in der Bibelgruppe – hat ein kleines Wohnmobil, das er an Leute aus der Gemeinde verleiht. Es ist auch schon öfter für kurze Missionseinsätze benutzt worden."

Margaret Diane runzelte so heftig die Stirn, dass die Augenbrauen über der Nasenwurzel zusammenstießen. „Aber wir planen doch nichts, was auch nur annähernd etwas mit einem Missionseinsatz zu tun hätte. Würde er uns das Wohnmobil denn trotzdem leihen?"

„Das weiß ich nicht, aber es kann ja nicht schaden, ihn zu fragen. Meghan hat von seriös gesprochen, und wenn jemand seriös ist, dann John Wedman. Soll ich ihn anrufen und fragen?"

Meghan schaute Margaret Diane an, die schaute Meghan an, und dann wandten sich beide mit einem Achselzucken Hazel zu.

Die brach in Lachen aus und sagte: „Na, wenigstens seid ihr euch einig. Ich rufe ihn später am Vormittag an. Vielleicht können wir ja hinfahren und es uns anschauen, damit wir sicher sind, dass es das ist, was ihr euch vorgestellt habt."

Sie frühstückten zu Ende, und während Margaret Diane die Küche aufräumte, arbeiteten Hazel und Meghan an dem Erinnerungsalbum. Die Erinnerungen und die Gefühle, die dabei geweckt wurden, bewirkten, dass Hazel sich gleichzeitig schwach und neu belebt fühlte.

Meghan hatte beschlossen, das Album in vier Abschnitte zu

unterteilen: Hazels Kindheit in Cumpton, ihre Beziehung mit Albert, ihre Beziehung zu Margaret Diane und schließlich ihre Beziehung zu Meghan. Seltsam, wie jede Phase ihres Lebens einen ganz eigenen, in sich geschlossenen Abschnitt bildete. Hätte es nicht eigentlich Überschneidungen geben müssen? Hazel hoffte, dass die gemeinsame Reise noch einen fünften Abschnitt ergeben würde – einen, der dem Miteinander der drei Generationen gewidmet sein würde.

Zwischen neun und halb zehn rief Hazel John an, und wie sie schon vermutet hatte, war er sehr gern bereit, das Wohnmobil an sie zu verleihen. „Aber ich muss Sie warnen, es gehört eher zu den kleineren Modellen. Wanda und ich hatten manchmal schon das Gefühl, darin ständig zusammenzustoßen. Zu dritt könnte es …"

„Und wir nehmen auch noch vier Dackel mit."

Johns Glucksen war unüberhörbar. „… und vier Dackel, na, dann wird es ja noch ein bisschen voller da drinnen. Kommen Sie doch einfach und schauen Sie es sich an. Dann bekommen Sie ein Gefühl dafür und können besser entscheiden."

Sie vereinbarten, dass die drei Frauen kurz vor dem Mittag vorbeikommen sollten, und dann legte Hazel auf. Triumphierend lächelte sie ihre Tochter und ihre Enkelin an. „Es scheint sich doch alles gut zu fügen. Ist das nicht auf… auf…" Sie runzelte die Stirn. Welches Wort hatte sie noch gerade sagen wollen?

Meghan legte den Kopf schief. „Aufregend?"

Hazel war erleichtert und entspannte sich. „Ja, aufregend."

Margaret Diane und Meghan wechselten vielsagende Blicke, während Hazel aufstand und Richtung Schlafzimmer ging. „Wenn wir mit dem Auto zu den Wedmans fahren, könnten wir doch die Gelegenheit nutzen, hinterher in einem Bistro eine Kleinigkeit zu Mittag zu essen. Ich möchte mir nur noch etwas Passenderes für einen kleinen Ausflug anziehen." Ihre marineblaue Siebenachtel-Hose und die weiße Bluse waren eigentlich absolut passend für jedes Restaurant in Kendrickson, und John Wedman war es wahrscheinlich ziemlich egal, was sie anhatte, aber sie würde sich trotzdem umziehen. Nicht zuletzt, um zu beweisen, dass sie immer noch in der Lage war, ein passendes Outfit für sich zusammenzustellen. Nachdem sie solche Mühe gehabt hatte, ein einfaches Wort zu finden, brauchte sie jetzt diese Bestätigung.

Diane

Gemütlich. Das war das Wort, das Mr Wedman am häufigsten benutzte, um sein Wohnmobil zu beschreiben, als er die Frauen zur hinteren Grenze seines großen Grundstücks am Rand von Kendrickson führte. Es handelte sich um ein älteres Modell, das Diane an einen übergroßen Pick-up mit einem Aufsatz erinnerte, und stand in einem simplen Carport. Jedes Mal, wenn er wieder *gemütlich* sagte, schmunzelte er vor sich hin, und Diane fragte sich langsam, ob er sie veräppeln wollte.

„Ja, Wanda und ich haben wirklich unsere Freude an unserem gemütlichen kleinen mobilen Zuhause gehabt. Es hängen viele schöne gemeinsame Erinnerungen daran, und ich konnte mich einfach nicht dazu durchringen, es zu verkaufen, als sie von mir gegangen ist." Er räusperte sich, schloss die Tür auf und lächelte sie dann mit Tränen in den Augen an. „Steigen Sie ruhig ein und werfen Sie einen Blick in mein gemütliches fahrendes Zuhause."

Hazel stieg als Erste hinein, gefolgt von Meghan, die einen kleinen Anschub von Diane brauchte, um die ausklappbaren Stufen hinaufzukommen, und als Letzte kam Diane. Anscheinend hatte John das Fahrzeug für die Besichtigung hergerichtet, denn es war nirgends auch nur ein Stäubchen zu entdecken, und es duftete leicht nach Zitrone. Alle Fenster waren geöffnet, sodass eine leichte Brise hindurchwehte, und obwohl der Wind alles andere als kühl war, bewirkte der

Windhauch, dass sich das Innere des Wohnmobils nicht allzu stickig anfühlte.

Meghan hatte Mühe, mit den Krücken durch den engen Mittelgang zu kommen, aber sie lächelte die ganze Zeit. Ihr Blick ging von den fest eingebauten Ventilatoren, die in allen Ecken des Wohnbereiches installiert waren, über die Einbauschränke und den dreiflammigen Gasherd bis hin zu der Schlafnische. Sie ließ sich auf dem Bett nieder, dessen eine Ecke in den Küchenbereich hineinragte, und stieß einen Seufzer aus.

Mr Wedman blieb draußen stehen, aber er hatte die Hände in beide Seiten der Türöffnung gestemmt, beugte sich in das Wohnmobil hinein und strahlte, während sie alles erkundeten. „Den Esstisch lasse ich meistens ausgeklappt, aber man kann ihn auch zu einem weiteren Schlafplatz umbauen. Dann gibt es ganz hinten noch ein Bett und eines über der Fahrerkabine, sodass jede von Ihnen ihren eigenen Schlafplatz für sich allein hätte. Das Bett im Heck ist aber auch ein Doppelbett, wenn dort also gern zwei von Ihnen schlafen möchten, dann ginge das natürlich auch, dann müssten Sie nicht jeden Abend den Esstisch einklappen."

Meghan strich mit der Hand über die Matratze. „Das klingt gut, besonders auch, weil der Tisch der einzige Ort außer dem Fahrersitz und dem Beifahrersitz ist, wo man sich hinsetzen kann." Sie grinste Diane schelmisch an. „Großmama und ich könnten uns doch das Doppelbett teilen, und du nimmst das Hochbett, oder? Oder bist du zu alt, um da raufzuklettern?"

Diane zog als Antwort nur eine Augenbraue hoch, und der grauhaarige Mann lachte so dröhnend, als hätte sie gerade eine Flut von unanständigen Wörtern von sich gegeben. „Wenn Wanda und ich mit dem Wohnmobil unterwegs waren, dann hatten wir immer unsere Katzen Cindy und Mittens dabei, und die haben am liebsten oben im Hochbett gelegen und aus dem Fenster geschaut. Es ist also gut möglich, dass da oben noch ein paar Fellflusen herumschwirren, aber ich bin inzwischen so alt, dass ich nicht mehr so gern dort hochklettere. Ich hoffe also, dass Ihnen ein paar Flusen nichts ausmachen."

Meghan feixte. „Mama hat sogar eine Schwäche für Flusen." Dann lächelte sie Hazel an. „Was meinst du, Großmama, bist du bereit für die Reise?"

Hazel drehte sich einmal ganz langsam um die eigene Achse und sagte dann: „Wie John ja bereits gesagt hat, ist es ziemlich klein und kompakt, aber es ist alles da, was wir brauchen. Ich finde es erstaunlich, wie die Hersteller es schaffen, auch noch ein Bad und eine Küche in das Fahrzeug hineinzubekommen."

„Wanda wollte, dass ich das eingebaute Regal mit dem kleinen Kühlschrank darunter und dem Vorratsschrank darüber herausnehme und dafür einen größeren Kühlschrank einbaue." Mr Wedman beugte sich noch weiter vor und gestikulierte wie ein Verkäufer, der auf einem Markt seine Waren anpreist. „Sie wollte immer selbst kochen, wenn wir unterwegs waren, und deshalb brauchte sie genügend Platz im Kühlschrank. Dadurch, dass der Vorratsschrank dafür weichen musste, hatten wir natürlich weniger Stauraum, und dafür habe ich dann eine Schublade unter das Bett gebaut. Darin kann man jede Menge Konserven und andere haltbare Lebensmittel unterbringen. Meghan hat gerade ihre Füße davor."

Meghan sah nach unten und rückte mit den Füßen beiseite. Sie lachte. „Ich habe den Schubladengriff nicht mal bemerkt, als ich mich hingesetzt habe. Genial."

Der alte Mann wurde sofort ein paar Zentimeter größer. „Na ja, genial würde ich es nicht gerade nennen. Vielleicht praktisch oder erfinderisch, aber nicht genial."

Diane schob sich vorsichtig seitwärts an ihrer Mutter, die gerade die Kochstelle begutachtete, vorbei zu den beiden Sitzen vorn in der Fahrerkabine. Sie setzte sich auf den Fahrersitz und schaute sich das

Armaturenbrett genauer an, das fast genauso aussah wie das in ihrem Jeep. „Brauche ich noch eine besondere Einweisung, um es fahren zu können?"

Jetzt stieg Mr Wedman ebenfalls ein, ließ aber die Tür offen und sagte: „Das gehört mit zum Besten an diesem Modell. Es ist nur fünfzehn Zentimeter kürzer als die erlaubten siebeneinhalb Meter und nur dreißig Zentimeter breiter als ein normaler Diesel-Pick-up, sodass man sich ganz schnell an ihn gewöhnt, wenn man, sagen wir, einen ganz normalen SUV fährt."

„Du bist ja wahrscheinlich diejenige, die fährt, Mama", rief Meghan vom Bett aus, auf dem sie immer noch saß. „Es sei denn, Großmama möchte ans Steuer."

Hazel hob abwehrend die Hände und machte eine grimmige Miene.

Meghan lachte. „Glaubst du, du kommst mit dem Wagen zurecht?"

Wieder war Mr Wedmans tiefes Glucksen zu hören. Er hielt Diane den Schlüsselbund vor die Nase, wie man einer Katze ein Spielzeug hinhält. „Es gibt nur eine Möglichkeit, das herauszufinden. Haben Sie Ihren Führerschein dabei?"

Diane deutete auf die kleine Tasche, die sie umgehängt hatte.

„Na, dann schnallen Sie sich mal an und lassen Sie uns eine kleine Runde drehen."

Kapitel 27

Diane

Diane war hellauf begeistert, als sie jetzt vom Fahrersitz in Mr Wedmans Wohnmobil kletterte. Obwohl sie anfangs eher Bedenken gegen die gemeinsame Reise gehabt hatte, konnte sie es nach der Probefahrt jetzt kaum noch erwarten, zu packen und – wie Meghan es formuliert hatte – abzudüsen. Mr Wedman hatte gesagt, sie solle den Motor laufen lassen, und sie spürte das Vibrieren des Wagens im ganzen Körper, was ihre eigene pulsierende Energie noch verstärkte.

Mr Wedman kam um den Wagen herum zu Diane. Sein Lächeln und das Zwinkern seiner blauen Augen erinnerten Diane an das heitere Naturell ihres Vaters, sodass sie gar nicht anders konnte, als zurückzulächeln. Mr Wedman steckte die Hände in die Taschen seiner weiten knielangen Shorts und hob fragend die Augenbrauen. „Also … was meinen Sie?"

Sie sah ihm bereits an, dass er wusste, was sie antworten würde, aber sie sagte es trotzdem noch einmal. „Das schaffe ich."

„Und es macht doch Spaß, oder?"

Sie kicherte – das mädchenhafteste Kichern, das sie seit Jahren von sich gegeben hatte. „Sie haben recht. Erst war ich ein bisschen nervös, aber als ich mich daran gewöhnt hatte, hat es riesig Spaß gemacht."

Auf dem hohen Fahrersitz zu sitzen und das Fahrzeug auf dem Highway und durch den Stadtverkehr zu lenken, war eine beinah berauschende Erfahrung gewesen. Sie hatte sich hinter dem Lenkrad mächtig, ja, geradezu unbesiegbar gefühlt. Ob sich so auch ihr Vater gefühlt hatte, wenn er seinen Sattelschlepper über die Highways steuerte?

Meghan und Mutter kamen jetzt ebenfalls um das Wohnmobil herum zu ihnen und Mr Wedman ging langsam Richtung Fahrertür. „Lassen Sie mich das gute Stück nur rasch wieder im Carport abstellen, dann beantworte ich gerne alle Fragen, die Sie vielleicht noch haben."

Die drei Frauen traten zur Seite und Mr Wedman parkte das Wohnmobil fachmännisch unter dem Carport. Als er den Motor abstellte, hatte Diane plötzlich ein intensives Gefühl von Verlust. Mr Wedman stieg aus, schloss das Fahrzeug ab und kam mit einem breiten Lächeln wieder zu ihnen zurück.

Mutter gab ihm die Hand und er drückte sie kurz und herzlich.

„Vielen Dank, dass wir es anschauen und ausprobieren durften, John. Ich habe mir alles notiert – wie man den Generator auflädt, den Abwassertank leert und den Wassertank wieder auffüllt." Mit gerunzelter Stirn schaute sie auf den Notizblock in ihrer Hand. „Das Einzige, was ich jetzt noch nicht weiß, ist der Mietpreis."

Er rieb sich das Kinn und hob den Blick himmelwärts, als würde er intensiv überlegen. Schließlich seufzte er und schabte mit gesenktem Kopf mit der Schuhspitze auf dem Boden herum. „Vielleicht durchkreuzen meine Preise Ihre Pläne, aber ich muss gerecht sein und von jedem das Gleiche verlangen."

„Das ist doch selbstverständlich. Ich habe mit nichts anderem gerechnet", sagte Hazel.

Diane musste sich ein Schmunzeln verkneifen über Mutters Ton. Sie hatte selbst miterlebt, wie ihre Mutter mit Händlern auf dem Wochenmarkt gefeilscht hatte, aber vielleicht brachte sie dieses Talent ja gegenüber Mitgliedern ihrer Gemeinde nicht zum Einsatz.

John hob den Kopf und sah Mutter jetzt direkt ins Gesicht. „Sie zahlen den Sprit und ich erwarte, dass Sie auf den Ölstand achten und, wenn nötig, Öl nachfüllen, damit der Motor keinen Schaden nimmt, und auch immer genügend Kühlwasser nachfüllen. Außerdem möchte ich, dass der Wagen vor der Rückgabe gründlich gereinigt wird."

Mutter zog die Stirn kraus … „Ja, ja, das haben Sie doch vorhin auf der Probefahrt schon alles gesagt, und ich habe es mir notiert." Sie tippte auf ihren Notizblock. „Aber Sie haben uns immer noch nicht verraten, was es kostet."

„Mein Standardpreis ist entweder drei Dollar pro Tag oder drei Cent pro Meile, je nachdem, was weniger ist."

Diane blieb der Mund offen stehen und Meghan stotterte: „D… drei Dollar … oder drei Cent? Das ist doch ein Scherz, oder? Das ist ja nicht einmal ein Zehntel dessen, was Wohnmobilverleiher verlangen."

„Ich bin ja auch kein Wohnmobilverleih."

Mutter stammelte irgendwas und schaute ungläubig drein. „Verleih hin oder her, John, Sie müssen doch wenigstens etwas für die Abnutzung berechnen. Jetzt seien Sie doch vernünftig."

Aber er schüttelte mit ernster Miene den Kopf. „Das ist mein Preis, und das Geld verlange ich nur, weil ich davon die zusätzlichen Versicherungskosten bezahle, die entstehen, wenn andere Leute außer mir selbst als Besitzer das Wohnmobil fahren." Er schlug den Kragen seines Poloshirts hoch und verschränkte die Arme vor seiner breiten Brust. „Wenn Sie es nehmen möchten, stelle ich es Ihnen gern zur Verfügung. Ich brauche von Ihnen nur eine Verzichtserklärung auf Entschädigung für mögliche Personenschäden, die während der Benutzung entstehen." Er zog eine Grimasse. „Und auch das verlange ich nur, weil die Versicherung es vorschreibt. Ich kann mir nicht vorstellen, dass mich jemand verklagt, weil er die Treppe hinuntergefallen ist oder so."

Diane konnte sich jede Menge Leute vorstellen, die andere wegen weit geringfügigerer Dinge verklagen würden, aber es war absolut kein Problem für sie, die verlangte Verzichtserklärung zu unterschreiben. „Vielen Dank noch einmal, Mr Wedman. Wenn unsere Reiseplanung steht, melden wir uns wieder bei Ihnen und sagen Ihnen den genauen Termin. Ist Ihnen das recht?"

„Ja, sicher. Es ist schon irgendwie seltsam. Normalerweise ist das Wohnmobil im Sommer fast ständig unterwegs, aber diesen Sommer ist nicht so viel los." Er zuckte mit den Achseln. „Vielleicht hat Gott es ja hier für Sie reserviert, meine Damen."

Seine beiläufige, aber doch nachdenkliche Bemerkung versetzte Diane einen Stich, aber es war kein schmerzhafter, sondern eher ein beunruhigender Stich. Sie hakte sich bei ihrer Mutter unter und ging mit ihr in Richtung des Hauses. „Wie gesagt, ich rufe Sie an, wenn wir so weit sind", sagte sie abschließend, denn sie mussten sich ja noch um Mutters Arzttermin kümmern, und das konnte ein paar Tage dauern.

Mr Wedman folgte ihnen zu Mutters Wagen und winkte ihnen aus dem Schatten des Hauses nach, als sie wegfuhren. Meghan beugte sich von hinten zwischen den beiden Vordersitzen vor und stützte ihre Ellenbogen auf die Lehnen. „Ich wünschte, ich hätte daran gedacht, ein Maßband mitzunehmen, dann wüssten wir, wie viel Platz wir für unser Gepäck haben. Wenn wir zu dritt ungefähr zwei Wochen lang unterwegs sind, werden wir eine ganze Menge Sachen brauchen."

„Nicht unbedingt." Mutter hielt das Lenkrad mit beiden Händen sehr fest und schaute nach vorn, während sie sprach. „Wenn wir Johns Empfehlung folgen, auf KOA-Campingplätzen zu übernachten, wo es Waschmaschinen und Trockner gibt, können wir doch immer in der Zeit, in der wir den Generator aufladen und den Wassertank füllen, unsere Wäsche waschen."

Meghan tippte Diane auf die Schulter. „Man hatte den Eindruck, dass es dir richtig Spaß gemacht hat, das Wohnmobil zu fahren. Meinst du, du wirst auch über eine so lange Strecke damit fertig?"

Mit einem Gefühl großer Befriedigung antwortete Diane: „Ja, klar. Das ist gar kein Problem."

Mutter warf ihr einen vielsagenden Seitenblick zu und bemerkte: „Ganz die Tochter deines Vaters."

Diane wurde ganz warm ums Herz, und sie schenkte ihrer Mutter ein echtes und ernst gemeintes dankbares Lächeln.

Währenddessen zappelte Meghan die ganze Zeit auf der Rückbank herum, als stünde ihr Sitz unter Strom. „Wenn wir zu Hause sind, schaue ich nach, wo es KOA-Campingplätze gibt und ob man dort reservieren muss. Ich hoffe, es ist noch nicht alles belegt, schließlich ist gerade Hochsaison."

„Wenn Gott dafür sorgt, dass ein Wohnmobil für uns zur Verfügung steht, dann werden auch jede Menge Stellplätze auf KOA-Plätzen auf uns warten", sagte Diane und zuckte sofort zusammen. Hatte sie das tatsächlich laut gesagt? Und das auch noch ohne eine Spur Sarkasmus? Mutters Lächeln und Meghans erstaunte Miene bestätigten ihr, dass es so war. Sie räusperte sich. „Wie auch immer, einen Waschsalon finden wir auf jeden Fall. Wir brauchen das Ding also gar nicht bis obenhin mit Kleidung und Lebensmittelvorräten vollzustopfen. Lasst uns doch unsere Mahlzeiten im Voraus planen, und dann kaufen wir das, was wir brauchen – sagen wir, immer für ungefähr drei Tage –, unterwegs ein. Dann ist auch immer alles einigermaßen frisch."

„Ja, das ist eine gute Idee." Meghan ließ sich in den Rücksitz fallen und stieß einen tiefen Seufzer aus. „Ich kann noch gar nicht richtig glauben, dass wir es tatsächlich tun. Unglaublich. Kann mich bitte heute Abend jemand daran erinnern, dass ich Sean anrufe, um ihn zu fragen, ob er schon weiß, wann er in Cumpton sein will? Wir müssen unsere Tour so planen, dass wir möglichst genau dann dort sind, wenn er auch vor Ort ist."

Diane wollte es nicht sagen, aber dann sprach Mutter aus, was auch ihr durch den Kopf ging.

„Wenn es so sein soll, dann ist er zur selben Zeit in Cumpton wie wir."

Diane sah zum Fenster hinaus und presste die Zähne zusammen. Seit wann war der Gedanke, dass Gott Dinge fügte, für sie so normal? Offenbar färbte ihre Mutter auf sie ab, ob es ihr gefiel oder nicht.

Little Rock, Arkansas

Sean

Kurz vor Feierabend ging die Doppeltür zur Sonderermittlungsabteilung für ungeklärte Kriminalfälle auf und Captain Ken Ratzlaff, der Leiter des Teams, kam über den verschrammten Holzboden auf Sean zu. Alle Blicke folgten ihm.

Sean hatte großen Respekt vor dem Captain wegen seiner Erfahrung und seines Wissens, aber er hatte im Laufe seiner Jahre als Sonderermittler auch die Erfahrung gemacht, dass der Captain eine kurze Lunte hatte, sodass manchmal selbst nur vermeintliche Regelwidrigkeiten eine wortreiche Standpauke auslösten. Er spürte deshalb eine deutliche innere Anspannung, als der Captain vor seinem Schreibtisch stehen blieb und einen Umschlag auf die Tastatur seines Computers knallte.

Sean griff nach dem Umschlag und begann, ihn zu öffnen. „Was ist denn das?"

„Ihre Reiseunterlagen."

Sean zog die Augenbrauen hoch. „Für Cumpton?"

„Müssen Sie in den nächsten Wochen noch irgendwo anders hin?"

Sean schüttelte den Kopf, schlitzte mit seinem Taschenmesser den Umschlag auf und breitete den Inhalt vor sich auf dem Schreibtisch aus. „Wann reise ich ab?"

„Ich habe den Zweiundzwanzigsten eingetragen, und Sie haben dann in Cumpton eine ganze Arbeitswoche Zeit, wenn Sie die brauchen."

„Dann also vom Zweiundzwanzigsten bis einschließlich Sechsundzwanzigsten", dachte Sean laut und überlegte, was er zu Hause noch alles regeln musste, wenn er fünf Tage weg sein würde. Es war immer noch Hochsommer, sodass die Tochter seiner Nachbarn noch Ferien hatte und wahrscheinlich seinen Briefkasten leeren würde. Den vierzehnjährigen Schüler von gegenüber würde er vielleicht überreden können, in dieser Zeit einmal den Rasen zu mähen, denn er hatte es gern, wenn Haus und Garten bewohnt und ordentlich aussahen, um keine Einbrecher anzulocken. Dennoch war es erstaunlich unkompliziert, einfach wegzufahren, wenn man weder Frau noch Kinder noch vierbeinige Mitbewohner hatte, um die man sich kümmern musste. Doch er schob das leise Bedauern, das er dabei empfand, rasch beiseite. „Das ist kein Problem." Dann studierte er die Unterlagen etwas genauer und zog die Stirn in Falten.

„Sie schicken mich allein? Ohne Partner?"

Ratzlaff zog ein Gesicht. „Ich könnte Sanderson mitschicken, aber mir wäre es lieber, wenn er hierbliebe – damit er weiter an der Vergewaltigungsserie auf dem Campus von 1996 arbeiten kann. Eigentlich müsste er in der Lage sein, damit auch ohne Sie weiterzukommen, und Sie würden mit den Ermittlungen nicht so weit zurückhängen, wenn Sie aus Cumpton zurückkommen." Er schaute Sean von der Seite an und fragte: „Macht es Ihnen was aus, allein zu fahren?"

„Nein, Sir, gar nicht, aber normalerweise ermitteln wir ja zu zweit."

„Ich habe mir gedacht, dass DeFord ja vielleicht dort auftaucht, weil sie ja persönlich von dem Fall betroffen ist." Farber und Roach lachten leise, und der Captain warf einen verärgerten Blick in ihre Richtung, woraufhin die beiden sich sofort eifrig auf ihre Computer konzentrierten. Ratzlaff wandte sich wieder an Sean. „Wenn sie dort auftaucht, versuchen Sie bitte so gut es geht zu verhindern, dass sie sich an den Ermittlungen beteiligt. Eigentlich ist sie ja krankgeschrieben. Und außerdem ist das eine Ein-Mann-Ermittlung, denn angesichts der langen Zeit, die bereits vergangen ist, habe ich keine große Hoffnung, dass der Fall gelöst wird. Ich kann die Sache aber auch nicht guten Gewissens ignorieren bei den Ermittlungsergebnissen, die Sie bereits vorgelegt haben."

Der Captain mochte zwar ein ruppiger Bursche sein, aber hinter seiner harten Schale steckte ein gutes Herz. Sean lächelte. „Danke, Captain. DeFord hat gesagt, sie sei sehr dankbar, dass wir uns mit dem Verschwinden ihrer Großtante beschäftigen. Wenn sie während der Zeit, in der ich dort bin, auch nach Cumpton kommt, dann werde ich tun, was ich kann, um dafür zu sorgen, dass sie genügend Ruhe bekommt."

„Tun Sie das. Wir wollen sie schließlich irgendwann vollständig genesen und in alter Frische zurückhaben. Wenn sie sich übernimmt, fällt sie vielleicht noch länger aus." Er warf einen Blick hinüber zu Sanderson, der auf seinen Bildschirm starrte und an seinem Daumennagel kaute. Der Captain schüttelte kaum merklich den Kopf und wiederholte an Sean gewandt: „Ja, wir wollen sie zurückhaben."

Sean nickte. Sanderson war schon in Ordnung, egal, was die anderen sagten, aber Sean vermisste Meghan mehr, als er gedacht hatte – und mehr, als er je zugegeben hätte. Er wollte sie auch zurückhaben. „Ich rufe DeFord heute Abend an und sage ihr, dass die Dienstreise bewilligt worden ist."

Der Captain ging wieder zur Tür. „Rufen Sie lieber gleich an. Das ist ein offizieller Fall und sie ist ein Kontakt."

Kaum war die Tür hinter Ratzlaff ins Schloss gefallen, als Anthony Johnson sich in seinem Stuhl zu Sean umdrehte. „Du fährst nach Cumpton? Du weißt aber schon, dass das im Grunde nur ein Fliegenschiss auf der Karte ist, oder? Da leben nicht mal mehr dreihundert Menschen."

Sean hatte bereits vermutet, dass seit der Zeit, als Hazel Blackwell DeFord dort gelebt hatte, die Einwohnerzahl in dem Ort zurückgegangen war. „Ja, ich weiß", sagte er. Aus seinen Reiseunterlagen ging hervor, dass die Abteilung schon eine Unterkunft für ihn gebucht hatte, und zwar in einem Hotel in Bentonville, etwa vierzig Kilometer von Cumpton entfernt. Doch er hatte bei anderen Ermittlungen schon weit größere Strecken zurückgelegt.

„Entschuldige bitte, ich muss jetzt Meg…" – er hielt sich die Hand vor den Mund und hustete, in der Hoffnung, die anderen hätten den kleinen Ausrutscher nicht bemerkt – „DeFord anrufen."

Johnson grinste, richtete seine Aufmerksamkeit aber wieder auf seine Arbeit, statt Sean aufzuziehen.

Meghans Handy klingelte viermal, und innerlich war er schon darauf vorbereitet, eine Nachricht auf ihrer Mailbox zu hinterlassen, als sie sich doch noch meldete. Beim Klang ihrer Stimme musste er automatisch lächeln. „Hallo, hier ist Sean."

„Ja, das habe ich auf dem Display gesehen. Tut mir leid, dass es so lange gedauert hat, bis ich drangegangen bin – Großmama und ich arbeiten gerade an einem Erinnerungsalbum, und ich hatte Kleber an den Fingern. Was gibt's denn?"

Ihr aufgekratzter Ton signalisierte ihm, dass sie einen guten Tag hatte, und die Neuigkeiten, die er für sie hatte, würden ihn wahrscheinlich noch besser machen. „Ich habe heute Morgen die Genehmigung bekommen, eine Woche lang in Cumpton zu ermitteln."

„Wirklich? Das ist ja großartig!" Es folgte eine gemurmelte Bemerkung, und er stellte sich vor, wie sie ihr Handy gegen die Schulter presste und ihrer Großmutter berichtete, was sie gerade erfahren hatte. „Wann fährst du denn?"

„Vom Zweiundzwanzigsten bis zum Sechsundzwanzigsten. Ich mache mich wahrscheinlich am Sonntagnachmittag von hier aus auf den Weg nach Bentonville, damit ich gleich am Montagmorgen nach

Cumpton fahren kann." Weil fünf Ohrenpaare jedes Wort mithörten, achtete er darauf, dass sein Ton möglichst professionell und sachlich blieb, ganz anders als die entspannten Gespräche, die sie abends miteinander geführt hatten, seit sie weg war. Es war gar nicht einfach, jetzt so distanziert zu bleiben.

„So bald schon?"

Meghan brauchte nicht auf ihren Tonfall zu achten, und er merkte ihr ihre Enttäuschung deutlich an. Er runzelte die Stirn und drehte sich um, sodass er den anderen im Raum den Rücken zukehrte. „Was ist? Gibt es ein Problem?"

Sie berichtete ihm von ihren Plänen, ein Wohnmobil zu mieten, damit von Kendrickson nach Cumpton zu fahren und unterwegs das eine oder andere lohnende Ziel anzusteuern. „Wir könnten aber auch direkt und ohne Pausen nach Cumpton fahren und uns das Touristenprogramm für den Rückweg aufsparen. Dann müssten wir allerdings gleich morgen früh aufbrechen, wenn wir am Zweiundzwanzigsten da sein wollen."

„Nicht genug Vorlauf, was?"

„Wir können nur losfahren, wenn Großmamas Arzt sein Okay gegeben hat, und sie hat erst am nächsten Dienstag einen Termin."

Seans Besorgnis nahm zu. „Ist sie denn krank?"

„Nein, es geht ihr gut." Die etwas zu muntere Antwort klang nach Abwiegeln. „Mama und ich möchten gern, dass sie sich vor unserer Abreise noch mal durchchecken lässt, einfach um sicherzugehen, dass so eine lange Reise mit dem Auto nicht zu viel ist für sie."

Er beschloss jetzt, ihr die Reisedetails später per SMS zu schicken. Erst einmal musste er beim Thema bleiben.

„Es wäre mit Sicherheit hilfreich, wenn sie in Cumpton wäre, während ich dort bin, denn sie kennt bestimmt den Ort und die Leute und könnte mir wichtige Hinweise geben, aber wenn das nicht geht, ist es auch in Ordnung. Ich komme auch allein zurecht."

„Das weiß ich doch. Du bist ein großartiger Ermittler. Aber Großmama möchte unbedingt dabei sein und helfen. Wir tun, was wir können, um wenigstens ein paar Tage gemeinsam vor Ort zu sein. Ich hätte nicht gedacht, dass der Amtsschimmel die Reiseerlaubnis so rasch durchwinkt."

Das ging ihm genauso. „Ich glaube, bei diesem Fall sind alle etwas nervös, weil es so viele mögliche Opfer geben könnte und weil die Sache schon so lange zurückliegt. Das hat sicher alles ein wenig beschleunigt."

Er hörte, wie sie seufzte. Ein erschöpftes Seufzen, und es war ihm zuwider, dass seine Neuigkeiten ihre Stimmung dämpften.

„Mach dir nicht zu viele Gedanken, DeFord", sagte er in dem flapsig-lockeren Ton, der eigentlich eher typisch für Dane oder Farber war. „Irgendwie wird der Fall schon gelöst werden. Ich melde mich später noch mal, ja?"

Nach einer etwas kläglichen Verabschiedung ihrerseits beendete er das Gespräch und wandte sich wieder seinem Schreibtisch zu. Farber, Dane, Johnson und Roach grinsten ihn alle an, nur Sanderson starrte weiter konzentriert auf seinen Monitor. Sean breitete die Arme aus und fragte: „Was ist?"

Farber warf den anderen Blicke zu. „Hört sich ja ganz so an, als würde doch nichts aus deinem Rendezvous auf Staatskosten."

Sean presste die Zähne zusammen und begegnete Farbers spöttischer Miene mit festem Blick. „So eine ist Meghan nicht."

Ein vielsagendes Funkeln zeigte sich im Blick des anderen Detectives. „Oh, schon gut." Es zuckte um seine Mundwinkel, und er schaute seinen Partner an, bevor er Sean anzüglich angrinste. „Wenn du später mit *Meghan* redest, dann grüße sie doch bitte von uns allen hier, ja?"

Manchmal fühlte sich Sean, als wäre er in einer Burschenschaft und nicht bei der Polizei.

Kapitel 28

Kendrickson, Nevada

Meghan

Meghan legte das Handy vor sich auf den Tisch und rief die Taschenrechnerfunktion auf. Sie fing an, etwas einzutippen, und redete dabei laut vor sich hin. „Zweitausendfünfhundert Kilometer durch hundertzwanzig Stundenkilometer mal acht Stunden am Tag …"

„Was machst du denn da?", fragte Großmama irritiert.

Meghan sah gar nicht auf. „Ich versuche auszurechnen, wie wir es schaffen können, in Cumpton zu sein, bevor Sean wieder zurückmuss nach Little Rock."

„Wann ist denn der Sechsundzwanzigste?"

„Morgen in einer Woche." Sie tippte weiter Zahlen ein, runzelte über die Ergebnisse die Stirn und stöhnte schließlich. „Ich wünschte, ich hätte in Mathe besser aufgepasst. Das hier ergibt überhaupt keinen Sinn."

Mama stellte die Pfanne mit Mandeln beiseite, die sie rösten wollte, und sagte: „Komm, lass mich das doch machen."

Meghan lehnte sich also zurück und überließ ihrer Mutter das Handy. „Eigentlich hatte ich nicht vor, im Eiltempo nach Cumpton zu fahren, aber Seans Terminvorgaben werfen mir" – sie griff auf eine Redewendung ihrer Großmutter zurück – „Knüppel zwischen die Beine. Kannst du ausrechnen, wann wir frühestens in Cumpton sein könnten, wenn wir auf direktem Weg und ohne Aufenthalte unterwegs hinfahren würden?"

Mama setzte eine nachdenkliche Miene auf, die Meghan immer als ihr „Lehrerface" bezeichnete. „Wenn wir täglich acht Stunden unterwegs sind – länger fahre ich nicht – und im Durchschnitt hundert fahren – schneller hat Mr Wedman mit dem Wohnmobil nicht empfohlen –, dann können wir an die achthundert Kilometer am Tag schaffen", sagte sie und gab Meghan das Handy zurück. „Natürlich vorausgesetzt, dass wir keine größeren Umleitungen fahren müssen und es auch nah an der Strecke genügend Campingplätze gibt. Für die gesamte Strecke würden wir dann gut drei Tage brauchen. Das heißt, wir müssen spätestens am Dreiundzwanzigsten morgens hier aufbrechen, wenn wir mindestens einen Tag zusammen mit Sean in Cumpton haben wollen."

Großmamas Arzttermin war am Dreiundzwanzigsten um drei Uhr nachmittags. Meghan verkniff sich ein Stöhnen.

„Drei Reisetage …" Großmama schlug mit dem Rand eines Fotos auf die Tischkante. „Wenn wir gleich morgen früh aufbrechen würden, dann könnten wir am selben Tag dort eintreffen wie Sean."

„Aber wir können morgen noch nicht losfahren", sagte Mama und ging zurück an den Herd. Sie verteilte die eingeölten und gesalzenen Mandeln auf einem Backblech, schob es in den Ofen und stellte den Timer ein.

Großmama schob trotzig das Kinn vor. „Doch, natürlich können wir das. Es ist doch noch früh. Wir hätten noch ein paar Stunden Zeit, um zu John zu fahren, das Wohnmobil dort abzuholen und dann zu packen."

Der Blick, den Mama Großmama zuwarf, war streng. „Wenn man nur die Entfernung und die vorhandene Zeit bedenkt, dann gebe ich dir recht, dass wir zeitgleich mit Sean in Cumpton sein könnten. Aber wir haben uns darauf geeinigt, dass wir das Okay deines Arztes brauchen, bevor wir starten können."

„Der Arzttermin kann warten", sagte Großmama jetzt richtig bockig. „Aber die Reise nicht. Jedenfalls nicht, wenn ich Sean vor Ort bei seinen Ermittlungen unterstützen soll."

Sosehr sich Meghan wünschte, dass ihre Großmutter sich gründlich untersuchen ließ, konnte sie nicht anders, als ihr recht zu geben. Besonders auch deshalb, weil Großmama Sean unbedingt persönlich helfen wollte. „Sie hat recht, Mama. Jetzt, wo Sean früher fährt als gedacht, ist unser Zeitplan hinfällig. Wir brauchen doch mindestens einen Tag, an dem sich Seans und unser Aufenthalt dort überschneidet. Wenn wir Großmama beim Arzt auf eine Liste für abgesagte Termine setzen, dann klappt es ja vielleicht doch noch vor Dienstag. Sollen wir es nicht wenigstens versuchen?"

Mama sah sie eine ganze Weile nachdenklich an, immer noch mit ihrem „Lehrerface", aber Meghan weigerte sich, klein beizugeben, wie es Mamas Schüler meist taten, wenn sie dieses Gesicht aufsetzte. Schließlich seufzte Mama. „Also gut, dann ruf an und frage nach, ob das möglich ist."

Großmama warf Meghan einen triumphierenden Blick zu und sagte: „Gib mir doch bitte das Telefon."

Als Meghan es ihr über den Tisch hinschob, deutete Mama mit einer Geste auf das Durcheinander auf dem Tisch und sagte: „Dann räumt aber jetzt erst mal die Sachen für das Erinnerungsalbum weg und ruft bei KOA-Campingplätzen an. Wenn wir keinen Stellplatz für das Wohnmobil bekommen, dann brauchen wir es gar nicht erst abzuholen."

„Man kann ein Wohnmobil überall abstellen, zur Not sogar auf einem Supermarktparkplatz." Großmama blieb unerschütterlich, während sie nach der Nummer der Arztpraxis suchte.

„Aber dort können wir den Wassertank nicht auffüllen", entgegnete Mama, „und deshalb brauchen wir Campingplätze." Mit einer Geste in Richtung Meghan fuhr sie fort: „Jetzt fangt schon an zu suchen. Während ihr damit beschäftigt seid, mache ich eine Liste der Sachen, die wir mitnehmen müssen." Sie verdrehte die Augen. „Du lieber Himmel, ich kann selbst nicht fassen, dass ich mich ausgerechnet mit euch beiden in dieses Abenteuer stürze. Ich habe anscheinend wirklich den Verstand verloren."

Meghan zog beide Schultern hoch und kicherte. Das würde sie mal lieber nicht kommentieren, sondern einfach so stehen lassen.

Während Meghan also KOA-Campingplätze zwischen Las Vegas und Cumpton heraussuchte, holten Mama und Großmama das Wohnmobil bei Mr Wedman ab und gingen danach noch einkaufen.

Am Abend hatten sie dann gemeinsam festgelegt, auf welchen Campingplätzen sie übernachten wollten, und alle haltbaren Lebensmittelvorräte waren in den Schränken und Schubladen des Wohnmobils verstaut. Gleichzeitig liefen Großmamas Waschmaschine und der Trockner pausenlos bis zum späten Abend. Wenn Großmama jetzt noch aus reinem Glück, durch gutes Karma oder eine Gebetserhörung einen früheren Termin beim Arzt bekäme, dann würden sie in dem Moment, in dem sie wieder aus der Arztpraxis kam, starten können. Natürlich nur, wenn die Ergebnisse der Untersuchung das zuließen, erinnerte Mama die anderen zwei. Aber Meghan weigerte sich einfach, eine andere Möglichkeit auch nur in Betracht zu ziehen.

Am Freitag nach dem Frühstück schickte Meghan Sean eine SMS, um ihm mitzuteilen, dass sie versuchen wollten, so bald wie möglich nach Cumpton zu kommen, und als sie seine Antwort las, schlug ihr Herz einen Purzelbaum.

Ich bete dafür, dass sich alles fügt. Ich freue mich darauf, dich zu sehen.

Selbst wenn der zweite Satz gar nicht persönlich gemeint war, rührte er sie. Und der erste Satz klang noch den ganzen Vormittag in ihren Gedanken nach. Wenn Sean betete, dann würde es so kommen. Sie vertraute darauf, dass sich alles fügen würde.

Kurz nach dem Mittagessen ließen sich Großmama und sie auf dem Sofa nieder, um einen Film zu schauen, aber noch bevor der Vorspann zu Ende war, klingelte Großmamas Telefon. Auf dem Display tauchte die Nummer der Arztpraxis auf. Meghan stieß einen Freudenschrei aus, nahm das Gespräch an und gab das Telefon an Großmama weiter.

Mit gerunzelter Stirn legte Großmama es ans Ohr. „Hallo, hier ist Mrs DeFord. Heute um Viertel vor drei?“

Meghan schlug sich beide Hände vor den Mund und schaute auf die Großvateruhr. Es war schon zehn nach eins. Wie weit mochte es bis zu der Praxis in Las Vegas wohl sein?

„Vielleicht werde ich ein paar Minuten zu spät kommen, je nachdem, wie viel Verkehr ist, aber ich tue, was ich kann, um pünktlich zu sein … Ja, vielen Dank. Auf Wiedersehen.“

Noch bevor Großmama den Anruf beendete, hatte Meghan sich aus den Sofapolstern hochgekämpft und die Krücken parat, und in dem Moment, als Großmama den Hörer auflegte, brüllte sie: „Mama, Großmama muss in anderthalb Stunden beim Arzt sein!“

Mama blieb zu Hause, um die Hunde reisefertig zu machen – nur für alle Fälle. Großmama fuhr selbst und Meghan begleitete sie als Beifahrerin. Sie schickte Sean eine SMS.

Meine Großmutter hat einen früheren Termin beim Arzt bekommen. Vielleicht können wir noch heute in Kendrickson starten. Ich halte dich auf dem Laufenden.

Innerhalb von Sekunden kam die Antwort.

Halleluja! Ich bete, dass alles gut geht.

Den Rest des Weges bis zur Arztpraxis lächelte Meghan.

Großmama fand eine freie Parklücke auf dem großen Parkplatz, und auf dem Weg zur Praxis – der Meghan kilometerlang vorkam – brannte ihnen die Sonne erbarmungslos auf den Kopf. Sie musste sich beherrschen, Großmama nicht zur Eile anzutreiben, denn sie waren spät dran. Ob die Helferin an der Anmeldung den Termin wohl streichen würde, wenn sie zu spät kämen? Sie war jedenfalls unendlich erleichtert, als sie zwei Minuten vor dem Termin an der Anmeldung standen.

Während Großmama die Formalitäten erledigte, ging Meghan ins Wartezimmer und hantierte dabei besonders vorsichtig mit ihren Krücken, damit sie nicht einem der wartenden Patienten damit auf den Fuß stieg. Schließlich ließ sie sich in einer Ecke auf einem Vinylsessel nieder. Sie hatte damit gerechnet, dass Großmama sofort in ein Behandlungszimmer weitergehen würde, aber sie kam ebenfalls ins Wartezimmer und setzte sich neben Meghan.

„Ist es doch noch nicht so weit?“, fragte Meghan und gab sich Mühe, locker zu klingen. Doch Großmama hatte Meghans leicht gereizten Ton offenbar bemerkt und tätschelte ihr beruhigend das Bein.

„Es dreht sich ja nicht alles nur um mich, Liebes. Es gibt auch noch andere Menschen, die einen Arzt brauchen.“

Meghan seufzte. „Ich weiß ja, aber …“ Im Unterschied zu den anderen hatte Großmama noch einen anderen wichtigen Termin. Wann wohl Seans Gebete wirken und den Prozess beschleunigen würden?

Großmama griff nach einer der Zeitschriften, die gestapelt auf einem kleinen Tisch in der Ecke lagen. „Selbst wenn wir es nicht schaffen, morgen früh loszufahren, haben wir immer noch den größten Teil der Woche in Cumpton. Denk daran, was Rousseau gesagt hat. ‚Geduld ist bitter, aber ihre Frucht ist süß.‘“ Großmama nahm eine

Wohnzeitschrift von dem Stapel und blätterte sie durch, aber Meghan schaute ständig auf die große runde Uhr an der weiß gestrichenen Wand und beobachtete, wie der Minutenzeiger sich Zentimeter um Zentimeter vorschob.

Achtzehn Minuten nach drei kam eine Frau in leuchtend pinkfarbener OP-Kleidung und einem lilafarbenen Tuch in ihrem lockigen roten Haar aus einer Schwingtür in der Nähe des Anmeldungstresens und sah sich suchend um. „Hazel?"

Großmama hob den Kopf. „Ich bin Mrs DeFord."

Die Frau lächelte. „Kommen Sie doch bitte mit mir, Hazel."

Großmama seufzte.

Meghan wollte auch gerade aufstehen, aber Großmama legte ihr ihre Zeitschrift auf den Schoß und sagte: „Nein, bleib du mal hier. Ich komme schon allein zurecht."

Meghan sah der Frau nach, die Großmama zur Tür hinausgeleitete, holte dann ihr Handy heraus und schickte Sean rasch eine Nachricht.

Großmama ist jetzt beim Arzt. Drück die Daumen.

Seine Antwort war schon da, bevor sie bis zehn zählen konnte.

Daumen drücken ist nicht nötig. Gott macht das schon.

Die Gewissheit, die seine Antwort vermittelte, verschlug ihr kurz die Sprache. Wie es wohl sein mochte, sich so fest auf jemanden zu verlassen? Sie liebte Mama. Sie liebte Großmama. Sie würde sogar sagen, sie vertraute darauf, dass die beiden ihr Bestes wollten, doch sie konnte sich nicht vorstellen zu sagen: „Mama macht das schon" oder „Großmama macht das schon", und es dabei zu belassen. Sie würde sich trotzdem Sorgen machen und versuchen, die Dinge zu beeinflussen, damit es so lief, wie sie wollte.

Es juckte ihr in den Fingern, Sean zu fragen, wie er so sicher sein konnte, dass Gott es schon richten würde. Aber wahrscheinlich musste der vor Antritt seiner Dienstreise noch alle möglichen Formalitäten erledigen. Es war sicher besser, ihn jetzt nicht mit solchen Fragen zu belästigen. Zögernd steckte sie ihr Handy wieder in die Tasche und zwang sich, in der Zeitschrift, die Großmama ihr gegeben hatte, einen Artikel darüber zu lesen, wie man alte Tapeten von Wänden entfernt.

Sie las noch zwei weitere Artikel in der Zeitschrift und nahm dann eine der Klatschzeitschriften zur Hand, in denen es Unmengen von Fotos von Filmstars gab. Sie hatte sich eigentlich noch nie besonders für das Leben der Reichen und Schönen von Hollywood interessiert, aber jetzt half es ihr, sich die Zeit zu vertreiben. Als sie von dieser Zeitschrift wieder aufblickte, war sie überrascht, dass es schon kurz nach fünf war und das Wartezimmer beinah leer. Wo blieb Großmama nur?

Sie legte die Zeitschrift zurück auf den Stapel, nahm ihre Krücken und ging zur Anmeldung. „Entschuldigen Sie bitte, aber meine Großmutter, Hazel DeFord, ist schon um kurz nach drei ins Behandlungszimmer gerufen worden. Könnten Sie mir vielleicht sagen, wann sie fertig ist?"

„DeFord?"

„Ja, genau."

„Könnten Sie das bitte kurz buchstabieren?"

Meghan buchstabierte ganz langsam Großmamas Vor- und Nachnamen.

Die junge Frau gab etwas in den Computer ein und schaute dann mit leicht zusammengekniffenen Augen, als hätte sie gerade auf eine Zitrone gebissen, auf den Bildschirm. Dann stieß sie sich mit dem Stuhl vom Tresen ab, sodass sie ein ganzes Stück rückwärts zu einer langen Arbeitsfläche rollte, die vollgepackt war mit mehreren gestapelten Ablagekästen. Sie nahm ein paar Blätter vom Drucker und studierte sie. Dann rollte sie sich mit Hilfe ihrer Füße wieder von der Arbeitsfläche zurück zum Computer.

Sie drückte Meghan die Papiere über den Tresen hinweg in die Hand und sagte: „Ihre Großmutter ist in eine andere Abteilung gebracht worden, weil eine Ultraschalluntersuchung nötig war. Sie können sie dort abholen."

Meghan starrte sie an. „Was?"

Die Frau deutete auf die Unterlagen. „Steht alles in den Papieren."

Sie musste jemand anders meinen. Großmama brauchte doch keine Ultraschalluntersuchung. „Sind Sie sicher, dass von Hazel DeFord die Rede ist? Sie ist nicht schwanger."

Ein halbherziges Lächeln, das eher abfällig als beruhigend wirkte, umspielte die Mundwinkel der Angestellten. „Ultraschall wird nicht nur in der Gynäkologie angewendet. Bitte nehmen Sie die Unterlagen mit in die andere Abteilung. Dort wird man Ihnen dann alles erklären."

Kapitel 29

Hazel

Hazel saß in dem weiß gestrichenen Raum auf der Kante einer hohen Untersuchungsliege und kaute auf ihrer Unterlippe. Sie war zu alt, um in Tränen auszubrechen, aber hätte man ihr nicht wenigstens erlauben können, sich wieder anzuziehen, bevor sie das Ergebnis der Ultraschalluntersuchung erfuhr? Das Krankenhausnachthemd entblößte ihren faltigen Rücken, und ihre nackten Füße baumelten mindestens dreißig Zentimeter über dem Boden, sodass sie sich sehr ungeschützt, verletzlich und auch würdelos fühlte. Angemessene Kleidung änderte zwar nichts an dem Untersuchungsergebnis, hätte aber ganz sicher dazu beigetragen, besser damit fertigzuwerden.

„Und Sie sind ganz sicher, dass meine Halsschlagader verengt ist? Ich hatte nichts, was auch nur annähernd Ähnlichkeit mit einem Schlaganfall gehabt hätte." Viele ihrer Freundinnen hatten schon Schlaganfälle oder Herzinfarkte aufgrund verengter Arterien gehabt, deshalb war ihr die Krankheit nicht fremd. Es gab wohl kaum jemanden in ihrem Alter, der damit noch nie in Berührung gekommen war. Aber irgendwie war ihr noch nie der Gedanke gekommen, dass sie irgendwann auch selbst betroffen sein könnte.

Dr. Nobbs kam auf seinem Rollhocker näher zu ihr und legte ihr die Hand aufs Knie. „Jetzt, nachdem ich soeben die Ultraschallaufnahmen gesehen habe, bin ich ganz sicher", beantwortete er Hazels Frage. „Den Verdacht hatte ich bereits, als ich die Arterien an Ihrem Hals abgehört habe. Wenn Sie möchten, können Sie es sich gern mit meinem Stethoskop anhören. Sie werden selbst den Unterschied zwischen der Durchblutung auf der einen und der anderen Seite deutlich erkennen können."

„Es ist die linke Seite, die blockiert ist, nicht wahr?"

Er nickte.

Das war dann sicher auch der Grund, weshalb es in der einen Schläfe pochte, wenn sie aufgeregt oder alarmiert war, und in der anderen nicht. „Ist diese Blockade auch der Grund, dass mir manchmal schwindelig ist und ich verwirrt bin?"

„Ja."

Sie seufzte. „Wahrscheinlich sollte ich erleichtert sein, dass es nicht nur am Alter liegt, nicht wahr?"

Der Arzt schmunzelte. „Verwirrtheit kann auch am Alter liegen, aber in Ihrem Fall bin ich sicher, dass nicht ein anstehender Geburtstag schuld ist. Aufgrund der festgestellten Verengung der Arterie und der Symptome der vergangenen paar Monate, die Sie beschrieben haben, glaube ich, dass Sie eine Reihe ischämischer Anfälle gehabt haben. Wir bezeichnen sie auch als TIAs, oft auch kleine Schlaganfälle genannt, weil die Symptome ähnlich wie bei einem Schlaganfall sind."

In Hazels Kopf schrillten jetzt alle Alarmglocken und das schon bekannte Pochen in der Schläfe setzte ein. „Ist mein Gehirn dadurch geschädigt worden?"

Er schüttelte den Kopf. „Nein, bestimmt nicht. TIAs führen zu vorübergehender Verwirrtheit oder Schwindel, aber die Symptome bestehen nur für ein paar Sekunden, bis das Blut wieder Sauerstoff dorthin transportiert, wo er hinmuss. Ihr Gehirn ist dadurch nicht geschädigt worden."

Zumindest darüber war sie erleichtert.

„Unser Ziel ist es natürlich, die Blockade in der Arterie zu entfernen, damit das Blut wieder ungehindert fließen kann und Sie keinen richtigen Schlaganfall bekommen", fuhr Dr. Nobbs fort. Er stand auf und ging zu der Arbeitsfläche an einer Seite des Untersuchungszimmers. Dort kritzelte er etwas auf ein Blatt Papier. „Ich überweise Sie an Dr. Bashad, einen der besten Gefäßchirurgen im Bundesstaat. Wir sind sehr froh, dass er hier in Las Vegas praktiziert. Er arbeitet überwiegend mit dem St. Mary's Hospital zusammen. Sind Sie schon mal im St. Mary's gewesen?"

„Seit 1966, als ich meine Tochter zur Welt gebracht habe, bin ich in gar keinem Krankenhaus mehr gewesen."

Dr. Nobbs lächelte sie über die Schulter an. „Dann können Sie ja von Glück sagen, mit einer so robusten Gesundheit gesegnet zu sein."

Sie wünschte, sie würde sich auch so fühlen, aber das verhinderte ihre Angst.

„Ich bin zuversichtlich, dass es Dr. Bashad gelingt, die Blockade ganz und gar zu beseitigen." Er legte den Stift wieder hin und kam mit einem Zettel in der Hand zu ihr zurück. „Wir müssen noch Rücksprache mit ihm halten, aber normalerweise werden solche Eingriffe nicht lange aufgeschoben, weil das Risiko, dass die Blockade größer wird und einen Schlaganfall auslöst, zu groß ist. Sobald Sie angezogen sind, rufen wir an, um einen Termin zu vereinbaren, wahrscheinlich für Anfang nächster Woche. Bis dahin ist es unbedingt erforderlich, dass Sie ..."

Panik erfasste sie. „Anfang nächster Woche? Aber ich kann Anfang nächster Woche nicht." Wäre sie angezogen gewesen, wäre sie einfach von der Liege gesprungen und davongelaufen. Vielleicht hatte er sie deshalb in dem wenig damenhaften Nachthemd dort sitzen lassen. „Ich will mit meiner Tochter und meiner Enkelin in den Urlaub fahren. Wir haben vor, mit dem Wohnmobil nach Cumpton, Arkansas, zu fahren und nach meiner kleinen Schwester zu suchen."

Der Arzt schaute sie an, als hätte sie den Verstand verloren. Und vielleicht war das ja der Fall, denn sie konnte einfach nicht mehr aufhören zu reden.

„Seit siebzig Jahren versuche ich, sie zu finden, und jetzt will mir ein junger Detective dabei helfen. Nächste Woche wird er dort sein, und Margaret Diane und Meghan haben alles vorbereitet, damit ich ihn dort treffen kann. Sogar mit dem Gedanken, die ganze Zeit die Hunde zwischen den Füßen zu haben, habe ich mich angefreundet." Sie schüttelte den Kopf so heftig, dass es in ihren Ohren dröhnte. „Nein, Doktor, ich brauche einen anderen Termin für den Eingriff. Vielleicht im September, wenn Margaret Diane und Meghan wieder in Little Rock sind."

Vor ihren Augen verschwamm jetzt alles, weil ihr die Tränen kamen, und etwas schnürte ihr die Kehle zu. Sie packte den kratzigen Stoff des Nachthemdes und kämpfte gegen den Impuls an, vor lauter Schmerz und Enttäuschung in Tränen auszubrechen.

Dr. Nobbs trat näher und fasste sie bei den Schultern. „Mrs DeFord, atmen Sie bitte ein paarmal tief durch, und beruhigen Sie sich."

Er sprach so ruhig und freundlich, dass sie automatisch seine Anweisungen befolgte. Die ersten Atemzüge kamen bebend, fast keuchend, aber nach und nach wurden sie ruhiger. Sie konnte wieder klar sehen und sah, dass der verständnisvolle Blick des Arztes auf ihr ruhte.

„Ist es jetzt besser?"

Sie nickte.

„Gut. Und jetzt hören Sie mir bitte ganz genau zu. Es ist sehr, sehr wichtig, dass Sie bis zu dem Eingriff so viel Ruhe und so wenig Stress wie möglich haben. Übermäßiger Stress bewirkt nämlich, dass der Blutdruck steigt und das Blut es nicht durch die verengte Stelle in der Arterie schafft. Sie wollen doch keinen Schlaganfall bekommen, oder?"

„Nein, natürlich nicht", flüsterte Hazel kummervoll.

Er drückte ihr sanft die Schultern, trat dann zurück und sah sie mit ehrlichem Bedauern an. „Ich wünschte, ich könnte Sie in diesen Urlaub fahren lassen, Mrs DeFord. Ich kann sehr gut verstehen, dass Sie sich darauf gefreut haben, aber ich glaube, Sie können dankbar sein, dass Sie vorher noch gekommen sind, um sich durchchecken zu lassen, bevor Sie so weit von zu Hause wegfahren."

Hazel schluckte ein Schluchzen hinunter. „Aber ich wollte doch gerade *nach* Hause fahren."

Daraufhin nickte er nur, als ergäbe ihre Bemerkung absolut Sinn. „Ich gehe jetzt und hole eine Helferin, die Ihnen beim Anziehen hilft. Sie kommen mir immer noch ein bisschen wackelig vor."

Was für eine Untertreibung! Sie zitterte am ganzen Körper, als würde die Untersuchungsliege, auf der sie saß, von einem Erdbeben erschüttert.

„Wenn Sie dann so weit sind, machen wir einen Termin für den Eingriff, ja?"

Ob sie jemals so weit sein würde? Er wartete auf ihre Antwort und schließlich sagte sie mit einem Seufzer: „Also gut." Er verließ daraufhin das Untersuchungszimmer, trat hinaus auf den Gang und schloss energisch die Tür hinter sich. Hazel ließ den Kopf hängen. Ein Aufstöhnen wollte sich Bahn brechen. Wieso musste das ausgerechnet jetzt passieren, wo endlich die echte Chance bestand, Maggie zu finden?

Ein paar selbstmitleidige Krächzer entwichen ihrer Kehle, aber dann richtete sie sich gerade auf und schniefte einmal heftig. Sie würde stark sein. Für Meghan und für Margaret Diane würde sie stark sein.

Sie konnte sich nicht erinnern, wann sie das letzte Mal so frustriert gewesen war … und solche Angst gehabt hatte. Irgendwo in diesem Gebäude wurden Untersuchungen an ihrer Großmutter vorgenommen, die überhaupt keinen Sinn ergaben, und niemand wollte ihr etwas sagen. Wen interessierte denn da Datenschutz und Arztgeheimnis? Sie wollte Antworten. Und sie wollte zu ihrer Großmutter.

Man hatte sie aufgefordert, in dem kleinen Raum mit den beiden Sofas, dem Fernseher ohne Fernbedienung und einer leeren Kaffeekanne auf dem kleinen Tischchen zu warten. Eigentlich wäre sie gern ein wenig gelaufen, aber ihre Krücken hinderten sie daran, die aufgestaute Energie abzubauen. Sie ließ sich also in der Mitte des einen Sofas nieder und holte ihr Handy heraus. Eigentlich wollte sie Mama anrufen, aber dann tippten ihre Finger wie automatisch Seans Nummer ein.

„Hey, ich habe mich schon gefragt, wann du anrufst. Wie ist es denn für deine Großmutter gelaufen beim Arzt?"

Plötzlich hatte sie einen dicken Kloß im Hals und brachte kein Wort heraus, sondern es kam nur ein Fiepsen.

„Meghan? Bist du das?"

Sie musste sich jetzt zusammenreißen. Wenn sie sich nicht unter Kontrolle bekam, würde er sich vielleicht fragen, ob sie überhaupt für ihren Job geeignet war. Sie räusperte sich also und antwortete dann: „Ja", aber sie klang immer noch nicht richtig wie sie selbst. „Ich bin's."

„Was ist denn los?"

„Ich weiß es nicht." Und dann erklärte sie, dass sie fast zwei Stunden lang in der Praxis gewartet hätte, dann in ein anderes Gebäude geschickt worden sei, dort aber ihre Großmutter nicht finden könne.

„Ich weiß nur, dass ein Ultraschall gemacht werden sollte. Aber warum? Ich habe keine Ahnung, was da untersucht werden soll."

„Und sie haben dir gar nichts gesagt?"

„Nein!" Sie fuhr sich mit den Fingern durchs Haar und schloss die Augen, weil ihr die Tränen kamen. „Niemand will mir etwas sagen."

„Dann kann ich gut verstehen, dass du dir Sorgen machst. Ich wäre an deiner Stelle sicher auch beunruhigt und angespannt."

Sie riss die Augen auf. „Wirklich?"

„Ja, natürlich."

„Aber du glaubst doch an Gott."

„Meinst du denn, dass ich deshalb nicht mehr wie ein ganz normaler Mensch reagiere?"

Diese Gegenfrage musste sie erst einmal verarbeiten, und dann war ihre Bemerkung ihr sehr peinlich. „Das war wirklich dumm von mir", sagte sie schließlich.

„Nein, Meghan, das war es nicht." Er sprach so ruhig mit ihr, dass ihre verspannten Schultern sofort lockerer wurden. „An Gott zu glauben, hilft mir. Es hilft sogar sehr, ganz besonders, wenn ich etwas nicht verstehe. Angst und Sorge sind jedoch zutiefst menschliche Reaktionen auf alles Unbekannte. Wenn also solche Gefühle kommen – und glaub mir, ich kenne sie auch –, dann muss ich mich selbst daran erinnern, dass Gott weiß, was gerade anliegt. Und ich muss ihm vertrauen, dass die Menschen, an denen mir etwas liegt, in seiner Hand sind, auch wenn ich nichts für sie tun kann."

Hatte er auch darauf vertraut, dass sie in Gottes Hand war, als sie nach dem Unfall stundenlang in dem Auto eingeklemmt gewesen war und darauf gewartet hatte, aus dem Wrack befreit zu werden? Sie beugte sich vor, stützte sich die Ellenbogen auf die Knie und legte eine Hand auf die Augen. Das Handy fest an die Wange gedrückt, flüsterte sie: „Ich bin gerade wirklich etwas aufgelöst, weil ich fest damit gerechnet habe, dass der Arzt Großmama sagt, alles sei in Ordnung, und sie könne ohne Bedenken verreisen. Jetzt habe ich keine Ahnung, ob wirklich alles gut ist. Was mache ich denn, wenn …"

„Hör auf." Obwohl es sehr bestimmt herauskam, war Seans Stimme immer noch sanft und beruhigend. „Ich weiß, dass es ganz normal ist, mit dem Schlimmsten zu rechnen, aber dazu ist es noch viel zu früh. Du darfst nicht die Hoffnung verlieren, Meghan."

Nicht die Hoffnung verlieren … „Wie denn?"

„Indem du darauf vertraust, dass deine Großmutter bei dem Arzt in guten Händen ist und die bestmögliche Behandlung erhält. Indem du darauf vertraust, dass Gott bei ihr ist und ihr die Kraft gibt, die sie braucht. Sie glaubt doch an ihn, oder?"

„Ja. Ja, das tut sie." Großmama und Sean waren die beiden einzigen Menschen in ihrem Umfeld, die an Gott glaubten. Und sie waren auch die beiden stabilsten, verlässlichsten, vertrauenswürdigsten Menschen, die sie kannte. Sie brauchte sie, und zwar beide. „Das heißt, er lässt nicht zu, dass ihr etwas zustößt, oder?"

„Ach, Meghan …" Sie stellte sich vor, wie er jetzt ganz langsam den Kopf schüttelte und ein zärtliches Lächeln seine dunklen Augen zum Leuchten brachte. „Niemand lebt ewig. Irgendwann wird ihr Körper erschöpft sein und ihre Seele wird zu Jesus gehen."

Sie schluckte gegen den Kloß in ihrem Hals an. „Aber ich bin noch nicht so weit, sie gehen zu lassen."

„Natürlich bist du das nicht. Das sind wir doch nie. Aber wenn der Zeitpunkt gekommen ist, wird sie glücklich sein wie nie zuvor und es auch in Ewigkeit bleiben. Das ist sehr viel besser als alles, was uns hier unten geboten wird."

„Miss DeFord?"

Als Meghan die Frauenstimme hörte, erschrak sie so heftig, dass ihr der Ellbogen vom Knie rutschte und sie sich an der Sofalehne festhalten musste, um nicht das Gleichgewicht zu verlieren. Eine andere Praxishelferin, dieses Mal eine mit dunkler Haut und einem lieben Lächeln, stand in der Tür. „Sind Sie Miss DeFord?"

„Ja, Meghan DeFord."

„Es tut mir leid, dass wir Sie so lange hier haben warten lassen. Es hat eine Weile gedauert, bis ich herausfinden konnte, wo Sie sind, denn in diesem Gebäude gibt es so viele kleine Wartezimmer." Ihr tiefes Lachen nahm Meghan ein wenig die Angst, denn die Frau hätte bestimmt nicht gelacht, wenn Großmama etwas Schlimmes zugestoßen war. „Ihre Großmutter wartet auf Sie. Ich bringe Sie zu ihr."

Meghan winkte der Frau, kurz zu warten, und sagte mit rauer Stimme ins Handy: „Es ist gerade jemand gekommen, um mich zu Großmama zu bringen."

„Gut. Lass mich wissen, wie es ihr geht, ja?"

„Ja, mach ich." Sie wollte gerade das Gespräch beenden, drückte das Handy aber dann rasch noch einmal ans Ohr. „Sean?"

„Ja?"

Sie schluckte. „Danke." So ein einfaches Wort, das so viel bedeutete.

„Gern geschehen. Ich bete für euch beide. Bis dann."

Meghan steckte das Handy wieder in die Tasche, griff nach ihren Krücken und folgte der Helferin einen schmalen Gang entlang zu einer offenen Tür. Mit einer Geste bat die Frau sie in das Behandlungszimmer, und Meghan wäre vor Erleichterung beinah zusammengebrochen, als sie Großmama auf einem Plastikstuhl sitzend vor einem unaufgeräumten Metallschreibtisch antraf.

So schnell es die Krücken erlaubten, eilte sie zu ihr, griff nach Großmamas Hand – dieser warmen, weichen, vertrauten Hand – und hielt sie fest. „Ich habe mir solche Sorgen gemacht. Wozu war denn die Ultraschalluntersuchung nötig? Was sollte untersucht werden? Geht es dir gut?"

Großmama drückte Meghans Hand ganz leicht. Ihre Augen waren feucht und gerötet, aber ihr Lächeln war das alte. „Setz dich erst mal, dann erkläre ich es dir."

Großmama nahm Meghans Hand zwischen ihre Hände. „Es sieht ganz so aus, als könnte ich nicht mit nach Cumpton fahren, Liebes, zumindest nicht in nächster Zeit. Der Arzt kümmert sich gerade um einen Termin für einen gefäßchirurgischen Eingriff, bei dem eine Blockade in meiner Halsarterie entfernt werden soll." Sie lachte leise. „Das ist eine gute Nachricht, denn es bedeutet, dass diese seltsamen Zustände, in denen mir Wörter nicht mehr einfallen oder mir schwindelig war, nach dem Eingriff nicht mehr vorkommen werden."

Meghan musste heftig gegen die Tränen anblinzeln. Sie wollte genauso tapfer sein wie Großmama, aber innerlich war sie vor Angst ganz krank. „Du musst operiert werden? Wann denn?"

„Dr. Nobbs macht gerade einen Termin. Wahrscheinlich Anfang nächster Woche." Meghans Rückgrat war plötzlich weich wie eine gekochte Nudel. Sie rutschte auf ihrem Stuhl herum und starrte ihre Großmutter nur fassungslos an. „So bald schon?"

„Na ja …" Großmama zog die Augenbrauen hoch und schlug einen forschen Ton an – „… so etwas darf nicht auf die lange Bank geschoben werden, denn ich brauche ja Blut in meinem Hirn. Je schneller es gemacht wird, desto besser für mich. Findest du nicht auch?"

Vielleicht hatte Meghan ja auch eine blockierte Arterie, denn in ihrem Kopf drehte sich alles. „Ich … ich nehme an …"

„Und du musst etwas für mich tun, solange ich im Krankenhaus bin."

Meghan zwang sich dazu, sich etwas aufzurichten. „Was du willst."

„Ich möchte, dass du dir von mir ein Flugticket nach Little Rock schenken lässt …"

„Nein, Großmama!"

„… um dich dort mit Sean zu treffen und ihn bei den Ermittlungen zu unterstützen." Großmama sah sie so entschlossen und unerbittlich an, dass ihr jedes weitere Wort im Hals stecken blieb. „Siehst du es denn nicht, Meghan? Es ist, als hätte Gott das alles so arrangiert. Du bist Ermittlerin in einer Abteilung für ungelöste Kriminalfälle. Ich kann diese Suche also getrost in die Hände meiner Enkelin legen." Großmama standen jetzt Tränen in den Augen, aber gleichzeitig lächelte sie strahlend. „Wenn ihr Maggie findet, dann bin ich wieder gesund und munter und bereit, sie zu treffen, ohne dass ich mir Sorgen machen muss, etwas Wichtiges zu vergessen oder … oder ihr ohnmächtig vor die Füße zu fallen."

Trotz des Ernstes der Lage brachte Meghan ein Lachen heraus. „Ach, Großmama …" Sie beugte sich vor und schlang die Arme um Großmamas Hals. Eine Wange an Großmamas warme, tränennasse Schläfe gedrückt, flüsterte Meghan: „Ich hab dich so lieb."

Großmama umarmte sie daraufhin so fest, dass alle Luft aus ihrer Lunge entwich. „Ich hab dich auch lieb, mein Mädchen." Dann löste sie sich aus der Umarmung und nahm Meghans Gesicht in beide Hände: „Fliegst du? Mir zuliebe?"

Sie wollte nicht verreisen. Sie wollte bei Großmama bleiben und dafür sorgen, dass bei dem Eingriff alles gut ging und ihre Großmutter sich rasch wieder erholte. Großmama hatte Meghan immer nur gegeben und gegeben und gegeben, aber sie hatte sie noch nie um etwas gebeten. Konnte Meghan ihr diese eine Bitte jetzt abschlagen?"

Seans Stimme hallte in ihr nach. *„Ich muss ihm vertrauen, dass die Menschen, an denen mir etwas liegt, in seiner Hand sind, auch wenn ich nichts für sie tun kann."*

Sie holte also noch einmal Luft, wie um Kraft zu tanken, und nickte dann, sodass die Tränen, die in ihren Wimpern hingen, zitterten.

„Also gut, Großmama, ich fliege. Aber nur, weil du es bist."

Kapitel 30

Kendrickson, Nevada

Diane

Meghan schlief tief und fest auf der anderen Seite des Bettes, sodass Diane richtig neidisch war, denn sie konnte nicht schlafen. Ihrer Mutter stand eine Carotisendarterektomie bevor. Weil sie mit dem Begriff nichts hatte anfangen können, hatte sie Mutter gebeten, sich den Packen mit Informationen anschauen zu dürfen, den der Arzt ihr mitgegeben hatte. Außerdem hatte sie auf mindestens drei Internetseiten recherchiert und dabei viel zu viel erfahren. Man würde Mutters Halsarterie öffnen und reinigen, und schon allein bei der Vorstellung bekam sie eine Gänsehaut. Die möglichen Risiken zogen vor ihrem inneren Auge auf, begleitet von Bildern, die ihre eigene Fantasie hervorbrachte.

Manche dieser Risiken waren nicht so schwerwiegend, wie beispielsweise allergische Reaktionen auf Medikamente oder eine Infektion der Operationswunde. Andere – Hirnblutungen, Hirnschädigungen, Herzinfarkt oder Schlaganfall – sorgten dafür, dass sich ihr allein schon beim Gedanken daran vor Sorge der Magen umdrehte. Mutter war immer so aktiv, gesund und stark gewesen. Wie sollte es weitergehen, wenn sie einen Schlaganfall erlitt und sich nicht mehr selbst versorgen konnte? Oder einen Herzinfarkt und womöglich während des Eingriffs starb?

Diese Sorgen waren geradezu lächerlich angesichts der Tatsache, wie dringend sie eine Begründung dafür gesucht hatte, Mutter in einer Einrichtung für betreutes Wohnen unterbringen zu können, damit Meghan sich nicht verpflichtet fühlte, sie jedes Jahr zu besuchen. Jetzt lag diese Möglichkeit bedrohlich nah, und sie konnte nichts tun, als schlaflos dazuliegen und vor Angst zu zittern. Was um Himmels willen war bloß los mit ihr?

Sie schlüpfte aus dem Bett. Die Dackel hatten genauso tief und fest geschlafen wie Meghan, aber als Diane jetzt auf Zehenspitzen aus dem Zimmer schlich, kam aus einer der Transportboxen ein leises Winseln. Sie brauchte nicht das Licht einzuschalten, um zu wissen, wessen Box das war. Sie bückte sich also und öffnete sie.

„Na, dann komm, Ginger." Der Hund schnüffelte an Dianes Hand und gab ihr einen warmen, feuchten Kuss. Sie nahm das Tier auf den Arm und trug es ins Wohnzimmer, wo Mutter in ihrem Ohrensessel saß.

„Wieso bist du denn auf?", fragten sie sich gegenseitig im selben Moment.

Mutter lachte leise. Sie griff zum Schalter der Stehlampe und schaltete die zweite Glühbirne darin ein. „Muss Ginger raus?"

„Nein." Diane ließ sich auf das Sofa sinken, zog die Füße unter sich und legte Ginger neben sich auf dem Polster ab. Doch der Dackel wühlte sich halb auf ihren Schoß und wedelte mit dem Schwanz. „Sie ist wach geworden, als ich aufgestanden bin, und ich hatte Angst, dass sie die anderen auch weckt, deshalb habe ich sie lieber mit aus dem Zimmer genommen." Dann runzelte sie die Stirn und fragte: „Solltest du dich nicht ausruhen?"

„Wahrscheinlich schon." Mutter klang nicht besorgt, aber die Tatsache, dass sie gegen Mitternacht allein im Wohnzimmer saß, war ein stummes Indiz dafür, wie aufgewühlt sie war. „Du hast gesagt, du hättest den Hund geweckt. Wieso bist du denn überhaupt noch wach?“

Diane senkte den Kopf. Wie heuchlerisch es klingen würde, wenn sie zugab, dass sie sich Sorgen wegen der Operation machte und Angst hatte, ihre Mutter zu verlieren. Die hasserfüllten Worte, die sie ihrer Mutter entgegengeschleudert hatte, bevor sie aus dem Haus gestürmt war, als Meghan gerade geboren war, verfolgten sie. Ob Mutter sich wohl auch noch daran erinnerte?

Anfang November 1985
Little Rock, Arkansas

Diane kam in ihrem flauschigen Bademantel, ein Handtuch locker um den Kopf geschlungen, aus dem mit Dampf gefüllten Bad. Sie hatte fast zwanzig Minuten lang unter der Dusche gestanden und das heiße Wasser auf ihre schmerzenden Muskeln prasseln lassen. Obwohl Meghan jetzt schon sechs Wochen alt war und der Arzt gesagt hatte, dass die Schmerzen von der Geburt eigentlich vorbei sein müssten, tat Diane immer noch der Rücken weh, besonders das Kreuz.

Sie rubbelte sich mit dem Handtuch das Haar und ging dabei auf Zehenspitzen durch ihr Schlafzimmer zu dem Stubenwagen, der in der einen Ecke stand. Aus dem großen Weidenkorb kam kein Mucks. Sie warf rasch einen Blick hinein und stieß einen verärgerten Laut aus. Schon wieder! … Wieso konnte Mutter es nicht lassen, sich ständig einzumischen? Diane hasste es, anstelle eines Babys im Wagen etwas liegen zu sehen, das Ähnlichkeit mit einer Roulade hatte. Wie sollte Meghan sich entwickeln, wenn sie ständig so fest eingeschnürt war?

Diane legte das feuchte Handtuch beiseite und wickelte Meghan aus dem Moltontuch aus. Das Baby regte sich jetzt, verzog das Gesicht zu einer furchtbaren, aber gleichzeitig auch hinreißenden Grimasse und stieß ein leises Wimmern aus.

Schon im selben Moment stand Mutter in der Tür. „Ist alles in Ordnung?“

Diane schnaubte. „Nein, ist es nicht. Wieso hast du sie nicht einfach so gelassen, wie ich sie hingelegt hatte?“

Sie nahm Meghan aus dem Körbchen und wiegte und schuckelte sie auf dem Arm. Das Wimmern des Babys wurde lauter und Diane schaukelte es heftiger und wiegte es gleichzeitig hin und her. Doch Meghan wurde nicht ruhiger, sondern zappelte immer mehr, fuchtelte mit den Armen und strampelte, sodass ihr die Socken von den Füßchen rutschten. Aus dem Wimmern wurde nach und nach wütendes Geschrei.

Mutter kam auf sie zugeeilt, die Arme nach dem Baby ausgestreckt. „Lass mich sie doch nehmen, solange du deine Haare bürstest.“

Mit einem Satz wich Diane ihrer Mutter aus. „Schsch … schsch …“, stieß sie zwischen zusammengebissenen Zähnen hervor, aber Meghan schrie so laut, dass es gar nicht zu ihr durchdrang.

Mutter ging händeringend hinter Diane her. „Sie hat es gern, wenn man sie auf die Schulter legt, und außerdem ist ihr wahrscheinlich kalt, weil ihre Füße nackt sind. Wenn du schon die Decke nicht willst, dann lass mich ihr wenigstens die Socken wieder anziehen.“

„Nein!“, entgegnete Diane und hastete ans andere Ende ihres Bettes.

„Margaret Diane, du steigerst dich schon wieder in etwas hinein, und das ist nicht besonders hilfreich, wenn dein Kind sich beruhigen soll.“ Wieder streckte sie ihre Arme nach dem Baby aus. „Lass mich sie kurz nehmen. Wenn du dich wieder beruhigt hast …“

„Mir geht es gut!“, schrie Margaret Diane, und für einen kurzen Moment hörte Meghan auf zu schreien, aber nur, um dann erst so richtig loszulegen. Diane machte ein finsteres Gesicht und legte das Baby wieder ins Körbchen. Sie trat einen Schritt zurück und schaute zu, wie ihre Tochter strampelte und zappelte und ihr kleines Gesicht dabei so rot wurde, dass man Angst hatte, sie könnte gleich platzen.

Jetzt nahm Mutter sie hoch, legte die Kleine mit der einen Hand in ihre Halsbeuge und zog mit der anderen ein Moltontuch von dem Stapel auf Dianes Kommode. Darin wickelte sie Meghan ein, gab dabei die ganze Zeit leise gurrende Laute von sich und wiegte sich hin und her. Innerhalb weniger Minuten hatte sich das Baby beruhigt und lag mit einem Schluckauf auf Mutters Schulter.

Mutter seufzte und warf Diane einen ratlosen Blick zu. „Ich habe sie schon quengeln gehört, als du im Bad warst, und deshalb bin ich hereingekommen. Ihre Hände waren kalt, also habe ich sie mit eingewickelt, und sie ist auch gleich wieder eingeschlafen. Ist sie doch wieder aufgewacht? Tut mir leid, wenn ich sie nicht gehört habe."

Diane ballte die Hände zu Fäusten. Es sollte ihrem Baby auf Mutters Arm nicht so gut gehen, denn Meghan war ihr Kind und nicht Mutters. Sie musste lernen, wer das Sagen hatte, und das war nicht Meghans Großmutter Hazel. „Ich habe sie aus Versehen geweckt, als ich sie aus der Decke gewickelt habe. Wie oft habe ich dir schon gesagt, du sollst sie nicht so fest einwickeln, dass sie sich nicht mehr rühren kann? Und trotzdem machst du es immer wieder."

„Aber wenn sie so fest gewickelt ist, erinnert es sie an die Enge in deinem Bauch, und das vermittelt ihr Geborgenheit und Sicherheit."

Diane brach der kalte Schweiß aus. Sie zerrte den Gürtel ihres Bademantels auf und schrie: „Ich kann es auch nicht leiden, so gefesselt zu sein."

Mutter zog die Augenbrauen hoch. „Aber dadurch, dass ich das Baby fest wickele, wirst du doch nicht eingeschränkt oder irgendwie gefesselt."

In dem Moment wurde das Festgehalten- und Überwachtwerden von ihrer Mutter zu dem Moltontuch, in das ihr Baby fest eingewickelt war. Sie würde ersticken, wenn ihr Baby nicht frei atmen konnte.

Sie ging jetzt ums Bett herum auf ihre Mutter zu und entriss ihr das Baby. Dabei fiel das Moltontuch zu Boden und Diane kickte es mit dem Fuß quer durch den Raum. Sie ignorierte absichtlich, dass das Baby dabei wieder seine Socken verlor, und selbst als die Kleine jetzt wieder anfing zu quengeln, zog sie ihr die Socken nicht wieder an.

Auf Mutters Miene flammte der Zorn auf. Sie wies mit dem Finger auf Diane. „Margaret Diane DeFord, hör sofort auf, dich wie ein ungezogenes Kind aufzuführen, und tue das, was für dein Kind das Beste ist. Du bist jetzt Mutter, also fang endlich an, dich auch so zu benehmen."

„Du meinst, ich soll mich so verhalten wie du, Miss Perfekt?", sagte Diane höhnisch.

Da spitzte ihre Mutter die Lippen, wich zurück und schüttelte den Kopf. „Wenn dein Vater noch lebte, würdest du nicht in diesem Ton mit mir reden."

In dem Moment traf sie der Schmerz mit voller Wucht. Sie wollte ihren Vater wiederhaben. Sie wollte Meghans Vater wiederhaben. Ihr kamen die Tränen – heiße Tränen der Wut und der Sehnsucht und der Einsamkeit. „Wenn Papa hier wäre, würde er gar nicht zulassen, dass du Meghan anrührst. Er würde uns beide vor dir beschützen."

Mutter schloss kurz die Augen und holte einmal ganz langsam tief Luft. „Offenbar spielen deine Hormone noch verrückt. Wenn du wieder bei Verstand bist, können wir reden. Bis dahin gib mir das Baby, und lass es mich wieder einwickeln", sagte sie und streckte die Arme nach Meghan aus.

Diane, die mit dem Rücken zur Wand stand, machte sich ganz steif und entgegnete: „Nein!"

„Margaret Diane, du bist viel zu aufgebracht, um richtige Entscheidungen treffen zu können, und deshalb muss ich jetzt für dich entscheiden." Sie kam näher.

Fest gewickelt, gefesselt ... Mutter wollte sie wieder fesseln. Diane schlang beide Arme um Meghans winzigen Körper. „Du glaubst wohl, du bist die Einzige, die richtige Entscheidungen treffen kann, was? Aber da irrst du dich. Ich kann nichts mehr daran ändern, dass du mein Leben verkorkst hast, aber ich werde nicht zulassen, dass du Meghans auch noch verkorkst. Wir gehen."

Ihre Mutter verschränkte die Arme vor der Brust und fragte: „Und wohin willst du, wenn ich fragen darf?"

Ihre provozierende Ruhe und die Andeutung, dass Diane keine Wahl hatte, verstärkten ihren Zorn noch. „Das ist mir völlig egal, solange es nur weit genug weg von dir ist."

„Du solltest dich schämen für dein Benehmen, aber ich verzeihe dir, wenn du mir jetzt sofort das Baby gibst und dich beruhigst."

Darauf stieß Diane nur ein schrilles Lachen aus. „So läuft das nicht, Mutter. Du nimmst sie mir nicht weg."

„Gut, dann gehe ich eben aus dem Zimmer. Ist das besser? Wenn ich das Zimmer verlasse?" Mutter ließ die ausgestreckten Arme wieder sinken und trat ein paar Schritte zurück.

Diane starrte sie wütend an. „Ja."

„Also gut." Damit drehte Hazel sich um und verließ mit steifen Bewegungen den Raum.

Diane schoss hinterher, machte die Tür zu und schloss ab. Sie legte Meghan wieder in den Stubenwagen, deckte sie zu, und während das Baby immer noch leise schluchzte, zerrte sich Diane ein Sweatshirt über den Kopf und wühlte in den Kommodenschubladen nach sauberer Unterwäsche und einer Jeans, die die Reste ihres Babybauches nicht am Bund in zwei Hälften zerschnitt. Als sie fertig angezogen war, stopfte sie die Hälfte des Schubladeninhalts in die große Reisetasche, die Papa immer mitgenommen hatte, wenn er mit dem Lkw unterwegs war. In die Außenfächer mit Reißverschlüssen an beiden Seiten der Tasche stopfte sie Meghans Moltontücher, Strampler, Socken und Windeln.

Dann warf sie noch ihre Toilettensachen oben auf die Kleidung in der Tasche und zog den Reißverschluss zu. Wahrscheinlich wog die Tasche jetzt mindestens fünfzehn Kilo – das waren etwa fünf Kilo mehr, als sie so kurz nach der Geburt tragen sollte –, aber sie schwang sich die Tragegriffe über die Schulter und griff nach Meghan. Das Baby lag auf dem Rücken, die Ärmchen neben dem Kopf. Die Hände waren zu kleinen Fäusten geschlossen, die blau geäderten Augenlider bebten leicht, und die winzigen rosigen Lippen waren zu einem Kussmund gespitzt. Der Schwall von Liebe, mit dem sie inzwischen schon jedes Mal rechnete, wenn sie ihr schlafendes Baby betrachtete, überkam sie auch jetzt wieder und zwang sie beinah in die Knie.

Sie streichelte Meghans rosige Wangen. „Sie wird uns nicht fesseln, Meghan, das verspreche ich dir."

Behutsam beförderte sie das Baby in die Mitte ihrer größten Babydecke – der Decke, die Mutter aus Dianes Babyzeit aufbewahrt hatte – und schlug alle vier Ecken locker nach innen, sodass Meghan ganz darin eingehüllt war. Dann legte sie sich das Bündel in die Armbeuge und schloss ihre Zimmertür wieder auf.

Mutter stand vor dem Zimmer auf dem Gang. „Was soll denn das, junge Dame?"

„Ich habe dir doch gesagt, dass ich gehe."

Mutters Blick ließ erkennen, wie verletzt sie war, aber Diane wappnete sich dagegen. Sie würde sich nicht mehr manipulieren lassen. „Geh mir bitte aus dem Weg", sagte sie nur. Aber Mutter rührte sich nicht vom Fleck. „Es ist dunkel und kalt draußen. Findest du, dass es besonders verantwortungsvoll ist, Meghan aus dem warmen Haus hinaus in die Kälte zu bringen?"

Das war es natürlich nicht, aber das machte Diane nur noch entschlossener, es zu tun. „Sie ist mein Baby, Mutter, nicht deins, also geh aus dem Weg, und lass mich gehen."

Mutter rührte sich immer noch nicht, sodass sich Diane mithilfe ihrer Ellenbogen an ihr vorbeizwängte. Sie hatte Kopfschmerzen von Meghans Geschrei, ihr Rücken und ihre Bauchmuskeln taten weh vom Gewicht der Tasche, und ihr Herz schmerzte von der Last der Feindseligkeit. Sie riss die Tür so heftig auf, dass sie gegen die Wand schlug. Ein kalter Wind blies ihr ins Gesicht, und sie zögerte.

„Bist du ganz sicher, dass du das wirklich tun willst?", fragte Mutter.

Die ruhig gestellte Frage waberte um Diane herum wie eine dicke Regenwolke. Wie oft hatte Mutter ihr diese Frage schon gestellt? *„Bist du ganz sicher, dass du das wirklich tun willst?"*, als Diane sich an einem heißen Sommertag die Schuhe ausgezogen hatte, um barfuß zu laufen. Sie hatte sich die Fußsohlen verbrannt. *„Bist du ganz sicher, dass du das wirklich tun willst?"*, als Diane einen Kurs in Kunstgeschichte belegt hatte statt in Musiktheorie. Sie hatte den Kurs von Anfang bis Ende gehasst. *„Bist du ganz sicher, dass du das wirklich tun willst?"*, als Diane sich weigerte, sich von Papa zu verabschieden, weil er ja vielleicht nicht fortgehen würde, wenn sie sich nicht verabschiedete. Und dann war er gar nicht wieder nach Hause gekommen.

Sie war jetzt so verletzt, dass der Schmerz einfach herausmusste. Und so kamen die hässlichsten Worte aus ihrem Mund, die sie ihrer Mutter jemals entgegengeschleudert hatte: „Ich wünschte, du wärest gestorben und nicht Papa."

Mutter wies mit dem Finger zur Tür und sagte: „Dann verlasse mein Haus."

Kendrickson, Nevada

Die lebhafte Erinnerung an diese Situation lastete jetzt so schwer auf Diane, dass sie kaum atmen konnte. Nach nur zwei Tagen war sie nach Hause zurückgekommen, weil sie bei keiner ihrer Freundinnen hatte unterkriechen können, denn die wollten nachts nicht von einem schreienden Baby wachgehalten werden. Und so war sie zwar wieder da gewesen, hatte sich aber nicht bei ihrer Mutter entschuldigt. Die hatte Diane aufgenommen, als sie wieder vor der Tür stand, den Streit danach mit keiner Silbe mehr erwähnt und aufgehört, Meghan so fest einzuwickeln, wenn sie sie hinlegte. In gewisser Weise hatte sich Mutter also für ihre Einmischung entschuldigt.

Wenn sie jetzt bei der OP einen Herzinfarkt oder einen Schlaganfall erlitt, ob sich Diane dann wohl wünschen würde, sie hätte sich entschuldigt? Sie streichelte Gingers seidige Ohren und raffte allen Mut zusammen, den sie aufbringen konnte.

„Es ist spät, Margaret Diane. Warum gehst du nicht ins Bett?"

Ihre Blicke trafen sich und sie erforschte die Tiefen von Mutters braunen Augen. Die hängenden Lider und die tiefen Krähenfüße in den Augenwinkeln zeigten ihr fortgeschrittenes Alter, aber irgendwie waren die samtenen Iris immer noch genauso lebendig und aufmerksam wie damals, als Diane noch ein Kind war. Sie schluckte. „Gehst du denn auch?"

„Bald." Ein Lächeln umspielte Mutters Mund. Sie legte die Hände auf die Lehnen ihres Sessels und schob das Kinn ein bisschen vor. „Ich möchte noch hören, wie die Uhr zwölf schlägt."

„Ja, um zwölf verwandelt sich die Prinzessin wieder in ein Küchenmädchen." Diane zuckte innerlich zusammen. Wieso sagte sie so etwas?

„Und die Kutsche verwandelt sich in einen Kürbis, was ja gar nicht so schlecht ist. Dann können wir Auflauf draus machen", ergänzte Mutter schmunzelnd.

Sie sollten wahrscheinlich lieber beide ins Bett gehen, denn sie redeten nur dummes Zeug. Diane nahm also Ginger auf den Arm, stand auf, und als sie bei der Tür zum Flur angekommen war, hörte sie die ruhige Stimme ihrer Mutter.

„Träum was Schönes, Liebes."

Diane erstarrte. Ohne sich noch einmal umzudrehen, nickte sie. „Ja, danke, du auch."

Kapitel 31

Little Rock, Arkansas

Meghan

Als Meghan am Flughafen von Little Rock bei der Gepäckabholung ankam, wartete Sean dort schon auf sie. Er trabte auf sie zu, stieß bei dem Kofferkarussell, das noch stillstand, zu ihr und schloss sie in die Arme. Noch nie hatte sie sich über eine Umarmung so sehr gefreut.

Sie schlang ihre Arme um seinen Bauch, und ihre Krücken fielen zu Boden, aber keiner von beiden wollte loslassen, nicht einmal, als jemand vorbeiging und bissig bemerkte: „Steht hier nicht im Weg rum“, und andere Passanten lachten. Es war ihnen völlig egal, was andere dachten. Nach den stressigen vergangenen paar Tagen brauchte Meghan jede Menge Trost, und jetzt, da Sean da war, würde sie von ihm allen Trost annehmen, den sie bekommen konnte.

Als sie sich schließlich wieder voneinander lösten, stellte Meghan fest, dass jemand ihre Krücken an den etwa dreißig Zentimeter hohen Rand des Gepäckbandes gelehnt hatte. Sean holte sie und gab sie ihr. Dankbar lächelte sie ihn an und brachte die Krücken in Position.

Er lächelte auch, aber seine Augen lächelten nicht mit. „Du hast ein paar ziemlich schwere Tage hinter dir. Ist alles in Ordnung?“

„Nein", antwortete sie. Sie brauchte nicht zu flunkern, denn er kannte sie gut genug, um die Wahrheit zu erkennen. „Ich wäre jetzt lieber bei Großmama und Mama, aber Großmama möchte, dass ich dich hier unterstütze, und ich werde sie nicht enttäuschen." Sie spürte jetzt wieder die Entschlossenheit, von der sie getragen wurde, seit der Arzt die Diagnose gestellt hatte. Sie würde herausfinden, was mit Maggie passiert war. Sie würde ihre Großmutter nicht enttäuschen.

Das Startsignal des Kofferkarussells ertönte und das schwarze Gepäckband setzte sich ächzend in Bewegung.

Sean klapste ihr freundschaftlich auf die Schulter und deutete dann auf eine Bank zwischen den Karussells.

„Warte doch da drüben auf mich. Ich hole dein Gepäck." Und dann grinsend: „Ich weiß ja, wie es aussieht."

„Es ist nur der größere Koffer. Den kleinen und die Reisetasche habe ich bei Großmama gelassen."

„Alles klar."

Sie zwängte sich zwischen den dicht gedrängt stehenden Menschen hindurch, die alle ebenfalls auf ihr Gepäck warteten. Drei Frauen in gleichen T-Shirts und lilafarbenen Federboas hatten inzwischen schon die Bank mit Beschlag belegt, auf die Sean gezeigt hatte. Sie schnatterten und lachten und blickten nicht einmal auf, als sie näher kam, also blieb sie neben der Bank stehen, stützte sich auf ihre Krücken und betrachtete sich die Rücken all der Menschen, die dicht an dicht an dem Gepäckband standen.

Sie hatte Sean aus den Augen verloren, aber sie brauchte ihn gar nicht zu sehen, um seine Anwesenheit zu spüren. Ihr Körper kribbelte immer noch von der Kraft seiner Umarmung. Woher hatte er gewusst, wie dringend sie diese Umarmung gebraucht hatte? In den Jahren, die sie jetzt schon zusammenarbeiteten, hatten sie sich noch nie umarmt. Sie hatten sich abgeklatscht, sich auf die Schultern geboxt oder kurz bei den Händen gefasst – als eine Art stille Kraftübertragung –, bevor sie bei einer Familie klingelten, die seit zehn Jahren auf eine Nachricht von ihrem vermissten Großvater wartete. Aber nie etwas so Persönliches wie eine Umarmung. Ob sich dadurch jetzt etwas zwischen ihnen verändern würde?

Zwei Männer traten zur Seite und Sean kam mit ihrem Koffer in der Hand durch die entstandene Lücke. „Bist du so weit?"

Sie nickte und sie bahnten sich ihren Weg aus dem Flughafengebäude hinaus zum Parkhaus und zu seinem 96er-Bronco. Er warf ihren Koffer so locker auf die Rückbank wie andere Leute ein Kissen, und dann nahm er ihr die Krücken ab. Sie balancierte auf einem Bein, während er die Krücken ebenfalls auf dem Rücksitz verstaute und die Tür zuschlug. Dann begleitete er sie zur Beifahrertür und forderte sie auf, sich bei ihm einzuhaken, sodass sie auf ihrem gesunden Fuß hüpfen konnte.

Als er den Truck aufschloss, grinste er sie an. „Brauchst du Anschub?" Dasselbe hatte er sie auch an dem Morgen gefragt, als er sie vor ihrer Abreise nach Las Vegas zu Hause abgeholt hatte, um sie zum Flughafen zu fahren, und sie machte jetzt die gleiche naserümpfende Grimasse wie damals, sodass er lachte.

Beim Einsteigen ächzte sie ein bisschen vor Anstrengung und ließ sich auf dem Beifahrersitz nieder. Das vertraute abgewetzte, senffarbene Leder bot ihr schon die zweite Umarmung seit ihrer Ankunft, und ohne es zu merken, entwich ihr ein wohliger Seufzer.

Er nickte, als bestätige er etwas, das sie gesagt hatte, schlug die Beifahrertür zu, ging um den Wagen herum und setzte sich ans Steuer. Während er aus der engen Parklücke herausfuhr, fragte er: „Hast du Hunger? Durst? Sollen wir irgendwo haltmachen, bevor ich dich zu deiner Wohnung bringe?"

Sie lehnte den Kopf an die Kopfstütze und genoss den kühlen Luftzug aus der Klimaanlage an ihrem Hals. „Ich brauche gar nichts, danke."

„Dann bringe ich dich jetzt einfach nach Hause, damit du dich ein bisschen ausruhen kannst.“ An der Ausfahrt des Parkhauses hielt er an und kurbelte das Fenster herunter.

Meghan griff nach ihrer Handtasche. „Bitte lass mich das Parkticket bezahlen, ja?“

Aber er hatte schon sein Portemonnaie gezückt und seine Kreditkarte in der Hand. „Lass mal, ich mache das schon.“ Er schob die Karte in den Automaten, drückte ein paar Knöpfe, und die Schranke ging hoch. Nachdem sie das Parkhaus verlassen hatten, grinste er sie kurz an und sagte: „Du kannst die erste Cola bezahlen, wenn wir auf dem Highway sind.“

„Abgemacht.“ Sie machte es sich auf dem Beifahrersitz bequem und stützte ihren Arm am Fenster ab. „Wann möchtest du denn morgen aufbrechen?“

Er legte ein Handgelenk locker aufs Lenkrad. „Ich hatte an zwei, halb drei gedacht. Nach Bentonville sind es nur ungefähr dreieinhalb Stunden, dann wären wir etwa zum Abendessen dort. Wir könnten dann noch auspacken und uns ein bisschen ausruhen, und Montagmorgen legen wir dann los. Ist dir das recht?“

Und er hätte Zeit, am Sonntag in den Gottesdienst zu gehen. „Ja, das klingt gut. Wo hast du denn reserviert?“ Die Abteilung spendierte nie Fünfsternehotels, aber in Bentonville, Arkansas, gab es ein solches ohnehin nicht. Sie war schon zufrieden, wenn es dort, wo sie untergebracht waren, sauber war. Und bezahlbar.

„Ratzlaff hat eine Business-Suite in einem neuen Hotel im Norden von Bentonville reserviert. Die Suiten haben alle zwei Schlafzimmer, ein Wohnzimmer und dazwischen eine Kochnische.“ Er sah sie aus dem Augenwinkel an. „Wenn Sanderson mitgefahren wäre, hätte ich ihn in dem zweiten Schlafzimmer untergebracht, aber ich war so frei, für dich ein behindertengerechtes Einzelzimmer zu reservieren.“

Sie hatte nichts anderes erwartet, und sie wusste, dass sie auch zusammen die Doppelsuite bewohnen könnten, weil er absolut vertrauenswürdig war. Aber wenn sie völlig getrennte Zimmer hatten, gäbe es weniger Spekulationen bei den anderen Kollegen im Team. Bei Sean war ihr guter Ruf jedenfalls in den allerbesten Händen, und sie sagte ihm, wie dankbar sie dafür war.

„Gern geschehen. Das Gute ist, dass die barrierefreien Zimmer alle im Erdgeschoss liegen, sodass du dich auch gar nicht mit dem Aufzug herumschlagen brauchst."

Sie überquerten den Fluss, und Meghan freute sich an dem Blick auf das blaugraue Band, das sich Richtung Osten bis zum Horizont erstreckte. „Ach … mir hat der Anblick des Arkansas River jeden Tag gefehlt." Da fiel ihr etwas ein und sie wandte sich Sean zu. „Großmama hat erzählt, dass sie den Mitarbeitern der Firma, die ihren Garteneich angelegt hat, damals gesagt hat, sie wolle keinen runden und auch keinen ovalen oder nierenförmigen Teich, sondern einen, der so gekrümmt wäre wie das Hinterbein eines Hundes, damit es sie an den Arkansas River erinnere."

Sean brach in Lachen aus. „Krumm wie das Hinterbein eines Hundes?"

Meghan nickte grinsend. „Sie haben ihr gesagt, das sei verrückt, aber weißt du was? Sie haben es genauso gemacht, und jetzt hat sie in ihrem Garten in Kendrickson einen Mini-Arkansas-River." In diesem Moment überkam sie eine so heftige Traurigkeit, dass sie schwer schlucken musste. „Wir müssen unbedingt für sie herausfinden, was mit Maggie passiert ist. Es muss einfach gelingen."

Er griff nach ihrer Hand und sagte: „Ich sag dir mal, was meine Großmutter immer gesagt hat: ‚Tu, was du kannst, und alles andere überlasse Gott. So findet man Frieden.'" Er drückte ihre Hand und die Berührung war sanft und beruhigend.

„Ich habe immer wieder die Erfahrung gemacht, dass sie recht hatte."

„Das haben Großmütter oft.“

Er lächelte sie an und ließ ihre Hand wieder los. Dann bog er auf den Parkplatz vor dem Apartmentgebäude, in dem sie wohnte, und parkte ein. „Ich bring dich noch hinein. Und ruh dich aus, bis wir morgen nach Bentonville starten, ja? Fliegen ist ziemlich anstrengend.“

Sie verzog die Lippen zu einem kleinen Lächeln. „Die Arbeit hat ja das Flugzeug gemacht. Ich musste nicht mit den Armen wedeln und gar nichts.“

Sie hatte eigentlich erwartet, dass er darüber lachen würde, aber stattdessen sah er sie nur ganz ernst an.

„Wenn du also gar nicht erschöpft bist, wie wäre es dann, wenn ich dich ein bisschen früher abholen würde, sagen wir … so gegen Viertel nach neun, und du kommst mit mir in den Gottesdienst?“

Er hatte sie schon öfter eingeladen, mindestens ein Dutzend Mal, aber sie hatte jedes Mal höflich abgelehnt. Jetzt holte sie ganz langsam Luft und sagte: „Weißt du was, Sean? Ich glaube, das würde ich tatsächlich gern tun. Ich werde rechtzeitig fertig sein.“

Kendrickson, Nevada

Hazel

Am Sonntagmorgen wurde Hazel vom Duft von gebratenem Speck geweckt. Sie drehte sich um und schaute blinzelnd auf die Uhr auf ihrem Nachttisch – Viertel nach sechs. Der Wecker würde erst in einer Viertelstunde klingeln, aber wie konnte sie weiterschlafen, wenn ein so köstlicher Duft lockte?

Sie zwang ihre steifen Glieder aus dem Bett und schnupperte wie ein Hund, als sie den dunklen Gang entlangging. Bildete sie sich da vielleicht nur etwas ein? Vielleicht brannte irgendwo ein Haus, oder ein paar Teenager in der Nähe hatten beschlossen, ein Autorennen zu veranstalten, und jetzt roch es nach verbranntem Gummi. Vielleicht war es ja reines Wunschdenken, das den Geruch als Speckduft identifizierte. Aber je näher sie der Küche kam, desto intensiver wurde der Duft, und dann hörte sie das typische Brutzeln von Fett in einer Pfanne. Da briet also wirklich jemand Speck.

Sie ging vom Teppichboden im Wohnzimmer weiter, betrat den gefliesten Bereich der Küche und konnte dann nur noch ungläubig staunen. „Margaret Diane, was um Himmels willen machst du denn da?"

Ihre Tochter drehte sich zu ihr um, den Pfannenwender in der Hand, und sah ebenso erstaunt drein wie ihre Mutter. Hazels Schürze, die Diane über T-Shirt und Jeans trug, war gesprenkelt mit kleinen Fettspritzern. „Wieso bist du denn schon auf?"

Hazel trat ein paar Schritte näher an den Küchentresen heran und sah, dass in ihrer Pfanne nicht weniger als 12 Scheiben Bacon brutzelten. „Ich habe den Speck gerochen und gedacht, dass vielleicht jemand eingebrochen wäre."

Margaret Diane zog die Augenbrauen hoch. „Ein Einbrecher … der sich selbst Frühstück macht?"

Das ergab für sie eher einen Sinn, als ihre vegan lebende Tochter dabei anzutreffen, wie sie Schweinespeck briet. Mit gerunzelter Stirn deutete Hazel auf die Pfanne. „Ist das echtes Fleisch oder irgendetwas aus Tofu?"

„Es ist echt", antwortete Margaret Diane, die sich wieder zur Pfanne umgedreht hatte und jetzt begann, die Speckscheiben zu wenden.

„Ich konnte nicht schlafen, deshalb bin ich vor ungefähr einer Stunde zum Supermarkt in der Market Street gefahren und habe eingekauft. Und da du schon mal auf bist, könntest du vielleicht die English Muffins toasten? Sobald der Speck fertig ist, brate ich noch ein paar Eier, und dann können wir frühstücken."

Hazel stand weiter wie angewurzelt da und schüttelte den Kopf. Das musste ein Traum sein. Wenn man sich schüttelte, dann wurde man doch auf jeden Fall wach, aber die Szene vor ihr verschwand nicht. „Geht es dir gut? Ist alles in Ordnung?"

Margaret Diane nahm einen Teller aus dem Schrank und legte ihn mit Küchenkrepp aus. „Mir geht es gut. Ich hatte nur Hunger auf Speck und habe dann beschlossen, so viel zu braten, dass er für uns beide reicht."

Sie hatte in der Tat genug gemacht für sie beide – und die gesamte Nachbarschaft und alle vier Hunde.

„Aber du lebst doch vegan."

Margaret Diane warf ihrer Mutter einen unwirschen Blick über die Schulter zu. „Bitte toaste jetzt einfach die Muffins, Mutter, ja?"

Hazel widersprach lieber nicht weiter, sondern band sich eine Schürze um und setzte den Toaster in Gang. Eine Viertelstunde später saßen sie sich am Frühstückstisch gegenüber. Hazel strich Butter auf ihren English Muffin und Margaret Diane bestrich ihren dick mit Mayonnaise, bevor sie sich eine halbe Tasse Kaffee eingoss und Sahne dazugab.

Hazel versuchte, nichts zu sagen, aber als Margaret Diane dann zum Kühlschrank schlurfte und eine Packung Käsescheiben herausholte, hielt es sie nicht länger. „Was ist denn los mit dir?"

Margaret Diane ließ sich wieder auf ihren Stuhl fallen und zog die Zellophanhülle von der Käsescheibe. „Wieso glaubst du denn, dass irgendetwas mit mir los ist?"

Hazel deutete nur wortlos auf die Dinge auf dem Tisch. Die frühe Stunde erwähnte sie gar nicht, obwohl auch die durchaus ungewöhnlich war für ihre Tochter.

Daraufhin zuckte Margaret Diane mit den Achseln. „Solche Sachen haben wir immer gegessen, als ich noch klein war. Seit ich hier bin, zwinge ich dir meinen Ernährungsstil auf, und deshalb habe ich gedacht, dass ich mich jetzt auch mal nach deinen Vorlieben richte."

Hazel dachte kurz daran, die Warnung des Arztes zu erwähnen, keine gesättigten Fette und verarbeitete Lebensmittel zu essen, aber wieso sollte sie an einem Sonntagmorgen als Erstes einen Streit vom Zaun brechen? „Das ist wirklich sehr rücksichtsvoll von dir."

Diane riss eine Ecke von der Käsescheibe ab und steckte sie in den Mund. „Schade, dass Meghan nicht hier ist. Sie ist verrückt nach den Aufbackmuffins mit Ei und Speck."

Da hatte ihre Tochter ihr ja einen guten Hinweis gegeben. Hazel legte Margaret Diane eine Hand auf den Arm. „Es fühlt sich irgendwie einsam an ohne sie, oder?" Doch Margaret Diane zog ihren Arm weg, klappte eine Scheibe Bacon in der Mitte zusammen, legte sie auf die untere Hälfte des Muffins und schob sie dann so lange darauf hin und her, bis sie genau darauf passte und an keiner Stelle mehr etwas über den Rand ragte. „Ich hoffe, sie übernimmt sich nicht. Der Chirurg, der ihr Fußgelenk gerichtet hat, hat gesagt, es sei ein komplizierter Bruch, und sie brauche viel Ruhe."

„Bist du auch deshalb hergekommen – um dafür zu sorgen, dass sie genug Ruhe bekommt?"

Margaret Diane erwiderte Hazels Blick. „Teilweise, ja." Sie klappte die obere Hälfte des Muffins auf die untere, aber bevor sie abbiss, hielt sie inne. „Wolltest du noch ein Tischgebet sprechen?"

Völlig unerwartet hatte Hazel mit einem Ansturm von Gefühlen zu kämpfen. Es war gar nicht mehr wichtig, was Margaret Diane dazu gebracht hatte, schon so früh am Morgen zum Supermarkt zu fahren und Dinge einzukaufen, die sie eigentlich seit über einem Jahr nicht mehr aß. Das Einzige, was zählte, war, dass ihre Tochter und sie an einem Sonntagmorgen gemeinsam frühstückten und sie die Erlaubnis bekommen hatte, vor dem Essen zu beten.

Sie nickte.

Margaret Diane legte ihren Muffin noch einmal auf den Teller und reichte Hazel ihre Hand. Ihre Finger waren fettig und mit Mayonnaise beschmiert, aber Hazel griff danach und hielt sie fest. Sie sprach ein kurzes Gebet, drückte ihre Worte an dem dicken Kloß in ihrem Hals vorbei, der sich vor lauter Glück dort gebildet hatte, und hätte vor Freude fast gejubelt, als Margaret Diane sogar „Amen" sagte.

Dann nahmen sie beide ihren Muffin in die Hand, aber bevor Hazel hineinbiss, schickte sie noch einen hoffnungsvollen Blick über den Tisch. „Wir sind früh auf. Möchtest du … also möchtest du vielleicht … mit mir zur Kirche gehen?"

Margaret Diane kaute, schluckte, leckte sich den Mayonnaiseklecks vom Daumen und antwortete dann achselzuckend: „Klar. Warum nicht?"

„Ach. Ach wie …" Hazel schluckte und war beinah zu überwältigt, um etwas zu sagen. „Danke."

Margaret Diane warf Hazel einen ernsten Blick zu und konzentrierte sich dann auf ihren Muffin.

Ihr Tonfall ließ kein bisschen Begeisterung erkennen, aber das machte Hazel nicht das Geringste aus. Über zwanzig Jahre waren vergangen, seit sie mit ihrer Tochter zusammen in der Kirche gewesen war. Sie lachte, weil sie ihre Freude einfach nicht verbergen konnte. „Erst Speck und jetzt auch noch das! Und dabei habe ich noch gar nicht Geburtstag."

Ein Grinsen umspielte Margaret Dianes Mund. „Na, dann pass mal auf, dass du dich nicht übernimmst und am Ende noch einen Schlaganfall bekommst. Iss."

Immer noch lachend fügte sich Hazel.

Kapitel 32

Cumpton, Arkansas

Sean

Um halb zehn am Montagmorgen bog Sean auf die unbefestigte Straße ab, die offenbar Cumptons Hauptstraße war. Meghan hatte während der gesamten Fahrt von Bentonville still neben ihm gesessen und die Informationen gelesen, die er bis jetzt gesammelt hatte. Als er jetzt auf Schritttempo abbremste, blickte sie von den Unterlagen auf und erschrak. „Ist das Cumpton?“

„Das steht jedenfalls auf dem großen Schild am Ortseingang.“ Die Buchstaben auf dem verwitterten Holz waren zwar verblichen, aber er hatte sie trotzdem lesen können.

Meghan schaute ihn verblüfft an. „Was ist das denn?“

„Viel ist hier wirklich nicht mehr übrig“, sagte Sean und ließ seinen Blick über die heruntergekommenen Gebäude auf beiden Seiten der Straße schweifen. Die falschen Backsteinfassaden waren unterschiedlich hoch, wobei die höchste zur Cumpton Bank & Trust gehörte. In fast jedem Geschäftsnamen kam der Name der Stadt vor – Cumpton Gemischtwaren, Cumpton Drogerie und Apotheke, Cumpton Konfektionsbekleidung –, die Menschen, die hier gelebt hatten, waren ganz offensichtlich einmal stolz gewesen auf ihren kleinen Ort.

Die Gebäude waren jetzt alle verlassen, aber sie waren auch nicht beschädigt, obwohl nicht einmal die Fenster vernagelt waren, und die leicht erhöhten krummen Gehwege aus Holzplanken waren nicht mit Müll übersät oder von Unkraut überwuchert, wie man es in einer solchen Beinah-Geisterstadt eigentlich erwartet hätte. Es machte sich hier also anscheinend jemand die Mühe, dafür zu sorgen, dass die Straßen ordentlich aussahen. Vielleicht war es der Besitzer der Cumpton Tankstelle. Hinter dem Fenster des winzigen Backsteingebäudes an einer Ecke brannte Licht, und neben einer modernen Zapfsäule stand noch eine verrostete altmodische mit einem roten fliegenden Pferd darauf.

Er stieß einen leisen Pfiff aus. Vor ein paar Jahren hatte er einmal einen Science-Fiction-Film gesehen – offensichtlich eine Low-Budget-Produktion – über eine Stadt, die in den Dreißigerjahren von einem Meteor getroffen worden war, und jetzt befiel ihn das unheimliche Gefühl, geradewegs in das Filmset hineingestolpert zu sein. Ob der Betreiber herausgerannt kommen und seine Windschutzscheibe reinigen würde, wenn er auf die Tankstelle fuhr?

Meghan richtete sich im Sitz auf, stützte sich am Armaturenbrett ab und ließ ihren Blick von rechts nach links wandern. „Die Stadt ist ja kein bisschen so, wie Großmama sie beschrieben hat."

„Wann ist sie denn das letzte Mal hier gewesen?"

„Zur Beerdigung meiner Urgroßmutter, also Ende der Sechziger."

„In fünfundvierzig Jahren kann sich viel ändern, Meghan."

„Offensichtlich."

Ein paar Straßen weiter östlich vom Geschäftsviertel fanden sie das alte zweigeschossige Backsteinschulhaus. In eine rechteckige Kalksteintafel über der mit einem Vorhängeschloss versehenen Eingangstür war die Information ‚Cumpton Public School' eingemeißelt, und auf der Nordseite des Gebäudes standen heruntergekommene, verrostete Spielgeräte auf dem völlig von Unkraut überwucherten Schulhof. Im Süden des Gebäudes gab es den Rest eines Basketballfeldes, von dem aber nur noch ein Pfahl ohne Korb in hohem Unkraut stand. Verbogene Jalousien ragten aus einem der zerbrochenen Fenster heraus und klapperten im Wind.

Meghan wies auf das verfallene Gebäude. „Das war Großmamas Schule. Dort wurden alle zwölf Klassen unterrichtet."

„In diese Schule geht aber schon lange niemand mehr."

Sie nickte traurig.

Er fuhr durch Wohnstraßen, die noch deprimierender waren als das Geschäftsviertel. Denn während im Geschäftsviertel die Gebäude wenigstens noch standen, auch wenn die Geschäfte nicht mehr betrieben wurden, gab es in den Wohnvierteln pro Straße kaum mehr als drei Häuser in unterschiedlichen Stadien des Verfalls. Auf den restlichen Grundstücken waren nur noch Fundamente zu sehen, manchmal mit Mauerresten, umgeben von hüfthoch wucherndem Unkraut und Bäumen, die dringend hätten beschnitten werden müssen. Hier und da ragte noch ein bröckelnder Schornstein in den Himmel. Wie es in der Stadt wohl zu ihrer Blütezeit ausgesehen hatte? Seine Fantasie war nicht lebhaft genug, um es sich vorzustellen, aber Hazel DeFord hätte es ihm sicher gut beschreiben können.

„Ich bin froh, dass Großmama nicht mitgekommen ist, um das hier zu sehen."

Sean lächelte sie zustimmend an und fuhr unter einen Ahornbaum, dessen Äste so ausladend waren, dass sie fast die ganze Straße überspannten. Er hielt an, ließ aber den Motor laufen, damit die Klimaanlage weiterlief. „Wie wollen wir denn jetzt vorgehen?", fragte er. „An die Türen der Häuser klopfen, die noch bewohnt aussehen?"

„Das ist wahrscheinlich das Beste", antwortete Meghan. Sie legte das Blatt Papier mit den Namen, an die sich ihre Großmutter noch erinnert hatte, auf die Konsole vor der Windschutzscheibe, und beide beugten sich darüber, um sie sich genauer anzuschauen. „Vielleicht erinnert sich ja jemand an eine oder mehrere dieser Personen und kann …"

Klopf-klopf-klopf!

Sie blickten gleichzeitig auf und Meghans erschrockener Blick ging über Seans Schulter. Sie wies schweigend in die entsprechende Richtung, sodass sich Sean umdrehte und überrascht zurückschreckte. Eine Frau mit schmalem Gesicht, das schrumpelig war wie ein alter Apfel, und einem zotteligen grauen Dutt auf dem Kopf, schaute von außen in den Wagen. Sie klopfte noch einmal an die Scheibe und machte mit der anderen Hand eine kreisende Bewegung.

Sean kurbelte also das Fenster herunter und schaltete den Motor aus. Warme, stickige Luft schlug ihm entgegen, und sofort spürte er die Schweißperlen auf der Stirn. „Hallo."

„Tach." Sie krallte ihre krummen Finger um den Rand der Scheibe und stellte sich auf Zehenspitzen, wobei der Blick ihrer Knopfaugen immer zwischen Meghan und Sean hin und her ging. Dabei war ihre geblümte Kittelschürze ein wenig verrutscht, sodass ihre hervortretenden Schlüsselbeine zu sehen waren.

„Ihr seid aber keine Junkies, oder?", fragte sie.

Sean hustete in seine Hand, um nicht laut loszuprusten. „Nein, Ma'am."

„Das ist gut, weil mein Mann Hud – das ist der da drüben …", sie deutete mit dem Kinn in Richtung eines Bungalows mit einer umlaufenden Veranda, auf der ein alter Mann in einem Rollstuhl saß. Sein eines Hosenbein war unter dem Knie umgeschlagen, und quer auf seinen Oberschenkeln lag ein Gewehr. „Er mag nämlich keine Junkies. Er sieht vielleicht nicht besonders grimmig aus, aber er is' tough, das kann ich euch sagen. Er war drei Jahre in Vietnam, und er kann immer noch ziemlich gut zielen, und es wär' wahrscheinlich ziemlich schwierig, mit durchlöcherten Reifen die Stadt wieder zu verlassen."

Meghan beugte sich jetzt vor. „Ich versichere Ihnen, wir haben mit Drogen nichts zu tun, Ma'am."

Die Frau kniff die Augen zusammen, bis sie nur noch Schlitze waren, und starrte Meghan an. Schließlich entspannte sich ihr Gesicht und sie sagte: „Irgendwie seht ihr auch nicht wie Junkies aus. Aber wieso steht ihr hier unter dem Ahorn herum? Ich hab' euch hier noch nie gesehen."

Sean zückte eine Visitenkarte aus der Hemdtasche und gab sie ihr. „Ich bin Sean Eagle und das ist Meghan DeFord. Wir sind Detectives beim Sonderermittlungskommando für ungelöste Kriminalfälle aus Little Rock."

Mit hochgezogenen Augenbrauen befingerte die Frau die Karte. „Ungelöste Fälle … so wie diese Sendung im Fernsehen?"

Sean musste sich ein Schmunzeln verkneifen. Die Leute wären wahrscheinlich überrascht, wie sehr sich die Realität von dem unterschied, was im Fernsehen gezeigt wurde, aber er nickte trotzdem. „Ja, Ma'am, so ähnlich. Wir ermitteln im Fall eines vermissten Kindes aus dem Jahr 1943 – eines kleinen Mädchens namens Maggie Blackwell."

„Was Sie nicht sagen!" Jetzt drückte die Miene der Frau Begeisterung aus. „Sie werden's nicht glauben, aber mein Bruder Luther – Luther Krunk – hat die Blackwell Farm 1969 bei einer Auktion ersteigert."

Sean stellten sich die Nackenhaare auf, denn einer der Namen auf Mrs DeFords Liste war Krunk.

„Eine Zeitlang war er richtig vernarrt in die ältere Blackwell-Tochter Hazel Mae, als sie noch zur Schule gingen, aber sie hat ihn nie beachtet. Meine Mama sagte, das wäre eine, die so viel ihre Nase in Bücher steckt, dass sie die Leute um sich her gar nicht beachtet. Also Luther hat jedenfalls seinen Job im Straßenbau aufgegeben und sich dann auf der Farm mit Maisanbau durchgewurstelt, bis er vor drei Jahren von uns gegangen ist. Jetzt lebt sein Sohn da draußen in dem alten Haus, weil sie keinen Käufer dafür finden konnten. Ein unbewohntes Haus ist ja regelrecht eine Einladung für die Drogendealer, da ihre Geschäfte zu machen." Dabei schnalzte sie mit der Zunge.

Wie heftig das Drogenproblem in der Stadt wohl sein mochte, wenn die Frau deswegen so besorgt war?

Die lächelte jetzt strahlend und dabei kam eine Lücke zwischen ihren Schneidezähnen zum Vorschein. „Dann sind Sie also auf der Suche nach Maggie Blackwell. Als Maggie sich damals verlaufen hat und im Wald verschwunden ist, war ich nicht viel älter als sie. Meine Mama hat mir mit der Geschichte immer Angst gemacht, damit ich beim Haus bleibe. Sie hat erzählt, dass die Kleine in den Fluss gefallen und von der Strömung mitgerissen worden ist."

Meghan wurde ganz zappelig. In ihrem Blick lag Feuereifer. „Würde es Ihnen etwas ausmachen, uns ein paar Fragen zu beantworten, Ma'am?"

„Ich glaube nicht, aber würde es Ihnen etwas ausmachen, dazu mit auf unsere Veranda zu kommen? Hud möchte bestimmt gern zuhören. Wir kriegen nicht allzu oft Besuch hier, wissen Sie, und manchmal ist er einsam. Außerdem tun mir vom Stehen die Füße weh, weil ich die ganze Zeit auf Zehenspitzen stehen muss. Ziemlich hoch, dieser Truck."

Der Truck war eigentlich gar nicht so hoch, aber die Frau war winzig. Nicht größer als ein durchschnittliches zehnjähriges Kind. Sean lächelte: „Ja, Ma'am, das können wir gern machen."

Sie trippelte also mit kleinen Schritten zurück zu ihrem Haus und wirbelte dabei mit ihren Hausschuhen jede Menge Staub auf. „Kommen Sie doch schon mal hoch auf die Veranda. Ich hol' rasch ein paar Klappstühle. Der Schaukelstuhl neben Hud ist meiner – ich hole noch einen Krug Limonade aus dem Haus. Meistens trinken Hud und ich erst am Nachmittag was Kaltes, wenn auf der Veranda kein Schatten mehr ist, aber das können wir auch gern mal ein bisschen vorziehen. Schadet ja nicht." Immer noch ihre Pläne vor sich herplappernd, wie sie ihre Gäste bewirten wollte, hastete sie zur Verandatreppe.

Sean grinste Meghan an. „Ich glaube, wir haben gerade ihren Tag gerettet."

Meghan nickte finster. „Ja, sie redet eindeutig gerne. Hoffen wir, dass auch etwas Brauchbares dabei ist."

Meghan

Die durchhängende Verandaüberdachung sorgte zwar für Schatten, aber eine schwüle Brise wehte über sie hinweg, raschelte in den Papieren auf Meghans Schoß und verwandelte die weichen Locken, die ihr Gesicht umspielten, in eine feine Krause. Sie trank noch einen Schluck von der beinah ekelhaft süßen Limonade. Edith Yarberry, Ehefrau von Hud Yarberry, deren Vater lange der Bankinhaber von Cumpton gewesen war, musste verwirrt gewesen sein und die doppelte Menge Zucker in die Limonade gegeben haben. Meghans Magen rumorte. Aber vielleicht lag es ja auch gar nicht an dem viel zu süßen Getränk, dass ihr schlecht wurde, sondern daran, dass Mrs Yarberry nicht mehr aufgehört hatte zu reden, seit Sean und sie vor etwa einer Stunde die Veranda betreten hatten.

Hauptsächlich ereiferte sie sich darüber, was Hazel Blackwell alles dadurch entgangen war, dass sie Luther nicht geheiratet hatte. Als Meghan ihr mitteilte, dass Hazel ihre Großmutter sei, hielt Mrs Yarberry kurz inne, starrte Meghan ein paar Sekunden lang stumm und mit offenem Mund an und kommentierte: „Also, dann muss es Sie ja richtig freuen, das alles zu hören."

Am Ende der sechsten ausschweifenden Geschichte war Meghan unendlich erleichtert, dass Großmama „nach Little Rock aufs College gegangen war und Luther das Herz gebrochen hatte". Familientreffen mit einer so redseligen Frau wären sicher eine Qual gewesen.

Mr Yarberry sah derweil seine Frau die ganze Zeit mit zusammengezogenen Brauen an, und als sie wieder einmal kurz innehielt, um

Luft zu holen, sagte er: „So Edith, jetzt lass mich auch mal was sagen.“

Sie presste sofort die Lippen fest zusammen, faltete die Hände auf dem Schoß, hörte auf, mit ihrem Stuhl zu schaukeln, und lächelte ihn selbstzufrieden an.

Meghan unterdrückte einen Seufzer. Sie wünschte, er hätte diese Bitte schon eine Dreiviertelstunde früher geäußert.

Sein Gewehr hatte er, bereits kurz nachdem Meghan und Sean gekommen waren, an einen Stapel Ziegelsteine gelehnt. Jetzt räusperte er sich. „Sie haben die ganze Zeit, in der Edith geredet hat, ein Blatt Papier in der Hand gehalten. Kann ich das mal sehen?“

Meghan schaute zu Sean hinüber, und als er nickte, gab sie es Mr Yarberry. „Das sind die Namen der Leute aus der Stadt, an die sich meine Großmutter noch erinnern konnte. Wir hoffen, dass einige ihrer Verwandten noch in der Gegend leben und vielleicht von ihrer Familie etwas gehört haben, das uns weiterhelfen könnte.“

Mr Yarberry fuhr mit dem Finger an der Liste mit Namen entlang. Dabei bewegten sich seine Lippen wie bei einem Kind, das Seifenblasen bläst. „Fast alle auf dieser Liste sind aus der Generation meiner Eltern. Von denen lebt fast keiner mehr. Sogar die aus meiner Generation sind ja schon fast alle von uns gegangen. Etliche der Namen hier auf dem Zettel finden sie auf dem Friedhof von Cumpton auf den Grabsteinen. Die jüngeren Leute sind fast alle aus Cumpton weggegangen, um in Bentonville oder anderen größeren Städten Arbeit zu suchen.“

Nach Mrs Yarberrys schrillem Lärmen war die Stimme ihres Mannes richtig angenehm. „Also die hier, Beth Spann, die hat einen Autohändler aus Beaty geheiratet und mit ihrer Familie dort gelebt. Sie ist jetzt schon seit ein paar Jahren tot und neben der Verwandtschaft ihres Mannes auf dem Friedhof von Beaty begraben. Die Crudgington-Jungs, Jay und Barry, waren ungefähr bis achtzig, einundachtzig hier.

Dann haben sie die Farm ihrer Familie verkauft, und Jay, der Ältere, ist in die Nähe von Denver, Colorado, gezogen. Wo Barry geblieben ist, weiß ich nicht."

Wieder schaute Meghan zu Sean hinüber, der die Ellbogen auf die Knie gestützt hatte und das beschlagene Glas mit Limonade in beiden Händen hielt. Sein Ausdruck verriet, was er dachte – nämlich dass sie hier ihre Zeit verschwendeten. Offenbar wusste keiner von den beiden etwas, das ihnen weiterhelfen konnte.

„Aber Elaine Burton ..." Mr Yarberry nickte ernst und tippte mit den Fingerspitzen auf das Blatt Papier mit den Namen. „Die lebt noch hier in der Stadt. Sie ist im Waisenhaus geblieben, auch nachdem ihre Mutter gestorben war und die Behörden das Heim geschlossen hatten. Sie hat einen Jungen aus der Stadt geheiratet, Nolan Durdan, aber der ist inzwischen schon seit, ach, ich weiß gar nicht mehr wie lange, tot. Es ist jedenfalls schon eine ganze Weile her. Hatte irgendwas mit den Nieren, war aber noch bis zu seinem Tod auf den Beinen. Die beiden hatten Pflegekinder aufgenommen in dem Anbau, den ihre Mutter noch an das alte Waisenhaus hatte anbauen lassen. Wie gesagt, er ist schon lange tot, aber Elaine lebt immer noch da."

Er gab Meghan den Zettel zurück und fügte hinzu: „Ich sage nicht, dass Elaine etwas weiß, was Ihnen weiterhelfen kann, aber ihre Mutter wusste über alles Bescheid, was in Benton County passierte. Nora Burton ist mit ihrem Auto durch die Gegend gefahren, hat Waisenkinder an den unterschiedlichsten Bushaltestellen oder Bahnhöfen abgeholt und sie in die verschiedenen Waisenhäuser gebracht."

Mrs Yarberry lachte gackernd und schaukelte schneller in ihrem Schaukelstuhl. „Ach, wie neidisch die Leute in der Stadt auf Nora Burton und ihr Auto waren! Mehr als die Hälfte der Leute hier in der Gegend haben bis weit in die Vierzigerjahre noch Pferde und Pferdefuhrwerke benutzt, aber Mrs Burton hat sich von 1935 an jedes Jahr ein neues Auto gekauft. Mein Vater hat sich immer beschwert: ‚Wieso fährt sie den alten nicht auf, bevor sie ihn gegen einen neuen eintauscht?‘ Mein Vater hat sich 1952 einen Chevy gekauft, und den hat er gefahren, bis er beinah auseinandergefallen ist. Bis er …“

Mr Yarberry legte eine Hand auf die seiner Frau, woraufhin das Schaukeln ihres Schaukelstuhls und der Redefluss gleichzeitig aufhörten. Er hielt weiter ihre Hand und fuhr fort: „Ja, Nora Burton ist viel herumgekommen, und sie wusste über alles Bescheid, was in der Gegend so los war. Wenn sie alles an Elaine weitergequatscht hat, und wenn Elaine sich an irgendetwas davon erinnert, dann könnte vielleicht das eine oder andere Nützliche für Sie dabei sein.“

Mrs Yarberry nickte dazu so heftig, dass ihr Dutt wackelte. „Und dass Nora Burton ihrer Tochter alles erzählt hat, ist ziemlich wahrscheinlich. Ihr Mann hat sich nämlich immer beklagt, wie gern die Frau sich selbst reden hörte. Sie mochte noch lieber reden als meine eigene Mama, und ich kann Ihnen sagen, meine Mama …“

„Mochte sehr gerne reden“, unterbrach Mr Yarberry sie und lächelte. „Darauf sind die beiden wahrscheinlich auch schon selbst gekommen, mein Schatz.“ Er nahm sein Glas in die Hand und hielt es ihr hin. „Könntest du es noch mal füllen? Meine Kehle ist so trocken.“

Mrs Yarberry nahm daraufhin das Glas und huschte ins Haus.

Mr Yarberry grinste Meghan entschuldigend an. „Nehmen Sie es ihr nicht übel, dass sie so viel über ihren Bruder und Ihre Großmutter redet, Miss DeFord. Sie hat Luther regelrecht vergöttert. In der Familie gab es nur zwei Kinder, und sie vermisst ihn ganz furchtbar. Mit Ausnahme von Luthers faulem Sohn, der nie vorbeischaut, lebt von Ediths Familie sonst niemand mehr. Na ja, außer mir, und mit mir ist ja nicht mehr viel Staat zu machen, seit ich in Vietnam beide Beine durch eine Landmine verloren habe.“

Sean stand auf und legte seine Hand auf die hängende Schulter des Mannes. „Wir sind Ihnen sehr dankbar für Ihre Hilfe, Mr Yarberry. Vielen Dank, dass Sie sich die Zeit nahmen, mit uns zu sprechen.“

„Reden kostet ja nichts." Seine blauen Augen blitzten. „Wenn es so wäre, wäre ich wahrscheinlich schon längst pleite, so viel wie meine Frau spricht."

In dem Moment kam Mrs Yarberry mit einem vollen Glas Limonade wieder, gab es ihrem Mann und drückte ihm noch einen Kuss auf seinen kahlen Kopf. Dann richtete sie sich wieder auf und lächelte Sean und Meghan an. „Kommen Sie gern jederzeit wieder vorbei. Hud und ich sind immer zu Hause."

Meghan drückte Mr Yarberrys dicke ledrige Hand und dann Mrs Yarberrys schmale. „Vielen Dank für Ihre Gastfreundschaft. Ich würde Sie gerne noch eine Sache fragen, bevor wir gehen."

„Was denn?"

„Weil Sie ja die ganze Stadt kennen, könnten Sie mir vielleicht eine einfache Wegbeschreibung zum Waisenhaus geben, zu der Farm, die Ihr Bruder gekauft hat ..." Sie wollte das Haus sehen, in dem ihre Großmutter aufgewachsen war. „... und auch zum Friedhof?"

Mrs Yarberrys Gesicht verzog sich zu einer mitfühlenden Miene. „Möchten Sie die Gräber Ihrer Familie besuchen?"

Meghan nickte.

„Ich schreibe es Ihnen auf, damit Sie auch alles wirklich finden. Nicht, dass man sich in Cumpton leicht verirren könnte – aber es gibt hier auch ein paar Leute, die zu Fremden nicht so freundlich sind wie Hud und ich."

Sean hustete, was typisch für ihn war, wenn er sich das Lachen verkneifen musste. Meghan war klar, dass er dabei an das Gewehr dachte, das an dem Backsteinstapel lehnte.

„Wenn man sich auf deren Grundstücke verirrt – sogar wenn es aus Versehen passiert –, hetzen die vielleicht die Hunde auf Sie."

Meghan bedankte sich für die Warnung.

Mrs Yarberry lächelte und sagte: „Wir müssen doch auf Hazel Mae Blackwells Tochter achtgeben. Wenn es anders gekommen wäre, dann könnten Sie ja meine Großnichte sein. Wäre das nicht schön?“ Sie ging noch einmal zurück ins Haus und sagte: „Bleiben Sie noch, damit ich Papier und Stift holen kann, um Ihnen alles aufzuschreiben. Ich möchte nicht, dass Sie irgendwo landen, wo Sie lieber nicht sein sollten.“ Kurz darauf schlug die Fliegentür hinter ihr zu.

Meghan hoffte, dass Mrs Yarberry schriftlich nicht so redselig war wie mündlich. Sie hatte Herzklopfen und konnte es kaum erwarten, Nora Burtons Tochter aufzusuchen und herauszufinden, welche Geheimnisse sie vielleicht von ihrer Mutter erfahren hatte, und ob etwas davon ihnen bei ihrer Suche nach Maggie weiterhelfen konnte.

Kapitel 33

Cumpton, Arkansas

Sean

Mrs Yarberrys Wegbeschreibungen erwiesen sich dann als erstaunlich präzise. Sean hielt sich daran, fuhr bis an den Stadtrand und bog dann in eine Allee ein, die zu einem dreigeschossigen Holzhaus führte, das dringend einen frischen Anstrich nötig hatte. Auf einem verblassten Schild in der Nähe der Eingangstür stand: Benton County Waisenhaus. Er hatte nicht damit gerechnet, dass es so groß war, und fragte sich, wie viele Kinder wohl in der Einrichtung gelebt hatten.

An der Nordseite des großen Gebäudes gab es einen weitläufigen Anbau, dem ein gelber Anstrich, dunkelgrüne Fensterläden und Rüschengardinen hinter den Fenstern etwas Frisches verliehen. Der Anbau musste der Teil des Gebäudes sein, in dem immer noch die Tochter der ehemaligen Direktorin wohnte.

Sean parkte unter einem Baum in der Nähe einer freistehenden Garage, die in dergleichen Farbe gestrichen war wie der Anbau. Mrs Yarberry hatte ihnen gesagt, sie sollten an die Hintertür des Anbaus klopfen, und Sean konnte jetzt von seiner Position an der Nordwestecke des kastigen Anbaus aus ein Betonpodest vor einer stabilen Tür erkennen.

Er wandte sich Meghan zu, die leicht vorgebeugt dasaß und anscheinend das Terrain studierte. „Vielleicht bleibst du am besten erst mal im Wagen, bis ich festgestellt habe, ob sie überhaupt zu Hause ist. Soweit ich sehe, gibt es keinen befestigten Weg zum Haus, und der Boden sieht ziemlich holprig aus."

„Na gut, aber hole mich bitte, bevor du anfängst, Fragen zu stellen."

„Keine Sorge, das mache ich." Er ließ den Motor laufen und trabte zu dem Betonpodest vor dem Eingang. Er klopfte, wartete, klopfte dann noch einmal etwas lauter und länger, doch es kam niemand. Sean beugte sich ein wenig vor, um Meghans Aufmerksamkeit zu erregen, und sie hob fragend die Hände. Er antwortete mit einem Achselzucken. Sie winkte ihm, wieder zum Wagen zurückzukommen, was er auch tat.

Nachdem er wieder eingestiegen war, zeigte er hinüber zur Garage. „Das Tor steht offen und es ist kein Auto darin. Wahrscheinlich macht sie Besorgungen."

„Dann ist sie ja sicher irgendwo auswärts und nicht im Ort", meinte Sean und legte die Hand an den Schaltknüppel. „Was möchtest du also jetzt tun?"

Sie sah ein ganz klein wenig besorgt aus, als sie antwortete: „Ich weiß, dass du im Dienst bist und ich nicht, aber würde es dir etwas ausmachen, mich zum Friedhof zu fahren und danach zu Großmamas Farm? Ich würde mich dort gern ein wenig umschauen. Danach können wir ja noch einmal herkommen und schauen, ob Mrs Durdan zu Hause ist."

Weil es sonst nichts zu tun gab, legte Sean den Gang ein und sagte: „Komm, fahren wir."

Mrs Yarberry hatte ihnen gesagt, dass der Friedhof hinter der Kirche von Cumpton läge – *„Das einzige Gebäude in der Stadt, das aus Sandstein gebaut ist. Wenn man genau hinsieht, kann man kleine Fossilien in den Steinen erkennen"*, hatte sie erklärt.

Sean fand das malerische Gebäude ein Stück abseits der Straße.

Er fuhr die kurvige Zufahrt entlang bis zu einem gekiesten Platz, wo wahrscheinlich die Kirchenbesucher parkten. Genau wie die Frau gesagt hatte, lagen die Grabsteine wie Kinderspielzeug verstreut auf dem gesamten abschüssigen Gelände des Friedhofes hinter der Kirche, das ganz und gar von hohen Bäumen beschattet war.

Er runzelte die Stirn. „Da kannst du mit deinen Krücken gar nicht gehen, weil es viel zu uneben ist." Wenn sie hinfiel und sich den Knöchel noch einmal verletzte, würde er sich das nie verzeihen.

„Lass es mich wenigstens versuchen." Sie hatte bereits den Türgriff in der Hand. „Wenn ich es nicht schaffe, gebe ich dir mein Handy, und dann kannst du Fotos von den Grabsteinen meiner Urgroßeltern machen."

„Also gut." Er half ihr aus dem Wagen und ging neben ihr her. Ihre Schritte knirschten auf dem Kies – ein irgendwie aufdringliches Geräusch –, und er war froh, als sie den Parkplatz hinter sich hatten und die Rasenfläche betraten.

Es hatte offenbar vor Kurzem jemand gemäht, aber keinen Kantenschneider dabeigehabt, denn um die Grabsteine herum waren dichte hohe Grasbüschel stehengeblieben, sodass man manche Inschriften gar nicht sehen konnte. Sean ließ seinen Blick über die Grabsteine wandern und suchte nach dem Namen Blackwell. In der einen Ecke des Friedhofes unter einer hohen Fichte mit Zapfen, die groß wie ein Männerfuß waren, wurde er schließlich fündig.

„Da drüben", sagte er.

Meghan schwang sich an den Krücken in Richtung der Grabsteine und kam auf dem unebenen Untergrund erstaunlich gut voran. Nur einmal kam sie ein wenig ins Schwanken, doch Sean packte sie sofort am Ellenbogen und hielt sie fest, bis sie das Gleichgewicht wiederhatte, aber sie löste sich gleich wieder von ihm und ging weiter. Angespannt blieb er ein paar Schritte von den Grabsteinen entfernt stehen, bereit, jederzeit einen Satz nach vorn zu machen, falls sie ihn als Stütze brauchte. Er hatte das Gefühl, dass sie jetzt ein paar Minuten für sich allein brauchte.

Sie blieb direkt vor den beiden Grabsteinen stehen und sah dabei selbst aus wie ein steinernes Monument. Ihr Blick war offenbar fest auf die beiden liegenden grauen Sandsteinblöcke gerichtet, die mit Flechten bewachsen waren. Dann holte sie Luft, stützte sich auf ihren Krücken ab und atmete langsam aus. „Burl Thomas Blackwell." Sie legte ihren Kopf ein bisschen schräg, sodass er den gleichen Winkel hatte wie der leicht zur Seite gekippte Grabstein. „Mae Clymer Blackwell." Ihr Tonfall drückte Respekt aus. Sie warf ihm über die Schulter einen Blick zu und lächelte ihn mit Tränen in den Augen an. „Komm, ich will dich meinen Urgroßeltern vorstellen."

Sean ging zu ihr und blieb neben ihr stehen. Unkraut und Gras wuchsen so hoch an dem Grabstein empor, dass außer den Namen fast nichts zu sehen war, also hockte er sich hin und entfernte beides. Als alles frei war, stutzte er. „Schau mal hier, Meghan. Die beiden Steine sind einmal ein Stück gewesen. Hier kannst du sehen, wo es gesprungen und dann in zwei Teile zerbrochen ist. Wahrscheinlich sollte es aussehen wie ein aufgeschlagenes Buch."

Sie sah mit gerunzelter Stirn auf den Baum in der Nähe des Steines. „Glaubst du, dass die Baumwurzeln das bewirkt haben?"

„Wahrscheinlich. Hier in der Mitte des Steines ist eine ziemlich große Erhebung im Boden." Er drückte das hohe Gras herunter, damit die Grabsteine besser zu sehen waren, und stand wieder auf. „Möchtest du ein paar Bilder davon haben? Ich kann sie für dich fotografieren."

Sie gab ihm ihr Handy, und er machte erst Fotos von beiden Hälften des Steines, dann von dem gesamten Stein, und schließlich trat er ein Stück zurück, um Meghan zu fotografieren, wie sie den Grabstein betrachtete. Während er die Bilder machte, redete sie.

„‚Es ist noch eine kleine Zeit, dann sieht die Welt mich nicht mehr. Ihr aber seht mich, denn ich lebe, und ihr sollt auch leben.'"

Es dauerte einen Moment, bis ihm klar war, dass sie etwas vorlas. Der Vers aus Johannes 14 war in der Mitte gerissen, als der Stein in zwei Teile zerbrochen war, aber jetzt, wo das Gras weg war, konnte er ihn sehen. Er freute sich über den Vers und seine Bedeutung, und ein Lächeln überzog sein Gesicht.

Doch Meghans Miene zeigte keine Freude. Tränen schimmerten in ihren Augen, als sie ihn ansah. „Das ist so traurig."

Seans Lächeln verschwand. „Was ist traurig?"

„Was da steht. ‚Es ist noch eine kleine Zeit …' Das Leben ist zu kurz. Von meiner Familie sind nur noch zwei Menschen übrig – Mama und Großmama. Großmama ist beinah achtzig und außerdem krank. Wer weiß, wie lange sie noch bei uns ist? Und wenn Mama irgendwann einmal nicht mehr ist, dann habe ich niemanden mehr." Sie schniefte. „Ich mag gar nicht daran denken, dass die Menschen, die ich liebhabe, einmal nicht mehr da sein werden."

Er trat etwas näher an sie heran und gab ihr das Handy zurück. „Ich glaube, dass du den Vers falsch verstehst. Du darfst nicht bei der Hälfte aufhören, sondern musst ihn bis zum Schluss lesen." So wie er die Bibel bis zum Ende durchgelesen hatte. Alle, die glaubten, erwartete der Sieg.

Er hockte sich hin und fuhr mit den Fingerspitzen über die letzten Worte. „Schau hier – ‚Ich lebe, und ihr sollt auch leben.' Wenn deine Großeltern sich diesen Vers selbst ausgesucht haben, dann würde ich sagen, dass sie an Jesus geglaubt haben. Sie wussten, dass der irdische Tod zum ewigen Leben führt. Sie leben, Meghan. Sie genießen jetzt ein Leben, das nie zu Ende geht."

Sie schaute zu ihm hinunter. Sonnenlicht fiel zwischen den Ästen des Baumes hindurch, sodass ihr schweißnasses Gesicht wie gesprenkelt aussah. „Damit meinst du den Himmel, oder?"

„Genau." Er richtete sich wieder auf und klopfte sich das Gras von der Hose. „Es gibt einen Vers, er steht auch in Johannes 14, in dem auch Jesus sagt: ‚Und wenn ich hingehe, euch die Stätte zu bereiten, will ich wiederkommen und euch zu mir nehmen, auf dass auch ihr seid, wo ich bin.' Damit meint er zwar den Zeitpunkt, wenn er einmal wiederkommt, aber jeder, der an ihn geglaubt hat und vor diesem Tag gestorben ist, ist dann auch bei Jesus."

Sean steckte die Hände in die Taschen und wippte auf den Fersen. „Ich habe mich für den Glauben entschieden, als ich acht Jahre alt war, weil mein Großvater gestorben war und ich ganz sicher sein wollte, dass ich ihn wiedersehe. Meine Motivation für den Glauben an Jesus war vielleicht ein bisschen seltsam und egoistisch, aber im Laufe der Jahre, in denen meine Eltern mir vieles erklärt haben und sich mein Glaube weiterentwickelt hat, ist mir klargeworden, was für ein Geschenk Jesus mir damit gemacht hat und dass er mich gerettet hat. Nicht erst für die Ewigkeit, sondern auch schon für mein Leben hier und jetzt."

Meghan warf den Kopf zurück. Eine Haarsträhne, die sich aus ihrem Pferdeschwanz gelöst hatte, lag auf ihrer Wange. „Wie meinst du das?"

Er schob ihr die Haarsträhne hinters Ohr, bevor er antwortete, und seine Finger strichen kurz über ihre Wange. Ihre feuchte Haut war genauso weich, wie er es sich vorgestellt hatte, und er steckte rasch die Hand wieder in die Hosentasche, damit er nicht der Versuchung erlag, den Vorgang noch einmal zu wiederholen. „Solange ich hier auf der Erde lebe, bin ich nie allein. Ich habe einen ständigen Begleiter. Wenn ich nicht sicher bin, was ich tun soll, gibt er mir Orientierung. Wenn ich schwach bin, stärkt er mich. Wenn ich frustriert bin, macht er mich ruhig. Ich kann mir nicht mehr vorstellen, ohne Gott zu leben, und ich kann mir erst recht nicht vorstellen, in der Ewigkeit von ihm getrennt zu sein."

Wieder einmal durchströmte ihn die Freude über das Geschenk und Glück des Glaubens und ein Lächeln ging über sein Gesicht. „Auch aus meiner Familie ist niemand mehr da. Großvater und Großmutter Eagle sind gestorben und meine anderen Großeltern habe ich gar nicht kennengelernt. Aber irgendwann werde ich sie wiedersehen. Sie waren gläubig und haben ihre himmlische Wohnung schon bezogen. Ich stelle mir gern vor, dass sie mir einen Platz beim großen Festmahl reserviert haben."

Meghan seufzte und wandte ihre Aufmerksamkeit wieder den Grabsteinen zu. „Das ist ein schöner Gedanke." Sean legte ihr die Hand auf die Schulter. „Das ist mehr als ein Gedanke, Meghan. Es ist Realität." Er zeigte auf die eingemeißelten Buchstaben in den Grabsteinen ihrer Urgroßeltern. „‚Ich lebe und ihr sollt auch leben.' Diese Chance auf ewiges Leben hat Jesus mit seinem Leben und seinem Sterben uns gebracht. Du kannst leben – für immer, bei ihm. Dazu brauchst du nichts anderes zu tun, als zu glauben." Sein Herz stockte, und ohne, dass es ihm bewusst war, stieg ein Gebet zum Himmel. *Lass sie bitte glauben, Vater.*

Meghan

Irgendetwas tief in ihrem Inneren zog an ihr und löste einen süßen Schmerz in ihrem Herzen aus. Seans Worte in Verbindung mit dem, was Großmama ihr früher beigebracht hatte, und ein paar Dinge, die sie in Großmamas Gemeinde gehört hatte, beschäftigten ihren Verstand und rührten sie innerlich. *„Alles, was du tun musst, ist glauben."* Konnte es wirklich so einfach sein?

„Ich möchte das tun, was du gerade gesagt hast – glauben."

Er beugte sich ein wenig vor, sein Gesicht unschuldig und voller Eifer: „Was hindert dich?"

Sie suchte nach den richtigen Worten. „Wenn … wenn ich mich jetzt sofort dafür entscheiden würde zu glauben, dann würde ich das aus dem gleichen Grund tun wie du damals, nur dass ich nicht mehr acht bin. Ich bin aus dem Alter heraus, in dem man wissentlich egoistische Entscheidungen trifft. Der Glaube ist Großmama" – *und dir* – „zu wichtig, als dass ich damit spielen will. Wenn ich an Gott glaube, dann möchte ich sicher sein, dass ich es aus den richtigen Gründen tue, okay?"

Sein Lächeln enthielt keine Spur von Enttäuschung, aber sie spürte doch, dass er etwas anderes erhofft hatte. „Okay." Er schaute auf seine Armbanduhr. „Uns läuft der Vormittag davon. Wie wäre es denn, wenn wir jetzt das Farmhaus deiner Großmutter suchen, dort ein paar Fotos machen und dann noch einmal zum Waisenhaus fahren? Dann ist Mrs Durdan ja hoffentlich wieder zurück."

Aus Gründen, die sie nicht erklären konnte, war ihr Wunsch, zum Farmhaus zu fahren, plötzlich gar nicht mehr so stark. „Lass uns lieber gleich zum Waisenhaus fahren. Ich möchte unbedingt wissen, woran sich die Frau noch erinnert."

Wieder im Auto trommelte Sean mit den Fingern aufs Lenkrad. „Weißt du, es ist jetzt schon weit nach elf, also bald Zeit zum Mittagessen, und deshalb wahrscheinlich nicht der beste Zeitpunkt, jemanden zu stören. Was hältst du davon, wenn wir zurück nach Bentonville fahren, dort etwas essen und dann wiederkommen und direkt zum Waisenhaus fahren?"

„Macht es dir nichts aus, die Strecke so oft zu fahren?"

Er zuckte mit den Achseln. „So weit ist es ja nicht. Und ich weiß nicht, wie wir es sonst mit dem Essen machen sollen. Hier gibt es nur die kleine Tankstelle, und ich bezweifle, dass es dort etwas anderes an Essbarem zu kaufen gibt als ein paar Süßigkeiten und Chips." Er zog ein Gesicht. „Ich hätte lieber etwas Deftigeres."

Dieser Argumentation hatte Meghan nichts entgegenzusetzen.

„Außerdem hat Mrs Durdan dann jede Menge Zeit, von wo auch immer zurückzukommen, bevor wir vorbeigeschneit kommen, wenn wir erst in Bentonville etwas essen."

Eine Sorge beschlich sie. „Aber du glaubst doch nicht, dass sie für mehrere Tage weg ist, oder?"

„Dann hätte sie doch das Garagentor nicht offen gelassen."

Meghan stöhnte leise. Ja, klar! Wieso hatte sie daran nicht selbst gedacht? Eine schöne Ermittlungsbeamtin war aus ihr geworden.

„Weißt du was? Ich habe gerade eine bessere Idee", sagte Sean schmunzelnd. „Lass uns zum Waisenhaus fahren. Wenn das Auto immer noch weg ist, lasse ich eine Nachricht auf einer Visitenkarte da und schiebe sie unter der Fliegengittertür hindurch. Dann essen wir zu Mittag, ruhen uns im Hotel ein bisschen aus und warten auf ihren Anruf. Was hältst du davon?"

„Ich finde, dass klingt gut und plausibel."

Er grinste. „Gut." Dann startete er den Motor und legte den Gang ein. „Wenn wir ins Hotel zurückfahren, hast du auch Gelegenheit, deiner Großmutter die Fotos zu schicken, sie vielleicht anzurufen und ein bisschen mit ihr zu reden."

Auch dieser Gedanke gefiel ihr. „Klingt perfekt."

„Gut, dann los."

Auf dem Rückweg nach Bentonville sprachen sie nicht viel. Sie war so erschöpft und müde, als hätte sie gerade einen Marathon hinter sich, und seine Miene sah nachdenklich aus. Was auch immer er gerade dachte – oder betete –, sie wollte ihn dabei nicht stören. Also war sie still.

Irgendwann bog er in die Drive-In-Spur eines Fast-Food-Restaurants und bestellte Chicken Nuggets und Pommes. Mit dem qualvoll duftenden Essen im Wagen fuhren sie zurück zum Hotel. Seine Suite war zwar größer, aber Meghans Zimmer war näher an der Lobby, sodass sie am Schreibtisch in ihrem Zimmer aßen. Als sie fertig waren, ging er in seine Suite und ließ sie allein, damit sie ihre Großmutter anrufen konnte. Ihre Mutter nahm das Gespräch an.

„Hey, wieso gehst du denn an Großmamas Handy?"

„Sie ruht sich gerade ein bisschen aus. Und jetzt kommt's – Miney ist mit ihr in ihrem Zimmer."

Meghan nahm den Hörer vom Ohr, starrte ihn zwei Sekunden an und hielt ihn dann wieder ans Ohr. „Das hast du dir gerade ausgedacht, oder?"

„Nein, wirklich nicht. Sonntag nach der Kirche hat sie Miney mit auf ihrem Sessel sitzen lassen, und danach hat sie auf ihr Bein getippt, um sie dazu zu bringen, ihr überallhin zu folgen. Heute Morgen nach dem Frühstück hat sie mir dann gesagt, sie hätte nichts dagegen, wenn ich Miney bei ihr ließe, wenn ich wieder nach Hause fahre."

„Und du hast ihr natürlich gesagt, dass sie das vergessen kann."

„Ja, klar! Ich trenne mich doch nicht von einem meiner Lieblinge. Auf gar keinen Fall." Mama kicherte. „Aber wenn sie sich von dem Eingriff erholt hat, können wir ja vielleicht mal mit ihr ins Tierheim gehen und schauen, ob es dort einen passenden Hund für sie gibt. Ich glaube, ein kleiner vierbeiniger Gefährte würde ihr Freude machen und auch gut tun."

Meghan wurde es ganz eng um die Brust. „Steht der Termin für den Eingriff denn schon fest?"

„Ja. Morgen früh um halb zehn. Ich muss sie bis spätestens halb acht in der Klinik abliefern."

Das würde sie an Sean weitergeben und er würde für Großmama beten. Meghan ließ den Kopf hängen und presste eine Hand auf die Augen. „Weißt du, so schlimm ich den Grund dafür auch finde, aber ich glaube, es ist ganz gut, dass unser gemeinsamer Urlaub verschoben worden ist. Und vielleicht ist es sogar besser, ihn ganz und gar zu streichen." Dann schilderte sie ihrer Mutter, wie heruntergekommen Großmutters frühere Heimatstadt war. „Ich schicke ein paar Fotos von den Grabsteinen ihrer Eltern, die Sean gemacht hat, aber ich bin mir nicht so sicher, ob sie die Stadt in diesem Zustand sehen will. Eigentlich gibt es den Ort gar nicht mehr richtig." Genauso wenig, wie ihre

Urgroßeltern noch da waren. So wie Großmama vielleicht bald nicht mehr da sein würde.

Sie setzte sich sehr aufrecht hin, und dann platzte es einfach so aus ihr heraus: „Mama, denkst du eigentlich manchmal an den Himmel?"

Ein nervöses Lachen war am anderen Ende der Leitung zu hören. „Was?"

„Der Himmel. Denkst du manchmal darüber nach, was passiert, wenn du tot bist?"

„Ich versuche, gar nicht ans Sterben zu denken. Das Thema ist mir zu deprimierend."

„Das habe ich auch immer gedacht. Aber Sean …" Sie seufzte. „Ach, ist auch egal. Das ist zu kompliziert, um jetzt ausführlicher darüber zu reden. Ich schicke Großmama jedenfalls die Fotos, die ich gemacht habe. Sorge doch bitte dafür, dass sie sie zu sehen bekommt, ja? Und ich rufe entweder heute Abend oder morgen früh noch einmal an, bevor ihr ins Krankenhaus fahrt, um ihr zu sagen, dass ich an sie denke und sie sehr lieb habe."

„Sie weiß doch, wie lieb du sie hast."

Zum ersten Mal klang Mama nicht sarkastisch oder eifersüchtig, wenn von der innigen Beziehung zwischen Meghan und ihrer Großmutter die Rede war. Was sie sagte, klang einfach nur freundlich und verständnisvoll.

„Und du weißt doch auch, wie sehr sie dich liebt."

Meghan nickte. Ja, das wusste sie. In dem Moment ging ihr Handy und sie schaute aufs Display.

„Mama, Sean ruft mich gerade auf dem Handy an – er muss von der Frau in Cumpton gehört haben, die wir unbedingt treffen müssen. Ich muss jetzt Schluss machen."

„Gut. Dann reden wir später."

Sie legte auf und nahm rasch den anderen Anruf an. „Hi. Hat Mrs Durdan angerufen?"

Sean lachte voll und tief. „Ja, das hat sie, und sie hat uns zum Abendessen zu sich eingeladen. Anscheinend haben die Bewohner von Cumpton alle Sehnsucht nach Gesellschaft."

„Dann hast du die Einladung also angenommen?"

„Na klar. Sich ein selbstgekochtes Essen entgehen lassen? Ganz bestimmt nicht mit mir." Wieder lachte er. „Wir treffen uns dann um halb fünf in der Hotelhalle. Sie erwartet uns pünktlich um Viertel nach fünf mit der Vorspeise. Das wird bestimmt ein denkwürdiger Abend für uns."

Kapitel 34

Kendrickson, Nevada

Hazel

Hazel kam gähnend ins Wohnzimmer getapst. Die Langhaardackelhündin Miney trottete mit hängender Zunge neben ihr her, und sie musste über die kleinen tapsigen Schritte des Hundes schmunzeln. So viele Jahre war ihre Tierliebe verschüttet gewesen, aber genauso, wie es wieder Freude in ihr Leben gebracht hatte, alte Erinnerungen aufzuwühlen, war es eine Erleichterung und ein großes Vergnügen, ihre Zuneigung zu Fellnasen wieder auszuleben.

Trotzdem machten ihr leise Schuldgefühle zu schaffen. Sie hatte nämlich vor langer Zeit einmal hoch und heilig versprochen, niemals das Wohl eines Tieres über das eines Menschen zu stellen. Aber bedeutete das denn automatisch, dass sie keine Freude an der Gesellschaft eines Hundes haben durfte? Mit dieser Frage musste sie sich noch ausführlicher beschäftigen, aber erst nach der Operation. Bis dahin waren die Hunde ja ohnehin da. Sie konnte sich also auch mit ihnen beschäftigen und Freude an ihnen haben.

Margaret Diane hatte sich mit einem aufgeschlagenen Buch auf den Knien in Hazels Sessel gekuschelt. „Ach, du bist ja wach."

Hazel sah auf die Großvateruhr. Schon fast drei. Dann hatte sie den größten Teil des Nachmittags verschlafen. „Das wurde ja wohl auch höchste Zeit. Ich dachte, du würdest mich um halb drei wecken, damit wir vor dem Abendessen noch die Hunde zu John Wedman bringen können." Der Mann hatte freundlicherweise angeboten, sich während Hazels Krankenhausaufenthaltes um die Hunde zu kümmern, und sie war wieder einmal sehr dankbar für ihre wunderbaren Freunde aus der Gemeinde.

Ihre Tochter schaute sie ein wenig schuldbewusst an. „Eigentlich wollte ich dich auch wecken, aber als ich in dein Zimmer geschaut und gesehen habe, wie Miney und du süß und selig schliefen, habe ich es einfach nicht übers Herz gebracht. Also habe ich hier draußen noch ein bisschen gedöst. Meghan hat übrigens angerufen."

„Ach ja? Und ich habe es verpasst?" Die Enttäuschung war ihr deutlich anzumerken. „Was hat sie denn gesagt?"

„Dass sie und Sean heute nach Cumpton gefahren sind und einige Fotos gemacht haben. Sie hat sie dir per SMS geschickt, falls du gern schon einmal einen Blick darauf werfen möchtest."

„Ja, natürlich möchte ich das!"

„Aber ich muss dich warnen, Mutter. Meghan hat gesagt, dass der Grabstein deiner Eltern zerbrochen ist. Wahrscheinlich durch die Wurzeln der umstehenden Bäume. Also erschrick bitte nicht."

Hazel hielt das Handy auf Armeslänge vor sich und öffnete die SMS. Dort warteten drei Fotos auf sie, die sie sich nacheinander anschaute. Kein Wunder, dass Baumwurzeln den Grabstein beschädigt hatten – denn der Baum bei dem Grab war in den Jahren, seit ihre Eltern dort begraben worden waren, unglaublich gewachsen. Sie seufzte. „Ach, es ist schon so lange her, dass ich am Grab meiner Eltern war, dass ich ganz vergessen habe, wie es aussieht. Wenn du mich nicht erinnert hättest, dass die beiden Steine einmal einer waren, weiß ich gar nicht, ob ich es bemerkt hätte."

Sie lächelte ihre Tochter über das Handy hinweg an. „Auf den meisten Grabsteinen auf dem Friedhof waren irgendwelche Motive eingemeißelt – Engel oder Lämmer oder eine Bibel –, und Mama wollte unbedingt auf ihrem Grabstein eine Taube haben, aber Papa hat immer gesagt, Tauben seien zum Essen da. Deshalb gibt es auf ihrem Stein über den Namen kein Motiv."

Margaret gab einen Laut von sich, der halb wie Lachen, halb wie ein Schnauben klang. „Er ist doch zuerst gestorben. Er hätte also gar nicht erfahren, wenn sie auf ihre Hälfte des Grabsteins doch eine Taube hätte meißeln lassen."

Hazel schüttelte den Kopf. „Oh nein, das hätte sie nie getan. Mama hat immer auf Papa gehört … sogar, wenn er richtig übellaunig war. So waren Ehefrauen früher eben." Sie selbst hatte ihren Albert auch so behandelt, wie sie es bei ihrer Mutter erlebt hatte. Allerdings hatte Albert diese Grundhaltung nie so hart auf die Probe gestellt wie Papa damals bei Mama.

Hazel schaute sich jetzt das Foto von Meghan vor den Grabsteinen an. Der gesenkte Kopf und die leicht gebückte Körperhaltung ihrer Enkelin wirkten pietätvoll, obwohl sie zum Teil wahrscheinlich auch den Krücken geschuldet war. Die Haltung passte jedenfalls zur Umgebung.

Hazel legte das Handy auf den Esstisch. „Nur drei Bilder? Sie waren doch sicher an mehr Stellen im Ort als nur auf dem Friedhof."

Margaret Diane lächelte und zuckte mit den Achseln. „Das musst du sie selbst fragen, wenn sie anruft. Sie hat gesagt, sie meldet sich heute Abend noch einmal oder morgen früh vor deiner Operation."

Hazel hoffte, dass es noch am Abend sein würde, denn nach dem langen Mittagschlaf würde sie am Abend wahrscheinlich lange brauchen, um einzuschlafen. Mit Meghan zu reden, würde sie von den Gedanken an die Operation ablenken. Doch zuvor musste noch etwas anderes erledigt werden. Sie stemmte die Hände in die Hüften und sagte: „So, jetzt lass uns erst mal die Hunde zu John bringen, bevor er meint, wir hätten es uns anders überlegt, und dann müssen wir noch schauen, was wir uns zum Abendessen kochen. Veganes Essen oder etwas, das wirklich schmeckt?“

Margaret Diane prustete los.

Cumpton, Arkansas

Meghan

In der Garage des Waisenhauses, die vorhin noch leer gewesen war, stand jetzt ein neueres Modell eines geräumigen Pkw. Sean parkte wie beim ersten Besuch wieder unter dem hohen Baum, aber dieses Mal stieg Meghan gleich mit aus. Er blieb neben ihr, als sie den unebenen Vorplatz überquerten, auf dem überall kleine Äste und Zweige verstreut lagen.

Kurz vor dem kleinen Betonpodest vor der Eingangstür blieb Sean stehen und rieb sich das Kinn. „Das könnte jetzt ein bisschen knifflig werden.“

Da musste Meghan ihm recht geben, denn die Stufe zu dem Podest vor dem Eingang war mindestens dreißig Zentimeter hoch. Sie hatte zwar mittlerweile genügend Übung mit den Krücken, um auch Stufen zu schaffen, aber die meisten waren nicht höher als zwanzig Zentimeter. Vielleicht brauchte sie bei dieser hier ein bisschen Anschub von Sean. Sie balancierte also auf ihren Krücken und wollte gerade ihren Fuß auf die Veranda schwingen, als die Tür aufging, ihnen ein wunderbarer Duft entgegenwehte und eine große gertenschlanke Frau in der Tür stand. Hätte Meghan nicht gewusst, wie alt die Frau war, hätte sie auf irgendetwas zwischen sechzig und fünfundsiebzig getippt. Ihr weißes Haar war zu einer Außenwelle frisiert, die wie Flügel von den Wangen abstand, und ihre blauen Augen sprühten vor Lebendigkeit.

Diese Augen wurden jetzt ganz groß, und ihr Mund formte ein O, als sie Meghan sah. „Du liebe Güte, seien Sie bloß vorsichtig, Schätzchen. Ich habe Nolan – das war mein Mann, Gott hab ihn selig – gesagt, er soll das Podest nicht so hoch machen, als er es gegossen hat, aber er hat gesagt, wenn es hoch genug ist, hält es kleine Tiere davon ab, am Haus herumzuschnüffeln."

Ihr Tonfall hatte einen leichten Südstaateneinschlag und klang melodiös. „Der gute Nolan war ein Stadtkind, bevor er hier zu mir aufs Land gezogen ist, und er hatte keine Ahnung, wie hartnäckig die Viecher sein können. Wir hatten immer noch Mäuse und Waschbären und ab und zu ein Stinktier vor der Tür oder sogar im Haus. Die einzigen Geschöpfe, die durch die hohe Stufe abgehalten werden, sind Menschen."

Als die Frau endlich mit ihren Erklärungen fertig war, hatte Meghan es geschafft, das Podest vor dem Eingang zu erklimmen, und Sean folgte ihr mit einem kleinen Sprung.

Die Frau presste sich eine Hand auf die Brust und keuchte kurz erschrocken auf. „So, jetzt kommen Sie beide aber erst einmal herein. Ich bin Elaine Durdan, früher Elaine Burton, aber ich nehme an, das wissen Sie ja bereits." Mrs Durdan hielt ihnen mit einer Hand die Tür auf und bedeutete ihnen mit der anderen einzutreten. Sie führte sie zu einem runden Tisch vor einer Reihe tiefer Fenster mit Blick auf ein Wäldchen aus Fichten und Ahornbäumen. Ein Servierbrett mit einer Glashaube stand schon in der Mitte des Tisches, außerdem zwei Zangen, Dessertteller und Servietten.

„Detective DeFord, Detective Eagle, nehmen Sie doch bitte dort Platz und knabbern Sie schon etwas Käse und ein paar Cracker, solange ich noch mit dem Essen beschäftigt bin. Nichts Besonderes – gebratenes Hühnchen mit Kräuterfüllung und ein paar meiner selbst eingekochten grünen Bohnen. Das ist vielleicht nicht besonders elegant, aber dafür gibt es reichlich. Ich kann immer noch nicht richtig für wenige Personen kochen. Seit Nolan vor elf Jahren gestorben ist, betreue und versorge ich keine Pflegekinder mehr, aber davor saßen immer mindestens ein halbes Dutzend Kinder und Jugendliche am Tisch. Inzwischen bin ich hier allein und bei Tisch fühlt sich das oft besonders einsam an. Für mich ist es deshalb ein echtes Vergnügen, Gäste zu haben."

Sean rückte Meghan den Stuhl zurecht, nahm ihr dann ihre Krücken ab und stellte sie in die Ecke. „Das Vergnügen ist ganz auf unserer Seite, Mrs Durdan. Wenn wir im Dienst sind, essen wir sonst fast nur in Fast-Food-Restaurants, und wenn Ihr Essen nur halb so gut schmeckt wie es duftet, werden wir nachher sehr glücklich nach Hause gehen."

Sie lachte und zog Ofenhandschuhe an. „Ich hoffe, dass sie aus mehr Gründen als nur einem vollen Bauch glücklich wieder nach Hause gehen. Ich möchte Ihnen natürlich so gut wie möglich bei Ihren Ermittlungen behilflich sein. So etwas Aufregendes habe ich schon lange nicht mehr erlebt." Sie holte ein perfekt gebräuntes Hühnchen aus dem Ofen und stellte es auf die Arbeitsfläche. „Ich habe allerdings keine Ahnung, wie Sie auf die Idee kommen, dass ich Ihnen eine Hilfe sein könnte."

Meghan legte die Hände auf den Tisch. „Wir haben Ihren Namen von Mr und Mrs Yarberry. Sie haben gesagt, dass Ihre Mutter früher viel im gesamten County herumgekommen ist und vielleicht etwas Verdächtiges bemerkt haben könnte. Wir ermitteln im Fall einer möglichen Entführung mehrerer Kinder in der Zeit zwischen 1937 und 1946. Eines der Kinder, ein kleines Mädchen, hieß Maggie Blackwell. Sie kam hier aus Cumpton und ist im Jahr 1943 spurlos verschwunden."

Mrs Durdan schürzte die Lippen und schüttelte den Kopf. Sie nahm das gebratene Hühnchen aus dem Bräter und platzierte es auf einer großen ovalen Servierplatte. „Ach, Sie meinen diese Fälle, wo Zigeuner Kinder mitgenommen haben? Mutter hat oft davon gesprochen. Ich glaube, damals haben alle Eltern in der Stadt die Geschichte von Maggie Blackwell benutzt, um ihren Kindern klarzumachen, dass sie die Beine in die Hand nehmen sollten, wenn sie einen Zigeunerwagen sahen. Dann versuchen Sie jetzt also, diese Zigeuner zu finden? Die sind doch bestimmt alle längst tot."

„Mrs Durdan, wir glauben nicht ...", setzte Meghan an.

„Lass uns doch mit den Ermittlungen bis nach dem Essen warten, ja?", unterbrach Sean sie und warf Meghan einen warnenden Blick zu, bevor er sich gleich wieder mit einem Lächeln an ihre Gastgeberin wandte. „Man soll das Dienstliche nie mit dem Angenehmen vermischen."

Die Frau lachte. „Sie sind ein weiser Mann, Detective Eagle, genau wie mein Nolan."

Während des Essens hielt Mrs Durdan die ganze Zeit ein sehr einseitiges Gespräch in Gang, aber auf diese Weise erfuhren sie mehr, als wenn sie der Frau persönliche Fragen über ihr Leben gestellt hätten. Unter anderem berichtete Mrs Durdan, dass sie und ihr Mann keine eigenen Kinder hatten bekommen können.

„Wir haben nie herausgefunden, an wem es lag, weil wir deshalb nie einen Arzt aufgesucht haben wie die Leute heutzutage. Ich nehme an, ich hatte Angst, dass ich Nolan Vorwürfe machen würde, wenn es an ihm lag, und er umgekehrt auch, falls es an mir lag. Also haben wir Pflegekinder aufgenommen und die Sache auf sich beruhen lassen. Ich war es ja gewohnt, immer viele Kinder um mich zu haben, weil meine Mutter ja ein Waisenhaus leitete und ich ihr dabei so viel wie möglich zur Hand ging.

Und wenn man all die Pflegekinder zählt, die wir hatten ... also ich habe bestimmt mehr Kinder großgezogen, als das je möglich gewesen wäre, wenn ich eigene gehabt hätte."

Sean nahm etwas von der Füllung auf die Gabel, spießte ein Stück Fleisch dazu auf und fragte: „Was hält Sie denn noch hier, nachdem die Kinder und Ihr Mann nicht mehr da sind, Mrs Durdan?"

Sie legte die Stirn in Falten, als ob sie die Frage völlig abwegig fand. „Wohin sollte ich denn sonst gehen? Ich bin hier geboren. Meine Mutter, mein Vater und mein Mann sind hier auf dem Friedhof von Cumpton begraben. Die Pflegekinder, die nicht adoptiert wurden, und sogar einige, die hier bei meiner Mutter im Waisenhaus aufgewachsen sind, kommen mich besuchen. Und außerdem sind das Land hier und die Gebäude mein Eigentum. Mutter hat dem Staat alles abgekauft, als das Waisenhaus 1959 geschlossen wurde, und alles mir überschrieben. Sie hat so einen hochtrabenden Anwalt aus Bentonville bezahlt, damit alles juristisch einwandfrei abgewickelt wurde und mir niemand alles wieder wegnehmen konnte."

Sean zog eine Augenbraue hoch. „Dann muss sie ja ziemlich geschäftstüchtig gewesen sein."

„Das weiß ich nicht, aber sie wollte auf keinen Fall, dass ich einmal gezwungen sein könnte, irgendwelche ungeliebten Tätigkeiten zu übernehmen, um meinen Lebensunterhalt zu verdienen. Für mich ist es also am besten, wenn ich hierbleibe. Das hier ist … mein Zuhause."

Meghan verspürte ein seltsames Kribbeln, konnte aber nicht richtig deuten, woher es kam. Sie zerteilte eine grüne Bohne in der Mitte und führte die Gabel zum Mund.

„Sie glauben also nicht, dass Sie jemals von hier wegziehen?"

Mrs Durdan lächelte. Es war ein entzückendes, zufriedenes und friedvolles Lächeln. „Der nächste Ort, an den ich umziehe, ist der Friedhof von Cumpton, direkt neben Nolan, Schätzchen. Und gemäß der Papiere, die Mutter bei dem Anwalt hat aufsetzen lassen, müssen die Behörden danach das alles hier niederbrennen."

Sean und Meghan sahen sich verwundert an. „Aber wieso denn das?", fragte Sean.

Mrs Durdan war offenbar über diese Verfügung ihrer Mutter genauso erstaunt wie Sean und Meghan. „Ehrlich gesagt, weiß ich das gar nicht so genau. Aber weil ich Mutter kannte, weiß ich, dass sie ihre Gründe gehabt haben wird, auch wenn ich sie nicht mehr danach fragen kann. Sie war zwar eine ziemlich extrovertierte Person – immer unterwegs, immer im Gespräch mit Menschen, mal hier, mal da –, aber sie war in gewisser Hinsicht auch ein eher reservierter Mensch. Sie hatte es nicht gern, wenn Leute ihre Nase in ihre Angelegenheiten steckten."

Sie lehnte sich auf ihrem Stuhl zurück und wies mit der Gabel auf Meghan. „Also, ich erinnere mich an einen Septembernachmittag, das war 1948 kurz nach den Sommerferien – mein letztes Jahr hier in der Schule in Cumpton –, da kam ein Mann an die Tür und fragte, ob sie ihm ihren 1946er-Plymouth verkaufen würde. Er sagte, der Autohändler in Rogers habe ihm gesagt, sie wolle ihn gegen einen fabrikneuen viertürigen Dodge umsetzen. Der Mann bot ihr 200 Dollar über Listenpreis, wenn sie ihm den Wagen sofort überließe. Meine Mutter bekam daraufhin einen regelrechten Wutanfall. Sie sagte dem Mann, er solle dem raffgierigen Händler in Rogers von ihr ausrichten, dass er nicht damit zu rechnen brauche, jemals wieder ein Geschäft mit ihr zu machen. Von da an kaufte sie ihre Autos immer in Centerton."

Kopfschüttelnd spießte sie die letzten beiden Bohnen von ihrem Teller auf. „Sie ist mit dem Auto durchs ganze County gefahren und hat sich auch gern an allem möglichen Klatsch und Tratsch beteiligt, aber sie mochte es überhaupt nicht, wenn Leute über sie redeten. Da war sie sehr eigen. Als sie also festgelegt hat, dass alles hier nach meinem Tod niedergebrannt werden soll, wollte sie damit wahrscheinlich verhindern, dass Fremde hier draußen herumschnüffeln."

Sean wischte sich den Mund ab und legte seine Serviette auf den leeren Teller. „Wenn sie jedes Jahr ein neues Auto kaufen konnte, dann muss der Staat Ihre Mutter ja ziemlich gut bezahlt haben als Direktorin des Waisenhauses. Oder hat der Staat ihr die Autos finanziert, damit sie die Kinder transportieren konnte?"

Mrs Durdan schnappte leise nach Luft. „Also, ich war in die finanziellen Absprachen zwischen Mutter und den Behörden nie eingeweiht, Detective Eagle. Sie hat mich als Kind betrachtet, und zwar auch noch, als sie in mancherlei Hinsicht schon ziemlich stark auf mich angewiesen war. Ich weiß nur, dass sie in Bezug auf die Buchführung ausgesprochen pingelig war. Sie hatte drei Bücher – eines, in dem sie dokumentierte, was mit dem Geld passierte, das sie vom Staat bekam, und eines mit Informationen über die Familien, die ein Kind aus dem Waisenhaus adoptierten. Alle drei Monate kam jemand vom Staat und hat die Bücher geprüft, und es hat dabei nie Beanstandungen gegeben. Darauf war Mama auch ziemlich stolz."

Meghan runzelte die Stirn. „Und was stand in dem dritten Buch?"

„In dem dritten?"

Mrs Durdan blinzelte ein paarmal, und ihr war anzumerken, dass sie irritiert war. „Also, das weiß ich gar nicht so genau. Sie hat es nie vorgelegt, wenn die Bücher geprüft wurden, aber sie hat ziemlich oft etwas hineingeschrieben. Es unterschied sich von den anderen Büchern dadurch, dass es hinten im Einband eine Tasche hatte, in der sie Briefe aufbewahrte."

Sie zuckte mit den Achseln und legte die Serviette beiseite. „Vielleicht war es ihre private Buchführung. Als das Waisenhaus geschlossen wurde, war ein Herr vom Bundesstaat da und hat das Abrechnungsbuch und auch die Unterlagen über die Adoptionen mitgenommen. Das dritte Buch, das Mutter geführt hat, liegt immer noch sicher aufbewahrt in einer verschlossenen Vitrine im Keller des ehemaligen Waisenhauses. Ich nehme an, dass dieses Buch eines Tages genauso in Flammen aufgehen wird wie das gesamte Gebäude."

Kapitel 35

Cumpton, Arkansas

Meghan

Meghan schnallte sich an und lächelte Sean erwartungsvoll an. „Denkst du das Gleiche wie ich?"

„Wenn du meinst, dass Mrs Nora Burton etwas zu verbergen hat, dann denken wir das Gleiche." Er startete den Motor, wendete den Wagen und fuhr vom Parkplatz vor dem Haus auf die Straße.

„Glaubst du, dass es da einen Zusammenhang mit Maggies Verschwinden gibt?"

„Also, wenn Mrs Burton sich mit irgendwelchen Kindern aus dem Staub machen wollte, ohne dass jemand sie verdächtigte, dann hatte sie dafür jedenfalls geradezu perfekte Bedingungen. Es war bekannt, dass sie Kinder in ihrem Wagen beförderte, und weil sie ein Auto hatte, konnte sie ziemlich schnell von Ort zu Ort gelangen. Selbst wenn jemand gesehen hätte, wie ein Kind in einem blauen Ford fortgeschafft wurde, fuhr sie mittlerweile vielleicht schon einen grünen Plymouth, weil sie so häufig die Wagen wechselte. Eine perfekte Tarnung."

Meghan breitete ratlos die Arme aus. „Aber wieso hätte sie denn Kinder mitnehmen sollen? Sie hatte doch ein ganzes Waisenhaus voller Kinder, um die sie sich kümmern konnte. Wieso wollte sie noch mehr?"

„Ich will mich an diesem Punkt noch nicht zu Vermutungen hinreißen lassen, aber es gibt da ein paar Dinge, denen ich gern nachgehen möchte. Irgendetwas passt da noch nicht ins Bild." Sean deutete mit dem Kopf auf seinen ledernen Aktenkoffer, der neben Meghans Füße geklemmt war. „Hol doch mal bitte mein Tablet heraus und lass uns ein paar Notizen machen, bevor wir alles vergessen, was Mrs Durdan uns erzählt hat."

Meghan holte das Tablet hervor, legte es sich auf den Schoß und öffnete die Memo-App. Sie hätten sich schon während des Gespräches Notizen machen sollen. Was, wenn sie sich nicht an alles Wichtige erinnerten? Sie waren über zwei Stunden bei Mrs Durdan gewesen, und die hatte nonstop erzählt. Sie merkte, wie ihre Hände vor Dringlichkeit zitterten.

„Okay, unterbrich mich bitte, wenn ich etwas vergessen habe." Sie begann, auf der Tastatur des Tablets zu tippen, und sprach laut mit, was sie schrieb. „Mrs Burton ist im gesamten Menton County unterwegs gewesen und hat gelegentlich auch die Grenze nach Oklahoma überquert, wenn sie Kinder abgeliefert oder irgendwo abgeholt hat. Sie hatte genug Geld, um sich fast jedes Jahr ein neues Auto zu kaufen – sogar während der großen Wirtschaftskrise! –, und sie hat das gesamte Gelände und das Waisenhaus gekauft, als die Einrichtung vom Staat geschlossen wurde."

Sie hielt kurz inne und runzelte die Stirn. „Was meinst du, wie viel sie für das Anwesen bezahlt hat? Es war doch sicher nicht billig bei der Größe. Aber vielleicht hat der Staat es ihr ja auch für sehr wenig Geld überlassen, weil die Gebäude nicht mehr benötigt wurden."

„Das müsste eigentlich eine öffentlich zugängliche Information sein, weil es sich um ein Gebäude handelte, das Eigentum des Bundesstaates war. Das recherchiere ich heute Abend auf meinem Computer." Er zeigte mit einem Finger auf das Gedächtnisprotokoll, das sie begonnen hatte. „Schreib auch auf, was Mrs Durham uns über die

Buchführung ihrer Mutter erzählt hat. Ich möchte wissen, wie hoch ihr monatliches Gehalt für die Leitung des Waisenhauses war. Unterkunft und Verpflegung waren bestimmt Teil ihrer Vergütung, und deshalb interessiert mich in erster Linie, wie viel Geld sie tatsächlich ausgezahlt bekommen hat, damit ich das ins Verhältnis setzen kann zu ihren Ausgaben."

Meghan schrieb auf, was Sean gesagt hatte, und setzte sich etwas aufrechter hin. Ihre Gedanken überschlugen sich jetzt förmlich. „Ist es nicht interessant, was Mrs Durdan über Zigeuner gesagt hat? Mindestens dreimal hat sie Zigeuner erwähnt und dass sie Kinder mitgenommen hätten. Offenbar hat ihre Mutter ihr das richtig eingetrichtert und die arme Frau glaubt es bis heute. Wieso hast du ihr nicht gesagt, dass es keinerlei Beweise dafür gibt?"

Sean zuckte mit den Achseln. „Was hätte das gebracht? Es möchte doch niemand erfahren, dass er von einem Menschen belogen worden ist, den er geliebt hat."

„Stimmt." Meghan legte eine Hand ans Kinn und schaute hinaus auf die Landschaft. Sie hatten inzwischen eine befestigte Straße erreicht, sodass die Fahrt jetzt viel ruhiger verlief, aber an beiden Seiten befand sich dichter Wald, der die Straße beschattete und die Sicht in den Abendhimmel weitgehend versperrte. In den grauen Wäldern hier konnte alles Mögliche lauern, und ihr lief ein Schauer über den Rücken.

„Ist dir kalt?", fragte Sean und griff gleich nach dem Schalter für die Klimaanlage.

„Nein, ich bin …" Was war es? Sie fuhr sich mit der Zunge über die Lippen und versuchte, ihre Gedanken in Worte zu fassen. „… irgendwie unruhig, und ich weiß gar nicht, warum."

„Geht mir auch so." Seine düstere Aussage überraschte sie. Normalerweise ließ er die Fälle gar nicht so nah an sich heran, jedenfalls nicht so, dass man es merkte. Er umklammerte das Lenkrad mit beiden

Händen und sah sie an, ohne zu lächeln. „Lass uns morgen im Hotel bleiben und am Computer recherchieren. Vielleicht müssen wir auch Sanderson anrufen und ihn ein paar Dinge für uns recherchieren lassen, die nicht öffentlich zugänglich sind. Auf jeden Fall werde ich ihn bis morgen einen DNA-Test bei deiner Großmutter durchführen lassen.

Meghan zuckte zusammen. „Ihre DNA?"

„Wir könnten auch deine nehmen, weil du eine Blutsverwandte bist, aber ihre wäre besser." Sein Ton war nachdenklich, fast als hätte er vergessen, dass sie neben ihm saß.

„Warum brauchst du denn Großmamas DNA, Sean?"

Er starrte auf die dunkle Straße vor ihnen, aber sein Blick wanderte immer wieder von der einen zur anderen Straßenseite, und die Muskeln um sein Kinn herum zuckten.

„Sean?"

Er sah sie mit zusammengezogenen Brauen an. „Ich möchte sie als Abgleich da haben, nur für alle Fälle."

Seine Antwort verstärkte ihre innere Unruhe noch.

„Und ich glaube, dass wir uns bei unseren Ermittlungen jetzt ganz auf Nora Burton konzentrieren sollten, Meghan."

Las Vegas, Nevada

Diane

Diane hatte die Tasche mit Mutters Kleidung zum Wechseln, den Toilettensachen und ihrer Bibel auf dem Schoß und umarmte die Sachen anstelle ihrer Mutter. Ihr Magen zog sich vor Hunger zusammen. Mutter hatte an diesem Morgen weder etwas essen noch trinken dürfen, und Diane hatte aus Solidarität ebenfalls auf beides verzichtet, aber auch, weil sie sich solche Sorgen machte. Mutter dagegen schien ungerührt. Sie blätterte eine Zeitschrift durch, wies auf Schlagzeilen oder Fotos hin, die ihr ins Auge fielen, und wirkte so munter, dass Diane richtig die Zähne zusammenbeißen musste.

Eine Frau mittleren Alters in hellblauer Arbeitskleidung betrat vom Gang aus lächelnd den Warteraum und kam direkt auf sie zu. „Guten Morgen Mrs DeFord. Oder möchten Sie lieber, dass ich Sie Hazel nenne?"

„Nein, Mrs DeFord ist gut."

„Also gut. Ich bin Liz, und ich bin heute für Ihre Betreuung und Versorgung zuständig. Sind Sie bereit?"

„Ich nehme an, dass es jetzt für Einwände zu spät ist, oder?"

Liz lachte. „Ja, da haben Sie wohl recht. Und wer begleitet Sie?"

„Das ist meine Tochter Margaret Diane, aber sie wird lieber nur Diane genannt."

Wenn sich Diane recht erinnerte, hatte ihre Mutter noch nie zuvor anerkannt, dass ihr die abgekürzte Version ihres Namens lieber war, und sie musste gegen den Kloß in ihrem Hals anschlucken. Mutter legte die Zeitschrift weg und Diane stand gleichzeitig mit ihr auf.

Liz verzog bedauernd das Gesicht. „Es tut mir wirklich leid, Diane, aber Sie können leider nicht mitkommen. Ich nehme Ihre Mutter jetzt mit in den Vorbereitungsraum für die OP. Dort werden noch ein paar Untersuchungen durchgeführt, und wir legen ihr einen Venenzugang. Wenn wir damit fertig sind, hole ich Sie, und Sie können noch ein bisschen bei Ihrer Mutter bleiben, bevor es dann in den OP geht."

Diane wollte ihrer Mutter die Tasche geben, aber die Schwester sagte: „Wenn es Ihnen nichts ausmacht, behalten Sie die doch vorerst noch, ja?" Dann lächelte sie Hazel an. „Können wir gehen, Mrs DeFord?"

Lächelnd und plaudernd, als wären sie auf dem Weg zu einem

geselligen Beisammensein, verließ Mutter mit Liz den Raum. Diane setzte sich wieder und drückte die Tasche gegen ihren rebellierenden Magen. Ein Automat mit süßen und salzigen Snacks befand sich in einer Ecke des Raumes und daneben eine riesige Kaffeemaschine. Halbvolle Kaffeekannen standen auf den beiden Warmhalteplatten, auf der dritten eine Kanne mit Wasser. Auf einer Art Tresen befanden sich Becher, Holzstäbchen zum Umrühren und mehrere Plastikgefäße mit Zuckertütchen, Kaffeeweißer und Teebeuteln. Vielleicht beruhigte es ihren Magen ja, wenn sie etwas aß und trank.

Eine halbe Stunde später spielte ihr Magen immer noch verrückt. Der Müsliriegel und der Tee hatten sie kein bisschen beruhigt, und sie fürchtete jetzt sogar, sich übergeben zu müssen. Sie nahm also Mutters Tasche und ging zur Information, um zu fragen, wo die Toiletten waren, doch bevor sie dazu Gelegenheit hatte, kam Liz schon wieder.

„Ihre Mutter ist jetzt fertig, Diane. Möchten Sie sich noch zu ihr setzen, bis sie in den OP gebracht wird?"

Diane musste gegen eine heftige Welle von Übelkeit ankämpfen und verzog das Gesicht.

„Die meisten Patienten finden es beruhigend, wenn während der Wartezeit jemand Vertrautes bei ihnen ist."

Die Frau hatte Dianes Zögern falsch gedeutet, aber Diane wollte sich jetzt auch nicht erklären. Vielleicht beruhigte sich ihr Magen ja wieder, wenn sie Mutter sah und ein bisschen mit ihr plauderte. „Doch, ich möchte gern noch einmal zu ihr, vielen Dank."

Liz führte sie den Gang entlang und dann um eine Ecke in einen großen Bereich, in dessen Mitte sich ein langer Tresen befand. Zu beiden Seiten des Tresens waren Glasschiebetüren mit Vorhängen dahinter. Die Schwester brachte Diane zu der mittleren Schiebetür auf der rechten Seite, nahm ihr die Tasche ab und bat Diane, sich mit dem Desinfektionsmittel, das in einer Flasche an der Wand hing, die Hände zu desinfizieren. Dann deutete sie auf den Spalt im Vorhang.

„Wir haben ihr ein leichtes Beruhigungsmittel gegeben, damit sie möglichst entspannt ist. Ihr Blutdruck war erhöht – aber das ist typisch unmittelbar vor einem solchen Eingriff. Es kann also sein, dass sie ein bisschen benommen wirkt."

„Gut."

Die Schwester gab Diane jetzt die Tasche zurück. „Ich bin hier draußen, weil ich noch einige Papiere fertig machen muss, nur für den Fall, dass Sie mich brauchen." Sie tätschelte Diane den Arm und trat dann hinter den Tresen.

Diane schob sich durch den schmalen Spalt in der Schiebetür und ging im Takt der Pieptöne von einem der medizinischen Apparate zum Bett hinüber. Sie stellte Mutters Tasche auf einem Plastikstuhl an der Wand ab, drehte sich dann um und hielt sich mit beiden Händen am Fußende fest. Sie schluckte. Wie zerbrechlich und hilflos Mutter in dem Krankenhausnachthemd aussah! Ihr schneeweißes Haar war unter einer blauen OP-Haube versteckt, und aus ihrer Hand kamen irgendwelche Schläuche und Kabel – ein Schlauch führte zu einem dicken Plastikbeutel mit einer klaren Flüssigkeit an einem Infusionshalter, das Kabel zu einem schwarzen Kasten, auf dessen Display ununterbrochen Zahlen aufleuchteten. Wenn sie schon vor dem Eingriff so schwach und erschöpft wirkte, wie würde sie wohl dann erst hinterher aussehen?

Mutter schlug jetzt die Augen auf, und ihr Blick fand den von Diane so schnell, dass sie sich fragte, ob Mutter durch die geschlossenen Lider sehen konnte. „Hallo, Liebes", sagte sie.

Diane nahm Mutters Hand – die ohne Venenzugang und Pulsmesser am Finger – und lächelte.

„Ich wollte dich nicht stören, sondern nur nochmal kurz nach dir schauen, bevor du in den OP gebracht wirst, damit ich dich ohne die Frankensteinnarbe in Erinnerung behalte."

Mutter lachte leise. „Der Arzt hat mir versichert, dass die Narbe bis

Weihnachten nicht mehr zu sehen sein wird", sagte Mutter. „Das ist wahrscheinlich das einzig Gute daran, alt wie Methusalem zu sein – dass ich Falten am Hals habe, um meine Narbe zu kaschieren."

Diane lächelte darüber tatsächlich, wie sie erwartet hatte. „Falten oder nicht, du bist immer noch eine schöne Frau, Mutter." Sie erschrak ein bisschen, denn sie hätte selbst nicht gedacht, dass sie einmal so etwas sagen würde. Sie räusperte sich deshalb und fuhr fort: „Du brauchst jetzt sicher Ruhe. Ich gehe zur …"

Aber da hielt Mutter ihre Hand ganz fest. „Ich habe hinterher noch genug Zeit zum Schlafen. Bitte bleib bei mir."

Diane nahm ein Aufflackern von Angst in Mutters Blick wahr und nickte. „Also gut."

Mutter seufzte. „Es ist gut, jemanden um sich zu haben, der keine OP-Kleidung trägt, aber du riechst auch nach Desinfektionsmittel." Sie rümpfte die Nase. „Da ist mir ja sogar der Geruch von deinem schrecklichen Tee noch lieber als das Aroma des Desinfektionsmittels, das hier von allen benutzt wird."

Diane musste sich ein Lachen verkneifen. „Mein Tee ist nicht schrecklich."

„Du bist nur geruchsblind dagegen. Glaub mir, Margaret Diane, er ist schrecklich."

Jetzt rutschte Diane doch noch ein Lachen heraus. „Du bist unmöglich."

Mutter blinzelte einmal wie in Zeitlupe, dann gähnte sie, und die Augen fielen ihr zu.

Diane senkte den Kopf und nagte an ihrer Unterlippe. Wieder fing ihr Magen an zu rumoren. Sie sollte gehen, aber zuerst musste sie noch etwas loswerden. Sie warf einen Blick über die Schulter durch den Spalt im Vorhang und stellte fest, dass das Krankenhauspersonal offenbar beschäftigt war, sodass gerade niemand zu kommen schien. Mit aufgeregt klopfendem Herzen beugte sie sich jetzt zu

Mutter hinunter und senkte ihre Stimme, sodass sie kaum zu hören war: „Stirb nicht."

Mutters Augen öffneten sich wieder. In ihrem Blick lag so viel Verständnis, dass Diane die Tränen kamen.

Mutter hob eine Hand und legte sie Diane an die Wange. „Das Risiko, dass das heute passiert, ist ziemlich gering, Margaret Diane."

Diane nahm Mutters Hand und hielt sie fest. Sie redete gar nicht nur von heute. Sie wollte nicht, dass ihre Mutter starb. Sie wollte nicht vater- und mutterlos sein. Ihre tiefe Furcht davor überraschte sie selbst und machte sie schwach und zittrig. Sie leckte sich die Lippen und schmeckte salzige Tränen. Noch etwas, das sie wirklich überraschte.

„Es wird schon alles gutgehen. Dr. Nobbs hat gesagt, Dr. Bashad ist der Beste in ganz Nevada. Mach dir also keine Sorgen."

Mutter war diejenige von ihnen, der gerade eine Operation bevorstand, und sie beruhigte Diane. Wie konnte sie nur so ruhig sein? „Hast du denn gar keine Angst?"

„Natürlich habe ich Angst. Deshalb haben sie ja dieses Beruhigungszeugs in meine Infusion getan. Mein Blutdruck war viel zu hoch."

Diane legte Mutters Hand wieder auf die Bettdecke, hielt sie aber weiter fest. „Vielleicht bräuchte ich auch was von diesem Beruhigungszeugs."

„Nein, Liebes. Was du brauchst, ist Glaube."

Dianes Wirbelsäule sackte in sich zusammen. „Du willst mit mir über den Glauben sprechen … jetzt? Hier?"

„Es gibt weder einen Ort noch einen Zeitpunkt, an dem das Thema Glauben unangebracht wäre. Hör mir zu, Margaret Diane …"

Wie sollte sie unter diesen Umständen Nein dazu sagen? „Also gut."

„Es gibt keinen Grund, warum du Angst davor haben müsstest, dass ich sterbe. Ich weiß, wohin ich gehe, und ich werde dort meine Eltern und meine Großeltern, deinen Vater und so viele andere Menschen, die schon vor mir gegangen sind, wiedersehen. Und das Beste ist: Ich werde meinen Jesus sehen. Natürlich wäre es mir lieber, wenn es heute noch nicht so weit wäre, denn es gibt ein paar Dinge, die ich hier unten gern noch erledigen würde."

Diane nickte. Zum Beispiel, Maggie wiederzufinden.

„Aber so oder so liegt es in Gottes Hand. Ich vertraue ihm."

Eine Sehnsucht stieg in Diane auf, die sie gleichzeitig frustrierte und nervös machte. „Wie kannst du so sicher sein?"

„Wieso nicht?" Mutter sah sie zärtlich an. „Gott war stark und weise genug, diese Welt zu erschaffen. Er hat das gesamte Universum geordnet. Sonne, Mond, die Planeten, die Meere – alles wirkt wunderbar zusammen, nur auf sein Wort hin. Wenn er das alles kann, dann ist es doch nur logisch, dass er auch mit etwas so Unbedeutendem wie diesem Moment fertigwird."

Ganz kurz sah sie traurig aus. „Und es tut mir sehr leid, dass ich so lange gebraucht habe, um zu begreifen, wie wahr das ist, was ich gerade gesagt habe. Wenn ich es schon früher begriffen hätte, dann wäre ich dir sicher eine sehr viel bessere Mutter gewesen. Bitte verzeih mir, Margaret Diane."

In Dianes Kehle brannte es wie Säure und sie schluckte. „Mutter, ich …"

Jemand schob den Vorhang zur Seite. „So, Mrs DeFord, der Chirurg wäre jetzt so weit." Liz kam jetzt mit unerträglich heiterer Miene und Stimme zum Bett, gefolgt von zwei Pflegehelfern in OP-Kleidung. Sie verteilten sich um Mutters Bett, einer nahm ihr die Infusion ab und löste die Kabel der Überwachungsgeräte, während der andere stirnrunzelnd auf die blinkenden Zahlen auf dem Monitor schaute.

Liz legte Diane eine Hand auf den Arm und nahm sie beiseite, damit sie nicht im Weg stand. „In der zweiten Etage direkt neben den Aufzügen gibt es einen netten Warteraum. Dort wird der Arzt Sie aufsuchen, wenn Ihre Mutter aus dem OP kommt, und Sie informieren, wie die Operation verlaufen ist."

„Und dann kann ich sie auch sehen?“ Das platzte einfach so aus ihr heraus.

„Nicht sofort. Sie bleibt noch ungefähr eine Stunde im Aufwachraum, bevor sie dann auf die Station gebracht wird. Wenn sie dort angekommen ist und alles eingerichtet ist, kommt jemand Sie holen. Also gehen Sie jetzt bitte in den Warteraum und machen Sie es sich dort bequem, ja?“

Die beiden Pflegehelfer schoben Mutters Bett jetzt an ihr vorbei, und Liz eilte hinterher, lächelte ihr aber noch einmal über die Schulter zu.

„Machen Sie sich keine Sorgen, Diane. Wir werden uns gut um Ihre Mutter kümmern.“

Auch Diane verließ jetzt den Raum, trat durch den Spalt im Vorhang und flüsterte vor sich hin: „Das will ich auch stark hoffen.“

Kapitel 36

Bentonville, Arkansas

Sean

Obwohl seine Kollegin mit im Raum war, arbeitete Sean allein, aber es machte ihm nichts aus. Meghan saß in einer Sofaecke, umgeben von aufgeschlagenen Akten mit unterschiedlichsten Informationen, und beschäftigte sich anscheinend intensiv mit den Unterlagen, aber dabei hatte sie die ganze Zeit ihr Handy im Blick. Weil ihre Großmutter gerade operiert wurde, war sie mit ihren Gedanken ganz woanders. Während er im Internet recherchierte und mit Behörden telefonierte, unterbrach er immer wieder kurz, um für Mrs DeFord, den Chirurgen, Meghan und ihre Mutter zu beten.

Gerade überflog er die Notizen, die er im Laufe des Vormittags gemacht hatte. Dank der Zensusunterlagen im Internet hatte er herausgefunden, dass Nora Burton im Jahr 1940 ein Jahresgehalt von vierhundert Dollar bezogen hatte. Das war für die damalige Zeit keine schlechte Bezahlung, aber außergewöhnlich hoch war sie auch nicht. Nennenswerte Ausgaben hatte sie nicht gehabt, und laut Auskunft der hilfsbereiten Mitarbeiterin im Gericht von Bentonville hatte der Staat alle Kosten des Hauses getragen, einschließlich Strom, Verpflegung und medizinischer Versorgung für alle Bewohner. Doch für Nora

Burtons extravaganten Lebensstil hätten vierhundert Dollar jährlich niemals gereicht.

Selbst bei einer jährlichen Gehaltserhöhung hätte sie sich nicht jedes Jahr ein neues Auto leisten, geschweige denn noch genug sparen können, um ihrer Tochter das College zu finanzieren und das Anwesen zu kaufen – laut Auskunft der Angestellten hatte sie für das zwölftausend Quadratmeter große Anwesen mit den Gebäuden darauf zwölftausendvierhundert Dollar gezahlt – und dann noch den Anbau für ihre Tochter zu finanzieren. Vielleicht hatte sie ja geerbt. Oder sie hatte eine andere Möglichkeit gefunden, ihr Konto aufzufüllen.

Plötzlich legte Meghan den Kopf in den Nacken und stöhnte laut auf.

Sean ließ die Arbeit liegen, ging zum Sofa und hockte sich in die andere Sofaecke. „Kennst du das alte Sprichwort, dass Telefone, die angestarrt werden, nicht läuten?"

Sie zog ein Gesicht. „Das Sprichwort heißt: In Töpfen, die man anstarrt, kocht das Wasser nie. Und das stimmt übrigens nicht. Irgendwann kocht es. Es fühlt sich nur wie eine Ewigkeit an, wenn man dabeisitzt und zuschaut."

„Sprichst du da aus Erfahrung?"

„Leider ja. Ich habe die Theorie mit meinem Experiment bei der Projektwoche in der zweiten Klasse widerlegt." Sie schlug mit der flachen Hand auf die Armlehne, sodass die Papiere, die darauf lagen, zu Boden flatterten. „Wieso ruft meine Mutter bloß nicht an? Großmamas OP sollte um halb zehn beginnen, und Großmama hat mir heute Morgen gesagt, dass der Eingriff anderthalb bis zwei Stunden dauern sollte. Warum ruft bloß niemand an?"

Sean wusste es nicht. „Ich kenne da noch ein Sprichwort: Keine Nachrichten sind gute Nachrichten."

Sie fuhr sich mit der Hand durch ihr zerzaustes Haar und seufzte noch einmal tief.

Er musste sie irgendwie von ihren Sorgen und Befürchtungen ablenken, also berichtete er, was er bisher herausgefunden hatte. Sie hörte zwar zu, aber nicht mit der Aufmerksamkeit, die er sonst von ihr kannte. Sie machte sich immer noch Sorgen. Mit einem kleinen Seufzer stützte er die Ellenbogen auf die Knie.

„Mach mal die Augen zu, Meghan."

Sie kniff die Augen zwar ein bisschen zusammen, schloss sie aber nicht ganz.

„Komm, mach schon. Ich will beten."

Da schloss sie die Augen, senkte den Kopf und faltete die Hände.

Sean tat es ihr gleich und trug dann seinem himmlischen Vater seine Anliegen vor. Er betete um dieselben Dinge, die er auch den ganzen Vormittag schon vor Gott gebracht hatte – um Weisheit und eine ruhige Hand für die Ärzte, um Kraft und Heilung für Mrs DeFord und Trost und Frieden für Meghan und ihre Mutter. Aber jetzt sprach er das alles laut aus, sodass Meghan es hören konnte. Vielleicht hätte er das schon viel früher tun sollen, denn als er jetzt „Amen" sagte und die Augen wieder öffnete, wirkte sie entspannt wie seit dem Moment nicht mehr, als sie am Morgen an seine Tür geklopft hatte.

Er stand vom Sofa auf und reckte sich. „Es ist jetzt schon nach zwölf und ich habe Hunger. Lass uns eine Pizza essen gehen, ja?" Das war Standard, wenn sie unterwegs waren.

„Nicht bevor ich etwas von Mama gehört habe."

„Also gut. Wie wäre es dann, wenn du hierbleibst und weiterarbeitest und ich losfahre und uns Pizza hole? Die können wir ja dann auch hier essen."

Doch sie schüttelte den Kopf und legte eine Hand auf den Magen. „Ich glaube nicht, dass ich etwas hinunterbringe."

„Dadurch, dass du nichts isst, klingelt das Telefon auch nicht schneller."

„Ich weiß, es ist nur …"

Er beugte sich leicht vor und blickte sie sehr bestimmt an. „Was würde deine Großmutter sagen, wenn du nicht isst?"

Sie wirkte verlegen. „Sie würde sagen, dass ich was essen soll."

„Und man soll immer tun, was die Großmutter sagt", sagte er grinsend und ging zur Tür. „Peperoni mit Extrakäse?"

„Und Pilzen."

„Auf deiner Hälfte."

„Und grüne Paprika auf deiner?"

Jetzt klang sie schon wieder ein bisschen mehr wie sie selbst. Er salutierte scherzhaft. „Ich bin gleich wieder da. Arbeite weiter. Und mach dir keine Sorgen. Deine Großmutter ist in guten Händen."

Las Vegas, Nevada

Diane

Dr. Bashad legte beide Hände um eine von Diane. „Höchstwahrscheinlich ist das eine metabolische Reaktion auf die Narkose. Weil sie noch nie operiert worden ist, konnte man natürlich nicht vorhersehen, wie ihr Körper auf die Narkose reagiert."

„Aber ein Koma?" Diane sah den freundlichen Mann aus dem Nahen Osten an, Sorgenfalten auf der Stirn. Erst hatte er ihr gesagt, die Operation sei erfolgreich verlaufen, und jetzt erzählte er ihr, dass der Kreislauf völlig zusammengebrochen sei und Mutter nicht mehr auf Reize reagiere. Diese beiden Teile des Berichtes schienen so gar nicht zusammenzupassen. „Ich habe das Infomaterial gelesen, das sie mit nach Hause bekommen hat, in dem auch die Risiken dieser Operation aufgeführt werden. Darin war zwar unter anderem auch davon die Rede, dass es dabei zu einem Schlaganfall oder Herzinfarkt kommen kann, aber von Koma stand da nichts.“ Zorn, der ihrer Angst entsprang, sorgte dafür, dass ihr Ton schärfer wurde. „Wenn das passieren kann, dann müssen Sie die Patienten doch darüber aufklären.“

Der Blick seiner dunklen Augen drückte Mitgefühl aus. „Ich weiß, dass das ein Schock für Sie ist, Ms DeFord, und es tut mir sehr leid, dass das passiert ist. Es kommt nicht oft vor, dass jemand nach einer OP ins Koma fällt, aber ein völlig unbekanntes Phänomen ist es auch nicht. Dafür sind ganz junge und ganz alte Patienten anscheinend am anfälligsten, wenn sie dem Stress einer Operation und den begleitenden Medikamenten ausgesetzt sind.“

Diane war wirklich kein Mensch, der sich von einem Unbekannten die Hand halten ließ, besonders von jemandem, der ihr gerade einen seelischen Schlag versetzt hatte. Aber in diesem Moment konnte sie nur dankbar sein für die mitfühlende Nähe. Ohne dieses Mitgefühl wäre sie als Häufchen Elend zu Boden gegangen. Sie schluckte die Tränen und brachte mit Mühe eine Frage heraus. „Haben Sie eine Ahnung, wie … wie lange … dieser Zustand anhalten kann?“

„Leider nicht. Manche Leute kommen innerhalb von ein, zwei Tagen wieder zu sich, andere bleiben Wochen oder sogar Monate nicht ansprechbar.“ Er seufzte und tätschelte ihre Hand. „Wir müssen einfach abwarten.“

„Das ist nicht gerade hilfreich.“

„Nein, das ist mir schon klar, aber etwas anderes kann ich Ihnen leider im Moment nicht sagen.“ Er entzog ihr seine Hand und Diane schlang sich beide Arme um den Leib. „Wir haben Ihre Mutter auf die Intensivstation verlegt, wo normalerweise Besuch nicht so gern gesehen wird, aber ich werde mit den Pflegekräften sprechen und veranlassen, dass Sie bei Ihrer Mutter im Zimmer sitzen dürfen. Würde Ihnen das helfen?“

Ein hysterisches Lachen steckte ihr in der Kehle und wollte heraus. Glaubte er wirklich, es würde ihr besser gehen, wenn sie am Bett ihrer

Mutter säße, die dort lag wie eine Leiche im Sarg? Sie sprang auf und sagte: „Ich muss meine Tochter anrufen."

„Gut, rufen Sie sie an. Nehmen Sie sich so viel Zeit, wie Sie brauchen. Wenn Sie danach so weit sind, können Sie unten zur Anmeldung gehen. Ich hinterlasse dort die Information, in welchem Zimmer Ihre Mutter liegt."

Schon bevor sie die Tür zum Gang erreicht hatte, tippte Diane Meghans Handynummer ein.

Bentonville, Arkansas

Sean

Sean balancierte den Pizzakarton in einer Hand und angelte nach der Schlüsselkarte für die Suite. Als er die Karte in den Scanner steckte, hörte er jemanden weinen. Er hielt mitten in der Bewegung inne und blickte den Gang entlang, auf der Suche nach dem Urheber des Geräuschs. Ganz am Ende des Ganges nahm gerade ein Zimmermädchen einen Stoß Handtücher von ihrem Wagen, aber sie machte keinen verzweifelten Eindruck.

Wieder war das laute Weinen zu hören, und als er sich jetzt zur Tür vorbeugte, schlug ihm das Herz bis zum Hals. Das Weinen kam eindeutig aus seinem Zimmer. Er stellte die Pizza auf dem Boden ab, drehte am Türknauf, stürmte in den Vorraum, rief Meghans Namen und betrat dann das Zimmer. Sie hockte noch immer zusammengekauert in derselben Sofaecke, wo er sie vor etwas über einer Stunde zurückgelassen hatte. Er setzte sich ebenfalls aufs Sofa, zerknitterte dabei mehrere Blätter aus den Akten, die dort ausgebreitet waren, und fasste sie bei den Schultern. „Was ist denn passiert, Meghan?"

„Großmama …“

Er wappnete sich für die Nachricht, dass Hazel DeFord die Operation nicht überlebt hatte.

Meghan schluchzte auf und wischte sich mit den Fingern die Nase. „Sie liegt im Koma.“

Er streichelte ihr tröstend die Hand, strich ihr über die Schultern und spürte dabei, wie angespannt sie war, denn sie zitterte am ganzen Körper.

„Hat sich während der Operation ein Blutgerinnsel gebildet? Oder gab es sonst irgendwelche Komplikationen?“ Er hatte nicht viel Ahnung auf medizinischem Gebiet, aber er hatte noch nie gehört, dass jemand nach einer OP ins Koma gefallen war.

„Nein.“ Ihre Stimme war zittrig, als hätte sie hohes Fieber. „Der Arzt meint … es ist eine metabolische Reaktion auf die Narkose.“

„Dann wacht sie also aus dem Koma wieder auf, wenn die Narkose nachlässt?“

Sie zuckte mit den Achseln. „Mama hat gesagt, dass man überhaupt nicht sagen kann, wann und ob sie wieder aufwacht, weil so ein Koma eben nur selten vorkommt. Und auch wegen ihres Alters.“ Ihr Kinn bebte. „Ich hätte nicht herkommen dürfen, sondern bei ihr bleiben sollen.“

Es hätte nichts am Ausgang der OP geändert, wenn Meghan in der Klinik gewesen wäre, und das wusste sie auch. Deshalb brauchte er dazu nichts weiter zu sagen. Stattdessen hörte er auf seine Intuition und nahm Meghan einfach in die Arme. Sie klammerte sich heftiger an ihn als bei seiner Umarmung am Flughafen, als sie angekommen war, und er hielt sie einfach nur fest, strich ihr über den Rücken und ließ sie weinen. Und er betete zu Gott, ihr den Trost zu schenken, den sie jetzt brauchte. Für Mrs DeFord würde er später beten. Im Moment brauchte Meghan dringend Gottes Frieden.

Ein Klopfen an der Tür unterbrach sie. Meghan löste sich von ihm und wandte sich ab, und Sean legte ihr noch eine Packung Papiertücher hin, bevor er zur Tür ging.

Das Zimmermädchen, das er schon auf dem Gang gesehen hatte, stand mit dem Pizzakarton vor der Tür und fragte: „Soll ich den entsorgen?"

„Nein, den habe ich dort nur vergessen", antwortete er, nahm ihr den Karton aus der Hand und bedankte sich.

„Gut. Dann wünsche ich Ihnen noch einen schönen Tag." Sie sah ihn etwas seltsam an.

Er schloss die Tür wieder, eilte zurück zu Meghan, stellte die Pizza auf den Tisch und setzte sich auf die Sofakante. Sie hatte schon ein halbes Dutzend Taschentücher verbraucht und zusammengeknüllt. Obwohl er sie seit mittlerweile sechs Jahren kannte, hatte er es noch nie erlebt, dass sie in Tränen ausgebrochen war, und der Anblick ihres verweinten Gesichtes tat ihm richtig weh.

Er nahm den kleinen Müllbehälter, der an einem Ende des Sofas stand, hielt ihn ihr hin, und sie ließ die Papiertücher hineinfallen. Dann beugte sie sich vor, ließ den Kopf hängen und sah völlig niedergeschlagen aus.

„Geht es wieder?", fragte er.

„Ich glaube schon."

„Möchtest du, dass ich noch mal bete?"

Sie schüttelte den Kopf.

Das Nein schmerzte.

„Warum denn nicht?"

„Weil ich selbst beten möchte."

Hoffnung überflutete ihn.

Sie hob den Kopf und sah ihn an; die Tränen intensivierten ihren Blick. „Ich habe nachgedacht … über Großmama. Und über meine Urgroßeltern. Und über dich."

Er legte den Kopf auf die Seite. „Über mich?"

„Ja. Du bist irgendwie so sicher, wohin du gehst, wenn du einmal tot bist, und dass du dann die Menschen wiedersiehst, die du liebst. Vielleicht habe ich Angst, und vielleicht bin ich sogar ein bisschen egoistisch, aber ich hätte gern deine Gewissheit in Bezug auf den Himmel." Sie streckte ihm die Hände hin und er nahm sie beide. „Die Leute in Großmamas Gemeinde haben da so einen Song gesungen – sinngemäß etwas wie ‚Ich bin so froh, dass ich zur Familie Gottes gehöre'." Die Melodie bekam sie nicht richtig hin, aber Sean erkannte das Lied sofort. Er sang seine Lieblingsstelle: „Als Erben wie Jesus leben wir hier ..."

„Ja genau. Erben. Wie Jesus. Jesus ist Gottes Sohn. Wenn ich also genauso eine Erbin bin wie er, dann bin ich doch auch Gottes Tochter, oder?"

Sein Herz schlug jetzt doppelt so schnell wie normal. „Ja, das siehst du ganz richtig. Paulus schreibt im Galaterbrief: ‚Ihr seid alle durch den Glauben Gottes Kinder.' Und in der Apostelgeschichte 16,31 wird erklärt, wie wir dorthin kommen können, nämlich indem wir glauben, dass Jesus der ist, der er zu sein behauptet. Das wird als Glaube bezeichnet, Meghan. Wenn du eine Erbin bist wie Jesus, dann hast du dieselbe Quelle für Frieden, Kraft und Weisheit, von der ich neulich auf dem Friedhof gesprochen habe." Er hielt kurz die Luft an, weil er sie nicht drängen wollte, aber sich so sehr wünschte, dass die Frau, die ihm ein Stück seines Herzens gestohlen hatte, ihren Weg nach Hause fand. „Möchtest ... du das für dich?" Sie nickte und wieder liefen die Tränen. „Ich habe nie eine richtige Familie gehabt. Nie einen Vater. Und ich wünsche ihn mir. Mehr als irgendetwas sonst."

„Dann ... sag ihm das doch einfach."

Sie senkte den Kopf und kniff ihre Augen ganz fest zu. Ihre Finger umklammerten seine Hand wie eine Schraubzwinge und er erwiderte den Druck und schloss ebenfalls die Augen.

„Lieber Gott, ich will dich. Ich will deinen Sohn. Ich möchte besser leben, mutiger, so wie Großmama und Sean. Ich erkenne dich in ihnen. Bitte sei doch auch in mir. Lass mich … dir gehören. Jetzt und in Ewigkeit." An dieser Stelle brach ihre Stimme und warme Tränen tropften auf Seans Hände. „Danke, Gott. Danke, Vater. Amen."

Sie öffneten gleichzeitig die Augen und ihre Blicke trafen sich. In ihren braunen Augen standen immer noch Tränen, aber in ihrem Blick lagen auch Frieden, Freude und Staunen. Und er wusste ohne jeden Zweifel, dass ihre Bitte den Vater direkt erreicht hatte. Meghan DeFord war gerade in die Familie Gottes hineingeboren worden.

So vieles ging ihm jetzt durch den Kopf – was er ihr über den Glauben erzählen wollte, wie man im Glauben wachsen konnte und auch, dass ihm aus Liebe zu ihr beinah das Herz aus der Brust sprang. Aber das ging jetzt nicht. Nicht während ihre Großmutter gerade in einem Krankenhaus in Las Vegas im Koma lag. Also drückte er ihr ein letztes Mal die Hand.

„Und was hast du jetzt vor? Einen Flug zurück nach Vegas buchen?"

Sie schüttelte den Kopf.

„Was dann?"

„Die Ermittlungen hier abschließen. Und zwar so schnell wie möglich. Maggie finden. Und sie zu Großmama bringen." Mit jedem kurzen Satz, den sie sagte, richtete sie sich etwas mehr auf, hob sich ihr Kinn ein wenig und strafften sich die Schultern. Und dann brachte das strahlendste Lächeln ihr Gesicht zum Leuchten. „Komm, bringen wir Maggie nach Hause."

Las Vegas, Nevada

Diane

„Ms DeFord? Ms DeFord …"

Jemand schüttelte Diane an der Schulter. Sie erschrak und bekam einen Krampf im Nacken. Sie verzog vor Schmerzen das Gesicht, machte die Augen auf und griff sich an den krampfenden Muskel. Eine blonde Frau mit einem unordentlich zusammengezurrten Dutt, die sie nicht kannte, stand nur ein paar Zentimeter vor ihr. Diane sah sie finster an. „Was wollen Sie?"

„Tut mir leid, dass ich Sie störe, Ma'am, aber ich muss hier jetzt putzen."

Irritiert schaute sich Diane um. Graue Wände, blaue Vorhänge, ein schwarzer Kasten, auf dem immer wieder Zahlen aufblinkten, und ein ständiges Piepsen, das den Herzschlag ihrer Mutter aufzeichnete. Langsam wurde ihr wieder bewusst, wo sie war und was passiert war. Die Intensivstation.

Sie zwang ihren steifen Körper, sich in dem Sessel aufzurichten, auf dem sie die Nacht verbracht hatte. „Putzen Sie nur. Es stört mich nicht."

Die Frau verzog bedauernd das Gesicht. „Es tut mir wirklich leid, Ms DeFord, aber Sie dürfen nicht im Zimmer bleiben, solange ich putze. Das ist Vorschrift."

Diane stand also auf, ging zum Bett ihrer Mutter und schaute in ihr friedliches Gesicht. Ihre Augen waren geschlossen, der Mund leicht geöffnet, durch einen durchsichtigen Schlauch wurde ihr durch die Nase Sauerstoff zugeführt, und sie lag noch genauso da wie am Abend zuvor, bevor Diane eingeschlafen war. Sie seufzte und wandte sich an die Frau: „Wie lange dauert es denn ungefähr, bis Sie hier fertig sind?"

„Etwa vierzig Minuten. Dann kommt eine Schwester, um Mrs DeFord zu waschen und den Wundverband und ihre Windel zu wechseln."

Diane wand sich innerlich. Ihre so sehr auf Würde bedachte Mutter mit einer Windel … Sie hoffte, dass ihre Mutter sich später nicht mehr daran erinnern würde. „Dann also … in ungefähr einer Stunde?"

Die Frau rückte näher an Diane heran. „Meinen Sie nicht, es wäre besser, für ein paar Stunden nach Hause zu fahren?"

Weil sich John Wedman um die Hunde kümmerte und Meghan in Arkansas war, gab es für Diane keinen Grund, nach Hause zu fahren, außer vielleicht, um zu duschen. Sie konnte sich mittlerweile selbst riechen, sodass bestimmt jeder, mit dem sie in Kontakt kam, froh sein würde. Doch sie wollte ihre Mutter nicht allein lassen und schüttelte deshalb den Kopf.

„Darf ich ganz offen sein, Ms DeFord?"

Diane nickte steif.

„Ich weiß, dass es schwer ist, das Krankenbett eines geliebten Menschen zu verlassen, aber wenn Sie nicht auch auf sich selbst achten, dann nützen Sie Ihrer Mutter nicht viel. Gehen Sie nach Hause, essen Sie etwas Gutes, duschen Sie, oder nehmen Sie ein Bad. Verwöhnen Sie sich selbst ein bisschen und dann kommen Sie wieder her. Ich verspreche Ihnen, dass wir uns gut um Ihre Mutter kümmern, solange Sie weg sind."

Diane holte einmal ziemlich zittrig Luft. „Darf ich auch ganz offen sein?"

„Natürlich."

„Wenn sie die Augen aufmacht, dann möchte ich, dass sie als Erstes mich sieht und weiß, dass ich hier bin. Es ist sehr wichtig, dass sie mich sieht, wenn sie aufwacht." Tränen verschleierten ihr die Sicht. Sie wischte sie mit dem Finger weg und schob das Kinn ein wenig vor. „Sie war immer für mich da. Jetzt möchte ich für sie da sein."

Die Frau schaute auf den schwarzen Kasten über Mutters Bett und dann auf den kleinen Computerbildschirm. Sie seufzte, sah dann wieder Diane an und sagte: „Also, ich glaube, Sie können ruhig gehen. Die Geräte zeigen keinerlei Hinweis darauf, dass sich ihr Zustand verändert. Es ist unwahrscheinlich, dass sie in den nächsten paar Stunden aufwacht.“ Ein trauriges Lächeln lag auf ihren Lippen. „Es ist in Ordnung, wenn Sie gehen. Die arme Frau merkt es doch gar nicht.“

Kapitel 37

Cumpton, Arkansas

Meghan

Im Schein der Morgensonne, die silbern hinter den Wolken hervorstrahlte, sodass die Blätter der Bäume wie Smaragde funkelten, kam ihr die Fahrt nach Cumpton viel kürzer vor. Das unheimliche Gefühl, das sie am Montagabend auf der Rückfahrt nach Bentonville gehabt hatte, war verschwunden, und selbst ihre schwere Sorgenlast hatte sich gelichtet. Bei ihrem morgendlichen Telefonat hatte sie Mama davon zu überzeugen versucht, Großmama in Gottes Hand zu legen, aber sie war sich nicht sicher, ob es ihr gelungen war. Mama hatte versprochen, Großmama einen Kuss von ihr zu geben und ihr von Meghan auszurichten, dass sie sie liebhabe. Sie betete, dass die Worte zu ihr durchdrängen und sich tief in ihrem Unterbewusstsein niederließen.

Auch Sean hatte an diesem Morgen schon telefoniert, und zwar mit Mrs Durdan, die sie deshalb bereits erwartete. Womit sie allerdings wahrscheinlich nicht rechnete, waren die Fragen, die sie ihr stellen wollten. Und sie würde vermutlich alles leugnen. Meghan hatte nicht vor, dann gereizt zu reagieren – sie konnte es gut verstehen, wenn man einen geliebten Menschen nicht belasten, sondern schützen wollte –, aber sie mussten unbedingt einen Blick auf Nora Burtons Buchführung werfen. Wenn sie auf der falschen Spur waren, dann war es besser, das möglichst bald zu wissen, um nicht noch mehr Zeit zu verlieren.

Meghan glaubte allerdings nicht, dass sie auf der falschen Spur waren. „Aber was ist, wenn wir zu spät kommen?"

„Was?"

Sie hatte gar nicht gemerkt, dass sie das laut ausgesprochen hatte, bis Sean sich zu ihr hinwandte und sie angrinste. Sie prustete kurz los. „Tut mir leid. Ich habe nur laut gedacht. An Mrs Durdan und wie unwahrscheinlich es ist, dass sie uns freiwillig Einblick in die privaten Aufzeichnungen ihrer Mutter gibt." In ihr zog sich etwas zusammen. „Und selbst wenn sie es zulässt und wir erfahren, dass Nora Burton irgendetwas mit Maggies Verschwinden zu tun hatte, ist Maggie inzwischen dreiundsiebzig Jahre alt. Viele Menschen werden ja gar nicht so alt. Wir könnten also herausfinden, dass Mrs Burton tatsächlich etwas mit ihr gemacht hat, aber trotzdem könnte es zu spät sein für ein Wiedersehen zwischen Großmama und Maggie."

„Aber falls es so sein sollte, könnte deine Großmutter die Sache wenigstens abschließen, und das ist schon eine Menge wert." Sean griff über die Mittelkonsole hinweg nach ihrer Hand und drückte sie. Er hatte sie in den vergangenen beiden Tagen ziemlich oft berührt. Es waren tröstende Berührungen, beruhigend und freundlich, und inzwischen rechnete sie schon damit und war dankbar dafür. Wahrscheinlich mehr, als sie sollte. „Aber tu bitte nichts Vorschnelles, ja? Immer schön ein Schritt nach dem anderen. Im Moment wollen wir nur herausfinden, woher Mrs Burton das Geld hatte, mit dem sie all ihre Extras finanziert hat. Vielleicht hat Mrs Durdan dafür ja eine völlig plausible Erklärung – zum Beispiel eine Erbschaft."

„Aber das Geld und Mrs Burtons Geheimniskrämerei über ihre Finanzen kommen mir einfach zu verdächtig vor."

„Mir auch, aber es gibt ja viele Möglichkeiten, an zusätzliches Geld zu gelangen, und nicht alle sind illegal. Lass uns deshalb lieber erst die Fakten haben, bevor wir Schlussfolgerungen ziehen."

Als sie in Cumpton ankamen, holte Meghan ihr Handy heraus und machte Fotos auf ihrem Weg durch den Ort. Vielleicht würde sie die Großmama am Ende gar nicht zeigen, aber sie wollte wenigstens Fotos von Cumpton haben – nur für alle Fälle. Sie fuhren wieder auf der Allee entlang, die zum Waisenhaus führte, und als sie dort ankamen, war Mrs Durdan im Garten. Sie trug einen großen Schlapphut und Handschuhe und sammelte Äste auf. Einen ganzen Armvoll davon ließ sie unter einem Baum fallen und winkte ihnen zu, als sie in die Garagenauffahrt fuhren.

Während sie langsam den Hof überquerten, weil Sean sein Tempo Meghans Krückengeschwindigkeit anpasste, lächelte sie ihnen zu.

„Guten Morgen, Detective Eagle und Detective DeFord. Haben Sie schon gefrühstückt? Ich habe heute Morgen Muffins gebacken, ich hab ja hier auf meinem Grundstück jede Menge Äpfel und Pekannüsse zum Ernten."

„Wir haben zwar schon gefrühstückt, aber zu einem Muffin würde ich nicht Nein sagen", antwortete Sean und bot Mrs Durdan seinen Arm.

„Na, Sie sind ja ein richtiger Gentleman." Mit einem mädchenhaften Kichern zog sie sich die Handschuhe aus und hakte sich bei ihm unter. Zusammen gingen sie zum Haus. „Ich war wirklich überrascht, noch einmal von Ihnen zu hören. Hat Ihnen etwas von dem, was ich gesagt habe, bei Ihren Ermittlungen weitergeholfen?"

Sean nahm die Stufe zu dem Podest vor dem Eingang, zog Mrs Durdan neben sich mit hoch, und dann schien er ganz kurz die Luft anzuhalten, als auch Meghan den Schritt nach oben machte.

„Es gibt ein paar Dinge, die wir gern noch klären würden, wenn es Ihnen nichts ausmacht."

„Ja, sicher", antwortete sie und bat sie mit einer Geste ins Haus. Sie folgten ihr in die saubere Küche, in der es köstlich duftete, und setzten sich an den kleinen Tisch, an dem sie auch bei dem gemeinsamen Abendessen gesessen hatten. Sie goss dampfenden Kaffee in Becher und redete dabei ununterbrochen. „Ich hoffe, Ihnen ist klar, dass Sie ganz Cumpton – na ja, jedenfalls das, was davon noch übrig ist –, in Aufruhr versetzen. Edith Yarberry hat herumerzählt, dass Ermittler einer Sonderkommission für ungelöste Kriminalfälle Gräber öffnen. Die Hälfte der Menschen möchte dabei gern zuschauen, und die andere Hälfte will Sie aus dem County jagen, wenn Sie irgendjemandem aus der Sippe Ärger machen."

Sie setzte sich, nahm ihren Hut ab und schmunzelte. „So viel Aufregung hat es hier nicht mehr gegeben, seit Timmy Rodgers einen Liter grüne Lebensmittelfarbe in den Brunnen im Garten der Palmers geschüttet hat. Und das war 1963. Sie sehen also, dass wir hier gut eine kleine Sensation gebrauchen können." Sie holte Luft und lächelte. „Was kann ich also für Sie tun?"

Sean nahm sich einen Muffin und brach ein kleines Stückchen davon ab. „Wir hoffen, dass Sie unsere Neugier befriedigen können."

„In Bezug auf was?"

„Sie führen hier ja ein ganz angenehmes Leben, und bei unserem letzten Besuch haben Sie uns erzählt, dass Sie an der University of Arkansas studiert haben. Hat Ihnen Ihre Mutter das ermöglicht?"

„Oh ja. Sie hat dafür Geld zurückgelegt, seit ich ein kleines Mädchen war. Als es dann so weit war, reichte es für meine Studiengebühren, Unterkunft, Verpflegung und sogar für Bücher. Weil Mutter immer so viel arbeiten musste, wollte sie, dass ich eine Ausbildung mache, um einmal einen besseren Job zu bekommen. Kaum zu glauben, dass ich tatsächlich einen Abschluss in Buchführung gemacht habe. Das war ein Studiengang, den nicht viele Frauen wählten, aber ich fand ihn spannend."

Mrs Durdan senkte den Kopf und gab ein leises, wehmütiges Lachen von sich. „Ich habe Mutter ganz bestimmt enttäuscht, als ich dann am Ende als Pflegemutter für den Staat gearbeitet habe. Aber damals habe ich nicht die Notwendigkeit gesehen, mir einen besser bezahlten Job zu suchen, denn Nolan verdiente ganz gut als Mechaniker, und dieses schöne Haus hatten wir ja auch schon."

Meghan saß die ganze Zeit still dabei und überließ das Reden Sean, aber dabei beobachtete sie aufmerksam Mrs Durdans Miene. Sie hatte gelernt zu erkennen, ob jemand ganz ehrlich war oder versuchte, etwas zu verschweigen. Bisher hatte sie bei Mrs Durdan nicht einen Hauch von Arglist entdecken können.

Sean aß den letzten Bissen seines Muffins und seine Haltung entspannte sich. „Wirklich beeindruckend, wie gut Ihre Mutter Sie versorgt hat. Sie haben ja selbst gesagt, dass sie ‚nur' eine kleine Angestellte beim Bundesstaat war und sich viele Gedanken um Geld machte. Doch Ihnen hat es ja offenbar an nichts gefehlt. Hatte sie denn Geld von jemandem aus der Familie geerbt, dass sie sich das alles leisten konnte?"

„Nein, nein. Mama stammte aus einer armen Familie mit insgesamt zwölf Kindern, und der Vater hat das bisschen Geld, das er verdiente, ständig verspielt. Wenn sie nicht hin und wieder von der Kirchengemeinde unterstützt worden wären, zu der ihre Mutter gehörte, dann hätten sie auch im Winter barfuß gehen müssen, weil kein Geld für Schuhe da war. Sie wusste, was Not ist, Detective Eagle. Ich nehme an, dass sie deshalb auch so viel Mitgefühl mit Not leidenden Kindern hatte."

„Wirklich vorbildlich." Sean machte eine lange Pause, lang genug, um ein Stück Muffin mit einem Schluck Kaffee hinunterzuspülen. Dann stellte er die Tasse wieder auf den Tisch. „Aber dann muss sie irgendwelche zusätzlichen Einkünfte gehabt haben."

„Also, wenn ich mich recht erinnere, nur eine."

„Und was war das?"

Mrs Durdan schaute jetzt zum Fenster hinaus, und Meghan entdeckte in ihrer gerunzelten Stirn sowohl Sorge als auch Unkenntnis.

„Mrs Durdan?“ Sean sprach zwar leise, aber mit einer gewissen Autorität. „Womit hat Ihre Mutter sonst noch Geld verdient?“

Ganz langsam drehte die Frau sich wieder zu ihnen um und sah sie an. „Mutter wollte nie, dass ich darüber rede. Sie nannte es ihre christlichen Geschäfte. Sie sagte immer, in der Bibel stehe doch ganz klar, dass die rechte Hand eines Menschen nicht wissen soll, was die linke tut. Sie fürchtete den Zorn Gottes, wenn wir darüber sprächen.“

Meghan beugte sich ein ganz klein wenig vor. „Aber inzwischen ist sie ja von uns gegangen. Glauben Sie, es würde ihr etwas ausmachen?“

Mrs Durdan sah Meghan sehr streng an und antwortete: „Meine Mutter mag zwar nicht mehr unter uns sein, aber es gibt hier in Cumpton immer noch Menschen, die sie gekannt haben. Ich glaube, sie würde es nicht gut finden, wenn ich weitererzähle, wie sie denen geholfen hat, denen es nicht so gut ging. Ich habe Ihnen ja schon gesagt, dass sie ein eher zurückhaltender Mensch war und Wert auf ihre Privatsphäre legte.“

Sean legte beide Hände um seine Kaffeetasse. „Es würde uns bei unseren Ermittlungen sehr helfen, wenn wir wüssten, was sie gemacht hat. Wir müssen Möglichkeiten ausschließen, die uns in die falsche Richtung führen, und die Fakten herausfinden, die uns weiterhelfen, Ma'am, verstehen Sie das?“

„Ich denke schon.“ Unsicher schaute sie abwechselnd Sean und Meghan an. „Aber Sie werden doch damit nicht bei den Leuten hier in Cumpton prahlen, wenn ich Ihnen sage, wie ehrenwert und ganz im christlichen Sinn Mama sich betätigt hat, oder?“

„Kein Prahlen, versprochen“, sagte Sean als Erster und wandte sich dann an Meghan, die das Versprechen wiederholte, obwohl sie sich fragte, wie sie es geheim halten sollten, wenn Mrs Burton tatsächlich Kinder entführt hatte.

„Also gut." Mrs Durdan atmete einmal tief durch. „Meine Mutter hat Paaren geholfen, denen es materiell gut ging, die aber keine Kinder bekommen konnten."

Sean legte den Kopf auf die Seite. „Sie hat private Adoptionen vermittelt?"

„Ja, genau."

Meghan schüttelte den Kopf und fragte: „Aber wieso darf denn das niemand erfahren?"

„Also ..." Mrs Durdan sammelte einen kleinen Krümel von der Leinentischdecke ab. „Weil manche der Kinder nicht hier aus dem Waisenhaus kamen. Sie hat Kinder aus schwierigen Familienverhältnissen gerettet. Sie fand es immer furchtbar, wie Leute, die anscheinend gar nicht wussten, wie man Kinder liebhat und sich um sie kümmert, einen ganzen Stall voller Kinder hatten, während andere, die alles hatten, was nötig war, um Kinder zu versorgen, keine bekommen konnten. Deshalb hat sie versucht ... für einen Ausgleich zu sorgen."

Sean warf Meghan einen vielsagenden Blick zu. „Woher wusste sie denn, ob ein Kind gerettet werden musste?"

Der Blick von Mrs Durdan war jetzt traurig. „Mutter war sehr sensibel für Kinder in Not. Weil sie so viel herumkam, hat sie auch viel gesehen. Dinge, die sie belasteten und ihr richtig wehtaten, und sie wollte etwas ändern. Deshalb hat sie beschlossen, eine Art Robin Hood zu sein – Sie kennen ja sicher auch die Geschichte von diesem Mann, der die Reichen ausraubte und das Geld den Armen gab. Mutter liebte diese Geschichte, aber sie hat ihr ihren ganz eigenen Dreh gegeben. Sie hat kleine Kinder, die in schwierige Familien hineingeboren wurden, gerettet und in Familien untergebracht, in denen sie besser aufgehoben waren."

Meghans Urgroßvater war Alkoholiker gewesen. Ob das für Mrs Burton Grund genug gewesen war, die kleine Maggie zu entführen? Meghans Mund war jetzt ganz trocken und sie trank rasch einen

Schluck Kaffee. „Das klingt, als hätte Ihre Mutter sehr viel … Mitgefühl für ihre Mitmenschen gehabt."

Mrs Durdan nickte. „Ja, das hatte sie wirklich."

„Aber woher wusste sie denn, dass die Familien, in die sie diese Kinder vermittelte, wirklich besser waren?"

„Indem sie sich vergewisserte, ob die Adoptionsfamilien wirklich reich waren. Und das tat sie, indem sie eine Vermittlungsgebühr erhob. Wenn sich eine Familie diese Gebühr leisten konnte, dann konnte sie sich auch ein Kind leisten."

Inzwischen kribbelte es Meghan am ganzen Körper. Sie wand sich innerlich auf ihrem Stuhl, und ihre Ungeduld schickte einen Adrenalinstoß durch ihren Körper. „Ist sie denn mit den Adoptivfamilien hinterher in Kontakt geblieben? Wissen Sie, wohin die Kinder gekommen sind?"

„Sie hat danach mit den Familien nie wieder Kontakt gehabt – soweit ich weiß. Die meisten der Kinder sind nach Kalifornien vermittelt worden." Sie seufzte und ein zufriedenes Lächeln umspielte ihre Mundwinkel. „Mutter hat immer gesagt, dass sie jetzt für den Rest ihres Lebens auf der Sonnenseite des Lebens wären, und war sehr stolz darauf, sie in eine so schöne Gegend zu vermitteln."

„Sie meinen also …"

Sean signalisierte Meghan mit einem Blick, nichts mehr zu sagen, und stand auf.

„Vielen Dank für die Informationen, Mrs Durdan. Sie haben uns sehr geholfen. Er gab ihr die Hand, Mrs Durdan drückte sie, und Meghan registrierte, dass hinter seinem Lächeln ein Hauch von Mitleid zu erkennen war. „Wir machen uns jetzt auf den Weg", sagte er, nahm Meghan beim Arm und geleitete sie zu seinem Truck.

Als die sich noch einmal umdrehte, während Sean ihr die Beifahrertür öffnete, sah sie, wie Mrs Durdan ihnen vom Küchenfenster aus nachschaute. Sie knurrte, als sie auf dem Beifahrersitz Platz nahm, und ballte und öffnete abwechselnd die Fäuste, während Sean sich hinters Steuer setzte.

In dem Augenblick, als er die Fahrertür zuschlug, explodierte Meghan.

„Die Frau hat doch eine Wahrnehmungsstörung. Sie kann doch nicht ernsthaft glauben, dass ihre Mutter eine Art Racheengel gewesen ist, mit dem Auftrag, die Kinder dieser Welt zu retten, oder?"

Sean drehte den Schlüssel im Zündschloss und der Motor des Trucks sprang an.

„Was auch immer sie glaubt, sie hat uns auf jeden Fall die Begründung für einen Durchsuchungsbeschluss geliefert." Finster schaute er nach vorn auf die Straße. „Ruf bitte Captain Ratzlaff an und berichte ihm, was sie gesagt hat. Er wird im Gericht von Bentonville anrufen müssen, weil er einen richterlichen Durchsuchungsbeschluss für das Waisenhaus beantragen muss. Sag ihm, wir brauchen Zugang zu Mrs Burtons Büro und ihren persönlichen Finanzunterlagen."

Meghan holte ihr Handy heraus und rief die Nummer des Captains auf. „Sollen wir es eilig machen?" Auf dem Land etwas zu erreichen, konnte manchmal Tage dauern. „Glaubst du denn, dass die Unterlagen auch noch da sind, wenn wir auf den Durchsuchungsbeschluss warten müssen? Vielleicht versteckt Mrs Durdan ja das Kontobuch."

Aber Sean wehrte ab. „Das bezweifle ich, Meghan. Sie ist davon überzeugt, dass ihre Mutter nur ehrbare Motive und die besten Absichten hatte. Du hast ja gehört, was sie über die rechte und die linke Hand gesagt hat. Sie hat all die Jahre geschwiegen, damit die guten Taten ihrer Mutter nicht von Menschen, sondern nur von Gott gewürdigt werden. Vielleicht war ja eher ihre Mutter diejenige mit der gestörten Wahrnehmung, weil sie geglaubt hat, sie täte das Richtige, indem sie diese Kinder an reiche Eltern vermittelte. Wer weiß? Aber die Ursprungsfamilien haben ein Recht darauf zu erfahren, was mit ihren Kindern passiert ist. Also lass uns den Durchsuchungsbeschluss besorgen und beten, dass Mrs Burton die Adressen der Adoptivfamilien in Kalifornien nicht vernichtet hat."

Meghan zog ein Gesicht. „Ja, auf der Sonnenseite des Lebens."

Kapitel 38

Las Vegas, Nevada

Diane

Ob es dort, wo Mutter jetzt war, wohl schön war? Diane bürstete ihr das Haar. Die Schwester hatte ihr Trockenshampoo gegeben, aber die schneeweißen Strähnen kamen ihr so dünn und ohne Leben vor – genauso leblos wie Mutter.

Diane zog den Stuhl ganz nah ans Bett und legte die Arme auf das kalte metallene Gitter. Seit zwei Tagen lag Mutter jetzt schon reglos in dem Bett. Diane legte ihr Kinn auf die Arme und schaute in das Gesicht ihrer Mutter. Schmerzen schien sie nicht zu haben, und es sah aus, als schliefe sie tief und erholsam. Ihr Brustkorb hob und senkte sich in regelmäßigen Abständen, aber abgesehen von dieser kleinen Bewegung hätte sie auch aus Stein sein können.

Aus einem tragbaren CD-Player, den ein paar Freunde aus Mutters Gemeinde am vergangenen Abend vorbeigebracht hatten, war leise Musik zu hören. Sie waren mit dem Player und einem Stapel CDs gekommen, Instrumentalversionen von Chorälen. Sie hatten gesagt, solche Musik hätte Mutter gern. Während sie da gewesen waren, hatten sie im Kreis um Mutters Bett gestanden, sich bei den Händen gehalten und gebetet. Auch Diane hatte mit in dem Kreis gestanden, während des Gebetes aber die Augen nicht geschlossen, sondern den Blick fest auf das reglose Gesicht ihrer Mutter gerichtet, das keine Reaktion zeigte. Sie hatte dem Gebet im Stillen noch ein paar eigene Bitten hinzugefügt: dass die Worte doch zu dem Gott emporgetragen werden möchten, den ihre Mutter liebte und dem sie treu diente. Sie bat Gott, ihr Gebet zu erhören, dass Mutter wieder aufwachen möge. Doch der Eingriff lag jetzt schon achtundvierzig Stunden zurück, und bis jetzt war ihr Zustand unverändert. Diane konnte selbst nicht sagen, ob sie eher enttäuscht oder zornig darüber war, dass Gott offenbar nicht hörte.

Jetzt betraten zwei Labormitarbeiter des Krankenhauses das Zimmer. Diane hatte mittlerweile schon unzählige Klinikmitarbeiter kommen und gehen sehen, und alle kamen ihr kompetent vor, und alle erfüllten ihre Aufgaben präzise und genau nach Vorschrift, aber manche waren mitfühlender als andere, berührten beispielsweise kurz Mutters Hand oder lächelten Diane aufmunternd zu. Die beiden, die jetzt kamen, schienen eher auf ihre Aufgaben fokussiert als auf den Menschen, der da im Krankenbett lag.

Diane stand nicht auf, während einer der Männer den flachen leeren Plastikbeutel mit Infusionsflüssigkeit wechselte.

Der andere Mann blieb am Fußende des Bettes stehen, legte ein Klemmbrett mit irgendeiner Tabelle auf der Bettdecke ab und hob dann die Decke an, sodass Mutters Füße entblößt waren, und weil Diane neugierig war, schaute sie etwas genauer hin. Der Mann schnipste mit dem Finger gegen Mutters Fußsohle, und zwar so heftig, dass sie es hören konnte.

Mit einem Ruck stand sie auf, sodass der Stuhl auf dem Fliesenboden ein Stück nach hinten rutschte und dabei ein Geräusch machte wie eine wütend fauchende Katze. „Was machen Sie denn da?"

„Ich teste die Reflexe", antwortete er und wollte gerade gegen die andere Fußsohle schnipsen, aber da sagte sie: „Hören Sie sofort auf damit!", packte den Mann beim Handgelenk und funkelte ihn aufgebracht an. „Sie tun ihr ja weh!"

Er warf ihr einen strengen Blick zu. „Ich muss aber ihre Reflexe prüfen und das dokumentieren, Ma'am."

„Aber deshalb brauchen Sie doch noch lange nicht so grob zu ihr zu sein." Sie zog ihrer Mutter die Decke über die Füße. Dann riss sie das Klemmbrett hoch und sagte gegen ihre Tränen ankämpfend: „Wenn Sie meine Mutter verletzt haben, dann werde ich mich bei der Klinikleitung beschweren."

Doch er streckte daraufhin nur die Hand in ihre Richtung aus. „Kann ich jetzt bitte meine Unterlagen wiederhaben?"

Die Versuchung, ihn damit zu ohrfeigen, war groß, aber sie drückte sie ihm nur mit Nachdruck in die Hand.

Er kritzelte etwas in die Tabelle, klemmte sich das Klemmbrett unter den Arm und sagte: „Ich verstehe ja, dass Sie aufgewühlt sind. Das ist angesichts der Umstände verständlich. Aber überängstlich zu sein, hilft weder uns noch ihr weiter." Und mit diesen Worten zog er den Vorhang zur Seite und ging. Sein Kollege folgte ihm wortlos.

Diane sank wieder auf den Stuhl. „*Überängstlich* ..." Das Wort hallte in ihrem Kopf nach. Genau das hatte sie ihrer Mutter immer vorgeworfen. Immer und immer wieder hatte sie gegen die Überängstlichkeit ihrer Mutter protestiert, und jetzt begriff sie zum ersten Mal, weshalb ihre Mutter sich so verhalten hatte. Ihre Mutter liebte sie. Liebte sie so sehr, dass sie versuchte, sie in einen Schutzkokon einzuspinnen. Und zwar nicht, um sie darin zu ersticken, sondern nur, damit sie sicher war. Wieso nur hatte sie das bis jetzt nie verstanden?

Diane stand auf, lockerte die Beine und trat noch einmal ans Bett. Sie nahm Mutters Hand zwischen ihre beiden, drückte sie und hoffte dabei wider besseres Wissen, dass sie den Druck erwidern würde. „Mutter?" Zunächst flüsterte sie und wiederholte es mindestens ein

Dutzend Mal, jedes Mal ein bisschen lauter, und jedes Mal drückte sie ihrer Mutter dabei die Hand.

Ihr brannte die Nase, weil sie so heftig gegen die Tränen ankämpfte. Weder durch Gebet noch durch ihre Lieblingslieder war Mutter aufgewacht. Das Schnipsen gegen ihre Fußsohle hatte sie nicht aus dem Koma geweckt, und sie reagierte auch nicht, wenn man ihre Hand hielt. Ob irgendetwas diese Wand durchbrechen und Mutter wieder zurückholen würde?

Um die Mittagszeit wurde Diane wieder von der Putzkolonne aus dem Zimmer gescheucht, weil das Bett frisch bezogen und der Raum gereinigt werden sollte. Sie nahm ihr Tablet und machte sich auf den Weg in die Cafeteria der Klinik, wo sie inzwischen schon mehrmals etwas gegessen hatte. Das Essen war gar nicht so schlecht, und es gab sogar immer ein paar vegetarische Alternativen, die zu ihrer veganen Ernährungsweise passten. Über das Wenige, was sie schon probiert hatte, konnte sie sich wirklich nicht beklagen, aber weil sie sich solche Sorgen machte, war ihr Magen wie zugeschnürt, und sie brachte kaum etwas hinunter.

Wenn sie schon nichts essen konnte, würde sie wenigstens das WLAN des Krankenhauses nutzen und sich weiter über das Phänomen des Komas informieren. Sie hatte schon eine kleine Liste von Vorschlägen zusammengestellt, wie man versuchen konnte, zu Mutter in ihrem Zustand durchzudringen, aber es gab sicher noch mehr. Sie würde alles darüber herausfinden und auch alles ausprobieren und nicht eher aufgeben, bis Mutter die Augen aufschlug und sich ihretwegen wieder unnötig aufregte. Sie musste Tränen wegblinzeln und konnte selbst kaum glauben, dass ihr das tadelnde „*Margaret Diane*" ihrer Mutter tatsächlich fehlte, doch es war so.

An der Salatbar stellte sie sich einen Salat zusammen, holte sich dann noch eine Zitronenspalte am Getränketresen, um den Saft als Dressing zu benutzen, und suchte sich ein Wasser mit Kokosgeschmack aus. Als sie zur Kasse ging, drängte sich jemand dicht hinter sie und streckte der Kassiererin eine Kreditkarte hin.

„Bitte, lassen Sie mich das bezahlen."

Die Kassiererin nahm die Karte des Mannes entgegen und hatte den Betrag schon kassiert, bevor Diane protestieren konnte. Sie trat einen Schritt von ihrem Tablett zurück und schaute den Mann jetzt genauer an. Er war groß, hatte stahlgraues, glatt aus der Stirn zurückgekämmtes Haar, und seine Augen hatten fast die gleiche Farbe wie sein Haar. In seiner dunkelblauen Hose, dem weißen Hemd und der gestreiften Krawatte unterschied er sich von allen anderen Besuchern der Cafeteria. Und er wirkte auch keineswegs bedrohlich. Doch es war nicht ihre Gewohnheit, sich von Fremden ihr Essen bezahlen zu lassen, was sie ihm auch sagte.

Er lächelte und dabei explodierten kleine Faltenfächer an seinen Augenwinkeln. „Aber ich bin doch gar kein Fremder."

„Kenne ich Sie denn?" Diane hob fragend die Augenbrauen.

Er nahm ihr das Tablett ab und deutete mit dem Kinn zum Essbereich: „Machen wir den Leuten hinter uns erst mal Platz."

Ein Blick nach hinten bestätigte, dass dort schon mehrere ungeduldige Gäste mit vollen Tabletts warteten. Diane folgte dem Mann zu einer Sitznische und setzte sich. Die Cafeteria war gut besucht, die Hälfte der Gäste waren der Berufskleidung nach zu urteilen Klinikangestellte, die andere Hälfte Patienten und Besucher. Sogar einen Security-Mitarbeiter konnte sie ausmachen. Wenn dieser Mann hier vor ihr also in irgendeiner Weise gefährlich sein sollte, konnte sie wenigstens um Hilfe rufen.

Er stellte das Tablett vor ihr ab und setzte sich dann ihr gegenüber. Sein freundliches Lächeln war noch nicht verschwunden. „Bitte entschuldigen Sie, dass ich Sie so unerwartet überfalle, Ms DeFord. Ich war gerade im Zimmer Ihrer Mutter, und die Schwester hat mir gesagt, Sie wären in der Cafeteria." Er streckte ihr über den Tisch hinweg seine Hand hin. „Ich habe Sie letzten Sontag mit Ihrer Mutter im Gottesdienst gesehen, hatte aber keine Gelegenheit, Sie anzusprechen, weil Sie so rasch gegangen sind. Ich bin D. A. Raber, der Pastor Ihrer Mutter."

Jetzt erinnerte sie sich wieder. Weil er keinen Anzug trug und sie sich hier in einem ganz anderen Umfeld trafen, hatte sie ihn nicht direkt wiedererkannt. Diane gab ihm die Hand. „Freut mich, Sie kennenzulernen."

Er faltete die Hände und stützte sie auf den Tisch. „Darf ich vielleicht kurz um den Segen für Ihr Essen bitten?"

„Sie haben doch schon bezahlt", erwiderte sie. „Aber wenn Sie auch noch dafür beten möchten, werde ich Sie nicht daran hindern." Die spitze Bemerkung war ihr einfach so herausgerutscht, und sie merkte sofort, wie ihr eine leichte Schamröte in die Wangen stieg, aber ihm schienen ihre Worte nichts auszumachen, denn er lächelte nur und senkte den Kopf.

„Lieber Vater, danke für dieses Essen und dafür, dass du für uns sorgst. Ich bitte dich um deinen Segen für alle, die es zubereitet haben, und auch für die, die es genießen wird. Amen."

Als er fertig war, griff Diane zu Salz- und Pfefferstreuer und würzte ihren Salat ausgiebig.

„Tut mir leid, dass Sie gerade jetzt gekommen sind, wo das Zimmer meiner Mutter geputzt wird. Man hat Sie fortgeschickt, stimmt's? Da sind sie hier wirklich pingelig. Niemand darf im Raum sein, während er geputzt wird. Aber wenn es Ihnen nichts ausmacht, noch etwa eine halbe Stunde zu warten, können Sie meine Mutter besuchen", sagte Diane.

„Eigentlich bin ich gekommen, um Sie zu sehen."

Sie hob die Augenbrauen. „Mich? Aber mir geht es gut."

Aus seinem freundlichen Lächeln und der Wärme in seinem Blick sprach ein stummer Widerspruch.

Mit gerunzelter Stirn träufelte sie Zitronensaft auf ihren Salat und fuhr mit der Gabel hinein. „Wirklich, es geht mir gut."

„Dann müssen Sie innerlich ziemlich stark sein. Die meisten Menschen, die auf der Intensivstation am Bett eines Angehörigen sitzen, sind verzweifelt und voller Fragen, etwa nach dem ‚Warum?'."

Diane wünschte, sie hätte seine Bemerkung zurückweisen können, aber was er sagte, war so zutreffend, dass sie es nicht leugnen konnte. Sie legte ihre Gabel beiseite. „Also eigentlich habe ich tatsächlich eine ‚Warum?'-Frage. Sie sind doch Pastor und jemand, der Gott sehr nahe ist, oder?"

„Nun, wir reden recht häufig miteinander."

Hinter dieser sachlichen Aussage hätte Arroganz oder schlicht Humor stecken können, aber sie konnte in seinem ernsten, kantigen Gesicht weder das Eine noch das Andere erkennen. Sie spürte, dass sie ihm vertrauen konnte – und das erlebte sie in Bezug auf Männer nicht gerade oft.

„Was ist Ihre Frage, Ms DeFord?"

„Warum Gott nicht antwortet." Die Worte purzelten hart und vorwurfsvoll heraus. Sie griff nach ihrer Wasserflasche, drehte den Deckel ab und trank einen großen Schluck. Die kühle Flüssigkeit feuchtete ihre trockene Kehle an und linderte ein wenig das Feuer, das in ihrer Brust loderte.

„Ich glaube, das tut er."

Sie schnaubte ungläubig. „Was?" Sie winkte ab, dachte an Mutters regloses Gesicht und die ebenso reglose Gestalt unter der weißen Decke dort oben. „Haben Sie Mutter kurz gesehen, als Sie oben in Ihrem Zimmer waren? Hat sie die Augen geöffnet? Bewegt sie ihre Hände oder Füße? Sagt sie etwas? Nein, sie liegt einfach nur da und spürt nichts. Gott ignoriert die Gebete der Leute aus der Gemeinde, die gekommen sind, um für sie zu beten. Er antwortet nicht."

Jetzt beugte ihr Gesprächspartner sich vor, stützte die Ellbogen auf die Tischplatte und sagte sehr ernst: „Als Erstes möchte ich sagen, dass Gott die Gebete seiner Kinder nie ignoriert. Wir können jederzeit voller Zuversicht zu Gott kommen, in der Gewissheit, dass er alles hört, worum wir bitten. So sagt es jedenfalls das Neue Testament. Bitte glauben Sie mir, Gott hat jedes Wort gehört, das an ihn gerichtet wurde. Sein Schweigen bedeutet nicht, dass er uns ignoriert."

Sie schob den Salat zur Seite, weil ihr der Appetit vergangen war. „Aber so fühlt es sich an."

Einen Moment saß er einfach still da und schien sie genau zu betrachten. Gerade als sie so weit war, einfach aus der Sitznische zu stürmen und wieder nach oben zu gehen, sagte er: „Kennen Sie das Buch Hiob aus der Bibel?"

Es war viele Jahre her, dass sie zu einer Gemeinde gehört hatte, aber sie erinnerte sich an Predigten über Hiob. Damals hatte sie es ziemlich ungerecht von Gott gefunden, einem einzelnen Menschen so viel Schweres zuzumuten, und sie war nicht gerade versessen darauf, die Geschichte noch einmal zu hören. Doch sie wollte dem Geistlichen gegenüber wenigstens ehrlich sein und nickte deshalb.

„Dann wissen Sie ja, dass er ein paar der schlimmsten Dinge erlebte, die einem Menschen zustoßen können – er verlor alles, was er besaß, seine Freunde, seine Kinder und auch noch seine Gesundheit. Seine eigene Frau riet ihm, Gott zu verfluchen und lieber zu sterben. Er betete mehrfach um Hilfe, und Gott hörte diese Gebete auch, aber er gab Hiob nicht die Antwort, die er hören wollte. Jedenfalls zunächst nicht. Und wissen Sie, warum?"

Sie konnte sich nicht mehr erinnern, wie die Geschichte ausging, also zuckte sie mit den Achseln.

„Weil diejenigen, die Hiobs Kämpfe miterlebten, sehen sollten, wie tief sein Vertrauen zu Gott war. Wenn sich Hiob lediglich den Zeh gestoßen und deshalb das Vertrauen auf Gott nicht verloren hätte, welches Vorbild hätte er denn dann sein können? Aber sein Leid war so schwer, dass er an einer Stelle sogar darüber klagte, dass er nur noch klagen konnte."

Diane dachte an ihre Mutter, sah sie dort in ihrem Bett vor sich und merkte, wie weh ihr das innerlich tat.

„Ich kann mich momentan ganz gut in ihn hineinversetzen."

„Das glaube ich Ihnen gerne", sagte er, und seine aufmerksame und zugewandte Miene zeigte, dass er ihren Schmerz mitfühlte. „Hiob saß fest in einem unglaublichen Elend, für das er nichts konnte. Aber wissen Sie, was er zu Gott sagte?"

Sie schüttelte den Kopf.

„Er sagte: ‚Ich erkenne, dass du alles vermagst, und nichts, das du dir vorgenommen hast, ist zu schwer.'" Er schwieg einen Augenblick, die Brauen ganz dicht über den grauen Augen mit dem intensiven Blick zusammengezogen. „Sehen Sie, sogar in der Asche der Verzweiflung vertraute Hiob darauf, dass Gott ihn nicht im Stich gelassen hatte. An einer anderen Stelle stellt er die Frage, wieso Gott all das Schwere zulässt, aber trotz all des Leides hält er an seinem Glauben fest. Er war ein Beispiel und Vorbild für alle. Er glaubte, dass sein Leiden einen Sinn hatte. Er wusste zwar nicht welchen, aber er vertraute darauf, dass Gott ihm diesen Sinn zum richtigen Zeitpunkt schon zeigen würde." Ein weiches Lächeln ging über sein Gesicht. „Und das hat Gott dann auch getan. Aber nicht nach Hiobs Zeitplan, sondern nach seinem eigenen."

Diane neigte den Kopf zur Seite. „Sie sagen also, dass Gott die Gebete für meine Mutter gehört hat und sie auch beantworten wird, aber erst dann, wenn er es will?"

„Ja, so kann man es vielleicht formulieren. Aber man könnte auch sagen, Gott hat die beste Antwort. Und er wird sie zum richtigen Zeitpunkt auch offenbaren." Er schmunzelte. „Meine Frau sagt immer, Gott arbeitet nicht nach unserem Terminplan. Und doch kommt er nie zu spät, sondern ist immer genau rechtzeitig."

In Dianes Herz flackerte Hoffnung auf. „Meine Mutter wird also zum richtigen Zeitpunkt aufwachen?“

Er legte seine Hand auf ihr Handgelenk, und in seinem Blick lag Mitgefühl. „Nur Gott allein weiß, ob Ihre Mutter wieder aufwacht oder nicht, Ms DeFord. Aber ob sie aufwacht oder nicht, ich versichere Ihnen, dass das, was auch passiert, das Beste für sie ist und auch das, was Gott am meisten verherrlicht.“

Der kleine Hoffnungsschimmer erstarb unter einer Welle von eisigem Zorn. „Und was ist mit mir? Oder mit meiner Tochter? Ist es das Beste für uns, dass uns ein Mensch, den wir b… beide lieben, genommen wird, bevor wir bereit sind, ihn gehen zu lassen?“

„Das Einzige, was ich mit Sicherheit sagen kann, ist, dass Gott das, was er tun will, oft auf ganz unerwartete Weise tut.“ Er nahm seine Hand von ihrem Arm. „Jede Herausforderung ist eine Chance für uns, im Glauben zu wachsen und abhängiger von Gott zu werden. Und wie auch immer er die Gebete für Ihre Mutter, die wir alle lieben, und unsere Hoffnung, dass sie wieder aufwacht und so quicklebendig ist, wie wir sie kennen, beantwortet – ich muss wie Hiob glauben, dass die Antwort einen Sinn hat.“

„Auch wenn es ein Nein ist?“ Die Frage kam sehr leise heraus, weil ihre Kehle ganz trocken und rau war.

„Ja, auch dann.“

Sie trank noch einen Schluck Wasser, aber es konnte den sauren Geschmack, den sie auf der Zunge hatte, nicht vertreiben. „Ich muss jetzt wieder hoch zu ihr. Ihr Zimmer ist inzwischen wahrscheinlich fertig, und ich möchte nicht, dass meine Mutter lange allein ist.“

„Ms DeFord, Ihre Mutter ist ein Tempel des heiligen Geistes. Sie ist nie allein.“

Als sie jetzt aus der Sitznische herausrutschte und aufstand, erhob er sich ebenfalls und reichte ihr die Hand. Sie ergriff sie und rechnete mit einem kurzen Händedruck, aber er umfasste ihre Hand mit beiden

Händen, hielt sie fest und sagte lächelnd: „Wenn Sie nichts dagegen haben, würde ich gern mit Ihnen zu Hazel hinaufgehen und ein bisschen Zeit bei ihr verbringen. Ich werde in dieser Zeit für Ihre Mutter beten und auch für Sie und Ihre Tochter."

„Beten Sie einfach nur für meine Mutter", entgegnete Diane, entzog ihm ihre Hand, nahm ihr Tablet und marschierte los. „Meghan und ich kommen schon zurecht."

Cumpton, Arkansas

Meghan

Meghan wartete oben an der schmalen Betontreppe, die in den Keller des Waisenhauses führte. Sie war so aufgeregt, dass es sie am ganzen Körper kribbelte. Nachdem sie zwei ganze Tage im Hotel verbracht und auf den richterlichen Durchsuchungsbeschluss gewartet hatten, lag er endlich vor. Und jetzt, einen Tag nachdem sie eigentlich wieder hätten zurückreisen sollen, durchsuchten drei Beamte des Polizeireviers von Bentonville endlich Mrs Burtons Büro. Wegen der Krücken konnte sich Meghan an der Durchsuchung nicht beteiligen, aber sie vertraute darauf, dass die Leute finden würden, was sie brauchten, um ihre Theorie über Mrs Burtons Aktivitäten zu beweisen oder eben zu widerlegen. Noch besser war allerdings, dass sie darauf vertraute, dass Gott sie leiten würde.

Mrs Durdans schockierte Miene und der verletzte Ausdruck, als ihr bewusst wurde, dass sie hintergangen worden war, war in Meghans Gedächtnis wie eingraviert. Leise Schluchzer drangen durch die offene Tür zwischen dem Waisenhaus und der Privatwohnung der Frau und Meghan plagten Schuldgefühle. Mrs Durdan war so nett und gastfreundlich gewesen, dass es wirklich kein Vergnügen für Meghan war, das Weltbild der alten Dame dermaßen zu erschüttern. Aber die Wahrheit musste ans Licht. Während sie darauf wartete, dass die Männer mit der Durchsuchung fertig wurden, betete sie, dass die Frau ihnen irgendwann würde vergeben können.

Gedämpfte Stimmen und dumpfe Schritte kamen jetzt vom Fuß der Treppe. Meghan trat beiseite, als Sean auftauchte, gefolgt von den anderen Beamten. Zwei von ihnen gingen direkt in den Anbau, der dritte blieb bei Sean, der triumphierend grinste und ein in Leder gebundenes Buch in der Hand hielt.

„Hier ist es. Darin ist eine Liste aller Kinder, die Mrs Burton privat nach Kalifornien zur Adoption vermittelt hat."

Jetzt schlug Meghan das Herz bis zum Hals. Sie drückte mit den Ellenbogen die Krücken an den Körper und streckte beide Hände aus. „Kann ich mal sehen? Ist Maggies Name auf der Liste?"

Der Beamte, der bei ihnen geblieben war, stand mit breiter Brust wichtigtuerisch da. „Die Namen der Kinder sind nicht eingetragen", sagte er. „Es gibt immer nur ein Datum und eine Beschreibung des Kindes. Insgesamt sind es einunddreißig." Er atmete einmal vernehmbar aus. „Diese Nora Burton war offenbar eine ziemlich rührige Person. Sie beide haben da eine Büchse der Pandora geöffnet. Die Medien werden einen großen Tag haben." Er warf Sean einen Blick zu. „Ich lasse Ihnen ein bisschen Zeit, mit Ihrer Kollegin die Aufzeichnungen durchzugehen, bevor wir das Buch als Beweisstück eintüten." Und damit marschierte er zur Tür hinaus.

Meghan schaute schockiert in das aufgeschlagene Buch. Jemand – vermutlich Mrs Burton – hatte die Seiten in Spalten unterteilt. Sie schaute sich die Überschriften über den Spalten an. *Gewünschtes Äußeres, Alter des Kindes, Übergabedatum* und *Adoptionsfamilie.*

Sechs Seiten waren gefüllt mit Informationen. „Ich kann einfach nicht glauben, dass es so viele …" Sie hob den Blick und sah in Seans grimmiges Gesicht. „Aber wieso sind dann nur zehn Kinder als vermisst gemeldet worden?"

„Ich werde noch ein bisschen mehr wühlen, um das alles herauszubekommen, aber aus Notizen, die sie in einem anderen Buch gemacht hat, schließen wir, dass sie am Anfang wirklich gute Absichten verfolgte. Sie wollte mittellosen Eltern die Chance geben, ihre Babys oder Kleinkinder an Familien abzugeben, die ihnen ein besseres Leben ermöglichen konnten. Und wenn die Eltern ihre Rechte an einem Kind abgetreten hatten, dann meldeten sie es natürlich nicht als vermisst, deshalb tauchen die Namen wahrscheinlich auf keiner Vermisstenliste auf."

Empörung erfasste sie, während Gedanken an den Mann, der nie auch nur einen Hauch von Interesse daran gehabt hatte, eine Rolle in ihrem Leben zu spielen, sie irgendwo im Hinterkopf kitzelten. „Es ist schwer zu fassen, dass Eltern einfach ein Kind weggeben."

Sean lächelte sie traurig an. „Vergiss nicht, was für eine Zeit das damals war, Meghan. Das war während der großen Wirtschaftskrise, in Europa herrschte Krieg, und viele Menschen waren bettelarm und litten echte Not. Wenn sie ihre Kinder nicht mehr mit Essen und Kleidung versorgen konnten, dann war es doch das Menschlichste und auch Verständlichste, was sie tun konnten, sie abzugeben an Leute, die gut für sie sorgen konnten.

„*Das Menschlichste ...*" Darüber musste sie später noch einmal nachdenken. Sie nickte und schob ihre persönlichen Gedanken beiseite. „Ja, Verzweiflung führt wahrscheinlich dazu, dass man schmerzliche Entscheidungen trifft. Aber wenn es doch Leute gab, die bereit waren, ihre Kinder abzugeben, wieso musste sie dann auch Eltern ein Kind wegnehmen, ohne dass die sich dazu bereit erklärt hatten?"

„Schwer zu sagen. Vielleicht hat sie ja gefragt, und die Eltern wollten nicht, aber sie war wirklich davon überzeugt, dass sie die Kinder rettete, indem sie sie aus der Familie holte. Vielleicht wurde sie mit der Zeit auch gierig und wollte mehr ‚Vermittlungsgebühren' kassieren, wie sie die Zahlungen in ihren Aufzeichnungen nennt. Vielleicht wollten die neuen Adoptiveltern nur ein Kind mit einem bestimmten Aussehen oder nur ein bestimmtes Geschlecht, und sie hat sich die Kinder dann einfach geholt, weil sie ihre Kunden nicht enttäuschen wollte. Die Tatsache, dass alle Kinder, die in Benton County entführt wurden, blond sind und blauäugig, lässt eher auf Letzteres schließen." Er zuckte mit den Achseln. „Aber ganz sicher werden wir das wohl nie wissen."

Meghan überflog die Einträge. „Das Ganze ist wirklich unglaublich." Sie schnappte nach Luft und hätte beinah das Buch fallen lassen. Sean konnte es gerade noch auffangen. „Schau mal hier. ‚Mädchen: blond, blaue Augen, fröhliches Wesen; Alter: ungefähr drei Jahre; 17. Juli 1943; Waldo und Rosemary Plum, San Francisco, Kalifornien …'" Sie merkte, wie aufgeregt sie jetzt war, denn sie begann am ganzen Körper zu zittern. „Das Alter, die Beschreibung und das Datum – das passt alles ganz genau zu dem, was Großmama über Maggie gesagt hat. Das muss sie sein."

Sean lächelte. „Ja, das glaube ich auch."

„Ach, Sean …" Sie schloss einen Moment die Augen und versuchte, sich Großmamas Gesicht vorzustellen, wenn sie ihr erzählte, was mit Maggie passiert war. Doch dann überkam sie der Kummer mit einer solchen Wucht, dass sie ganz weiche Knie bekam. Seit Großmamas OP hatte sie zweimal täglich mit Mama telefoniert, aber bisher gab es keinerlei Anzeichen dafür, dass Großmama aufwachen würde. Sie öffnete wieder die Augen und sah Sean durch einen Tränenschleier an. „Glaubst du, dass Großmama wieder aufwacht und wir es ihr sagen können?"

Er nahm ihr Gesicht in seine Hände, und seine Berührung war behutsam und tröstlich. „Ich sag dir was: Wenn wir es ihr nicht mehr sagen können, dann wird sie es trotzdem erfahren. Im Himmel werden all ihre Fragen beantwortet. Sie wird es erfahren. Ich glaube wirklich … dass sie es erfahren wird."

Kapitel 39

Las Vegas, Nevada

Diane

Diane steckte ihr Handy wieder in die Tasche und lehnte sich mit der Stirn an die kühle Fensterscheibe. In Mutters Zimmer durfte sie nicht mit dem Handy telefonieren, deshalb war sie auf den Gang in eine kleine Nische mit Blick auf den Parkplatz gehuscht, als Meghans Anruf kam. Es war wirklich keine schöne Aussicht, die sie da hatte, aber wenigstens war es ein Ort, an dem sie für sich war. Perfekt für ein so wichtiges Gespräch, weil es keinerlei Ablenkung gab.

Am Montag würde Meghan wieder in Nevada sein. Sie und ihr Kollege hatten in Cumpton alle Informationen bekommen, die sie brauchten, und sie hatten den Kampf um die Beweisstücke aus dem alten Waisenhaus und um den Gerichtsstandort gewonnen. Wenn Sean wieder in Little Rock war, wollte er sich ganz darauf konzentrieren, die Familie ausfindig zu machen, von der Mutters kleine Schwester anscheinend adoptiert worden war. Zu hören, wie aufgeregt Meghan war, obwohl man ihrer belegten Stimme auch die Erschöpfung anmerkte, war für Diane eine Aufmunterung, die sie dringend nötig hatte. Aber dann hatte Meghan nach Mutter gefragt, und Diane hatte ihr die Wahrheit sagen müssen.

„Immer noch unverändert. Die Ärzte haben gestern Nachmittag einen Gehirn-Scan durchgeführt und keine Schädigungen feststellen können. Ihre Neuronen sind intakt, und ihr Gehirn reagiert auf Reize; aber aus irgendeinem Grund, den wir nicht verstehen, reagiert sie nicht. Das bedeutet, dass sie irgendwie … in sich selbst eingesperrt ist."

Als Diane ihr dann erzählte, dass die Ärzte vorhatten, Mutter von der Intensivstation auf die Hospizstation zu verlegen, brach Meghan in Tränen aus, und Diane weinte mit, obwohl sie sich so fest vorgenommen hatte, es nicht zu tun. Doch hinterher war sie erleichtert und konnte nicht leugnen, dass der Ausbruch gutgetan hatte. Die schmerzende Enge in der Brust war verschwunden, und auch ihr Magen tat nicht mehr so weh. Vielleicht war es besser, die Gefühle herauszulassen, als sie in sich zu verschließen.

Sie stand vom Fenstersims auf und seufzte. Sie sollte wieder zurück in Mutters Zimmer gehen. Die Schwestern und Schwesternhelferinnen, ja sogar die Spanisch sprechende Frau, die zweimal täglich die Mülleimer leerte, hatten sich daran gewöhnt, dass Diane immer da war, und machten sich sogar schon Sorgen, wenn sie mal länger nicht auf ihrem Sessel zu sehen war. Die Sorge der Leute rührte sie und sie wollte sie auf gar keinen Fall beunruhigen.

Wenn ihre Mutter früher beunruhigt gewesen war oder sich Sorgen gemacht hatte, hatte sie das nie weiter interessiert.

Bei diesem Gedanken blieb sie abrupt stehen. Schuldgefühle überfielen sie, düster und quälend. Sie sank gegen die Wand. Was, wenn Mutter gar nicht wieder aus dem Koma erwachte? Wenn Diane gar nicht mehr die Chance bekäme, ihre Mutter um Verzeihung zu bitten und ihr zu sagen, dass sie sie liebte? Vielleicht würde sie selbst daran zerbrechen, wenn sie keine Gelegenheit mehr bekäme, mit ihrer Mutter ins Reine zu kommen.

Wieso hatte etwas so Furchtbares passieren müssen, damit sie merkte, wie viel ihr ihre Mutter bedeutete?

Allerdings hatte sie durch die Operation und das Koma wenigstens die Chance bekommen, ihre Beziehung aus einem anderen Blickwinkel zu sehen. Zumindest konnte sie Mutters geradezu zwanghafte Sorge um sie jetzt nachvollziehen. Vielleicht hatte Reverend Raber das gemeint, als er sagte, dass Gott nichts ohne Sinn und Grund zuließ.

Sie ging zurück in Mutters Zimmer und setzte sich in den Sessel. Aus dem CD-Player kam leise und beruhigende Musik wie immer. Nicht wirklich laut genug, um das Piepsen der Apparate im Zimmer zu übertönen, aber laut genug, um davon abzulenken. Diane erkannte die Melodie wieder, und sie begann, innerlich den Text mitzusingen.

„Amazing grace, how sweet the sound, that saved a wretch like me …“

Juni 1974
Little Rock, Arkansas

Diane nahm ihre pinkfarbene Bibel in beide Hände und raffte allen Mut zusammen. Der Pastor stand vorn in der Mitte und wartete. Er hatte gesagt, wenn jemand sich für den Glauben an Jesus entscheiden wolle, solle er oder sie jetzt nach vorn kommen und das öffentlich aussprechen. Um sie her sangen alle ein Lied, das der Pastor als Einladungschoral bezeichnet hatte, und genauso fühlte es sich auch an – als lüde er sie ein, aufzustehen, nach vorn zu gehen und dem Pastor zu sagen, sie wünsche sich, dass Jesus sie von allen Sünden befreie.

Und Sünden gab es bei ihr jede Menge. Sie hatte einen Dollar aus dem Sparschwein ihrer Freundin Cindy Regier gestohlen, und am vergangenen Freitag hatte sie beim Diktat ein paar Wörter bei John Esslack abgeschrieben, weil er immer nur Einser schrieb. Und sie hatte auch ein paarmal geflunkert. All diese Sünden lasteten schwer auf ihr. Sie wollte sie loswerden, und dazu gab es nur eine Möglichkeit.

„... and Grace will lead me home ...“

Als Diane aufstand und in den Mittelgang trat, schnappte Mutter hörbar nach Luft, griff nach Papas Arm, und beide schauten sie an und sahen sehr glücklich aus. Ob sie auch mitkommen würden? Doch dann deutete Mutter ihr mit einer Geste, nach vorn zu gehen, und Papa formte lautlos die Worte: „Ja, geh, Liebes.“ Sie war nach vorn zum Pastor gegangen, hatte sich auf eine gepolsterte Bank gekniet und Jesus gesagt, sie wünsche sich von ihm, dass er sie von allen Sünden befreie. Und dann waren all diese schlimmen Gefühle einfach von ihr abgefallen, und als sie wieder aufstand, hatte sie gewusst, dass alles in ihr blitzsauber war, so als hätte sie innerlich ein Bad genommen.

Sie war den Mittelgang entlang zurück zu Mama und Papa gerannt, und die hatten sie umarmt und ihr gesagt, wie stolz sie auf sie wären. Und sie hatte geantwortet: „Ich bin so glücklich. So glücklich wie noch nie in meinem Leben!“

Mama hatte ihr Gesicht in beide Hände genommen und sie mit Tränen in den Augen angelächelt. „Das ist die Freude, die von Gott kommt, mein Herz, und die ist besser als alles Glück der Welt. Glück ist vergänglich, aber die Freude an Gott, die bleibt ewig. Wenn du deinen Weg mit ihm gehst, dann wirst du diese Freude nie mehr verlieren, egal, was kommt.“

Gegenwart
Las Vegas, Nevada

Irgendwann nachdem Papa gestorben war und Mutter sie nur umso heftiger umklammerte, sodass sie kaum noch Luft bekam, hatte Diane ihre Freude unter einer dicken Schicht Ärger und Feindseligkeit vergraben. Sie hatte zugelassen, dass der Schmerz über Papas Tod, der Zorn über die zwanghafte Fürsorge ihrer Mutter, die Tatsache, dass Kevin sie hatte sitzen lassen, und sogar der Frust über die Leute aus der Gemeinde, die sich hochnäsig von ihr abgewandt hatten, ihr die Freude raubte, von der Mutter gesagt hatte, sie könne sie nie verlieren. Ob sie diese Freude immer noch haben konnte? Auch jetzt noch? Oder hatte Gott sie inzwischen aufgegeben? Es gab nur eine Möglichkeit, das herauszufinden.

Sie beugte sich vor, faltete die Hände und schloss die Augen. „Gott, es tut mir leid, dass ich dich weggestoßen habe. Bitte vergib mir meinen Egoismus und meinen dummen Stolz. Bitte gib mir doch meine Freude in dir zurück. Und wenn … wenn Mutter uns verlässt und nicht wieder zu uns zurückkommt, dann sag du ihr doch bitte, wie sehr ich sie liebe und dass ich sie bald wiedersehe."

„He will my shield and portion be, as long as life endures …"

Diese Worte schlichen sich in ihre Erinnerung, und erneut kamen ihr die Tränen. Aber sie galten nicht dem, was sie verloren hatte; es waren Freudentränen über eine Erneuerung. Sie hatte so viel Zeit mit Wut und kindischer Feindseligkeit vertan, aber mit ihrem Eingeständnis vor ihrem himmlischen Vater wurde sie von einer Welle des Friedens erfasst, der so real war, dass er ihr aus allen Poren quoll. Sie hatte einen angenehmen Duft in der Nase, und sie atmete tief ein, sodass der Duft den fauligen Gestank der Bitterkeit, der Reue und des verdrängten Zorns vertreiben konnte. Stattdessen erfüllte sie Freude. Eine Freude, die nur von Gott selbst kommen konnte.

Sie mochte zwar immer noch in ihrem Häufchen Asche festsitzen, aber sie war nicht mehr allein. Und sie würde darauf vertrauen, dass Gott ihr zu dem Zeitpunkt wieder aufhelfen würde, den er für richtig hielt.

Großmamas Freunde Pete und Rachel holten Meghan vom Flughafen ab, als sie am 29. Juli vormittags um elf wieder in Las Vegas ankam. Das freundliche Ehepaar umarmte sie, als würden sie sie schon ewig kennen, und das tat fast so gut, als würde sie Großmama umarmen – nicht ganz, aber beinah.

Rachel massierte Meghans völlig verspannte Schultern, während Pete ihren Koffer holte. „Wir bringen dich erst mal zu Hazel nach Hause, damit du dich ein bisschen ausruhen kannst, und wenn du so weit bist, dann holen wir irgendwo eine Kleinigkeit zu essen und fahren dich ins Krankenhaus."

„Ehrlich gesagt, bin ich gar nicht müde und Hunger habe ich auch nicht. Wenn es euch recht ist, dann würde ich lieber gleich ins Krankenhaus fahren." Der Wunsch, Großmama zu sehen, auch wenn die sie nicht wahrnehmen würde, machte Meghan innerlich ganz kribbelig. Sie hatte ihr etwas Wichtiges mitzuteilen und würde keine Ruhe finden, bevor sie es ihr nicht selbst ins Ohr gesagt hatte.

Pete kam jetzt mit Meghans Koffer vom Gepäckband zurück, und Rachel wiederholte noch einmal für ihn, was Meghan gesagt hatte.

Pete lächelte. „Also, dann direkt zum Krankenhaus." Er ging voran und Rachel und Meghan folgten ihm.

Rachel stützte Meghan locker am Ellenbogen und berichtete: „Wir haben bei Hazel die Blumen gegossen und die Post aus dem Briefkasten geholt, weil deine Mutter sie nur ungern in der Klinik allein lässt. Wo du jetzt da bist, kannst du Diane ja vielleicht überzeugen, mal wieder eine Nacht in ihrem Bett zu schlafen statt auf einem harten Stuhl."

„Ich werde tun, was ich kann." Meghan zwang sich zu einem heiteren Ton, aber diese Information berührte sie so sehr, dass es ihr richtig den Atem verschlug. Nie hätte sie gedacht, dass Diane am Bett ihrer Mutter kampieren würde, und schon allein die Vorstellung brachte sie beinah zum Weinen – und zwar gleichzeitig aus Freude und Kummer.

Sie schob sich hinter Rachel auf den Rücksitz des Wagens und bemerkte neben sich eine Kühlbox, die mit dem Sicherheitsgurt gesichert war. Der Anblick brachte sie zum Schmunzeln. „Ich kenne wohl keinen Menschen, der so sehr auf Sicherheit bedacht ist wie ihr hier."

„Wir wollten nicht, dass der Inhalt herumpurzelt und die Sachen nicht mehr zu genießen sind", meinte Pete darauf nur grinsend.

Rachel sah mit funkelnden Augen über die Lehne des Beifahrersitzes nach hinten. „Das Essen im Flieger ist ja auch nicht mehr das, was es mal war, also mach das Ding auf, und bediene dich."

Meghan nahm den Deckel von der Kühlbox und warf einen Blick hinein. Es gab zwei Dosen Dr Pepper und eine Packung Pfefferminzschokolade auf einer Lage Eis. Wieder kamen ihr die Tränen. Sie hatte gesagt, sie sei nicht hungrig, und das hatte sie auch wirklich so gemeint, aber der Schokolade konnte sie einfach nicht widerstehen. Sie lächelte das fürsorgliche Ehepaar ein bisschen unsicher an und sagte: „Vielen, vielen Dank."

Dann öffnete sie die Packung und steckte sich ein Stück Schokolade in den Mund, während Pete den Wagen in den Strom von Taxis, Limos und anderen Autos einfädelte. Diese Fahrt auf dem Rücksitz, Pfefferminzgeschmack auf der Zunge, erinnerte sie an die Taxifahrt zu Großmutter in einem ähnlichen Wagen, als sie in Las Vegas angekommen war. War das wirklich erst zweieinhalb Wochen her? Es fühlte sich an, als wären seitdem Jahre vergangen.

Als sie bei dem dreigeschossigen roten Backsteingebäude ankamen, das die Form eines riesigen L hatte, ließ Pete sie und Rachel am Haupteingang heraus und fuhr dann weiter zum Parkplatz. Rachel war schon zuvor in der Klinik gewesen, um Hazel zu besuchen, und führte deshalb Meghan in die zweite Etage, wo die Räume der Hospizstation lagen. Für Meghan war die Information, Großmama sollte auf die Hospizstation verlegt werden, ein richtiger Schock gewesen. Der Begriff war für sie bisher immer gleichbedeutend gewesen mit der letzten Station vor dem Tod. Aber dem Schild an der Doppeltür zufolge handelte es sich hier um Langzeit-Palliativpflege. Das machte ihr wieder etwas Hoffnung.

Sie warteten vor der Tür, bis Pete kam, und betraten dann zu dritt Großmamas Zimmer. Mama saß auf einem mit Vinyl bezogenen Sessel neben Großmamas Bett. Sie stand auf, streckte Meghan die Hand hin und bat sie, doch näher ans Bett zu kommen, was Meghan auch tat. Aber knapp zwei Meter vor dem Bett blieb sie stehen. Sie starrte Großmama an, ihr Herz begann zu stolpern, und ein Schauer lief ihr über den Rücken. Wie war es möglich, dass sich jemand in so kurzer Zeit so sehr veränderte? Großmama sah aus wie Haut und Knochen. Wie viel sie wohl abgenommen haben mochte? Eine unregelmäßig gezackte Linie verunstaltete ihren Hals; auf der blassen Haut wirkte die Narbe beinah neonfarben. Sie hatte Großmama unbedingt etwas sehr Wichtiges erzählen wollen, aber als sie sie jetzt sah, packte Meghan die Angst. Sie konnte sich dem Bett, in dem scheinbar nur noch die Hülle ihrer Großmutter lag, einfach nicht nähern.

„Meghan?" Mamas Stimme übertönte kaum die Klaviermusik, die irgendwo im Zimmer spielte. „Willst du deine Großmutter nicht begrüßen?"

Rachel gab ihr einen ganz kleinen Stups im Kreuz. „Geh ruhig, Liebes. Begrüß deine Großmama. Es ist wichtig für sie, dass sie deine Stimme hört."

Meghan warf Rachel einen panischen Blick zu. „Kann sie mich denn überhaupt hören? Sie sieht … Sie sieht so …"

Rachels Augen drückten ihr ganzes Mitgefühl aus. „Ich weiß, sie sieht schlimm aus. Aber sie ist immer noch da."

Jetzt trat Pete zu Rachel und legte ihr den Arm um die Taille. „Rachel hat recht", sagte er. „Solange Hazels Herz schlägt, gibt es Hoffnung. Geh ruhig hin, sonst tut es dir vielleicht irgendwann leid."

Mamas Hand war immer noch nach Meghans ausgestreckt, und Meghan holte schließlich tief Luft, schickte eine stille Bitte um Hilfe zum Himmel und ging weiter. Mama hakte sich bei ihr unter und lehnte sich an sie, sodass sich ihre Schultern berührten. „Sprich mit ihr. Glaub mir, hinterher wirst du froh sein, dass du es getan hast."

Irritiert sah Meghan ihre Mutter an. Die steile Falte zwischen ihren Augenbrauen, die ihr sonst immer etwas Strenges gab, war viel weicher, und ihr Blick schien klarer und weniger angespannt als seit Jahren. Meghan zuckte ein wenig zusammen, als sie den Ausdruck in Mamas Gesicht erkannte. Was sie sah, war Frieden. Mama sah friedvoll aus. Genau dafür hatte Sean doch gebetet, und genau das hatte auch sie selbst dank Seans behutsamer Anleitung während der Woche in Cumpton gefunden.

Meghans Herz flatterte. „Mama, hast du …?"

„Schschsch." Mama drehte sie wieder zum Bett um. „Mit mir kannst du später noch reden. Jetzt sprich erst einmal mit Großmama. Sag ihr alles, was du ihr zu sagen hast."

Meghan hörte auch, was ihre Mutter nicht aussprach – *„für den Fall, dass du keine andere Gelegenheit mehr dazu hast."*

Meghan nickte. Sie blinzelte gegen die aufsteigenden Tränen an, beugte sich so weit es ging über das Bett und flüsterte ihrer Großmutter ins Ohr: „Großmama? Ich bin's, Meghan. Ich muss dir etwas Wichtiges sagen."

Kapitel 40

Hazel

Höher, Hazel Mae! Schubs mich höher an!" Maggies Jauchzen war auf dem ganzen Schulhof zu hören. Sie hatten ihn ganz für sich, was ungewöhnlich war für einen so schönen Sonntagnachmittag. Hazel hatte mit Maggie auf dem kleinen Karussell Runden gedreht, sie hatten auf der Wippe gespielt, und jetzt schaukelten sie.

Hazel hielt die quietschenden Ketten fest, an denen die Schaukel hing, und ließ sie wieder los. Maggie schwang nach vorn, ihre bloßen Füße strampelten in der Luft. Ihr Kichern klang ihr in den Ohren und Hazel musste unwillkürlich lächeln. Sie hatte gejammert, als Mama sie gebeten hatte, auf Maggie aufzupassen und sie zu beschäftigen, damit sie Rote Bete einkochen konnte, aber jetzt war sie froh, dass sie hergekommen waren. Maggies Freude war einfach ansteckend.

Die Schaukel wurde wieder langsamer und Maggie zappelte mit den Beinen. „Noch mal Hazel! Ganz, ganz hoch!"

Hazel bekam die Ketten zu fassen und zog die Schaukel zurück. „Okay, jetzt ganz, ganz hoch. Fertig?" Sie streckte sich, bis sie auf Zehenspitzen stand, und ließ dann die Ketten los, sodass Maggie hoch in die Luft flog.

„Huiiii!" Der hölzerne Sitz löste sich von den Ketten, und Maggie überschlug sich immer wieder in der Luft.

Hazel keuchte vor Schreck laut auf und sauste mit ausgestreckten Armen hinterher. Die Ketten schlugen gegen sie, als sie unter dem Schaukelgerüst hindurchging, aber das war ihr egal. „Maggie! Maggie!" Ihre Schwester schlug immer noch Purzelbäume gegen den Hintergrund des blauen Himmels, wurde kleiner und kleiner, bis Hazel sie nicht mehr sehen konnte.

Mit heftigem Herzklopfen und verzweifelt den Himmel absuchend stand Hazel eine ganze Weile da. Dann gaben ihre Knie nach, und sie fiel ins Gras, das so dicht und grün war, dass sie darin versinken konnte, und brach in Schluchzen aus. Sie hatte Maggie verloren. Was würden Mama und Papa sagen?

Jemand tippte ihr auf die Schulter. Margaret Diane stand über ihr, das jugendliche Gesicht verwirrt in Falten gelegt. „Was machst du denn, Mutter? Das Essen wird noch anbrennen."

Verwirrt schaute Hazel sich um. Töpfe und Pfannen, teilweise dreifach gestapelt, türmten sich auf allen Herdplatten. Aus den Töpfen stieg Dampf auf, blubbernde Blasen liefen über den Rand und tropften auf die emaillierte Herdoberfläche. Sie sprang auf und eilte auf dem gefleckten Linoleumboden zum Herd. Da waren zu viele Töpfe und es kochten zu viele Dinge. Sie sollte einige der Töpfe herunternehmen, die blubbernden Gebräue umrühren. Wo waren nur ihre Topflappen? Wo waren ihre Kochlöffel? Panik stieg in ihr auf und sie machte hilflose Gesten mit den Händen.

„Weißt du was, Großmama?" Ein kleines Mädchen mit Zöpfen tauchte neben dem Herd auf. Die Sommersprossen, mit denen ihre Nase gesprenkelt war, glänzten wie neue Pennystücke, und die dunkelbraunen Augen funkelten, als wären Diamanten darin.

Der Geruch von Pfefferminz umgab sie, ein köstlicher, ein beruhigender Duft. Er kam von dem Kind. Hazel beugte sich mit geschlossenen Augen und suchenden Sinnen zu ihr hinunter.

„Ich habe ihn gefunden. In Cumpton auf dem Friedhof habe ich ihn

gefunden. Jetzt gehört er mir und ich gehöre ihm. Freust du dich, Großmama?"

Freude wallte in Hazel auf. Der Herd, die Töpfe, ihre Sorge um Maggie … alles verschwand, und es blieb nur die Freude. Sie atmete den wundervollen Duft in tiefen Zügen ein. Frieden umfing sie, so tröstlich wie eine warme Decke in einer Winternacht. Sie seufzte. „Minze …"

Sie hörte erschrockenes Luftschnappen wie Explosionen neben sich.

Hazel runzelte irritiert die Stirn. Hatte sie etwas Unpassendes gesagt? Was hatte sie gesagt? Ach ja, sie erinnerte sich wieder. Sie hatte den würzigen Duft immer noch in der Nase. Sie probierte das Wort noch einmal. „Mmmm…minnnze."

Diane

Diane schubste Meghan sanft beiseite, beugte sich vor und blickte ihre Mutter forschend an.

„Sag das noch mal, Mutter. Sag ‚Minze'." Jetzt drängten sich Meghan und Rachel hinter sie und Pete rannte zur Tür. „Wir brauchen hier eine Schwester, schnell!", rief er.

Diane rüttelte sanft an der Schulter ihrer Mutter. „Los, bitte sag ‚Minze'. Sag ‚Minze'."

Mutter verzog das Gesicht wie ein Kind, das gezwungen wird, bittere Medizin zu schlucken.

„Mmmmm…"

Die Schwester vom Tagdienst kam ins Zimmer gestürmt. „Was ist denn los?"

„Nichts Schlimmes!" Meghans Stimme bebte vor Freude. „Im Gegenteil, etwas ganz Wunderbares. Großmama kann reden!"

Schwester Charlottes Miene hellte sich auf. „Sie spricht?"

„Sie hat ‚Minze' gesagt!" Meghan lachte und der Geruch von Pfefferminz und Schokolade drang an Dianes Nase.

„Und ich glaube, ich weiß auch, warum sie das gesagt hat", erklärte sie. Dann wandte sie sich hoffnungsvoll an Schwester Charlotte. „Man kann ein Wort zwar noch nicht als Gespräch bezeichnen, aber es ist ja immerhin schon mal ein Anfang, oder?"

„Ja, Ma'am, das kann man wohl sagen." Mit strahlendem Lächeln steuerte Charlotte auf die Tür zu. „Ich sage dem Doktor Bescheid, dass es Anzeichen dafür gibt, dass sie wieder zu Bewusstsein kommt."

Diane schloss Meghan in die Arme, Rachel und Pete schlossen sich an. Zum Klang von „Victory in Jesus" als Hintergrundmusik sprach Pete ein Dankgebet.

Nicht einmal eine Stunde später bestätigte der Arzt, dass Mutter erste Reaktionen zeigte, aber er mahnte sie behutsam, jetzt keine Wunder zu erwarten. „Mrs DeFord ist sieben Tage lang ohne Bewusstsein gewesen. Selbst wenn sie wieder wach wird, besteht immer noch die Möglichkeit, dass sie geistige oder körperliche Schäden davongetragen hat." Doch Diane klammerte sich an die Hoffnung. Mutter hatte den Pfefferminzgeruch in Meghans Atem wahrgenommen und darauf reagiert. Sie war also nicht völlig apathisch. Sie würde zu ihnen zurückkommen.

Natürlich wünschte sich Diane, dass diese Rückkehr ebenso rasch und plötzlich vonstattengehen würde, wie sie das Bewusstsein verloren hatte. Aber statt in großen Sprüngen schlich ihre Mutter sich in kleinen Trippelschritten ins Leben zurück. Am Ende des Tages hatte sie kurz die Augen geöffnet; am nächsten Morgen blieben die Augen dann ein paar Minuten lang offen und schienen Diane, die am Fußende des Bettes auf und ab ging, zu folgen. Zweimal hatte sie sogar spontan Meghans Hand gedrückt. Am ersten August wurde Mutter schließlich von der Sauerstoffzufuhr abgenommen, weil sie gleichmäßig atmete und so heftig die Nase rümpfte, dass Diane und sie Tränen lachten.

Am dritten August nahm Meghan Mutters Hand und sagte: „Großmama, ich stelle dir jetzt eine Frage. Wenn die Antwort Ja ist, dann drückst du meine Hand einmal; ist die Antwort Nein, drückst du zweimal, okay?“ Sie fuhr sich mit der Zunge über die Lippen und fragte: „Hast du eine Tochter, die Margaret Diane heißt?“ Diane und Meghan hielten die Luft an, und nach einer Pause von ungefähr drei Sekunden schlossen sich Mutters Finger um Meghans Hand, und sie weinten vor Freude. Im Laufe des Tages spielten sie das Fragespiel mit Mutter einmal pro Stunde, und Hazel belohnte sie jedes Mal mit der richtigen Antwort.

Am Vormittag des sechsten August, also volle zwei Wochen nach Mutters Operation, kam Schwester Charlotte mit einem Becher Brühe und einem Löffel ins Zimmer. Sie stellte das Kopfende des Bettes etwas höher und gab ein ganz klein wenig – vielleicht einen Viertel Teelöffel – Brühe in Mutters Mund. Mutter riss die Augen auf, schluckte und machte den Mund wieder auf, um mehr zu bekommen. Eine halbe Stunde lang saß die Schwester am Bett und fütterte Mutter löffelweise mit Brühe, bis sie müde wurde und eindöste. Die Schwester erhob sich triumphierend. „Wenn sie so weitermacht, können wir schrittweise mit der künstlichen Ernährung aufhören.“

Den Rest der Woche beobachteten sie Mutters Wachphasen – wenn sie die Augen offen hatte und sie anschaute, als wolle sie jede ihrer Bewegung speichern. Zu Dianes großer Freude dauerten die Wachphasen fast ebenso lang wie die Schlafphasen. Ärzte, Schwestern, Schwesternhelferinnen und sogar Medizinstudenten schauten zu unterschiedlichsten Zeiten bei Mutter vorbei und kontrollierten ihre Reflexe, stellten ihr Fragen und fragten Meghan und Diane nach ihren Beobachtungen. Es freute Diane, mitzuerleben, wie gespannt und begeistert alle die Fortschritte ihrer Mutter verfolgten.

Als am Sonntag Mutters Gemeinde zum Gottesdienst zusammenkam und Meghan und Diane die Lieder vom CD-Player mitsangen, schlug Mutter die Augen auf und machte ebenfalls leise Geräusche zur Musik. Diane nahm ihre Hand: „Singst du, Mutter?"

Mutter drückte zurück, und zwar so fest wie noch nie zuvor. Und sie wisperte: „Siiiiingn."

Drei Wochen nach ihrer Operation wurde Mutter von der Palliativstation wieder auf die normale Station verlegt. Die Schwestern applaudierten und jubelten, als ihr Bett vorbeigeschoben wurde, sodass Diane vor Rührung die Tränen kamen. Wenn Mutter wieder auf den Beinen war, würden sie zu dritt wiederkommen und sich mit Blumen und Schokolade für die wunderbare Behandlung und die gute Betreuung bedanken.

Mutter wurde in ihrem neuen Zimmer untergebracht, von dem aus sie einen Blick in einen blühenden Innenhof hatte. Als die Pflegehelfer wieder gehen wollten, ging Meghans Handy. Sie nahm es aus der Hosentasche, und ein Lächeln ging über ihr Gesicht. „Das ist eine Nachricht von Sean."

Diane zupfte die Bettdecke zurecht und bettete Mutters Arme darauf. Ihre dunklen Augen flackerten. „Will er nur mal hören, wie es geht?"

Meghan rutschte auf ihrem Stuhl herum wie ein Kind an seinem Geburtstag.

„Nein, hört mal zu." Sie hielt das Handy hoch und las: „‚Nachdem ich mehrmals in Sackgassen gelandet bin, habe ich gestern einen Mann namens Eric Plum aus der Bay Area ausfindig gemacht, dessen Großonkel Waldo und Großtante Rosemary in den 40er-Jahren ein kleines Mädchen adoptiert haben. Sie haben sie Emily genannt. Sie ist inzwischen verwitwet und hat drei Kinder – zwei Töchter und einen Sohn."

Dianes Herz geriet ins Schlingern. Wenn diese Frau und Mutter Schwestern waren, dann hatte Mutter Nichten und Neffen.

„Er hat sich bereiterklärt, meine Nachricht über eine mögliche leibliche Schwester weiterzugeben, und wir warten jetzt auf ihren Anruf."

Diane ging zu dem Stuhl, auf dem Meghan saß, und schaute über die Schulter auf die Nachricht von Sean. „Frag ihn, wie wir ganz sicher sein können, dass diese Frau wirklich Maggie ist." Sie wollte nicht, dass ihre Mutter sich unnötig Hoffnungen machte.

Meghan tippte etwas in ihr Handy ein. Ein paar Sekunden später kam das Signal für eine neue eingegangene Nachricht. Meghan las vor: „‚Ein DNA-Abgleich wird beweisen oder widerlegen, ob sie verwandt sind. Emily Plum Weaver muss einem Test aber noch zustimmen. Betet!'" Meghan beantwortete die Nachricht rasch und sah dann fragend zu ihrer Mutter. „Hast du die Stäbchen mit dem Abstrich von Großmamas Mundschleimhaut an das Labor geschickt?"

„Ja, natürlich. Noch am selben Tag, als das Testset angekommen ist. Glaubst du, dass Sean inzwischen schon das Ergebnis hat?"

„Wenn nicht, dann wird er sich noch einmal mit dem Labor in Verbindung setzen und die Leute dort bitten, sich zu beeilen. Als wir gestern Abend telefoniert haben, hat er erzählt, wie er und sein Kollege vom Dienst von Journalisten belagert und verfolgt werden. Die Geschichte von der Waisenhausdirektorin, die Kinder entführt und aus Arkansas herausgeschmuggelt hat, spricht sich langsam herum." Dann legte sich ein Schatten über ihr Gesicht. „Es tut mir so leid für Mrs Durdan. Sie wollte nicht, dass jemand erfährt, was ihre Mutter getan hat, und jetzt wird es bald jeder in ihrem Umfeld wissen. Sie ist sicher am Boden zerstört."

Diane legte ihre Hand auf Meghans Schulter. „Das ist sicher schwer für sie, aber sie ist nicht verantwortlich für das, was ihre Mutter getan hat. Sie sollte deshalb keine Schuldgefühle haben."

„Es wird sicher trotzdem Leute in Cumpton geben, die Mrs Durdan die Schuld für Dinge geben werden, die ihre Mutter getan hat. Mir würde es auch ziemlich schlecht gehen, wenn ich erführe, dass ich studieren konnte und ein schönes Zuhause habe, weil du das Geld dafür damit verdient hast, Kinder aus ihren Familien zu entführen."

Diane strich ihrer Tochter übers Haar. „Ich sag dir was: Wenn Mutter und Maggie – oder Emily, wenn sie es wirklich ist – sich treffen, dann werden wir sehr viele Fotos von den beiden machen. Und dann schicken wir Mrs Durdan einen Brief, in dem wir uns dafür bedanken, dass es durch ihre Hilfe möglich war, die beiden Schwestern wieder zusammenzubringen. Vielleicht kann das ihren Kummer ein wenig mildern."

Ein schwaches Lächeln umspielte Meghans Mund. „Danke, Mama. Das ist eine gute Idee." Sie schaute hinüber zum Bett. Mutter waren die Augen wieder zugefallen, aber ihre Finger zuckten, als spielte sie im Schlaf Flöte. „Ich hoffe, dass Großmama wieder ganz wach ist und sich mit ihr treffen kann, wenn wir herausgefunden haben, ob Emily wirklich Maggie ist. Es wäre doch ziemlich traurig, trotz all der Mühe am Ende zu scheitern."

Diane zog den zweiten Stuhl heran und setzte sich so nah neben Meghan, dass sich ihre Knie berührten. Sie ergriff die Hand ihrer Tochter und sah ihr tief in die braunen Augen. „In dieser Angelegenheit gibt es kein Scheitern. Das Ganze fühlt sich an … als wäre es Fügung."

Meghan legte den Kopf auf die Seite: „Wie meinst du denn das?"

„Na ja, da war als Erstes dein Unfall. Wenn der nicht gewesen wäre, wärest du nicht hergekommen, um Zeit mit Mutter zu verbringen – was wiederum mich dazu veranlasst hat, auch herzukommen. Wir hätten nicht die Reise nach Cumpton geplant, die wiederum der Grund dafür war, Mutter zu einem Check-up zum Arzt zu schicken, und wir hätten nichts von der blockierten Arterie erfahren. Verstehst du?"

Meghan nickte. „Doch, ich verstehe, aber so habe ich das Ganze noch gar nicht betrachtet. Vielleicht ist das wirklich alles von Gott so geplant und gefügt worden."

„Davon bin ich überzeugt." Diane holte jetzt tief Luft, um Mut zu sammeln. „Und da ist noch etwas. Ich habe meine Mutter wieder lieb.

Ich habe wieder Zugang zu dem Glauben bekommen, den ich als Kind hatte. Ich muss sie noch um Verzeihung dafür bitten, wie schlecht ich sie all die Jahre behandelt habe. Aber ich weiß ohne jeden Zweifel, dass sie mir vergeben wird."

Meghan lächelte leise in Richtung Bett, wo Mutter friedlich schlief.

„Ja, das wird sie ganz bestimmt."

„Und dich muss ich auch um Verzeihung bitten."

Meghan zog die Augenbrauen hoch. „Mich? Aber wofür denn?"

„Dafür, dass ich dir nie gezeigt habe, wie sehr ich dich liebe." Jetzt kamen Diane die Tränen, sodass sie Meghan nicht mehr klar sehen konnte. „Ich war so wild entschlossen, nicht wie meine Mutter zu werden, dass ich ins andere Extrem gefallen bin. Ich habe dir nicht genügend gezeigt, wie lieb ich dich habe. Ich habe dich nicht genug beschützt. Und ich habe dir nicht das Wichtigste von allem gegeben – einen Glauben. Das bereue ich am allermeisten. Es tut mir sehr leid, Meghan. Ich liebe dich mehr, als ich sagen kann, und ich hoffe, dass du mir verzeihst."

Meghans Arme flogen auf und sie schlang sie um Diane. „Niemand ist vollkommen, Mama. Und ich erwarte es auch von dir nicht. Du hast getan, was du konntest, und mir gegeben, was du hattest. Ich weiß, dass du mich liebhast, und ich habe dich auch lieb. Es gibt nichts zu vergeben."

Diane löste sich von ihr und nahm Meghans Hand in ihre. „Eines noch."

Obwohl sie lange und intensiv gebetet hatte und obwohl sie wusste, was sie zu tun hatte, würde das hier nicht leicht werden. „Also, was deinen Vater angeht …"

Meghan bekam große Augen, holte hörbar Luft und wurde ganz starr.

„Du hast ein Recht, seinen Namen zu erfahren, und wenn du willst, finde ich heraus, wo er lebt." Ob er seine wunderbare Tochter noch einmal abweisen würde? Sie hielt Meghans Hände jetzt ganz fest und schickte ein Gebet zu Gott, dass sein Wille geschehen möge. „Wenn du willst, dass ich dir sage, wer es ist, dann tue ich es."

Einen Moment lang saß Meghan schweigend da und kaute mit starrem Blick auf ihrer Unterlippe, bis sie schließlich ausatmete. „Danke, Mama. Ich möchte es wissen, aber ... noch nicht." Ein zärtliches Lächeln ging über ihr Gesicht. „Erst mal möchte ich jetzt meinen himmlischen Vater richtig kennenlernen, und er wird mir dann zeigen, wann der richtige Moment gekommen ist, meinen leiblichen Vater zu suchen."

Sie umarmten sich lange und fest, und als sie sich wieder voneinander lösten, wurden sie beobachtet. Mutters dunkle Augen glänzten und ihr Kinn bebte.

Diane stand auf, eilte zum Bett und schob ihre Hand unter die ihrer Mutter. „Hast du Schmerzen?"

Ein zweimaliges bewusstes Drücken war die Antwort.

„Bist du ganz sicher?" Ihre Tränen machten Diane besorgt.

Mutter drückte als Antwort einmal.

„Darf ich ... darf ich dir dann eine Frage stellen?"

Mutter schaute sie weiter unverwandt an und bejahte mit einem weiteren Drücken.

Diane beugte sich vor. „Es tut mir so leid, dass ich deine Liebe als Bevormundung und Einmischung verstanden habe. Ich habe dich jahrelang so schlecht behandelt, und ich habe versucht, Meghan von dir fernzuhalten. Das war falsch, und ich weiß, dass ich dir damit sehr wehgetan habe. Kannst du mir das jemals verzeihen?"

Sofort schlossen sich Mutters Finger um Dianes Hand und drückten sie fest und voller Mitgefühl. Tränen lösten sich aus ihren Augenwinkeln und liefen ihr über die Wangen.

Ihr Mund zuckte, dann öffnete er sich. „Alles ..." – ihre Stimme war rau –, „... alles vergeben und vergessen."

Diane beugte sich vor und legte kurz ihre Stirn an die ihrer Mutter. „Danke."

Da hob Mutter den Arm und legte ihn um Dianes Schulter. „Danke, dass du wieder nach Hause gekommen bist."

Epilog

Thanksgiving Wochenende

Hazel

„Wann landet ihr Flieger denn?" Hazel nestelte an ihrer Perlenkette herum und schaute durch den breiten Ausgang der Gepäckabholung zu den Kofferkarussells. In der Handtasche hatte sie ein neueres Foto von Emily Plum Weaver, die verblüffende Ähnlichkeit mit Mae Clymer Blackwell hatte. Auch ohne DNA-Test hätte Hazel sofort gewusst, dass die Frau ihre jetzt erwachsene verschollene kleine Schwester war.

Meghan drängte sie jetzt zu einer Reihe von Stühlen, wo auch Margaret Diane schon saß und Berge von Geschenktüten bewachte, von denen die größte für Emily war und die kleineren für jedes ihrer Kinder und Enkelkinder, die ebenfalls mitkommen würden.

„Es dauert noch mindestens zehn Minuten, Großmama. Komm, setz dich und entspann dich." „Entspannen …" Hazel setzte sich zwar, schnalzte aber verständnislos mit der Zunge. „Wie soll ich mich denn entspannen, wenn uns eine Horde von Journalisten auf Schritt und Tritt verfolgt? Ich hätte nicht im Traum daran gedacht, dass ich jemals noch ins landesweite Fernsehen komme. Und ich finde es mehr als störend." Sie deutete mit der Hand auf die Schar von Kameraleuten und

Reportern, die gerade Sean interviewten, beugte sich dann ganz nah zu Meghan und flüsterte ihr leise zu: „Aber Sean wird ganz gut damit fertig."

Auf die Wangen ihrer Enkelin stahl sich eine feine Röte, die ihr aber ausgesprochen gut stand. „Sean wird mit fast allem fertig, was Menschen ihm zumuten, auch mit der Publicity dieses Falles. Wer hätte denn gedacht, dass er solche Kreise ziehen würde?"

Margaret Diane deutete mit dem Daumen zu Sean hin. „Ich hoffe, er wird nicht größenwahnsinnig bei all der Aufmerksamkeit, die er bekommt. Es gibt nichts Abstoßenderes als einen größenwahnsinnigen Verlobten."

„Mama …!" Meghan verdrehte die Augen, und Margaret Diane gluckste.

Zuerst hatte Hazel sich gefragt, wie Meghan und Sean es wohl hinbekommen würden, als Ehepartner auch zusammen zu arbeiten. Aber sie war zu dem Schluss gelangt, wenn das jemandem gelingen würde – und zwar gut gelingen würde –, dann den beiden. Anfangs waren sie Freunde gewesen, die großen Respekt voreinander hatten – ein gutes Fundament für eine dauerhafte Beziehung. Und natürlich bauten sie ihre Beziehung auf der besten Grundlage überhaupt auf, nämlich auf dem Felsengrund ihres gemeinsamen Glaubens.

Sie war sehr dankbar dafür, dass ihre Enkelin einen Mann mit einem verlässlichen Charakter und einem starken Glauben gefunden hatte. Besonders auch, weil Margaret Diane nach Weihnachten von Little Rock nach Kendrickson ziehen würde, um in Las Vegas eine Stelle als Lehrerin anzutreten. Der Bundesstaat Nevada konnte von Glück sagen, eine Lehrkraft zu bekommen, die so motiviert war und eine solche Leidenschaft fürs Unterrichten und für Bildung allgemein hatte. Ursprünglich war Hazel angesichts der Pläne ihrer Tochter, in ihre Nähe zu ziehen, eher besorgt gewesen. Schließlich hatte Margaret Diane sich immer über die Hitze in Nevada beklagt. Aber ihre liebevolle Bemerkung – *„Mit der Hitze werde ich schon fertig, wenn ich dafür mehr Zeit mit dir verbringen kann, Mutter“* – hatte dann alle ihre Bedenken zerstreut. Nach all den Jahren, in denen sie einen halben Kontinent entfernt voneinander gelebt hatten, würde sie es jetzt genießen, ihre Tochter in der Nähe zu haben.

Hazel tätschelte Meghan die Hand. „Es gibt eine Möglichkeit, einen Mann von Größenwahn zu kurieren.“

Meghan machte ein interessiertes Gesicht. „Und die wäre?“

Hazel schaute verstohlen nach links und rechts und antwortete: „Schleich dich irgendwo in der Öffentlichkeit hinter ihn, zwick ihm in den Po, verschwinde wieder und dann tu so, als wärest du geschockt. Dann sag so laut, dass jeder es hören kann: ‚Tut mir leid – ich dachte, Sie wären mein Mann!‘ Dann mach dich aus dem Staub. Damit lässt man sicher die Luft aus dem aufgeplusterten Ego eines Mannes.“

„Mutter!“, sagte Margaret Diane und brach dann in Lachen aus. „So etwas würdest du doch nicht machen, oder?“

Hazel presste sich eine Hand auf die Brust und täuschte Ahnungslosigkeit vor. „Aber natürlich nicht. Ich habe doch von Meghan gesprochen.“

Die drei lachten immer noch, als Sean zu ihnen herübergeschlendert kam und sich auf einen freien Platz neben Meghan setzte. Er griff nach ihrer Hand und fragte: „Was ist denn so lustig?“

„Ach, egal.“ Margaret Diane räusperte sich und gab sich alle Mühe, nicht mehr so breit zu grinsen. „Konntest du die Journalisten überzeugen, Mutter und ihrer kleinen Schwester ein bisschen Privatsphäre zu lassen, bevor sie kommen, um die beiden zu interviewen?“

Er nickte. „Einfach war es nicht. Sie wollen natürlich gerade die ersten Emotionen einfangen, aber ich habe ihnen versichert, dass es auch später noch mehr als genug Emotionen geben wird. Kommen werden sie also auf jeden Fall, aber sie werden so lange Abstand halten, bis ich ihnen ein Zeichen gebe.“

Sein Blick fiel auf die Zeitung, die auf dem Stuhl neben ihm lag, und er zuckte zusammen. Dann griff er danach und hielt sie ihnen hin, damit sie sehen konnten, was dort stand. „Hey, schaut euch das an – wir haben es sogar in die Zeitung von Las Vegas geschafft." Die Schlagzeile lautete: „Sonderermittler aus Arkansas deckt 70 Jahre alte Fälle von Kindesentführung auf." Ein Farbfoto von ihm, auf dem er Schwarzweißfotos von Kindern hochhielt – unter anderem auch das von Maggie mit ihrer Puppe –, war großformatig neben dem Artikel platziert. Er grinste. „So schlecht sehe ich doch in der Zeitung gar nicht aus, oder?"

Hazel stupste Meghan mit dem Ellbogen an. „Halt mal lieber deine Finger zum Zwicken bereit", woraufhin Meghan die Schultern hochzog und kicherte.

In dem Moment kam ein Strom von Menschen um die Ecke, sodass Sean rasch die Zeitung wieder weglegte und von seinem Stuhl aufsprang. „Das ist wahrscheinlich ihr Flug. Komm mit, Großmama Hazel."

Er half ihr von ihrem Platz auf und begleitete sie dann zu einer mit gelbem Flatterband markierten freien Fläche zwischen einer Reihe von drei Spielautomaten und der Glaswand eines Geschenkeshops. Er hielt ein Schild mit einer simplen Botschaft hoch, das sie am Abend zuvor noch gemalt hatten – HERZLICH WILLKOMMEN IN LAS VEGAS – EMILY UND FAMILIE. Hazel hatte *Maggie* statt *Emily* schreiben wollen, aber Margaret Diane und Meghan hatten ihr zugeredet, den Namen zu benutzen, den Maggies Adoptiveltern ihr gegeben hatten.

Es tat Hazel in der Seele weh, aber sie sah ein, dass es klüger war. Wahrscheinlich erinnerte sich Emily ja nicht einmal mehr daran, dass sie einmal Maggie geheißen hatte, und Hazel war mehr als zufrieden, ihre Schwester überhaupt wiederzuhaben, egal, wie sie jetzt hieß.

Die Kameraleute richteten jetzt ihre Objektive aus und die Journalisten standen angespannt und startbereit da. Hazel starrte in das Meer von Gesichtern und hielt Ausschau nach dem einen, nach dem sie sich jetzt schon seit siebzig Jahren sehnte. Und endlich kam eine kleine zierliche Frau mit einem sympathischen Gesicht, himmelblauen Augen und gewelltem weißen Haar in Begleitung von drei Paaren mittleren Alters und mehreren Teenagern um die Ecke. Hazel erkannte sie alle von den Fotos wieder, die sie aus Kalifornien bekommen hatte. Sie jubelte innerlich, *Maggie!* Sie schlug sich die zitternde Hand vor den Mund, aber trotzdem entwischte ihr ein Seufzer.

Bei dem Lärm der Spielautomaten und all der Menschen, die redeten, konnte Maggie das Geräusch unmöglich gehört haben. Aber in dem Moment, als es aus ihr herausbrach, schaute sie zur Seite, und Hazels und ihr Blick trafen sich. Ganz kurz wanderte ihr Blick zu dem Schild, dann ging ein Strahlen über ihr Gesicht. Dieses Lächeln versetzte Hazel so schnell zurück in eine andere Zeit, dass ihr ganz kurz schwindelig wurde. Sie hielt sich einen Moment lang an Seans Arm fest, um nicht das Gleichgewicht zu verlieren, und dann ließ sie Sean stehen und ging mit stolpernden Schritten auf ihre Schwester zu.

Ach, wie gern wäre sie ihr so entgegengerannt, wie Maggie früher immer gerannt war, wenn Hazel aus der Schule zurückkam. Aber das Alter und die Kreppsohlen ihrer Schuhe, die am Teppichboden hafteten, ließen das nicht zu. Auch Maggie ließ ihre Familie stehen, breitete die Arme aus und lief ihr entgegen. Sie trafen auf einer Stelle aufeinander, an der die Lichter der Spielautomaten auf den Fußboden fielen, so ähnlich wie damals das Sonnenlicht, das zwischen den Bäumen hindurchschien und das Gras gesprenkelt hatte. Hazel stieß einen kleinen Freudenschrei aus und schloss ihre Schwester in die Arme, und beide lachten und weinten gleichzeitig, weiche Wangen schmiegten sich aneinander und weißes Haar kitzelte sie am Hals. „Ich habe dich so vermisst", flüsterte Hazel in Maggies Ohr.

„Und ich dich."

Überrascht löste sich Hazel von ihr. „Du erinnerst dich an mich?"

Da liefen ihrer Schwester Tränen die Wangen hinunter, aber sie konnten ihr Lächeln nicht wegwaschen. „Ja, du bist Hazel Mae, die mich in meinen Träumen besucht hat. Ich habe dich nie vergessen."

Das löste einen neuen Tränenstrom in Hazel aus, dann umarmten sie sich noch einmal und wiegten sich sanft hin und her. Sie hätte Maggie ewig so halten können, aber jemand berührte sie an der Schulter, sodass sie zögernd losließ und Margaret Diane mit Meghan neben sich stehen sah. Sie hatten die Tüten mit den Geschenken dabei.

„Möchtest du deine Nichten und deinen Neffen kennenlernen, Mutter?" Margaret Diane reichte Hazel die größte Tüte. „Die würdest du Emily wahrscheinlich gern selbst überreichen, oder?"

„Ja, das würde ich gern."

Maggie winkte ihrer Familie, doch näher zu kommen, und Hazel stellte ihnen ihre Tochter und ihre Enkelin vor. Dann machte Maggie sie mit ihrem Sohn, ihren Töchtern, ihren Schwiegerkindern und den Enkeln bekannt. Doch dann konnte Hazel es nicht mehr aushalten und überreichte Maggie die Tüte. „Die ist für dich."

Maggie stellte die Tüte auf den Boden und entfernte das Seidenpapier darin. Dann nahm sie die Puppe heraus, die Hazel in dem Antiquitätenladen gekauft hatte.

„Ist das etwa …?", fragte sie mit großen Augen und drehte sich zu ihrem Sohn um. Der holte einen Zeitungsartikel aus der Hosentasche und wies auf die Puppe auf dem Foto.

„Es ist genau die gleiche, die Papa dir zu deinem dritten Geburtstag geschenkt hat. Du hast sie nie aus den Augen gelassen – bis zu dem Tag, an dem du verschwunden bist." Hazel ergriff die Hand ihrer Schwester. „Jetzt hast du sie endlich wieder."

Während Margaret Diane und Meghan Maggies Sohn und ihren Töchtern gerahmte Abzüge von dem Foto von Maggie mit ihrer Geburtstagspuppe überreichten, kam die Schar der Journalisten und Fotografen näher, um Fotos zu machen und ihre Fragen zu stellen. Und

Hazel stellte fest, dass es eigentlich gar nicht so schlimm war, vor einer Kamera zu stehen. Freude und Dankbarkeit löschten alles Unbehagen einfach aus. Sie hatte den Arm um ihre Schwester gelegt und lächelte in die Kameras, während sie eine Frage nach der anderen beantwortete.

Doch schließlich hatte sie genug und wollte Maggie und ihre Familie für sich haben. Sie hob die Hand. „Vielen Dank, aber das war's jetzt."

Ein Journalist drängte sich noch vor und hielt ihr das Mikrofon vors Gesicht. „Noch eine letzte Frage, Mrs DeFord. Wer ist Ihrer Meinung nach verantwortlich dafür, dass Sie um die letzten siebzig Jahre mit Ihrer Schwester beraubt wurden?"

Hazel sah den jungen Mann einen Moment lang eindringlich an. Dann sagte sie: „All das ist ja jetzt vorbei. Und Groll zu hegen und Vorwürfe zu machen, schadet vor allem dem, der sich entscheidet, das zu tun." Ganz kurz machte der Mann eine kleinlaute Miene, aber sie lächelte und fügte noch hinzu: „Ich würde lieber denen meinen Dank aussprechen, die uns wieder zusammengebracht haben – meiner Tochter, meiner Enkelin und Detective Eagle." Während sie sprach, gab sie den dreien ein Zeichen, näher zu kommen. „Und am allermeisten danke ich Gott, denn er hat es nicht nur möglich gemacht, dass ich meine Schwester wiederfinde, sondern er hat uns alle wieder zusammengebracht. Er ist es also, dem heute alle Ehre gebührt."

Die Journalisten verliefen sich und Sean beugte sich zu Hazel und gab ihr einen Kuss auf die Schläfe. Dann richtete er sich wieder auf und sagte grinsend. „Dieser letzte Teil wird wahrscheinlich herausgeschnitten."

Sie zuckte mit den Achseln. „Aber aus meinem Herzen kann er nicht herausgeschnitten werden und darauf kommt es an." Dann lächelte sie ihre Familie an. „Zu Hause warten Truthahn und gebratener Tofu im Ofen" – dabei zwinkerte sie Margaret Diane zu. „Sollen wir also jetzt Thanksgiving feiern?“ Dann kamen ihr wieder die Tränen und sie schloss Maggie ein weiteres Mal fest in die Arme. „Endlich ein Thanksgiving, das wir wieder gemeinsam feiern …“

Maggie drückte sie ebenfalls fest. „Aber nicht unser letztes, Hazel.“ Dann lösten sie sich voneinander und lächelten sich an. „Nein, so Gott will, ganz sicher nicht unser letztes.“

Dank

Wie immer gilt mein besonderer Dank meiner Familie – meinen wunderbaren Eltern, die mich gelehrt haben, Jesus lieb zu haben und immer meine Träume zu verfolgen; meinem Mann, der den Alltag abwickelt, damit ich mich in meine Traumwelten flüchten kann; und meinen Kindern und Enkeln, die meinem Herzen Grund zum Singen geben.

Ganz besonderer Dank gilt meinen Töchtern – Kristian, Kaitlyn und Kamryn – dafür, dass sie mein Versagen ertragen. Es ist bei mir so, wie es Diane Meghan erklärt: „Alles, was ich getan habe, habe ich aus Liebe getan." Ich hoffe, dass ihr das jetzt, da ihr auch alle selbst Mütter seid, versteht.

Ein ganz besonderer Dank geht auch an euch, meine ‚Lit und Latte'-Ladies, für eure Gebete – ich habe das Manuskript fristgerecht fertigbekommen, und das ist definitiv eine Gebetserhörung.

Und schließlich – und vor allem – gilt mein größter Dank Gott, der mich führt, mich formt, mich schützt und erhält und mir vergibt. Du bist meine Stärke und meine Freude in Ewigkeit. Alles Lob und aller Ruhm gebührt dir.

MIX
Papier aus verantwortungsvollen Quellen
FSC® C014496

1. Auflage 2018
Bestell-Nr. 817500
ISBN 978-3-95734-500-4

Covergestaltung: Anna-Lisa Offermann
unter Verwendung von Shutterstock
Satz: Greiner & Reichel, Köln
Druck und Verarbeitung: GGP Media GmbH, Pößneck
Printed in Germany

www.gerth.de